T0278444

HUÉRFANOS DEL ERRANTE

TEJESOMBRAS

HUÉRFANOS
DEL
ERRANTE

COSTA ALCALÁ

Argentina – Chile – Colombia – España
Estados Unidos – México – Perú – Uruguay

Copyright © 2024 *by* Fernando Alcalá y Geòrgia Costa
All Rights Reserved
Ilustraciones: Leo Robert
Mapa: Andrés Aguirre
Autores representados por IMC Agencia Literaria S.L.
© 2024 *by* Urano World Spain, S.A.U.
Plaza de los Reyes Magos, 8, piso 1.º C y D – 28007 Madrid
www.mundopuck.com

ISBN: 978-84-19252-76-0
E-ISBN: 978-84-10159-34-1
Depósito legal: M-9.899-2024

Fotocomposición: Urano World Spain, S.A.U.

Impreso por: Rodesa, S.A. – Polígono Industrial San Miguel
Parcelas E7-E8 – 31132 Villatuerta (Navarra)

Impreso en España – *Printed in Spain*

Tejesombras:
Huérfanos del Errante

I. *En sus ojos, el reflejo del olvido*

II. *Donde se mezclan el oro frío y la dulce miel*

III. *Caminamos por senderos rotos*

IV. *Fuimos amigos, hace mucho tiempo*

V. *Por calles de ayer, donde las sombras se enredan*

VI. *Las luces de la ciudad brillan como plata y oro*

VII. *Por si los templos mañana se desmoronan*

VIII. *Y los colores giran bañados en alcohol*

IX. *La muerte de un recuerdo, la vida que improvisa*

X. *Bajo sombras doradas los callados lloran*

XI. *Arrastran cadenas al compás de un destino marcado*

XII. *En el vértice de las leyendas nace un eco desgarrado*

XIII. *En el lienzo de la verdad, los desheredados*

XIV. *En susurros y tumultos, buscamos respuestas*

XV. *Pero la noche es larga y las cadenas aprietan*

XVI. *Ojos que claman bajo las máscaras*

XVII. *En sus torres, largas sombras*

XVIII. *Que los yunques del poder callen en la noche*

XIX. *Donde la lealtad y la traición se confunden*

XX. *Palabras que vuelan por encima del miedo*

XXI. *Cicatrices de batallas, de días envueltos en sombra*

XXII. *La sombra de lo que somos*

XXIII. *En el corazón oculto, las verdades se tejen en silencio*

XXIV. *Por tejidos de penumbra, cada hilo se entrecruza*

XXV. *Todo acaba, todo comienza*

¿Cuáles son las raíces que prenden, qué ramas
se extienden en estos pétreos escombros? Hijo de hombre,
no lo puedes decir, ni adivinar, pues solo conoces
un manojo de imágenes rotas en las que el sol golpea,
y el árbol muerto no cobija, ni consuela el grillo
ni mana el agua de la piedra seca. Solo
hay sombra bajo esta roca roja,
(ven a la sombra de esta roca roja),
y te haré ver algo distinto, tanto
de tu sombra siguiéndote a zancadas en la mañana
como de tu sombra alzándose a tu encuentro al atardecer
[…].

T. S. ELIOT
The Waste Land – La tierra baldía
(Traducción de Juan Malpartida)

LYDOS

LEYENDA
1. El Salto de los Dioses
2. El Templo del Demiurgo
3. Palacio del Emperador
4. El Senado
5. La Academia
6. Puente de los Susurros
7. Puente de los Ritos
8. El Bajoforo
9. El Puerto de Lydos
10. El Teatro de Lydos
11. El Estadio Cálix
12. La Garra
13. El Buen Padre

EL CAÍDO

LA CIUDAD ALT

PIEDEISLA

EL ERRANTE

A ETERNA

CORONA

ISLA DE MORITHRA

LOS DURMIENTES

«...y Lydon el Viajero, huyendo de una guerra feroz, de la muerte y la desesperación, hasta esta isla nos guio.

Sabiéndola inhóspita y cruel, para que su voz alcanzara los cielos, Lydon escaló su cima y desde allí imploró clemencia a los Dioses; mas respondieron con burlas y escarnios.

Tibús, Dios de los mares y las tormentas, nos ofreció un manantial de agua salada para calmar nuestra sed. Procela, Diosa de los campos y las estaciones, hierbas amargas con las que saciar nuestro apetito. Aurión, Patrón del sol, un fuego eterno pero incapaz de calentar nuestros cuerpos. Los Siete Dioses de los difuntos nos ofrecieron una muerte dulce y honorable.

Entonces, el Demiurgo, el Dios del Aliento vital, se apiadó de nosotros y nos ofreció su Bendición: el Don de forjar ingenios y darles vida, como Él mismo hacía con todas las criaturas que poblaban nuestro mundo, su Creación.

Así nacimos los primeros orfebres. Así creamos los primeros ingenios. Así, en esta isla cenicienta y escarpada, emergió gloriosa la nación de Lydos, la grande, la dorada, la eterna.

Solo una cosa nos pidió el Demiurgo.

Un juramento. Una declaración.

Que, en lo más alto de la isla, construyéramos un gran templo donde presentarle a nuestros hijos y a los hijos de nuestros hijos. Si el Demiurgo los consideraba dignos, también recibirían su Bendición. Si, por el contrario, nuestra progenie no era digna de su Don, la muerte sería su destino.

Mas el resto de Deidades, celosas de nuestra fidelidad —porque son caprichosas y lo que hoy denuestan mañana lo codician—, exigieron también nuestra devoción.

El Demiurgo, magnánimo, les concedió a aquellos indignos de su Don para que, con ellos, hiciesen lo que les placiera.

Y así nacieron los primeros tejedores de Lydos, cuyo Arte para dominar las cosas fútiles palidecía frente al verdadero Don de los orfebres, que...».

La huella de Lydon, por Dareo el Cronista.
Capítulo primero (fragmento).

PARTE
PRIMERA

I

En sus ojos, el reflejo del olvido

Villa Apokros en La Corona, una noche cálida.

HEDERA

Ver a través de los ojos de una sombra requiere cierta práctica.

Esta sombra en cuestión tiene la forma de un pequeño pájaro. El tipo de sombra que haría un niño: las manos extendidas formando las alas, los pulgares entrecruzados creando un rudimentario pico. Sobrevuela esta parte de los jardines de la Villa Apokros con aleteos lentos y silenciosos mientras que, encaramada sobre el muro que separa la villa del exterior, Hedera trata de entender el torrente de imágenes en blanco y negro, borrosas y fragmentadas, contra sus párpados cerrados.

Inspira. Espira. En ese momento, el pájaro de sombras cambia de dirección y Hedera se ve a sí misma, distorsionada como a través de un prisma de cristal. Hace un gesto seco con las manos y el pájaro vuelve a cambiar de rumbo, dirigiéndose hacia la imponente casa que domina los jardines. Ahora, a través de los ojos de la sombra, Hedera ve retazos de luz, de movimiento. En la villa se está celebrando una fiesta y ella no lo sabía. No importa. Al contrario, supone una distracción con la que no contaba. Además, lo importante es que, a pesar de que la fiesta está en pleno apogeo, cree que aquí no hay nadie. Bien.

Sería de lo más inconveniente que la vieran, teniendo en cuenta lo que ha venido a hacer.

Robar. No hace falta edulcorarlo. Hedera ha venido a robar. A su familia, ni más ni menos, aunque no sabe si puede considerarlos como tal. No está orgullosa de ello pero, reflexiona ella, bien tiene que comer y no hay que subestimar la importancia de tener un techo sobre su cabeza, aunque el clima en la isla de Lydos sea siempre bastante suave. Además, nadie echará en falta unos pocos ingenios menores. Llevan años acumulando polvo en el ático de la villa así que, bien mirado, es mejor darles una segunda vida aunque sea en el mercado negro.

El pájaro pasa en vuelo rasante por encima del tejado de la villa al mismo tiempo que, de fondo, escucha la música de las flautas, las cítaras y los tamborines de los artistas que sus padres deben de haber contratado para esta noche. Por entre todos esos sonidos, se da cuenta Hedera, destaca una voz. Es humana y, al mismo tiempo, no lo es. Debe de pertenecer a un tejetrino. Es tan hermosa que por un segundo a Hedera casi se le olvida todo lo que ha ocurrido desde la última vez que asistió a un banquete aquí mismo, en su antigua casa.

Hay que remarcar el *casi*. Hedera necesitaría mucho más que una canción hermosa para olvidar que esta gran casa solía ser su hogar hasta que su propia familia la repudió.

Peor que eso, piensa de repente con rabia. Simplemente dejó de existir para ellos. Ni una mirada. Ni una palabra de ánimos o de esperanza, como si, por convertirse en tejedora, se hubiera muerto, como si…

Un cosquilleo fantasmagórico en la punta de los dedos le indica que la rabia le ha hecho perder el control, por lo que el pájaro se esfuma como jirones de niebla.

Hedera abre los ojos inmediatamente como si la muerte prematura de ese pájaro al que ella misma ha imbuido de vida hubiera matado también una parte de sí misma.

En cualquier caso, ya ha averiguado lo que necesitaba: no hay nadie. Sirvientes, criadas, camareros, invitados y demás familiares están en la parte delantera de los jardines donde se está celebrando la fiesta. Hedera hace una mueca llena de cautela porque no está acostumbrada a que le sonría la suerte y no quiere hacerse ilusiones.

Los pies se le hunden en el césped húmedo cuando salta el muro que rodea la finca. Huele a hojarasca mojada y a tierra. Apoyados contra la pared descansan algunos de los trastos que han apartado para dejar espacio para el banquete. Su madre —Hedera no puede evitar pensar en ella— se horrorizaría al pensar que alguien pudiera ver este desorden.

Lentamente, Hedera se coloca ambas manos contra los labios, los dos dedos índices formando un triángulo y, entonces, sopla. Queda cubierta por un velo de sombras que, si corre lo suficientemente rápido en dirección a la casa, a ojos de cualquiera podría confundirse con un animalillo asustado.

TULIO

Estúpida fiesta.

La persona que piensa eso se llama Tulio y está equivocada. La fiesta no es estúpida. En realidad, está siendo todo un éxito: han asistido casi todos los miembros de las familias más importantes de Lydos, hay vino y comida, tejedores con sus Artes y diez tipos de música sonando a la vez. Pero él la odia porque no quería venir y, al final, como siempre, su madre prácticamente le ha puesto una daga en la garganta. No realmente, claro. Metafóricamente. Aunque a él le ha dolido igual.

Quizá sea que su madre ya ha olvidado lo que ocurrió la última vez que asistieron a un banquete en esta misma villa. Ojalá él pudiera olvidarlo también.

Maldita fiesta.

Tulio cambia el adjetivo en sus pensamientos, pero el sentimiento es el mismo. En ese instante, se da cuenta de que recibe una mirada más, llena de lástima, rechazo y decepción. La cuarta mirada de ese estilo desde que, tras llegar, se alejó de sus padres. Para celebrarlo, Tulio se sirve otra copa de la fuente, que es prácticamente lo único que le gusta de esta fiesta. Es dorada, obra del orfebre Dión, decorada con cuatro leones que mueven cabezas y garras, de cuyas bocas mana un vino rojo como la sangre. Hace mucho que no se ve un ingenio de esas características en Lydos y Tulio sabe que es porque la familia Apokros quiere hacer honor a su apellido.

Tulio se sirve una quinta copa al tiempo que recibe la quinta mirada de compasión. Una invitada a la fiesta. Seguro que su madre se sabe el nombre. Una rabia roja le crece dentro del pecho y le brota a través de los labios en forma de risa burlona. Se le ocurre una idea. Una idea que sería terrible según las rígidas convenciones sociales de Lydos, pero que le haría sentir tan bien…

—Pobre Aurelia Tertia, no se la tires… —dice una voz a su espalda. Es una voz clara y brillante, pero eso no es lo que hace que Tulio se gire, no. Lo que hace que se gire es que esa voz es la única que tiene la capacidad de calmarle. Y porque, además, el dueño de esa voz parece haberle leído los pensamientos y ha adivinado que, por un instante, se ha planteado lanzarle una copa llena de vino a la tal Aurelia Tertia—. Piensa en sus pobres fámulas, la de horas que tienen que haberse pasado trenzándole el cabello y atándole los lazos del vestido para esta noche.

—Eres un aguafiestas.

—En realidad, soy más bien la voz de la razón. Luego me lo agradecerás, te lo aseg...

—¿Una copa? —le corta Tulio.

—Si vas a tirármela por encima, mejor no. Sería desperdiciar un buen vino.

Se trata de Ennio. La primera persona y, probablemente, la única que le dirija la palabra esta noche. Ennio Orykto, su amigo. Le quedan pocos.

No, rectifica mientras mira a su alrededor. Quizá solo le quede Ennio, porque ¿cuántas miradas de pena se le han clavado mientras hablaba con Ennio? ¿Tres? Cuatro más? No sabe si podrá beber todo el vino que eso comporta.

—Vámonos —susurra Tulio.

—¿Ves? —pregunta Ennio tras dar un sorbo a la copa de cristal tallado que le ha tendido Tulio—. Me vas a acabar tirando el vino por encima porque yo no puedo marcharme.

Tulio calla porque Ennio tiene razón. Por mucho que los apellidos de ambos se remonten a los tiempos de Lydon, el fundador de la ciudad, y, en teoría, siempre hayan tenido los mismos derechos y privilegios, no son iguales.

Ennio es un orfebre. Y él... él *debería haberlo sido*.

Tulio no es... Tulio no es ni siquiera un tejedor.

No es nada. No es nadie.

—Solo necesito servirte tres copas más —termina por decir.

—Ya dejé que me convencieras el otro día para ir al Bajoforo y mejor te ahorro las lindezas que me gritó mi madre al día siguiente.

—No es como si alguien fuera a echarme de menos... —remata Tulio, dejando por fin escapar lo que verdaderamente piensa. En ese momento uno de los leones de bronce de la fuente ruge justo antes de lanzar un chorro de vino sobre un grupo de invitados. Algunos gritan al ver sus exquisitas ropas manchadas y otros dejan escapar risotadas mientras un enjambre de criados aparece con toallas húmedas para que se limpien—. ¿Lo ves? No habría pasado nada si le hubiera lanzado la copa a la tal… ¿Aurelia, decías?

Aprovechando el revuelo, Tulio se acerca a la fuente. Ennio todavía duda unos pocos segundos porque es un buen chico. Siempre lo ha sido. Su único fallo de carácter, en realidad, es que se deja influir con demasiada facilidad. La mala influencia más habitual para Ennio es el propio Tulio, así que, cuando este finalmente le lanza el contenido de la copa a la tal Aurelia Tertia, como quería hacer en un principio, Ennio no puede evitar reírse.

Hasta que Tulio ve que sus ojos azules se oscurecen y no puede preguntarle qué le ocurre porque, en ese instante, una mano lo sujeta por la muñeca con tanta fuerza que la copa se le resbala de entre los dedos y cae al suelo rompiéndose en mil pedazos.

Nadie salvo Ennio parece darse cuenta de lo ocurrido. La música sigue sonando, los invitados charlan y las mil maravillas que llenan la finca continúan asombrando a todos, pero para Tulio parece que el mundo se haya detenido y esté aguantando la respiración mientras él clava la mirada en el hombre que le está sujetando:

—Padre.

Ennio da un par de pasos atrás y trata de confundirse entre la multitud. No le culpa. Si Tulio pudiera, también huiría, pero se conforma con una sonrisa torcida que sabe que sacará a su padre de quicio.

—¿Podrías comportarte, por favor? —le susurra su padre.

—No, señor. Está en mi naturaleza, como bien sabes —responde él, sabiendo que su padre sería incapaz de perder la compostura frente a tanta gente.

Y sabiendo, también, que no ha dicho mentira alguna. Hay una razón para la grandeza de Lydos, para maravillas como la fuente de los leones, o incluso para la mano con la que su padre le sujeta, hecha completamente de bronce pulido y que sustituye a una de carne y huesos que tuvieron que amputarle en una guerra lejana: los orfebres. Orfebres como su amigo Ennio.

Son un regalo del Demiurgo, el dios creador. Una vez al año, los jóvenes de las mejores y más antiguas familias de La Corona se someten al ritual de la Bendición, el mismo que llevan practicando desde tiempo inmemorial. Si todo va bien, la ciudad recibe nuevos orfebres capaces de dar vida y poder a los objetos que crean. Si todo va mal, los aspirantes mueren y, si va todavía peor, se convierten en tejedores, que solo tienen poder sobre cosas inútiles como los cantos de los pájaros, o la espuma del mar, o —y Tulio se arrepiente incluso de pensarlo— las sombras.

A Tulio ni siquiera le dieron la oportunidad de *intentarlo*. Se la arrebató ese mismo padre que ahora le sujeta. Desde entonces, Tulio no ha sido capaz de mirarlo con los mismos ojos.

Esa es la diferencia que hay entre Ennio y él.

Y es tan grande, tan inmensa que, por mucho que la decisión de su padre pueda haberle salvado la vida, Tulio preferiría haber muerto una y mil veces en lugar de llevar una vida como la que lleva ahora: vacía de todo salvo de rabia.

—Por favor… —vuelve a susurrar su padre con los dientes apretados.

Tulio solo le sonríe. Es una sonrisa que le sale sola: desafiante, rebelde, agresiva. Ya es la única que sabe poner.

—No te sienta bien suplicar, Theokratés.

Lo que lo hace peor, lo que hace la traición más grande es que su padre es el Theokratés de Lydos, el encargado de acompañar a los jóvenes durante el ritual. Quizá sea la persona más poderosa de Lydos, sin contar al Emperador. Él dijo que tomó aquella decisión para salvarlo. Para que Tulio no tuviera el mismo destino que sus cuatro hermanos mayores, pero…

Pero no fue por eso, Tulio está seguro. No fue amor lo que llevó a su padre a prohibirle participar en el ritual como todos los elegidos de las familias cuando cumplen dieciséis años. Fue, siempre se ha dicho a sí mismo con una voz tan herida y tan amarga, porque su padre no le consideraba digno.

—*Basta,* Tulio —insiste su padre. Los dedos metálicos de su mano se le clavan dolorosamente en la carne, y eso solo logra que Tulio se envalentone más.

Tulio vuelve a reír, esta vez con tanta fuerza que algunos a su alrededor dirigen la mirada hacia ellos.

—¿Y si no me detengo, padre? ¿Qué más puedo perder?

Su padre, simplemente, afloja su agarre y suspira. Tulio odia que suspire así. Preferiría que le gritara, como grita la madre de Ennio cuando su amigo sucumbe a su influencia y ambos se escapan al Bajoforo y no vuelven a casa en toda la noche. Querría reproches y aspavientos, cualquier cosa en lugar de esa mirada de honda tristeza

—¿Por qué me habéis obligado a venir? —insiste Tulio, las palabras raspándole la garganta—. Sabéis que… Sabes que…

Pero no termina la frase a pesar de lo que le duele dejársela atrapada en el pecho porque, en el medio de la multitud, tanto él como su padre captan una mirada.

No muy lejos, una figura les observa. Alta, regia, hermosamente fría. Caletia, su madre, les saluda con el mentón. Luego, vuelve a entablar conversación con la gente que la rodea como si nada.

Ambos, padre e hijo, saben captar la muda advertencia.

Ambos, padre e hijo, se alejan cada uno por su lado.

Hedera

Envuelta en su bruma de sombras, Hedera ha cruzado el jardín hasta la ventana de la cocina. Desde que tiene memoria, Fabia, la cocinera, la suele dejar un poco abierta para que pase el aire, y esta noche, pese a la fiesta, no es distinto.

Cierra los ojos y respira dejando escapar el aliento muy lentamente. Luego, une ambas manos para proyectar una sombra contra la pared. Junta las palmas abriendo ligeramente los dedos índice y corazón en una rudimentaria boca. Después, dobla los pulgares como si se trataran de dos orejas. La silueta, que resulta ser un perro, no es más que la ausencia de luz recortada contra el muro pero, entonces, cuando Hedera deja escapar una última exhalación, la boca del perro de sombras se mueve.

Es difícil describir qué siente Hedera cuando usa su Arte de tejedora. Experimenta el poder como un torrente y, al mismo tiempo, punzadas de dolor bajo la piel, como si una parte de sí misma quisiera escapar de su cuerpo. Y quizás eso sea lo que ocurre, quizás ese fragmento de Hedera que quiere escurrirse por entre los dedos sea lo que da vida a las sombras que teje.

El perro ladra en absoluto silencio y, aunque no tenga ojos, Hedera sabe que la está mirando a la espera de órdenes.

—Vigila. Y, si se acerca alguien, corre a buscarme —susurra.

Mientras la sombra parece asentir, ella se cuela dentro de la casa. Cuando al adentrarse en la cocina vacía la reciben los aromas familiares a anís y ajonjolí, se le llenan los ojos de lágrimas, pero ella se frota los ojos y, a pesar del dolor que se le ha clavado en el pecho, se adentra por un pasillo en penumbra. Ya no es su casa, este no es su mundo.

Al final del corredor, ve algo de luz y, con el corazón en un puño, Hedera se detiene justo antes de entrar en el gran patio alrededor del que se distribuyen el resto de las estancias de la casa.

Creía que no quedaba nadie allí. Maldición.

Una figura que se acerca, seguida por un lampadario mecánico, como una araña hecha de alambres y marfil, que sostiene media docena de candiles en sus patas. Su hermana. Ha crecido y camina con la cabeza tan alta que, ni aunque estuviera delante de ella, se daría cuenta de su presencia.

Entonces, Hedera cae en la cuenta. Su hermana tiene ya dieciséis años y en pocas semanas pasará por lo mismo que ella: subirá al templo a cumplir con el ritual y, si todo va bien, se convertirá en la orfebre que Hedera no logró llegar a ser.

Claro. Por ella es el banquete que se está celebrando esta noche en su casa.

Una idea fugaz se le pasa por la cabeza: salir de entre las sombras, acercarse a su hermana y abrazarla, pero entonces una nueva imagen le viene a la memoria: la del día que salió del gran templo que hay justo en la cima de Lydos, en lo más alto de La Corona. Había fuera una multitud, siempre la hay cuando la ciudad recibe a sus nuevos orfebres. Pero Hedera no bajó los grandes peldaños blancos del templo con el tatuaje en forma de corona de laurel en las sienes. En vez de eso, llevaba los dedos marcados con filigranas en tinta negra simulando la tela de una araña, la marca de los tejedores.

Ella vio a sus padres y a sus hermanas y hermanos pequeños esperándola como los demás. También los vio marcharse los primeros, avergonzados.

Reprimiendo un suspiro, Hedera deja que su hermana pase de largo y, cuando el patio vuelve a quedar desierto, lo cruza a toda prisa y, más rápido todavía, se acerca a una gran escalinata que conduce al ático, donde se almacenan los ingenios que generaciones de orfebres de su familia han creado para la gloria de Lydos y que son los que le han permitido comer y tener un techo sobre su cabeza todo este año, desde que se convirtió en tejedora.

Sin embargo, esta noche quiere la casualidad que no llegue a subir las escaleras porque, se da cuenta Hedera, la puerta de su antiguo dormitorio está abierta.

No puede evitarlo. Es la primera vez que ocurre y sabe que no puede perder la oportunidad. Quizá se la haya dejado así su hermana, que habrá entrado a recoger alguno de los adornos para el pelo que ella coleccionaba. Quizá haya sido casualidad. En cualquier caso, no le importa.

Cuando entra, se lleva una sorpresa que no sabe cómo interpretar: su dormitorio está exactamente igual a como lo dejó el día que se marchó. Otra nueva punzada le atraviesa las entrañas y, si no tuviera tanta prisa por marcharse, echaría una cabezada en su antigua cama solo por dormir en un lecho blando, sin humedades. Pero, sí, tiene prisa, de modo que se acerca al tocador de madera lacada que hay al fondo de la alcoba.

Abre uno de los múltiples cajones que hay en la parte frontal del mueble. Está vacío, pero eso ya se lo esperaba. En realidad, el tocador, regalo de su padre cuando cumplió los trece años, tiene un pequeño secreto y es que, cuando Hedera vuelve a meter el cajón en su sitio y lo saca por segunda vez, allí están.

Son sus tobilleras aladas. Su ofrenda de compromiso. Pensaba que las había perdido para siempre. Cuando las toca, Hedera nota el metal caliente al tacto y eso le produce un escalofrío de alivio por todo el cuerpo. La mayoría de ingenios, con el paso del tiempo, pierden el poder —el aliento de vida— que les dieran sus creadores, pero sus tobilleras siguen vivas.

Sin pensárselo dos veces, se las coloca alrededor de los tobillos, de donde nadie debería habérselas arrancado jamás. Mira por última vez su cuarto, con su bóveda encalada, los marcos azules de las ventanas, que en verano abría para dejar entrar la brisa marina que se colaba por entre los postigos. Ha sido una estúpida. Se ha dejado llevar por el sentimentalismo y ahora tiene que apresurarse si esta semana quiere comer. Hedera está a punto de subir por las escaleras que conducen al ático cuando su perro de sombras se interpone en su camino.

El estómago le da un vuelco. Alguien se acerca, y no tiene intenciones de quedarse a averiguar quién podría ser. Así pues, tan rápida y silenciosa como ha llegado, cruza el patio y regresa a las cocinas, con su aroma a especias, a pan y aceite, y a la ventana medio abierta.

Al saltar de la ventana al jardín, Hedera cae sobre un charco que, está segura, antes no estaba allí. Un líquido viscoso que le salpica el abrigo y las manos.

Sangre.

TULIO

A Tulio le sabe a rabia el paladar. A rabia y vergüenza. Tras esa mirada fría como el hielo que ha recibido por parte de su madre, se ha alejado de la zona donde se está celebrando la fiesta y ha terminado en el límite de los jardines de Villa Apokros. Aquí, los olivos y los laureles crecen a sus anchas, y una elegante balaustrada de mármol se abre hacia el horizonte.

La vista es sobrecogedora. Puede ver todo Lydos, desde las villas de La Corona, la parte más alta de la isla, hasta el manto de casas más humildes que llegan hasta el puerto y, más allá, la laguna en medio de la cual surge la ciudad como un desafío a los dioses. De lejos le sigue llegando el rumor de las voces de los invitados, notas apagadas de la música.

Pero ni siquiera la música le aplaca. Tulio siente esa ira que siempre le late en el pecho, más ardiente y roja que nunca, y al ritmo del timbal que retumba desde lejos, da un puñetazo al tronco del olivo más cercano. Sienta bien desatar su furia contra algo tangible. Pero dura poco ese bienestar. En cuanto ha dado el primer golpe, el corazón de Tulio ha vibrado pidiendo más. Y más. Y él le ha obedecido con un puñetazo tras otro hasta que, al menos durante esos instantes, el dolor de sus manos es más intenso que el de su pecho.

Y respira. Da una bocanada profunda de aire. Y mira al cielo. Es una noche clara, de luna en un cuarto creciente brillante y con estrellas. Tulio recuerda otra noche así, hace tiempo, tres años. Quizá más. Una noche en la que él solo era un niño, uno de dieciséis años recién cumplidos.

Sucedió en esos mismos jardines que ahora pisa. Era verano. Lo recuerda porque la brisa que subía de la laguna era fresca y salina y le llenaba el pecho de placer cada vez que la respiraba. Era una noche importante. La primera de todas las que estaban por venir. Y Tulio, claro, no podía evitar sentir ese cosquilleo fantasmal en las piernas y en los dedos de las manos, de las puertas abiertas ante un futuro brillante, el que llevaba toda la vida esperando.

Se sentía tan orgulloso. Recuerda la ropa que había elegido cuidadosamente para la ocasión, una impecable casaca de brocado, engalanada con ribetes de oro. El chaleco de seda blanca que llevaba debajo le acariciaba la piel y las botas altas de cuero brillante, sobre el pantalón de terciopelo negro, le hacían sentir más alto de lo que, quizá, era realmente. Completaba su atuendo la pieza tradicional del compromiso en Lydos, un fajín de seda con una hebilla de turquesa formando dos manos entrelazadas.

En una caja pequeña, de madera policromada, tenía el regalo de compromiso: uno de los ingenios que llevaban perteneciendo a su familia casi desde el comienzo de los tiempos. Lo había elegido él mismo de entre los muchos que atesoraban sus padres: unas tobilleras aladas que, según la leyenda, había forjado el orfebre Flavián para que su esposa no tuviera que caminar como el resto de mortales.

Tulio observa la laguna. La brisa, que le ha despeinado el cabello, también ha levantado un ligero aroma a tomillo, romero y lavanda, que crecen por el jardín alrededor de los olivos. El rugido de las olas esta noche que debería ser calma hace que se le acelere el corazón a causa de los recuerdos.

Sus padres y él llegaron a Villa Apokros cuando solo quedaba medio sol tras el horizonte y las doncellas y los sirvientes, vestidos de un rojo como el de la sangre, les hicieron pasar al jardín trasero, donde está él ahora, desde el que se ven a lo lejos los acantilados escarpados de la costa lejana y, si se esfuerza mucho, también las luces de Vetia, la eterna ciudad rival de Lydos. Lo hicieron a bordo del ingenio preferido de su madre, una carroza de oro y nácar, con patas en lugar de ruedas que, como una tarántula, por sí sola, te transportaba a donde le ordenases.

Y en cuanto se puso el sol, apareció ella. Hedera.

Llevaba puesto el ingenio que habían lucido todas las hijas de la familia durante su ceremonia de compromiso: un vestido de plata irisada que, dependiendo de cómo le diera la luz, cambiaba de tonalidad. No podía saberse el tejido, como muchas veces no podía saberse el material al que un orfebre había dotado de vida, pero Tulio recuerda que, contra la piel negra de Hedera, parecía espuma de mar chocando en el rompeolas. Llevaba los rizos cubiertos por un manto blanco que también le cubría los hombros y el maquillaje tradicional de las familias patricias de La Corona: una fina línea vertical plateada se dibujaba en el centro de sus labios y los ojos delineados con kohl. A pesar del tiempo que ha pasado, Tulio todavía no ha podido olvidar esa imagen, con aquella Hedera regia pero también nerviosa, tan solo una niña de catorce años que, a pesar de todo, trataba de no temblar mientras bajaba las escaleras.

Aquella noche iban a prometerse como esposos. Sus dos familias, de las más poderosas de todo Lydos, por fin unidas en aquel compromiso escrito en el destino incluso antes de que ellos dos nacieran. Aquella noche habría sido el comienzo de todo si todo no se hubiera torcido.

Tulio vuelve a sentir ganas de golpear el olivo. Quiere que los nudillos vuelvan a dolerle más que el pecho. Y a punto está de hacerlo cuando escucha un grito que rasga la noche.

HEDERA

Hedera se mira las manos manchadas de sangre mientras un grito sobrecogedor recorre los jardines: el lamento de un hombre que la mira con ojos desorbitados mientras la vida se le escapa a través de la herida que tiene en el pecho.

Reconoce al hombre al instante por sus ojos claros y por su mano dorada. Jano Zephir, el padre de Tulio. Junto a él está el puñal con el que le han segado la vida.

Jano Zephir, el Theokratés, que levanta la mano pidiendo clemencia o quizás ayuda. Sus pies, entonces, obedecen a un impulso, que es lo contrario que querría hacer ella. Ese impulso la lleva a acercarse al padre de Tulio y a sostenerlo entre los brazos mientras la sangre mancha todo lo que les rodea, incluida su cara, sus manos, su ropa. Va a decir algo. No sabe qué. Piensa en alguna de las oraciones a los siete dioses de la muerte, alguna de las que le enseñaron de pequeña en los templos, pero no le sale la voz ni recuerda ninguna. Mira a su alrededor. La fiesta sigue a pocos pasos de allí, como si nada hubiera ocurrido. Cuando Hedera vuelve la vista en dirección contraria, hacia los jardines dormidos, le parece ver, le parece...

Dos luces de un rojo como la sangre. En cuanto Hedera parpadea, desaparecen.

Entonces el cuerpo que tiene entre los brazos se agita con un penoso estertor y queda inmóvil pero con esos ojos azules muy abiertos y clavados en Hedera.

No es hasta un tiempo después, Hedera es incapaz de saber cuánto, cuando por fin recupera la movilidad y hace el intento de marcharse. Pero es tarde. Otro grito, esta vez uno que la aterroriza y que le hiela las entrañas, se lo impide.

—Hedera, ¿qué has hecho?

Ella solo es capaz de preguntar, con un hilo de voz:

—¿Tulio?

II

Donde se mezclan el oro frío y la dulce miel

Villa Apokros, esa misma noche.

LUDO

No se puede negar que Ludo disfruta siempre de una buena fiesta. Sobre todo, cuando él mismo es el centro de atención. De hecho, sus compañeros no han atraído ni la mitad de público que él —excepto Sátor. Pero Sátor no cuenta. Sátor hace *trampas*—, y eso, aunque esté mal, le produce una oleada de satisfacción en la boca del estómago.

Ludo, el tejetrino, da un giro que corona con una pirueta y con una sonrisa pícara, porque a Ludo no le salen de otro tipo. Además, en su humildísima opinión, las sonrisas inocentes son una pérdida de tiempo. Saluda a los invitados y después cierra los ojos mientras las cítaras, los tamborines, los címbalos y las siringas que tocan los músicos que le acompañan fluyen con cadencia descendente. Toma aire. Sabe que, por un instante, lo que está a punto de hacer quizá le duela en el pecho. Como cree que le sucede a todo tejedor cuando usa su Arte, a veces piensa que pierde parte de sí mismo.

Con una leve exhalación, hace que su voz acompañe la melodía. Sabe que es clara como un cielo despejado, pero lo que levanta los suspiros de su público no es eso, sino que de pronto la transforma en el canto de un ruiseñor, ligero y etéreo. Luego, cuando la melodía cae con fuerza, hace que su voz se vuelva como las gotas de lluvia golpeando en la superficie de la laguna y vuelta a empezar.

Estos idiotas de La Corona, piensa fugazmente, aunque él, en lo que parece otra vida, también se contó una vez entre ellos, como todos los tejedores antes de caer en desgracia. *Estos idiotas se emocionan con cualquier cosa.*

Ludo se entrega al ritmo con una pasión contagiosa. Sus pies marcan el compás con precisión milimétrica y se deslizan por el mármol del templete redondo en el que los chambelanes de la villa les han ubicado. Los ojos de los invitados al banquete están clavados en él, ojos ávidos, curiosos y emocionados, y Ludo vuelve a sonreír. Esta vez acompañando su sonrisa de un guiño. A nadie especialmente. Aunque, ahora que se fija entre giro y giro…

Hay un orfebre entre el público. Bueno, hay más, claro. Seguro que están casi todas las familias más importantes de La Corona en la villa. Puede que, incluso, también esté alguno de sus hermanos.

Le encantaría que le vieran ahora. Fuerte. Hermoso. Libre. Entonces, Ludo tendría el valor de decirles… de decirles…

Ludo borra ese pensamiento elevando ambas manos con precisión, mientras da un salto meticuloso pero rápido. Tan rápido como se esfuma el recuerdo de sus hermanos.

Sí. El orfebre, eso.

Suele pasarle. El mundo, a veces, es tan brillante y hace tanto ruido que su cerebro se esparce y no sabe a qué atender.

Ahora son la danza, el canto y el orfebre. Tres cosas. Solo tres.

Eso es, Ludo, se dice. *Céntrate.*

Y ese es el momento en que sonríe al orfebre con toda la intención. No sabe exactamente cuál, pero toda.

El rubor comienza a cubrir el rostro del orfebre, que aparta la vista y mira hacia ambos lados del jardín, como buscando a alguien. A Ludo le gusta ruborizar a la gente. Más con sus palabras que con sus actos, pero por el momento le puede valer.

Se acaricia los labios con la lengua y, por fin, terminan la danza, la música y el canto con un Ludo que se arrodilla frente a su público esperando los aplausos que merece.

ENNIO

Tulio, ¿dónde se ha metido Tulio?, piensa Ennio mientras descubre, sorprendido, que tiene una especie de volcán en las mejillas. De veras que lo ha estado buscando desde que su amigo se alejara tras esa pelea con su padre pero, de algún modo, la música del tejetrino le ha distraído y, ahora, camina hacia atrás, copa de vino en mano, porque el tejetrino en cuestión le ha… ¿sonreído? ¿Le ha sonreído? ¿Le ha guiñado un ojo?

No, no puede ser, trata de convencerse Ennio mientras sigue alejándose. *Seguro que lo hace con todo el mundo*, piensa. A fin de cuentas, forma parte de su trabajo, ¿no? Entretener. Seguro que, ahora que se ha marchado, el tejetrino del templete, con los ojos contorneados en kohl, ya ha encontrado a alguien nuevo en quien centrar sus artes de seducción.

No es que le haya seducido *a él,* por supuesto. Eso sería… sería…

¿Y dónde está Tulio?, sigue también preguntándose Ennio, como si tuviera una discusión dentro de su cabeza. Tulio… A veces es difícil ser amigo de Tulio. Y Ennio no le culpa. No le culpa en absoluto, no, pero…

—Ennio, hijo querido. —Su madre. Estupendo, suspira Ennio mientras trata de dibujar una sonrisa franca en la cara y se gira hacia ella—. ¿Qué haces aquí solo?

Esa pregunta, en realidad, suena mucho más a: «¿Por qué no estás rodeado de la gente que realmente merece la pena?». Su madre habla así, con omisiones que realmente son más una declaración que una pregunta. Pero no debe de ser muy distinta al resto de las madres de los nuevos orfebres de La Corona. Después de todo, son los que van a heredar el poder, y el poder en Lydos no se mantiene solo con la bendición del Demiurgo corriéndote por las venas. Siempre pueden asesinarte. Cosa que puede evitarse con las alianzas adecuadas. *Es comprensible*, piensa Ennio. Comprensible, pero no agradable.

—Estaba buscando a Tulio, madre.

—Ennio…

—Es el hijo del Theokratés, madre. Eso debería contar, ¿no crees? —contraataca él, al escuchar el bufido de su madre, aunque se arrepiente enseguida.

A la madre de Ennio no le gusta que le repliquen.

—Por muy hijo suyo que sea, es una *vergüenza* para el Theokratés, Ennio. Y debería serlo también para ti.

Es curioso que cuando más miedo le dé a Ennio su madre no sea cuando se enfada, sino cuando le dice cosas así, sin levantar la voz. Porque sus palabras, dulces como la miel, le hacen sentir siempre culpable.

—Pero, madre…

El beso que su madre le da en la frente en este momento, por ejemplo, es como un puñal.

—Hazme caso, hijo. No juegues con tu futuro juntándote con malas compañías.

Pero Tulio no es una «mala compañía», querría protestar él. Tulio es… un misterio. Eso.

Porque nadie en La Corona entendió por qué el Theokratés de Lydos decidió acogerse a esa antigua ley, la que permite que si una familia ha perdido a toda su descendencia en el ritual de la Bendición, el último de los hijos pueda quedar exento. Hacía siglos que no había ningún Hijo Salvo en Lydos, no desde que, año tras año, el dios bendice a menos orfebres.

Ennio está seguro de que, de haber estado en el lugar de Tulio, su madre y su padre no lo habrían dudado: antes muerto que Hijo Salvo.

—Lo sé, madre —dice al fin, para contentarla—. No te preocupes.

—Yo siempre me preocupo por ti, hijo.

No es cierto. Su madre se preocupa por su futuro, que no es exactamente lo mismo. Cuando el chico da un paso hacia atrás, ya la ve mirando a su alrededor y Ennio decide que tiene que escaparse de allí.

Sabe que, en cuanto baje la guardia, lo acercará a cualquier grupo de orfebres jóvenes y elegibles con las que entablar conversación.

Pronto va a ser su turno, lo sabe. Ha escuchado a sus padres hablar de su futuro compromiso a través de las celosías del salón de la villa. Incluso pudo captar algún que otro nombre de una u otra candidata. Pero Ennio prefiere no pensarlo porque, cuando llegue, llegará, y, como lleva haciendo desde que tiene memoria, aceptará la decisión de sus padres.

En ese momento, algo distrae a su madre. Es una columna de fuego que se eleva hasta el cielo y que toma forma de pájaro que echa a volar hacia la laguna. Antes de llegar, el pájaro se deshace en un estallido. Su madre deja escapar una exclamación y Ennio aprovecha para escabullirse.

BES

Una fuerte llamarada la deslumbra e, inconscientemente, Bes gira la cabeza hacia el lugar desde el que han saltado las chispas. Como es habitual, Sátor está rodeado de chicas.

Ludo dice que eso es hacer trampas. Que no atrae al público por su habilidad —eso es mentira. Sátor es uno de los mejores tejellamas de Lydos— sino por ser guapo.

Bueno, lo de guapo es verdad, y Sátor no puede evitarlo. Por si eso fuera poco, se las ha apañado para colocarse justo debajo de un árbol de hojas luminosas —un ingenio, uno de los buenos— que *casualmente*, con su juego de luces y sombras, hace que resalte más su musculatura.

Sea como fuere, a Bes ya le va bien, porque choca sin querer con una de las chicas que mira a Sátor con adoración y, pura casualidad, una pulsera de filigrana de oro acaba cayendo dentro de su bolsillo.

Apenas si es un crimen. Seguramente, al acabar la noche, la chica ni se dé cuenta de que le falta una joya de entre todas las que lleva.

De hecho, piensa Bes, y espera que los dioses estén de acuerdo con ella, lo hacen por una *causa*.

Al tiempo que Sátor suelta otra llamarada que se ramifica en un intrincado patrón geométrico, Bes se apoya casualmente en una mesa sobre la que algún invitado indolente ha dejado un par de cucharillas de plata y se encarga de limpiar el desorden. Justo cuando las cucharillas se unen a la pulsera en su bolsillo, escucha reír a las chicas que rodean a Sátor. Si esto sigue así, acabarán por saltarle encima.

Se lo ha advertido antes de salir del Buen Padre.

De acuerdo, no ha sido una advertencia, más bien se ha reído de su ropa. Si acaso lo que lleva Sátor puede considerarse ropa. Prendas son, eso sí. Pero el minúsculo chaleco de seda verde esmeralda y brillante que apenas le cubre los hombros no cuenta como tal por mucho que lo diga él.

—Bes... ¿Bes? —La voz de Elina le llega de pronto como si la tuviera muy lejos.

Elina es una de su grupo. Una tejelluvia de expresión afable, discreta como un ratoncito, así que nadie se fija mucho en su presencia, cosa muy útil, por ejemplo, para escuchar conversaciones y recabar información.

Porque, a veces, la información es casi tan importante como unas cucharillas de plata o una pulsera de rubíes, y la causa que defienden Bes y el resto de tejedores que están hoy en la fiesta de Villa Apokros necesita de ambas cosas.

Bes signa.

«Perdona. Me he distraído».

En cuanto hace los gestos con las manos, delante de ella aparecen las letras que conforman las palabras que ha dicho con labios silenciosos. Bes no habla, no con la voz al menos.

Elina sonríe.

—Ya. Distraído.

Y Bes niega con la cabeza.

«No estaba mirando a Sátor», vuelve a signar.

—Ni tú ni todas esas patricias.

«Me trae sin cuidado lo que hagan ellas», signa quizás un poco más brusca de lo que debería, pero su madre siempre decía que a las habladurías las mata la indiferencia, así que va a ignorar las insinuaciones de Elina.

Eso no significa que a Bes no le guste Sátor. En realidad, está perdida, irremediablemente enamorada de él, pero hay un pequeño inconveniente, y es que Sátor es su mejor amigo.

Tampoco es como si Sátor fuera a fijarse en ella cuando la mitad de chicas de La Corona se rinden a sus pies y la otra mitad están deseando hacerlo, así que no importa.

—Oye —susurra Elina, afortunadamente cambiando de tema—. Debería hacer algo con mi Arte o esta gente comenzará a aburrirse, los dioses no lo quieran.

Los dioses no lo quieran, y ellas tampoco. Les interesa que los invitados estén contentos y distraídos, que fluyan las conversaciones y el vino por igual.

«Vamos. Venga», signa poco a poco. «Estoy lista».

Un instante después, Elina hace un gesto estudiado. Levanta los dos brazos dejándolos en un ángulo perfecto de noventa grados y luego extiende los dedos de ambas manos hacia arriba como si fueran una hoja doblada. Nada más hacerlo, la rodea una miríada de gotas de rocío, despertando así un suspiro asombrado entre su público.

Es curioso. La Corona maldice a los tejedores y, sin embargo, los necesita para su entretenimiento.

Es una historia antigua. Una leyenda. Aunque ya se sabe: las leyendas tienen parte de verdad.

En ese momento, Elina da un salto con energía y las gotas se transforman en burbujas irisadas que se mueven al mismo compás y que reflejan las luces doradas de la fiesta, como si la humilde agua se hubiera convertido de repente en oro.

Lo que le hace falta a esta gente, piensa Bes arrugando el gesto mientras pasa por entre los invitados sosteniendo un platito, por si cae una propina. *Más oro.*

A la ciudad de Lydos a menudo se la llama «Lydos, la dorada», «Lydos, la magnífica», «Lydos, la eterna», y es bien cierto, salvo por el pequeño detalle de que quienes dicen estas cosas tienden a olvidarse de las mugrientas factorías de Piedeísla, los mendigos del Bajoforo o la miseria del Errante. Pero, claro, ¿quién tiene tiempo de pensar en todo eso habiendo maravillas como La Corona o La Ciudad Alta?

Ellos, claro, añade mentalmente. Sátor, Elina, Ludo y todos los demás. Puede parecer una lucha inútil, pero es la suya.

«Todo acaba. Todo comienza», piensa entornando los ojos.

Mientras un nuevo suspiro de asombro se extiende entre los curiosos que se han acercado hasta Elina, Bes aprovecha para llevarse un par de hebillas de plata y algunas monedas de los bolsillos de los más despistados. Entre los cuchicheos y secretos que habrá recopilado Elina y el contenido de esa discreta bolsa que lleva cosida a la parte interna de la camisa, tienen un buen botín, así que deberían marcharse pronto. Además la familia Apokros, los anfitriones, solo les ha pagado por dos horas de trabajo.

Así es fácil ser rico, supone Bes. Racaneando hasta el máximo.

Vuelve a llevar la mirada hacia donde está Sátor, que está muy concentrado con su Arte y seguramente si por él fuera se quedaría aquí hasta bien entrada la madrugada. Bueno, no «aquí». Quizá, dentro de un rato, se buscará un rincón discreto para estar con alguna de las chicas que no le han quitado los ojos de encima desde que han llegado.

Siempre le dice que no lo haga y no es porque, cada vez que Sátor le cuenta sus últimos escarceos amorosos, Bes se sienta morir un poco. Es que se pone en peligro. Si alguien le descubriera saltándose las leyes no escritas que vetan el contacto entre tejedores y orfebres...

Pero debe de ser que las leyes no están hechas para él.

Aunque, ahora que lo piensa, con un escalofrío que le deja un malestar extraño en el estómago, ¿qué puede criticar de Sátor si fue ella la primera que se las saltó todas? O si no todas, sí la más sagrada.

LUDO

Suerte. A esto que le acaba de pasar solo puede llamársele suerte. Porque ahí está el orfebre, solo. Todo para él.

Lo recuerda. Ludo cree que es un año o un par de años mayor que él.

El tejetrino da un brinco que lo lleva desde el templete en el que acaba de bailar hasta el césped recién cortado. Adorna el brinco con una pirueta que hace tintinear la multitud de cuentas de cristal que lleva colgadas en los pantalones.

Igual que le pasa con el orfebre al que ha decidido perseguir, a muchos otros invitados también los conoce, porque por mucho que ahora sea un tejedor, hubo un tiempo en el que formaba parte de aquella élite. Por eso, está seguro de que muchos, a su vez, le conocen a él aunque lo ignoren, no vayan a pensarse los demás que están confraternizando con un paria como él.

Ojalá con el orfebre tenga más suerte. Y si no la tiene, ya se la buscará. Está acostumbrado.

En este momento Ludo se da cuenta de que tiene sed. Y de que se merece un descanso. Uno pequeñito, al menos.

Además, los invitados están entretenidos con las lenguas de fuego de Sátor, con las burbujas de Elina y con todos los demás. Nadie va a notar su ausencia, así como ahora mismo nadie se percata de que el tejetrino toma una copa de la bandeja del camarero que tiene la mala suerte de pasar por su lado.

Es vino de Alisia. Por lo menos lleva tres años en la barrica. Seguramente Bes estará furiosa por el derroche de la fiesta y él, supone, debería hacer lo mismo, pero este tipo de vino no se encuentra en el Errante ni pagando, así que él da un buen sorbo. Se nota —Ludo lo sabe porque sus hermanos lo hicieron antes con él— que la familia Apokros ha puesto toda la carne en el asador para este banquete. Fiestas así son ideales para forjar alianzas y para demostrar de cuánto poder se dispone. Al final, todo se reduce a eso: secretos, mentiras, apariencias, y un montón de cosas más que a Ludo le aburren soberanamente.

¿Y qué es lo que no aburre a Ludo? Pues el orfebre guapo que está hablando con una señora de aire distinguido y que, por los brazaletes dorados que lleva, que le recorren desde las muñecas hasta el codo, también ha venido a presumir de posición.

Quieren los dioses que, en este preciso instante, el pájaro de llamas de Sátor haga un vuelo rasante sobre sus cabezas antes de deshacerse en un millar de chispas. El orfebre se aleja de la mujer como si tuviera la plaga y Ludo vuelve a ir detrás de él. Que no es que tenga especial interés en el orfebre. No. Claro que no. Es que está aburrido de tanto trabajo, por mucho que su trabajo le guste, y Ludo necesita distracción. Más que necesitarla. Porque es algo más. Es algo hasta casi físico. Como un apetito insaciable por rellenar un hueco en el pecho y que le hace pasar de una actividad a otra constantemente.

Ese orfebre que recuerda de otra vida y que se ha sonrojado cuando le ha sonreído le parece la mejor distracción que puede tener ahora mismo, en el diminuto descanso —de veras, uno pequeñito— que ha decidido tomarse.

Comienza a dar pasos más rápidos. No quiere que se le escape. Ludo sabe que está llamando la atención de todos los invitados por, muy obviamente, su forma de vestir. Pero lo siente por todos ellos: el día que lo echaron de La Corona, sus antiguos vecinos perdieron la oportunidad de juzgarlo.

Ya llega, ya llega. Y en cuanto se pone a un paso detrás del orfebre, solo tiene que fingir un tropezón y verter lo que le queda de vino sobre el jubón de terciopelo que lleva. Al instante, el orfebre se gira.

—¡Perdona! ¡Perdona! —dice Ludo en susurros que, en realidad, no lo son tanto.

Ahora que lo tiene cerca, se da cuenta de que el orfebre tiene ojos de color castaño clarísimo, que parecen de oro. Es media cabeza más alto que él, tiene los brazos fuertes y sospecha que, bajo el jubón de terciopelo del color de la medianoche, ribeteado en oro, tiene unos abdominales que a uno le gustaría dibujar con los dedos. No es que Ludo sea ese *uno* en particular, pero tampoco le disgustaría.

—No pasa… No pasa nada —dice el orfebre después de sacar un pañuelo bordado del interior del jubón, con el que se limpia. Su voz es apagada y Ludo intuye un tono temeroso. Pero es normal, se dice.

Aunque el orfebre no debería preocuparse tanto por lo que piense el resto de invitados. A su alrededor, la fiesta sigue como si nada, el pequeño incidente del vino ni siquiera parecen haberlo advertido los asistentes más cercanos.

—Yo soy Ludo, ¿y tú?

Y me encantaría que nos escabullésemos tú y yo detrás de esos arbustos, eso Ludo lo piensa pero no lo dice.

El orfebre duda unos segundos. Parpadea. No está acostumbrado, pobre pajarillo. Normalmente, en este tipo de fiestas, los tejedores saben cuál es su lugar y se comportan. Pero es que a Ludo eso de comportarse tampoco es que se le dé muy bien. Y por eso sabe que ha sorprendido al orfebre con la guardia baja.

—Ennio. Soy Ennio, primogénito de los Orykto. Orfebre de la división de forja y armería.

—¿Eres un orfebre? —Ludo se le acerca y le toca con un dedo la sien, allá donde Ennio tiene el tatuaje dorado en forma de hojas de laurel. Luego, retrocede como si se diera cuenta de su error—. Discúlpame. No quería… no debí haberme tomado estas confianzas… ¿Señor? ¿Debo llamarte «señor»? ¿«Señoría»? ¿«Eminencia»? —A cada palabra que dice, ve como el orfebre guapo se sonroja cada vez más, lo que le produce a Ludo un placer travieso en la boca del estómago. Así que, envalentonado, añade—: ¿Quieres un pastelillo? Espera, que hace un momento ha pasado un camarero con una bandeja. Tú, déjamelo a mí. Encontrar comida gratis es mi… —Pese a su estudiada inocencia, Ludo nota cómo el orfebre, Ennio, de los Orykto, se encoge durante unos segundos. También mira a su alrededor. Seguro que está buscando miradas indiscretas, cuchicheos, ojos clavándosele en la espalda por estar hablando cara a cara y a solas con un tejedor—. No muerdo, ¿eh? —se interrumpe Ludo a sí mismo. Ennio deja de mirar a todos lados y, por primera vez, centra los ojos en él. A la luz de los faroles del jardín, esos ojos marrones que tiene, casi de color miel, le hacen juego con el cabello claro, ligeramente ondulado, recubierto por un finísimo aro de oro que, en la frente, se cierra con un zafiro azul. *Y con las pestañas*, piensa Ludo. *Con las pestañas largas.* Por eso añade—: No muerdo si tú no quieres que te muerda, claro…

Deja las palabras en suspense y se acerca otro paso, para averiguar si el orfebre mejora en distancias cortas.

Pero no puede comprobarlo porque, en ese momento, le distrae un estrépito de bandejas de latón chocando contra el suelo, gente gritando sorprendida y mesas volcadas en uno de los extremos del jardín. Y no solo a él sino también, prácticamente, a todos los invitados. Hasta los músicos dejan de tocar por unos instantes.

Después del estrépito vienen una carrera apresurada y un grito. No. No es un simple grito. Es un alarido de esos que son papel de lija en la garganta:

—¡Asesina! ¡No la dejéis escapar! ¡Es una asesina!

Ludo no ve quién es el dueño de esos gritos porque, en ese momento, contra él se abalanza una exhalación que hace que ambos —Ludo y la exhalación, que no es tal sino una alguien corriendo tan rápido que no le ha visto y ha chocado con él— acaben rodando por el suelo.

En el suelo, la mirada que ambos cruzan dura solo un instante. Un instante en el que Ludo es capaz de reconocer el terror y la desesperación en los ojos de quien ha chocado con él justo antes de que se levante y eche a correr de nuevo.

Oh, piensa Ludo. Y luego, añade mentalmente *Oh. Oh. Oh* cuando se levanta, se le ordena el cerebro y toma conciencia de que esa mirada pertenece a alguien que conoce. Y que, probablemente, también conozca el resto de invitados. Pero, claro, ninguno ha tenido la... ¿cómo llamarlo? ¿Suerte? Sí, en este caso le vale: suerte, de chocarse con ella.

El problema —uno pequeñito, quizá— es que quien la persigue y la llama «asesina» es alguien a quien también conoce.

—Disculpa... —comienza a decir mientras se atusa la ropa tras la caída y comienza a caminar hacia atrás—. Tengo que marcharme. Me sabe mal dejar a medias esta conversación tan interesante, pero me ha surgido un asunto importante.

Antes de alejarse, le dedica a Ennio el orfebre una sonrisa calculadamente traviesa, triste sustituto de lo que pretendía hacerle de haber tenido más tiempo, pero Ludo tiene que correr. Sortea ágilmente a los invitados a la fiesta, que tras la conmoción se han reunido en corrillos en los que cuchichean, y llega sin aliento a donde está Bes.

—Tienes que venir conmigo —susurra apresuradamente y, luego, señala hacia Sátor, que ha dejado de usar su Arte pero su enjambre de admiradoras sigue allí—. Y dile al grandullón que venga también. Tenéis que echarme una mano.

«¿De qué estás hablando, Ludo?», signa Bes contrariada. «No me lo digas: has estado catando el vino».

—Sí, pero porque no he podido catar nada más —comenta casi sin querer—. Vamos. Moveos. Os lo cuento por el camino.

III

Caminamos por senderos rotos

Villa Apokros, justo después del asesinato.

HEDERA

Tulio. Tenía que ser Tulio de entre todas las personas. *Tulio,* se repite Hedera, porque le es más fácil pensar en él que en ese cuerpo muerto y ensangrentado entre sus brazos.

Hedera corre, todo a su alrededor son borrones de tinta en una vertiginosa carrera con solo una meta: escapar.

Escapar de ese muerto que no sabe cómo ha terminado manchándole las manos, la cara y la ropa de sangre; escapar de su casa, escapar de ese Tulio que ya no reconoce. Le ha parecido mayor, más triste y más enfadado. Y su mirada… una mirada a caballo entre la sorpresa, el despecho, la tristeza y el odio. Sí, el odio. Además del miedo y de la urgencia por huir, Hedera siente como si algo al rojo vivo le estuviera atravesando las entrañas.

Tropieza y, cuando lo hace, se da cuenta de que ha tomado la dirección incorrecta, que ha terminado en medio de la fiesta. A toda prisa se cubre la cara con la solapa del abrigo mientras todos escuchan el grito de Tulio: «¡Asesina!», y ella es incapaz de corresponderle diciendo que no, que no ha sido ella, que ella no ha matado a nadie. *Corre*, se ordena. *Corre como no lo has hecho en tu vida.*

Tratando de abrirse paso, Hedera da un salto hacia delante apartando mesas, invitados, tirando fuentes de fruta, empujando estatuas de hielo. Sus tobilleras aladas, esas que le regaló Tulio, la hacen sentir ligera, como si volara, y se aferra a esa sensación de vértigo creciente mientras se acerca cada vez más rápido al muro que cierra el jardín. Detrás de ella, los gritos de Tulio —«¡Asesina! ¡Asesina!»— se multiplican como los ecos en una caverna.

Al llegar al muro, Hedera salta. Las alas de sus tobillos aletean furiosas y la elevan por encima del suelo, más alto de lo que podría haberse alzado sin ellas. El vértigo, ahora sí, le encoge el estómago hasta que, en un parpadeo, ya está al otro lado del jardín.

Aquí no hay luces, no hay música ni gritos, sino un pequeño rincón entre los altísimos muros de las villas circundantes. Una fuente en forma de delfín borbotea, rodeada de magnolias en flor. La calma es tan repentina que la aturde un segundo, que es todo el tiempo que se puede permitir.

TULIO

Durante unos instantes, el universo de Tulio se reduce a gritos y más gritos sumados a los latidos desbocados de su corazón. Quizás él sea el único que grita. No está seguro del todo porque trata de centrar toda su atención en el muro que Hedera, los dioses la maldigan, acaba de saltar.

En un instante de lucidez, Tulio sabe que él no podría hacer lo mismo, pero está tan confundido y rabioso que, aunque se le pase por la cabeza derrumbar el muro a puñetazos, decide dar un rodeo por la puerta principal. Tiene que apresurarse, tiene que...

—¡Tulio! —Detrás de él, la voz de Ennio gritando su nombre logra, de alguna manera, sacarlo de su estupor—. ¿Qué ha ocurrido?

Y no está solo. Con él, más gente se acerca. Algunos parecen alarmados y otros, con gesto de desdén, sujetan sus copas de oro o mesan sus joyas, seguramente preguntándose qué habrá hecho *esta vez* el hijo del Theokratés.

—Mi padre... —jadea. Los odia. Los odia a todos. Desprecia sus habladurías, su avaricia, su estúpido orgullo. Por qué no se mueven. Por qué no le ayudan—. ¡Ha sido asesinado, maldita sea!

Ahora sí, la noticia se extiende entre cuchicheos y exclamaciones de asombro. Quiere la casualidad o la crueldad de los dioses, si no son lo mismo, que en este momento los músicos dejen de tocar y Tulio pueda escuchar con perfecta claridad un gemido horrorizado.

Su madre, Caletia, aparece por entre la multitud. Tulio apenas tiene tiempo de sujetarla antes de que caiga al suelo. No la mira siquiera. Solo quiere atrapar a esa figura que, derribando todo a su paso, ha terminado saltando el muro como si volara.

Hedera. Es Hedera. ¿Ha sido ella? ¿Ha matado Hedera a su padre? No le cabe en la cabeza.

El rostro de su madre está pálido. Los labios, prácticamente morados. Tulio sabe que su deber es quedarse con ella. La gran Caletia de Zephir jamás mostraría debilidad, ni siquiera en un momento como este, pero Tulio no puede detenerse ahora porque sabe que, en el momento en que lo haga, el dolor que siente será más fuerte que su rabia. No puede permitirlo. Necesita esa rabia ahora, como un fuego, como el aliento de vida del que dotan los orfebres a sus creaciones. Su padre ha muerto, y lo odiaba tanto como antes lo quiso, así que no puede quedarse ahí con ella. Los segundos se le escapan de las manos, igual que Hedera, la asesina, y deja el cuerpo de su madre, que apenas reacciona, apoyado contra una columna de mármol de las que decoran el jardín.

—¿Qué haces? —le pregunta Ennio, el único que, al final, ha tenido el valor de acercarse a él. El resto de invitados, no sabe si por la sorpresa o porque cada uno se está tomando el anuncio de la muerte del Theokratés de Lydos como una oportunidad para su agenda personal, ha terminado reuniéndose en corrillos, cuchicheando.

—¡Cuida de ella! —Es lo único que Tulio puede decirle a su amigo antes de echar a correr de nuevo.

—Pero… —balbucea su amigo, aunque obedece de inmediato—. Hay que… hay que avisar a los vígiles, hay que… ¿Quién ha sido? ¿Quién lo ha hecho?

Tulio tiene que detenerse. La pregunta de Ennio le ha atravesado como un dardo.

¿Quién?

Hedera. *Su* Hedera. Es imposible y, al mismo tiempo, con sus propios ojos ha visto sus manos ensangrentadas, el puñal en el suelo.

Tiene que irse. Da un paso. La gente se aparta espantada.

—¡Tulio! ¡Contesta! —insiste Ennio. «Hedera», quiere responder él. ¿Qué hacía en la fiesta si no? ¿Qué son los tejedores sino criminales y traidores?—. ¡Tulio!

Pero él decide ignorarlo. No quiere escucharle porque, si lo hiciera, Tulio se preguntaría por qué no ha querido gritar quién ha sido la asesina delante de todo el mundo.

Sale de Villa Apokros hacia unas calles tan elegantes como silenciosas. Esta noche, prácticamente la totalidad de residentes de La Corona están en la fiesta. ¿Por dónde se habrá ido Hedera? ¿Dónde se esconde, por la misericordia de los dioses? A su alrededor son todo calles empedradas con cipreses a ambos lados que descienden hacia la Ciudad Baja. En lo alto del cielo, la luz de una luna hinchada, rojiza como si ella también estuviera manchada de sangre, todo lo baña. Entonces, ve una sombra que se aleja. La reconocería en cualquier lugar, en cualquier circunstancia. Ella.

Corre. Tulio ni siquiera se detiene cuando le arden los músculos ni cuando protestan todas las articulaciones de su cuerpo. A cada paso que da, el cuero de las botas le hiere la piel pero ni siquiera eso logra frenarlo. Ni siquiera le grita a Hedera que se detenga porque sabe que no lo hará.

Cuando Hedera cruza el Puente de los Susurros, que une La Corona con Piedeísla, él ya ha recortado considerablemente la distancia que les separa. A su paso, las pocas estatuas que todavía conservan algo de vida se inclinan y comienzan a cuchichear entre sí. Quizá la noticia de la muerte de su padre ya haya llegado hasta ellas. A lo lejos, en lo alto de una torre demasiado esbelta, un reloj da las nueve de la noche.

Y, de repente, la ciudad cambia. Se encuentra con más gente por la calle. Ya no le rodean esas villas magníficas escondidas entre muros de piedra y enredaderas, sino casas de tres o cuatro pisos tan juntas que parecen pegadas con pequeños negocios en los bajos y fuentes y estatuas en cada esquina. Una mujer se aparta apresuradamente para no ser arrollada y un anciano vestido con un abrigo demasiado grueso para el clima suave de Lydos le increpa, «¡mira por dónde vas, animal!», pero él sigue corriendo.

Es entonces cuando comienza a escuchar los susurros. Miles de ellos, extendiéndose por las calles como un mal viento. Surgen de centenares de caras esculpidas, con bocas anchas y grotescas, que se encuentran en los patios de las grandes casas y en las calles más concurridas, la invención de un orfebre de hace tantos años que se ha perdido su nombre. Las bocas tenían una función clara: enviar mensajes de forma rápida y eficaz por toda la colina de la isla, pero con el paso de los siglos esas *buccas* se han vuelto caprichosas y solo esparcen los rumores y chismorreos cuando les apetece. Y, ahora, Tulio escucha que dicen:

«El Theokratés ha muerto. Tiene un corte en el cuello por donde se le ha escapado la vida».

Y su rabia, si cabe, crece todavía más.

Quizá su relación haya sido siempre así, se dice Tulio en un segundo durante el que se permite dejar vagar la mente. Hedera, que huía, y él, que la perseguía como un idiota. Realmente, sí. Siempre fue así, se da cuenta, mientras una carcajada amarga está a punto de escapársele por entre los labios.

—Maldita sea —gruñe Tulio, que da un traspié al tiempo que choca con otro paseante. La ha perdido. Hace unos instantes estaba delante de él, casi a su alcance y…

No. Hay un callejón. Un espacio muerto entre una elegante casa residencial —debe de pertenecer a un mercader— y una casita alta y estrecha con un taller de costura en los bajos. Tulio cambia de rumbo sin frenar y cuando por la inercia choca contra la casa a su izquierda usa el golpe para avanzar más rápido y el dolor del impacto para alimentar su ira.

Allí está. De nuevo, esa figura que reconoce tan bien, porque la tiene grabada en el corazón, para bien o para mal. Se ha detenido a recuperar el aliento. Tiene las manos apoyadas en las rodillas, el cabello rizado cayéndole por encima de la frente y los ojos llenos de terror cuando Tulio se abalanza contra ella en lo que termina siendo un choque brutal. Imprevisto.

Y lo que ocurra a continuación solo dependerá de una cosa: ¿quién de los dos se levantará primero?

Hedera

El choque y sus consecuencias solo son nuevas capas de dolor que se suman al que ya sentía Hedera. Dolor por la sangre que le mancha las manos, por la carrera, dolor por el odio en los ojos de Tulio, por el miedo que la invade.

Siente la espalda entumecida, la cabeza le da vueltas. Aunque sabía que detenerse a respirar era un error, no podía más. Ni con la ayuda de sus alas en los tobillos ha sido capaz de seguir corriendo. Pensaba, inocente de ella, que Tulio se cansaría en algún momento, que se rendiría…

Que estúpida ha sido. Sabe de sobra que Tulio no se rinde jamás.

En cuanto se incorpora, trastabilla mareada por el golpe y por el hedor del callejón, pierde por unos instantes la visión, los pies se le resbalan y habría caído de bruces otra vez si una mano como una garra no la hubiera sujetado.

—No —susurra Tulio.

—Suéltame —sisea ella—. Yo no he sido. Yo no he matado a tu padre.

—Entonces, ¿por qué te has escapado?

Porque él no va a creerla. Por ese odio en la mirada. Porque es una tejedora y en La Corona desprecian a los que son como ella, piensa frenética, aunque el orgullo la lleva a mascullar:

—Quizá si no me hubieras llamado «asesina» no lo habría hecho.

—¿Qué hacías en tu casa?

Podría decirle la verdad. Sabe que Tulio podría entenderla. Que, como ella, ha terminado siendo todo aquello que no debería ser. Sin embargo, su orgullo vuelve a ganarle la partida y lo que hace Hedera es apretar los labios.

—Que me sueltes.

Ahora, sí. Con un destello feroz en sus ojos y un movimiento rápido y preciso, Tulio le retuerce el brazo hacia atrás, forzándolo contra su espalda en un ángulo incómodo y dominante. Hedera gruñe, superada por la fuerza inesperada de él. El aliento de Tulio en su nuca de improviso la lleva a tiempos pasados y quizá mejores mientras un escalofrío le recorre todo el cuerpo. Ese aliento... lo sintió tantas veces. Pero a Hedera no le da tiempo a recordarlo del todo porque Tulio insiste:

—Dime la verdad. ¿Por qué has matado a mi padre?

—Te he dicho que no he sido yo —mascula Hedera tratando de que el dolor no se transfiera a sus palabras.

—¿Quién, si no?

—¡No lo sé! —jadea. Hedera no ha visto a nadie más que a Jano Zephir con la muerte en los ojos, aunque por un instante recuerda ese destello. Dos puntos de luz roja medio ocultos en la oscuridad del jardín. ¿Qué eran? ¿Qué significaban? ¿Qué...?

La risa de Tulio siempre ha tenido un punto de malicia que a Hedera le encantaba, pero nunca ha sido cruel, nunca. En cambio, ahora sí lo es.

—No me hagas reír. ¿Por qué clase de idiota me tomas, Hedera? ¿Qué hacías si no en la villa de tu familia? ¿De visita?

No ha sido ella. Que no ha sido ella. Que se lo ha encontrado así, ensangrentado, cuando ha escapado, temiendo que alguien la descubriera robando. Sí, robando, que eso es lo que, cuando puede y tiene ocasión, va a hacer a su antigua casa, la villa de su familia. Que al menos ese Arte inútil con el que los dioses la castigaron le sirve para hacerlo. Que no tiene nada de malo porque, a fin de cuentas, esa fue su casa y lo que hay dentro es suyo.

Todo eso le diría Hedera si no fuera de nuevo por ese orgullo que la ciega. Quizá sea mejor así. Reconocer su desdicha es algo que no entra dentro de sus planes. Solo lo mira y desearía que su mirada fuera lo suficientemente poderosa como para atravesarle el corazón.

Sin embargo, Tulio aprieta más, implacable. Los músculos del brazo se le tensan irradiando fuerza. Cada centímetro de su agarre se endurece buscando su sumisión. Hedera jadea mientras lucha por mantener la compostura. El ruido de su esfuerzo llena el aire, un gruñido ahogado escapando de sus labios.

Y, de repente, pasos. Puede tratarse de una patrulla de vígiles. O de otros invitados a la fiesta, que hayan seguido a Tulio. Sea quien fuere, piensa Hedera mientras se resiste a gritar, está perdida.

Sin embargo, se equivoca. Se da cuenta de ello justo cuando cesa el agarre y escucha el golpe seco y preciso contra la cabeza de Tulio.

IV

Fuimos amigos,
hace mucho tiempo

En un callejón del Bajoforo.

LUDO

La cara que ha puesto Hedera. De veras. Ojalá pudiera vérsela en un espejo mientras su antiguo prometido se desploma inconsciente contra el suelo mugroso gracias al certero golpe —nada. Apenas una caricia. Mañana ni siquiera tendrá chichón— que acaba de darle Ludo.

Cara de absoluta sorpresa.

Si la situación no fuera tan grave, Ludo dejaría escapar una carcajada.

Bueno, la suelta. Pero es una muy breve justo antes de exclamar:

—Pero ¡muévete! —Sujeta a Hedera por la muñeca y tira de ella con fuerza. Saltan el cuerpo inconsciente de Tulio y avanzan por el entramado de callejones—. No creo que tu exprometido se despierte, pero prefiero no arriesgarme. ¿A quién se le ocurre matar al Theokratés?

—Yo no he sido.

—¿Se lo has dicho ya a él?

—¿Te crees que soy imbécil?

—Nunca se sabe. Hace mucho tiempo que no nos vemos —mascula Ludo, solo por el placer de meterse con ella. Cuando eran amigos, a Hedera le costaba encajar las bromas, y no debe de haber cambiado mucho, porque insiste con voz seca:

—Yo no he sido, ya te lo he dicho.

—Bien por ti, amiga mía —responde, pero ella le corta de inmediato:

—Ya no somos amigos.

Benditos sean los dioses allá, en sus salones, que carecen de toda preocupación mientras que él tiene que lidiar con gente como Hedera, piensa Ludo amargamente.

Y, vale, de acuerdo. Puede que *técnicamente* Hedera tenga razón. Hace prácticamente un año que no se ven, pero antes de eso, mucho antes, sí que lo fueron.

—No me vengas ahora con…

—No necesito que nadie me salv…

Hedera se detiene en seco, el ceño fruncido y la mirada clavada en dos figuras agazapadas entre cajas y desperdicios hacia el final del callejón.

—No te preocupes. Solo son Bes y Sátor, que han venido a ayudar… —Pero Hedera ya retrocede como un animal acorralado.

—¿Qué quieres de mí? ¿Es una trampa? —Tozuda, Hedera sacude la cabeza mientras se acrecienta el jaleo cada vez más inquietante de gritos y carreras que llegan desde la calle más ancha que tienen justo detrás. Antes de que pueda contarle que les ha obligado a meterse en este lío porque Hedera y él son amigos (aunque Hedera ya le haya dejado bastante claro qué opina del concepto «amistad») y que están con ellos para ayudar, el aire parece que se volviera más denso mientras Hedera entrelaza las manos, las extiende y proyecta contra la pared lo que parece la sombra de un pájaro. Maldición.

—Espera, espera… —comienza a decir, pero es tarde: el pájaro de sombras agita las alas y, luego, su siniestra silueta se multiplica por diez, por veinte. Cuando Ludo quiere darse cuenta, se ha convertido en una bandada de puras sombras que, de repente, empieza a revolotear furiosamente hasta que el callejón se transfigura en una amalgama de picos y alas fantasmagóricas, de gritos y de maldiciones.

El ataque, aunque violento y, en realidad, una pantomima que solo le asusta, dura apenas unos segundos, hasta que los pájaros desaparecen transformados en simples volutas de humo. De Hedera no queda ni rastro. Se ha escapado otra vez.

«¿Y por eso nos hemos pegado esta carrera hasta aquí?», signa Bes. Sus palabras, que han ido apareciendo en el aire a medida que ella movía las manos, son la única fuente de luz en todo el callejón.

—Recuérdanos por qué estamos haciendo esto, por favor —masculla Sátor con desesperación. Y eso que el chico, que aprieta los carrillos y tiene pegados unos cuantos rizos pelirrojos sobre la frente, es una de las personas más optimistas que conoce Ludo.

—Porque os lo he pedido yo, Ludo, vuestro amigo del alma.

—Sí, *del alma* —replica Sátor con voz burlona—. Los dioses te oigan la próxima vez que vayamos a La Herradura, porque siempre nos haces pagar a nosotros todo lo que tú bebes.

—Porque se ha metido en un lío, ¿de acuerdo? —se apresura Ludo, porque es cierto que suele pedirles a sus compañeros que paguen por él, pero también es verdad que Ludo es *encantador* y lo pide muy amablemente—. Y porque ella y yo fuimos amigos, hace tiempo.

«¿Amigos del alma también?», signa Bes. De algún modo, logra transmitir un tono irónico al movimiento de sus manos, pero la sonrisa se le borra ligeramente de los labios cuando a Ludo le sale, demasiado serio para su gusto:

—Sí.

Y no había, en esa otra vida, esa vida que llevaba antes de convertirse en tejetrino, mucha gente que quisiera entablar amistad con Ludo.

—Y como fuimos amigos, Andras me pidió que la buscara. Pero, claro —añade Ludo—. *Es una tejesombras*. ¡Como para encontrarla!

«Chicos».

—¿Y para qué quiere Andras una tejesombras? —Sátor se despereza, estirando esos bíceps con los que los dioses le han bendecido.

—Eso mismo le pregunté yo —replica Ludo. Andras es el líder de los Hijos del Buen Padre, la tropa de tejedores con los que vive Ludo, y le admira como quizá no haya admirado nunca a nadie—. Y solo se rio.

—Qué sorpresa.

—Bueno. —Ludo encoge los hombros. Como si tuviera que contarle a Sátor lo poco amigo que es Andras de explicarles los porqués de lo que les ordena, si Sátor mismo lo sufre a diario. Y también Bes—. Ya sabes cómo… ¡Eh!

Algo le ha golpeado en medio de la coronilla. Ludo desea con todas sus fuerzas que solo se trate de un guijarro que Bes le haya lanzado con su endiablada puntería, y no algo peor como la cagada de una gaviota.

«Chicos».

Bes es menuda, hecha enteramente de curvas suaves, el rostro casi siempre tocado por una sonrisa plácida, pero ahora frunce el ceño como si fuera a regañar a dos niños traviesos.

«Esta es una conversación interesantísima pero, si no movemos el culo, la vamos a acabar perdiendo de vista del todo y, entonces, todo este enredo de hoy no habrá servido para nada».

—¿Ves, Sátor? —insiste Ludo, aliviado, mientras le guiña un ojo a su compañera—. Vamos.

Sátor acaba aceptando a regañadientes y, por fin, los tres salen del callejón para meterse de cabeza en el bullicio del Bajoforo. El enorme mercado, que ocupa la parte más baja de la isla, es el único lugar en toda la ciudad donde se mezclan todos los habitantes de Lydos, ricos y pobres, mendigos, comerciantes, aristócratas, artesanos y ladrones de poca monta, los ciudadanos de La Corona y los que viven en el barrio del Errante, al otro lado del puente de la Garra. No se puede decir que sea un lugar pacífico, pero sí es un lugar, podría decirse, en equilibrio. Pero, ahora, el equilibrio claramente se ha roto.

—Por aquí —señala Ludo. Una figura se desliza, rápida y discreta, por entre una montaña de vasijas listas para su venta.

—No, mira. —Sátor señala hacia los soportales del lado sur del mercado. Allí, una sombra esquiva parece moverse entre la gente. Un poco más allá, hay otra, y otra, y otra.

«Tejesombras, ¿no?», signa Bes mientras, en cuestión de segundos, les envuelve el caos del mercado.

En sus puestos, muchos comerciantes gritan a los cuatro vientos las virtudes de sus mercancías —«¡Telas finas de las islas del sur!», «¡Los mejores ungüentos! ¡Hay uno para cada aflicción conocida por el hombre, señoras y señores!»— desde sus tenderetes colocados bajo los grandes pórticos que rodean la plaza, pero nadie les escucha.

Es por las *buccas*, que esta noche parecen haberse vuelto locas. O, piensa Ludo, *más locas* de lo habitual en estos tiempos. Pero, claro, no todas las noches se comete un asesinato. Bueno, sí que se cometen, se corrige Ludo mientras trata de avanzar entre el gentío, pero no prácticamente a la vista de todos durante un banquete en La Corona.

«*Jano Zephir ha muerto*», dice la *bucca* a su derecha. La llaman «la anciana de los secretos». No sabe por qué, pero ha sido así desde que tiene memoria. Es un altorrelieve tallado en mármol blanco con vetas grises que representa el rostro de una mujer surcado por infinidad de arrugas.

Un poco más allá, «el niño de la verdad» amplía la información: «*El Theokratés de Lydos, la voz del Demiurgo, ha sido asesinado. En la villa de los Apokros*». Y, todavía más a lo lejos, otra *bucca* se lamenta: «*¡Lydos está condenada! ¡Condenada!*».

Son un poco dramáticas las pobres. Siempre lo han sido y, aunque parezca que todo el mundo se empeñe en ignorarlo, Lydos ya no ostenta el mismo poder que tuvo en el pasado y, supone Ludo, la muerte del Theokratés no va a ayudar a mejorar las cosas.

—Vamos a los embarcaderos —resuelve—. Si yo estuviera en su lugar, trataría de llegar al Errante como fuera…

Sátor se encoge de hombros y Bes solo deja escapar un suspiro resignado.

«Bien pensado, podríamos marcharnos y ya est…».

A lo lejos, alguien grita indignado mientras la mayor parte de los que esta noche se han dado cita en el Bajoforo se estrujan y se empujan para quedar lo más cerca posible de las *buccas*. Al grito se le suma un estrépito de cerámica rompiéndose y eso indica dos cosas: que alguien acaba de derribar uno de los grandes puestos de vasijas en su afán por escuchar los cuchicheos y que, si el ambiente se caldea, la gente empezará a pelearse y, entonces, llegarán los vígiles.

Si eso terminara ocurriendo, Ludo preferiría estar bien lejos del Bajoforo.

Entonces, recibe un codazo tan fuerte que se le escapa el aliento. Antes de que pueda protestar, se encuentra con la mirada alarmada de Bes que, en silencio, señala hacia un punto no muy lejos de allí.

Hedera. No una sombra, ni una ilusión. Ahora sí que es ella.

Es cierto que hace un año que no se ven. Tras el ritual que los convirtió a ambos en tejedores, Hedera no fue a esconderse entre los desheredados y olvidados de Lydos que malviven en el Errante. Hedera desapareció. Menciones aquí y allá acerca de una tejedora de piel negra y gesto orgulloso le indicaban que seguía viva por algún lugar de Piedeísla, pero esta noche, cuando la ha visto corriendo por el jardín del que fuera su casa, Ludo se ha dado cuenta de dos cosas. La primera es que Hedera, efectivamente, no había muerto sino que ha continuado su vida como tejedora igual que la vivió como noble en La Corona: huraña, orgullosa y esquiva (aunque él, claro, la quería de todos modos). Es decir: como una profesional en eso de pasar desapercibida. Como lo haría, por ejemplo, una ladrona.

La segunda cosa de la que se ha dado cuenta es de que no iba a abandonarla a su suerte.

Esas cosas no se hacen.

O, bueno, sí. Pero no esta noche.

—Intentemos no perderla de vist…

Ludo no termina la frase porque, a lo lejos, sienten como si el suelo a sus pies retumbara. Pero es solo el efecto de muchos pares de botas golpeando rítmicamente el pavimento.

«Los dioses les maldigan», signa Bes.

Vígiles. Los encargados de mantener la paz en Lydos, aunque en la humilde opinión de Ludo no sean más que los perros de La Corona. Avanzan entre la gente como quien lo haría entre ovejas, apartando a quien se interponga en su camino sin miramientos. Probablemente los hayan enviado a controlar el Bajoforo, aunque su presencia lo único que haga sea poner más nerviosa a la gente.

Ludo supone que es por las máscaras.

Nadie conoce la identidad de los vígiles de La Corona, solo que sus miembros son elegidos de entre las familias más pudientes de Lydos Piedeisla. Eso los hace todavía más aterradores. Las máscaras que llevan, de plata pulida, todas con exactamente la misma expresión: un rostro espejado sin emociones ni sentimientos, no solo ocultan su identidad sino que también les hace impunes. Y que cualquiera en Lydos (cualquiera que no tenga suficientes riquezas, por lo menos) se guarde mucho de decir según qué cosas frente a los extraños.

Y resulta que Hedera va de cabeza hacia ellos. Ludo la ve dudar, mirar a su alrededor y tratar de retroceder, pero la multitud le corta el paso, apiñada bajo los elegantes pórticos alrededor del Bajoforo buscando salidas rápidas y discretas.

Podría ser que los vígiles pasaran de largo. Por qué no.

Pero cuando los nervios parecen traicionar a Hedera, que se agita y busca una vía de escape a su alrededor, algunas de esas caras idénticas, sin corazón ni alma, se giran en su dirección.

Lo que decía Ludo: huelen el miedo como perros.

—Dejadme a mí —masculla Sátor, resignado. Y luego, añade—: Pero la próxima vez que vayamos a La Herradura, pagas tú.

Cuando Sátor se acerca hacia la multitud y afianza los pies en el suelo, quizá por ese cabello tan rojo y brillante que tiene, destaca por entre todas esas personas amontonadas. Bueno, también porque no todo el mundo tiene ni luce esos músculos como montañas en miniatura. Sátor aguanta unos segundos así, convertido en un obstáculo cada vez más incómodo en el centro del Bajoforo, pero son solo unos segundos los que necesitan. Sátor se atusa el chaleco verde esmeralda y extiende las manos. Como todo su cuerpo, son robustas y fuertes. Pese a llevarlas llenas de anillos, uno por cada dedo, también exhiben ese tatuaje que se entrelaza como una tela de araña, con trazos delicados y precisos que se extienden hasta la muñeca, y que lo marca como tejedor. El mismo tatuaje que él mismo lleva y que llevan todos los tejedores como ellos.

A pesar de que en La Corona se considere a los tejedores como algo fallido, algo inútil, Ludo no está de acuerdo. Él opina que el Arte de las llamas y el fuego de Sátor es de lo más útil. Para cocinar, por ejemplo, o para mantenerse caliente en invierno.

Y para crear distracciones. Para eso, Sátor también es estupendo.

Cuando el pelirrojo hace entrechocar sus anillos se produce una chispa que Sátor, con su Arte, convierte en una gran llamarada.

—Ahora. Ahora —apremia.

Ahora o nunca. Cuando los vígiles y también los curiosos que luchan por acercarse a las *buccas* levantan la mirada hacia esas llamas de fuego que caracolean suspendidas sobre sus cabezas, Ludo avanza entre codazos y empujones hasta que por fin logra alcanzar a Hedera.

—Tienes razón, tienes razón... —le dice antes de que ella tenga tiempo a reaccionar—. No necesitas ayuda de nadie, pero ¿te soy sincero? No sabes cuánto tiempo pasará antes de que esas endiabladas *buccas* griten tu nombre por toda la ciudad. Por no hablar de tu prometido, que cuando despierte estará de un humor de perros y nunca me ha parecido que supiera rendirse, así que, si alguna vez en tu vida vas a necesitarla, quizás ese día sea hoy. Puedo sacarte de este embrollo.

—¿Por qué? ¿Por qué me estás ayudando?

—Por los viejos tiempos —responde él—. Y porque esto es lo que hacemos. Nosotros...

Los ojos de Hedera, demasiado abiertos, oscilan entre los vígiles, Ludo, Sátor y Bes.

—¿Quiénes sois «vosotros»?

—Los Hijos. Los Hijos del Buen Padre. —Puede que Ludo comience a perder la paciencia, porque se le escapa un trino agudo al final de la frase—. Hacemos muchas cosas, pero una de ellas es ayudar a otros tejedores, ¿es suficiente o no?

—En realidad, no. Es una razón malísima —musita Hedera mientras retrocede un paso.

—Las tengo peores si quieres —le responde él sin amedrentarse—. Pero en esto soy sincero: te ofrezco refugio. Te ofrezco salir de esta plaza. Pero es decisión tuya.

HEDERA

«Una tejedora».

«Ha sido una tejedora la que ha matado al Theokratés».

«Asesinato. Traición. Lydos está perdida».

Las *buccas*, las malditas *buccas* de Lydos, continúan con su retahíla de chismes y rumores y, al escucharlas, Hedera se siente acorralada.

No dicen su nombre, pero en su cabeza resuenan las palabras de Ludo: ¿cuánto tardará Tulio en denunciarla? ¿En gritar su nombre a los cuatro vientos? ¿Lo sabrá ese escuadrón de vígiles que tiene delante? ¿Estarán buscándola a ella?

Hedera no ha matado al padre de Tulio, pero sabe que poco va a importar la verdad.

Nadie va a creer a una tejedora que, además, no estaba donde debía.

Tiene todos los motivos para ser sospechosa y ninguna razón que la exculpe.

Entonces, mira al frente, hacia Ludo, que fue su amigo en un tiempo que ella no quiere recordar y a quien preferiría no haber visto, pero que le está ofreciendo una mano, una salida.

—De acuerdo —claudica entonces, mascullando las palabras entre dientes.

Cuando Ludo la agarra del brazo y tira de ella, siente la brisa de la laguna en la cara. Querría cerrar los ojos porque está agotada. No ha dejado de correr en toda la noche. Ese pensamiento, sin embargo, inflama algo en su interior, eso que siempre la impulsa: su orgullo. No. No va a permitir que nadie la arrastre. Hedera siempre, *siempre*, es más rápida.

—¡Por aquí —susurra Ludo. No solo le está hablando a ella, sino que también lo hace a los otros dos. Bes. Sátor, los ha llamado antes. Tejedores como Ludo, como ella misma. —Vamos, ¡vamos!

Hedera obedece mientras todo a su alrededor queda difuminado por la carrera. Las voces y los gritos se alejan y los colores de los tenderetes del Bajoforo parecen pequeñas cometas mientras corren, empujan y maldicen. No se detienen hasta que dejan atrás los soportales del mercado y llegan, a través de un gran arco de mármol, a los muelles, donde el trajín es igual de intenso. Aquí es a donde llegan los fardos de especias, sacos de grano y pescados en salazón, vino de Thespia y telas de Baracina, todo bajo la atenta mirada de Lydon, el fundador. Siglos atrás, la estatua, de oricalco y piedra volcánica, daba la bienvenida a los viajeros en una docena de lenguas distintas pero ahora el ingenio que fue está muerto, y solo es una estatua más, como tantas, que les observa impasible mientras corren por su lado en dirección a los muelles.

Allí, entre naves mercantes, se esconde una embarcación pequeña, poco más que un bote con aires de grandeza.

—Ya hemos llegado.

La mano de Ludo es cálida al tacto y Hedera no quiere recordar pero lo recuerda. La mano de Ludo ayudándola a subir las escaleras de su casa después de una caída. Ludo haciéndole caricias en la palma, distraído, las tardes de risas y confidencias a las sombras de los olivos allí, en la villa de su familia.

No puede evitar una sonrisa torcida al recordarlo. Desde luego, ninguno de los dos podría haber llegado a imaginar que hoy se encontrarían así, huyendo de lo que una vez fue el único mundo que conocían.

—¿Y esta ruina nos va a poder llevar a algún sitio?

La barca ha vivido tiempos mejores, se da cuenta Hedera, al percatarse de las marcas y los rasguños que decoran la quilla y también los costados.

—¡Eh! ¡Cuidado con esa lengua! ¿Y quién eres tú? —se queja un muchacho que parece más pequeño que ellos, y que les observa desde la nave. Es pelirrojo, como el tal Sátor, que sube a bordo de un salto y le da un empujón jocoso.

—Calma, Vix. Viene con nosotros.

«Nosotros». La palabra, a Hedera, le duele de un modo que no se esperaba.

—¿Y los demás? —pregunta el muchacho—. ¿Cómo ha ido el trabajo? ¿No es muy pronto para que haya acabado la fiesta? ¿Cómo que «viene»?

—Pues va a embarcar con nosotros y nos la llevamos ahora mismo al Buen Padre. Y los demás… —musita Ludo mientras empuja a Hedera para que suba a la embarcación. Ajenos a lo que está ocurriendo en el mercado del Bajoforo, los muelles de Lydos no detienen nunca su actividad—. Los demás tendrán que buscar otro medio de transporte o cruzar a pie la Garra como la mayoría de la gente. Vamos. Vamos. Vamos.

Detrás de ellos sube la otra chica, Bes. Se mueve con agilidad felina y le guiña un ojo mientras pasa por su lado, como si supiera que Hedera se ha quedado mirando su cabello corto, casi al ras, sus ropas de hombre y esas manos que crean palabras en el aire.

«Levando anclas, vamos».

—Pero… —protesta el más joven, Vix, aunque obedece y, efectivamente, comienza a soltar las amarras.

«Te lo contamos cuando lleguemos», signa ahora la chica mientras toma un par de remos y el otro par se lo tiende a Ludo.

—Sería mucho más sencillo si la próxima vez pudiera ir con vos...

—No puedes —le corta Sátor mientras de un tirón brusco despliega una vela pequeña y triangular en el único mástil de la embarcación. Deben de ser hermanos. No solo por el parecido físico. En su vida anterior Hedera también tenía hermanos. Cuatro. Más pequeños que ella. Reconoce de inmediato ese tono de voz, duro pero lleno de afecto que ha usado el pelirrojo porque ella misma lo usó en incontables ocasiones.

Y es así como esa barca mil veces reparada deja Lydos atrás y pone rumbo hacia el Errante, el último de los barrios de Lydos, el más pobre, el más extraño, con sus plataformas flotantes, sus secretos y sus tabernas y que, al parecer, ahora será su refugio.

LUDO

—Ahora de veras. ¿Quién es esta? —pregunta Vix al cabo de un rato, cuando van a medio camino. Camino que han hecho todos en silencio.

—Una amiga —responde Ludo casi con desidia y tratando de no resoplar por la ironía de sus palabras. Le lanza una mirada de reojo a Hedera porque ya está esperando su réplica. Su «no somos amigos» que le ha espetado incluso a pesar de haberla sacado del lío. Sin embargo, Hedera no dice nada. Apenas se mueve, sentada en la proa de la barca. No sabe si estará usando su Arte para envolverse en una capa de sombras, pero lo parece.

—¿Y te la vas a traer al Buen Padre? —insiste Vix.

—Eso parece… —musita Ludo mientras abandona su rincón junto al único mástil de la nave.

Ludo nunca ha tenido problemas para hablar con nadie. Al menos desde que vive en el Errante, claro. Es más, normalmente lo que le dice todo el mundo es que se calle. Pero esta noche tiene problemas. ¿Qué se le dice a alguien que ha desaparecido de tu vida durante casi todo un año?

Pues quizá eso, quizá sea eso lo que se le dice, ¿no?

—Desapareciste —le susurra a Hedera mientras le da un codazo—. Podrías haberme buscado. Habríamos podido pasar por todo *juntos*.

La mirada gélida que le lanza la chica le indica que, bueno, quizá no sea eso lo que se deba decir. Pero, en fin, ya es tarde y, si hay daño, pues ya está hecho.

—¿Qué hacías en tu casa? ¿Pensabas que iban a invitarte al banquete o algo?

—¿Y tú? ¿Qué hacías allí?

—Bailar —responde, haciendo que con su Arte su voz se acompañe de un tintineo de campanillas—. Entretener. Cosas de tejedores. Esto es lo que hacemos en el Buen Padre. —No es del todo cierto, claro. Pero si Hedera dice que ya no son amigos, no va él a contarle a la primera de cambio acerca de *esas otras cosas* que también hacen los Hijos—. Pero no estamos hablando de mí.

Hedera no le responde. Se limita a levantarse el cuello del abrigo que lleva, que ya no es que sea viejo, es que es… una desgracia. Tiene una hilera de botones descendiendo por el frente, pero no hay un solo botón que sea igual a otro. El abrigo debía de ser… azul, azul marino, cree Ludo. Pero ahora tiene un tono más claro, desigual, de un azul pálido casi grisáceo. Por no hablar de los claros signos de desgaste en los codos o de los parches. Cosidos con habilidad, sí, pero sin equilibrio.

Como si se diera cuenta de lo que está pensando y se avergonzara, Hedera se arrebuja todavía más en ese abrigo mugriento, escondiéndose prácticamente hasta la punta de las orejas.

—¿No me lo vas a contar entonces? ¿Qué hacías allí? Si no me lo dices voy a acabar pensando que realmente has matado al Theokratés y voy a tener que entregarte a los vígiles en cuanto lleguemos...

—He ido a por una cosa que era mía. ¿Satisfecho? —responde ella finalmente.

—¿Y no me vas a decir qué era?

—No.

—¿Ni una pista?

—No.

—Solo...

—Ludo —le corta finalmente ella. Por lo menos en eso no ha perdido la práctica.

Una sonrisa se dibuja en los labios del tejetrino. Por el rabillo del ojo, comprueba que Sátor, Bes y el pequeño Vix están escuchando muy disimuladamente y se han dado cuenta de que Hedera ha usado el mismo tono que ellos para pedirle que se callase. *Qué listos todos*, piensa Ludo, no sin cierta sorna. En el fondo le encanta.

Pero vuelve a mirar a Hedera. Está cambiada, claro. Él también lo ha hecho. Pero Hedera, además, parece... parece... cansada. Sí, cansada. Las líneas de su rostro se han vuelto más afiladas, y varios mechones de rizos apretadísimos le caen por encima de la frente.

—Es un hogar, ¿sabes? El Buen Padre —dice al fin. Algo dentro de él le dice que es algo que Hedera necesita escuchar.

—No quiero un hogar —le corta ella.

Vaya. Esta no se la esperaba. Ludo se remueve, incómodo. Por suerte, en este momento, Vix se encarama a la proa del bote y señala hacia delante.

—Ya estamos llegando.

Y tiene razón. Ante ellos, se recortan contra la oscuridad las luces parpadeantes del Errante. *Hogar, dulce hogar.* Y, amarrado a una de las múltiples plataformas flotantes que forman el barrio está el Buen Padre.

Es un barco. Un barco-teatro de formas estilizadas, con una cúpula en el centro de la cubierta, encima de donde está el escenario. Tiene un elegante mascarón de proa en forma de cabeza de grulla. Las velas, de terciopelo rojo, están hechas jirones y puede que le falten unas pocas capas de pintura para que parezca nuevo pero Ludo piensa *Hogar, dulce hogar,* otra vez.

Amarran el bote en un embarcadero cercano y comienzan a dirigirse en silencio hacia el Buen Padre, y en cuanto llegan a la sombra del barco-teatro, escuchan un murmullo familiar y también ven una figura conocida acurrucada contra una pared cercana, como un triste contrafuerte.

—Buenas noches, majestad —murmura Sátor, casi por inercia.

—No os acostéis tarde, majestad —dice Ludo al mismo tiempo.

La figura se remueve.

—Buenas noches. Buenas noches y sed buenos. —Se trata de un anciano desdentado que siempre lleva un jubón que alguna vez debió de ser púrpura y que sujeta un bastón de puño dorado. En realidad, es un pobre mendigo como tantos, pero este está convencido de ser el Emperador de Lydos y nadie ha tenido el corazón de llevarle la contraria. Cuando Ludo pasa de largo, el Emperador, entonces, añade—: Los muertos. Están inquietos. Se levantan por las noches y buscan.

—Eso no es posible, majestad —le replica Ludo con una voz suave como el plumón. No está usando su Arte ahora pero, aun así, sus palabras tienen cierta cualidad tranquilizadora—. Los muertos, por suerte para ellos, no tienen más que estar muertos.

Hedera, entonces, rebusca entre los bolsillos del abrigo mugroso ese que lleva, pero no termina de hacerlo cuando la mano del Emperador se le aferra a la muñeca.

A menudo el Emperador tiene la vista perdida, como si estuviera demasiado metido en sus propias fantasías, pero en este momento, no.

—Los muertos, allí, en su isla —insiste mirándola a los ojos—. Se mueven.

Ludo no puede evitarlo y deja escapar una carcajada nerviosa. A los muertos es mejor no mentarlos. Mucho menos después del asesinato de esta noche.

V

Por calles de ayer, donde las sombras se enredan

Villa Zephir, en la parte más alta de La Corona.

TULIO

No ha dormido en toda la noche, igual que no durmió la anterior, ni tampoco la del asesinato. Y ni siquiera es culpa de los recuerdos, que regresan a su mente una y otra vez: su padre tendido en el suelo y Hedera huyendo de él. Recuerda el callejón donde acabaron cara a cara por fin y, luego, el golpe. Tulio sacude la cabeza. Justo en medio de la coronilla siente un dolor sordo que viene y que va. Alguien le dejó inconsciente y eso significa que Hedera tenía… ¿qué? ¿Aliados? ¿Secuaces?

¿Por qué debe creerla, entonces? Hedera le dijo que ella no había matado a su padre. Pero ¿por qué debería creerla si, al final, terminó inconsciente mientras ella escapaba?

—¿Señor? —escucha una voz que le susurra al oído—. Señor, es la hora.

La hora, ya. Cuando levanta la mirada hacia el gran balcón que tiene delante, con ambas puertas abiertas de par en par, se da cuenta de que el sol ya asoma por entre los edificios de La Corona arrancando destellos rojizos, dorados y naranjas de la piedra, como si toda la isla estuviera en llamas. Entonces, cuando Tulio vuelve a bajar la vista, lo que ve es el cuerpo sin vida de su padre, más plácido, más sereno de lo que lo ha visto jamás. Nadie diría que está muerto, si no fuera porque el cuerpo reposa en una hermosa urna de cristal de roca. Esta es la verdadera razón por la no ha dormido: durante las tres noches siguientes a la muerte de alguien, como dicta la tradición, se debe velar al muerto antes de los funerales y, como el único hijo con vida que le quedaba a Jano Zephir, la responsabilidad ha recaído sobre él.

—Vuestra madre os está esperando, señor —le insiste la misma voz de antes.

—Gracias, Focea —dice al fin. Focea es un hombre bajo, con la cabeza rapada y las facciones tranquilas, que lleva trabajando para su familia desde que Tulio tiene uso de razón. Por un instante, el criado le pone una mano sobre el hombro, y luego hace una señal hacia un grupo de gente que espera discretamente detrás de él.

La sala, rematada en una cúpula de lapislázuli que imita al cielo nocturno, resuena con el eco de los pasos de dos personas, los ayudantes de su padre, callados, fornidos y discretos. Con total reverencia, se apresuran a cubrir el cuerpo del que fuera Theokratés de Lydos con un manto de color claro. Los pasos del tercero hacen un eco distinto, más firme, más seguro. Es Nikós Thalem, que con toda seguridad ocupará ahora el cargo de Theokratés. El hombre, alto y flaco, le dedica a Tulio una mirada dura —de desprecio, supone él— mientras se inclina hacia el cuerpo y musita una plegaria.

Tulio vuelve a observar el cuerpo de su padre. Realmente parece dormido salvo por una finísima capa de cristales de escarcha que le cubren la piel. Así, el cuerpo de Jano Zephir podrá mantenerse fresco hasta que acaben los funerales.

La urna es otro ingenio. Otra muestra de poder de la familia Zephir, aunque quizá sea la última. Con la muerte de su padre, Tulio y su madre han perdido la protección que les daba su cargo como Theokratés. Sin más orfebres que ofrecer generosamente a Lydos, su familia está condenada y más pronto que tarde alguien —alguien como por ejemplo el próximo Theokratés, que observa la maravillosa cúpula, con su cielo de lapislázuli y las constelaciones delineadas con hilo de oro— terminará reclamando las posesiones de los Zephir y, si puede, también la villa.

—¿Necesitáis ayuda con la ropa, señor? —susurra Focea—. Podemos...

—No, lleváoslo ya —dice haciendo una seña hacia la urna. Lo que quizá más le inquieta es la expresión serena de su padre. Una expresión que no solía verse en su rostro. Luego, añade—: Voy enseguida.

Cuando Focea y los encargados del cuerpo desaparecen, Tulio sale de la habitación donde ha velado el cadáver de su padre y va hacia su propia alcoba. Allí, sobre una cama en la que hace días que no duerme, está la ropa que tiene que ponerse: una chaqueta ajustada de color negro, de lana fina y con detalles dorados en los botones y en las insignias que adornan los hombros y las mangas, en homenaje a la posición que ocupaba su padre. Los pantalones ajustados, del mismo color y tejido que la chaqueta, están pulcramente doblados sobre una silla. En silencio y sin ayuda, Tulio se viste y, cuando se ha abotonado la chaqueta, mira con resignación la última prenda que debe ponerse hoy: una capa larguísima de color púrpura que tiene que enrollarse con cuidado alrededor del brazo. Se siente ridículo, hace siglos que nadie va vestido de ese modo en Lydos, salvo para las ocasiones excepcionales: los rituales religiosos, las fiestas más importantes y, claro, los funerales.

Cuando por fin sale al exterior de la villa, ya hay una multitud expectante. De repente Tulio siente un nudo en la garganta.

Toda esa gente, piensa mientras se tira del cuello de la chaqueta por si así le fuera a ser más fácil respirar, ha venido a presentarle sus respetos a su padre.

Y no lo hacen porque haya sido un hombre especialmente querido. Al contrario. Lo hacen porque están asustados.

La muerte del Theokratés a pocos días del ritual no es solo un contratiempo. Es un signo de mal agüero. Si el Demiurgo no ha protegido a su elegido entre los mortales, ¿cómo va a proteger a la ciudad? Ya ha habido señales, piensa Tulio mientras observa la multitud. Los ingenios mueren y los candidatos a la Bendición también. Es un secreto a voces que cada año que pasa salen menos orfebres por la puerta del templo, y más cuerpos de los jóvenes candidatos amortajados, que Lydos la espléndida, Lydos la dorada, la eterna, agoniza.

Todavía bajo el arco de entrada al jardín de la villa, Tulio siente que no es capaz de dar ni un paso. Entre los murmullos de la gente le parece escuchar plegarias y súplicas y a alguien que en voz baja susurra «nos han abandonado».

En ese momento siente a su madre, que se coloca a su lado. Ni siquiera sabe cuándo ha llegado o si lleva allí todo el tiempo.

—Tulio, hijo. —La voz de su madre hace que vuelva a centrarse en la muchedumbre, mientras el beso que le deja en la mejilla le duele como si acabara de darle un bofetón—. Hay que empezar.

No le ve el rostro porque, como manda la tradición, lo lleva tapado con un velo púrpura de encaje fino y delicado, pero sabe que, tras la tela, la cara de su madre está pálida por la vergüenza que le está haciendo pasar.

—Madre…

Caletia le sujeta el brazo. Para la concurrencia expectante, es el gesto de una viuda destrozada por la pena, que se apoya en su único hijo para seguir adelante, pero Tulio siente las uñas de su madre clavándosele en la piel del antebrazo.

—Eres hijo de Jano Zephir y, como tal, debes hacer honor al puesto que ostentaba tu padre. No puede amedrentarte una multitud.

Pero a Tulio le amedrenta porque ya no era nada antes de la muerte de su padre. Y ahora que ha muerto… ahora que ya no está, ¿hay algo que sea menos que la nada? Esa es la pregunta que se hace Tulio mientras las uñas de Caletia se le clavan en la piel. *Menos que nada…*, susurra para sí.

Ojalá eso significara ser invisible. De serlo, no tendría que pasar por delante de esa masa de personas apelotonadas a las que solo quiere golpear hasta que la sangre les corra por la frente.

Una vez más, ese pensamiento, no solo recurrente sino obsesivo, se le cruza por la mente. Preferiría estar muerto, pero muerto de verdad, como sus hermanos, no esta muerte en vida a la que le condenó su padre. Sin objetivos, sin nadie a su lado, sin… *nada*.

Muchas de las familias que han perdido a todos sus hijos en el ritual también lo terminaron perdiendo todo pero, al menos, conservaron el honor.

Y eso, su padre se lo arrebató también.

Inmóvil delante del gentío que grita, llora y gime de miedo, Tulio recuerda por enésima vez el día en que su padre le declaró «Hijo Salvo». Se suponía que iba a ser un día feliz, pero no lo fue, no lo fue en absoluto.

HEDERA

Hedera despierta sobresaltada y se incorpora tan rápido que no se da cuenta de lo bajo que está el techo, así que acaba dándose un tremendo coscorrón en la frente.

La maldición que suelta justo después no hace que el golpe le duela menos, pero le hace sentir un poco mejor. Luego, se obliga a respirar. Está en uno de los camarotes del barco-teatro, el Buen Padre. Un lugar oscuro pero limpio, con una litera atornillada a cada lado, una mesilla diminuta, un baúl y un gran espejo colgado de la única pared que queda medianamente libre en todo el lugar.

Hedera musita otra maldición por lo bajo. Tres días lleva en este lugar, y cada mañana se ha despertado con un sobresalto y con los recuerdos de la noche que la trajo aquí bajo los párpados: el banquete en su antigua casa. Sus alas. Tulio. El asesinato.

Baja la mirada para observarse las manos. Por un terrorífico instante, le parece que las sigue teniendo manchadas de sangre, pero no. Solo son las sombras que proyecta un orbe de cristal que cuelga del techo del camarote y que parece lleno de pequeñas luciérnagas.

Entonces, la puerta de la habitación se abre de golpe.

—¡Buenos días! —Se trata de Ludo. El mismo Ludo que entraba de la misma manera en sus aposentos, allá en La Corona; el mismo Ludo que iba detrás de ella hace ya un año, en la comitiva de los candidatos a pasar el ritual. Por un instante, parece que no hubiera pasado el tiempo—. ¿Cómo has dormido hoy? ¿Bien?

—No.

Ludo entra en el camarote —a Hedera no le extrañaría que hubiera estado escuchando desde detrás de la puerta para saber cuándo se despertaba— con una expresión tan alegre que le hacer rechinar los dientes, porque ella siente el interior de la cabeza lleno de uñas afiladas.

La sonrisa de Ludo, incomprensiblemente, se hace más ancha.

—Eres muy graciosa, ¿sabes? Vamos, ven. Ya está bien de esconderte aquí dentro como una criminal. Voy a enseñarte el Buen Padre.

—Se supone que *soy* una criminal —responde ella frotándose los ojos.

Es cierto que, de momento, las *buccas* de Lydos siguen sin pronunciar su nombre; pero si no se ha confiado en estos días, no piensa hacerlo ahora, así que dirige una mano hacia los pequeños rayos de luz que entran por el ventanuco del camarote y estira la sombra que proyecta su mano como si fuera un manto para acurrucarse en él. No le importaría dormir un poco más.

Por lo menos, esa es su intención, porque Ludo claramente tiene otra.

El tejetrino es como un huracán. Una avalancha. Agotador. Abre de par en par la ventana y tira de Hedera por las muñecas hasta que logra ponerla en pie.

—Debes de estar aburridísima aquí dentro.

—Si tanto te preocupa, puedes traerme algún libro —replica ella. Eso estaría bien.

—¿Una de esas novelas de romance y damiselas en apuros que tanto te gustaban?

Puede que haga un año que no se vean, que Hedera haya intentado olvidar que se conocían, como intentó olvidar todo lo que hubo antes de convertirse en tejedora, pero Ludo, de nuevo, tiene otras intenciones.

No puede hacer más que seguirle. La resistencia es inútil, aunque se consuela pensando que está en una situación temporal, hasta que las aguas se calmen o piense en un plan mejor. Mientras tanto, Ludo no le deja tiempo ni para respirar mientras juntos recorren los pasillos y recovecos del Buen Padre.

La embarcación, con su casco largo y esbelto y con la gran cúpula hecha de lo que parecen delicadas plumas de madera tallada, es uno de los hitos arquitectónicos del Errante. Quizá no sea más que un barco-teatro apaleado, lleno de parches y humedades —eso sí, el único barco-teatro no solo del Errante sino de todo Lydos—, pero un lugar sorprendentemente cálido.

—Todo el mundo está ansioso por conocerte, ¿sabes? —dice Ludo con un empujón.

—¿Todo el mundo? —se le escapa a Hedera mientras camina medio agazapada por un pasillo estrecho—. ¿Y quién es todo el mundo? ¿Quiénes sois?

—Ya conoces a Sátor y a Bes, y también están Ione, y Fennec, y…

Ahora, Hedera se detiene. Si Ludo quiere que avance, tendrá que arrastrarla o responderle de verdad a la pregunta.

—¿Quiénes sois, Ludo? ¿Qué sois?

—Ya te lo he…

—No.

No se ha creído ni una palabra de lo que le dijo el tejetrino la noche del asesinato o, por lo menos, no todas. Que los Hijos del Buen Padre sobreviven exhibiendo su Arte a cambio de unas monedas en las fiestas de los patricios y que, cuando pueden, echan una mano a tejedores en apuros como ella es demasiado simple. Tiene que haber algo más. Además, percibe una especie de tono misterioso, travieso, cuando el tejetrino habla de los Hijos.

Ludo ladea la cabeza y, de repente, sonríe como si acabara de recordar que, efectivamente, Hedera también le conoce a él.

—Ayudamos a la gente, ¿de acuerdo? No solo a otros tejedores. Y, a veces, no lo hacemos por medios exactamente legales, pero ¿qué es legal hoy en día? ¿No está la ética en el ojo del que mira?

—Entonces sois ladrones.

—Tú también —replica Ludo, rápido como una víbora, mientras señala las tobilleras aladas que Hedera no se ha quitado ni piensa hacerlo.

Es estúpida. Quizá debería haberlo hecho. Ludo sabe qué son, sabe cuándo se las dio Tulio, y sabe de sobra que no se las llevó con ella cuando la echó su familia. Sin embargo, al menos Ludo tiene la amabilidad de no restregarle ese triunfo por la cara. Aunque sonríe, el muy maldito.

—Vamos, te lo digo de verdad. Quieren darte la bienvenida. Y son muy simpáticos, te lo prometo. Cuidado con la cabeza —le advierte mientras Hedera, a regañadientes, cruza una puerta baja—. Lo único malo es que Andras no está. Siempre está ocupado, no sé cómo se las arregla.

El pasillo por el que caminan desemboca en un enorme vestíbulo. Debe de haber sido un lugar precioso, con todas esas esculturas de dioses y de héroes, gigantes y monstruos esculpidos en madera y estuco, pero hace mucho que pasaron sus días de gloria. A ambos lados de la sala hay sendas escaleras de caracol que conducen a los pisos superiores mientras que al fondo se abre un gran arco cerrado por una cortina de terciopelo rojo. De allí proviene un revuelo de voces.

Voces que callan cuando Hedera y Ludo entran en lo que resulta ser la platea del barco-teatro. Los Hijos del Buen Padre están al completo allí, y no descarta que sea porque Ludo les ha avisado de que iba a obligarla a salir de su reclusión.

Ladrones, ha admitido Ludo. Tejedores a quienes el mundo dio la espalda. ¿Y qué más? Allí están Sátor y Bes, a quienes conoció la noche en que huyó de La Corona. El pelirrojo tiene las manos cubiertas de un fuego de color azulado y hace bailar las llamas entre los dedos. En un rincón, dos chicas y un chico de facciones zorrunas remiendan una montaña de ropas coloridas que, seguramente, usarán para esos trabajos legales que Ludo le ha asegurado que también llevan a cabo. Unos cuantos más están sobre el viejo escenario, cada uno quizá practicando su propio Arte. Son alrededor de una docena, tal vez unos pocos más, y todos la observan atentamente.

Un segundo después, alguien exclama:

—¡Ludo, maldita sea! ¡Si quisiéramos a alguien que nos trajera regalos desagradables después de una noche de correrías, habríamos adoptado un gato!

Quien habla es un chico atractivo y bajo, con la piel cubierta de una intrincada red de tatuajes. A Hedera, sus palabras le hacen fruncir el ceño, aunque su expresión se relaja enseguida cuando el pelirrojo de la otra noche, Sátor, le da un empujón que le hace saltar del escenario.

—Ni caso —le dice una de las chicas que estaba remendando ropa en un rincón, la que lleva el cabello cubierto con un pañuelo de colores brillantes formando un moño apretado. Mientras cose, la tela que tiene entre las manos cambia continuamente, del dorado al rojo bermellón, al púrpura, al azul del mar. Una tejeíris—. Boro se cree muy ingenioso pero los demás no tenemos corazón para decirle que se equivoca. Yo soy Mira. Y estos son Fennir y Arista.

El chico y la chica que cosen ropa con ella la saludan con la cabeza, y poco a poco los Hijos se van presentando. Ione, afable y risueña; Etim, tímido y de voz dulce; Rufio, que se encarga de la cocina; Philos, Exia… Hedera decide no hacer el esfuerzo por memorizar los nombres ni los rostros a los que corresponden porque no le va a servir de nada si en pocos días va a marcharse, pero…

Es bonito, por un momento. Es bonito permitir que los Hijos se pregunten acerca de ella, reírse cuando el tal Boro le pide disculpas —que Sátor esté detrás de él y le sujete por el cuello parece que tiene algo que ver—. A algunos incluso ya los conocía o los había visto en esa otra vida en La Corona, como Arista, cuyo Arte le permite tejer la luz de las velas, que vivía a poca distancia de Hedera, o Philos el tejesueños, con quien está segura de haber coincidido en más de una fiesta, aunque cuando se dan la mano ambos fingen no conocerse.

Todos le hablan y todos se presentan y todos le saludan y todos, sin excepción, se da cuenta Hedera, mencionan a ese tal Andras, el supuesto líder de los Hijos del Buen Padre. Dicen que les acogió, que de un modo u otro les salvó la vida, que está de viaje. Que tiene muchos contactos dentro y fuera de Lydos que le gusta mantener.

Tantas palabras bonitas, Hedera no sabe exactamente por qué, terminan incomodándola. Quizá sea que no le gustan las personas capaces de poner de acuerdo a tanta gente acerca de sí mismas. A ella le parece una tarea no solo imposible sino también absurda.

Poco a poco, un sol cada vez más alto se cuela por entre las grietas de la cúpula llenando todo el espacio del teatro de una luz perezosa y perlada, y Hedera se da cuenta de que no ha sentido la necesidad de vigilarse las espaldas o de buscar las vías de escape más próximas. Es una sensación extraña y casi olvidada aunque, justo cuando una parte de Hedera se plantea que quizá podría acostumbrarse a ello, Vix, el otro pelirrojo, el hermano pequeño de Sátor, se le acerca.

—Entonces, ¿qué? ¿Es verdad lo que va diciendo Ludo por ahí? ¿Vas a quedarte con nosotros?

TULIO

Ocurrió el primero de los diez días de festejos que preceden a la Bendición, conforme a la costumbre ancestral. Tulio acababa de cumplir dieciséis años. Se sentía tan ufano, tan orgulloso. Por fin estaba a punto de llegar el momento para el que le habían preparado toda su vida. Allí, en los jardines del palacio imperial, luciendo un blanco prístino, Tulio se recuerda como si él mismo irradiase una luz imposible de apagar. A su alrededor, el resto de candidatos al ritual de la Bendición y sus familias.

Delante de él, su padre, el Theokratés de Lydos. El emperador, tan joven y hermoso como siempre, lo observaba todo desde uno de los balcones del palacio.

Aquella era una ceremonia pequeña y discreta, la última oportunidad para que las familias y aquellos más cercanos se reunieran antes de la vorágine que eran los días siguientes.

También era un puro trámite. O eso creía Tulio.

Tulio sentía como si el corazón no le cupiera en el pecho. Apenas había dormido aquella noche, estaba nervioso.

A quién pretendía engañar. Estaba nervioso, y además, todavía tenía más vino que sangre en las venas, porque la tradición dictaba que los jóvenes a punto de recibir la Bendición lo celebraran, convertidos por una noche en los amos y señores de Lydos. Una noche en la que los habitantes de la isla les lanzaban pétalos de rosas desde los balcones, donde los mercaderes les ofrecían coronas de flores y los taberneros todas las bebidas que su cuerpo pudiera desear. Todo Lydos debía celebrar que pronto se sumarían a la sociedad jóvenes orfebres que dotarían a la isla de nuevas maravillas e ingenios.

Y Tulio había celebrado como el que más y luego, cómo iba a perdérselo, había asistido a los juegos y las carreras en el gran estadio de Lydos. Reprimió un bostezo. Delante de él, su padre hablaba del honor y de la tradición y de la bendición de ser habitantes de aquella isla que, por sí sola, había creado un imperio. Sabía que aquel discurso iba para ellos, pero la cabeza de Tulio estaba en otra parte. Concretamente, en una de las primeras filas de ciudadanos que habían acudido a conocer a los candidatos. Allí, junto a su familia, con un vestido de seda rojo y con la piel negra brillando al sol a causa de los aceites y ungüentos, estaba Hedera.

Tulio se irguió tratando de parecer respetable, pero se las apañó de todos modos para lanzarle una sonrisa brillante y para que ella se diera cuenta de que lo estaba haciendo.

—Cada generación trae consigo nuevas promesas y, hoy, estas jóvenes almas se encuentran en el precipicio de su potencial, listas para dar un paso audaz hacia un futuro lleno de posibilidades infinitas…

Tras aquellas palabras, Tulio no pudo más y finalmente bostezó. Otro chico de su edad, de ojos como el ámbar y cabello rubio y ondulado, a su lado, hizo exactamente lo mismo y, luego, le dirigió una mirada contrariada.

—Me lo has contagiado. Ahora pensarán que yo también he estado toda la noche bebiendo —le susurró.

Era Ennio. *Qué forma más estúpida de conocerse*, pensaría Tulio tantas veces después.

—Si te preguntan, puedes decirles que solo estabas aburrido.

La mirada horrorizada que le dirigió Ennio en ese momento hizo que Tulio soltara una carcajada silenciosa. Y que se arrepintiera enseguida al sentir el vistazo glacial que, en aquel momento, les lanzó su madre. Había entrecerrado sus ojos azules y sus labios, en aquel rostro de piel tan blanca como el mármol, más que una boca, formaban el filo de una daga.

Tulio se irguió como si, en lugar de mirarlo, su madre le hubiese abofeteado. Y se mantuvo en aquella posición mientras su padre seguía con su letanía a los dioses.

—Para aquellos que reciban la Bendición del Demiurgo, se abrirá un camino dorado, y se convertirán en orfebres de Lydos, cuyas manos y corazones darán vida a lo inanimado, forjando ingenios y maravillas, como ya lo hicieran Lydon y el propio dios.

Se sabía la historia de memoria. De tierras lejanas había embarcado el héroe Lydon, huyendo de la guerra y de la miseria y, habiendo llegado a la isla, rogó a los dioses por que le ayudaran a él y a los suyos a sobrevivir. Los dioses, crueles como solo pueden serlo los seres inmortales, se mofaron de él, ofreciéndole regalos envenenados. Tibús, el dios de las aguas, violentas tormentas. Procela, la que trae las estaciones y diosa de la agricultura y la abundancia, hizo brotar naranjos amargos a los pies de la isla, y la diosa Nislene, patrona de la educación y las artes, prometió componer una elegía cuando Lydon y los suyos murieran en aquella roca miserable. Por eso a la mayoría de los dioses en Lydos se les rinde culto, pero no se los ama.

Sin embargo, una última divinidad se apiadó de Lydon y de los suyos. El Demiurgo, dios del aliento vital. Con los Dones del Demiurgo nacieron los primeros ingenios y desde entonces, cada año, los descendientes del fundador y sus fieles compañeros recibían el Don del dios creador. Desde entonces también, como venganza, hubo tejedores cuando los demás dioses, celosos de la atención que recibía el Demiurgo, decidieron marcar a aquellos que no eran dignos con su Arte, un poder corrupto, inútil y fugaz.

Para Tulio, que solo contaba con dieciséis años, ese no era más que un cuento aburrido. Él no estaba allí, en aquel jardín, para eso, sino para que todo el mundo viese que, pese a lo que había sucedido con sus hermanos mayores, Tulio Zephir sí que iba a lograrlo e iba a ser Bendecido. Que él no moriría como los débiles, y que no quedaría tocado por el Arte de los tejedores como los indignos. No le cabía otra alternativa.

Por eso escuchó pacientemente cómo su padre fue nombrando uno a uno a sus congéneres, también vestidos de blanco, para que de la mano metálica de su padre fuesen recibiendo sendas coronas de laurel dorado —una creación del propio Jano, unas coronas que no se hacían, sino que nacían de una semilla—, para marcarlos como candidatos a la Bendición.

Uno a uno, fueron pasando delante de él. Vio cómo Ennio, todavía un desconocido para él, era alabado con vítores y aplausos y regresaba a su lado con una sonrisa ufana, orgullosa.

También Bia, Caenon, Tyrbas…, todas y todos los que la noche anterior le habían acompañado durante aquella tradición, regresaban con su respectiva corona.

Y llegó el momento de dar la última. De repente, entre los presentes, se extendieron los cuchicheos, las miradas y las expresiones de asombro. Tulio pronto descubrió por qué: quedaba una corona, pero dos candidatos.

Tulio miró primero a su padre, pero solo recibió indiferencia y, luego al chico que estaba a su lado. Blasio Kairós, se llamaba.

Ya no le caía bien por aquel entonces. Blasio era envidioso y arrogante, tanto que en ese momento no mostró ni un atisbo de duda. Sabía que la última corona de laureles dorados iba a ser para él.

A Tulio se le subió el corazón a la garganta. Porque no podría ser, ¿no? Su padre no sería capaz, ¿verdad?

Pero sí que lo fue. Y cuanto los labios de Jano Zephir pronunciaron el nombre de Blasio Kairós, fue el momento en el que el mundo de Tulio, primero, se detuvo por completo y, después, se derrumbó.

En ese instante solo pudo hacer una cosa: mirar a Hedera con terror en los ojos y encontrarse con una mirada tan fría que no supo cómo interpretar.

LUDO

Con lo bien que han empezado.

Ha presentado a Hedera a los demás y la cosa ha ido viento en popa. Hedera, incluso, *incluso*, piensa Ludo, poniendo los ojos en blanco, ha dejado de parecer un animalillo asustado —no. Un animalillo cualquiera, no: un erizo, todo púas y malas pulgas— durante aproximadamente una hora, hasta que Vix ha tenido que preguntar *eso*. Que si Hedera iba a quedarse en el Buen Padre. Y entonces todo se ha torcido.

Hedera ha vuelto a sacar las púas, ha dicho que estaba cansada y ha regresado a su camarote.

Ya cederá, supone. Solo es que Hedera es... cabezota. Siempre lo ha sido. No ha superado el pasado, está claro. No hay tejedor en todo Lydos al que recuerde de buena gana que, durante un tiempo, antes de la supuesta Bendición, lo tuvo todo. Salvo, quizá, Ludo. Porque aunque ahora tenga mucho menos que antes, a Ludo en realidad le apasiona la libertad que le da vivir en el Buen Padre, subir a La Corona cada vez que alguien le contrata para alguna actuación, deslizarse como una sombra por las noches sin que nadie le haga preguntas, besar a desconocidos y provocarlos hasta que acaban derritiéndose por él, dejar a deber en La Herradura más vino del que realmente puede pagar y, por supuesto, ser la mano derecha de Andras.

Bueno, si no es la mano derecha, piensa Ludo mientras se sienta al borde del escenario, balanceando las piernas indolentemente, cerca lo está. Ludo sabe aunque no se lo hayan dicho nunca que, de todos los residentes del Buen Padre, él es el Hijo en que Andras deposita toda su confianza. ¿Y cómo no va a hacerlo si Ludo le obedece a ciegas en todo lo que le dice?

Porque es así. Y no lo oculta.

Pero es que eso es lo que se hace con las personas que te salvan la vida.

Es una pena que Andras no esté hoy en su barco —porque el Buen Padre es suyo y es gracias a Andras por lo que todos están ahí y tienen trabajo y ropa y comida que llevarse a la boca—. A Ludo le habría gustado presentarle a Hedera. También porque hace meses, nada más llegar al Buen Padre, Ludo le habló de que tenía una amiga en La Corona que, tras la

Bendición, se había convertido en tejesombras, y eso a Andras le interesó mucho.

—Ya se le pasará —piensa Ludo en voz alta mientras sus compañeros han vuelto a sus quehaceres—. Cada uno tiene su ritmo.

—Tampoco tiene dónde caerse muerta, la pobre —dice Mira. La pila de ropa que ella y los demás estaban remendando ya es considerablemente más pequeña.

—Bueno, tampoco sería la primera en caerse, digamos, a la laguna con unas cuantas piedras en el bolsillo —rezonga Boro, que seguramente sigue escamado porque su bromita al conocer a Hedera no le haya hecho gracia a nadie.

Esta, la verdad, tampoco. Boro es bastante idiota, pero es lo que ocurre con las familias —y los Hijos del Buen Padre son una familia en cierto modo. Apaleada, enfadada con el mundo la mayoría de las veces, pero ¿no son familia quienes viven en un mismo sitio y se lavan los calzones sin mirar de quién son? Pues eso. Y Boro es, piensa Ludo, el primo idiota que tiene todo el mundo.

—Yo espero que se quede —dice Vix. Está comiendo una manzana, solo los dioses saben de dónde la habrá sacado el muy pillo—. Me cae bien.

En mayor o menor medida, los demás asienten. Por lo menos Hedera ha causado una buena impresión. Pero entonces Ludo ve cómo Sátor y Bes se le acercan y se le sienta cada uno a un lado.

Eso es… no es *malo*. Pero si lo han hecho de ese modo, es porque pretenden decirle algo que no le va a gustar.

—Oye —susurra Sátor—. Con respecto a tu amiga…

Bes continúa lo que Sátor no ha sido capaz de decir:

«No nos meterá en líos, ¿verdad? Las *buccas* no paran de decir que ha sido una tejedora la que ha matado al Theokratés. No hablan más que de eso y de la Bendición».

Ya se lo imaginaba. Efectivamente, no le gusta lo que le han dicho, así que Ludo baja del escenario de un salto. Es lo bastante rápido como para evitar que Sátor lo sujete, pero no para impedir que lo haga Bes, aunque al final da un giro de bailarín, suave y rápido, y es libre para cruzar el viejo patio de butacas del teatro.

—No ha sido ella —susurra, porque, evidentemente, Sátor y Bes están yendo detrás de él.

«Eso ya lo sabemos, y no importa que sea inocente porque, si al final La Corona acaba relacionándola con el asesinato, vamos a tener una infinidad de problemas».

—No es más arriesgado que los trabajitos que le hacemos a Andras —responde él tratando de fingir un candor que no tiene ni ha tenido nunca.

—Eso es distinto —insiste Sátor—. Con Andras estamos *cambiando* cosas.

—Bueno, que decida Andras —resuelve él finalmente mientras sale al vestíbulo y se dirige a una de las estrechas escaleras que hay a un lado, medio oculta tras una columna algo desconchada. Quizá si se mete en las entrañas del Buen Padre estos dos se cansen y dejen de apestarle de una vez—. El barco es suyo.

—¿Qué te dijo exactamente Andras? —escucha que dice Sátor, quizás un poco demasiado fuerte.

Ludo se detiene de golpe. Ah. Ahora lo entiende.

—Fue él quien me pidió que, si alguna vez la encontraba, tratara de traerla aquí.

«Eso es lo que nos dijiste».

—Y eso es lo que hemos hecho —replica, molesto.

Sí. De acuerdo. Puede que a veces, *solo a veces*, en contadísimas ocasiones y cuando es estrictamente necesario, Ludo decore un poco la verdad (que no es lo mismo que mentir), pero no deja de ofenderle que este par dude de su palabra.

—Nosotros solo… —comienza Sátor, y luego calla.

Andras, Andras Dikaios, que justo ahora llega, suele causar ese efecto entre la gente. No es porque sea atractivo aunque lo es, de una forma extrañamente austera, como si todas sus facciones fueran exactamente como debieran ser, ni por el modo en que se mueve, como si bajo su piel morena acechara un gran depredador listo para saltar. Ludo cree que tiene que ver con su mirada. Hay fuego en ella; detrás de las pupilas, Andras tiene una energía incombustible y apasionada que parece contagiarlo todo.

—¡Feliz regreso, amado líder! —exclama, aunque Andras odia que lo llame así. Sin darle tiempo ni a responder al saludo (o a reprenderle, una de dos), Ludo da un paso en su dirección con una sonrisa que no tiene ninguna intención de ser inocente—. ¿Cómo ha ido el viaje? ¿Todo en orden? No, espera, espera… hay algo más importante que eso… ¡No te lo vas a creer! ¿Recuerdas lo que me dijiste? —Esta última parte de la frase la pronuncia mirando a Bes y a Sátor—. Que si alguna vez encontraba a mi amiga, Hedera, la tejesombras, que la invitara al Buen Padre. ¡Pues no adivinarías nunca quién está ahora mismo en uno de los camarotes de abajo!

Ludo aguanta la respiración. Quién sabe, a veces el tejetrino tiende a escuchar solo lo que le interesa y siempre cabe la posibilidad de que haya malinterpretado las palabras de Andras, o puede que sus planes hayan cambiado, sean cuales fueren, porque Andras no suele compartir con los Hijos lo que se le está pasando por la cabeza hasta que lo que haya planeado esté en marcha.

Sin embargo, los temores de Ludo no se cumplen. El rostro de Andras se ilumina por un instante y, por fin, parece tan joven como realmente es. En realidad, no es más que unos años mayor que ellos, pero las preocupaciones se le marcan en forma de arrugas y de un peso sobre los ojos que no le corresponde.

—Pero la acusan de haber matado al Theokratés —se apresura a añadir Sátor. Ludo sabe que no lo hace por malicia ni para molestarle, sino porque Sátor, tan grande, tan bravucón, se comporta como un león protegiendo a sus crías—. Supongo que... que te ha llegado la noticia.

—¿Por quién me tomas, Sátor? —le corta Andras. Su voz suena amable, aunque con un regusto duro—. Puede que haya estado de viaje, pero incluso fuera de Lydos la noticia ha causado un revuelo considerable.

—De todos modos, ella dice que es inocente —informa Ludo. Al instante, Bes añade:

«Y nosotros la creemos, por supuesto».

—Entonces... —dice Andras, dando vueltas por el vestíbulo en penumbras. Es algo que suele hacer cuando está pensando—. Entonces, su palabra es lo único que necesitamos. Es bienvenida en el Buen Padre como cualquier otro tejedor.

—Está en su camarote —responde Ludo—. ¿Quieres conocerla? ¿Quieres...?

—No. —Andras se detiene de golpe. Tiene la cabeza levantada hacia las sombras del techo, y su expresión pensativa se ha convertido en una resuelta. El volcán tras sus ojos parece brillar—. Ya hablaré con ella cuando sea el momento. Gracias por haberla traído aquí, Ludo. Tu amiga... tu amiga puede cambiar las cosas, por fin, pero necesito que hagáis algo por mí. De momento, vosotros tres. Es un asunto delicado, no quiero involucrar a los demás por ahora.

En ese instante, Ludo descubre algo... algo nuevo en Andras, en la manera en que, de pronto, los mira y en cómo cambia su forma de hablar. Algo que a Ludo le hace sentir una punzada en el bajo vientre. Andras siempre les está pidiendo cosas. Que reúnan información para saber cómo cambian las dinámicas de poder en La Corona, que observen, que consigan dinero para redistribuirlo entre los menos afortunados, y ellos, todos los Hijos de hecho, cumplen con gusto. Ludo también, porque se lo debe a Andras —oh, y cómo se lo debe— y porque hasta ahora estas conspiraciones y secretos le han parecido el más divertido de los juegos.

Pero esto, ahora, parece serio.

«Dinos qué debemos hacer», signa Bes.

Ella también tiene una expresión seria en esos ojos azules suyos, tan claros y tristes. Eso Ludo debe reconocerlo: puede que él sea —lo sepa Andras o no— la mano derecha de su líder, pero Sátor y Bes son los más fieles, los más antiguos habitantes del Buen Padre. No cree que jamás hayan cuestionado una orden de Andras y no van a empezar ahora.

—Conocéis la historia de Cícero Aristeón, ¿verdad?

Ludo suelta un resoplido.

—¿Quién no la conoce?

TULIO

Aunque Tulio sabe por qué se le ha venido a la cabeza el recuerdo de ese fatídico día en que empezó a perderlo todo, prefiere no ahondar en ello. Todavía le hace demasiado daño. Aunque tampoco desea volver a la realidad: ni a ese cuerpo que yace inerte ni al rostro de su madre, oculto por ese fino velo de encaje púrpura.

—Madre… —comienza él.

El agarre de su madre alrededor del brazo se hace más fuerte. Las uñas de Caletia se le clavan en la carne.

—Es tu responsabilidad. Cúmplela.

Su responsabilidad. Cierto. Podría reírse. Con su padre muerto, Tulio tiene que actuar como cabeza de familia aunque solo tenga diecinueve años, pero no será por mucho tiempo. Para lo que queda de su familia —su madre y él— ya hay una cuenta atrás. Solo les resta saber de cuánto tiempo disponen.

Sin embargo, sorprendentemente, Tulio no siente pena alguna. Ni por el hecho de que pronto vayan a perderlo todo, ni por ese cuerpo inerte que ya descansa dentro de la urna. Sí, amó a su padre. Lo quiso y admiró hasta el punto de que, a veces, Tulio creía que mirar a Jano Zephir era como mirar al sol. Pero en el momento en que Jano Zephir le negó la corona de laureles a su propio hijo, todo se arruinó.

Respira hondo y, por fin, se pone a caminar. En cuanto da el primer paso, se hace el silencio entre la multitud. Es un silencio ahogado, como el de muchas voces queriendo salir a flote. Pero Tulio prefiere ignorarlo y cumplir con ese deber suyo. A pocos pasos detrás de él, su madre también ha emprendido la marcha. A continuación, los antiguos ayudantes de su padre, con ropa de un blanco radiante y la cabeza cubierta por un manto en señal de respeto. Les siguen seis porteadores que cargan con el sarcófago de cristal en el que descansa el difunto Theokratés de Lydos, amigos de la familia, lameculos, buitres y un enjambre de plañideras y, mucho más atrás, los criados de la casa.

Poco a poco, mientras la comitiva avanza por las empinadas calles de La Corona, la gente que esperaba en silencio va uniéndose a la procesión formando una hilera cada vez más larga. Tulio continúa sintiendo ese mismo silencio extraño, como si la ciudad entera, las grandes casas, los templos, las estatuas…, todos estuvieran conteniendo la respiración y, aunque se esfuerza por mantener la vista al frente, no puede evitar fijarse en que a lo largo del camino se encuentra con caras conocidas. Algunos son familiares lejanos; otros, miembros de las familias más importantes de Lydos, vestidos de gala igual que él. Reconoce a políticos y funcionarios. Algunos siempre han sido rivales y enemigos de su padre pero, a pesar de todo, inclinan la cabeza en señal de respeto.

La avenida por la que avanzan, que serpentea en un zig-zag ascendente, acaba por desembocar en una enorme explanada donde siempre sopla un viento suave que huele a mar. La Ciudad Alta, el verdadero corazón de La Corona: decenas de templos y santuarios dedicados a todos los dioses, grandes y pequeños. También está el palacio del Emperador. El mismo palacio donde, tanto tiempo atrás, él miró a Hedera con ojos aterrorizados y ella solo le devolvió indiferencia.

No quiere pensar en Hedera. No ahora. No desde que la perdiera de vista la noche del banquete, después de que... después de que... es que no se atreve ni a pensarlo. Pensarlo es el primer paso para creérselo y no quiere hacerlo, no puede hacerlo. ¿Realmente es Hedera la asesina de su padre? ¿Por qué? Y si es lo que cree, lo que sospecha, ¿por qué no la ha acusado todavía? No le ha dicho a nadie que la reconoció, que estaba allí aquella noche. ¿Por qué?

Para apartar esos pensamientos, levanta la vista y en una de las ventanas del enorme edificio, a Tulio le parece ver una figura vestida de uniforme blanco y cubierta con un manto púrpura. Una oleada de cuchicheos rápidos que se extienden entre la gente le indica que no es el único en haberse fijado en esa figura. Es el Emperador. «Solo puede ser él», oye que dice alguien a su espalda, maravillado.

Pero, al tiempo que escucha ese susurro embriagado, escucha algo más. De nuevo, un lamento nervioso recorre la multitud, como si esa presencia silenciosa en la ventana les hubiera recordado a todos la gravedad de lo que está ocurriendo. El Theokratés ha muerto a pocos días de comenzar el ritual de la Bendición, y eso solo puede ser el preludio de otras calamidades por venir. ¿Guerras? ¿Desastres naturales? O quizá sea una señal de que ninguno de los candidatos de este año a la Bendición vaya a sobrevivir al ritual, como ya ocurrió años atrás. Y eso significa menos orfebres, menos poder para mantener la gran flota de Lydos, para alimentar las luces que iluminan la ciudad por la noche, para mantener su riqueza y su esplendor.

Tulio vuelve la cabeza hacia su derecha. De repente, la multitud aterrorizada le parece que se ha acercado. Extienden los brazos hacia él, hacia su madre, hacia la urna con el cuerpo de su padre. A lo lejos escucha gritos y el eco de las botas sobre el pavimento. Los vígiles se están movilizando para controlar a la gente, pero no sabe si llegarán a tiempo.

—¡Deprisa! ¡Deprisa! —les insta Tulio cuando los empujones se convierten en golpes. Decenas de manos, crispadas como garras, tratan de tocar, aunque solo sea por un instante, el sarcófago del Theokratés, por si así consiguen la protección de los dioses en un momento tan incierto.

Su madre, tan regia siempre, tan contenida, deja escapar un grito de terror cuando alguien le tira del velo y deja su cara al descubierto. Caletia de Zephir jamás ha sido frágil, pero ahora parece que vaya a romperse y Tulio se sobrepone por un instante a la rabia, al resentimiento, y la sujeta con fuerza mientras vuelve a gritar:

—¡Vamos! ¡Moveos!

Detrás de él escucha un grito de dolor, un golpe y, luego, unos cuantos más. Los vígiles por fin han llegado y están apartando a la masa desesperada con las culatas de sus fusiles.

Cuando Tulio se da la vuelta, ve que la urna con el cuerpo de su padre se tambalea. Los porteadores a duras penas logran mantener el equilibrio frente a los embates de la marea humana y se da cuenta de que la superficie de cristal de roca del sarcófago se ha resquebrajado.

Jamás ha visto algo así. No en Lydos, donde los Dones del Demiurgo siempre han asegurado la paz y la prosperidad. Donde todo el mundo conoce su lugar.

Hedera

No sabe el tiempo que lleva ahí, sobre la cúpula en espiral del barco-teatro. Sentada, abrazándose las rodillas, ve un poco más abajo, en el Errante, que la gente se mueve en un caos calculado. Los vendedores ambulantes empujan sus carros llenos de baratijas por las pasarelas de madera y, a gritos, anuncian sus mercancías a todos los vientos. De vez en cuando, alguien se les acerca, intercambian unas cuantas palabras y, si hay suerte, hacen una venta. Así es el Errante, supone, un lugar hecho de pedazos de lo que una vez fue algo mejor, como sus habitantes.

Quizás era solo cuestión de tiempo que acabara aquí ella también. Bastante tiempo se ha resistido.

Hedera lleva entonces la mirada hasta la isla de Lydos, hacia el bosque de cúpulas, estatuas, torreones y jardines colgantes que es La Corona, y luego a Piedeísla, con sus muelles y el gran mercado del Bajoforo, junto a las factorías y los pulcros barrios de los demasiado pobres como para vivir en La Corona, pero demasiado adinerados —o demasiado orgullosos— como para hacerlo en el Errante.

Los ojos se le van finalmente hacia La Ciudad Alta, donde el templo del Demiurgo parece un gigante rodeado del resto de edificios, como si fueran cortesanos aduladores. Repara entonces en las distintas columnas de humo —un humo blanco y perezoso, que no avisa de un incendio, sino de que se están quemando grandes cantidades de incienso en los pebeteros— cuando el corazón le da un vuelco.

Hedera recuerda ese olor con tanta claridad que se le empañan los ojos. Es el olor de los días de fiesta, de los templos al atardecer, cuando subía de niña a veces con Ludo, a veces con Tulio, a ver la puesta de sol.

Entonces, cae en la cuenta: el funeral. Hoy, como manda la tradición, se estará celebrando el funeral de Jano Zephir. Las grandes familias habrán rescatado de los baúles sus mejores galas para el sepelio y las plañideras se pasarán llorando tres días y tres noches mientras el cadáver de Jano Zephir comienza su descanso eterno en su panteón de Morithra.

No habría asistido, por supuesto, ni aunque fuera una tejedora más y no la principal sospechosa del crimen, pero... pero piensa en Tulio, y en el dolor en sus ojos, como lo ha hecho tantas veces estos días.

De repente, un ruido hace que se levante de un salto, asustada.

—Bueno, bueno... ¿No se suponía que estabas cansada y que te ibas a quedar en tu camarote? —Escucha una voz que se adelanta a su dueño, que aparece por uno de los lados de la cúpula—. ¿Realmente pensabas que podías esconderte de mí en mi propio barco? El Buen Padre tiene muchos secretos, pero me los conozco todos.

Es Ludo.

Hedera, al instante, se relaja. Deja caer los brazos y, sin ser consciente, logra dibujar una sonrisa burlona. De pronto, ahora que están a solas y por mucho que se esfuerce en evitarlo, hay algo en el tono con el que se le ha acercado Ludo que la ha devuelto a una Hedera que creía olvidada.

—Creo recordar que me dijiste que el barco es de ese tal Andras.

—Aquí todos somos iguales. Lo que es de uno es de todos, así que, sí, este barco también es mío.

—Siempre tan humilde. Pensé que un poco de altura me daría una nueva perspectiva. O al menos un descanso de ti.

Como si la burla que le ha lanzado no fuera con él, Ludo se acerca y, sin mirarla, se pone a hacer equilibrios sobre una de las tejas de madera que cubren la cúpula, tallada delicadamente como si fuera una pluma.

—¿Descanso? Permíteme decirte que mi presencia es lo único que mantiene este barco a flote. Pero hablemos de ti, jugando al escondite. ¿Vas a estar aquí arriba todo el rato o vas a homenajearnos con tu presencia? Andras ya ha regresado de su viaje. Le gustaría conocerte.

A Hedera la réplica le sale por sí sola. Supone que, aunque desentrenados, hay músculos que actúan como resortes y su lengua es uno de ellos.

—Considerando que de un momento al otro las *buccas* comenzarán a escupir mi nombre por toda la ciudad, las alturas no parecen una mala opción. Aunque la compañía ahora mismo deja mucho que desear.

—¿En serio? ¿Qué habrías hecho sin mí? —responde Ludo justo antes de hacer una pirueta y colocarse a su lado—. ¿Quién, si no, te habría rescatado y te habría dado asilo en el Buen Padre? —pregunta él con tanta sorna que Hedera es capaz de imaginarla escapándosele por los ojos—. ¿No me has echado de menos? ¿Ni un poquito siquiera?

Hedera sabe que la pregunta forma parte de ese juego de bromas y medias verdades que siempre ha existido entre ellos y que, por lo que parece, tan fácil les está siendo recuperar. Pero esa pregunta, esa pregunta específica, «¿No me has echado de menos?», de alguna manera le ha helado la sangre.

Le mira, y se da cuenta de que no lo había hecho, no en profundidad, hasta ahora. Este año también ha cambiado a Ludo. Hay más malicia en sus ojos, su cuerpo parece más fuerte, más estilizado, sus gestos más exagerados y su voz más burlona, aunque en algún lugar le parece que todavía queda algo del niño triste y tímido que fue Ludo casi todos los días de su infancia, y no sabe si eso es bueno o malo.

¿Le ha echado de menos?

Por supuesto. Lo ha echado de menos como ha echado de menos su casa y sus hermanos, su vida, a Tulio: como un hierro al rojo vivo clavado en el pecho. Como un dolor tan profundo que era mejor arrancárselo de cuajo.

Hedera, entonces, da un paso, que es lo que logra que, por fin, Ludo vuelva a su ser y se gire en su dirección con un ademán teatral—. ¿A dónde vas?

—Me marcho.

—¿A tu camarote?

Le mira. No. No a su camarote. Porque ni siquiera es *su* camarote. Es una cama caliente en un refugio temporal, pero la pregunta de Ludo le ha recordado por qué cortó todo contacto con él, y que tiene un lugar al que regresar, una existencia —se resiste a llamarla «vida»— que continuar.

—No puedes marcharte ahora, Hedera.

—Aquí no pinto nada.

—¿No te puedes quedar un poquito? —insiste Ludo—. Un poquito de nada. Al menos hasta que te presente a Andras.

—Si pretendes que me una a vuestro grupo de saltimbanquis, vas listo…

—¡No, no! —se apresura a decir Ludo—. Es solo…

—Solo ¿qué?

—Que creo que deberías conocerlo. Ya está. —Ludo también se levanta y, mientras se sacude los pantalones, le dice—: Este es un buen sitio, ¿sabes? Es un buen hogar.

Esa palabra, *hogar*, logra que Hedera dude. Al menos por un momento.

TULIO

—¡No os detengáis ahora! —chilla Tulio. Luego, añade—: Vamos, madre. —Tulio empuja a Caletia hacia las puertas abiertas del templo, que ofrecen un refugio seguro mientras él permanece un segundo atrás, buscando el sarcófago y a sus porteadores con la mirada.

Entonces, entre el caos, sus pies tropiezan con el primero de los escalones que conducen al templo de los Siete. Tulio está a punto de caer. Por un instante el terror le invade, sabe que si perdiera pie quedaría engullido por la multitud en cuestión de segundos y, entonces, quizá su madre tendría que organizar otro funeral, pero Tulio no cae. No lo hace porque, le odiara o no, tiene una obligación: llevar a su padre al templo de los Siete, para que Udal, Bualdin, Kilos, Idon, Uzerin, Kafin y Tution, los dioses de la muerte y los difuntos, le acompañen en su último viaje al inframundo.

Mientras comienzan a ascender por las escaleras de piedra negra, demasiado empinadas, el sarcófago acristalado de su padre se tambalea, pero parece que, de algún modo, los porteadores logran enderezarlo lo suficiente como para subir apresuradamente los últimos pasos que les separan de su objetivo.

Cuando por fin las puertas se cierran tras ellos, le producen un eco sordo en los oídos. Luego, silencio. Un silencio de tumba, a pesar de que una pequeña multitud haya entrado en el templo en el último momento: su madre, sana y salva, que ha vuelto a cubrirse la cara con su velo, así como la comitiva, los nobles y magistrados, todo el que es alguien en Lydos y en La Corona está ahí, donde debe estar, todos tan silenciosos como las estatuas de los Siete, que permanecen entre penumbras al fondo del templo.

El único que parece fuera de lugar, piensa Tulio, es él mismo.

Sin que él haya dado la orden, los portadores han dejado el sepulcro en el que descansa su padre sobre suelo de basalto pulido, justo en el centro de la estancia donde un haz de luz dorada atraviesa ese techo abovedado con intrincados mosaicos que van desde el dorado hasta el azul profundo.

Tulio sabe que no debería haber mirado hacia arriba porque, de pronto, pierde pie. En cuanto se le acostumbra la vista, el azul de la cúpula se llena de detalles. Criaturas monstruosas lanzan alaridos silenciosos mientras los héroes de la antigüedad les dan caza. Lydon el fundador, con los ojos de oro, matando al dragón de siete cabezas; Calas, su hija, que venció a un engendro que salió del mar con las manos desnudas; Aras y Teras, los gemelos, contra hordas de lobos hambrientos, cuyas heridas están dibujadas con polvo de rubí, y tantos otros en una guerra sin fin, la vida contra la muerte. Es inmenso. Es la única palabra que tiene no solo para describir dónde están sino también para expresar todo lo que siente: esa rabia, ese dolor que no sabe dónde colocar, esa agitación que todavía palpita en su corazón tras huir de la muchedumbre. Y la vergüenza. Sobre todo eso: la vergüenza de estar ahí en medio, delante de toda esa gente, sintiéndose más solo de lo que se ha sentido jamás.

Tratando de mantener la compostura, Tulio da el primer paso en dirección a su madre. A medida que logra avanzar, ve alguna cara amiga, como la de Ennio, que le dedica una inclinación de cabeza.

Pero Tulio es incapaz de quitarse esa sensación de soledad que, por momentos, se le hace cada vez más pesada. Quizá sea eso lo que se siente ante la muerte. Quizá sea eso lo que trae la muerte: una soledad y una desprotección absolutas, como si de pronto fueras la única persona que hay en el mundo. Al final, incluso los héroes de las leyendas murieron solos.

Tulio se centra en el suelo que pisa, baja la cabeza porque no puede soportar que le miren.

Entonces, escucha el siseo:

—¿Qué vas a hacer ahora, *Hijo Salvo*?

Hijo Salvo.

Dos palabras como una puñalada que no logran detenerlo pero sí hacen que el paso de Tulio se desequilibre por un segundo. También aprieta los puños, aunque trata de convencerse de que no puede usarlos. No aquí, delante de todo el que es alguien en Lydos.

Tulio quiere tragar saliva y se da cuenta de que tiene la boca seca como el papel de lija.

Y ese siseo como el de una víbora otra vez, cuando pasa por su lado:

—Ahora que tu papaíto está muerto, ya no tienes a nadie que te salve el trasero. ¿Qué vas a hacer ahora?

No hace falta que mire para saber quién ha susurrado esa crueldad que, no por serlo, deja de ser verdad.

Blasio.

Blasio Kairós. Le mira con el mismo desprecio con el que le miró ese día fatídico, cuando recibió la última corona de laureles que le convertiría, a juzgar por el tatuaje dorado que tiene en las sienes, en orfebre. No ha dejado de hacerlo en todas las malditas ocasiones en que han coincidido desde entonces, como si la desgracia de Tulio le produjera un placer indescriptible.

Tulio jamás diría de sí mismo que es buena persona. En realidad, él opina que, por norma general, la gente tiene sus partes buenas y sus partes malas con honrosas excepciones. Por ejemplo, Ennio, que es demasiado bueno para su bien, y, por poner un ejemplo contrario, Blasio Kairós, que es un maldito bastardo.

Y no es porque su padre haya muerto. No. La muerte de su padre no tiene nada que ver con el hecho de que, de repente, Tulio se gire, levante ese puño que lleva apretando desde que escuchó el primer siseo y trace con él un arco amplio que va a golpear a Blasio en la mejilla. No lo hace por eso sino porque, al golpearlo, algo cruje, y Tulio sonríe.

El templo, tan silencioso hasta ahora, se llena de gritos de alarma.

Y, Blasio, porque puede ser muchas cosas pero nunca rehúye una buena pelea, le devuelve el golpe, que impacta en el estómago de Tulio con fuerza demoledora, pero a él le da igual.

VI
Las luces de la ciudad brillan como plata y oro

En los calabozos.

TULIO

Será la comidilla de toda La Corona en los próximos días. Es más, está prácticamente convencido de que las malditas *buccas* ya habrán comenzado a hablar con sus voces cavernosas. «El hijo de Jano Zephir, el Theokratés, ha vuelto a meterse en una pelea. Esta vez, con el cadáver de su padre presente. Frente a los ciudadanos más ilustres de Lydos, en el recinto sagrado del templo de los Siete. Otra desgracia para su casa y su nombre y para su pobre madre viuda. La vergüenza de la casa Zephir».

Cierra los ojos mientras apoya la coronilla en la piedra húmeda que tiene justo detrás. Lo han encerrado en uno de los muchos calabozos que hay en el cuartel principal de los vígiles, justo a los pies de La Corona como un fiel perro guardián, y Tulio piensa en ese momento que la pelea no ha logrado que se deshiciera de toda la ira que llevaba dentro. Sería como tratar de desprenderse de un brazo o de una pierna. Aun así, cuando respira profundamente, le parece que el aire le llena más y casi podría jurar que, cuando no trata de evitarlo, se le forma una sonrisa en los labios.

Eso, por lo menos, hasta que llega uno de los vígiles. Camina apresuradamente y con el cuerpo erguido en posición firme, como si en vez de en las entrañas del edificio estuviera formando en un desfile; pero eso, se da cuenta Tulio, es porque su madre va detrás, y Caletia de Zephir suele generar ese efecto en las personas: hace que se avergüencen de sus faltas, que intenten ser mejores, impresionarla.

—Madre —dice Tulio, aún sin incorporarse del banco de piedra donde está sentado.

—Llegará un día en que ya no pueda salvarte de ti mismo, hijo —susurra ella, acercándose un poco más. Ya no luce la ropa que llevaba en el funeral, sino un vestido ceñido a la cintura del mismo azul oscuro que la cúpula del templo de los Siete, un color de luto y de tristeza. Eso, se da cuenta Tulio, significa que ya ha acabado todo. Que después de ser presentado ante los dioses, el cuerpo de su padre ha sido trasladado sin pompa ni ceremonia a la isla de Morithra, donde solo la familia —solo su madre, piensa, mientras una puñalada de culpa le atraviesa el pecho— ha acompañado al difunto hasta el polvoriento mausoleo donde han acabado y van a acabar todos los Zephir, antes o después.

—No te he pedido que lo hicieras, madre —responde él. No se acerca a los barrotes de la celda.

—La muerte de tu padre…

—¿No me has escuchado? —Nunca le escucha. Su madre solo sabe dar órdenes. No sabe ni por qué le ha hecho la pregunta—. No necesito que me salves, madre.

Hijo Salvo, piensa entonces Tulio, con una voz muy parecida a la de Blasio en su cabeza.

Aquella noche, después de que su padre le negara la corona de laureles dorados, al regresar a la villa, su madre se refugió en sus aposentos y su padre…

Jano Zephir, el gran Theokratés, la voz del Demiurgo, se arrodilló frente al menor de sus hijos y confesó que no había podido hacerlo.

Que no podía vivir con la idea de que Tulio sufriera el mismo destino que sus hermanos. Que no quería verlo morir como a Aldo, el de la sonrisa contagiosa, ni como a Eris y Tulcis, los gemelos, ni como a Orio, que había entrado en el templo con una mueca aterrorizada, como si ya supiera lo que le deparaba el destino. Dijo que si tenían que perderlo todo, por lo menos conservarían al último de sus hijos, así que lo había convertido en un Hijo Salvo.

Suplicó que le perdonara y Tulio no pudo hacerlo. Al contrario, el amor que había llevado a su padre a traicionarlo, en Tulio se convirtió en odio.

Aquella noche, mientras su padre trataba de apaciguar su ira, a Tulio le invadió una vergüenza que no le ha abandonado hasta hoy y que no cree que vaya a abandonarlo nunca. Lo había excluido de la Bendición, ¿qué opciones le quedaban? Se sintió un cobarde. Porque eso es un Hijo Salvo y, por lo tanto, en eso se había convertido.

La voz áspera de su madre, aferrada a los barrotes del calabozo con tanta fuerza que los nudillos se le han puesto blancos, le devuelve al aquí y ahora.

—Deja de comportarte como un niño —le espeta Caletia. Es increíble cómo es capaz de que su voz cambie de dulce a afilada como un dardo en cuestión de segundos—. Vamos a olvidar lo que has hecho hoy. Tienes responsabilidades que atender. Esta familia ha perdido ya dema…

—¿Que esta familia ha perdido ya demasiado? —escupe Tulio justo después de que el vígil le abra la puerta y salga—. ¿Ahora lo dices, después de tantos años?

Porque Caletia jamás vertió una lágrima por sus hermanos muertos, como está seguro de que no lo habría hecho por él.

Entonces, Tulio se queda mudo al darse cuenta de que su madre no se refiere a sus hermanos sino a todo lo demás. Al poder. A la casa. A las joyas y los ingenios.

—Tulio… —insiste su madre.

—Ya no hay vuelta atrás. Padre está muerto, habrá un nuevo Theokratés y Lydos se olvidará de Jano Zephir y de nosotros. Ya no soy nada, madre. Y tú, por mucho que esa marca diga lo contrario —escupe, señalando el tatuaje dorado en las sienes de su madre—, tampoco.

La bofetada que le da Caletia resuena por el techo abovedado de los calabozos como si fuera una explosión. A Tulio le deja un dolor sordo y un ardor intenso en la mejilla.

—La verdad duele más que tu ira, madre —gruñe mientras se lleva la mano a la mejilla abofeteada y se la acaricia tratando de aparentar indolencia.

—Tú jamás has conocido mi ira, hijo. Y pídeles a los dioses no hacerlo nunca.

Esas son las únicas palabras que le dice Caletia, viuda de Zephir, antes de girarse. A Tulio, a decir verdad, no le importa. Hace ya demasiado tiempo que es solo un fantasma de lo que podría haber sido.

Por eso espera a que su madre suba las escaleras y no se mueve hasta que no escucha cerrarse el portón, todavía con los huesos doloridos y la rabia como un animal salvaje bajo las costillas. Necesita aire. Respirar. Y también romper cosas, pero eso sería, quizá, demasiado pedir.

HEDERA

Al ponerse el sol, los vientos en la laguna cambian de dirección y al aire salado y cálido del mar lo sustituye una corriente que viene de las montañas. Hedera respira hondo sin saber muy bien por qué sigue ahí. Hace rato que Ludo y ella han bajado de la cúpula y, cada segundo que pasa, Hedera siente que es un segundo de más. Debería haberse marchado del Buen Padre en cuanto se lo propuso, pero Ludo le ha insistido. Que conozca a Andras, al menos, le ha repetido cada vez que ella ha hecho amago de moverse, y al final no ha hecho ni una cosa ni la otra y se ha quedado sentada en el muelle junto al barco, con las piernas colgando sobre el agua oscura, viendo cómo poco a poco el barrio entero iba cobrando vida. A través del puente que lo conecta con la isla han ido regresando aquellos que durante el día trabajan en las casas de La Corona o en los negocios y las fábricas de Piedeísla, y van llegando aquellos que buscan diversión en tabernas, burdeles, casas de apuestas y sitios de mala reputación que sería impensable encontrar en tierra firme.

De noche, el barco destaca todavía más por entre el laberinto de plataformas flotantes y pasarelas. Ahora sabe que la miríada de esferas de cristal que lo iluminan son obra de Arista, la tejecandela, que ha capturado la luz de la lumbre con Arte y ha convertido el Buen Padre, con su silueta elegante de pájaro, en uno de los lugares más brillantes del Errante.

—¡Adelante! ¡Adelante! —escucha de repente. Sobre la cubierta del barco está otro de los Hijos, Boro, el que intentó hacerse el gracioso. En vez del pantalón de lana y de la camisa blanca que, de tanto lavarse, parecía amarilla, ahora lleva un bastón, un sombrero ancho decorado con una pluma y una casaca de un verde azulado. Parece un pavo real—. ¡El Buen Padre abre sus puertas!

Se ha terminado la espera. Acaba de decidirlo. Va a conocer a ese famoso Andras, va a decirle que no tiene nada que ofrecer y se va a marchar. No puede regresar a su escondrijo en Piedeísla, pero encontrará cualquier otro y esperará a que pase la tormenta o, quién sabe, quizás intente viajar lejos de Lydos y ver mundo.

Al fin y al cabo, no es la primera vez en la vida que contempla ese futuro.

Esquivando transeúntes, tahúres y puestos de comida ambulantes que llenan el aire del olor a fritura, a comino y pimienta, Hedera llega hasta la pasarela que conduce a la cubierta y de allí a las puertas del teatro.

No es… como lo imaginaba.

De entre las decenas de cosas que le ha contado Ludo en estos tres días —porque Ludo no calla. Nunca. Le gusta demasiado el sonido de su propia voz—, una de ellas es que, cuando los Hijos no tienen trabajo en La Corona, abren el teatro para el pueblo llano. Así, Hedera había imaginado al Buen Padre igual que lo ve de día: hermoso pero decadente. Sin embargo, la noche hace una especie de magia y transforma el viejo barco. Hay, al menos, una esfera de luz en cada una de las superficies planas disponibles hasta el punto de que parece que la avalancha de criaturas fantásticas que decoran el vestíbulo del teatro hubiera cobrado vida. Hay gente que charla, gente que bebe y se ríe, y otros que, embelesados, están atentos al escenario que puede ver al fondo, donde Ludo canta con una voz que, definitivamente, no es la suya.

—¡Nadie debería perderse el espectáculo! —insiste Boro, el chico del sombrero.

Está decidida. Tiene que encontrar a ese tal Andras esta noche. No quiere quedarse más, entre tanta calidez y entre risas y con Ludo, que es definitivamente un idiota pero, bien, es *su idiota*, y es posible que sí que le haya echado de menos.

Hedera rebusca en los bolsillos de su abrigo —es el mismo que llevaba la noche fatídica en que se coló en su casa y la rescató Ludo, largo hasta los tobillos y desgastado hasta decir basta, pero de un color lo suficientemente oscuro como para permitir que pase desapercibida— hasta encontrar una solitaria moneda de cobre que lanza hacia la caja que hay junto a la entrada, pero, para su sorpresa, una mano demasiado rápida la caza a medio caer. Una mano que al instante comienza a hacer pequeños malabares con la moneda. Es el más joven de los Hijos, Vix.

—Tú no pagas —le dice—. Eres de los nuestros y los nuestros no pagan.

De los nuestros, tres palabras que logran que Hedera vacile, aun cuando ahí en medio no haga más que estorbar a las personas que tratan de entrar en el Buen Padre, atraídos por el espectáculo de Ludo, que ahora ha convertido su voz en el canto delicadísimo de un jilguero.

—Gracias, pero… —comienza mientras el pelirrojo, Vix, la mira expectante. *Estoy buscando a Andras y me marcho*, quiere decirle.

Hedera acaba por dar un paso hacia atrás, con tan mala suerte que su espalda choca contra una persona y, cuando se da la vuelta esperando un insulto o por lo menos una queja, lo que encuentra es a un hombre joven con una sonrisa franca en los labios. En este momento sabe que, al final, ha sido Andras quien la ha encontrado a ella.

—Entonces, tú eres Hedera… —Su nombre en la voz de ese hombre suena distinto. Como si en lugar de una tormenta a punto de estallar, fuera un mar en calma. A pesar de su impulso de marcharse, vacilar—. Ludo me ha hablado de ti.

Los ojos azules y profundos de Andras parecen observarla con una calma inquebrantable. Su cabello castaño claro, en ondas suaves, y una barba y un bigote cuidadosamente mantenidos enmarcan unos rasgos equilibrados y serenos.

—Andras —les interrumpe Vix—, Hedera va a quedarse con nosotros.

—Eso tendrá que decidirlo ella —responde él con una sonrisa suave. Le revuelve el cabello a Vix con una mano y, entonces, vuelve a dirigirse a ella—: Amiga Hedera, te pido disculpas. Deseaba hablar contigo pero hasta ahora me han tenido ocupado otros asuntos. ¿Tendrías un momento?

Ese era su plan, ¿verdad? Hablar con Andras. Por eso, Hedera no sabe muy bien por qué duda y se queda inmóvil. Sin embargo, finalmente asiente y sigue a Andras. Para su sorpresa, no la lleva al interior del teatro, sino que la guía por la cubierta del barco hasta que llegan junto al mascarón de proa, donde quedan completamente a solas. En esta parte de la cubierta, ya no hay luces ni decoración y el bullicio se siente muy lejos. Tan solo se ven estrellas por encima de la isla y de la laguna en calma.

Andras se sienta de un elegante salto sobre el largo cuello de pájaro del mascarón. Hedera se queda a unos pocos pasos de allí, pero no se marcha.

—Ludo me lo ha contado todo. —Solo con esas palabras, Hedera se pone en alerta. ¿Qué quiere Andras? Y peor aún: ¿se ha dejado caer en una trampa? Hedera da un paso atrás y coloca los brazos por delante del pecho, los dedos entrelazados, dispuesta a llamar a sus sombras para ocultarse y que le sea más fácil escapar.

—Yo no lo maté.

—Lo sé.

Por extraño que parezca, le cree.

—¿Qué quieres? —le sisea. Tiene el cuerpo completamente tenso, y le sorprende la calma que mantiene Andras, aunque algo le dice que es falsa, el tipo de calma que hay antes de una gran tormenta.

—Quiero muchas cosas, Hedera. Seguro que Ludo también te lo ha contado, ¿verdad? —susurra con una sonrisa—. No te preocupes, no es ningún secreto. O sí lo es, pero no entre nosotros. Pero eso no importa ahora. Lo que importa, de hecho, es lo que quieres tú. Mira —dice señalando hacia su izquierda.

Allí, sobre una de las pasarelas que conduce hacia la siguiente barcaza, hay una persona, una mujer, que no se mueve como las demás. Es tan sutil que seguramente pocos se darían cuenta; pero Hedera reconoce en la mujer su misma forma de andar, cautelosa, vigilando que cada paso que da le permita una huida rápida en caso de necesidad, y también que su vista parece ir más allá de lo que tiene delante.

—Están por todo el Errante —dice entonces Andras, apretando la mandíbula de pura indignación—. Están buscando al tejedor que, se rumorea, asesinó al Theokratés.

Es decir, piensa Hedera con un escalofrío, *la están buscando a ella*.

Durante un instante, Andras y Hedera miran a la mujer. La espía llega al final de la pasarela y, desde allí, desaparece entre la gente. ¿Quizá se han equivocado?, se pregunta Hedera. Quizá sea solo una persona normal o, por lo menos, una honrada ladrona como ella.

—Bastante malo es quedarse sin Theokratés. Hacerlo pocos días antes de la Bendición, con todos los problemas, las prisas para elegir a uno nuevo… es todavía peor. En situaciones así, toda la ciudad se altera. Y cuando eso ocurre los que mandan tienden a buscar culpables. Así que mi consejo de amigo es…

—Yo no tengo amigos —espeta ella, casi sin permitirle terminar la frase.

—No tienes por qué confiar en mí, en nosotros. En realidad, no deberías, porque acabas de conocernos, pero…

—No hay nada gratis en este mundo —dice Hedera, sabiendo que Andras le está ofreciendo lo mismo que lleva ofreciéndole Ludo todo el día: un escondite, refugio.

—En eso tienes toda la razón.

Entonces, algo le llama la atención. Tres figuras salen discretamente del Buen Padre a través de una de las escotillas inferiores y se internan en la marea de personas que pasea por el muelle. Una de ellas es Ludo. No solo por su forma de moverse, como si siguiera el ritmo de una música que solo él puede escuchar, sino porque esa misma figura se vuelve hacia ellos dos y les hace un saludo alegre con la mano. Una de las siluetas es mucho más alta que las otras dos y se mueve con una fuerza contenida difícil de disimular. Sátor, el tejellamas. La última, calmada pero atenta a su alrededor, solo puede ser Bes, la chica que habla con signos.

El mismo Ludo se lo dijo: los Hijos del Buen Padre no solo son huérfanos que habitan un barco lleno de parches, ni artistas que viven de entretener a los ricos de La Corona. Son algo más.

—Entonces queréis *algo* —insiste ella.

—Puede que sí. Puede que no. Solo el tiempo nos permitirá descubrirlo.

LUDO

No tendrían que estar aquí.

Se supone que la gente del Errante no debe acercarse a las zonas pudientes de la ciudad salvo para ir a trabajar a las villas de los ricos como sirvientes o, como les sucede a menudo a los Hijos del Buen Padre, cuando son contratados como entretenimiento para sus fiestas y los patricios les dan un salvoconducto. Sin embargo, un ligerísimo soborno y los contactos de Andras —el muy ladino, piensa Ludo. Tiene ojos y oídos en media ciudad, y amigos en la otra mitad— les han permitido cruzar el Puente de la Garra, que une el Errante con la isla sin que los vígiles les hayan puesto pegas y les han dado vía libre para dejar atrás los barrios más populares de Piedeísla y comenzar la penosa ascensión hacia La Corona.

—Odio esto —jadea Sátor con las mejillas rojas por el esfuerzo de subir la escarpada cuesta. Se han alejado de las elegantes escalinatas y avenidas que serpentean entre las grandes villas y están usando viejos caminos destinados al servicio y a los ciudadanos de tercera. A fin de cuentas, eso es lo que son.

«Piensa que luego todo esto será bajada», trata de animarlo Bes. Ella siempre tan optimista.

Lydos, piensa Ludo, *es como una bestia hambrienta*. El espacio es finito y el terreno, tremendamente escarpado. Durante generaciones, los nobles de La Corona han luchado por demostrar quién tenía la villa más grande, la más lujosa. Se han desencadenado guerras por unas buenas vistas, se han cometido asesinatos por unas pocas brazas de terreno. Y como buena bestia hambrienta que es, Lydos devora todo lo que puede. Cuando una familia cae en desgracia, cuando ya no hay orfebres ni herederos que puedan llegar a serlo, se extingue y sus propiedades son troceadas, vendidas, subastadas al mejor postor.

Pero quedan los huesos, sonríe Ludo mientras lo piensa, escondidos bajo los cimientos de construcciones más nuevas y lo que antes era un gran salón con vistas a la laguna termina convertido en una serie de bóvedas subterráneas que acaban confundiéndose con las galerías volcánicas que perforan la isla de extremo a extremo.

Eso es lo que le ocurrió a Cícero Aristeón. Es un cuento para asustar a los niños buenos de La Corona y que se meen en los calzones mientras duermen. Ludo no recuerda los detalles, aunque está seguro de que sus hermanos mayores le contaron más de una y de dos veces la historia. Que Cícero Aristeón fue Theokratés en tiempos de sus abuelos. Que fue un gran hombre en una época en la que Lydos todavía era grande y temible y que, tan rápido como había ascendido, cayó.

La única hija de aquel Theokratés de leyenda murió durante la Bendición.

Ese fue su único crimen, su única falta. No importaron las riquezas ni la posición ni que Aristeón hubiera sido, seguramente, uno de los orfebres más poderosos en pisar Lydos en los últimos siglos.

Iba a perderlo todo así que, antes, decidió quitarse la vida. Se lanzó desde el Salto de los Dioses, el gran espolón de roca que se alza justo tras el templo del Demiurgo, directo a los acantilados, y quedó hecho comida para gaviotas.

Pero resulta que Andras no lo cree así. No. Porque, si no, ¿qué hacen Sátor, Bes y él aquí, subiendo por estas dichosas escaleras?

Pues porque se lo ha pedido Andras. Que confirmen si es cierto que el tal Cícero dio con sus huesos contra el acantilado. Y, si no es así, que lo encuentren.

Casi nada.

Y, como no sabían por dónde empezar, han decidido hacerlo por el principio. Por la villa que habitaron los Aristeón. O, más bien, lo que queda de ella: ruinas sepultadas bajo construcciones más nuevas y ambiciosas.

La ciudad de Lydos, una bestia sin piedad, ya lo decía Ludo.

—Oíd, yo he estado aquí antes —susurra el tejetrino sin pensarlo cuando, por fin, se detienen. Han bajado por un pedregal a los pies de los muros que encierran la gran villa de los Dionaros hasta llegar a unos escalones medio derruidos que se pierden en una oquedad.

Fue en otro tiempo. Otro Ludo. Un grupo de chicos mayores le retaron a meterse en aquel hueco horadado en la roca, con la amenaza de darle una paliza si se negaba. Se metió dos pasos por esos escalones que le recordaban a las historias del inframundo, donde viven los monstruos y las almas en pena, y se echó a llorar. Ludo juraría que todos los niños de La Corona estuvieron riéndose de él durante años y la vergüenza le quema todavía.

Fue en otro tiempo, otro Ludo, se repite a sí mismo cuando el mínimo atisbo de miedo le trepa por la garganta. El joven de mirada afilada que ahora baja los escalones con decisión y sin hacer el menor ruido, a pesar de las campanillas y los cascabeles cosidos a la ropa, poco tiene que ver con el que se echó a llorar en esos mismos escalones tantos años atrás.

A cada paso que da, el aire se vuelve más frío. Huele a tierra y a olvido. Cuando Ludo, seguido de Sátor y de Bes, llega al final de esos escalones torcidos y rotos, lo que ve le hace perder la concentración hasta el punto de que, cuando abre la boca por la sorpresa, a su gesto lo acompaña el de una miríada de tintineos.

Parece una gruta. El techo alto, las paredes ennegrecidas están cubiertas de líquenes y de musgos que viven del agua que se filtra de la lluvia, y de la poca luz que se cuela por cualquier hendidura.

—¿Solo es a mí o a vosotros también os parece que este lugar tiene más grietas que tus botas, Sátor? —pregunta, porque llevan demasiado tiempo en silencio y a Ludo no le gusta nada el silencio.

—Bueno, pues tan agrietadas como tus bromas —responde Sátor mientras salta para esquivar un enorme sillar—: Antiguas y predecibles.

—A diferencia de tus conquistas, que son… —Ludo salta detrás de Sátor y le tiende una mano a Bes, que como no es tan alta como ellos dos, necesita ayuda—. Espera, son exactamente lo mismo.

Sátor no responde, sino que se coloca en medio de donde están y dice:

—Un momento.

Al instante, después de que el pelirrojo produzca una chispa entrechocando sus anillos, una llama trémula le comienza a pasear por entre las manos como si estuviera sosteniendo un polluelo de fénix. Las sombras se multiplican y bailan, y algo pequeño y escurridizo escapa reptando de la luz, allá al fondo.

La gruta no es tal gruta. Está hecha por manos humanas. Con cada titilar de la llama se ilumina un rostro pintado, las patas de una bestia fabulosa, flores, columnas pintadas sobre fondos de un rojo oscuro... son los restos de los frescos que decoraban la estancia cuando Cícero Aristeón vivía aquí.

Y es el momento en que Ludo ya no puede reprimirse más y pregunta:

—¿De veras teníamos que venir *aquí* de entre todos los rincones podridos de Lydos? —No es que tenga miedo. A Ludo no le asustan las casas viejas, pero no le gustan los malos recuerdos—. No, en serio —insiste Ludo—. Parece que esto no lo haya pisado nadie en siglos. Mirad cuánto polvo. Aquí no hay nada.

Sin responderle, Bes se dirige hacia una puerta al final de la galería en la que se encuentran. «Por algún sitio teníamos que comenzar», signa Bes cuando la iluminan las llamas de Sátor.

—Ya lo sé —replica Ludo. Si él también estaba allí cuando lo decidieron, pero...

—Vamos —gruñe Sátor, y luego añade—: Cuanto antes acabemos, antes podremos volver a casa.

Al otro lado de la puerta encuentran un salón donde, en el suelo, aún quedan restos de un mosaico que en otros tiempos mostraba un fabuloso fondo marino, con delfines, bancos de peces, caracolas y pulpos de grandes ojos. Sin embargo, no es el mosaico lo que le llama la atención a Ludo, que sigue haciéndose preguntas.

—¿Y qué quiere Andras con un Theokratés de hace años? —Se distrae un momento con un fresco pintado en la pared que representa a varios jóvenes de La Corona a las puertas del templo del Demiurgo. Todos llevan laureles dorados en la cabeza, el símbolo de los orfebres. Luego recuerda que ha dejado una frase a medias—. ¿Sabéis qué? Tendríamos que comenzar a preguntarle a Andras por qué nos pide hacer este tipo de cosas de vez en cuando.

Bes se detiene. Tiene el rostro muy serio, como el de una madre a punto de echar una buena reprimenda a sus hijos. Y signa:

«No es nuestro trabajo cuestionar a Andras. Si quiere que encontremos al Theokratés, simplemente lo hacemos. Nosotros obedecemos, no hacemos preguntas».

Aunque no las haya oído, Ludo siente las palabras de Bes como un cuchillo afilado. Porque Bes tiene razón. Y Ludo, que se reprende a sí mismo pocas veces, esta vez lo hace. No sabe qué le deberán sus dos amigos a Andras, pero él lo tiene muy claro: le debe la vida. Así. Tan simple como eso. Gracias a Andras, Ludo sigue teniendo dos pies, dos manos, esa lengua afilada suya. Gracias a Andras hoy es quien es y ya está. No hay más. Y si Andras quiere que busquen a un fantasma por toda La Corona, Ludo decide en ese momento que levantará cada piedra, si es necesario, hasta encontrarlo.

Y parece que la realidad le hubiera leído los pensamientos porque, en la siguiente habitación, tienen que saltar un montón de cascotes y meterse por un angosto agujero en el que Sátor se queda atascado dos veces para llegar a la zona privada de la casa, donde están las alcobas. No es solo el polvo lo que carga el ambiente, sino también una quietud de muerte. Nadie ha pisado este lugar desde los tiempos de Aristeón.

A lo largo de un pasillo, todavía bien conservado bajo el peso de la villa de los Dionaros, descubren un fresco que representa una escena de caza. A un extremo del pasadizo, toda clase de bestias escapan despavoridas. Al otro, un grupo de jinetes liderados por un hombre de mirada como una flecha, nariz aguileña, mentón cuadrado y rostro de líder. Es él. Alrededor del cuello lleva un pesado medallón dorado que, según las historias, se extendía y transformaba en un escudo en caso de peligro para el Theokratés. *Hay que ser muy ególatra*, piensa Ludo, *para representarse a uno mismo en las paredes de su propia casa.*

Sátor, que se ha adelantado, entonces les llama. Solo los dioses saben cómo ha logrado colarse por un agujero todavía más angosto que el anterior. Cuando Ludo y Bes llegan hasta donde está, Ludo deja escapar un silbido.

Todo está lleno de desperdicios extrañamente ordenados. Vasijas y platos rotos, botellas vacías y huesos roídos al lado de un jergón lleno de polvo. Alguien vivió aquí hace mucho, y durante mucho tiempo.

—Podría haber sido cualquiera —dice él.

Pero Bes niega con la cabeza y señala el suelo, lleno de fragmentos de algo dorado. Un medallón, liso como un espejo, el mismo que hace un momento han visto pintado en las paredes de la casa.

Bes lo toma primero con reverencia. Nunca se sabe con los ingenios. Sin embargo, unos segundos después, hace una mueca y guarda el medallón en el bolsillo.

«Está frío como una tumba».

Y eso solo puede significar que el ingenio ha perdido la pizca de vida que le diera su creador. Por eso lo dejaron abandonado aquí abajo, supone Ludo. Ahora solo es un pedazo de metal inservible. Sería más fácil forjar otro que tratar de reparar este.

—Creéis que… —aventura, acercándose al jergón raído.

—¿Que Aristeón no se tiró por el acantilado? —murmura Sátor, haciendo tintinear los anillos que lleva en su mano derecha—. Puede.

Bes chasquea la lengua.

«Os dije que Andras no deja las cosas al azar».

VII

Por si los templos mañana se desmoronan

Villa Orykto, en La Corona.

ENNIO

Para Ennio la vida es algo regular, predecible.

Pongamos por ejemplo el día de hoy: una vez que ha terminado el feo asunto del funeral del padre de Tulio —*pobre Tulio*, piensa Ennio por enésima vez—, hoy ha amanecido como cualquier otro. Mientras el sol aparecía, perezoso, en la ventana de sus aposentos, Ennio se ha levantado. Ha llevado a cabo sus ejercicios matinales, los mismos que practica en esa misma habitación desde que era un niño, ha tomado lo que siempre toma de desayuno —tres rebanadas de pan de centeno recién horneado, mermelada de madroños, yogur de leche de cabra, un racimo de uvas y dos pastelillos de almendra y romero—, y se ha dirigido a la Academia.

Es un honor estudiar en la Academia de Lydos. Incluso más: un deber, porque es el lugar donde crecen y se educan los futuros líderes de la ciudad. Como es natural, como es *de esperar,* igual que todos los días de su vida, Ennio ha asistido, aplicado y atento, a las distintas lecciones. «Forja» para pulir sus dones como orfebre, «oratoria», «historia», «gramática», «combate» porque su padre no le perdonaría que no entrenara en el oficio de la guerra, «literatura», «filosofía». Igual que cada día también, al acabar la jornada, Ennio ha salido de la Academia con una sensación ambigua: la satisfacción del deber cumplido, y… y…

Un vacío. Una presión en el pecho.

No se lo ha contado jamás a nadie. Ni siquiera a Tulio, porque Tulio no lo entendería. Tampoco importa. Ennio ha aprendido a vivir con ello, a sobrellevar esa presión hasta que por fin llega un momento, al final del día, en que siente que puede respirar. Respirar de verdad, como si de pronto los pulmones le obedecieran y se hincharan del todo, en lugar de quedarse a medias, como le sucede la mayor parte del día.

—¿Necesita algo más, joven señor? —pregunta Casio, uno de los sirvientes de la villa. Es nuevo. A la madre de Ennio le gusta cambiar a menudo de personal, ella dice que mantiene a los sirvientes alerta y evita que se les metan ideas raras en la cabeza.

Ennio se frota la cabeza con una toalla limpia mientras el sirviente le ayuda a ponerse una simple túnica de lana fina. Antes de acostarse, como cada día de su vida, ha tomado un baño para quitarse de encima el hollín de la forja y para destensar los músculos. Inspira poco a poco.

—No. Muchas gracias, Casio, eres muy amable. Puedes retirarte por hoy. No voy a necesitar más tu ayuda.

Mientras el sirviente se marcha, Ennio piensa que quizá lo que le hace respirar profundamente no sea tanto el momento, sino el lugar.

Y el lugar es una pequeña alacena, a la que Ennio accede presionando un panel de madera que queda medio oculto tras la cama —demasiado grande para él— que preside su habitación.

Descubrió este espacio por pura casualidad. Recuerda su asombro cuando, al tocar el panel mientras trataba de recuperar un libro que se le acababa de caer, la pared se deslizó hacia un lado sin hacer apenas ruido, revelando una pequeña habitación llena de estantes.

No es extraño encontrar escondites así en las villas más antiguas de La Corona, incluso más grandes, verdaderas redes de pasadizos y túneles que se sumergen en las entrañas del volcán dormido sobre el que se alza Lydos. Tienen todo tipo de utilidades: para esconder riquezas en tiempos de turbulencias. O amantes en tiempos de paz, por ejemplo.

Ennio sabe que tendría que haberle comunicado a alguien la existencia de esa pequeña habitación pero, aunque de vez en cuando siente remordimientos —porque no hablar de su descubrimiento se parece peligrosamente a *mentir,* y Ennio no miente nunca—, se guardó la existencia de aquella alacena para sí. Poco a poco, se convirtió en un refugio, en un lugar seguro, un lugar en el que hoy, como cada noche, cuando su familia duerme y el silencio se apodera de la villa, Ennio…

Ennio… crea.

Se dice en Lydos que los orfebres lo tienen todo: que pueden crear con su Don y su talento las más grandes maravillas que puedan verse. Pero, aunque se diga eso, Ennio sabe que no es verdad. Lo supo desde el primer día en que se presentó en la Academia, justo después de la Bendición del Demiurgo.

Ennio siempre soñó con crear ingenios bellos y delicados o, quizá, con servir a su ciudad devolviéndoles la voz a las estatuas del Puente de los Susurros, o a lo mejor con hacer que volvieran a levantarse del fondo de la laguna los cuatro colosos que antaño protegían Lydos.

Sin embargo, en la Academia, Ennio, el primogénito de los Orykto, como lo fue su padre y su padre antes que él, fue asignado a la división de forja y armería.

Armas.

Eso es lo que crea Ennio a diario con su Don. *Armas*, piensa Ennio, mientras, de uno de los estantes, toma una figura. Es una libélula. No es una criatura común, sino una delicada obra de arte. Su cuerpo está formado por filigranas de oro que parecen brillar con luz propia, cada segmento meticulosamente entrelazado con el siguiente. Sus alas, finas y translúcidas, están incrustadas con pequeñas piedras preciosas que capturan la luz, reflejando tonos de esmeralda, zafiro y rubí.

Ennio acaricia su pequeña criatura con las yemas de los dedos. A veces piensa que los dioses se apiadaron de él y que, por eso, le ayudaron a encontrar su pequeño escondite.

Entonces, toma aire. En la quietud de la alacena, su respiración se vuelve lenta y profunda. Con cada exhalación, una sutil energía comienza a emanar de su interior con una fuerza que siente fluir desde lo más profundo.

Sus manos, que sostienen la libélula con la delicadeza con la que sostendría a un ser vivo, empiezan a moverse con una destreza y una precisión casi sobrenaturales. En el espacio entre sus palmas, un brillo tenue comienza a tomar forma mientras danzan y convergen partículas de luz en un torbellino cada vez más frenético.

Con un último suspiro, Ennio completa el proceso. La libélula dorada cobra vida, sus alas vibrando suavemente, suspendida en el aire. Parece más un destello de luz y color que una criatura tangible.

Y es ahí, justo en ese momento, cuando por fin respira. Como si llevara guardando dentro esa última bocanada de aire desde que se levantó al amanecer. Se pone en pie y, cuidadosamente, hace girar su última creación entre las manos. Esta noche ha probado algo nuevo. Porque no se trata tan solo de una libélula de oro capaz de volar por sí sola, no. Si lo ha hecho bien, si los planes de Ennio han ido según lo previsto, tiene entre sus manos una libélula capaz de transportar… secretos.

Orgulloso, Ennio mira a su alrededor. En las repisas de la alacena descansan todas esas creaciones a las que, a escondidas de su familia y de todo el mundo, Ennio ha ido dando vida: su reloj, con cristales transparentes llenos de arena brillante, similar al polvo de diamante, que no necesita cuerda ni puesta a punto, ya que siempre da la hora correcta. Una pequeña fuente esculpida en jade, con detalles en oro. El agua fluye desde una cornucopia dorada y, al caer sobre una pequeña bacina, se convierte en un remolino de nubes que la lleva de vuelta a la cornucopia. O el pequeño arbolito de tronco y ramas de plata entrelazada, con hojas de esmeralda y pequeños frutos de rubí, que Ennio tiene que recoger algunas noches, cuando han caído maduros al suelo.

Ennio sonríe al admirar sus creaciones y se dice que, al menos, tiene esa alacena. Que, al menos, durante la noche, tiene la libertad de hacer lo que ama, que…

De pronto, un ruido le asusta.

No pierde el tiempo, casi a trompicones sale de la alacena y la deja cerrada. El miedo a que alguien de su familia descubra lo que hace a solas todavía reptándole por la garganta. Por suerte no hay nadie en la habitación, pero Ennio vuelve a escuchar el ruido otra vez. Y otra vez.

Con cautela, Ennio se acerca al mirador y, entonces, ve una figura cabizbaja, lanzando pequeñas piedras al cristal. Es Tulio.

—Mi padre ha muerto —susurra cuando Ennio, sin pensárselo dos veces, se desliza por la enredadera centenaria que cubre toda la fachada sur de la villa. Tulio tiene los ojos rojos, la expresión desamparada.

—Lo sé. Lo siento.

—Ha muerto de verdad.

—Sí, amigo. —Ennio le pone una mano en el hombro y, cuando lo hace, se da cuenta de que Tulio tiembla. Durante los últimos días su amigo ha estado impulsado por esa rabia suya que parece brotarle de lo más hondo del pecho, pero ahora parece que el fuego se hubiera extinguido y que le quedaran solo la pena y el dolor.

—Vámonos —suplica Tulio entonces, frotándose los ojos—. Por favor. Tengo que salir de aquí.

HEDERA

Ya es noche cerrada y Hedera sigue en el Buen Padre. Lo cierto es que no sabe por qué. ¿La han convencido las palabras de Andras o es que realmente tiene miedo? ¿Tan en peligro está? Hedera no lo sabe y, cuanto más mira por el ojo de buey de su camarote, más necesita salir.

A estas horas, en el Errante, los burdeles, teatros y casas de juego están ya en plena actividad, el aire se ha llenado de perfume a incienso, del tintineo de las monedas entrechocando y del Arte de los tejedores.

Por eso, Hedera está prácticamente segura de que nadie se va a fijar en ella cuando, poco a poco, se escabulle a través del ojo de buey y se queda precariamente aferrada al casco del Buen Padre. Un casco que, por desgracia para ella, con la humedad de la noche es más resbaladizo de lo que imaginaba. Lo único que la salva de un desagradable chapuzón son las tobilleras que, agitando frenéticas sus alitas, la mantienen flotando en el aire.

—Oh, dioses —resopla justo al tiempo en que la mano derecha se le resbala y se queda colgando de la izquierda.

¿Por qué no ha salido por la puerta, en vez de complicarse la existencia de este modo? Al fin y al cabo, no le debe nada ni a Ludo ni a Andras ni a la tropa que vive en el Buen Padre. Ni siquiera ha tomado una decisión. Andras simplemente le ha dicho que decida cuando esté preparada. Y eso no quiere decir que tenga que quedarse, ¿no? Habría podido salir del Buen Padre por la puerta principal con la cabeza bien alta y nadie habría tenido el derecho de exigirle absolutamente nada.

Y, sin embargo, ¿por qué, se repite Hedera, está tomando tantas precauciones para no encontrarse con nadie?

La respuesta a esa pregunta le molesta como la picadura de un insecto dentro de la cabeza. Cierra los ojos un instante. A lo lejos, escucha los gritos de los borrachos y el lamento de los mendigos que reinan en los rincones del Errante.

—Vamos, muévete —se ordena, enfadada. Hedera se ha marchado como una ladrona en vez de por la puerta principal porque, si se hubiera vuelto a encontrar con Andras o con alguno de los Hijos, quizá habría aceptado quedarse. Ahí está. Esa es la incómoda verdad: la soledad, a veces, la abruma. Aun cuando fue ella quien la eligió, por miedo a perderlo todo otra vez—. Arriba, no seas estúpida.

Su propia voz le ha sonado extraña. Más áspera y parecida a la de su madre cada vez que la regañaba —no *hagas*, no *digas*, no *pienses* eso—, pero es lo que necesitaba. Hedera busca cualquier saliente, cualquier grieta, tratando de acostumbrarse al tacto de la madera envejecida. Poco a poco, el cansancio se convierte en un rumor sordo en la parte trasera de su mente y la gravedad en un inconveniente menor. Hedera trepa cada vez más rápido y más segura de sí misma.

Durante los últimos pies que la separan de la ansiada barandilla, Hedera juraría que vuela. Siente los pies ligeros y las manos firmes. Cuando por fin alcanza el borde exhala un suspiro de alivio y se impulsa hacia arriba. Entonces, le parece haber llegado a un mundo completamente nuevo. Las luces del Errante la ciegan y la golpean los cuerpos de las personas que tratan de abrirse paso, los olores a comida y el perfume a flores y especias. Y, sin embargo, lo que más aturdida la deja es una carcajada que parece el trino de un pájaro.

—¡Por fin! ¡Ya pensábamos que tendríamos que echarte un cabo de cuerda y subirte nosotros mismos!

Ludo se ríe con la cabeza hacia atrás, y no está solo. Con él están Sátor y Bes, los mismos con los que la rescató la noche del banquete. También Mira y Arista y Rufio y Vix, el otro pelirrojo y, a decir verdad, la mayoría de Hijos del Buen Padre. Aprenderse todos sus nombres sería una verdadera proeza.

Hedera siente cómo el orgullo herido le incendia las entrañas. ¿Tan previsible es? Seguro que han estado riéndose de ella mientras la veían trepar inocente, pensándose más lista que nadie. Hedera da un paso, pero Ludo hace un movimiento rápido y grácil, como un paso de baile, y la sujeta por la muñeca.

—¡Espera, espera! —Un instante después, al ver la mirada que le lanza Hedera, la suelta, pero ¿callarse? No, Ludo no se calla—. Perdona, ¿de acuerdo? Era solo una *broma*. Pero tienes razón, ha sido muy mala.

«Como todas tus bromas», signa Bes, con resignación. «Ya lo verás».

A lo que Ludo responde un «¡oye!» indignado antes de volver a centrarse en Hedera.

—Mira, Hedera, danos una oportunidad, ¿quieres? De veras que ahora soy yo el que te está pidiendo que te quedes. Y no porque fuéramos amigos en La Corona, sino porque, a ver: ya es bastante duro ser tejedor, que todo el mundo te mira como si fueras algo fallido, algo manchado. Andras creó el Buen Padre como un refugio. Nos acogió cuando estábamos solos y asustados y solo nos pidió que, a cambio, nosotros hiciéramos lo mismo por otros. Te ofrecemos ayuda porque sabemos cómo es no tenerla. A cambio de nada. De verdad.

—Menos de lavar platos —mascula Sátor—. De lavar los platos no se libra nadie.

—Menos de lavar los platos, sí —continúa Ludo. Tiene la mirada más limpia y sincera que Hedera le haya visto nunca—. Danos una oportunidad. Una noche. Quédate con nosotros esta noche y te convenceremos de que somos gente encantadora. Incluso Sátor.

No se lo cree. No se cree una sola palabra. ¿Qué le están ofreciendo? Refugio, amistad, incluso ¿qué? ¿Un hogar? Desinteresadamente, por la pura bondad de sus corazones. Aunque la expresión de Ludo sea toda honestidad, aunque el resto de Hijos la observen con sonrisas afables y una bienvenida en los ojos, nadie es tan buena persona, nadie hace esas...

«Soy Ludo».

Hedera, que iba a hacer una mueca y, luego, marcharse, se queda quieta cuando un recuerdo le asalta la mente.

No tendrían más de seis años. Hedera llevaba llorando toda la tarde, acurrucada junto a la verja en forma de enredadera de su casa cuando Ludo la encontró. Ella tenía las rodillas peladas y el pelo alborotado. Él, el aspecto delicado de un niño siempre encerrado dentro de casa y los ojos tristes. Le ofreció la mano para ayudarla a levantarse y Hedera la aceptó. Fue una amistad infantil e instantánea, sin condiciones.

En ese momento, con el recuerdo revoloteando tras los párpados, Hedera se da cuenta de que se ha quedado mirando la mano que Ludo le está ofreciendo.

Sabe que se va a acabar arrepintiendo cuando, finalmente, le da la suya.

ENNIO

—No puede ser. —Tulio hace una mueca de asombro exagerada, como un mal actor de pantomima, mientras mueve el timón del pequeño esquife sobre el que navegan, rumbo a las luces del Errante. El barco es la más preciada posesión de su amigo, un ingenio que no necesita viento ni velas para avanzar, hecho de la madera más noble, de plata y espuma de mar. Luego, añade—: Debes de ser la única persona de toda La Corona que no ha pisado nunca el Err…

—¡Sssh! —le chista él. Se siente las mejillas rojas y a pesar de haberse cubierto la cabeza con una capucha para tapar el tatuaje de laureles dorados que tiene en las sienes y que lo marca como orfebre, le da la sensación de que todo su cuerpo irradia calor de pura vergüenza.

—En realidad, dice mucho sobre tu rectitud moral que…
—Tulio…

Todavía no sabe por qué le ha hecho caso ni cómo le ha convencido para descender al muelle privado que la familia de Tulio tiene a los pies de la isla y subir en este pequeña nave, de casco afilado como un cuchillo, rápida y silenciosa que Tulio bautizó *Viento de Plata*; pero mientras esperaba bajo su ventana su amigo tenía los ojos y los hombros tan hundidos que parecía la mismísima tristeza encarnada. Sin embargo, ahora esa pena agónica que le carcomía parece haber desaparecido y vuelve a ser el de siempre, con esa sonrisa irónica, los gestos seguros. Una máscara para ocultar todo el dolor que tiene dentro.

—Lo siento, Ennio. Solo es que me parece gracioso. Todo el mundo va al Errante a divertirse alguna vez en la vida, no es tan grave. Lo importante es que no nos descubran luego…

Si Tulio supiera lo que estaba haciendo justo antes de que le interrumpiera… Ese pensamiento, el haber sido casi descubierto, hace que el rubor en sus mejillas alcance matices magmáticos.

—¿Y si alguien nos reconoce? —insiste él, cubriéndose un poco más con la capa y con la capucha que la brisa marina, salada y fría, insiste en apartarle de la cara.

Tulio, por fin, le mira. Los ojos oscuros que tiene, por la noche, rodeados de esas pestañas tan largas, le parecen bocas oscuras capaces de tragárselo.

—Entonces, amigo mío, significará que nosotros también podremos reconocerlos *a ellos* y nadie dirá nada. ¿No funcionan las cosas así en Lydos? Apariencias y secretos, y puñaladas por la espalda.

—Sí…

Tulio tiene razón en eso. Demasiada razón. Está en la propia naturaleza de Lydos. Son dos caras opuestas de la misma moneda, La Corona y el Errante. La Corona, ordenada, aristocrática, sus jardines llenos de flores y sus ciudadanos honrados. Es un lugar solemne, antiguo y poderoso, inmutable desde el momento en que Lydon fundó la urbe. El Errante es todo lo contrario: cambiante, sucio, excesivo y ruidoso. No hay ninguna ley que prohíba a los habitantes de La Corona bajar al Errante para desatar sus bajas pasiones pero, desde luego, no es *apropiado.*

Al final, Ennio desiste de cualquier protesta, y observa en silencio cómo su amigo saca del bolsillo de su casaca una botella de aguardiente de mirtilo que ya estaba a medias cuando fue a buscarlo a su casa.

Tulio da un nuevo trago de la botella y se la ofrece. Ennio bebe y el aguardiente se le desliza por la garganta como una estampida. La sensación es tan intensa que sus ojos se abren desmesuradamente, y empieza a toser. Parece que está respirando fuego, y su cara probablemente lo demuestra. Tras recuperar el aliento, suelta una risa nerviosa y jadeante.

De golpe, Tulio deja escapar tal ristra de carcajadas que hace tambalear la barca mientras Ennio, una vez más, siente el rubor tomando posesión de su cuerpo. Entonces, algo cambia. Quizá sea el viento, que se ha vuelto más salino, o la música que proviene del Errante, que siente vibrar ahora que están más cerca. Tulio deja de reír abruptamente.

—Gracias —murmura.

—No me las des. Solo espero que logres animarte un poco... Lo que ha pasado con tu padre...

Tulio ríe de nuevo, pero esta risa a Ennio le parece muy diferente, le parece envenenada.

—Lo odiaba, ¿sabes?

—Lo sient...

—No lo sientas —le corta dándole una palmada en el hombro—. Con odio o sin él, era mi padre, así que, amigo mío, gracias por acompañarme esta noche a celebrar tanto su vida como su muerte.

HEDERA

Una fiesta.

Hedera no quiere asistir a ninguna fiesta y, sin embargo, aquí está, en la sala de utilería del barco-teatro, rodeada de ropa polvorienta, viejas escenografías y cajas llenas de los trastos más inimaginables, frente a un espejo de cuerpo entero, mientras la sonrisa de Ludo podría competir con el brillo del sol.

—¿Qué demonios estáis haciendo?

Es que Ludo, de repente, le quita el abrigo apaleado que la ha acompañado los últimos meses y se pone a rebuscar entre la ropa que cuelga de grandes ganchos anclados en el techo.

La respuesta le llega a través de Bes que, con una sonrisa astuta, comienza a hacer signos en el aire que, inmediatamente, se transforman en palabras:

«Es una fiesta. Hay que ir elegante».

Al leer esas palabras con la caligrafía pulcra de Bes, Hedera no puede reprimir un escalofrío. ¿Cómo ha llegado a eso? Cuando se convirtió en tejedora, sin saber apenas del mundo o de su crueldad, haciendo honor a su Arte, Hedera se convenció de que así pasaría el resto de su vida: entre sombras, pero hace un rato ha aceptado la mano que Ludo le ofrecía, como hizo tanto tiempo atrás y de pronto…

Una fiesta. De veras. ¿En qué está pensando?

Delante de ella, Bes chasca los dedos y la devuelve a la realidad de esa sala repleta de cajas hasta arriba de joyas falsas, espadas de madera y sombreros de todo tipo, desde tricornios hasta diademas.

«¿Y ese vestido, Ludo? El que llevaba Arista en la fiesta de los Commeno el mes pasado».

La sonrisa de Ludo, los dioses la asistan, se ensancha todavía más.

—Podría funcionar, podría… —tantea mientras señala a Hedera—. ¿De verdad, amiga mía? ¿De dónde has sacado esta ropa? ¿De un vertedero?

—No es lo que… —Iba a decirle que el abrigo no lo sacó de un vertedero, sino que se lo robó a un borracho que estaba durmiendo la mona, pero de repente le da una vergüenza espantosa.

—¿Hola? ¿Estáis preparados? —dice una voz entonces. Rufio, el chico de ojos claros que siempre está trasteando en la cocina del barco, aparece en la sala de utilería, dando pasos cortos y nerviosos—. Ya hemos cerrado el teatro. Estamos todos listos.

—Ahora vamos, un segundito.

Ludo la suelta y sin el calor de sus manos contra los hombros, de pronto Hedera se siente desnuda. Y no solo porque le falte el abrigo, sino porque siente que se están desmoronando todas las protecciones que ella misma se impuso al llegar.

Sus pensamientos, aunque mudos, giran a la misma velocidad con la que Ludo rebusca entre cajas y baúles, lanzando telas de vivos colores por los aires.

—Vamos, tiene que haber algo aquí que te sirva.

—Ya os he dicho que yo no... —insiste ella, pero Ludo vuelve a interrumpirla.

—No te estarás echando atrás, ¿verdad? —pregunta aunque, estrictamente hablando, Hedera en ningún momento ha *aceptado* ir a esa fiesta. Solo se ha dejado llevar, como un barco en medio de una tormenta.

Sin pedirle permiso, Ludo le arranca a Hedera el jubón de lana y lo lanza al rincón donde ha estado arrojando los disfraces. Después, aunque Hedera se queja, le mete por la cabeza una blusa de manga larga color marfil y Hedera se mira al espejo como si lo hiciera por primera vez en la vida. ¿De dónde habrán sacado en el Buen Padre una prenda tan... rica? Tiene un corte sencillo pero elegante, con un escote redondo y mangas ligeramente abullonadas que se ciñen en los puños, cerrados con pequeños botones de nácar.

Bes le pone unos pantalones mientras ella, por fin, se rinde ante su imagen. Son de lana gris, masculinos, amplios y cómodos. Las sandalias, al menos le dejan quedárselas, y sus tobilleras aladas también. Y completan el conjunto con una capa larga y ancha, de terciopelo, con una capucha que prácticamente le cubre toda la cara. No se quedan conformes porque, al final, Bes llega con una diadema de metal dorado —quizá de oricalco, ligero y lustroso— que ayuda a domar los rizos de su cabello y le enmarca las sienes. Es sencilla, apenas una tira de metal repujado con un motivo de hojas de enredadera. Frente al espejo, Hedera parpadea, casi sin reconocerse a sí misma. La ropa que lleva no se parece a los fabulosos vestidos de seda e hilo de oro que usaba en su anterior vida, pero es elegante, ligera y abrigada. Ropa elegante pero que le permite moverse con rapidez. En realidad, es ropa que parece encajar perfectamente con su nueva realidad. Solo le falta…

—Mi puñal —susurra.

También lo robó, en este caso, del ático de su familia. Un cuchillo pequeño y afilado que, gracias al Don de algún orfebre ya muerto, puede permanecer escondido y discreto en su muñeca y saltar a la palma de su mano siempre que ella lo desee. Ludo se lo ha quitado junto con el abrigo, y echa de menos el peso tranquilizador del metal en su muñeca.

—No lo vas a necesitar —se queja Ludo—. ¿Es que no confías en nosotros?

«Dale el puñal, Ludo», signa Bes. «Que vaya armada no es que no confíe en ti, es que es una chica lista».

A regañadientes, Ludo le devuelve el arma. La empuñadura tiene incrustaciones de zafiros y rubíes y el pomo tiene forma de cabeza de serpiente. Sus ojos, hechos de pequeñas esmeraldas, parecen mirarla directamente al alma.

Se siente mejor, como si sus pies se apoyaran con más firmeza en el suelo.

Mientras Hedera se guarda el puñal bajo la manga de la blusa, un nuevo estrépito les llega desde el exterior de la sala. Un sonido como una avalancha que se acerca. Son los Hijos. Delante va Sátor, que lleva una casaca de un rojo tan encendido que hiere la vista. Cuando habla, los múltiples anillos que lleva en los dedos tintinean, nerviosos.

—Pero ¿cómo podéis tardar tanto? Vamos, vamos. Estamos muertos de sed.

TULIO

Ennio y él han hecho el resto del camino en silencio. Él, con la vista fija en el Errante, cada vez más cercano, con esa rabia que lo acompaña desde hace tanto tiempo que no sabe siquiera si nació con ella o no.

Por unos instantes, en el calabozo, creyó esperanzado que, al morir Jano Zephir, también lo haría su rabia, pero se equivocaba. Y por eso, al final, ha ido a buscar a Ennio, porque no se le ha ocurrido nada mejor que emborracharla hasta que uno de los dos —la rabia o él, da igual quién lo haga primero— pierda el sentido.

Cuando nota una sacudida, se da cuenta de que por fin han llegado a su destino y, tras dejar el *Viento de Plata* a buen recaudo, ambos se adentran en una multitud ruidosa y excitada que parece ocupar todos y cada uno de los rincones del barrio. Ennio mira a su alrededor y Tulio lo mira a él, anonadado. ¿Acaso tenía él la misma expresión la primera vez que puso los pies en el Errante? ¿Los mismos ojos desorbitados, la misma boca entreabierta? ¿De veras parecía tan inocente?

Fue con Hedera, como no podía ser de otro modo. Atravesaron la laguna en el mismo esquife para no tener que usar el puente que une el Errante con la isla y así arriesgarse a ser vistos. Eran niños, muertos de miedo por su transgresión, y al mismo tiempo excitados por la aventura.

En realidad, no hicieron nada del otro mundo. No se alejaron de las zonas más cercanas al muelle, bebieron un aguardiente áspero como polvo de cristal y regresaron a sus casas tambaleándose y sintiéndose mayores y valientes.

—Bien… —dice en ese momento Ennio, titubeante, cuando llegan a lo que parece una gran plaza, que cruje y se tambalea bajo el peso de las decenas de personas que la cruzan. En esos ojos tan abiertos que tiene, que parecen querer verlo todo, se reflejan las esferas de luz que iluminan el barrio—. ¿Y ahora?

En cualquier dirección hacia la que miren parece que hubiera algo esperándoles. Una taberna de la que salen carcajadas y gritos de euforia, un teatro —hay teatros en la ciudad, donde se representan tragedias y dramas llenos de enseñanzas morales y de mensajes patrióticos, pero Tulio sospecha que, tratándose de un teatro del Errante, habrá mucha menos moral y, quizá, los actores y actrices lleven menos ropa—, y más allá incluso un conjunto de mesas y sillas dispares con un hombre en el centro que cocina algo sobre una plancha de hierro.

Entonces, detrás de ellos, escuchan música. También hay música en la ciudad, desde luego que la hay, pero no así. Una música desenfrenada y alegre, que provoca un efecto extraño en los huesos de quien la escucha.

Tulio sabe, incluso antes de que Ennio abra la boca, que su amigo ya se ha decidido.

—Allá —señala Ennio—. Vayamos hacia donde está la música.

VIII
Y los colores giran bañados en alcohol

El Errante.

HEDERA

Bueno. Hedera se ha dejado convencer por una sonrisa, una mano tendida y por el recuerdo de esa amistad que ella misma traicionó, así que, supone, más le vale disfrutar de la noche.

Tras cruzar por los muelles del Errante, donde se concentran la mayor parte de tabernas y otros lugares de reputación cuestionable, Hedera y los Hijos han llegado hasta una especie de plaza hecha con maderos de mil procedencias rodeada de construcciones, como si en el Errante hubieran tratado de imitar las plazas señoriales de Lydos y, en cambio, hubieran logrado algo de aspecto frágil y casi orgánico, como un enorme panal de abejas.

La Ratonera. Hedera lo sabe aunque nunca ha estado aquí. El corazón del Errante.

—Es ahí.

Sátor entonces señala uno de los lados de la plaza. Junto a la puerta de piedra gris de uno de los edificios se ha formado una pequeña cola, y es allí hacia donde se dirigen, con Sátor a la cabeza, que usa su envergadura para abrirse paso entre los transeúntes. Poco a poco, el tipo de gente con la que se cruzan ha ido cambiando. A esta zona del barrio raramente viene gente de la isla que venga a divertirse. Aquí, los borrachos son más callados y la miseria, más evidente, aunque de vez en cuando todavía se escuchan risas y conversaciones animadas junto al aroma a especias y pescado frito.

También hay música. Una música cuyo volumen se eleva a medida que se acercan a esa casa de la puerta gris, una música que se mezcla con las conversaciones y con las risas de las personas que esperan junto a la puerta.

—Son todos tejedores —susurra al darse cuenta de que todos llevan en las manos el tatuaje que les marca como tales.

—¡Claro! —responde Ludo mientras, jocoso, tira de Hedera y hace que dé un giro sobre sí misma, como si bailara—. Es una fiesta de lo más selecta.

Hedera escucha cómo algunos Hijos dejan escapar un resoplido. *Selecta*. Sí, ella también capta la ironía, pero no le hace gracia.

«¿Lista?», pregunta entonces Bes, a su lado.

No, claro que no, pero no importa, porque cruzan el dintel de piedra gris de todos modos y luego se internan por un pasillo estrecho, por el que apenas caben tres o cuatro personas a la vez, y luego, salen a… Hedera se esperaba… no sabe qué se esperaba. Una taberna quizá, el ambiente cargado de humo y perfumes y de los gritos de los borrachos, pero lo que ve Hedera en realidad son estrellas.

El pasillo ha desembocado en un patio medio oculto entre los edificios de alrededor donde una multitud de fanales cuelga de las paredes, bañándolo todo con una luz amarillenta. A un lado, un grupo de músicos arranca con una canción tan frenética que se marea, y rápidamente quedan rodeados de bailarines. Huele a vino, a humanidad, a comino y pimienta. ¿Cuántas personas hay aquí? ¿Cien? ¿Doscientas? Allá donde mire, ve manos con la marca del tejedor. Todos acaban aquí, en el Errante, y al parecer esta noche se han reunido en este patio oculto para festejar algo que Hedera desconoce.

—¿Qué te parece, eh? —le pregunta Ludo, dándole un suave codazo en las costillas.

Que hay demasiada gente y demasiado ruido. A Hedera nunca le han gustado ni una cosa ni la otra y, además, desde que Ludo la rescató la noche del banquete ha estado huyendo de ambos proactivamente. Y eso mismo les dice a Ludo y los demás, que se echan a reír como si hubiera hecho algún chiste.

—¡Bueno! ¡No perdamos más el tiempo! —exclama de repente Sátor, el pelirrojo. Los Hijos se han ido desplegando por el patio y solo quedan Ludo, Bes, Hedera y él. El tejellamas, entonces, le tiende a Hedera una mano cargada de anillos de oro, uno por cada dedo.

—Venga, novata, vamos a bailar.

«Novata», la ha llamado. Parece que todo el mundo hubiera decidido por ella.

—Tentador pero, no, gracias —responde Hedera.

En favor de Sátor, debe reconocer que se toma el rechazo con buen humor. Su sonrisa se ensancha, y corrige su gesto para que parezca una elegante reverencia.

—¿Estás segura? La mayoría de mujeres y señoritas de esta plaza *matarían* por bailar conmigo, ¿sabes?

«Sí. Yo me cargué a dos la semana pasada», signa Bes con un suspiro afectado.

—Eso no es verdad —responde Sátor, que da un paso hacia ella. Es prácticamente una cabeza más alto que Bes, así que hinca la rodilla contra el suelo para quedar por debajo—. No la creas, novata. Bes no tiene que matar a nadie para bailar conmigo.

«¡Sí que lo hice! ¡Fue una verdadera carnicería!».

—Porque Bes siempre tiene prioridad. Es mi chica favorita.

«Soy la chica favorita de todo el mundo», responde ella con una expresión pícara en esa cara redonda e inteligente que tiene.

Entonces, con un rugido de fiera, Sátor se lanza hacia delante y levanta a Bes en volandas mientras la chica patalea entre carcajadas mudas. Unos segundos después, ya han desaparecido entre la multitud, en dirección a la banda de música y, para sorpresa suya, los pies de Hedera dan un paso nervioso hacia delante, como si pretendiera seguirles.

Se arrepiente enseguida, desde luego. No son sus amigos. No son nadie. La han acogido en su barco porque, en el fondo, imagina Hedera, se creen que así hacen algo mejor por el mundo. Pero ya está. Además, ella no quiere fiarse. Le gustaría hacerlo, pero no puede. Como le ha dicho Andras, no hay nada gratis en este mundo.

—Has hecho bien. Sátor es un bailarín horrible —escucha decir a Ludo, que se acerca a ella con dos vasos de cristal rellenos de algo de color ambarino. Debe de estar usando su Arte porque su voz ha sonado demasiado nítida entre todo el bullicio.

Cuando se coloca a su lado, le tiende uno de los vasos con expresión conciliadora. Una expresión que, de repente, le parece condescendiente. Como si se riera de ella. Pobre Hedera, que no quiere aceptar que ya no vive en La Corona, que se ha convertido en una triste tejedora. Pobre Hedera, que tiene que robar para sobrevivir. No puede evitarlo y, aunque le acepta el vaso, lo hace con un movimiento demasiado brusco.

—Gracias —responde con esa misma sequedad.

Estúpida, se dice a sí misma por estar ahí, donde no quiere.

Estúpida, repite para sus adentros, por ni siquiera saber qué quiere.

—No me las des —replica Ludo. Por un momento, Hedera cree que no se ha dado cuenta del tono de sus palabras hasta que Ludo añade, levantando su vaso—: Por la amistad.

Una frase con gotas de veneno, aunque en el fondo Hedera sepa que Ludo tiene derecho a estar enfadado. Lo abandonó como al resto. Lo dejó atrás, cuando —como dice él— eran amigos. Qué fácil le era hablar con Ludo, recuerda Hedera sin querer hacerlo. En aquellas tardes eternas de verano, sentados bajo la sombra del olivo centenario en el jardín trasero de Villa Apokros, al mismo tiempo su casa y el lugar donde encontró el cadáver del padre de Tulio. La relación que tuvo con Tulio, desde que lo conoció, fue fuego y emoción, pero Ludo siempre fue su refugio de calma. Tan distintos, y tan complementarios el uno del otro.

Los recuerdos le producen un sabor extraño en el paladar. Amargo, por esa muerte de la que ahora todo el mundo la culpa, pero también dulce, como los higos, las uvas y las granadas que les llevaban los criados mientras pensaban que el mundo era eterno y era solo para ellos.

A Hedera le da la sensación de que, de pronto, le regresa a las fosas nasales el olor inconfundible de su jardín, con sus arrayanes y mirtos, y las lavandas de flores moradas y los rosales, con rosas rojas, rosa pálido y blancas. Es como si no hubiera pasado el tiempo, como si se hubiera quedado ahí y no se hubiera movido.

—Entonces… —Recuerda una tarde en la que Ludo estaba más imprudente de lo habitual, que ya es decir—. ¿Tu compromiso es en firme?

Ludo tomó una uva y se la lanzó a la boca con un gesto elegante. Cuando la atrapó con los incisivos —Ludo siempre los ha tenido un poco separados—, su jugo se le escapó por las comisuras de los labios y, riendo, se limpió con el dorso de la mano sin dejar de mirarla.

Hedera recuerda cómo sintió que las mejillas se le ponían rojas y que bajó la mirada. Sí. Apenas hacía dos días que sus padres y los de Tulio les habían prometido. Los Zephir y los Apokros, probablemente la alianza más poderosa de toda La Corona. No quería decirlo, pero se sentía orgullosa. Y además...

Además, estaba enamorada de Tulio.

Era un amor puro, infantil. El tipo de amor que solo se puede tener a los catorce años. Se sentía afortunada. Feliz. Pero, aunque estuviera delante de su amigo, reconocer todo aquello en voz alta le daba vergüenza. Sobre todo cuando Ludo insistió:

—¿Lo has visto...? Ya sabes... —Su amigo se inclinó hacia ella—. ¿Desnudo?

Hedera se atragantó con su agua de limón e hizo lo que hacía siempre: darle a Ludo un manotazo en la nuca. Su amigo se atragantó con la segunda uva. Bien merecido lo tenía.

—¡Ludo! —gritó aparentando indignación—. No es... No voy a...

Qué distinta era esa Hedera a la que es ahora.

—Pues yo, antes de que me comprometan, voy a exigirles a mis hermanos conocer la mercancía de antemano. Solo digo eso.

Rieron. Además, Hedera recuerda que fueron carcajadas con ganas, con alma. De esas que te salen justo de la boca del estómago y que invaden todo tu alrededor. El tipo de carcajadas que, lo sabe, se ha prohibido a sí misma.

No sabe si las carcajadas que escucha ahora han viajado desde el recuerdo a la realidad o si ya estaban ahí cuando su mente ha decidido abandonar esa fiesta a la que la han llevado, pero de pronto todo el mundo ríe. Y todavía más cuando Sátor levanta una copa y grita:

—¡Por el malnacido de Jano Zephir, el Theokratés, los Siete no lo lleven nunca a los campos de luz!

Al grito de Sátor, responde un coro de voces y un bosque de vasos en el aire.

—¡Nunca! —repite también Ludo mientras le guiña un ojo.

Ahora ya sabe el motivo de la fiesta de los tejedores. Al fin y al cabo, ¿no fue el difunto Theokratés quien los condenó? Y si no fue él, fue el dios a quien representaba. ¿Por qué no deberían celebrar su muerte?

Hedera parpadea, retrocede un paso mientras Ludo la observa con una sonrisa satisfecha.

—¿Qué te parece? —exclama apurando todo el alcohol que queda en su copa de un trago—. No te has enfadado, ¿verdad? Al fin y al cabo casi se convierte en tu sueg…

—¡Nunca! —Hedera también levanta su vaso, uniéndose a los últimos vítores, y acaba su bebida de un trago.

Después de todo, Jano Zephir también la condenó a ella. Sin embargo, en cuanto el alcohol le llega al estómago, se siente horriblemente mal. La música, cada vez más intensa, la marea, y el aire está demasiado cargado, húmedo y pegajoso.

Ella también ha hecho cosas terribles y se pregunta, de repente, si merecería que alguien, que cualquiera, celebrara su muerte con vítores y bailes.

Se tira del cuello de la blusa en busca de un aire que no llega.

—¿Estás bien?— pregunta Ludo, dando un paso hacia ella, pero Hedera le detiene con un gesto suave.

—Sí. —Es mentira—. Es solo que tanta gente junta me agobia.

Eso, en cambio, sí es cierto. Hay tanta gente, tanto movimiento, que su ojos tienen dificultades para abarcarlo todo de una vez, pero lo que le hace retroceder es el pasado, el pasado, siempre al acecho. Jano Zephir también fue, las veces que coincidieron, un hombre serio pero amable. Un hombre que quiso a sus hijos hasta las últimas consecuencias. Siempre pensó que tenía los ojos llenos de dolor.

Ojos que, de repente, Hedera ve entre la gente, como un fantasma.

ENNIO

Ennio se siente mal.

Ennio se siente mal en todos los sentidos posibles de la palabra.

Primero, porque ha sido idea suya seguir la música hasta este patio medio escondido al que han llegado Tulio y él.

Segundo, porque Ennio se ha quedado mirando embobado a los bailarines —y quería, con todas sus fuerzas, unirse a ellos pero no se ha atrevido— cuando han descubierto el motivo de esta especie de celebración y no se ha dado cuenta de que Tulio había desaparecido. ¿Enfadado? ¿Herido? ¿Rabioso? Quién sabe.

La tercera razón por la que Ennio se siente tan mal es que, mientras buscaba a Tulio, en una intentona para apaciguar sus remordimientos, ha aceptado un vaso de cerámica roja por parte de una mujer de sonrisa jovial, con marcas de tejedora en las manos y, ahora, el vaso está mucho más vacío que antes, cosa que le está dificultando seriamente la búsqueda de su amigo. Le cuesta enfocar la vista. Todo es demasiado distinto a las fiestas de La Corona. Todo está mal: la luz cálida que emanan los fanales, las ropas coloridas y remendadas de la gente, los gritos, el caos.

—¡Eh! Que te caes —le grita una chica que también lleva el tatuaje de tejedora en la mano y que va vestida con una falda con una raja tan larga que, prácticamente, lleva toda la pierna al aire—. Y la noche es joven —añade, en cuanto se fija mejor en Ennio.

Como no podía ser de otra forma, las mejillas del orfebre adquieren un rojo estelar en cuestión de instantes mientras la chica se va, soltando una carcajada satisfecha. A pesar de la neblina pesada que se le está formando en el cerebro, todavía le llega la suficiente sangre como para saber que la chica le está ofreciendo algo que a él no le interesa.

Así pues, como medida de supervivencia, Ennio apura el contenido de su vaso.

Quizá debería haber preguntado qué lleva exactamente esta última bebida. Sabe a vino, aunque está seguro de que lo han mezclado con algo más que le hace sentir la cabeza un tanto ligera y la lengua pegada al paladar. O quizá la señora de apariencia afable que se lo ha dado es una tejedora con Arte para el vino, quién sabe.

Da un paso, buscando a su amigo, aunque no le importaría por ejemplo encontrar a la tejedora que le ha dado el vaso hace un rato, por si por casualidad tuviera uno más. Entonces, mientras avanza otro poco, acaba chocando con un hombre joven que va en dirección contraria. El patio está tan lleno que es prácticamente imposible no hacerlo, pero, aun así, Ennio murmura:

—Perdón.

Y, dicho esto, se dispone a seguir pero, por desgracia para Ennio, se da cuenta de que el joven con el que se ha chocado ha decidido llevarse con él algo que no le pertenece, así que se da la vuelta, rápido, pero con una sonrisa en los labios.

—¡Eh! ¡Eh! ¡Disculpa! —Parece que el joven no le escucha. Normal, con tanto bullicio. Aunque lo cierto es que, de repente, parece avanzar más rápido por entre la gente—. ¡Oye! —insiste Ennio, que también sabe moverse rápido cuando lo necesita. Es fácil: solo tiene que caminar con un poco más de ímpetu del habitual y la gente, de algún modo, se aparta si no quiere ser arrollada irremediablemente. Así, en un par de zancadas ha llegado hasta donde está el joven y lo sujeta por la muñeca. Todavía no ha perdido la sonrisa franca, amable, que es prácticamente el único tipo de sonrisas que sabe poner Ennio, cuando dice—: Disculpa, cuando hemos chocado, uno de mis brazaletes debe de haberse enganchado en tu ropa por accidente y necesito que me lo devuelvas. Es una reliquia familiar. —El joven lo mira como si fuera idiota, pero Ennio no es idiota. Solo aborrece los conflictos, así que ensancha la sonrisa y espera que el ladrón *tampoco* sea idiota—. En realidad, por sí solo, ni siquiera tiene utilidad —continúa enseñándole el otro brazo, donde lleva ceñida una banda de bronce y plata, decorada con un diseño de grecas y espirales, idéntica a la que le falta—. Ni utilidad ni, en realidad, ningún valor. Lo prometo.

Ennio, igual que no suele meterse en problemas —excepto, está demostrado, cuando va con Tulio—, tampoco acostumbra a mentir. Los brazaletes no funcionan por separado ni tienen valor para nadie fuera de su familia.

El joven, entonces, quizá por ese vino que se ha tomado o, quizá, porque de pronto Ennio es consciente de estar absolutamente fuera de lugar, le parece más grande, más alto. Sobre todo cuando se inclina hacia él y le agarra de la capa.

—¿Quieres problemas? —le pregunta. Al ladrón le huele mal el aliento y toda esa neblina divertida que, hasta ese momento, Ennio tenía en la cabeza, se le baja a la garganta en forma de náuseas.

Ennio escucha los cánticos de los borrachos y el entrechocar de vasos muy lejos de él. Ni siquiera le parece que haya en este lugar —en este mundo— nadie aparte de ellos dos. Lo ve todo de color rojo. Rojo sangre. Porque, no, Ennio no quiere problemas ni los ha dado en su vida. Pero, ahora mismo, por primera vez, cree que puede ser capaz.

Pese a que el ladrón le sigue sujetando por la capa con intención de atraerlo hacia sí, Ennio —sorprendiéndose internamente. *Por el vino, tiene que ser por el vino*, también piensa—, abre la boca:

—Que me lo devuelvas, te digo, y el que no tendrá problemas serás tú.

Se ha escuchado la voz distinta, áspera. Nunca le había hablado así a nadie. Nunca. Ennio de pronto se siente poderoso, capaz. Pero el ladrón no le suelta, no. Es más, ahora sí que lo atrae hacia sí. Su aliento pútrido le vuelve a dar náuseas y, por un segundo, a Ennio se le pasa por la cabeza que sería divertido vomitarle encima.

—Ahora sé un niño bueno y dame el otro —sisea el ladrón muy cerca de su oreja. *Ese aliento*, piensa Ennio, *ese aliento debería estar penado por la ley. O algo por el estilo.*

—Por favor… —insiste él.

—Míralo, qué educado —se ríe entonces el ladrón.

Y, entonces, sucede algo que, para Ennio, es completamente nuevo. Siente un acceso de rabia roja por todo el pecho, como si el corazón se le hubiera abierto. Y aprieta fuerte los dientes. Y piensa, muy fugazmente, que en la Academia, aunque las enseñanzas sean, sobre todo, de política e historia y liderazgo y filosofía, también les imparten lecciones en combate y defensa.

Uno.

Se supone que los orfebres no entrarán en combate en su vida, así que muchos de los compañeros de Ennio no se toman las lecciones demasiado en serio.

Dos.

Ennio, en cambio, sí lo hace. No le gusta, pero de niño le enseñaron que es tan importante cuidar el cuerpo como la mente, y supone que la lucha es un ejercicio tan bueno como cualquier otro.

—¿Voy a tener que arrancártelo yo, entonces?

Ennio cuenta mentalmente: *Tres*.

Al tiempo que exhala su última bocanada de aire, sujeta la muñeca del ladrón y se la retuerce haciéndolo gritar de dolor. Luego se agacha y después se impulsa hacia delante, lanzando todo su peso y su fuerza contra el pecho del ladrón.

Logra derribarlo, pero es un error.

El ladrón jadea, sorprendido, cuando se ve en el suelo con Ennio encima de él, mientras rebusca el brazalete en los bolsillos de su abrigo.

Primero, llegan los susurros.

Ennio se da cuenta, horrorizado, de que con el altercado le ha quedado a la vista su estúpido tatuaje que aquí no le señala solo como orfebre, sino como enemigo.

Delante de él, un chico joven con el pelo revuelto hace amago de escupir en el suelo. Otros le miran con un recelo salvaje. Un orfebre entre tejedores, como un lobo entre ovejas cuando las ovejas se dan cuenta de que son más y de que ellas también pueden morder si así lo desean.

—Yo solo… —balbucea.

A su alrededor, se ha cerrado un círculo. Pero, de entre todos, destaca uno de gran envergadura. Va vestido con unos pantalones y una camisa de lino blanco que se arremanga antes de agarrar a Ennio de la pechera y levantarlo.

—¿Te atreves a venir aquí y meterte con uno de los nuestros? —le pregunta.

—Hay que tener valor… —se queja la mujer del vino. Ya la ha encontrado, pero ahora mismo lo último que necesitaría es más alcohol bajo la piel.

—Yo solo… —trata de defenderse Ennio, que tiene la boca seca y mira hacia todos los lados, buscando una salida—. Lo… lo siento —termina por disculparse.

No le gusta esta sensación que está experimentando ahora mismo. Ennio está acostumbrado a que lo miren con reverencia, a que la gente casi se aparte a su paso. Orfebre de la división de forja y armería. El primogénito de los Orykto, con una de las villas más grandes y lujosas de La Corona. El futuro de Lydos.

El hombre le mira a los ojos y Ennio, inconscientemente, los cierra, esperando un puño o una bofetada que no termina de llegar.

Lo que llega es, en realidad, una voz.

—¡Amigo mío! ¡De verdad! Perdón. Con permiso. Lo siento. Déjame pasar —dice la voz mientras se acerca—. Disculpadme. Disculpadlo. Es que se me ha perdido. Ya nos vamos. Ya nos vamos.

Ennio abre los ojos y, después, parpadea por la sorpresa porque el dueño de la voz que se acerca es el tejetrino que conoció la noche de la fiesta en Villa Apokros, la noche en que mataron al padre de Tulio. El mismo que cantaba y bailaba y que, todavía cree Ennio, ¿le guiñó un ojo? ¿Le sonrió?

—Tú… —susurra.

El chico camina con gracia teatral. Lleva pantalones bombachos de un rojo oscuro, ceñidos en la cintura. Su camisa, blanca y holgada, contrasta con la chaquetilla ajustada de terciopelo negro. Aparte de una sonrisa segura de dientes blanquísimos, lo que más le llama la atención a Ennio, todavía sujeto por el hombre, es su mirada, profunda y expresiva. Lleva los ojos delineados en kohl, que traza una línea fina y definida que se extiende ligeramente más allá del rabillo del ojo.

—Perdonadlo. Es que se me ha perdido. Soy Ludo, sí, el del Buen Padre. ¿Que viniste a verme cantar el otro día? ¡Qué honor! Disculpa. Sí. Déjame pasar, por favor. —El chico, Ludo, se acerca a él como si el mundo entero le perteneciera. No le sorprende que se haya hecho el silencio a su alrededor. Hay algo en él, esa seguridad desarmante, esa sonrisa pícara, quizá, que a él también le resulta magnético. Por fin, Ludo, el tejetrino, se coloca a su lado y, como si estuviera deshaciendo un nudo con presteza, logra que el hombre deje de sujetarlo—. Sí, sí. Ya nos vamos. Ya nos vamos. Es que tenemos mucho lío. Muchísimo. —Ludo le coloca el brazo sobre los hombros y, poco a poco, lo va empujando hacia una zona más alejada y oscura, donde no parece haber gente apenas—. ¡Adiós! ¡Se acaba el espectáculo.

Mientras se alejan, Ennio no sabe qué decir. ¿Quizá «gracias»? Pero no importa, porque Ludo parece que hablase por los dos:

—¿En qué otros líos planeas meterte esta noche, Ennio Orykto, de la división de forja y armería? —*Se acuerda*, piensa Ennio, *se acuerda*. No sabe por qué se sorprende tanto ni por qué le gusta tanto que lo haga—. Porque, si vas a meterte en líos, mejor te acompaño, ¿no?

LUDO

Deberían darle una medallita. Ludo la llevaría orgulloso en la solapa, de eso está seguro. Una medallita por haberle salvado esa cara tan bonita a Ennio, el orfebre de ojos tiernos.

—Vamos —le dice y, como le ha salvado la vida (o, quizá no la vida, de acuerdo, pero de un buen disgusto seguro que sí), Ludo decide que ya tienen la confianza suficiente como para agarrar al niño bonito de la mano y tirar de él—. Es mejor que desaparezcas de aquí un rato, solo hasta que se enfríen los ánimos y, quizá, hasta que la gente beba un poco más, no sé. ¿A quién se le ocurre? ¿No sabías dónde te estabas metiendo? ¿No tienes ojos en la cara?

—Pero… pero… mi amigo… —comienza a protestar Ennio. Cuando lo hace, aprieta los labios de una forma de lo más graciosa pero ni con esas Ludo cede. Aunque debería. Es decir, él se supone que debería estar buscando a Hedera, que se ha marchado, pero…

—Yo soy tu amigo también, que te he salvado la vida, hombre… vamos —insiste mientras, poco a poco, guía al chico hacia la salida y lo empuja hacia el extremo del patio por donde se sale a la calle sin que Ennio oponga mucha resistencia. De hecho, si el orfebre quisiera resistirse, Ludo calcula que tendría entre cero y menos un millón de posibilidades de moverlo en contra de su voluntad.

Cuando salen a las calles del Errante, Ludo por fin suelta la mano de Ennio. No hay que abusar.

—Deja que te diga, niño bonito, que, con lo listo que pareces, has hecho una buena tontería hace un momento… —le regaña poniendo los brazos en jarras, pero Ennio no le escucha, sino que tiene la vista vuelta hacia la puerta del dintel de piedra y una arruguita de preocupación en el entrecejo que a Ludo, no sabe —sí sabe— por qué, le gustaría alisar con el pulgar.

—Mi amigo se va a preocupar si no me encuentra —musita.

—Tu amigo se preocuparía más si te encontrara hecho una pulpa sanguinolenta en el suelo. ¿Tú sabes con quién te has metido? —Como Ennio menea la cabeza, Ludo suelta un suspiro y añade—: Ese que te ha intentado robar es Accio el barbero. ¿Y sabes qué hace una persona inteligente cuando Accio el barbero intenta robarte? Pues te dejas robar —responde antes de que Ennio pueda abrir la boca—. Y das las gracias por que Accio por lo menos te deje conservar los calzones para que no tengas que regresar a tu casa con el culo al aire.

—Si lo llaman «el barbero» no debe ser tan peligroso, y se ha llevado uno de mis brazaletes. Son una reliquia familiar, ¿sabes? No…

—Digamos que con las navajas que lleva ocultas en la manga del abrigo no te habría cortado precisamente el pelo.

Tras decir esas palabras, Ludo espera unos instantes hasta ver en los ojos de Ennio que este, por fin, ha entendido *qué* parte de su cuerpo habría podido sufrir un rasurado demasiado a fondo de no haber llegado él para salvarle. Entonces, esboza una sonrisa. Una que trata de que sea completamente mansa e inocente, pero con la que falla de forma estrepitosa. Bueno, por lo menos lo ha intentado.

—No te preocupes, has tenido la suerte de que pasara yo por allí, que soy un alma caritativa. Pero, como te he dicho antes, es mejor que no vuelvan a ver esa cara tuya tan bonita ahí dentro, por lo menos en un rato. ¿No has visto que estaba lleno de tejedores? Y, como ya debes saber, no todos son tan simpáticos como yo. ¿Qué pretendías? Todo el que viene al Errante busca algo. Refugio, o diversión, o… —Ludo sospecha que Ennio es de estos últimos—. Sentirse un poco rebelde por un día, o quizá…

—Música. Es decir, he venido porque mi amigo está pasando por un mal momento y quería que se distrajera —responde el orfebre rubio apresuradamente aunque, a medida que va diciendo las palabras, parece como si ese amigo del que habla fuera quedando cada vez más olvidado—. Música, sí. Buscaba eso —concluye.

Ahora es Ludo, por una vez, quien tiene la mueca de absoluta sorpresa en el rostro, y los labios apretados en una «o» casi perfecta. Música. Sí, sabe a lo que se refiere Ennio. Hay música en Lydos, desde luego. Hay patrióticas marchas militares para aburrir, himnos religiosos en cantidad, música elegante para las elegantes fiestas de la alta sociedad, pero son melodías tan encorsetadas como la propia ciudad, en vez de una cosa viva, asombrosa e irrefrenable como las que se escuchan en las tabernas y las calles del Errante. De repente, saber que Ennio es más —no sabe cuánto, pero está dispuesto a averiguarlo— que un niño bonito, un orfebre corto de miras, le hace soltar un trino de placer.

Vuelve a sujetar a Ennio, pero, como no quiere abusar, lo hace por la muñeca, y no de la mano.

—Entonces, vamos. Deja por un momento a tu amigo —dice cuando, haciendo un esfuerzo visible, Ennio mira en dirección a La Ratonera—. Estará bien y prometo devolverte sano y salvo en un rato…

HEDERA

Qué hace aquí.

Este no es su lugar.

A su alrededor, Hedera no escucha la música, tampoco admira los fanales que iluminan el patio ni es consciente de la multitud alegre.

Hedera solo tiene ojos para Tulio.

La boca se le seca, el corazón se le ha convertido en una bestia salvaje en el pecho cuando se pregunta si él ha venido aquí por ella, aunque descarta inmediatamente la idea.

¿Por qué, entonces?

Tulio y Hedera, Hedera y Tulio. Puede que Ludo fuera su primer amigo, una amistad sin fisuras, fraternal, que comenzó ese día en que un Ludo de seis años le dio la mano y le sonrió. Con Tulio fue…

Una explosión. Un reto. Una aventura. Un puro acto de rebeldía.

Tenían trece años cuando se conocieron. Sus padres les presentaron, quizá con la esperanza de que no fueran completamente extraños cuando llegara su compromiso, y ese día Hedera acabó con una ceja partida y con el primoroso vestido que le había dado su madre, rasgado por el borde. Tulio se llevó la peor parte, un brazo roto y las mejillas rojas de vergüenza porque había retado a Hedera a una carrera y había perdido.

Eran jóvenes, y estúpidos. También eran cabezotas y orgullosos, y eso suele ser muy mala combinación, pero aun en la rivalidad, en los enfados y malentendidos…

Recuerda el día en que se anunció su compromiso. Allí estaba ella, catorce años recién cumplidos, en Villa Zephir, bajando las escaleras principales. La mano de Hedera descansaba ligera sobre la suya. Le daba cierto pudor tocarle la piel y, por eso, sus dedos apenas le rozaban la muñeca.

Es curioso, piensa Hedera, *cómo le late a una el corazón desbocado en el pecho por razones tan distintas*. El día de su compromiso se sentía grandiosa, era el primer paso para todo lo que iba a depararle el futuro. Y había tenido suerte. Mucha suerte. La habían prometido con la primera —y única— persona con la que había compartido besos furtivos tras los rosales del jardín; en principio, como juegos inocentes. Después, una vez probada la miel en los labios de Tulio, como un hambre imposible de llenar por otra cosa. Tulio, con quien había escalado árboles, con quien había reído —y también llorado.

Ahora, el corazón de Hedera retumba de miedo, de rabia, de dudas, porque Tulio está aquí, en el Errante, tan cerca.

Hedera agita la cabeza. Lo mejor que puede hacer es regresar al Buen Padre. Allí, en el camarote que le han asignado, por lo menos no se sentirá tan expuesta. Y va a hacerlo. Va a hacerlo de veras porque, definitivamente, es la mejor decisión que puede tomar.

Pero detrás de Hedera, en ese pasado que parece el de otra persona —y también en el presente, como está a punto de comprobar—, hay toda una tradición de malas decisiones.

Porque Hedera, en lugar de regresar al Buen Padre, como debería, lo que hace es dar un paso entre la gente que festeja la muerte de Jano Zephir y, después otro, la vista fija en esos ojos tristes de Tulio.

Necesita saber por qué está aquí. Necesita saber qué ha venido a hacer. Si todavía la está buscando, si va a delatarla. Si la reconoce. Si la perdona. Si…

Ya no hay marcha atrás, sabe perfectamente que esta es otra más en su historial de malas decisiones.

TULIO

El melíspero no es mejor compañía que Ennio, pero a Tulio, por el momento, le basta. No encuentra a su amigo por ninguna parte. Le ha perdido. Necesitaba un momento a solas al descubrir el motivo de la fiesta y, al regresar, Ennio ya no estaba. Lo busca con la mirada, pero la luz de los farolillos es demasiado tenue, la fiesta demasiado animada, y las líneas de todo se desdibujan, pero podría ser por el alcohol.

O, quizá, piensa Tulio, *es que todo lo es: borroso, desvaído, imposible.*

Tulio da un pequeño traspié cuando se acerca a uno de los extremos del patio donde un tabernero reparte bebidas con expresión seria, y pide, ya no un vaso, sino una jarra entera de melíspero. Solo se bebe aquí, en el Errante, y Tulio siempre se ha preguntado qué lleva. Alcohol, seguro. Mucho. Muchísimo. No hay bebida en todo Lydos que te haga sentir así de ligero tan rápidamente. Mientras observa la jarra, antes de servirse, se recrea un momento en el líquido rosado. Tiene también sabor a higos. O a granada, quizá. Le dedica pocos segundos a esos pensamientos porque, enseguida, se sirve el vaso y se bebe su contenido de un trago. Luego, repite.

A su alrededor, la gente baila. Pasos rápidos y giros, brazos que se levantan y caen al ritmo de la música. Hay mesas repletas de comida: platos con aceitunas, queso, pan crujiente, y jarras de melíspero que pasan de mano en mano.

Esta gente…, se dice Tulio, *esta gente está celebrando la muerte de mi padre.* ¿Y él? ¿No está haciendo lo mismo? El nudo de confusión que Tulio lleva sintiendo todo el día en el estómago se aprieta.

A fin de cuentas, él también culpa a su padre de su deshonor. Fue su padre quien tomó la decisión de apartarle de su camino. Fue su padre quien le empujó a esa espiral de la que Tulio no se cree capaz de escapar. ¿Ha muerto también su peor pesadilla, entonces? ¿El culpable de todas sus desgracias? ¿De su vergüenza? ¿De la traición de Hedera?

Cree que estas preguntas las ha hecho en voz alta porque se le ha trabado la lengua. No le importa. Nadie le está prestando atención.

O sí.

La luz tenue de los farolillos hace un juego extraño de sombras en su rostro. La mira. Ella también lo mira. Sus ojos negros, brillantes tras la capa de sombras, provocan un incendio que le nace en el bajo vientre y que, al menos en esta ocasión, no tiene nada que ver con el alcohol del melíspero.

Hedera.

Hedera otra vez. Hedera siempre.

Aquí, acercándose a él.

Es una encerrona. Una trampa. Tulio no puede hacer nada, rodeado de tejedores, lejos de la isla y de su orden, de sus vígiles, de sus leyes, y, sin embargo, Tulio no siente miedo.

El calor se intensifica.

Miedo, no. Pero odio, sí.

La última vez que se vieron, ella tenía las manos manchadas con la sangre de su padre, pero al mismo tiempo Tulio no es tan inocente ni está tan borracho como para ignorar que también su cuerpo está reaccionando ante esa mirada, ajeno a lo que pueda sentir él, que echa de menos el de ella, que muere por deshacerse entre sus brazos y dejar que ella se deshaga desnuda en los de él, sin reproches, sin pasado.

Para olvidar. Perder el sentido. Para morder con ganas. O para apaciguar la rabia. Para respirar profundo. O para jadear de verdad.

Aunque solo sea durante los minutos que dure su encuentro.

Se decide tambaleante. El melíspero… *Bueno, ya no importa*, piensa llevándose la bebida a la boca directamente desde la jarra, que deja en una de las mesas improvisadas después de limpiarse los labios con el dorso de la mano.

Hedera sigue mirándolo y, ahora él, sin disimulo, también la mira mientras, en su rostro, se dibuja una mueca.

La odia. La ama. Nunca ha dejado de hacerlo.

Decide que no va a huir. Sea lo que fuere lo que quiera Hedera de él, puede acercarse y pedírselo, o, quién sabe, clavarle un puñal como lo hizo con su padre. ¿Qué más da ya? ¿Qué tiene Tulio que perder?

Se fuerza a mantener la sobriedad mientras camina en su dirección, apartando quizá con demasiada violencia a la gente que se interpone en su paso.

Cuando por fin llega hasta donde está ella, un complejo entramado de melodías crean un ritmo que a Tulio le da la sensación de ir a la misma velocidad que su corazón y le toma la mano.

No tenía pensado hacerlo. Ha sido instinto, pura memoria muscular, pero sus dedos solo se han rozado brevemente y Tulio ya ha sentido un escalofrío por todo el cuerpo. El corazón le comienza a latir más rápido. Acelerado, resuena en sus oídos casi en sincronía con la música.

Y Hedera no le rechaza, ni le clava ese temido puñal en la carne blanda del vientre. Solo lo mira, los ojos abiertos, asustados y decididos a la vez. Tulio la guía hacia la gente con una seguridad que contrasta con la tormenta que siempre lo acompaña. Y ella se mueve con él, siguiendo cada paso. Nota todavía cierta resistencia, quizás un juego, un tira y afloja que aumenta su deseo, también su frustración, su rabia. Cada paso, siente Tulio, es un desafío.

Cuando la música, con su timbre cálido, parece abrazarlos, sus manos se entrelazan completamente. Tulio siente el suave tacto de los dedos de ella. Sus respiraciones se sincronizan, los tambores —sutiles pero firmes— marcan el ritmo de la danza con un latido constante.

—¿Qué es lo que quieres? —susurra ella—. ¿A qué has venido al Errante?

Tulio la mira. Tiene preguntas en esos ojos que esconde detrás de las sombras. Y él, también.

Ennio

La risa de Ludo parece bailar en el aire como las llamas de una hoguera. De las últimas cosas que Ennio esperaba de esta noche era pasarla, precisamente, con un tejedor. Es la primera vez que habla con uno, piensa Ennio algo avergonzado —sin contar, claro, ese breve encuentro en la Villa Apokros—. Antes de Ludo, antes de esta noche, para él —como para el resto de habitantes de la isla o de La Corona— los tejedores son algo de lo que se habla —poco y con desprecio—, pero no alguien con quien se habla. Algunos están ahí, de vez en cuando, en sus fiestas o por el Bajoforo, pero ese tatuaje que les marca, igual que a él le marca el suyo, es una pared, un muro que, simplemente, no se debe escalar.

—Ven. Ven aquí, ya verás —susurra Ludo mientras le guía por un pasaje angosto, más un rincón olvidado entre construcciones que una calle. Cuando llegan al final, tras un recodo, el espacio se hace más amplio, la luz brota de lámparas en las paredes y es más suave que en el exterior. Y hay…—. Querías música, ¿verdad? ¿Te gusta?

Este es un lugar que no esperaba encontrar en un sitio como el Errante. Pequeño, vibrante, con plantas trepadoras que han tomado posesión de las paredes de tosca piedra volcánica. Al fondo, un diminuto templete tiene montoncitos de incienso encendido en honor a los dioses de las Artes y, al lado tres músicos, flautín, mandolina y timbal, tocan una música que no es ni las melodías marciales que suenan en Lydos, ni las danzas frenéticas de la fiesta de los tejedores. Es… poesía hecha sonido. Los músicos tienen los ojos cerrados, igual que la mayoría de los que les escuchan, tumbados en divanes y triclinios que ocupan todo el local. Ennio, repentinamente embriagado, hace lo mismo, hasta que Ludo le da un golpecito en el hombro.

—Niño dorado, mírame, que estoy aquí.

Lleva llamándole así toda la noche: niño dorado. Niño bonito. Ennio sabe que debería sentirse ofendido, pero esas palabras en la boca de Ludo suenan… distintas. Le gustan. Y la verdad es que puede que tenga razón. Ennio es un hombre, un orfebre, el futuro y el poder de Lydos en sus manos, pero, en realidad, sabe tan poco de tantas cosas…

Por fin lo mira, con la música todavía nublándole la mente. Ludo tiene algunas pecas encima de la nariz, los ojos verdes, y le cruza la frente un pañuelo que lleva anudado con elegancia en la parte posterior de la cabeza, manteniendo su cabello oscuro despeinado pero bajo control.

—¿Te gusta? —insiste Ludo—. Si no, puedo llevarte a mil sitios más, aunque no sé si serán lo bastante selectos para usted, señor orfebre. Dímelo tú. Si, como dices, es tu primera vez en el Errante, tienes derecho a elegir.

No tendría que habérselo contado. Lo de la música, sí, pero Ennio no sabe por qué le ha contado a Ludo que es su primera noche en el barrio flotante, porque ahora se siente estúpido, se siente… demasiado inocente, demasiado tonto al lado de Ludo. Ennio vuelve a bajar la cabeza, ahora concentrado en el vaso lleno de lo que sea que le acaba de servir Ludo y que no sabe de dónde ha sacado. Es un líquido rosado que al principio araña la garganta pero que luego termina con unas notas dulces en el paladar. No dura mucho tiempo así, sin embargo, porque Ludo le roza la barbilla con los dedos y se la levanta. En cuanto sus dedos hacen contacto con su piel, Ennio siente una descarga por todo el cuerpo muy parecida a lo que siente cuando está en su alacena, dando vida a sus criaturas.

—No te rías más de mí, ¿de acuerdo?

—No lo haría si no fueras tan… *interesante*. —¿Qué ha dicho Ludo? ¿Le ha llamado «interesante»? Ennio no se ha sentido interesante en la vida—. Entonces, si no has venido nunca al Errante, ¿qué hace un orfebre en su tiempo libre? Ya sabes, me echaron de La Corona antes de poder espiar lo suficiente.

Ennio responde como un resorte, porque eso es lo que define cada día de su vida: lo que hace. Y el pensamiento le surge orgulloso en el cerebro. Lo malo viene cuando trata de convertirlo en palabras porque, no sabe por qué, ante Ludo, le da vergüenza decirlo:

—Bueno… creo armas.

Ludo le da un trago largo a esa bebida rosada y después se ríe otra vez. *Es hipnótica la risa de Ludo*, piensa Ennio. *Tan… libre*. Él no cree haberse reído así jamás, tan desde el pecho. Tan honestamente. Y eso que Ludo se está riendo de él. Que, una vez más, debería molestarle. Pero hay algo tan enorme en esa honestidad que Ennio se siente desarmado.

—Te he preguntado por tu tiempo libre, niño bonito. —Ludo se inclina hacia atrás. Le pone una mano suave como el plumón en el brazo y lo guía a través del pequeño local hasta encontrar un rincón donde una puerta de madera despintada se abre directamente a las aguas negras de la laguna. Aquí, la música es más suave, aunque presente, y las conversaciones a su alrededor, meros susurros. Apoya los codos en las tablas de madera sobre las que se han sentado y comienza a agitar las piernas por encima de la laguna mientras mira al cielo cuajado de estrellas—. ¿Qué te divierte?

Que qué le divierte, le ha preguntado Ludo. Ennio parpadea por unos segundos, casi sin ser capaz de entender la pregunta. Luego mira hacia el horizonte. A lo lejos se ve la silueta esbelta del coloso del puerto, con su faro entre las manos, y una miríada de luces que, como luciérnagas, señalan el lugar donde se alza la isla de Lydos, tan quieta, tan ordenada, tan fría.

Frío, piensa Ennio. Un frío que le entumece, un frío del que solo parece escapar allí, escondido en su alacena con sus pequeñas creaciones. El chico entonces baja la cabeza y, al hacerlo, mira a Ludo, que vuelve a parecer distraído con algo. No para quieto. Tan pronto se echa hacia atrás como se inclina. Siempre está moviendo alguna parte del cuerpo.

Crear. Dar vida.

En ese instante, las palabras amenazan con subírsele desde la garganta hasta la lengua, pero Ennio las detiene a tiempo, antes de que salgan. Ludo se da cuenta, sin embargo, e inclina la cabeza, entrecierra los ojos y le sonríe. Es una sonrisa astuta, una que se inclina solo por un lado de sus labios.

—Has estado a punto de decir algo. Confiesa —susurra Ludo que, de pronto, gatea la poca distancia que les separa en esas tablas hasta que pone la cara muy cerca de la suya. Demasiado. Ennio se aparta.

Pero es cierto. Ha estado a punto de decírselo. Que quizá sí que hay algo interesante en él. Algo de calidez. Ludo lo pone fácil, con esa honestidad que a Ennio le parece tan brutal, tan de raíz.

Entonces, más que decírselo, decide enseñárselo. Se palpa la capa, que tiene un bolsillo interior y, con el corazón palpitándole como loco, porque ahí está, a punto de contar por primera vez su secreto, saca la libélula. Tulio le ha venido a buscar tan rápido y tenía tanta prisa que no le ha dado tiempo a guardarla en la alacena.

—Me gusta… —comienza, con la libélula entre las manos—. Me gusta crear *cosas*.

La expresión de Ludo es todo sorpresa cuando la libélula empieza a planear a su alrededor. Las alas emiten un zumbido muy leve, como si allá, en algún sitio, hubiera una tarde de verano. Se levanta, da un salto, intenta cazarla, la libélula se aleja, Ludo vuelve a saltar y la libélula lo evita.

—¿Qué es esto? —le pregunta volviéndose a sentar.

—Una libélula —responde Ennio, dubitativo.

—Eso ya lo sé, niño bonito. Pero ¿es un ingenio? ¿Un ingenio de esos que hacéis los orfebres? —Ennio asiente—. Pero ¿tú no creabas armas? —Ennio vuelve a asentir—. ¿Y qué hace? La libélula, digo.

—Transporta secretos. —Ennio no sabe por qué ha bajado la voz al decirlo. Tampoco sabe por qué se ha acercado tanto a Ludo, prácticamente se lo ha dicho al oído—. Notas. Pequeños mensajes. O… o eso creo. No la he probado aún.

Ludo extiende las manos y la libélula, como si tuviera voluntad propia, por fin se posa entre sus palmas. Emite un brillo tenue bajo la luz de los candiles que también se refleja en el rostro de Ludo. Toma la libélula con cuidado y esta se le coloca encima del dedo índice. Ennio juraría que hasta parece contenta. A él le gusta la suavidad con la que la trata Ludo, esa especie de asombro en su mirada. Le gusta tanto que no sabe cómo contener esa sensación tan nueva dentro del pecho, pero se sobresalta cuando Ludo susurra:

—Puedes probar conmigo. Puedes mandarme tus secretos con ella, si quieres. Y yo te mandaré los míos. —Ludo le está mirando con esos ojos grandes, llenos de una inocencia que Ennio sabe que es fingida, pero no le importa porque cuando los mira, el pecho se le llena de calor—. Tengo unos secretos estupendos —insiste Ludo, inclinándose hacia él.

Ennio asiente, los ojos cerrados, la respiración entrecortada y la música en el pecho. Ahora no se aleja a pesar de tener tan cerca la cara de Ludo. Y sus labios.

—¡Dioses benditos! —El grito de Ludo le sobresalta con tanta fuerza que Ennio a punto ha estado de caer al agua. Cuando abre los ojos, el tejetrino ya se ha puesto en pie con la expresión de culpable inocencia mejor conseguida de la historia—. ¿Has visto la hora que es?

No.

Ennio ha perdido completamente la noción del tiempo pero, cuando saca tímidamente el reloj del bolsillo de la casaca, se da cuenta de que quedan menos horas para el amanecer de las que pensaba.

—Lo… siento —murmura.

—No es culpa tuya, niño dorado. Solo es que hay una cosita que tengo que hacer y que me temo que hay cierto tejellamas que querrá matarme. No literalmente, no te preocupes —añade con una sonrisa. Luego, Ludo se inclina de nuevo hacia él y, por alguna razón que Ennio no comprende, le deja un beso en medio de la frente que permanece sobre su piel como una marca cálida que Ennio no es capaz de tocar por miedo a que se borre.

Hedera

¿Qué está haciendo? ¿Por qué está bailando con Tulio? ¿Qué demonios se le ha metido en la cabeza? ¿Se ha vuelto loca?

Pero es fácil, se dice también. Han bailado juntos tantas veces que, incluso ahora, incluso estando él tan borracho y ella tan equivocada, parece que no hubiera pasado tiempo y que sus cuerpos supieran por sí solos lo que están haciendo.

En un momento, mientras giran en un paso, se acercan lo suficiente como para que sus torsos se rocen. La mano de Tulio, todavía entrelazada a la suya, se aprieta un poco más. En cada giro, en cada paso hacia atrás y hacia adelante, Hedera siente un juego sutil de proximidad y distancia. Tulio, que se acerca. Ella, que busca escapar con desesperación porque, definitivamente, lo que ha hecho esta noche es más que una locura. Es un suicidio. Pero a Hedera debe de gustarle demasiado la muerte, porque no es capaz de marcharse. En un momento, sus frentes casi se tocan. El roce de sus manos le arde en la piel, y cuando la otra mano de Tulio acaricia ligeramente la curva de su cintura, Hedera de pronto viaja a otro lugar, a otro tiempo.

Quizás a una noche muy parecida a esta, porque la humedad también se elevaba desde la laguna en jirones rotos de neblina y porque, como ahora, no había una sola nube en el cielo, que estaba cuajado de estrellas. Tulio la había despertado lanzando piedritas a la ventana de su alcoba y ella, aunque medio dormida, no había dudado en bajar con él. Casi sin saludarse, Tulio la agarró de la mano de un modo muy parecido al que lo está haciendo ahora y tiró de ella mientras decía:

—Tienes que ver esto. Tienes que verlo.

Hedera siguió a Tulio por el jardín trasero de su propia villa, y pronto sus movimientos se convirtieron como siempre en una carrera, en una competición por ver quién de los dos daba la zancada más larga, quién de los dos tenía menos miedo a avanzar en la oscuridad. Estaba segura de que no le haría ninguna gracia a sus padres que Tulio la hubiera ido a buscar a aquellas horas de la noche. Sí. Todo el mundo sabía que iban a prometerse. Era un secreto a voces en toda La Corona. Pero todavía no lo estaban y si les descubrían…

Todo eso poco parecía importarle a Tulio, mucho más interesado en sentir la mano de Hedera aferrada a la suya.

—Como sigamos corriendo así, amaneceré con tantas heridas en los pies que todo el mundo va a preguntarme qué he estado haciendo —rio Hedera entre jadeos, mientras por un instante era ella la que tiraba del chico hacia delante. Con la urgencia de Tulio, había bajado descalza.

—Siempre puedes ir con la verdad. —Tulio tiró de ella para adelantarla y, Hedera recuerda como si aquella noche hubiera sucedido hace un instante, dijo entre risas—: Que has estado practicando el noble arte del sonambulismo.

Con una nueva carcajada, Tulio tiró de ella con más fuerza y, por fin, llegaron al límite del jardín, justo al borde de una de las terrazas más altas de La Corona, desde la que se veía toda la laguna, tan tranquila aquella noche que parecía un cristal de turmalina y, por encima, el cielo.

—Mira —susurró Tulio, atrayéndola contra sí.

Tardó unos segundos en darse cuenta de a qué se estaba refiriendo. Hasta que cayó la primera estrella. Se dibujó contra la noche como una línea rápida y brillante. Entonces, aparecieron más. Eran como pequeñas chispas fugaces que surcaban el cielo en diferentes direcciones, a veces solitarias, otras en pequeños grupos. Algunas dejaban tras de sí un resplandor tenue, como si no quisieran desaparecer del todo. Y la laguna, por debajo, parecía querer competir con el cielo.

Hedera contuvo el aliento.

—Es… —trató de decir, pero no le salieron las palabras.

—Marchémonos —susurró Tulio de repente. A Hedera se le escapó una risa llena de incredulidad, pero la mano de Tulio en la suya la atrajo más cerca, hacia su corazón—. Tengo el *Viento de Plata* preparado. Podemos navegar hasta el lugar donde hayan caído estas estrellas, y luego más allá. Tú y yo. No necesitamos nada más.

—Hagámoslo —respondió Hedera y, aunque sabía que ninguno de los dos se atrevería a dejar atrás sus deberes, sus destinos, la sola idea le llenó el cuerpo de un cosquilleo eléctrico. Ellos y el mar. Tulio tenía razón: en el fondo no necesitaban nada más.

Miró a Tulio. Hedera ahora no está segura, pero podría jurar que el chico tenía aquellas mismas estrellas bailando en los ojos, tan oscuros como la laguna aquella noche. Y le dio un escalofrío. No sabía qué le estaba ocurriendo, pero creía que estaba a punto de echarse a temblar allí mismo, mirando las estrellas no en el cielo, sino en los ojos de Tulio.

De pronto sintió los brazos de Tulio, fuertes y recios, rodearla y atraerla contra sí. Habían estado cerca muchas veces. Nunca de aquel modo. Nunca tan a solas. Nunca por la noche. Sin ser realmente consciente de ello, Hedera apoyó la cabeza contra su pecho. Quizá se habrían quedado así hasta que terminara la lluvia de estrellas, hasta que se hiciera de día o hasta que Lena, su aya, los descubriera.

Pero no ocurrió ninguna de esas cosas porque Hedera levantó la cabeza. La de Tulio estaba inclinada en su dirección. Y Hedera supo lo que tenía que hacer aunque nadie se lo hubiera contado. Se puso un poco de puntillas, dudó un instante, pero algo dentro de sí fue más fuerte y, entonces, lo besó.

Por primera vez para Hedera, por primera vez para ellos dos.

Sus labios se encontraron primero con suavidad tentativa, explorando con cautela ese territorio hasta entonces desconocido.

Pero pronto se dejó llevar. Los pensamientos, el miedo, la curiosidad, todo quedó eclipsado por la boca de Tulio contra la suya, que respondía con igual medida. Y sus manos se encontraron, entrelazaron los dedos. Y después de aquel primer beso vinieron más. Hasta que no quedaron estrellas en el cielo.

No.

No, se dice Hedera tratando de reprimir el impulso de agitar la cabeza, dándose cuenta de que, no, ya no están en el jardín, Tulio y ella ya no son los que eran antes y ha cometido un error, un gran error acercándose hasta él, aceptando su baile. No quería eso. Quería saber a qué había venido Tulio al Errante. Quería, *necesitaba*, saber si la había denunciado, si va a hacerlo, o si, por alguna jugada extraña del destino, Tulio cree en su inocencia y no la odia. Eso es lo que debería haber hecho. Pero, como siempre, igual que le pasó aquella noche en la que se dieron su primer beso, se ha dejado llevar.

Pero no puede huir ahora.

Siguen con las manos entrelazadas y Hedera sabe que, de un momento a otro, este instante de tregua va a acabar. Cuando, por fin, el laúd y la mandolina se unen para dar las últimas notas, Hedera intenta deslizar suavemente la mano por la palma de Tulio para separarse. En cuanto lo haga, en cuanto logre rodearse del resto de gente, echará a correr.

Y eso habría hecho si, al primer intento, Tulio no le hubiera agarrado la mano con fuerza y le hubiera susurrado:

—Hoy no podrás escaparte. Hedera.

TULIO

Ha sido un espejismo, un sueño. Un baile, solo uno, suspendido en el tiempo, en un momento en que los dos todavía estaban bien, todavía se querían sin barreras. A través de las sombras que todavía la cubren, Tulio puede ver la mirada de terror que ha puesto Hedera cuando la ha sujetado. Tulio le ha visto muchas miradas a Hedera: de soberbia, de orgullo, de desconfianza. Incluso de amor. Nunca hasta ahora había visto el terror en sus ojos.

—No. Esta vez no —susurra con voz rasgada en el momento en que Hedera tira del brazo para que la suelte, con la intención de huir.

A su alrededor, la gente sigue bailando pero, para Tulio, el mundo se ha detenido. Ahí la tiene: su amiga, su amante, su prometida. La asesina de su padre.

—¿Creías que te iba a dejar huir otra vez? ¿Después de lo que has hecho? —La voz le arde en la garganta. Ella no responde. Cambia de táctica, gira la muñeca tratando de deslizarla de su agarre. Él resiste, pero siente cómo el sudor y el esfuerzo están debilitando su control.

Por un instante, Hedera deja de luchar. Solo le mira y Tulio se ve reflejado en esos ojos. Parecen cansados. Ambos, los ojos de Hedera y los suyos. Está tentado a soltarla durante un segundo. No, menos que un segundo. Ella parece leerle el pensamiento cuando, al volver a intentar desasirse, susurra:

—No es lo que piensas. Yo no he hecho nada. No he sido yo. —Hay desesperación. Y, otra vez, miedo. Ese terror que le ha visto antes. Pero él la vio. La vio con sus propios ojos, las manos manchadas de sangre, el cadáver de su padre a sus pies. Puede que Tulio no amase a Jano Zephir. Puede que Tulio le haya culpado y le siga culpando de todo lo malo que le ha ocurrido, pero eso no exime a Hedera.

Vuelve a tirar de ella con más fuerza, hasta que quedan prácticamente frente a frente. Puede verle las perlas de sudor bajándole por el cuello.

—¡Oh, claro! —ríe Tulio con amargura—. La inocencia siempre es más fácil de proclamar que de probar.

Hedera hace un esfuerzo adicional para soltarse, pero él refuerza su agarre.

—¡Déjame ir! Por favor. No tengo nada que ver con la muerte de tu padre.

—¿Y simplemente debería creerte? ¿Después de todas las mentiras?

Porque Hedera le mintió. Le traicionó. Le dejó solo. Le abandonó.

Ella aprovecha ese momento de debilidad y tira con más fuerza. En un movimiento rápido, le retuerce el brazo y usa su propio impulso contra él hasta que, con un giro brusco, logra soltarse.

Después, todo sucede muy rápido y, mientras Hedera corre, él se ve a sí mismo apartando a la gente a manotazos. Ni siquiera le importa que Hedera sea la asesina de su padre, ni que lo haya traicionado. Solo sabe que, hasta hace un segundo, la ha tenido muy cerca y lo único que le cabe en la cabeza es la figura de Hedera, que se aleja.

—Dejad paso… dejad paso. ¡Maldita sea! —grita entre dientes mientras, por fin, logra llegar a la puerta del dintel de piedra y salir de ese maldito patio.

Tulio atisba a Hedera al final de un callejón y esta noche no va a permitir que suceda lo mismo que la anterior. Así que la persigue por el laberinto de pasarelas y puentes del Errante hasta unos canales entre barcazas cada vez más sombríos. Aquí la gente no solo pasea buscando aventuras, excitación y algo de comida. Aquí, algunos *acechan*. Pero Hedera no se detiene. Por mucho que grite su nombre, ella sigue, salta, corre, esquiva, trepa, y Tulio lo *odia*. Entonces, escucha claramente el sonido del romper de las olas contra la madera, gritos de estibadores. Un chillido animal le advierte de que, por allí cerca, hay un nido de gaviotas. Unas pocas zancadas más, con el pecho a punto de explotar y los músculos agarrotados, y de repente Tulio casi choca con una marea de gente que, entre gritos y cánticos, se le viene encima. Por culpa de este maldito barrio, siempre cambiante, no se ha dado cuenta de que Hedera lo ha estado atrayendo de vuelta hacia los muelles y, ahora, no la ve por ninguna parte.

Con otra maldición entre los labios, Tulio se detiene jadeando. ¿Dónde está? ¿Dónde se ha metido? Busca a Hedera en las figuras que se alejan en todas direcciones, la busca en las sombras engañosas que proyecta la luna sobre los rincones más alejados del muelle.

Demasiado tarde Tulio se da cuenta de que tendría que haberla buscado mucho más cerca: detrás de él. Lo descubre cuando, de repente, nota que un brazo le sujeta por el pecho y otro, desde atrás, le coloca el filo de un puñal en el cuello.

—Déjame, ¿quieres? —le susurra al oído—. Deja de perseguirme, Tulio.

—No puedo —le responde. ¿Cómo se ha hecho tan áspera la voz de Hedera? ¿Desde cuándo es tan amarga?—. Le has mat…

—Yo no he matado a tu padre, idiota —susurra Hedera de nuevo. El brazo de ella contra su pecho se tensa, y la mano del puñal también, hasta el punto en que, sin querer, la hoja afilada le lame la fina piel del cuello—. ¿Qué motivos tendría? Vamos, dime: ¿qué gano yo matando al Theokratés, además de una infinidad de dolores de cabeza?

A él se le tiene que escapar una carcajada. Ahí están, en medio del río de gente, y nadie, absolutamente nadie, demasiado ocupados con sus cánticos y sus ganas de pasar un buen rato, se fija en ellos. No solo eso: Hedera dice que no ha sido ella, pero él la vio. La sangre en sus manos, el cuerpo caído. ¿Quién sino ella lo mató?

—¿Quién te contrató? ¿Fue por dinero? ¿Por venganza?

Hoy la gente está celebrando su muerte. Han sido ellos, piensa Tulio. Tienen que haber sido los tejedores del Errante. Odiaban a su padre como, todo el mundo lo sabe, odian Lydos y todo lo que representa.

—No sé si alguien contrató a un tejedor para matar a tu padre, Tulio, pero, desde luego, a mí no —le responde ella, cada vez más fiera y a la vez más… triste—. Pensaba que me conocías lo suficiente como para saber que no soy una asesina.

Se le cierran los ojos. La garganta, por un momento, se le estrecha, y a Tulio le parece que no es solo porque Hedera podría rebanarle el cuello si le temblara un poco más el pulso, pero es solo una sensación pasajera y estúpida. Una reliquia del pasado.

—*Conocer* es relativo y *confiar*, solo una palabra bonita. Tú misma me lo enseñaste, ¿no te acuerdas?

Ahora es a él a quien la voz le sale rasposa y llena de amargura. Un instante después, nota que el agarre de Hedera se afloja y que el cuchillo contra su cuello tiembla. Es poco, pero suficiente para que Tulio, en un movimiento brusco, le dé a Hedera un golpe en las costillas con el codo. Ella trastabilla con la boca muy abierta buscando aliento pero, cuando Tulio trata de aprovechar el momento para sujetarla, le esquiva y de nuevo se convierte en una figura escurridiza que se desliza entre la gente. Sus pasos son rápidos, pero a Tulio le mueve la desesperación y la persigue hasta que, de nuevo, dejan el bullicio atrás y se internan por los muelles vacíos.

Tenían un juego. Un juego peligroso, Hedera y él. Comenzaba siempre en la villa de la chica, con los dos sentados en lo más alto del muro que rodeaba la finca. Allí, balanceando los pies en el vacío, buscaban un punto lejano de la ciudad. El juego comenzaba cuando, tras contar en silencio hasta diez, ambos echaban a correr y ganaba no solo el que llegara primero, sino el que tomara la ruta más temeraria, la que les llevara a saltar por los tejados, trepar árboles y escandalizar a más vecinos.

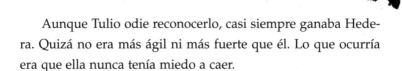

Aunque Tulio odie reconocerlo, casi siempre ganaba Hedera. Quizá no era más ágil ni más fuerte que él. Lo que ocurría era que ella nunca tenía miedo a caer.

Y así, sin miedo, cuando Hedera llega hasta el agua negra de la laguna, no se detiene. Hedera salta y Tulio quizá sea todavía el mismo niño que era durante aquella época, cuando Hedera y él jugaban a perseguirse por las calles de Lydos, porque se detiene y la deja ganar otra vez.

Sin embargo, el fuego que le quema dentro, ese fuego lleno de resentimiento y rabia, de dolor y decepción, lo que hace es encenderse todavía más.

IX

La muerte de un recuerdo, la vida que improvisa

La Ratonera, en el Errante.

BES

A Bes le gustan las fiestas como a la que más.

No. Rectifica: a Bes le gustan las fiestas seguramente mucho más que a la mayoría y eso está muy bien. Ha bailado con Sátor y con media docena más de candidatos, y ha bebido —vaya si ha bebido, los dioses la amparen—. Además, han festejado la muerte de Jano Zephir que, en opinión de Bes, ha sido lo mejor de la noche.

Solo lo conoció una vez, el día en que se convirtió en tejedora, pero bastó para que Bes le odiara por el resto de su vida —la del malnacido del Theokratés, se entiende—, aunque haya sido bien corta.

Pero Bes también es consciente de cuándo hay que hacer cosas importantes, y el momento es este.

Lástima que Ludo no parezca compartir su ética, porque no está aquí.

—Voy a matarlo —dice Sátor crujiéndose los nudillos, que es un gesto que a muchos intimidaría, si no fuera porque Sátor es un pedazo de pan, aunque en este caso Bes no está segura de que no vaya a utilizar esos puños que tiene para darle un rapapolvo a Ludo—. No por llegar tarde, sino porque lo hará y tratará de vendernos una de sus historias que...

«A mí las historias de Ludo me hacen reír», signa Bes, no solo para calmar los ánimos, sino porque es verdad. Ludo siempre cuenta las historias más locas y Bes solo está medio convencida de que se las inventa.

—Pero si no nos ponemos en marcha ahora, Aquila comenzará a hacer sus rondas para comprobar sus negocios y luego será un enorme dolor de muelas encontrarle otra vez esta noch... —comienza a quejarse Sátor pero, de repente, se detiene. Ladea la cabeza, fijando la vista por entre la gente y, entonces, tuerce el gesto—. No. No, te he dicho que te quedaras en el barco.

—¡Pero, Sátor!

Ya empiezan otra vez. La persona que ha hecho que a Sátor se le pusiera cara de haberse comido un sapo también es la persona a la que el tejellamas más quiere en este mundo, es decir: Vix, su hermano pequeño, que en ese momento llega esquivando a un par de borrachos que apenas se tienen en pie y dice:

—¡Os acompañé la última vez!

—¡La última vez no íbamos a buscar a alguien que colecciona los dientes de sus adversarios!

Eso no es del todo cierto. Bes comienza a signar porque, que ella sepa, Aquila, a quien se suponía que iban a ver esta noche siempre que Ludo llegue a tiempo, solo tiene un diente, guardado en un pequeño frasco, que lleva atado alrededor del cuello. Además, el diente en cuestión es de oro y, aunque hay muchos rumores, nadie sabe a quién perteneció antes y por qué lo tiene Aquila, pero la chica enseguida baja las manos. Sátor y Vix están demasiado ocupados discutiendo como para fijarse en ella, aunque deberían, porque en realidad no están diciendo nada que no se hayan dicho mil veces antes: Vix quiere acompañarlos en sus... trabajos, y Sátor no quiere que lo haga. Vix dice que sabe cuidarse solo, que puede ayudar, y Sátor se niega en redondo.

Bes, si le preguntaran, que no le preguntan nunca, cree que lo que le ocurre a Sátor es que se siente culpable, porque Vix...

—¿Otra vez igual?

«¿Y tú? ¿Dónde te has metido?».

Allí está Ludo. Con las mejillas más rojas que Bes le haya visto nunca.

—Llevamos más de una hora esperándote. ¿Se puede saber qué andabas haciendo?

—Me he distraído, Sátor, os pido disculpas. Podemos ponernos en marcha ahora mismo...

Qué sospechoso. Muy, *muy*, sospechoso, piensa Bes, porque Ludo no solo no ha contado una de sus rocambolescas historias, sino que, además, ha pedido *perdón*. Cuando lo mira, claro, el tejetrino es la viva imagen de la inocencia, pero en Ludo esto nunca es garantía de nada. Así pues, Bes deja escapar un suspiro mientras se sube el cuello del abrigo para que le llegue hasta las orejas.

Sátor, en cambio, profiere un gruñido con el que zanjar su discusión con su hermano: no va a acompañarlos, y no hay nada más que hablar. «A la próxima», signa furtivamente Bes mientras se alejan de Vix, que se queda tan quieto que se convierte en un elemento extraño entre todo el movimiento de la celebración.

No tienen que alejarse mucho. Salen del local medio escondido donde los tejedores están celebrando la muerte del Theokratés y se internan en el corazón del barrio, siempre mirando hacia arriba. Pese a estar atado a la isla a través del Puente de la Garra, las plataformas de madera que conforman el Errante se empujan entre sí, se mueven y reorganizan continuamente. Por eso mismo, Bes trata de no perder de vista, a su espalda, la cúpula del Buen Padre. Más allá, una torre torcida hecha con maderos y clavos, el mástil roto de un gran barco de guerra que quedó engullido por el barrio, coronado por una veleta en forma de ahorcado. Las alturas son los únicos puntos de referencia fiables que existen en este lugar y es gracias a ellos por los que llegan a una nueva plataforma de madera. Es de las más antiguas del Errante y, sobre ella, han crecido desordenadamente decenas de construcciones altas y estrechas, llenas de ventanas desparejadas. A pesar de la hora, la zona está en plena actividad. Mendigos y borrachos, contrabandistas y curiosos se mezclan en los soportales de maderas dispares y piedra robada de la isla en una especie de baile que tiene lugar cada noche.

En uno de los extremos de la plataforma, alejado del bullicio principal, hay un rincón un poco demasiado discreto, un poco demasiado... ¿cuál sería la palabra que usaría Bes? Sombrío, eso. Sí. En ese rincón, alguien se ha olvidado, voluntariamente o no, de encender alguna luz y las casuchas se inclinan hacia delante, como si amenazaran ruina. Incluso la música y los cánticos de los borrachos se sienten extrañamente amortiguados. Si Bes afilara el oído, podría escuchar el ruido del agua golpeando rítmicamente las plataformas de madera sobre las que se levanta el Errante. Aquila suele moverse a lo largo de la noche para llevar a cabo sus negocios, y este es uno de sus lugares favoritos.

Para su alivio, hay tres figuras resguardadas entre las sombras. Dos de ellas son grandes, de espaldas anchas. El tipo de figura que pertenece, por ejemplo, a un matón bien alimentado. La tercera deja las otras dos en ridículo. Aquila no es solo un hombre grande. Es gigantesco, y lo peor de todo es que es también lo bastante listo como para hacer que sus músculos no sean su arma más peligrosa.

De la multitud de bandas que hay trabajando en el Errante, la de Aquila es de las más peligrosas. Tocan cualquier negocio, legal o ilegal, que les pueda hacer ganar dinero y poder. Trafican con favores y con ingenios y quizá con la mercancía más valiosa de todas: información.

—Vaya. —Cuando habla, Aquila tiene una voz aguda y vagamente nasal de la cual nadie en el Errante se ríe porque nadie, absolutamente nadie, es tan estúpido—. Una banda de ratoncitos ha venido de visita. ¿Qué quiere ahora vuestro jefe? ¿Necesita dinero? ¿Alguna mercancía poco legal?

—Necesitamos información —dice Sátor, dando un paso hacia delante. Siempre que tienen que negociar con Aquila es él quien lleva la voz cantante porque, por mucha rabia que le dé a Bes, Aquila es de ese tipo de hombres que respeta mucho más a un joven alto y fuerte que a otro delgado y de aspecto delicado como Ludo o, *los dioses le guarden,* a una chica como ella—. Seguramente será fácil para ti y los tuyos encontrarlo, es...

—¿Cuánto? —le interrumpe Aquila que, en el momento en que Sátor levanta las cejas, contrariado, añade—: ¿Cuánto está dispuesto a pagar vuestro líder?

—*Necesitar* es una palabra demasiado fuerte —se adelanta Ludo—. En realidad, es pura curiosidad. Nada importante, ni para nosotros ni para ti, Aquila. Podríamos considerarlo como un gesto de buena voluntad y así nosotros en un futuro podremos devolverte el favor.

A Ludo se le da bien mentir. De hecho, si Bes no lo conociera tan bien, hasta ella misma se habría creído lo que ha dicho, pero Bes sabe que, cuando Ludo miente, su parpadeo es un poco más frecuente de lo habitual y sus ojos verdes, normalmente brillantes y muy abiertos, se entrecierran un ápice, como si disfrutara de su propio engaño, pero mentirle a Aquila es jugar a un juego muy peligroso.

Golpea el suelo con el pie, nerviosa, pero Ludo se las arregla para darle un toquecito disimulado con el codo.

Entonces, Aquila deja escapar una carcajada echando la cabeza hacia atrás, aunque Bes sospecha que lo ha hecho para que todos vieran esa infame botellita de cristal que lleva colgada en el cuello, donde brilla un único diente de oro.

—¿Y quién es esa persona por la que vuestro jefe ha sentido tan repentino interés?

—Aristeón. Cícero Aristeón —dice Sátor, a pesar de que, en opinión de Bes, esa charla con Aquila se esté torciendo demasiado. Le ponen nerviosa la risa del hombre y la seriedad estúpida de sus matones. Ha sido una mala idea.

—¿Por qué queréis información sobre él?

Sátor encoge esos hombros descomunales que tiene, aunque está claro que bajo la ropa tiene todo el cuerpo en tensión.

—Solo los dioses lo saben. Y Andras, por supuesto.

Bes se tiraría a la laguna antes de cuestionar a Andras, pero odia, *odia* con toda su alma, esa manía suya de no compartir sus motivos y sus pensamientos con nadie.

Bes también quiere marcharse. Echa una ojeada hacia atrás. El bullicio de la gente parece quedar a un mundo de distancia de ellos. Cuando vuelve a mirar al frente, Aquila se ha inclinado hacia ellos con una mueca en los labios.

—Sin oro, mi boquita seguirá cerrada. —Lo de «boquita» es, muy obviamente, un eufemismo—. Anda, pequeñajos, corred y decirle a Andras que, si quiere algo, que tenga el valor de venir él y no mandar a sus gallinas. —Les ha llamado «gallinas». *Podría ser peor*, piensa Bes, que está acostumbrada a que Aquila la llame cosas como «la enana», «la niña» o, su preferida, «la rata». Bes lleva ese apodo, de hecho, con más honorabilidad que muchos vígiles en Lydos sus insignias y condecoraciones—. Pero, mirad —añade Aquila extendiendo los brazos—, hoy estoy generoso, que mañana empiezan los juegos. Cícero Aristeón está muerto. No fue lo bastante fuerte como para vivir con la vergüenza de convertirse en un *infame* como nosotros, ni para vivir sin sus riquezas y su puesto en el Senado. Se lanzó a la laguna con piedras en los bolsillos.

Aquila ríe y sus matones, Turo y Dídimo, hacen lo mismo solo que un instante más tarde.

«Vámonos de aquí», estalla Bes al fin. Agarra a Ludo del brazo y a Sátor del borde de su casáca roja, y parece mentira que tenga suficiente fuerza como para arrastrarlos a ambos, pero el miedo es una gran motivación.

No atiende a protestas. Tira de ellos hasta que por fin los tres quedan bañados por las luces de la calle y la gente los rodea.

—Bueno... —susurra Ludo—. ¿Y ahora, qué?

Bes suspira.

«Vamos a La Herradura y pensemos un poco». Luego añade: «Invito yo».

HEDERA

Es una cobarde.

Cuando se ha acercado a Tulio para sonsacarle —¿qué hacía en el Errante? ¿Por qué no la ha delatado todavía? ¿Cuándo va a hacerlo?—, ha terminado bailando con él, derrotada por la nostalgia y por un amor que está claro que ya no existe. Y cuando le ha puesto el puñal en el cuello...

No. A quién quiere engañar. No habría podido clavárselo. Como ya le ha dicho tantas veces, Hedera puede ser muchas cosas, pero no es una asesina.

Está segura de que, en otro momento, no habría hecho falta convencer a Tulio de nada. En otro momento habría sido distinto. Hedera habría dicho «salta» y Tulio habría respondido «hacia dónde». O al revés.

Nunca habría desconfiado de ella. Nunca.

Ella misma se lo ha ganado, de todos modos. Tampoco puede reprochárselo.

Al final ha huido, como siempre, y ahora, empapada hasta los huesos por culpa de ese chapuzón que ha tenido que dar para escapar de Tulio, hace un buen rato que duda entre regresar al Buen

Padre, en busca de calor y de ropa seca, o marcharse definitivamente.

La vista se le va a la silueta esbelta del barco. Justo bajo el mascarón de proa, donde estaría el pecho del pájaro al que con su forma imita el Buen Padre, está el camarote del capitán. El camarote de Andras. Hay luz, tenue pero tozuda. Una luz que de vez en cuando queda oscurecida por una sombra fugaz. El líder de los Hijos está allí, pues.

Toda su conversación con él le regresa a la mente.

¿Qué quiere? ¿Qué quiere de verdad?

—Pero ¿qué haces aquí, mujer? —La voz alegre de Ludo es tan extraña, tan fuera de lugar y del tiempo para Hedera, que se gira en un sobresalto—. Pensábamos que ya estarías durmiendo, visto que la fiesta solo estaba comenzando y tú te has march... ¡oye!

Bes le da un codazo y a Hedera se le escapa una sonrisa de puro agradecimiento. No quiere lidiar con Ludo, no ahora.

«Estás empapada», signa Bes con el ceño fruncido y luego propina otro codazo, esta vez a Sátor. «Tu casaca».

—Mi... —comienza a protestar el pelirrojo, aunque cierra la boca admirablemente rápido cuando ve la mirada que le está lanzando Bes.

A Hedera no le da tiempo a decir que no es necesario —aunque lo es. Le castañean los dientes, y siente la piel tensa, las articulaciones agarrotadas—. Sátor le pone su casaca roja sobre los hombros, que le va gigantesca pero que está caliente, como si una parte del fuego del pelirrojo se hubiera transmitido a sus prendas. Hedera descubre, sorprendida, que este gesto tan pequeño, esa pizca de calor, le está provocando ganas de llorar.

«Ya se la devolverás mañana», signa Bes con una amabilidad que logra que a Hedera se le cierre la garganta. «¿Por qué no te vas a descansar?».

—Pero devuélvesela —añade Ludo—. Sátor adora esa chaqueta como a una amante. De hecho… ¡Oye! ¿Otra vez? ¿Qué he dicho ahora?

Bes menea la cabeza mientras se frota el codo, dolorida, tras haberle dado otro codazo a Ludo.

«Ignóralo, por favor. Vete dentro o pescarás un resfriado».

Hedera da un paso hacia atrás. Bes ha tomado la decisión por ella y, en cierto modo, se lo agradece. No quiere pensar. Quiere acurrucarse, dormir, y esperar a que mañana las cosas se le presenten más claras. Da un segundo paso en dirección al Buen Padre pero, entonces, se detiene.

—¿A dónde vais?

Porque, para su sorpresa, esos tres no se dirigen también al barco-teatro, sino hacia el pequeño bote que hay atracado al lado, el mismo con el que la trajeron al Errante la noche en que se conocieron.

—Vamos a comprobar una cosa y regresamos enseguida —responde Ludo, que se aparta un paso de Bes, quizá para evitarse un nuevo codazo cuando añade—: ¿Te apetece venir?

Hedera duda. La idea de descansar la atrae pero, de repente, la curiosidad es más fuerte todavía.

—Si ella no quiere, yo ¡sí! —escuchan de repente. Un instante después, una figura menuda baja del Buen Padre con la agilidad de un mono.

—Pero ¿has estado despierto esperándonos todo este rato, mocoso? —masculla Sátor, a lo que su hermano responde con una mueca de suficiencia.

«Despierto y espiándonos», signa Bes con el ceño fruncido, pero Vix la ignora.

—Antes me has prometido que podría ir con vosotros a la próxima. Y esta es la próxima, ¿verdad?

—Bueno, razón no le falta, Sátor —acaba por decir Ludo. Se le ve impaciente, moviéndose sin cesar. Como siempre, las

182

campanillas que decoran su ropa no emiten ningún sonido, si él no lo desea. Entonces, el tejetrino le da un empujón jocoso a Vix, y luego dirige la mirada hacia Hedera.

—¿Vienes o te quedas? No te voy a engañar, no vamos a un lugar bonito, pero podría ser peor.

Y Hedera, en esa concatenación de malas decisiones que lleva tomando toda la noche, salta al bote junto a los demás. Y, tras una travesía que hacen en silencio y que, quizá, se le hace demasiado corta, en cuanto atracan en barco en una costa escarpada del pequeño islote al que llegan, descubre que Ludo tenía razón.

Podría ser peor.

Sí, hay sitios peores, pero Hedera piensa que no muchos más.

Los Durmientes. Este es el misterioso lugar al que se han dirigido. Necesitan hacer unas preguntas, le ha dicho Bes mientras recorrían las pocas brazas que separan el islote del Errante. Están buscando a alguien, aunque no le ha dado más detalles.

Al tiempo que arrastran el bote unos pasos por encima de la línea de la marea, Hedera ya puede ver la extensión de precarias casuchas que salpican el islote, todas rodeando un edificio esbelto, de ladrillo rojo, ordenado y elegante. A la luz de una luna que asoma por detrás de las torres más altas de La Corona, la da la impresión de estar viendo la infección alrededor de una herida abierta. En realidad, una vez, este lugar fue algo… bueno.

Hedera recuerda una ocasión, hace años. Todavía no la habían echado de la Villa Apokros. La luz del sol se colaba por entre las columnas del pórtico posterior de la casa, alternando haces de luz dorada con sombras rectas y ásperas. Había un maestro. Tenía que ser alguien prestigioso, porque los padres de Hedera no habrían contratado a alguien mediocre para educar a sus hijas, aunque Hedera no recuerda su nombre, solo que llevaba anteojos redondos y que tenía las orejas demasiado grandes. Les hablaba de la naturaleza de la ciudad de Lydos.

Les contó ese día, a Hedera y a sus cuatro hermanos, que competían por ver cuál de ellas bostezaba con más disimulo, que Lydos se diseñó formando tres gigantescos anillos concéntricos. El superior, para los templos, para el gobierno y las celebraciones de Lydos. El intermedio, para las familias más importantes, para los ricos y poderosos, los privilegiados y los gobernantes: La Corona. Y el anillo inferior, Piedeísla, para los mercados y los servicios, las factorías y las residencias de los buenos pero no tan afortunados ciudadanos de Lydos.

Pero, claro, la idea se torció…

Fuera de la perfección del círculo comenzaron a crecer las partes indeseadas de la ciudad. El Errante fue la primera, con sus barcazas flotantes, sus casa llenas de perdición y su rebeldía. Y, luego, en los islotes que salpicaban la bahía, surgieron otros lugares desagradables pero necesarios: cementerios y cárceles, fortalezas y vertederos.

—¿Por dónde empezamos? —susurra Vix, tan repentinamente que Hedera se sobresalta.

—Empezamos con que tú te quedas aquí —le responde Sátor. De repente una ráfaga de aire proveniente del islote, un aire que apesta a humedad, y a desperdicios, y le hace arrugar la nariz mientras añade—: Vigilando el bote.

—Qué más querrías —responde Vix con una sonrisa, justo antes de echar a correr hacia el interior del islote.

«Solo va a ser un momento», signa Bes cuando Sátor deja escapar un gruñido desesperado.

—Sí, por favor —bosteza Ludo—. Recordadme por qué estamos haciendo esto ahora en vez de estar en el Buen Padre durmiendo hasta el mediodía.

—Porque tú lo has sugerido así, idiota —replica Sátor.

—Pero ¿cuándo aprenderéis a no hacerme caso? Especialmente después de que Bes nos haya invitado a una ronda.

—Porque… —comienza Sátor pero luego pone esa misma cara de antes, cuando Vix ha ignorado sus órdenes, y solo deja escapar un suspiro.

Al mismo tiempo, Hedera se descubre esbozando una sonrisa triste. Esos tres se hablan y se comportan como… como…

Como una familia.

Eso. Ludo lo dijo, ¿verdad? Una familia rota en pedazos y vuelta a unir, pero una familia al fin y al cabo.

«Basta ya», signa Bes al fin, y a Hedera, por un momento, las palabras que aparecen en el aire le brillan con más intensidad de lo habitual. «No os quejéis tanto. Andando», añade mientras echa a caminar hacia las casuchas amontonadas sobre la orografía escarpada del islote, con la vista fija en el suelo para no tropezar.

Los Durmientes es uno de esos lugares que salieron mal en Lydos. Allí se construyó, hacía más de cien años, un sanatorio, que es el elegante edificio de ladrillo que todavía domina el centro del islote. Se supone que funcionó como tal durante apenas una década pero, muy pronto, la isla se convirtió en el hogar de aquellos que ni siquiera podían costearse una habitación húmeda e infecta en el Errante. El lugar donde van a parar los más enfermos, los más desesperados, los que se pierden por entre las costuras de la sociedad.

No es un lugar peligroso en realidad, pero es… triste.

Una tristeza que está en el fondo de los ojos de todas las personas con las que hablan. Tristeza y algo más turbio, más terrible: en algunos, el fantasma de la enfermedad, o el de la adicción —al alcohol, o a cosas peores— en muchos otros. Algunos son muy jóvenes, y otros muy ancianos o, por lo menos, lo parecen. Hombres y mujeres. La mayoría con los que hablan Sátor, Ludo y Bes están acurrucados frente a las puertas de sus casuchas, construidas con los desperdicios y los restos de otras partes de Lydos arrastradas por la marea. Aquí y allá hay encendidos algunos fuegos, alrededor de los cuales se juntan cinco o seis personas. Es fácil hacerles hablar a cambio de unas monedas. De eso viven la mayoría de ellos: de la caridad de algunos pocos que se acercan de vez en cuando al islote con comida, con medicinas y dinero y la esperanza de poder ayudar a alguien.

«Estamos buscando a un hombre. Será un anciano ya. Ojos claros, nariz aguileña. Fue un orfebre en La Corona, Theokratés, tiempo atrás», pregunta Bes todas las veces.

—¿Alguien que se esconda? ¿Un anciano orfebre? —susurra Sátor a todos los oídos que quieran escucharle.

La mayoría de las veces, sus preguntas son respondidas con una simple negativa. Otras, con alguna frase incoherente, con súplicas o incluso insultos.

Ludo tenía razón. Se les está haciendo tarde y Hedera está muerta de sueño. Por suerte, sus ropas poco a poco se han ido secando con el aire salino que no deja de soplar en este lugar abandonado por los dioses, y ya no tiene tanto frío.

—¿Por qué lo hacéis? —se anima a preguntar cuando ya, como última opción, los Hijos se encaminan hacia el viejo sanatorio de ladrillo rojo que todavía preside la isla.

—Andras no nos ha dado la raz… —comienza Sátor, pero ella continúa.

—No. Por qué lo hacéis *por él*.

Quiere entenderlo. Quiere entender por qué Andras se ha ganado la fidelidad inquebrantable de los Hijos, qué es lo que hace que le sigan. Qué es lo que hizo que ella misma, cuando habló con él, no pudiera apartar la mirada.

Sátor, Ludo, Bes y Vix se miran.

«Nos salvó», signa Bes al fin y luego, tras pensárselo un instante, añade: «A cada uno de un modo distinto, pero nos salvó a todos. Nos dio otra vida. Es de esperar que le devolvamos el favor».

—Y por una buena causa —remata Vix, que camina con una sonrisa llena de orgullo.

Una causa, piensa Hedera. *Algo por lo que luchar. Algo por lo que vivir.*

Cuando llegan por fin al viejo sanatorio, se dan cuenta de que desde lejos parece conservarse en buen estado, pero de cerca ven que lo que tienen delante es solo el esqueleto del edificio. Puertas, ventanas, los marcos de madera, hace tiempo que fueron a parar al fuego. Cualquier material noble, o bonito, susceptible de ser vendido, acabó en la trastienda de algún comerciante poco escrupuloso.

Y allí, acurrucada junto al gran arco de lo que fue la puerta principal, encuentran a la anciana. Tiene los ojos cubiertos de una pátina blanca que Hedera no quiere mirar. Tanta miseria, aunque debería estar acostumbrada, todavía la hiere y hoy, además, descubre un sentimiento nuevo. Rabia.

Lydos, la dorada. Lydos, la eterna, la llaman todos, olvidándose de la miseria sobre la que se sustenta.

La mujer tampoco puede darles información sobre la persona a la que están buscando —otra pérdida de tiempo, pues—, pero, cuando Bes va a apartarse, dispuesta a regresar al bote, la anciana le sujeta el borde del abrigo.

—¿Sabéis si va a venir hoy?

—¿Quién?

—La Dama. La que llega algunas noches y promete esperanza. ¿Va a venir? La estamos esperando.

X

Bajo sombras doradas los callados lloran

En la Academia de La Ciudad Alta.

Ennio

Lydos. Una de las maravillas del mundo. Una ciudad tan antigua, tan poderosa y poblada que, pese a ocupar solo un pequeño espacio en el mundo domina a sus vecinos con mano de hierro, recibiendo tributos, mercancías y honores.

Pero el poder de Lydos no está en su Emperador, recluido en su palacio, ni en el Senado ni en el ejército. Está en sus orfebres. En sus creaciones, que pueden ser delicadas y hermosas, como las doce máscaras que fabricó el orfebre Arquíes hace cien años, las mismas que siguen poseyendo los doce senadores que gobiernan la ciudad y que dan a quien las lleva el don de la oratoria, o como los puentes móviles que conectan La Corona con Piedeísla, pero también terroríficas, ingenios de asedio con el poder de arrasar cualquier muralla, autómatas de guerra con garras como cuchillas. Y todas esas maravillas se han creado, por supuesto, en las gigantescas fraguas de la Academia, en sus talleres y aulas.

Eso les dijo el anciano Arístides, el director de la Academia el día en que Ennio —junto a los orfebres que, como él, pocos días atrás, habían sido agraciados con el Don por el Demiurgo en la Bendición— cruzó las grandes puertas por primera vez, pero olvidó decir que, cada año, menos orfebres llenan los pasillos y que, cada día, más ingenios de Lydos se duermen para no volver a despertar, y que las naciones que siempre se han postrado a los pies de Lydos hace tiempo que ya no lo hacen. Que no lo dijera no lo hace menos verdadero.

Ennio bosteza. No ha dormido en toda la noche. De hecho, después de que Ludo se marchara, no se atrevió a regresar a aquella horrible fiesta y estuvo esperando a Tulio, muerto de preocupación, en los muelles. Cuando su amigo regresó, más borracho de lo que lo había visto en su vida, ambos se embarcaron en el *Viento de Plata* sin mediar palabra y, aunque Ennio ha querido pensar que ese silencio se debía a la hermosura del amanecer, sabe que no es cierto. Él, pensaba en su escapada con Ludo y Tulio… solo los dioses saben qué le ocurrió a Tulio anoche. La única buena noticia es que, cuando ha llegado a su casa, nadie se ha percatado de su ausencia, y ha podido ir a la Academia sin tener que enfrentarse a las iras de su madre aunque ahora se muera de sueño.

—No te retrases. Queda poco para que suene el reloj —le dice el instructor Midas mientras Ennio resopla, cubierto de sudor por culpa del calor de la fragua.

A su lado, el fuego crepita en el horno y, por unos segundos, la vista se le queda perdida entre las llamas. Aunque todavía tenga en la cabeza las palabras del instructor, sabe que no le acabará haciendo caso. No es lo habitual, porque Ennio es obediente, pero también se esfuerza por ser el mejor alumno de la Academia. No puede permitirse menos aunque ahora mismo esté tratando de reprimir un bostezo.

Con cuidado, golpea la hoja del arma al rojo vivo y saltan chispas por doquier. El sudor le recorre la piel, se le mete por entre las pestañas y lo nota escurrirse lentamente por la hendidura en el centro de su pecho. Se detiene un instante para limpiarse la frente y continúa. No va a detenerse hasta quedar satisfecho con el resultado.

A veces, Ennio se pregunta por qué se esfuerza tanto. Sabe que tiene talento, que su Don como orfebre es más que suficiente. Pero, al mismo tiempo, siempre hay una voz en su cabeza. Una que, en ocasiones como hoy, le habla demasiado alto y le dice que no puede permitirse ni un fallo, ni un error. Y entonces esa voz le recuerda que tiene que seguir esforzándose, que tiene que ser perfecto para que los demás no se den cuenta de que tiene una tara, que no es lo que esperan. Piensa en su alacena, llena de ingenios inútiles, piensa en Ludo y en esa risa que suena como el canto de los pájaros. Ennio vuelve a golpear con fuerza la espada.

Todo orfebre, después de su Bendición, descubre cuáles son sus mejores habilidades, qué material o qué tipo de objeto trabaja con mayor éxito. Sin embargo, su caso fue distinto. El padre de Ennio y, como él, el padre de su padre, el padre del padre de su padre y así hasta remontarse a Ors el Herrero, uno de los héroes de las leyendas, de los más fieles entre los seguidores de Lydon, se han dedicado en cuerpo y alma al ejército, de modo que él no tuvo elección. Su destino ya estaba escrito en la división de forja y armería desde antes de nacer, donde crea espadas capaces de hacer temblar el suelo, flechas que buscan a su objetivo como si fueran sabuesos, armas de fuego con balas que silban en el aire y dagas traicioneras.

Ennio sabe que es un honor. Sabe que su carrera en Lydos será meteórica, como la de su padre. Sumerge la hoja de la espada en agua, creando una monstruosa nube de vapor blanco que por unos instantes todo lo engulle, y cuando vuelve a sacarla, respira. Siente la llamada de su Don bajo la piel, pugnando por salir. Espira. Algo tira de él de dentro hacia fuera cuando permite que una parte de ese poder que tiene en el interior pase al metal caliente.

El proceso, tras decenas, centenares de espadas idénticas, es rápido y tedioso. Ahora, cuando deja la espada sobre su banco para que acabe de enfriarse, la hoja refulge levemente, convertida en un ingenio que jamás perderá el filo, y que siempre buscará la piel de su contrincante. Un arma de soldados y vígiles.

Ennio acaba por quitarse el delantal y se limpia el sudor del pecho y de la cara con una toalla húmeda. Después, arrastrando los pies, se dirige al exterior. Estaba tan concentrado en el arma que no se ha dado cuenta de que se ha quedado solo en la forja. Todos los demás se han marchado. Cierra los ojos. Una ráfaga de viento repentina le alborota el cabello rubio y le refresca la piel, que todavía siente ardiendo. Tiene el ceño fruncido y una sensación amarga en la boca del estómago. De pronto piensa en libélulas. En mariposas. En fuentes que brotan por sí solas. En luciérnagas. En criaturas casi vivas hechas de cristal emplomado y alambre de oro. En crear vida y no muerte.

—¡Ennio! ¿De dónde sales tan tarde?

Antine es una orfebre igual que él. Una buena chica, recuerda que dijo su madre una vez que a Ennio se le ocurrió mencionarla, de buena familia además de una de las mejores estudiantes de la Academia. Ennio la ve hacer una seña para que se acerque y obedece.

—Sí, yo… —Ennio no sabe qué responder, pero no importa porque Antine le interrumpe con un susurro.

—Menuda cara llevas. ¿Saliste a festejar ayer también?

—Al principio, Ennio no sabe a qué se refiere. De pronto su mente vaga hacia la noche anterior, hacia el Errante y hacia Ludo, de rodillas frente a él, sus labios muy cerca. Pero, entonces, Antine continúa—: Sé que algunos en ingeniería salieron con sus hermanos, que serán candidatos a la Bendición de este año, pero pensaba que tus hermanos eran más pequeños.

Los festejos, claro. Con todo lo ocurrido con Jano Zephir y con Tulio, ni siquiera ha caído en que, como cada año, es tradicional que los candidatos a la Bendición tomen las calles de Lydos para celebrar el inicio de todo.

Él no lo hizo. Se quedó en su alcoba en la villa de su familia, escuchando las risas y los cánticos que llegaban a las puertas abiertas de su balcón, petrificado de miedo.

—Sí... —comienza, para rectificar un segundo después—. No, quiero decir. Flavio tiene trece años solo, y Arlo y Casio tienen diez, así que...

Así que, con suerte, ni siquiera necesiten someterse a la Bendición, piensa. Si él lo hace suficientemente bien. Si él llega lo bastante arriba como para que la ciudad considere que los Orykto ya han contribuido lo suficiente por esta generación. Por lo menos, ese ha sido siempre su plan: evitar que sus hermanos mueran durante el ritual de la Bendición o, peor aún, que se conviertan en tejedores y tengan que expulsarlos. Pero hoy, después de haber hablado con Ludo, después de haber sentido esa honestidad con la que se reía el tejetrino, después de... después de...

—Así ¿qué? —pregunta Antine. Tiene la cara en forma de corazón y una sonrisa agradable, de genuino interés. Ennio, de nuevo, se muere de la vergüenza por haber perdido el hilo de su discurso. Por suerte para él, les interrumpe un tañido. La Academia de Lydos está construida alrededor de una serie de patios porticados conectados entre sí y, a su izquierda, queda un inmenso edificio de tres plantas, de caliza y oro, coronado por una gran torre. El tañido proviene de un reloj enorme de cuatro caras que remata la torre y que, con su sonido, indica que el sol ya ha llegado a su cénit en el firmamento.

Ahora sí: esta es la señal que da comienzo a los días de festejos. A las procesiones, a los sacrificios en los templos, a los juegos y el entretenimiento que van a culminar con el ritual de la Bendición.

De inmediato, en los distintos patios comienzan a aparecer alumnos e instructores; muchos visten enteramente de blanco, la casaca y los pantalones, con una banda de seda púrpura que les cruza el pecho. Ennio, por un instante, se mira el jubón y se siente sucio, inapropiado. Tendrá que correr a su casa y cambiarse o a su madre le dará un ataque.

Pese a todo, sonríe. Un gesto única y enteramente destinado a Antine, a su agradable rostro en forma de corazón y a su voz suave.

—Tu hermana sí está entre los candidatos, ¿verdad? —pregunta de repente. Acaba de caer en la cuenta de que Antine tiene una hermana un par de años menor. Quizá, por eso, esté nerviosa y tenga tensa la comisura de los labios.

—Haré sacrificios a Taone en su honor —dice con voz ronca. Taone es la diosa del deber, recuerda Ennio. Es la protectora de todos los jóvenes de La Corona antes de la Bendición—. Para que la fortuna le sonría.

Al duodécimo tañido de la campana, la Academia al completo queda en silencio. Es fácil. La Academia se construyó para verdaderas legiones de estudiantes y, ahora, los pocos orfebres que se ganan sus laureles cada año apenas logran llenar los pasillos. Ennio se da cuenta de que este silencio no es solo por respeto a los días que se avecinan. Hay un componente extraño. Una mezcla de respeto, profundo pesar y, Ennio cree intuir, miedo. Un miedo expectante ante lo que vaya a pasar, con el ritual de la Bendición del Demiurgo tan cerca y habiendo muerto la persona encargada de conducirlo.

Sí. Va a haber un nuevo Theokratés. Al fin y al cabo, Jano Zephir era solo un hombre, pero el mal ya está hecho, y el temor está en el corazón de todos. Lydos necesita a sus orfebres con desesperación, y no puede arriesgarse a que algo salga mal.

De nuevo, esa voz dentro de Ennio, la que le empuja a cumplir con su deber, a no desfallecer, a poner el bien común y el de su familia por encima de todo, elige resonar dentro de su cabeza y él descubre, aterrado, que no quiere escucharla.

—Me… —balbucea. Antine debe de pensar que es idiota—. Tengo que marcharme.

Como un cobarde, Ennio se aleja de Antine, de la propia Academia. Se cruza por la calle con decenas de personas que se dirigen a La Ciudad Alta, pero él se apresura a llegar a su casa y ni siquiera se detiene a saludar a su padre, a besar la mejilla de su madre o a jugar con sus hermanos, que ya estaban esperándolo.

—Ennio —le recuerda su madre de todos modos—. En una hora tienes que estar listo, hay que ir al estadio.

No es una sugerencia. Es una orden.

En la soledad de su alcoba, Ennio abre la puerta secreta de su alacena. La pequeña libélula de ojos dorados parece que estuviera ya esperándole.

«Secretos», le dijo a Ludo. Ennio no sabe si lo que le bulle dentro del pecho son verdaderos secretos o, como le dice esa voz, siempre esa voz horrible, no son más que simples pecados, fruto de su propia debilidad. Lo que sí sabe es que, si quiere salir a la calle y enfrentarse a su vida tal y como es, a las expectativas de su madre y a la disciplina de su padre, necesita sacárselos antes de dentro.

Hedera

A Hedera siempre le ha gustado despertarse con el sol. Incluso cuando vivía en La Corona y no tenía más preocupaciones que cumplir con lo que se esperaba de ella, despertaba la primera en la Villa Apokros. Le gustaban los amaneceres, con sus explosione de rojos, violetas y amarillos, le gustaba el silencio solo roto por el trajín lejano del puerto, y este último año tan lleno de fealdad, de miedo y de soledad, los amaneceres han sido una constante que la han consolado durante todo este tiempo.

Pero hoy, cuando Hedera abre los ojos en este camarote que, por suerte o por desgracia, cada vez se le hace más familiar, sabe que el sol ya hace mucho que ha salido. Ha escuchado las campanas allá a lo lejos. Claras y brillantes, ingenios antiguos que llaman a la gente. Podría quedarse en la cama un poco más. Está agotada. La fiesta, el encuentro con Tulio, la escapada a Los Durmientes…, pero se obliga a ponerse en pie porque siente que, si se queda mucho más bajo las sábanas, la cabeza comenzará a darle vueltas y no quiere. Para su alivio, Ludo no tiró su ropa a la basura mientras la vestían para la fiesta sino que algún alma caritativa —por lo tanto, Ludo desde luego no ha sido— la ha dejado limpia y pulcramente doblada a los pies de su cama.

Tras vestirse, Hedera sale a un Buen Padre todavía dormido. Imagina que, igual que ella, los Hijos acabaron tarde su fiesta y que ellos sí son capaces de dormir hasta la noche si hace falta. Les envidia. Además, el barco es demasiado silencioso para ella. Es extraño en este lugar que ha aprendido a conocer siempre bullicioso.

Una familia. Lo piensa de nuevo. Se estremece.

Así que acaba por salir a cubierta, donde el sol quema y escucha los ruidos del barrio. Nunca imaginó que acabaría aquí. Los primeros días tras su Bendición malvivió en una de las muchas grutas y pasajes que se internan en el subsuelo de Lydos, aferrada a sus rocas y a su vida pasada. Luego, en cuanto pudo, un cuartucho tan miserable y húmedo en Piedeísla se convirtió en su refugio. Cualquier cosa salvo vivir en el Errante, como el resto de tejedores. Aceptar el Errante no era muy diferente a aceptar su derrota.

Y, a pesar de todo, Hedera se descubre saludando a una mujer que pasa y que inclina la cabeza hacia ella. Hay fealdad en el Errante, pero hay… gente también, gente normal que trata de salir adelante como puede, como en todas partes, pero sin tanto oro, sin brillo y sin ilusiones.

Suenan las campanas de nuevo. Cuando Hedera gira la cabeza, se da cuenta de que el Puente de la Garra está atestado de gente que va a tierra firme.

Los juegos, claro.

Las carreras que tienen lugar en el estadio Cálix, otra de las maravillas de Lydos donde los pobres del Errante, de Vistamar, el Cenizal, Terracalma o cualquier otro barrio de Piedeísla van a animar a sus conductores favoritos y a disfrutar de banquetes públicos, procesiones y festejos mientras que los habitantes de La Corona tienen un magnífico escenario donde mostrarse con sus riquezas y sus ingenios, y así recordarles a los demás que ellos son los que tienen el poder, los que dictaminan, los que hablan, los que ordenan. Hedera, decide, no va a ir.

Ella no va a formar parte de la pantomima.

A pesar de todo, se pone la mano delante de los ojos para que el sol no la deslumbre mientras sigue observando a la multitud que cruza el puente.

—Buenos días —dice alegre Vix, que sale a la cubierta del Buen Padre dando un salto, como si la noche anterior no se hubiera acostado tan tarde como ella. Hedera le responde con una inclinación de cabeza—. ¿Ves? Sigues aquí —le dice él con la boca llena, después de darle un mordisco a una manzana—. Sabía que eras de los nuestros.

Mientras Vix le habla y ella no le escucha, Hedera se pregunta qué hace aquí, cómo ha acabado en el Buen Padre con su hermano, si es demasiado joven como para presentarse a la Bendición.

A punto está de preguntárselo cuando Ludo sale a la cubierta como una exhalación, como si en lugar de haberse ido a la cama hace pocas horas, hubiera dormido dos días seguidos.

—¡Buenos días! ¡Buenos días y buenos días! —Sin anunciárselo, sin prevenirla siquiera, cuando Ludo se acerca, le da un abrazo apretado y un sonoro beso en la coronilla—. ¿Has dormido bien?

Ludo solo lleva unas calzas oscuras de algodón que le van desde la cintura hasta las rodillas y Hedera se fija por primera vez desde que sus caminos volvieron a encontrarse en lo cambiado que está.

Ya no es ese chico tímido y retraído que era en público cuando vivían en La Corona. Ahora es el mismo Ludo que ella conocía en la intimidad en todo momento, el mismo Ludo que compartía confidencias, chistes y bromas cuando estaban a solas pero que, en cuanto llegaba un adulto o aparecía en escena alguno de sus hermanos mayores, encogía tanto la espalda que parecía mucho más pequeño. Le da la sensación de que Ludo se mueve como si quisiera ocupar más espacio que el propio Lydos.

—¡Buenos días!

De la escalera que baja en caracol a las cubiertas inferiores van apareciendo, uno a uno y casi en sintonía, los Hijos del Buen Padre. Hedera querría recordar sus nombres, porque sabe que sería de buena educación, pero tiene demasiado sueño como para hacer el esfuerzo.

Todos se saludan y todos parecen tener una energía que deslumbra.

Todos menos Sátor, que aparece detrás de Bes con el pelo rojo completamente revuelto, los ojos pegados, y que, al salir a la cubierta, se golpea la cabeza con el dintel de la portezuela y suelta una maldición.

—¿Qué hacéis todos aquí fuera? —pregunta con el ceño fruncido—. Tengo hambre.

—Yo he salido porque he visto a Vix hacerlo —murmura Ludo, apoyándose lánguidamente en la barandilla.

—Y nosotros hemos salido porque hemos visto a Ludo hacerlo —dicen Arista, Mira y Rufio. O así cree que se llaman, piensa Hedera sin querer hacer demasiado esfuerzo todavía—. Pero tenemos hambre también.

Elina la tejelluvia, suelta una carcajada mientras Rufio levanta las manos en el aire en señal de desesperación.

—De acuerdo, de acuerdo. Entiendo la indirecta. Ahora vuelvo. Anda, Vix. Ayúdame con las bandejas. —Y cuando Vix, como cualquier niño de doce años, pone mala cara, añade—: Ayer preparé bollos de anís. Te dejo elegir el más grande.

Y vaya si vuelven. De repente, Hedera no sabe cómo, todos los Hijos están en cubierta y Rufio y Vix han regresado cargados con bandejas, grandes jarras de zumos e infusiones, y en vez de almorzar en la enorme cocina del barco lo hacen aquí, bajo el sol, entre gritos y bromas que solo se aquietan un segundo cuando una nueva figura aparece por la puerta.

—¡Amado líder! —grita Ludo con la boca llena. Seguro que lo ha hecho a propósito—. ¡¿Te unes a nosotros en esta hermosa mañana?!

—Me uno, me uno —sonríe Andras.

Así, rodeado de los Hijos del Buen Padre, Hedera se sorprende al comprobar a la luz del sol que Andras es todavía más joven de lo que le parecía. No debe de tener más de veinte años. Ahí, sentado con ellos en esa mesa larga, improvisada, hecha de tablones de madera, ni siquiera ocupa el puesto central. No parece ese amado líder que acaba de llamarle Ludo, es uno más. Charla con todos, bromea y, cuando toma el último bollo de anís, mira a los lados para asegurarse de que todos hayan tenido su ración.

Cuando pasa al lado de Hedera, se limita a saludarla con la cabeza. Parece que es fiel a su promesa y está permitiendo que ella elija si quedarse en el Buen Padre o no. Lo único que delata que Andras lleva la voz cantante o que está ocurriendo algo fuera de lo normal es un instante cuando Hedera se gira y lo ve hablando en voz baja con Sátor y Bes.

Pronto las bandejas quedan limpias y el contenido de las jarras se acaba, momento que Ludo elige para dar una sonora palmada.

—¿Está todo el mundo listo? ¡Vamos, vamos!

—Voy a preparar las cosas —murmura Elina. El resto de los Hijos se pone en marcha como una máquina bien engrasada. Unos devuelven las bandejas a la cocina con presteza, y otros entran al Buen Padre y después salen cargados con ropas coloridas e instrumentos musicales.

Pocos minutos más tarde en los que Hedera es testigo de un torbellino de ropas, sombreros, plumas, telas, colores y alguna que otra polilla que sale volando, Ludo se le acerca con campanillas en la ropa, la camisa blanca medio desabrochada dejando entrever sus formas de bailarín y pequeñas cuentas de colores atadas a las botas que reflejan la luz con cada paso, como si le hubiera robado la noche a unas cuantas estrellas. Hedera se da cuenta de lo que le está diciendo Ludo al mundo a cada paso: «Sí, estoy aquí. Y, sí, soy exactamente tan extraordinario como parezco».

¿Cómo es posible?, se pregunta Hedera mientras Ludo, una vez más, le tiende la mano. ¿Cómo es posible pensar eso de uno mismo cuando el Demiurgo, cuando los mismísimos dioses, cuando tu propia familia te ha rechazado?

Hedera no lo comprende y mucho menos comprende que Ludo, con esa mano adelantada, le pregunte:

—¿Vienes? Es decir, podrías venir a los juegos. En las tripas de este pájaro hay disfraces, capas y mantos suficientes como para ocultar a un batallón, así que…

—No. —Esta vez no se permite decir más palabras porque no quiere que Ludo la convenza y porque todavía siente como ampollas en la piel la cantidad de errores que cometió la noche anterior, empezando por aceptar la mano que le daba Ludo y acudir a esa fiesta, y terminando por… terminando por Tulio—. No —repite.

—Tú misma. —Por una vez, Ludo no le insiste—. Si te portas bien te traeremos algo. ¿Qué quieres? ¿Te acuerdas de ese banderín que tenías guardado cuando éramos niños? ¿Quieres otro parecido?

El banderín. Puede que haga… más de cinco años que no se le ha venido a la memoria y, al recordarlo, Hedera se sorprende riendo. No ha podido evitarlo. Un banderín rojo, el color del equipo por el que corría su auriga favorito. Un banderín que, un día de carreras, años atrás, ese mismo auriga besó antes de dárselo como regalo tras ganar una carrera.

—Si puedes… —Ya no es solo la risa, sino que a Hedera también le sorprende decir, como si algún tipo de muro hubiera caído de repente y un aire nuevo le acariciara el rostro—: Si puedes… ¿te acuerdas de ese puesto que siempre ponen junto a la puerta sur del estadio?

—¿De veras quieres eso? ¿Berenjenas fritas con miel?

—Quiero *esas* berenjenas fritas con miel.

—Estarán blandas y horribles cuando regrese. —Le da igual. Quizá no pueda volver a su antigua vida, pero puede saborearla de vez en cuando. Cuando Ludo ve que no protesta, encoge los hombros—. Como quieras —murmura mientras se aleja—. Berenjenas fritas, válganme los dioses.

Poco a poco, el Buen Padre queda vacío. Uno de los últimos en marcharse es Andras, que se detiene al descubrir que

Hedera estaba siguiéndolo con la mirada para dedicarle un saludo y una sonrisa llena de amabilidad.

Es un buen hogar. Eso le han dicho todos.

TULIO

Desde el balcón de su alcoba, se ven los templos en lo más alto de La Ciudad Alta: el templo al Demiurgo, el que da el aliento de vida. Luego, un poco más allá, el templo a las Tres, las diosas protectoras de los hombres —Procela, Oderís y Tuitene—. Luego, el de los Cinco, patronas y patrones de la guerra, el comercio, la medicina, las artes y la oratoria —Valorus, Tradión, Musalia, Fidón y Taone—, es decir: aquello exclusivo de los humanos.

El templo de los Siete —Udal, Bualdin, Kilos, Idon, Uzerin, Kafin y Tution— apenas se ve, medio escondido entre todos los demás, pero Tulio es dolorosamente consciente de su existencia.

—¿Señor? ¿Está listo?

Todavía le duele, le quema que le llamen «señor». «Señor» era su padre, y ha dejado un espacio demasiado grande para que él lo llene.

—Puedes irte. Dile a mi madre que voy enseguida.

Tienen que marcharse ya. Quizá sea el último año de celebraciones que experimenten como miembros de pleno derecho de La Corona.

Por culpa de Hedera. Todo es por culpa suya.

Revive la sensación de plenitud falsa mientras bailaba con Hedera. El frío del cuchillo. La última persecución, la sensación de pérdida y ridículo cuando Hedera se le escapó, de nuevo, por entre los dedos, escurridiza. Se hunde. Se hunde.

Quiso matarlo a él también. Se toca el cuello, nota la piel irritada allí donde el puñal rasgó la piel, y sobre ese mismo punto en su cuerpo pasa una toalla húmeda antes de vestirse.

Una camisa de un blanco prístino, pantalones de la lana más fina, grises y ajustados hasta la rodilla, las botas enlustradas, la casaca cuyos botones son de oro puro y una banda de seda púrpura que le cruza el pecho como las que llevan todos los jóvenes privilegiados de La Corona, incluso un Hijo Salvo como él.

Entonces, Tulio toma una decisión.

Al fin, sale con paso firme. Siente la villa demasiado grande. Quizá, ahora que no está su padre, como si su ausencia hubiera dejado más que un vacío: un agujero, un abismo que devora la arquitectura misma de la casa.

Cuando atraviesa el atrio, el sonido tan familiar de la fuente central le resulta ajeno. La luz del sol se filtra a través de la cristalera emplomada que forma todo el techo, reflejándose en las plantas y flores húmedas. Desde allí, abre los dos portones de bronce que dan al gran salón. En este lugar, donde su padre se ha reunido con los grandes señores de Lydos y del mundo entero, donde han celebrado fiestas y bailes, ahora solo quedan ese vacío inmenso y, en un rincón, casi confundiéndose con la rica decoración floral de las paredes, está ella.

Su madre.

Cada paso que da Tulio en su dirección resuena sobre el suelo de mármol, pulido hasta reflejar las luminarias doradas que cuelgan del techo. Su madre está de espaldas a él, en un rincón, justo al lado de una ventana que se abre a los jardines, donde ella misma mandó construir un pequeño altar en madera de roble dedicado a Valindra, una diosa menor del hogar que todo el mundo sabe que solo es venerada por matronas anticuadas y mujeres infelices, aunque Tulio nunca se ha atrevido a preguntarle a su madre cuál de esas dos cosas es.

—Podrías haberte cambiado la banda púrpura por una negra —le dice sin mirarlo siquiera—. Todavía estamos llorando a tu padre.

Tulio no sabe cómo lo hace su madre, nunca lo ha sabido, pero le da la sensación de que tiene ojos en todas partes y que siempre sabe qué sucede.

—¿A quién va a importarle cómo voy vestido? ¿Al gato? ¿Los criados van a darme una reprimenda? ¿La gente de Lydos va a despreciarme menos?

Sin embargo, Tulio tira nervioso de esa estúpida banda de seda, y se maldice por haberla elegido en un acto de inútil rebeldía mientras, paso a paso, se acerca.

—Madre.

—Espera —le corta ella, sin un atisbo de emoción en la voz—. No he acabado todavía.

Tulio se guarda de resoplar, aunque tiene ganas de hacerlo, y se limita a servirse una copa de vino de una de las hermosas jarras de cristal de roca tallado que siempre están preparadas en la mesa del rincón. Sabe que su madre no lo aprobará, quizá lo haga por eso. Quizá lo haga para darse valor.

—Que la armonía y la paz florezcan en esta casa... —reza Caletia, agitando una vara de incienso.

A pesar de su tamaño modesto, el altar irradia una presencia poderosa. Exactamente como su madre.

Tulio deja que los minutos pasen mientras bebe vino y el salón se llena del olor del incienso hasta que su madre deja de rezar y, por fin, se gira en su dirección. Ella todavía va de luto. Lleva un sencillo vestido púrpura que le cae desde el pecho hasta los tobillos y no porta ninguna joya, algo extraño en ella. A Tulio le da la sensación de que tiene los ojos muy cansados. Pero no del llanto. No ha visto llorar nunca a su madre y no cree que la vea nunca.

—¿Dónde te metiste anoche? ¿Es mucho pedir un poco de decoro? —pregunta mientras pasa por su lado. Al hacerlo, arruga el gesto—. ¿No podrías al menos fingir por mí?

—¿Y qué más da si nadie me tiene en cuenta, madre? —le replica mientras esa frustración que siente cuando habla con ella, tan familiar, vuelve a sujetarlo por la garganta. Sin embargo se esfuerza para que la voz le suene suave. No es el momento de pelearse con ella. Tiene que contarle algo.

Ya está decidido, se recuerda. No hay vuelta atrás.

—*Yo* sí te tengo en cuenta —dice entonces Caletia con voz rasgada—. ¿Es que no importa *eso*? Eres Tulio Zephir, último de tu linaje. Cuando te comportes como tal, se inclinarán ante ti. —Sin dejar de mirarlo, Caletia se acerca hasta acariciarle la mejilla. Lo hace con una suavidad desacostumbrada, tan cálida, que hace que Tulio se sienta repentinamente frágil.

Se ríe. Es más fácil así. Los nervios le carcomen.

Tulio toma aire profundamente por la nariz. Va a hacerlo. Va a decírselo. Porque no puede hacer otra cosa. Porque anoche volvió a encontrarse con Hedera y volvió a perder. Porque la ama, y no dejará de hacerlo, así que tiene que tomar una medida drástica.

—Madre. Tengo algo que contarte.

Pero le tiembla la voz.

XI

Arrastran cadenas al compás de un destino marcado

En una calle frente al estadio Cálix.

LUDO

—¡Muchas gracias! Muchas gracias, caballeros, damas, senadores, orfebres y sus ilustrísimas señorías —canturrea Ludo. Frente a él, caen al suelo unas cuantas monedas. Vix, Sátor y él han conseguido una buena esquina. Mucho mejor que el rincón donde Elina juega con sus burbujas, la escalinata medio derruida donde Mira hace sus trucos con las luces de las velas, o el lateral de la calle, entre mil vendedores ambulantes más, donde Rufio, con la ayuda de Boro y de Ione, vende sus tortas de miel y lavanda.

Han hecho una apuesta. Quien, al final de la tarde, haya recogido más dinero para la causa —la causa es, por supuesto, el mantenimiento del Buen Padre y el comprar alimento para llenarles las tripas a todos— no tendrá que lavar la montaña interminable de platos que siempre quedan en la pila del fregadero.

Van a ganar ellos, de eso Ludo está seguro. Primero, porque Vix, Sátor y él se han colocado justo al final de una de las calles que van a morir a los pies del estadio, camino de la gente que baja de La Corona y, más importante todavía, de sus bolsillos. Y, segundo, porque en estas fechas los honorables ciudadanos de Lydos están más generosos de lo habitual. Quizá por si los dioses les están mirando y tienen a algún familiar que, el Demiurgo no lo quiera, pueda acabar convertido en un tejedor como él.

—Canta otra, vamos —susurra Sátor entre dientes, mientras recoge todas las monedas que les han lanzado, desperdigados por el pavimento. Ludo se da cuenta de que al menos uno brilla como el oro.

—Dijiste que ahora te tocaba a ti —le interrumpe Vix, que va detrás de él con una bolsa de cuero en la que Sátor va metiendo moneda tras moneda.

Ludo, sin embargo, sacude la cabeza al tiempo que con pasos sinuosos se sitúa en el centro del corrillo de gente que poco a poco se ha ido reuniendo a su alrededor

Le da igual lo que haya dicho Sátor. A él le gusta cantar. Y todavía le gusta más haber sido el blanco de todas las miradas desde que llegaran a este rincón privilegiado, haber recibido docenas de vítores y de aplausos y haberse sentido el sol de un pequeño universo a pesar del bullicio, de los mil colores, de las carrozas que se abren paso entre la gente, de los vendedores y saltimbanquis, los mendigos y los fanáticos de las carreras. Él.

Él, que solía odiar —si no temer— los días como este.

Antes, cuando vivía en La Corona, por supuesto que también venía a los juegos. Todos los patricios, orfebres, nobles y quien es alguien —o se cree alguien— ahí arriba saben que tienen que estar aquí. Y, por supuesto, sus hermanos mayores lo sabían.

El día comenzaba temprano, al amanecer, con Blasio aullando desde el rellano para que toda la casa despertara con

206

un sobresalto. A Ludo nunca le gustó su hermano Blasio —de hecho, sospecha Ludo, a nadie en La Corona le ha gustado nunca Blasio Kairós, excepto a su otro hermano, Theo, el mayor, que al morir sus padres cuando Ludo contaba diez años se convirtió en el cabeza de familia. Theo siempre quiso tener un perro rabioso para poder azuzarlo contra la gente que le desagradaba, y no hay mejor perro que Blasio. Solo le faltaban las pulgas.

Kairós, piensa Ludo mientras se sube a una pequeña escalinata de mármol que forma parte de un templete a Nislene, diosa de la sabiduría, con el convencimiento de que a la diosa poco le va a importar que le quite el protagonismo durante un rato. *Kairós*, vuelve a pensar Ludo. Hace casi un año que perdió el apellido y que no ve siquiera a sus hermanos. ¿Estarán aquí hoy? Solo esa pregunta hace que Ludo levante la cabeza todavía más alto, que haga tintinear las campanillas de su ropa, los cascabeles dorados que lleva en el pañuelo de seda que le sujeta el cabello. Si están, si por un casual le ven —aunque por supuesto hagan como que él no está ahí—, lo van a ver así: feliz. Disfrutando de su Arte.

¿Qué siente un tejedor cuando usa su Arte?

Para Ludo, es paz.

Ya subido en la pequeña escalinata y muy consciente de los ojos que le miran, Ludo inspira profundamente hasta que los pulmones no se le pueden llenar más, como si el mundo entero aguantara la respiración con él, y cuando por fin deja escapar el sonido, una sensación placentera le invade los huesos, como un manantial corriéndole bajo la piel.

—*Señores dorados en sus torres, largas sombras proyectan. Sueños tejen en la oscuridad, en los ecos que despejan…*

Es una cancioncilla tradicional. La conoce todo el mundo. Habla de la fundación de Lydos y le ha parecido apropiada teniendo en cuenta dónde están.

No necesita acompañamiento, el Arte de Ludo se encarga de crear armonías, de doblar o triplicar su voz para hacer melodías paralelas como quien teje un bordado delicadísimo.

La gente al pasar, efectivamente, se lo queda mirando boquiabierta.

Y baila. Baila hasta que le duelen los pies y le falta el aliento. Baila mientras Lydos a su alrededor parece explotar en colores, luces y olores, y por fin —quizá solo por unas horas— se respira esperanza. Solo se detiene cuando Sátor le pone una de sus manazas y murmura:

—Ya empieza. Si no nos apresuramos, nos van a quitar los mejores sitios del estadio.

—¿Ya? —jadea Ludo, todavía con la música recorriéndole el cuerpo.

—Ya, sí —insiste Sátor.

Allí está, a la vuelta de la esquina. El gran estadio de Lydos ocupa todo el lado este de la isla y se remonta prácticamente a los orígenes de la ciudad, aunque con el paso de los siglos las simples gradas talladas sobre la roca del acantilado han sido embellecidas y ampliadas hasta convertirlo en una de las mayores maravillas del mundo.

Recoge la camisa del suelo, que no se ha cubierto el torso de ungüentos y aceites para que la gente no le viera la piel brillar al sol, y se calza las botas mientras se rompe el círculo de curiosos que lo observaban embelesados. El resto de Hijos se acerca para comparar el dinero recogido y comprobar quiénes son los desgraciados que tendrán que encargarse de los platos en los próximos días.

—Vamos, vamos… —les apremia Vix.

—Ludo, ¿vienes o no? —pregunta Rufio, mordisqueando una de las tortas que no ha logrado vender.

Ludo sonríe.

—No… quiero decir… sí, sí. Solo será un momento, ahora os alcanzo.

—Pero si no sabes a dónde vamos a est… —comienza Sátor—. Déjalo. No importa.

Ludo ha sonreído porque acaba de ver algo en el cielo entre los banderines de colores que van de balcón a balcón, y los pétalos de rosas que los vecinos están lanzando desde las ventanas para marcar el inicio de los festejos. Una criatura pequeña, de alas doradas, que sobrevuela la creciente multitud buscando… buscando…

Sabe que le está buscando a él.

—Hola… —susurra Ludo, aunque sabe que la criatura no está realmente viva, sino que esta ilusión proviene del Don de Ennio. Aun así, añade, acariciándole las alas con delicadeza—: Llevaba un buen rato esperándote.

La libélula sostiene una nota entre las patas y Ludo extiende un dedo, como aprendió a hacer cuando era niño y en el jardín de la villa su abuelo cultivaba las flores más exóticas que se podían encontrar, siempre atrayendo infinidad de insectos voladores. El abuelo le enseñó a acercarse poco a poco, con el dedo extendido. Sin presión, sin nervios, solo con la esperanza de que alguno se posara en él.

La libélula de Ennio no se hace de rogar. En dos gráciles aleteos, la criatura de oro y cristal vuela hasta descansar sobre su dedo índice.

HEDERA

Debería haberle hecho caso a Ludo, piensa Hedera encaramada en el que, parece ser, se ha convertido en su sitio preferido del Buen Padre: la cúpula sobre el teatro, con la espalda apoyada contra la veleta en forma de cisne que la corona. Aburrida, pero incapaz de bajar todavía, se entretiene proyectando sombras contra las tejas en forma de plumas de la cúpula. Ahora, con los dedos entrelazados, un pájaro. Ahora, un caballo que con un pequeño gesto y la ayuda de su Arte emprende un galope ligero hacia la laguna; una araña de largas patas, un roedor.

Hedera cierra los ojos justo en el momento en que una ráfaga de viento llega desde el norte, desde la isla. Al hacerlo, el aire arrastra con él los sonidos del estadio. Algo acaba de ocurrir. Quizás un accidente, quizás alguno de los favoritos acaba de ganar una carrera. Es un sonido leve, lejano, pero que puede escuchar sin problemas porque no solo el Errante sino también el resto de la ciudad están en silencio. En días así, apenas hay alguien en las calles y plazas que pueda hacer ruido.

¿Y si hubiera acompañado a Ludo?, se pregunta aunque sepa de sobra que habría sido estúpido, además de peligroso para ella. *No*, se dice entonces. Está bien allí donde está. Está *a salvo*.

Y, también, absoluta, soberana y terriblemente aburrida.

—Vamos, Hedera —musita un poco enfadada consigo misma. A su vez, la pequeña criatura de sombras que acaba de crear, a caballo entre una rata y un conejo, levanta la cabeza para mirarla—. Podría ser peor. Podrías estar en los calabozos del Caído. Y, entonces, no solo te perderías los juegos sino también la vida.

Acaba por incorporarse cuando el viento cambia de dirección y solo escucha el batir de las olas contra el Errante. Comienza a deslizarse por la cúpula a paso ligero y acaba por caer, con un aleteo de sus tobilleras aladas, sobre la cubierta del barco-teatro justo a tiempo de que un hueso de melocotón, lanzado con exquisita puntería, le golpee en el centro de la coronilla.

—¡Lágrimas de los dioses!

En ese instante, Hedera descubre que es posible soltar una carcajada en absoluto silencio, porque cuando vuelve la mirada hacia Bes, que está apoyada contra la borda relamiéndose el jugo de melocotón de los dedos, se da cuenta de que, sí, la muchacha se está riendo.

—¿Y tú? ¿No has ido a los juegos?

Las palabras le salen demasiado hoscas y se arrepiente enseguida, pero Bes no parece tomárselo a mal, baja de un salto hasta donde está Hedera y se limpia las manos en el pantalón de rayas azules y blancas que lleva antes de comenzar a signar:

«Lo que más me gustaba era animar a mis favoritos». Al leer las palabras que aparecen en el aire, a Hedera le da la sensación de que están tintadas en gris, tristes. «Así que prefiero no ir».

Hedera levanta una ceja involuntariamente al darse cuenta de que el mutismo de Bes no es de nacimiento, pero se abstiene de preguntar. No es asunto suyo. Ni siquiera sabe, piensa de repente, cuál es su Arte como tejedora.

«¿Vas a alguna parte?».

Parece que, por el contrario, lo que ella vaya a hacer sí que es asunto de Bes. Porque lo cierto es que sí. Es decir: ni se le había pasado por la cabeza hasta que Bes le ha preguntado, pero sí que va a alguna parte.

Tiene algo importante que hacer. Algo que requiere rapidez y discreción, y pocos ojos observándola, así que, quizá, ahora sea el momento más indicado.

—No tardaré en regresar —responde ella, mientras echa a caminar. Unos pasos más tarde, se detiene. Bes la está siguiendo—. No…

«Estoy muerta de aburrimiento».

Algo le ha ocurrido a Hedera en los días que lleva en el Buen Padre. ¿Quién sabe? Quizá le pongan algo extraño en la infusión de hierbas que prepara Ione cada mañana o, lo que es más probable, se haya hartado de estar sola, siempre sola, de modo que, en vez de quitarse a Bes de encima, se limita a encoger los hombros y proseguir su camino. Ni siquiera pregunta a dónde van, pero le lanza una mirada que parece preguntar «¿estás segura?» cuando Hedera las guía hacia la Garra.

En el puente que une el Errante con la isla apenas queda nadie salvo los vígiles que lo custodian. Los dos vígiles, a pesar de sus máscaras de expresión fría, parecen aburridos, y ni siquiera las miran al pasar. Al otro lado, el panorama es muy parecido al del Errante: calles extrañamente vacías, como si de un soplo los dioses hubieran hecho desaparecer a todos los habitantes de Lydos. Incluso cuando llegan al Bajoforo para cruzarlo, muchos de los puestos del gran mercado están cerrados. Hoy, no se compra ni se vende en la plaza, y los tenderos que han abierto tienen aspecto de estar profundamente arrepentidos de estar aquí y no en las gradas del estadio como toda la ciudad. El único sonido que hay en la plaza es el incesante susurrar de las *buccas*, que ya comienzan a cantar los primeros resultados de las carreras.

En cuanto dejan el Bajoforo atrás, ni siquiera se escuchan las *buccas*. Hay un silencio pesado, casi sorprendido de poder existir en un lugar tan bullicioso como Lydos. Se internan por las callejuelas tras el mercado, un laberinto de escaleras que ascienden y descienden sin orden, de casas altas y estrechas que pertenecen a pequeños mercaderes y artesanos que no son lo bastante pobres como para ser echados al Errante, ni lo bastante ricos como para vivir en las mejores partes de Piedeísla.

En la entrada de un callejón especialmente estrecho, Hedera por fin se detiene. Respira. Le parece ver un leve movimiento por el rabillo del ojo, pero sospecha que debe de tratarse de alguna alimaña que ha aprovechado la quietud inusual de la tarde para salir a rebuscar entre las basuras. Entonces, se vuelve hacia Bes. A punto está de decirle que se quede donde está, pero, aunque la conozca desde hace pocos días, ya sabe que Bes sigue sus propias normas, así que se limita a señalar hacia la casa que tienen enfrente, estrecha y de aspecto dejado. Allí, alejado de las miradas curiosas, hay un pequeño ventanuco.

«¿Hogar, dulce hogar?».

Bes la está mirando con una expresión cautelosa, pero que podría pasar a ser burlona en cualquier momento.

Cuando, después de subir por unas angostas escaleras, llegan a la habitación, lo primero que hace Bes es extender ambos brazos. El espacio es tan estrecho que toca las paredes con las puntas de los dedos.

«Y yo que pensaba que los camarotes del Buen Padre eran pequeños».

—No tardo —responde simplemente Hedera—. Solo quiero recoger unas pocas cosas.

En cuanto acaba de hablar, siente una punzada de vértigo en la boca del estómago.

Ya está. Esta es la confirmación: se ha decidido. Va a quedarse en el Buen Padre. Si no, no habría venido al cuartucho donde ha vivido todo este tiempo. Con un suspiro, Bes va a tumbarse en el camastro y ella se acerca a una pequeña cajonera que hay en el lado opuesto. Las tablas del suelo crujen. Dos días en el barco y ya se le ha olvidado ese sonido que, a veces, cuando los vecinos del piso superior estaban más alterados de lo normal, le impedía dormir. De la cajonera saca un morral de lana que se cuelga del hombro. Después, mira a Bes por el rabillo del ojo. Lo que está a punto de hacer puede alarmar o bien sorprender a su compañera, no lo tiene muy claro. Pero, aun así, Hedera se arriesga.

Tantea el suelo con el tacón de su bota y, entonces, lo encuentra. Es un tablón que cruje distinto a los demás, precisamente porque está suelto. Ella misma, con las pocas herramientas que pudo conseguir de manos de algún vecino o, sobre todo, de Lucio, el viejo que regenta el pequeño colmado de la planta baja, fue capaz de sacarlo. Necesitaba ocultar… lo que ha venido a buscar.

Por supuesto, en cuanto comienza a guardar en el morral lo que tenía escondido, Bes se incorpora de golpe y abre mucho los ojos. Pese a que no pronuncie palabra alguna, la expresión de su cara lo dice todo.

Eso sí, en cuanto empieza a signar, las preguntas se acumulan por todo el cuartucho.

«Dioses».

«Dioses benditos».

«Ludo nos dijo que eras una ladrona, pero esto…».

«Dioses».

Sí. Lo sabe. Hedera levanta la cabeza, y no solo para mirar a Bes, que sigue sobre el camastro, sino también por orgullo porque, pese a todo, lo que está guardándose es suyo. Suyo por derecho, igual que las tobilleras aladas que ahora mismo lleva puestas.

—Cuando me echaron de casa, dejaron de ser mi familia —responde, más fiera de lo que realmente pretende. Porque, sí, todo lo que tiene escondido, todo lo que está guardándose en la bolsa son pequeños ingenios que siempre han formado parte de la enorme colección que atesoran sus padres. Objetos forjados por generaciones y generaciones de orfebres de la familia Apokros que Hedera ha ido robando poco a poco. Tienen tantos que estaba segura de que ni lo notarían—. Y tenía que comer. Y tener un techo sobre la cabeza, aunque fuera este.

«Si te hubieran atrapado los vígiles con esto…».

—Pero no ha sido así —la corta, aunque Hedera no está molesta con Bes, sino con la verdad de sus palabras.

Traficar con ingenios está penado por ley. Es un crimen. Más incluso: es una traición.

—Todo el mundo hace lo que cree necesario para sobrevivir. —Suspira al fin. Cuando se gira hacia Bes, ve que la chica se está pasando la mano por el pelo corto y rubio, incómoda—. Vosotros…

«Tenemos una buena causa».

—¿Es mejor que la mía? —Hedera siente la lengua como la de una serpiente, afilada y lista para atacar, pero se contiene—. No te creas que lo he disfrutado.

No. Puede que crea que parte de las riquezas de los Apokros le corresponde por derecho de sangre, pero no disfrutó ni un segundo mientras robaba los ingenios, y mucho menos cuando los vendía.

«¡Espera! ¡Espera! ¿Has creído que te estaba juzgando?», signa Bes, frenética. «Es el problema de hablar con las manos, que a veces no se me entiende bien. No. Hiciste lo que tenías que hacer aunque me da un poco de pena. Si hubieras acudido antes a nosotros… De haberte encontrado antes, nosotros, quiero decir, los Hijos, te habrías ahorrado muchos dolores de cabeza, pero…».

Algo se hace un nudo en la garganta de Hedera al leer las palabras de Bes en el aire de su cuartucho. Apenas cabe la parrafada, pero no es eso lo que le ha hecho sentir así.

—No habríais podido ayudarme —susurra—. Yo…

Yo no os habría dejado, está a punto de añadir, pero Bes chasquea la lengua. Es un sonido seco como un látigo que usa a menudo cuando tiene que lidiar con Ludo haciendo de las suyas, o cuando los Hijos se pelean. Un instante después, la chica del cabello rubio cortísimo ha dado un salto del camastro y comienza a ayudarla a llenar su morral de ingenios.

Mientras lo hace, saca de un bolsillo un frasco de vidrio elegantemente decorado, que levanta en el aire a modo de brindis.

«Por la supervivencia».

Se lo ofrece a Hedera que, sin pensarlo, da un trago. El sabor del aguardiente, áspero, le quema en la garganta mientras murmura:

—Por la supervivencia.

Supervivencia.

Sin darse cuenta, en ese silencio que de pronto se ha hecho entre ambas, Hedera recuerda su primera noche. Llovía. Tenía frío porque tan solo tenía encima la toga tradicional que se lleva puesta en el ritual. Antes de aquello, antes de aquel momento en que, nada más salir del templo, los nuevos tejedores son expulsados de La Corona y repudiados por su familia, Hedera nunca había tenido frío. No al menos un frío tan agudo, que sentía tanto en la piel como por dentro.

Siguió al pequeño grupo de tejedores que, como ella, vestidos de blanco, vagaban sin rumbo y en silencio camino del Bajoforo, las expectativas, los planes, los sueños de una vida truncados en un instante. Era curioso, pensó Hedera en ese instante, mientras se abrazaba los brazos desnudos, nadie antes de ese momento le había hablado de que podía convertirse en tejedora. Ni siquiera ella lo había pensado de otros que habían pasado por la Bendición previamente. En La Corona, simplemente, era algo que se obviaba. Ninguna familia se creía tan impura o innoble como para haber dado vida a un tejedor. Y, de ese modo, eran directamente repudiados, como si jamás hubieran existido. Olvidados para siempre.

Aquella noche, esos tejedores que acababan de salir del templo como ella se detuvieron justo al inicio de la Garra. Ludo estaba entre ellos y fue el único que se volvió en su dirección al ver que no cruzaba el puente como los demás.

«¡Hedera!», gritó, tan asustado. «¡Hedera, vamos!», pero ella se quedó donde estaba. Para ella, dar un paso más sería como rendirse. Aceptar su nueva condición.

Quién sabe cuánto tiempo permanecieron los dos bajo la lluvia. A lo lejos se escuchaba música en La Corona, donde se festejaba a los nuevos orfebres mientras Hedera no podía quitarse de la cabeza la idea de que todo había sido un gran error, una terrible broma, y que su lugar estaba allí arriba, allí, junto a su familia.

Dio un paso hacia atrás. Ludo lo hizo en dirección contraria. Siempre había tenido los ojos tristes pero aquella noche la tristeza parecía a punto de romperle el corazón.

Entonces, Hedera vio sombras. No como las suyas, ese Arte que ama y odia a partes iguales, sino siluetas furtivas que se acercaban a ella. No era estúpida. No era extraño que grupos de ladrones y gente de mala vida esperaran a los nuevos tejedores que escapaban de Lydos como polluelos indefensos para robarles cualquier riqueza —incluso algún ingenio— que poseyeran.

Echó a correr. Sobrevivir. Tenía que sobrevivir, pensó mientras un grupo se abalanzaba sobre ella para robarle todo lo que llevaba encima.

Los recuerdos de Hedera sobre aquella noche, que empezaban a girar vertiginosamente en su cabeza, quedan inmediatamente interrumpidos por Bes, que le da un par de golpecitos en el hombro antes de signar:

«No te asustes, pero hay alguien tratando de entrar por la ventana».

LUDO

—Con permiso… con permiso… ¡Muchas gracias! —dice con una sonrisa cuando alguien le deja pasar. Porque Ludo es un firme defensor de que una sonrisa abre casi las mismas puertas que la violencia. Y con mucho menos esfuerzo.

Ha perdido a Sátor y a los demás. Hay tanto movimiento en el estadio, tantos colores, tanto ruido y tanta gente que ya le es imposible encontrarlos, pero tampoco es que importe especialmente porque Ludo no tiene ninguna intención de sentarse con ellos en el graderío.

—¡Oye, tú! —le grita una mujer con la que, desafortunadamente, acaba de chocar—. ¡Mira por dónde vas!

Ludo le regala otra sonrisa de las suyas, brillante como el sol, y luego sigue avanzando mientras el estadio se llena de gritos cuando los pregoneros anuncian la tercera carrera de la tarde.

Desde donde está —que no es donde piensa quedarse— ya ve al grupo de aurigas que esperan en un extremo del estadio, con sus cascos, las ropas del color de su equipo y sus carruajes tirados por bestias hechas con los Dones de algún orfebre, telas y remaches de bronce.

¡Por los cielos sobre nuestras cabezas!, se grita Ludo internamente, *¡si en la carrera va a correr Eutiches!* Es que Eutiches no solo es uno de los aurigas más famosos de Lydos, sino que también es su favorito, por su sonrisa, por su nariz ligeramente torcida y por cómo guía a las cuatro gacelas mecánicas que tiran de su cuadriga: con maestría y temeridad a partes iguales.

Que no, que no piensa verlo desde la parte más alta de las gradas, con el resto de tejedores, los comerciantes más pobres del Bajoforo o de Piedeísla o con los demás desahuciados del Errante. Ludo, no. Así que avanza por entre la gente con esa sonrisa que hoy ha decidido llevar por bandera mientras —pasando por encima de cabezas, pisando alguna espalda que otra, y quitándole la vista a más de un espectador— va pidiendo perdón.

Entonces encuentra lo que ha estado buscando y, esta vez sin pretenderlo, se le dibuja en la cara una sonrisa que en este caso tiene poco de amable y mucho de lobuna. Porque ahí está, a pocos metros de él y en la tribuna, donde hay mejores vistas: Ennio. Ennio, que le ha mandado un mensaje escrito con letra apretada y pulcra hablando de música, de arte y de esperanzas y, más importante todavía, mencionando que esta tarde estaría en las carreras con su familia. Ennio que, como todo orfebre en los actos públicos, lleva una corona de laureles dorados alrededor de la cabeza y va vestido enteramente de blanco, con la banda púrpura cruzándole el pecho. Ludo no sabe cómo, pero incluso a través del tejido de las mangas, se le intuyen esos brazos fornidos y —a decir verdad, ahora que Ludo solo se está hablando a sí mismo— casi demasiado grandes, tanto que se pregunta si en realidad podría abarcar sus músculos con ambas manos. Pero, no, no tiene que pensar en sus brazos, lo que quiere hacer con Ennio es convencerlo para que le deje ver la carrera desde su palco. Y lo que le dijo Andras que hiciese cuando encontrara algún orfebre. Pero eso, hoy, prefiere pasarlo a un segundo plano.

Así que levanta la mano, pero Ennio no le ve.

Desde las gradas, se siente un estruendo de voces. Eutiches acaba casi de tener un accidente y a Ludo el corazón se le acelera a medida que se va acercando a la zona reservada para los orfebres y patricios de La Corona donde, por supuesto, un vígil le impide el paso.

—No. —Es lo único que dice en cuanto le mira las manos y se da cuenta del tatuaje que llevan.

—Ay, qué cabeza la mía… —dice Ludo usando su Arte, dulcificándose la voz un par de tonos para que el vígil no piense que es una amenaza—. Sé que los de mi calaña no tenemos permiso ni para estar a la sombra de los ocupantes de la tribuna, pero, verás: es que me han invitado, ¿sabes? ¿Ves a esos de ahí? Son los Orykto. Y yo soy amigo del primogénito. Que es un orfebre, ¿sabes? —Ludo ensancha su sonrisa—. Uno de los buenos.

Ludo ve su propio reflejo distorsionado en la máscara pulida del vígil. A Ludo le gustaría saber qué cara está poniendo por detrás de ella cuando repite:

—No.

Esta vez, además, lo hace irguiéndose y dando un golpe en el suelo con la lanza que lleva en la mano derecha.

Ludo, entonces, recurre a sus mejores armas que son, obviamente, las mentiras y las medias verdades. Se acerca tanto al vígil que su oído le queda a medio dedo de distancia de la boca, y susurra:

—No sé si sabes quién soy: Ludo, de los Hijos del Buen Padre. Probablemente, el tejetrino más famoso de todo Lydos. Y tengo amistades ahí arriba, amistades muy… importantes.

El vígil hace un movimiento extraño y Ludo está seguro de que, como poco, va a pincharle el culo con la lanza. Pero, entonces, su mirada y la de Ennio se cruzan.

BES

«No te asustes, pero hay alguien tratando de entrar por la ventana».

Ella lo ha dicho sin intención alguna, de verdad, solo quería advertir a Hedera. Quién sabe si eso de entrar por la ventana es costumbre en esta parte de Piedeísla. Pero debe de ser que no porque, en un acto reflejo, Hedera ha golpeado con el morral el rostro que, un segundo después, ha aparecido por el alféizar.

Ese ha sido el momento en el que Bes se ha dado cuenta, primero, de que no, no debe ser costumbre y, segundo, de que la cara que ha golpeado Hedera es la de Turo, uno de los matones de Aquila. Y si Turo está aquí, Dídimo no debe de andar lejos. Y quién sabe si no habrá más.

Por suerte, tras el golpe de Hedera, Turo ha soltado un grito de dolor antes de precipitarse hacia abajo.

—Vámonos. Ahora —dice Hedera mientras mete en el morral todos los ingenios que aún estaban escondidos y la agarra por el brazo sin miramientos. Las opciones son escasas: la puerta o la ventana. Y, como ya están escuchando pasos apresurados subiendo por la minúscula escalera, está claro que será la ventana. Ambas se asienten.

Hedera sujeta a Bes con fuerza y entonces saltan abrazadas. Caen *casi* de pie gracias a los dioses y a las tobilleras de Hedera, que frenan lo peor del golpe. Un instante después, lo justo para recuperar el aliento y comprobar que, desde la ventana, dos sombras las observan y que la tercera, el desafortunado Turo, ha caído unos pasos más allá con una pierna en un ángulo extraño, ambas echan a correr.

—Maldición —murmura Hedera mientras las dos huyen—. Maldición, maldición, maldición...

Que a Bes no le importa, *per se,* estar huyendo. En general, en su opinión, huir de cosas es mucho mejor que, por ejemplo, enfrentarse a ellas, pero ahora mismo Bes solo se pregunta qué quieren los matones de Aquila con Hedera y por qué tiene la extraña sensación de que esa gente con la que la tejesombras trafica ya tiene nombre.

Es una pena, porque Hedera le cae bien aunque, de algún modo extraño, le recuerde a un gato medio arisco que encontró una vez de niña. La primera vez que trató de acariciarlo, la arañó, pero luego se convirtió en el animal más faldero que uno pudiera imaginar.

Como puede, mientras corren, Bes signa:

«No me lo digas. Los ingenios que robabas se los vendías *a ellos,* ¿verdad?».

A Hedera, enseguida se le pinta la cara de algo que parece vergüenza.

—¡A alguien tenía que vendérselos!

Bes echa la mirada hacia atrás un momento, cuando el juego de ecos hace que se escuchen los pasos que les persiguen más de cerca y sus gritos e insultos más audibles.

«¿Y no has pensado que, al ver que no aparecías, tratarían de hacerse ellos mismos con tu botín?».

—¡Nunca les dije dónde vivía! ¡No soy tan estúpida! —Pero entonces Hedera calla y sacude la cabeza—. Sí que lo soy. Había... cuando hemos llegado, me ha parecido...

«¿Que nos estaban siguiendo?».

Mientras bajan apresuradamente por unas escaleras que conducen a un nuevo callejón, Hedera asiente.

No es ninguna sorpresa. Aquila y sus matones son peligrosos, todo el mundo —todo el mundo, salvo Hedera aparentemente— lo sabe.

Hedera tira apresuradamente de Bes cuando llegan a un desvío que conduce a un nuevo callejón idéntico a todos los demás. No conoce este lugar, no sabe dónde están los escondrijos ni los atajos, y eso la pone muy, muy nerviosa.

«¿Por dónde...?», intenta signar, pero Hedera no la está mirando. Solo corre. Tiene las piernas más largas que ella y esas benditas tobilleras, así que podría dejarla atrás con facilidad, pero Bes agradece encarecidamente que no lo haga.

—No podemos seguir así. —Hedera jadea, como si hubiera leído su pensamiento. Ella también está perdida. Los dioses las amparen.

—Podríamos...

No. No podrían. Aquila sabe muy bien de quién rodearse. Puede que sus matones no sean tejedores, porque Aquila no es tan tonto como para rodearse de alguien que pueda ser más poderoso que él. Y también puede que sus secuaces solo sean marginalmente más inteligentes que una de esas palomas que, acurrucadas en sus nidos, observan la persecución, pero ¿fuerza bruta? De eso tienen de sobra.

—Puedo usar mi Arte —dice al fin Hedera. Se ha detenido completamente. Se encuentran en un extremo del callejón, en un espacio ligeramente más amplio, como un precario patio de luces cubierto por una claraboya medio rota, llena de excrementos de pájaro y suciedad que proyecta una marea de sombras temblorosas sobre ellas—. ¿Tú...?

«Yo, no», signa, furiosa de repente, aunque Hedera no tenga la culpa de nada. Es decir: Hedera no tiene la culpa de no saber cuál es su Arte, y tampoco la tiene de no saber que Bes jamás lo usa ni lo usará. De que se encuentren en esta situación tan peliaguda sí que la tiene, pero ahora ya no pueden hacer nada por remediarlo.

Los matones están al llegar. Sus pasos frenéticos parecen los de un ejército a la carga. Arriba, muy arriba, ve siluetas recortadas contra las ventanas que observan con curiosidad, pero duda que hagan nada para ayudarlas.

«Usa tus sombras», signa al fin.

Hedera tiene razón. No pueden seguir así, tarde o temprano las alcanzarán. De nuevo, Bes mira hacia las cuerdas de ropa tendida sobre sus cabezas.

Sobrevivir. De eso, Bes entiende mucho.

«¿Puedes hacer que se estén quietos un momento?», dice entonces, y luego señala justo delante de ellas, al centro mismo de esa especie de patio. «Y, cuando te diga, nos marchamos de aquí todo lo rápido que podamos».

—No creo que pueda retenerlos mucho... —comienza Hedera.

«¡Todo el tiempo que puedas! ¡Pero hazlo!».

Ya están aquí. Y no son tres. Son seis. Que se detienen a pocos pasos de ellas.

—Os habéis hecho de rogar —jadea Dídimo. Tiene una mueca como la de un perro de presa en los labios. Las sonrisas de los demás no son mucho más tranquilizadoras.

Entonces, Hedera extiende las manos. El aire parece volverse más frío, más quieto. A la tenue luz que llega desde arriba, los dedos de Hedera proyectan sombras largas, afiladas, que de repente comienzan a moverse.

Sombras que se agitan y caracolean como serpientes furiosas. Los matones se dan cuenta, demasiado tarde, de que las sombras de Hedera no son solo juegos de luz y oscuridad cuando esas serpientes se lanzan hacia ellos, se enredan entre sus piernas y comienzan a enrollárseles alrededor del torso y de los brazos.

Bes va a reconocerlo: de entre todos los Artes de tejedor que conoce, el de Hedera no está mal. Desde luego, es mucho mejor que el suyo.

Pero, claro, se dice con media sonrisa triste, *Hedera no está maldita por los dioses.*

—Vamos. Ahora, ¡ahora! *Ahora.* Haz lo que tengas que hacer —susurra Hedera, todavía con las manos extendidas y una expresión de agónico esfuerzo en ese rostro tan hermoso que tiene.

Bes respira. Será suficiente.

«Sobrevivir».

Los Hijos del Buen Padre no son estúpidos. Todos van armados: Ludo, con sus dagas. Sátor tiene sus llamas y con eso le basta. Mira usa sus largas agujas de coser con una destreza aterradora. Elina prefiere el sigilo de su arpa, un ingenio que le regaló Andras y cuyas cuerdas vibran con frecuencias que pueden aturdir o tranquilizar. Arista, con su colección de espejos, desorienta a sus adversarios reflejando y distorsionando su propia imagen, y convierte la luz en su escudo y su lanza. Por su parte, Boro siempre lleva puestos sus guanteletes con cuchillas, para atacar con golpes rápidos y mortales.

A Bes, sin embargo, nunca le han gustado las armas de filo. La sangre, lo saben todos, derrama más sangre, y en este mundo ya hay bastante sin que ella tenga que contribuir.

Tiene, eso sí, una honda, y una puntería admirable.

En el mismo gesto, rápido y seguro, Bes se agacha para recoger del suelo un guijarro de los muchos que, con el paso de los años, se han desprendido de los muros de las casas, lo coloca en la honda y lo hace girar a toda velocidad.

En el momento oportuno, lo lanza hacia arriba.

No espera a escuchar cómo el proyectil impacta contra la precaria claraboya que las cubre, ni tampoco a escuchar los gritos de los matones de Aquila cuando una lluvia de cristales les cae encima.

Hedera y ella echan a correr con todas sus fuerzas.

ENNIO

Ludo.

Ennio no sabe por qué al verlo se ha puesto en pie. Ha sentido como si lo que le impulsara fuera su propio corazón, que ha comenzado a latir como loco. Porque es Ludo. Ludo, que no debería estar aquí, pero está.

Ludo, con su sonrisa. Ludo con una camisa blanca de amplias mangas y desabrochada hasta el ombligo, un fajín rojo lleno de campanillas y un pantalón de un azul como el de la laguna por la noche, que contrasta tanto con el atuendo blanco de Ennio que le hace tirar inconscientemente del cuello de su casaca. Siente los pantalones demasiado ajustados, como pegados a la piel. Las sandalias, atadas alrededor de sus tobillos, parecen las únicas aliadas en su recientemente descubierto deseo de saltar del palco, aunque sus pies se niegan a moverse.

—¿Qué haces, hijo? —susurra su madre, ahora tirando muy suavemente de su casaca hacia abajo—. Estás llamando la atención de todo el mundo.

Eso, viniendo de su madre, es nuevo, piensa Ennio. Sobre todo porque, desde que han bajado desde La Corona en el carruaje familiar —un ingenio que lleva generaciones entre los Orykto y que, según su madre, Aquinea de Orykto, fue creado por el insigne orfebre Doriano—, tirado por águilas y leones de oro, lo han puesto a él presidiendo la comitiva hasta que llegaron a la tribuna.

—Yo… —Es lo único capaz de decir.

No escucha lo que ocurre con Ludo. Le ve discutiendo con el vígil que se encarga de salvaguardar las entradas y las salidas. Espera que no se meta en problemas por su culpa.

No, *claro* que Ludo se está metiendo en problemas por su culpa. Tendría que haber hecho lo de siempre: guardar sus pesares y sus anhelos en lo más profundo del pecho, en vez de escribirlos y de enviárselos al tejetrino con su libélula. A quién se le ocurre.

Abre la boca. ¿Y si diera un paso? ¿Y si fuera hacia Ludo sin importarle nada más?

Parece imposible que dentro de Ennio quepan a la vez dos sensaciones tan enfrentadas: una especie de emoción cálida, como un manantial en el centro del pecho, al ver a Ludo. ¿De dónde ha salido? ¿Ha venido a verle *a él*? ¿Cómo, por los cielos y las esferas que viajan por la bóveda celeste, ha logrado colarse hasta aquí? La otra es vergüenza, no por Ludo, sino quizá por él, por no atreverse a dar ese paso. Debe cumplir con su obligación, no ya con la ciudad que le acoge, sino con los que lo han educado, criado y amado.

La mente le tira hacia un lado. El corazón, sin embargo, hacia el otro.

Al final, solo es capaz de levantar la mano. Y cuando Ludo se da cuenta de que Ennio le está saludando y abre mucho los ojos como si acabara de recibir un regalo, Ennio cree que quizá sí que sea capaz de usar esas sandalias tan incómodas para salir de ahí, aunque sea por un instante.

Sin embargo, no llega a hacerlo porque, en ese momento, el Emperador se levanta.

Cuando extiende las manos cubiertas de una lámina de oro vivo que se adapta a todos sus movimientos, el sonido atronador de la multitud se aquieta. Incluso Ludo deja de pelearse con el vígil y vuelve la vista hacia el palco central del estadio.

Tres son los símbolos de poder del Emperador. Tres ingenios hechos por Lydon, el fundador de la ciudad, y sus hijos, que recibieron su Don del mismísimo Demiurgo.

Su espada de acero, que domina las tormentas.

Su piel de oro, que le protege de todo mal.

Su lengua de plata, que le da el don de la oratoria y hace que su voz resuene por todo el estadio, tan clara como si estuviera hablando al oído de cada uno de los presentes.

Ennio suspira, esperando el mismo discurso de cada año, y un instante después abre mucho los ojos al darse cuenta de que no lo es.

—Hoy, mis leales ciudadanos, nos encontramos en un umbral, un lugar donde la alegría y la tragedia se entrelazan con una frialdad implacable.

—¿Qué? —susurra Ennio para sí. Cada año, los Emperadores de Lydos han hecho exactamente el mismo discurso justo antes de que comience la cuarta carrera: les dan la bienvenida, hablan de la esperanza de la Bendición, de la grandeza de la ciudad y de su futuro, y les animan a disfrutar de los festejos con la voz monótona. Sin embargo, hoy Ennio percibe un eco nervioso en esas palabras nuevas que acaba de decir. Y no es el único porque, en el silencio del estadio, comienzan a escucharse los primeros murmullos llenos de sorpresa.

—En un día que debería resonar con el eco de nuestras celebraciones, nos vemos envueltos en un silencio ensordecedor. Nuestro Theokratés, Jano Zephir, nos ha sido arrebatado no por la mano del destino, sino por la traición más oscura: asesinado, no en glorioso combate, sino por la daga, entre las sombras y en silencio —continúa el Emperador. Apenas tiene unos años más que Ennio, y esa juventud se nota en su pose, y en cómo alguna palabra le sale más aguda que otra. Ennio está lo bastante cerca como para ver que, de repente, el joven monarca vacila al volverse hacia donde el Senado en pleno le observa con atención.

Ennio, además, se da cuenta sorprendido de otra cosa: entre los senadores se distingue una figura que no debería estar allí: Tulio. Al lado de su madre, Caletia, que, vestida de luto, tiene la mirada orgullosa y la pose regia de una de esas estatuas de antiguas emperatrices que decoran los bordes del escenario. En cambio, Tulio apoya el peso ahora en un pie, ahora en el otro, con la misma expresión confundida y furiosa que la noche anterior, cuando regresaron del Errante.

Tras ese instante de vacilación el Emperador continúa, su voz es un susurro de acero:

— … un desafío a los propios dioses. Un intento de arrebatarnos nuestro futuro, de acallar la divina voz en el umbral de nuestro sagrado ritual. Un golpe al corazón de Lydos, un intento de silenciar al mismísimo Demiurgo.

El ambiente, antes rebosante de la alegría de los juegos, empieza a llenarse con una energía cruda y palpable.

¿Qué está haciendo?, se pregunta Ennio mientras echa una mirada a su alrededor. Su madre está pálida y se sujeta con fuerza al reposabrazos de marfil de su silla. Su padre, allá entre los senadores, no muestra ninguna emoción, y Ennio no lo entiende. El día ha comenzado bien, como si por fin la gente hubiera olvidado los terribles presagios que acompañaban la muerte del Theokratés. ¿Por qué lo menciona ahora el Emperador? ¿Por qué aquí, con la ciudad entera a sus pies, con los ánimos a flor de piel? ¿A qué teme cada vez que lanza una mirada hacia el Senado? Pero el Emperador levanta ambas manos y la gente, poco a poco, vuelve a quedar en silencio.

—¡Pero que no os queden dudas! En Lydos, incluso en la noche más oscura, nuestras llamas arden con una ira que no conoce límites. La justicia, tan severa como la noche, descenderá sobre los traidores. En Lydos, incluso cuando caemos, nos levantamos más fuertes. —De nuevo, se agitan las voces del público y Ennio no entiende nada de lo que está ocurriendo. Hasta su madre ha contenido un sollozo. Sin embargo, nadie está preparado para lo que a continuación proclama el Emperador—: ¡Tejedores! El Senado ha hecho sus pesquisas y ha descubierto la terrible realidad. ¡Han sido los tejedores del Errante, que se han aliado con nuestros enemigos de Vetia, quienes han cometido tan infame crimen! ¡Han sido los tejedores del Errante los que han traicionado nuestra magnanimidad e indulgencia! ¡Tejedores! —vuelve a decir y esa palabra, en su boca, primero tiembla pero luego se convierte en un insulto, una maldición—. ¡Rechazados por el Demiurgo, han mostrado sus colmillos de víbora! Pero Lydos no caerá. No lo hará. ¡Hedera, desheredada de los Apokros, la que sostenía la daga que acabó con nuestro Theokratés, pagará por su crimen!

Las últimas palabras del Emperador se extienden por todo el estadio, pero son engullidas rápidamente por un rugido gutural. La multitud grita como una bestia enfurecida, como si todo el dolor y la desesperación de los últimos días hubieran resurgido multiplicados, ahora que tienen alguien a quien odiar: a Vetia, la ciudad vecina que en las últimas décadas ha estado creando su imperio a costa de los territorios del antiguo imperio de Lydos, como un buitre que se alimenta de carroña. A Hedera. Hedera de los Apokros. *La prometida de Tulio*, piensa Ennio. *¿Por qué su amigo no le ha dicho nada?* Y a los tejedores, más de lo que muchos los odian ya.

Sacude la cabeza, frenético y, entonces, busca a Ludo con la mirada. Ya no está, y hace bien.

Si es cierto lo que ha dicho el Emperador —¿y cómo no va a serlo? Aunque por otro lado, Ennio no puede quitarse de la cabeza el temblor en la voz del monarca, y las miradas de advertencia que le lanzaban los miembros del Senado—, ser tejedor en Lydos acaba de convertirse en algo muy peligroso.

HEDERA

Los han perdido. Por las lágrimas y por las sonrisas de todos los dioses, el truco de Bes de la claraboya ha funcionado, han podido dejar el laberinto de callejuelas tras el Bajoforo y han ido a refugiarse debajo de uno de los soportales del mercado, al amparo de sus sombras.

No pueden avanzar más, no sin exponerse demasiado.

Han estado sumamente cerca y Hedera se maldice.

Ella siempre ha sabido que Turo, Dídimo y los demás no eran trigo limpio, pero ¿qué podía hacer? Para lo único que sabía usar sus sombras era para esconderse y así empezó su vida tras la Bendición: escondida. Hasta que empezaron a rugirle las tripas y entonces se dio cuenta de que tendría que usar el Arte a su favor. Y se le da bien. Hedera es ágil, decidida, trabaja sola, no duda nunca y, además, el rencor la impulsa. El rencor a su familia, por haberla abandonado. El rencor a los orfebres, los de los tiempos pasados y los de ahora, por haber alcanzado lo que para ella estará para siempre vetado. El rencor a La Corona, a sus habitantes, a Lydos. A todo. Para Hedera, robar es más que un acto de supervivencia: lo ha convertido en su declaración de guerra personal, en su venganza silenciosa.

«Hedera. Ahora. Debemos aprovechar ahora», signa Bes en medio de un resoplido.

Está llegando gente a la plaza. Una marea lenta, pero imparable comienza a derramarse desde la avenida que comunica el Bajoforo con las partes más altas de Lydos. Hedera da un paso pero, luego, se detiene.

Algo va mal.

Mientras una sensación agria se le apodera del estómago, lo primero que hace Hedera es mirar hacia arriba. El sol todavía no se ha ocultado tras las montañas que rodean la laguna, y eso significa que los juegos aún no han acabado. Nunca lo hacen mientras haya luz. Entonces, ¿qué hace toda esta gente que cruza apresurada el Bajoforo?

Pero vuelve a fijarse en la multitud. No hay gritos ni cánticos, no hay aficionados enarbolando las banderas de sus conductores favoritos, ya sea los que están felices por la victoria, o los que lamentan la derrota. Hedera ve preocupación y prisas por cruzar la plaza en dirección al Errante.

De pronto, escucha cómo un postigo se cierra. A su derecha, lo hace una puerta. Delante de ella, en un pequeño edificio de madera, alguien está apuntalando las ventanas. Y una madre mete apresuradamente a un grupo de críos dentro de su casa.

«Algo malo está pasando», signa Bes a su lado.

—Sí. Vamos —le insta Hedera mientras esa sensación horrible del estómago se le va extendiendo por todo el cuerpo. Se internan en esa muchedumbre silenciosa y no se sueltan la una de la otra hasta haber cruzado el puente y haber puesto los pies en el Errante. Allí, los mendigos y vagabundos que siempre están de guardia en la zona también observan boquiabiertos la repentina marabunta y se ponen en marcha, esperando a que les caiga alguna moneda en las manos, pero la gente en sus prisas por salir del puente les aparta a empujones.

«Majestad», signa Bes mientras pone una moneda en las manos del anciano de uniforme que parece el portavoz de todos, el que los Hijos y el resto del Errante llaman el Emperador. «Majestad, no sé qué está ocurriendo pero quizá sea mejor que esta noche no estéis en la calle. ¿Por qué no vais al templo a resguardaros? El hermano Córax seguro que ha preparado una cena caliente. Tomad», insiste, sacándose un puñado de monedas de los bolsillos, y luego señalando hacia el edificio que se alza en uno de los extremos de la explanada donde desemboca el puente, a pocos pasos de donde están.

El templo.

O algo que quiere parecer un templo. Lo construyeron los propios habitantes del Errante, guardando para ese propósito los materiales más nobles que traía la marea. Maderas pintadas, puertas con remaches dorados, y allá donde el material no era bueno, lo cubrieron de estuco pintado. Es un santuario para todos los dioses, grandes y pequeños, para que los habitantes del Errante los sientan un poco más cerca, aunque muchos de los que viven en el barrio crean que les han abandonado.

En una de las paredes del templo, junto a la puerta, hay algo que empuja a Hedera a dar un paso hacia allí.

Una *bucca*. «El rostro dividido», probablemente la *bucca* más famosa de todo el Errante. Como todo lo que hay en el barrio, está hecha de fragmentos de diferentes tipos de piedras, con la boca torcida en un gesto que está entre la sonrisa y la mueca. Todo el mundo sabe que las *buccas* solo cuentan chismorreos, pero...

«Hedera. Hedera, Hedera, Hedera», escucha de repente. Es la voz de Ludo como un susurro suave en su oído. Hedera se da la vuelta bruscamente, esperando a ver al chico detrás de ella.

«No. Aquí, en el puente», insiste Ludo. Está usando su Arte. Ahora sí, Hedera se gira hacia la infame garra de plata que sujeta el Errante y ve una mano que se agita en su dirección. Allí están el tejetrino, Sátor con su hermano y, también, el resto de los Hijos.

«Hedera. Tenéis que regresar al Buen Padre. Ahora».

—¿Se puede saber qué...? —comienza a preguntar, aunque sabe que Ludo no puede escucharla.

Tampoco importa demasiado porque este es el momento que elige la *bucca* para abrir sus ojos saltones y mover esa boca de piedra horrible y torcida.

«Hedera, exiliada de los Apokros de La Corona, asesinó al Theokratés tras hacer un pacto con los príncipes de Vetia. Toda la furia de Lydos caerá esta noche sobre aquellos que traten de ocultarla».

XII

En el vértice de las leyendas nace un eco desgarrado

En el Errante, al atardecer.

HEDERA

Los vígiles se acercan con la puesta de sol.

Después de escuchar lo que ha dicho la *bucca* del templo, Hedera apenas ha tenido tiempo de nada salvo de obedecer a Ludo y correr con Bes hacia el Buen Padre. Andras, como si ya supiera lo que iba a pasar, parecía que estaba esperándolas en la cubierta principal, tan alto y sereno como siempre. Antes que ellas ya habían llegado Mira y Arista, también el idiota de Boro, Rufio y el pequeño Vix, al que encontraron dando pasitos nerviosos.

—El Senado, con el Emperador como careta, siempre cumple con sus amenazas —proclama Andras con la vista fija en la Garra.

Desde el Buen Padre, donde Hedera y los Hijos observan con Andras el puente, las columnas de vígiles forman una serie de líneas de luces titilantes, tan hermosas como siniestras. Son los ojos de sus máscaras, que brillan en un tono azul y frío que les hace parecer estrellas lejanas. Un inesperado golpe de viento hace bailar las veletas del Errante y lleva hasta ellos el retumbar conjunto de sus pasos. Tambores de guerra.

Hedera retrocede con el terror pegado a la garganta como brea caliente. Así que, al final, ha ocurrido. Ha dado igual lo que le haya dicho. Ha dado igual que, por un instante, durante la noche anterior bailaran como si nada hubiera pasado entre ellos. Ha dado igual que ella, en cada momento, le haya proclamado su inocencia.

Tulio la ha denunciado.

Hedera se siente estúpida. No, más que estúpida. Siente un sabor amargo que se le ha apoderado del paladar y que se resiste a marcharse. Porque llegó a pensar que Tulio no la denunciaría. Incluso con motivos. Incluso aunque ella, ciertamente, lo hubiera traicionado. Incluso aunque se odien exactamente con la misma intensidad con la que se aman.

Pero los vígiles, con sus máscaras de plata pulida destelleando con las últimas luces del sol, avanzando en formación por el puente, el bramido de sus botas contra el metal un eco cada vez más cercano, solo pueden significar que lo ha hecho.

Los vígiles vienen a cazarla y no se detendrán hasta lograrlo. Lydos no se convirtió en la nación más grande del mundo perdonando a sus enemigos, fueran culpables o no.

—Me marcho —balbucea. Y no es la única. En el barrio, la poca gente que queda por las calles se apresura a buscar refugio mientras las luces del Errante se apagan una a una, como si la oscuridad fuera a protegerles—. No va a funcionar.

No tiene nada más salvo su ropa, sus tobilleras y la bolsa de ingenios que acaba de traerse. Es muy poco pero ¿y los Hijos del Buen Padre? ¿Qué tienen ellos? Un plan. Un plan desesperado que Andras ha trazado en apenas segundos: cruzar el Errante con ella hasta llegar al oeste del barrio, donde uno de los contactos de Andras va permitir que se refugie en uno de los escondites que usa para el contrabando. Mientras Hedera retrocede otro paso, le observa pasear a grandes zancadas por la cubierta del barco. La cadencia de sus pasos, el rictus tenso en sus labios, es algo digno de ver. Andras, nervioso. Andras, *dudando*. Hace apenas unos días que le conoce, pero ya le parece imposible. Y si él duda…

La duda. Esa es otra de las razones por las que necesita marcharse.

—¡Hedera!

Se gira bruscamente. Ha sido Ludo. *Ludo, maldita sea su estampa*, piensa, se acerca a ella apresurado. Ni siquiera le ha dado tiempo a cambiarse y las campanillas de su camisa y de su fajín tintinean al tiempo que el tejetrino se coloca a su lado. Quizá Hedera podría quitarse de encima a cualquier otro en cuestión de segundos, pero a Ludo no.

—¡¿Qué?! ¿Qué quieres? —le espeta, nerviosa. Las luces que acompañan a los vígiles están cada vez más cerca, casi a la mitad del puente. ¿Y si la ven? ¿Y si alguno de esos ojos de color azul se clavara en ella?—. Es mejor así, Ludo.

—¡Espera! ¡Ni siquiera conoces el barrio! ¿Qué vas a hacer? ¿Dar dos pasos y perderte? ¡Deja que te ayudemos! —insiste Ludo con las manos medio levantadas en un gesto que quiere ser de paz, o transmitirle tranquilidad, pero que solo logra enfadarla.

—Para qué. —Hedera da unos pocos pasos más hasta la pasarela que une el barco con los muelles e insiste—: ¿Para qué? ¿De veras estáis tan desesperados que os proponéis ayudar a una traidora? A una… —A Hedera le cuesta incluso pronunciar la palabra, pero tiene que hacerlo. Eso es lo que todo el mundo cree que es—. ¿A una asesina?

—¡No! —Nunca en todos los años que hace que lo conoce había escuchado ese eco de desesperación en la voz de Ludo. Ni siquiera cuando gritaba su nombre la noche en que ambos fueron expulsados de La Corona, tras su fallida Bendición—.

¡No! —vuelve a gritar Ludo mientras se le acerca y la agarra de las muñecas para tirar de ella—. A una asesina, no... —susurra—. ¡A mi amiga!

La voz de Ludo, en ese grito desesperado, la lleva de vuelta a ese pasado del que no quiere deshacerse pero del que, pese a todo, lleva huyendo casi un año. Es la voz del Ludo cuando con once años le enseñó los moratones que le dejaban las palizas de sus hermanos en los brazos y la espalda. La misma voz cuando le contó que Theo, el mayor, había decidido que Ludo pasaría por la Bendición a pesar de contar ya con varios orfebres en su familia, quizá con la esperanza de que muriera y dejara de ser una carga. No, no es el Ludo que ha conocido estos días el que está gritando, tan seguro de sí mismo, con esas notas de sarcasmo siempre en la garganta. Es la voz del Ludo que una vez conoció.

—No sé por qué os molestáis —susurra Hedera con los dientes apretados—, no sé por qué lo hacéis si...

Duda. De nuevo piensa en esa palabra a pesar de que Ludo sigue agarrándola de las muñecas para retenerla. El Emperador, delante de todo Lydos, la ha acusado. Igual que Tulio, ahora la ciudad entera cree que es culpable, ¿por qué los Hijos van a ser distintos? Es una extraña. Está sola. Sola como siempre y, piensa de repente, quizá sea mejor así porque Hedera no quiere que las consecuencias a las que pueden enfrentarse Ludo y el resto de los Hijos por darle refugio le pesen en la conciencia.

—No importa. —Hedera odia, *odia*, odia con todas sus fuerzas la voz de Andras. Odia cómo, al escucharla, no solo los Hijos, sino también ella se detiene—. Aunque no te creyéramos, incluso aunque realmente fueras culpable —continúa Andras—, eres una de nosotros.

—Y nosotros, ya te lo hemos dicho, aunque nuestras sabias palabras no hayan logrado penetrar en esa cabezota tuya

—añade Ludo, como lo hizo la noche del asesinato del Theo-kratés—, cuidamos de los nuestros.

Casi se le escapa una carcajada cuando ve asentir a todos los Hijos. Nadie es tan bueno. Ni tan desinteresado. Ella, desde luego, no lo es.

Da un nuevo paso, la pasarela de madera que comunica con ese Errante envuelto en sombras cruje bajo su peso al tiempo que Vix, ágil como una ardilla, baja de la cúpula desde donde estaba haciendo guardia.

—Los primeros están a punto de cruzar el puente —dice, inseguro de hacia cuál de ellos mirar. Está pálido y la voz le tiembla. Parece un niño más que nunca cuando añade—: ¿Qué hacemos?

—Tú, Rufio, Mira, Arista e Ione, quedaos aquí —ordena apresuradamente Andras—. No os enfrentéis a ellos. Si quieren entrar en el barco y perder el tiempo registrando todos los rincones, bienvenidos sean. Vosotros —añade señalando a unos pocos más—. Tratad de ayudar a la gente en lo que podáis. Los dioses saben que mucha gente lo va a necesitar, y…

—Y ya os digo yo lo que vamos a hacer nosotros —dice Ludo, que tira de ella con tanta fuerza y tan de repente que Hedera no puede esquivarlo—. Nosotros vamos a seguir este plan tuyo, amado líder. Y si Hedera sigue dudando cuando lleguemos al escondrijo de Reno, entonces, y solo entonces, dejaremos de darle la tabarra con que nuestras intenciones son puras y desinteresadas y la dejaremos marchar, ¿de acuerdo? ¿Sí? Bueno, en realidad —añade mientras empuja a Hedera por la pasarela. Al instante, Bes y Sátor le siguen, y Andras también—, ese «de acuerdo» es una pregunta retórica, porque no hay tiempo para estar aquí discutiendo si confías en nosotros o no, Hedera. Lo siento. Es decir, tampoco lo siento. Es un hecho.

De repente, algo se rompe no muy lejos. Casi al instante, el aire se llena de gritos.

Los vígiles ya han llegado.

ENNIO

Cuando Ennio cruza la Garra y pone los pies en el Errante, siente vértigo. El suelo se mueve. No lo notó la noche anterior. ¿Cómo pudo no notarlo si ahora tiene el estómago revuelto y siente que se marea? Quizá fuera porque estaba demasiado asustado por haberse saltado las reglas, demasiado preocupado por Tulio y por su dolor. Quizá pensó que las cosas se movían a su alrededor por aquel vino que le sirvieron. O quizá, simplemente, la angustia por lo que está pasando, por lo que está a punto de suceder y por el hecho de formar parte de todo eso, es lo que está haciendo que su estómago se haya revelado en su contra.

No quiere hacerlo.

¿Cómo, por voluntad propia, iba a querer presentarse en la Academia después de escuchar el discurso del Emperador?

Pero debe hacerlo.

Lo supo desde el momento en que su madre clavó la mirada en él mientras se armaba un revuelo ensordecedor en el estadio.

Aunque no quisiera, es lo que se espera de Ennio, primogénito de los Orykto, orfebre de la división de forja y armería.

Al llegar a la Academia, le dieron una espada, un fusil y una máscara idéntica a la del resto de vígiles. Intentó protestar. La mayor parte de los orfebres no luchan, pero el caso de Ennio es distinto. Es un Orykto, su Don es para la guerra y Ennio… Ennio…

Ennio se ahoga. Eso es: se ahoga.

Tiene un incendio bajo el pecho. Frenético, mira a ambos lados y esa marea de rostros iguales, que se reflejan los unos en los otros, le provoca una sensación helada en el estómago. Quizá, de hecho, es lo que se supone que deben hacer sentir.

Máscaras. Máscaras como las que también lleva él, porque el poder en Lydos es uno y de todos se alimenta, porque no hay individuos sino un solo ejecutor, que lleva el mismo rostro y que logra que lo que uno vea cuando se pone enfrente no sea más que su reflejo distorsionado.

Esa sensación, la de no sentirse Ennio sino esa multitud de brazos y piernas que se mueven al unísono, rítmicamente, haciendo retumbar el suelo por el que pisan, consigue que las náuseas se le suban definitivamente a la garganta.

Tiene que quitarse la máscara. Sabe que no puede pasar, lo sabe, pero igualmente piensa que, si no lo hiciera, ¿qué ocurriría si esa máscara acabara fusionándose con la piel? Ennio se ahoga, se ahoga, se está ahogando…

Contiene un gemido mientras lucha frenético con la hebilla que le sujeta la máscara bajo la barbilla hasta que logra liberarla.

—¿Qué haces, chico?

Ennio inspira. Espira. Una ráfaga providencial de aire le refresca las mejillas, pero es insuficiente. La piel todavía le arde y todavía siente las náuseas, no ya en la garganta, sino en el velo del paladar cuando, un instante después, el rostro sin expresión del general —¿quién será? ¿Habrán compartido mesa o banquetes o fiestas en La Corona?— aparece frente a él y sus manos como tenazas le aferran por los hombros. Ennio tiene que luchar con todas sus fuerzas para no quitárselo de encima a golpes.

—¡Vuelve a ponerte la máscara inmediatamente! ¡Y, vosotros —ordena al mar de rostros idénticos—, ya conocéis vuestras órdenes! ¡Avanzad! ¡Avanzad!

No tiene otra alternativa. Los cuerpos detrás de él le empujan y le obligan a seguir el ritmo de los demás, a golpear con las botas el suelo de madera desgastada de las tablas que conforman el Errante cuando lo hacen ellos. ¿Cómo se ha precipitado todo tanto?, se pregunta. Nada tiene sentido. La prometida de Tulio, una asesina confabulada con Vetia… el Senado —y el Senado no miente, ¿verdad?—. El Senado ha señalado al Errante y sus tejedores como enemigos pero, mientras avanzan, esos ojos de zafiro que lleva el ingenio que es su máscara le permiten distinguir rostros en la oscuridad. Rostros en las ventanas y en los rincones pintados en esos tonos azules y tristes con los que ahora está mirando el mundo, y a Ennio no le parecen de fieros enemigos.

No. En realidad, solo son gente. Gente asustada.

Trata de dejar la mente en blanco, igual que hace cada día en la forja. Del mismo modo que en la Academia se mueve al ritmo del golpear del martillo contra el yunque, de los silbidos del vapor y del chirriar del metal al rojo, ahora se mueve por pura inercia, siguiendo los pasos de sus compañeros mientras las columnas de vígiles van desplegándose por entre las callejuelas miserables del Errante como una araña que pacientemente teje su tela para capturar a su presa.

Está tan concentrado en no pensar, en no sentir, que cuando un repentino fogonazo de luz estalla a su izquierda, Ennio suelta un alarido.

Fuego. Una llamarada trepa por la fachada de una de las casuchas que flanquean la calle por la que marchan como una serpiente monstruosa. Mientras los ojos de su máscara se adaptan a esta explosión de luz, Ennio busca, delirante, la empuñadura de su espada.

—Nos… nos atacan… —jadea en voz baja sin entender por qué sus compañeros siguen avanzando impasibles.

Entonces, escucha una carcajada de notas crueles que proviene de alguno de los vígiles, aunque no logra discernir de cuál. Todos son iguales aunque sabe que, bajo las máscaras, hay rostros con los que se ha cruzado en fiestas o en los patios de la Academia. Muy pronto, la carcajada se mezcla con los gritos de la gente que se esconde en el interior de una casa que ha echado a arder.

Ennio entonces comprende qué está ocurriendo. No les atacan. No les está amenazando nadie. ¿Quién sería tan estúpido como para plantarles cara a los vígiles de La Corona? Lo que ha ocurrido es que alguien de entre los suyos le ha prendido fuego a la casa con uno de esos ingenios que probablemente él mismo ha creado en la forja de la Academia. Quizá lo haya hecho para demostrar que las máscaras y sus armas dan impunidad sobre la gente miserable del Errante, quizá para comprobar cuánto daño podría provocar o, piensa Ennio mientras se detiene haciendo que el resto de sus compañeros choquen contra él, para sentirse con derecho a soltar esa carcajada funesta que se le está clavando en los oídos como un punzón al rojo vivo.

A pesar de las protestas de los suyos —¿los suyos?, se pregunta una vocecita en el fondo de su cabeza. ¿De veras lo son? ¿Son suyas también esa crueldad y esa soberbia?—, Ennio se detiene y da unos pasos hacia la casa. Mientras que el fuego ya llega a la cornisa del piso superior, de los edificios circundantes está comenzando a salir gente con mantas y cubos llenos de agua salada.

—¡Soldado! ¡Muévete, vamos, no te entretengas!

Pero es que Ennio no es un soldado. Es muchas otras cosas: un buen hijo, un buen ciudadano, no es ni quiere ser un soldado.

Por suerte, la inercia del paso de los vígiles logra que el general siga adelante y Ennio pronto se pierde por entre ese mar de rostros plateados que ya no le prestan atención.

Y toma un cubo de agua. Y lo lanza contra unas llamas que están lamiendo uno de los postes de madera que sostienen el balcón de la casa. Luego, toma otro. Y otro más. Pronto siente el sudor recorrerle todo el cuerpo, el rostro, y Ennio vuelve a quitarse la máscara para que la combinación de humo, plata pulida y remordimientos no acabe por asfixiarlo de verdad.

Ese es el momento en que una mano le aprieta el hombro con fuerza.

Es un vígil.

—¿Se puede saber qué estás haciendo? Muévete. Sigue avanzando, Ennio, porque esta noche hemos salido a cazar traidores y no te conviene que alguien se piense que estás en el otro bando.

—¿Tulio? —pregunta él, más por la sorpresa que porque realmente tenga dudas de la identidad de la persona que se oculta tras una más de esas máscaras.

TULIO

No quería que Ennio supiera que él también estaba aquí, entre los vígiles. Desde que lo ha visto detenido en el puente con la máscara quitada y lo ha reconocido, Tulio ha procurado mantener una distancia prudencial, pero Ennio está a punto de cometer una estupidez y no puede permitírselo porque, con máscara o sin ella, Ennio es su mejor amigo.

—¿Tulio? —pregunta de nuevo Ennio. Tiene el cabello aplastado sobre la frente, empapado de sudor, la cara roja, y un rictus incrédulo en los labios—. No eres vígil. Lo sabría. Me lo habrías contado. Me lo habrías contado, seguro.

—No lo soy, no te he mentido. Tenía que hacerlo, Ennio. ¿No eres tú el que habla siempre del deber? ¿No eres tú el más recto de los orfebres, el más comprometido de los habitantes de Lydos? —le espeta, más rápido, más seco de lo que pretendía en un primer momento. Es una cuestión de pura supervivencia. Si Ennio sigue mirándole con esos ojos azules tan abiertos, tan llenos de decepción, Tulio comenzará a dudar, y, si ahora duda, el fuego que le arde dentro quizá pierda fuerza, y no puede permitírselo—. Deberías estar contento por mí, amigo. Por una vez, estoy haciendo *algo*. —Y la palabra, esa última palabra, le brota de la garganta con un raspón que le hiere la carne por dentro—. ¿No es lo que me dices siempre? Vamos, Ennio. Vamos.

Tienen que avanzar. Frente a ellos, el incendio empieza a extenderse por las casuchas circundantes llenándolo todo de humo mientras el teniente de su facción da órdenes sin parar.

Por eso, aunque Tulio sienta la rabia hervirle en la sangre, hace un último esfuerzo y tira de esa capa corta que llevan todos, de un azul profundo, para que Ennio avance con él. Pero las botas de Ennio, como si a través de ellas todo su cuerpo estuviera pegado a las tablas del suelo del Errante, no hacen el mínimo esfuerzo por moverse.

—¡Vamos! ¡Maldita sea, Ennio! ¡Ponte la máscara y avanza! ¡Vamos!

—¡Déjame, Tulio! ¡Así, no! ¡Así, no! ¡Esta gente también necesita de nuestra ayuda! ¿No lo ves? —Ennio señala con ambas manos el humo y el fuego que se va extendiendo ya por casi toda la manzana, como si Tulio no tuviera ojos en la cara. Pero el que no lo entiende es Ennio, no él. Y a Tulio no solo le está consumiendo su rabia, sino que también se le está acabando la poca paciencia que suele guardar en un resquicio diminuto de su estómago y que solo emplea, precisamente, con Ennio.

—¡Vamos, te digo! —le grita mientras vuelve a tirar de la capa de su amigo.

Tulio es fuerte. Podría arrastrar a cualquiera que se propusiera arrastrar, pero Ennio no solo le iguala en fuerza, sino que está desesperado, y furioso. Ahora que lo piensa, Tulio no cree haberle visto así jamás, con las pupilas dilatadas y un surco profundo entre las cejas, por no hablar de que Ennio es uno de los mejores alumnos de la Academia.

Por eso Tulio no se sorprende, sino que solo se maldice por su ingenuidad, cuando Ennio lo aparta de un manotazo y, en un movimiento perfectamente calculado, lo sujeta por el borde de las solapas del gabán de cuero negro que, como él, llevan todos los vígiles y lo empuja.

—¡No! —Tulio, a pesar de recibir el embate de su amigo, se lanza hacia él y lo agarra del frente del gabán, justo en la zona que queda cerrada por los botones con el emblema de Lydos—. ¡No! —chilla Ennio, de repente más fuera de sí de lo que le ha visto nunca—. ¡Que me sueltes!

No sabe cómo ocurre pero, de pronto, con el resto de vígiles marchando a su lado con paso firme, Tulio se ve en el suelo, a los pies de Ennio. El golpe es más humillante que doloroso. El metal caliente de la máscara se le ha clavado en la piel de las mejillas y ahora tiene un pequeño reguero de sangre resbalándole por el cuello. Todavía aturdido, mira a su amigo, a su expresión, mutando rápidamente de la ira al arrepentimiento y, después, Tulio contraataca.

Quizá no tenga el entrenamiento de Ennio, pero no importa mientras la rabia le sirva de combustible. Se mueve rápido, implacable, y aunque su amigo trate de apartarlo, esta vez Tulio lo sujeta por la espalda. Cruza un brazo sobre el pecho de Ennio. Con el otro le aprisiona el cuello y, cuando se da cuenta de que lo está haciendo con demasiada fuerza, no le importa. Se le hace difícil respirar, el humo es cada vez más denso y un hollín de aspecto pegajoso, que huele a resina vieja y a desperdicios, comienza a picarle en los ojos.

—No puedes quedarte aquí, Ennio —le insiste con voz rasgada en el oído—. No solo te tacharán de traidor si te quedas. Mira a esta gente. ¡Míralos! —A cada palabra suya, Tulio sacude a su amigo, que no para de debatirse para deshacerse de su agarre—. En cuanto te quedes solo, Ennio —susurra mirando a su alrededor, donde decenas de personas tratan de controlar el incendio entre gritos de rabia y de terror. Eso, sin contar las innumerables sombras que se agitan por las callejuelas circundantes—, esta gente a la que tu bondadoso corazón quiere ayudar se lanzará contra ti como perros rabiosos. Eres el enemigo. Por mucho que te empeñes, es la realidad.

Cuando acaba de hablar, nota cómo el pecho de Ennio se relaja, como si de golpe hubiera dejado escapar todo el aire de sus pulmones, pero ni aun así lo suelta.

—Pero esto… —gime Ennio, que de pronto le agarra de las manos que le están sujetando por la pechera del gabán de cuero, desesperado—. Esto no debería ser. No así. Tiene que haber otra manera de… Todo esto es demasiado, Tulio. Esta gente no… no… ¿No lo ves? Piensa, Tulio. Piensa.

¿Demasiado? No. Tulio sacude la cabeza. En realidad es justo lo que necesitaba. Necesitaba deshacerse de ese lastre que siempre ha sido su amor por Hedera. Necesitaba denunciarla, primero ante su madre y luego ante el Senado de Lydos.

Ha sido fácil. Ni siquiera han necesitado pedir audiencia en el gran palacio donde esos vejestorios se reúnen allá en La Ciudad Alta, sino que solo han tenido que buscarlos en el estadio, donde ya estaban todos reunidos, y contarles la verdad.

Y cuando, al final, ha descubierto, porque así lo han dicho los miembros del Senado, que el crimen de Hedera es todavía más grande, que no es solo una asesina sino también una traidora, esa rabia roja que siempre siente dentro, por fin se le ha escapado. Porque ahora por fin tiene un enemigo al que enfrentarse. Algo que hacer. Un objetivo que cumplir.

—Haz lo que quieras —le espeta a Ennio al final soltándolo con la misma brusquedad con la que lo sujetó.

No quiere conciencia. No quiere culpa.

Mira las llamas y tiene la impresión de que todo ese fuego ya estaba dentro de Tulio incluso antes de que prendiera esa casa mugrienta. Un fuego que ha consumido también sus gritos, sus lágrimas, todo su oxígeno. Solo puede calmarlo ahora la máscara de vígil que lleva puesta, la que le hace sentirse, por fin, parte de algo más grande que sí mismo.

Cabizbajo, Ennio se calza la máscara otra vez y, junto a Tulio, se coloca en posición. Ambos, con el paso firme y marcial que se espera de ellos, se unen al grupo de vígiles que pasa por su lado y se ponen a marchar con ellos, indistinguibles salvo el uno para el otro.

Tulio, con el estruendo de todas esas botas chocando al unísono contra el suelo, por fin permite que esa rabia que siempre ha tratado de mantener en el estómago a pesar de sus mordiscos y arañazos, ahora sí, le devore por fuera y por dentro.

BES

Bastardos. Malditos malnacidos.

¿Cuánto hace que no ocurre algo así en Lydos? Desde luego, Bes no recuerda en su vida haber visto a los perros de La Corona tomar el Errante de este modo, y duda que sus padres, los dioses los tengan en su seno, o los padres de sus padres hubieran visto algo parecido. Los tiempos en que el Errante podía ser algún tipo de amenaza para La Corona, los tiempos de las revueltas y las guerras internas, hace tiempo que pasaron.

Pero aquí están.

Es algo que Bes nunca imaginó que pudiera ocurrir pero, al mismo tiempo, cree que es algo que lleva toda la vida esperando.

Los odia. Bes odia a los vígiles y a los que están por encima de ellos con tanta fuerza que las manos le tiemblan y la boca se le llena de bilis a cada paso.

No han dejado de moverse desde el momento en que salieron del Buen Padre. Andras en cabeza, claro. Sátor, vigilando la retaguardia. Ludo y ella, en medio con Hedera, que ha usado su Arte para cubrirles de unas sombras móviles y retorcidas como si fueran un velo de luto que Bes juraría que siente cálidas al tacto. A veces se esconden en rincones esperando a que pasen las columnas de vígiles, o buscan atajos a través del interior de las casas mientras familias enteras, acurrucadas, les observan primero con terror y luego con alivio al comprobar que no son el enemigo.

Mientras, los vígiles han ido extendiéndose por todo el Errante.

Y resulta que han incendiado el barrio. El Errante, que ha recibido a los vígiles en un silencio sepulcral, ahora parece chillar de dolor con tanta fuerza que Bes querría arrancarse los oídos a zarpazos. Por todas partes se escuchan gritos y carreras y, lo que es peor, las risas de los vígiles y sus órdenes como ladridos. Inunda el cielo un brillo carmesí que se refleja en el humo y en la niebla que en estas primeras horas de la noche se levanta siempre desde la laguna.

Los dioses les maldigan, se repite por enésima vez, frotándose los ojos enrojecidos por el humo.

Después, mira hacia arriba. En un poste cercano, una veleta con forma de gallo le indica que van por buen camino, hacia el oeste.

—Adelante —susurra Andras. Está unos pasos por delante de los demás, alerta, incansable. Hoy no hay calma en su mirada, sino que parece que ese fuego que ahora se extiende por el barrio le hubiera incendiado también los ojos. Sus movimientos se han vuelto ágiles. Su voz, más afilada—. Solo un poco más —añade—. Dentro de poco llegaremos a la zona de las facciones y allí estaremos más seguros.

«Irónico», signa Bes para nadie en concreto. Los vígiles no son estúpidos o, por lo menos, no tan estúpidos como para meterse con las facciones del Errante. ¿Con la gente normal? Desde luego, adelante, tonto el último, pero imagina que las facciones, con Aquila y su grupo y los otros de su calaña, son un hueso un poco más duro de roer.

De todos modos, a Bes no se le escapa que Andras ha dicho «más seguros» en vez de «a salvo».

«Mejor si pasas tú primera», signa entonces.

Llevan un buen rato bordeando un estrecho canal y ahora deben atravesarlo, pero el puente que conduce al otro lado —de viejos maderos y clavos oxidados, lo suficientemente ligero como para poder moverlo cuando sea necesario pero bastante precario— es demasiado estrecho para dos personas y Bes supone que es mejor que Hedera pase delante.

No sabe si la repentina sacudida que han dado las sombras que les cubren indica que a la chica no le ha gustado la idea.

—He aceptado vuestra ayuda —susurra Hedera mientras trepa ágil por el puente. El brillo rojo del incendio se refleja en su piel oscura y hace que parezca de bronce bruñido—. Pero eso no significa que vaya a romperme.

Válganle los dioses, piensa Bes. Hedera le cae francamente bien, pero tendría que hacerse mirar ese orgullo suyo. Cuando la tejesombras llega al otro lado del puente, Bes se apresura a cruzarlo mientras la madera cruje de forma alarmante. El próximo que encuentren, se dice, ella lo atravesará primero y si Hedera acaba de cabeza en el agua maloliente, será solo culpa suya.

—¿Y qué va a pasar —pregunta Hedera después de haber cruzado el canal y de que Andras les dirija a través de un callejón medio oculto entre dos casas de aspecto ruinoso— una vez que hayamos encontrado a ese amigo de Andras? Me sacará de la ciudad y, entonces, ¿qué?

«Andras ha dicho que cuando se hayan enfriado los ánimos, podremos esconderte en el Buen Padre».

—Todos confiáis ciegamente en él, ¿verdad?

—¿Cómo no hacerlo? —susurra Ludo justo detrás de ella porque, evidentemente, el tejetrino las está escuchando con toda la intención de hacerlo—. Nunca nos ha defraudado.

—Siempre hay una primera vez —le corta Hedera. Delante de ellos, convertido apenas en una silueta recortada contra la luz que entra por el otro extremo del callejón, Andras les hace un gesto para que se acerquen más.

—Antes eras más divertida, ¿sabes, Hedera?

Bes falla el codazo que iba a darle a Ludo por muy poco. Si quieren que Hedera confíe en ellos, no cree que esta sea la manera.

—Y tú hablabas lo justo.

«Todo va a ir bien», acaba por signar Bes y a punto está de repetir lo que ya le han dicho tantas veces: que ahora forma parte de la familia del Buen Padre, que ahora van a cuidar de ella como de una más, pero vacila un instante, porque eso solo es una verdad a medias.

Ha ocurrido una cosa...

—¿Qué va a ir bien? —dice Sátor unos pasos más atrás. Bes prefiere ignorarlo. Sátor, en realidad, siempre se queja cuando le toca ir a la retaguardia porque es casi tan cotilla como Ludo.

Bes no tiene ganas ni energía para responderle a la pregunta porque, mientras se adentran por otro callejón oscuro y siente esas sombras de Hedera acariciándole la piel, en lo que está pensando es en esa cosa que ha ocurrido minutos antes, justo cuando se ponían en marcha para ejecutar su plan.

Lo que ha pasado es que Andras se ha acercado a Bes y le ha susurrado al oído: «Protegedla. Es importante para todos que Hedera no caiga en manos de La Corona esta noche. Muy importante. Prioritario».

Andras no le ha dado más detalles. Tampoco le ha dicho por qué ni qué es lo que hace a Hedera tan importante. *Prioritaria*. Bes confía plenamente en Andras y sabe que, como ella, el resto de los Hijos también. Pero es en momentos como este, huyendo de los vígiles mientras las llamas consumen una parte del Erran-te, cuando Bes querría —a ver, solo es un deseo. No, ni eso: un pensamiento, una sensación— que Andras compartiese de vez en cuando con ellos por qué hace lo que hace.

Nada. Solo es una opinión.

Pero, en ocasiones como esta, es una opinión que a Bes le pone de mal humor. Y teniendo en cuenta que están huyendo de los vígiles, pues ya es decir mucho.

—¡Eh! — insiste Sátor—. Estoy ahí atrás y no me entero de nada, estoy aburr...

Sátor cierra tan rápido la boca que puede escuchar el casta-ñeo de sus dientes rebotando por las paredes. Andras ha hecho una señal para que se detengan, pero es demasiado tarde y en apenas pocos segundos acaban todos apiñados en la boca del ca-llejón, todavía protegidos por las sombras de Hedera.

Suerte de tenerlas, a decir verdad, porque allí están los vígi-les, delante de ellos. Esas malditas máscaras, con sus ojos bri-llantes le van a producir pesadillas durante días y, además, la estampa que observa desde su escondrijo no es solo terrible. Es de esas que hacen hervir la sangre y que la gente piense en cosas que no gustan en La Corona como, por ejemplo, la justicia social.

Frente a ellos un hombre se agita. A Bes le suena vagamente de haberlo visto por el Errante, yendo de casa en casa durante todo el día. Quizá sea albañil, o algún tipo de cirujano o médico caído en desgracia, pero está casi segura de que es una persona más o menos decente, a pesar de que dos vígiles lo están sujetan-do por los brazos mientras el hombre grita con todas sus fuerzas.

A unos pocos pasos, otro de los soldados está apuntando con su fusil a una mujer y dos niños pequeños que se aferran aterra-dos a sus piernas. Quién sabe qué habrán hecho para merecer esas atenciones de los vígiles, aunque los dioses saben que vígiles no necesitan excusas para comportarse como bastardos. Detrás de ellos, otra pareja de vígiles entra en una casa sin tener la delicadeza de abrir la puerta antes y, de inmediato, se escucha el sonido de muebles rompiéndose. Es una estampa que ha visto ya demasiadas veces a lo largo de esta noche infernal. Los mismos gritos, el mismo terror, las mismas miradas frías de los vígiles. Quién sabe cuál es la gota que colma el vaso de la paciencia de Bes que, agazapada junto a los demás, da un pisotón.

—Calma, Bes —susurra Andras.

«Estoy calmada».

Son los niños. Cree que lo que le ha hecho hervir la sangre son los dos niños que lloran contra las faldas de su madre. El mayor no tendrá más de cuatro años, demasiado pequeño como para conocer hasta dónde puede llegar la crueldad del mundo.

Aunque ella no era mucho mayor cuando...

—Puedo quedarme aquí. —La voz de Sátor suena más que grave: suena fiera, peligrosa, en la estrechez del callejón—. Puedo entretenerlos un poco para que esa pobre gente pueda huir.

Mientras habla, le pone una mano en el hombro a Bes, como si ella no hubiera adivinado ya que Sátor acaba de ofrecerse a quedarse para que ella no se sienta tan mal. Las manos de Sátor tienen una calidez especial, como si bajo la piel siempre ardiera ese fuego suyo, y ella, por un instante, cierra los ojos.

—Tenemos que seguir avanzando —responde Andras. Él, al contrario que Sátor, no suena enfadado, sino que tiene *ese* tono de voz, el que usa cuando habla delante de las pequeñas multitudes que se juntan a escucharlo en el Bajoforo, o en el comedor del Buen Padre, cuando tratan de arreglar el mundo a gritos mientras cenan—. Hay que encontrar la manera de...

Entonces, un repentino estruendo de pasos hace que los vígiles levanten la cabeza y que la mujer que abraza a los niños los apriete más fuerte todavía. Es el bramido de botas que avanzan implacables. Segundos después, una nueva columna de vígiles irrumpe en la escena arrastrando consigo a un grupo de personas atadas.

A punto está Bes de abrir la boca, de producir algún sonido con la garganta por primera vez en mucho tiempo. Pero no lo hace. Y no porque no quiera, sino porque uno de los niños que seguía aferrado a su madre se suelta y sale corriendo. Sin embargo, el niño no ha alcanzado a dar un par de pasos cuando uno de los vígiles le da un guantazo tan fuerte que lo tira al suelo. A su alrededor, el aire se llena de gritos. Por encima resuena un alarido más alto. Es el padre del pobre niño.

—Lleváoslos —ordena el que debe ser el sargento, por el tipo de botones de oro en la pechera del gabán de cuero negro.

—Ahora —les susurra Andras—. Pasemos ahora.

El corazón de Bes, si ya antes no lo estaba haciendo, comienza a latirle todavía con más fuerza en el pecho. No sabe si es por la indignación, el enfado, la rabia o porque, es cierto, Andras tiene razón: esta es su ventana de oportunidad y no saben cuánto va a durar.

El padre del niño, entonces, el albañil —Bes está convencida, ahora sí, de que es un albañil—, se suelta de los vígiles con un rugido y da un paso hacia delante con la intención de proteger a su hijo. Pero tiene algo extraño, se da cuenta Bes. No son nervios, es algo más. Desesperación, probablemente. Tiene los ojos desorbitados, inyectados en sangre. Los cierra inmediatamente en cuanto un vígil lo golpea en la cabeza con la culata de su fusil. Después, cuando el hombre ya ha caído al suelo, se le une el resto para patearle todo el cuerpo con las botas. El hombre se cubre la cabeza con los brazos y Bes ya no puede ver mucho más porque el corro de vígiles alrededor del hombre se lo impide.

Es entonces cuando un violento destello, como si un relámpago monstruoso hubiera caído frente a ellos, hace que la noche se vuelva día.

Un instante después, una tremenda explosión lo barre todo. Todo, ellos incluidos.

TULIO

¿Qué ha sido eso? ¿Qué ha sido?

La explosión ha sonado tan cerca que a Tulio le pitan los oídos. Ha sonado como si acabara de caer un rayo a pocas calles de distancia, un estrépito descomunal, repentino, como la ira de los dioses.

Y, después, silencio, que es mucho peor que, si después de la deflagración, se hubieran escuchado gritos.

Durante un instante, los rostros idénticos del pelotón se miran, indecisos. Tulio, por un momento, ni siquiera sabe cuál de las máscaras que se refleja en las de los demás es la suya. ¿Se trata de un ataque? ¿Es una trampa? Incluso su teniente parece dudar, lo que enciende una nueva chispa de rabia bajo el pecho de Tulio, que da un paso adelante.

Se siente bien al hacerlo. En esta ocasión —aunque nadie sepa que quien ha dado ese paso es Tulio Zephir, el huérfano del Theokratés, la vergüenza de La Corona—, las miradas que se posan en él no son de desprecio o de compasión. Son de alerta.

Y el sonido de su voz pasado por el tamiz de la máscara cuando señala «¡allí!» cree que le gusta todavía más.

Una nueva columna de humo acaba de unirse a las docenas que ya se están formando por todo el Errante y Tulio da un nuevo paso pero se detiene cuando el resto del pelotón de vígiles continúa inmóvil.

—¡¿Por qué dudáis ahora?! —les grita, porque su rabia ya es más que roja, incontrolable, peor que cualquiera de esos fuegos que ha visto mientras marchaba—. ¡¿Acaso no sois soldados de La Corona?! Si tenéis miedo, regresad a vuestras casas, a esconderos debajo de vuestras camas. —Una parte de su cerebro es consciente de la crueldad de sus palabras, pero no le importa. Mucho menos cuando clava sus ojos de zafiros sobre el teniente y, luego, sobre Ennio—. ¡¿A qué habéis venido si no?! ¡¿Eh?! ¡¿A qué esperáis?!

No les da tiempo a responder. Tulio echa a caminar en la dirección de donde se ha escuchado la explosión. Irá él solo si hace falta. Le gusta. Le gusta la máscara de vígil más de lo que jamás habría imaginado. Con ella puesta puede fingir que es otra persona, que es válido, que es fuerte, que es invencible. Cada uno de los pasos que da suenan más seguros contra las tablas húmedas que conforman el suelo del Errante y, al cabo de poco, escucha con satisfacción cómo estos se multiplican. Le están siguiendo. A él. Al Hijo Salvo.

¿No era ese su destino?, piensa mientras sujeta su fusil con ambas manos a la espera de lo que vayan a encontrarse a la vuelta de la esquina. ¿No estaba escrito que Tulio llegaría lejos? Que sería un líder. Que llegaría a ser *alguien* en la ciudad de Lydos, como lo fueron sus antepasados, como lo fue su padre, como se *merece,* como *es debido.* De repente, una sensación agridulce se extiende por el pecho de Tulio, como si los últimos años hubieran sido una pesadilla y acabara de despertar.

Pero la pesadilla vuelve a materializarse cuando, tras un recodo, Tulio llega al lugar de la explosión.

—Los dioses sean misericordiosos —escucha musitar a uno de los vígiles que tiene detrás.

No es un campo de batalla, como se esperaba. Es algo peor. Un desastre natural, un cataclismo. Una sección entera del barrio ha sido borrada de la faz de la Tierra. Las casas, que ya para empezar estaban construidas con los materiales más precarios, se han derrumbado como un macabro castillo de naipes. Paredes de madera y ladrillo viejo, doblegadas y rotas en todas direcciones, cuando no han estallado en mil pedazos, dejando cascotes por doquier.

Y el silencio…

El silencio es antinatural. Porque no es un silencio fruto de la quietud, sino de la muerte.

Hay docenas de cuerpos tirados como desperdicios, las extremidades colocadas en ángulos antinaturales, expresiones de puro terror en los ojos muertos. Algunos son habitantes del Errante a juzgar por sus ropas, pero muchos otros son vígiles. Sin embargo, esos no son los cuerpos que Tulio se queda mirando, sino dos de ellos, más pequeños que el resto. Dos niños. Ellos, quizá por alguna extraña misericordia divina, parecen estar plácidamente dormidos.

A su espalda escucha un gemido horrorizado. Podría ser Ennio o podría tratarse de cualquier otro en el pelotón. Incluso podría haberlo proferido él sin darse cuenta. Inconscientemente, Tulio aprieta la empuñadura de su fusil y se obliga a respirar, concentrándose en el sonido del aire que entra y sale de su cuerpo, amplificado por el metal de su máscara.

Y, de repente, algo se mueve. En el epicentro del desastre, un hombre está de rodillas, con las manos clavadas sobre el suelo húmedo. No parece gran cosa, viste los mismos harapos que tanta gente del Errante, la misma piel castigada por el sol o por el humo de las factorías. Tiene los ojos clavados en los cuerpos de los niños y en el de una mujer destrozada que yace unos pocos pasos más allá. Cuando se acerca trastabillando, cuando con manos torpes el hombre acaricia las cabezas quietas de los niños, en los ojos no solo tiene una mirada de horror abismal, sino también otra cosa que Tulio descubre cuando el hombre, de repente, vuelve la vista hacia ellos.

Locura. Como un pozo sin fondo, como si algo horrible le estuviera devorando desde dentro y luchara por salir a zarpazos, arrastrando carne, sangre y vísceras en su camino.

De repente, el hombre se lleva las manos a la cara desencajada. Un grito se le escapa de la garganta, animal y roto. ¿Ha sido él? Se pregunta Tulio mientras retrocede un paso, aunque se odia por su cobardía. ¿Ha sido ese hombre el responsable de tanta muerte? ¿Cómo? No ve nada en sus manos que indique que sea un tejedor y, en cualquier caso, ¿qué clase de tejedor tendría un poder así? *No, no*, se repite. La culata del fusil le resbala de entre las manos sudadas. No puede ser, pero al mismo tiempo no tiene otra explicación.

—Atrás —susurra, primero para sí, aunque un instante después les hace un gesto a sus compañeros—. Atrás. Buscad refugio. ¡Rápido!

El hombre se acerca a pasos torpes, llenos de dolor, y el aire que les rodea de repente parece cambiar de cualidad. Se vuelve más áspero y, al mismo tiempo, parece más ligero. La niebla, que desde hace horas engulle el barrio, se arremolina a su alrededor y se deshace en jirones algodonosos, dejando entrever un cielo limpio y frío.

El fusil. Tulio lucha por agarrarlo con firmeza. Jamás ha disparado un arma semejante. Debería ser sencillo, sin embargo. Es solo un ingenio menor. Del mismo modo que las máscaras de los vígiles les permiten ver en la oscuridad, y sus espadas guían sus manos para que los golpes sean más certeros, los fusiles no precisan pólvora para causar daño. Solo necesita colocar una bala de plomo en el cañón y accionarlo, nada más. Debería poder usarlo a pesar del temblor de sus manos, debería…

—¡Hazlo! ¡Dispara! ¡Disparad todos! —grita de repente el teniente, que parece haber recuperado por fin la voz, aunque sea débil y llena de miedo—. ¡Vamos! ¿A qué esperáis? ¡Los dioses maldigan vuestros huesos!

Justo al lado de Tulio resuena una detonación. Uno de sus compañeros se le ha adelantado y ha disparado el fusil tan cerca de su oído que acaba sacudiendo la cabeza, aturdido. La bala se ha clavado en el hombro de su atacante. En el lugar del impacto comienza a brotarle una flor carmesí, pero no se detiene.

—¡Otra vez! ¡Daos prisa!

El aire arde. No. Es otra cosa. Le pica en la lengua. Es energía a su alrededor, desbocada, inconmensurable. ¿Quién es ese hombre? ¿*Qué* es? Quizá sea uno de esos traidores confabulados con Vetia, como ha dicho el Emperador. ¿Cuántos más habrá en el Errante? Tulio se siente en el interior de una tormenta mientras hace un nuevo intento por sujetar el fusil con firmeza, pero lo mismo que está provocando ese cambio en el aire, esa energía desbordante, hace que se le entumezcan las manos.

El hombre levanta un brazo. Al tiempo en que lo hace, el aire parece encenderse con una luz azul, fría. Entonces cae un relámpago, que deja una marca ennegrecida en el suelo de madera, y otro más, y otro, una sucesión de estallidos cada vez más violentos, cada vez más rápidos, cada vez más cerca.

Tulio es consciente de que, en unos pocos segundos, esos monstruosos rayos llegarán hasta el pelotón de vígiles y, cuando lo hagan, sus cuerpos pasarán a engrosar el número de cadáveres de la explanada. *Quizá*, piensa de repente, *esta vez su madre llore al fin por un hijo muerto.*

Por pura desesperación logra agarrar con firmeza el fusil y se lo lleva a la altura de los ojos.

—Dispara, dispara, dispara —se dice por lo bajo.

Nunca ha matado a un hombre.

Tampoco lo hace esta noche.

Justo antes de que Tulio apriete el gatillo del fusil, el cuerpo del desconocido sufre un violento espasmo, la espalda se le arquea, la cabeza se le echa hacia atrás en un ángulo doloroso, y le nace un quejido estentóreo en la garganta que comienza como un susurro pero que va creciendo en intensidad y en horror hasta que Tulio retrocede, hasta que necesita soltar el fusil y taparse los oídos. Es un grito de infinito dolor, de miedo absoluto, de desamparo.

Un segundo después, el cuerpo del hombre se desploma, tan muerto como los demás.

Todo a su alrededor vuelve a la normalidad. El aire ya no quema, la niebla vuelve a caer sobre ellos, húmeda y perezosa, y Tulio siente que sus extremidades vuelven a obedecerle.

Justo a tiempo, porque no muy lejos, entre un montón de cascotes, ve a varias siluetas moviéndose.

La mano de Tulio se crispa de nuevo sobre el metal de su arma.

—Alto —susurra apuntando a una de las siluetas. La de una joven de piel negra, de facciones orgullosas, tan hermosa, tan amada, tan odiada. De un tirón brusco, se arranca la máscara. Quiere que ella le vea la cara—. ¡Quieta! ¡No te muevas, asesina!

HEDERA

No le sorprende que esto haya acabado así: ellos dos, rodeados de caos y muerte, y separados por el cañón de un fusil.

—Quieta. No te muevas. ¡Asesina!

Hedera tiene que morderse el interior de las mejillas para no reír. Que no se mueva, dice Tulio, que no se mueva cuando a duras penas se tiene en pie. El cuerpo entero le chilla de dolor, como si los huesos se le hubieran fracturado en un millón de fragmentos diminutos y el más leve soplo de aire pudiera acabar de romperla. Los demás no están mucho mejor que ella. Están llenos de magulladuras y cortes, con la ropa cubierta de polvo y medio rasgada. Han sido los edificios que flanqueaban el callejón los que les han salvado. De no haber sido así, Tulio habría sido el menor de sus problemas.

—¿Es lo único que sabes decirme? —murmura. Todavía le falta el aliento, está agotada, agotada de tanta muerte, de esa incertidumbre que lleva días planeando sobre su cabeza. Quizá sea mejor para todos que vaya a acabar pronto—. ¿Ni siquiera un saludo de cortesía, Tulio?

—No eres más que eso: una criminal y una traidora —vomita Tulio. Su voz suena distorsionada en los oídos de Hedera, aunque bien podría ser a causa de la explosión—. Es ella. Hedera, la de los Apokros, la asesina de Jano Zephir.

Escuchan al teniente murmurar una maldición. De inmediato comienza a dar órdenes a sus hombres, que rodean a Hedera y a los demás y, finalmente, cuando ya están acorralados e indefensos, grita:

—¡Levantad! ¡Todos en pie!

—Obedeced. Dadme un segundo para pensar —susurra Andras mientras tiende una mano a Hedera para ayudarla. Al mismo tiempo, Sátor y Bes se incorporan apoyándose el uno en el otro, y Ludo...

Ludo, para su sorpresa, se pone en pie de un salto y avanza un paso hasta quedar entre ella y Tulio. Lo único que delata que está tan magullado como los demás es una diminuta mueca de dolor cuando se mueve, pero rápidamente la sustituye por una gran sonrisa.

—Ya te dije que este idiota no te traería más que dolores de cabeza, Hedera. Todo dramas, de verdad, qué pereza.

—¿A quién estás llamando «idiota»?

Es cierto. Eso le dijo Ludo la primera vez que Hedera le habló de Tulio, de su compromiso, y de cómo había ido su primer encuentro. Ludo —ese Ludo distinto, con cara de niño— arrugó la nariz y le advirtió de que Tulio la llevaría por el camino de la amargura.

Ahora Ludo arruga la nariz también. Con el paso de los años ha ido refinando el gesto, que es burlón y perezoso al mismo tiempo. Los fusiles de todo el pelotón de vígiles siguen sus movimientos, atentos.

—A ti, figura, a ti te estoy llamando «idiota». —Ludo, con un elegante gesto, se vuelve hacia Bes, Andras y Sátor—. ¿Podéis creer que estuvieron comprometidos?

—Ludo —susurra ella, mientras trata de ahogar una carcajada traidora—. Ludo, qué haces.

El tejetrino, como única respuesta, le guiña un ojo y musita:

—Un segundo. —El segundo para pensar que les ha pedido Andras, se da cuenta Hedera mientras Ludo añade—: Y ahora, en vez de creerla, estás aquí con este estúpido uniforme, en el bando equivocado de la historia, apuntando con un fusil a la chica a la que supuestamente amaste. —Ludo, porque debe de tener un instinto suicida más afilado que el de los demás, se inclina ante Tulio y, con desdén, aparta con el dedo índice la punta de su fusil. Entonces añade, con una voz sospechosamente parecida a la de Tulio—: *O amas.* —Ludo, entonces, se pone a caminar a su alrededor—. Sabes que ella no le mató, ¿verdad? A tu padre. Seguro trató de decírtelo pero, y puedo imaginar que esta tropa de aquí —continúa mientras señala al pelotón de vígiles como quien señala un montón de escombros—, y todos esos bastardos de La Corona se creen a pies juntillas lo que dijo nuestro amado, amadísimo Emperador, pero ¿tú? ¿Tú, que la conoces tan bien como yo? Mira, Hedera tiene sus defectos. Es cabezota, y no es la persona más simpática con la que te vas a cruzar en la vida. No te ofendas —añade haciendo un gesto breve de cabeza hacia ella—. Pero, si quieres saber mi opinión, no es que no la creas, es que eres tan testarudo, tan estúpido, que prefieres aferrarte a que es una criminal porque así te es más fácil aceptar que…

—¡Para! —chilla Tulio.

—Aceptar que estás rabioso con ella porque no quiso casarse contigo. Sinceramente, chica —dice para Hedera mientras menea la cabeza en un gesto teatral—. No me extraña que le dieras calabazas.

—¡Calla! —Tulio por fin explota, cada vez más fuerte—. ¡Calla! ¡Calla, te digo! ¡Calla!

De repente, Ludo agarra a Hedera de la manga del abrigo y tira de ella hacia abajo mientras les hace un gesto a los Hijos y a Andras para que le imiten.

Una piedra. Es impensable, absurdo, pero en ese momento una piedra atraviesa esa especie de herida que la explosión ha dejado en medio de las casas del Errante y, trazando una parábola perfecta, va a golpear a Tulio en la espalda, arrancándole un grito de dolor.

Un segundo después, ya no es solo una piedra, sino una lluvia de ellas las que caen sobre Tulio y los demás, que comienzan a disparar en dirección a la oscuridad que les rodea.

—¡Fuera! —escucha entonces Hedera—. ¡Fuera! ¡Dejadlos en paz!

—¡Fuera de nuestro barrio! —dicen otras voces, desde varias direcciones distintas—. ¡Largaos!

Hay gente ahí, entre los cascotes y las ruinas. Deben de haberse acercado atraídos por el ruido.

—¡Formad! —grita el teniente tratando de protegerse la cabeza de la lluvia de cascotes—. ¡Dos filas, espalda contra espalda! ¡Acabad con esta escoria! ¡Vamos, vamos, vamos!

Los vígiles, con Tulio entre ellos, tratan de obedecer como pueden, pero debe de ser difícil concentrarse cuando te cae encima un centenar de piedras. Mucho más cuando, de repente, Hedera oye a Sátor que murmura:

—Bueno. Ya me he cansado de tanta comedia. —Un instante después, se escucha un chasquido metálico. Uno de los anillos de Sátor, el que tiene forma de un león atrapado a medio rugido, al golpear con el de al lado, produce un breve chispazo y, al instante, el aire prende en llamas rojas, naranjas y verdeazuladas, que le envuelven las manos—. Vamos, jefe— musita—. Ese plan, ¿para cuándo?

—¡Un minuto! —Pese a todo, Hedera se da cuenta, da la impresión de que Andras no ha perdido la calma, incluso aunque en esa petición ella crea haber captado algo que se parece un poco a la desesperación.

—¡De acuerdo, de acuerdo! ¡Uno! —Con un gesto de manos, tan preciso como elegante, Sátor atrae el fuego hacia sí y simula apagarlo.

Pero eso no es lo que ocurre. Al contrario, Sátor inhala aire con fuerza, hinchando su descomunal pecho hasta que parece a punto de reventar. Cuando lo suelta, lo hace en forma de una monstruosa llamarada que envuelve a los vígiles. Uno de ellos, el más desafortunado de todos, echa a correr cuando los bordes de su capa se prenden. El resto vuelve sus rostros hieráticos hacia Sátor e incluso algunos, dándose cuenta de dónde está el verdadero peligro, dejan de disparar a la gente y tratan de apuntar sus fusiles hacia el tejellamas.

Antes de que puedan disparar, Sátor se lanza hacia ellos con un rugido. Es una fuerza de la naturaleza, una avalancha, una tormenta furiosa. El fuego con el que lucha llena la niebla de tonos rojizos, tan cálidos en contraste con los ojos de los vígiles. Detrás de él, Ludo se incorpora a la batalla, y, así como Sátor es una fuerza irresistible, Ludo pelea como baila, con abandono y elegancia. Tras apartar el cañón de uno de los fusiles, gira sobre sí mismo, evitando por poco una espada que corta el aire y que deja tras de sí el silbido de su paso fallido. Hedera está a punto de gritar, de abalanzarse hacia delante para protegerlo, pero Ludo, con la agilidad de un acróbata, salta usando las manos para impulsarse sobre los hombros del vígil que acaba de atacarlo y aterriza detrás de la línea de soldados girando sobre un talón para enfrentarse a ellos nuevamente, su sonrisa un desafío brillante.

Bes también se ha unido a la lucha, tan silenciosa como siempre. El suyo es un estilo de lucha distinto también. Los padres de Hedera, además de a tutores que le enseñaran sobre arte, música, oratoria y ciencia, invitaron durante unos días a la Villa Apokros a un refinado instructor de esgrima que le contó que lo más importante en una batalla es que esta sea limpia y justa.

Y está claro que Bes debió de tener un instructor diferente, porque su técnica es rápida, brutal y terriblemente sucia. Bes usa como arma unas simples bolsas de tela llenas con lo que Hedera imagina que son bolas de hierro, y las emplea para golpear rodillas, tobillos y cuellos, las partes débiles y blandas, donde puede incapacitar de un solo y preciso golpe.

Y, mientras tanto, el gran Andras, ese al que sus seguidores adoran, continúa inmóvil, mesándose el pelo, pensando ese plan que no acaba de llegar. Hedera se vuelve hacia él.

—¡A qué esperas! —chilla, enfadada—. ¿Qué haces? ¿Acaso no eres su líder? ¿No se supone que eres infalible? ¿Que siempre sabes cómo actuar?

Andras levanta la cabeza. Algunos mechones de su cabello rubio se han deshecho de la cola baja con la que se ataba el pelo y prácticamente le cubren esos ojos azules que tiene, llenos de tormentas.

Cuando va a abrir la boca, resuena un nuevo disparo y alguien de entre la gente que está apedreando a los vígiles grita, herido o incluso muerto. Un difunto más de entre las docenas que ya salpican el suelo lleno de escombros.

Hedera sacude la cabeza. Mientras una parte de los vígiles trata de sacarse a Ludo, Sátor y Bes de encima, el resto ha formado un círculo que no para de disparar hacia la multitud que crece.

Hace unos momentos, apenas eran unas pocas docenas los que increpaban a los vígiles y lanzaban cascotes. Ahora son más. Quizás un centenar y otros tantos que parecen llegar de todos los rincones como fantasmas entre la neblina, como si hubieran perdido ese miedo atávico que los habitantes del Errante tienen corriendo por las venas. La mayoría son hombres jóvenes y de expresión desesperada, pero no son los únicos. Varias mujeres mayores alternan las piedras con los insultos. Hedera también ve al que sin duda es un tabernero, con la camisa arremangada alrededor de sus grandes bíceps, y chicas jóvenes con la constitución pálida y frágil de quienes pasan más tiempo en las factorías de Piedeísla que bajo el sol.

También hay niños. Niños que ya saben que el futuro que les espera está lleno de miseria y de humillaciones y que, esta noche, de repente, han encontrado la valentía para luchar. Entonces escucha otro grito. Este no es de dolor, sino de alerta. Acto seguido, el improvisado campo de combate en el que se encuentran se llena del ruido aterrador de los pasos de los vígiles, suficientes como para convertir esta escaramuza en una batalla campal.

Y todo por su culpa.

—¡Andras! —grita Sátor, con su voz de trueno. Tiene una herida que sangra profusamente en la pierna, donde una de las espadas de los vígiles debe de haberle alcanzado—. ¡Di algo, maldita sea!

Pero Andras sacude la cabeza. Los vígiles llegan de nuevo. Un segundo escuadrón, por lo menos cincuenta o sesenta hombres más, todos armados hasta los dientes y protegidos por sus gabanes de cuero cuando… ¿qué tiene la gente del Errante además de rabia, palos y piedras?

—Intentemos escapar, vamos. Quizá podamos lograrlo entre toda la confusión…

—¿Y cuánta gente morirá mientras tanto? —pregunta Hedera de repente. Cuando Andras trata de sujetarla por la muñeca, le esquiva de un salto. Sus tobilleras aladas zumban, indignadas y listas a obedecer—. ¿Cuántas? ¿Eh? —insiste.

Cuando Andras no responde, Hedera toma una decisión.

Basta.

Basta. Cierra los ojos, arrebujándose en su viejo abrigo. El orgullo, siempre el orgullo, le ha llevado hasta este punto. El orgullo de querer permanecer en Lydos cuando lo perdió todo, el orgullo de robar a su familia como una pequeña venganza por su desprecio. Una sensación amarga comienza a crecerle en el pecho, fría y turbulenta, y se hace cada vez más grande mientras Hedera, que ya no quiere seguir luchando, que no quiere ser la causa de tantas muertes, extiende las manos.

Es fácil llamar a las sombras. Están por todas partes, sombras afiladas y grotescas que proyectan los edificios en ruinas, y los cuerpos muertos, las veletas rotas del Errante y ella misma. Tira de ellas como quien tira de un hilo finísimo, hace que crezcan, que se arremolinen a su alrededor.

En apenas un segundo la oscuridad lo engulle todo, y luego el silencio de la batalla se aquieta.

—Ya basta —dice todo lo alto que puede, tanto que al final de sus palabras la voz se le rompe—. Parad todos.

—Hedera, no… —susurra Andras.

Ella le ignora. Deja escapar el aire que tenía atrapado en los pulmones y baja las manos al mismo tiempo en que disipa esa oscuridad que lo estaba devorando todo. Al hacerlo, todas las miradas están clavadas en ella, expectantes. Las de los vígiles, las de la gente del Errante, los Hijos, Andras.

Tulio. Él también.

—Ya basta. Dejadlos a todos, ¿de acuerdo? Dejad que se marchen. Toda la gente que está aquí es inocente. Llevadme a mí.

Ignorando las protestas de los Hijos, Hedera da un paso hacia delante. Ve a Tulio dudar y, luego, mirar al teniente. Podrían seguir luchando, y ganarían, pero nadie sabe a qué precio.

Tras unos instantes en los que cree que el corazón se le va a detener de pura angustia, el sargento asiente y Tulio se acerca a ella para sujetarla por la espalda, aunque antes vuelve a colocarse la máscara como si no quisiera verla. Cuando lo hace, al instante, los ojos del ingenio, esos dos zafiros azules y fríos, se encienden con un parpadeo.

Dos luces. Se siente desmayar. Cómo ha podido ser tan estúpida.

—Tulio —susurra entonces, desesperada. Se rebate, pero él ya la sujeta con fuerza—. Tulio, escucha. Cuando murió tu padre, vi dos luces. Dos luces como las de las máscaras de los vígiles pero no eran azules, sino rojas, vi…

—Vas a pagar por tus crímenes, tejedora.

Mientras Tulio la empuja hacia el resto de los vígiles, Hedera escucha un grito. Es Andras, que acaba de lanzarse hacia los soldados con una espada en la mano. Quién sabe de dónde la ha sacado y por qué no la ha usado antes. Es un ingenio, a juzgar por el suave brillo dorado de la hoja, estrecha y de aspecto mortífero, que logra dar un tajo en el pecho del primer infortunado que se cruza en su camino.

Pero es inútil. Hay demasiados vígiles y en cuestión de segundos Andras es apresado.

—A este nos lo llevamos también —ladra el teniente.

Hedera juraría que, justo antes de que se los lleven a Andras y a ella, el líder de los Hijos tiene tiempo de signarle a Bes algo con las manos.

Mi amor:

Perdóname. Perdóname. Perdóname.

~~Estoy en V~~

Nos mandaron llamar de noche, en secreto. Doce elegidos de entre los mejores del cuerpo de vigiles, o eso dijeron. Ahora ya dudo, quizá solo necesitaban carne de cañón.

~~Vetia. Vetia es nuestro destino. Ni siquiera sabemos por qué. Vetia. ¿No hemos soñado todos con ver alguna vez la gran ciudad con sus jardines colgan?~~ Con nosotros viajan dos geólogos y nuestras órdenes son protegerlos con nuestras vidas. Eso es lo único que sabemos sobre nuestra misión y ~~Fulvia Donna, que lidera la expedición, se niega a decir nad~~

~~Estoy asust~~

~~Estoy aterroriz~~

Tengo miedo, mi amor, mi vida. Tengo miedo. Viajamos de noche y nos escondemos de día. ¿Por qué a Vetia? ¿Qué buscamos? ¿Qué tememos? Escribo estas palabras mientras, frente a mí, se extiende una gigantesca cadena montañosa. Sea lo que fuere lo que buscamos, está allí. Estamos escondidos hasta la noche, cuando reemprenderemos la marcha.

Nos han dado un fusil a cada uno. Incluso a los geólogos. Nos han dicho que nos preparásemos para luchar si es necesario.

No he podido decírtelo antes. No debería decírtelo ahora, pero Fulvia Donna me ha confiado los ingenios mensajeros con los que informa al Senado y tenía que hacerte llegar esta carta, porque prefiero ser un traidor que arriesgarme a morir y que pienses que te he abandonado.

~~Quiza no sobreviva.~~ Si eso sucede, quiero que sepas que en cada rincón de este mundo, te amo, más allá de todo.

Con todo lo que soy,

Argo

PARTE
SEGUNDA

La Dama

En Lydos, todo el mundo lo conoce como el Cenizal porque nadie recuerda ya su nombre. Aferrado al extremo occidental de Piedeisla, entre la laguna y una zona de muelles ahora en desuso, hace mucho tiempo fue un barrio de mercaderes y pequeños artesanos. Ahora, se enfrenta a la erosión del tiempo, del oleaje y del olvido.

Envuelta en una capa blanca cuya capucha le cubre toda la cabeza y tocada con su máscara, la Dama avanza sigilosa por las calles estrechas y empedradas del Cenizal, un laberinto de miseria que, especialmente en estos días de fiesta previos a la Bendición, contrasta brutalmente con la alegría del Bajoforo.

—Por favor... Llevadme con vos, por favor.

La Dama ignora a esa figura, más huesos que carne, que se ha aferrado a los bordes de su capa. La arrastra consigo unos pocos pasos y, luego, con un puntapié, se libra de ella. Después, se introduce a través de un estrecho pasaje hacia su derecha. En la calle hacia la que da, iluminada únicamente por la tenue luz de las antorchas, un arco majestuoso aunque erosionado se eleva con dignidad. Con sus barandillas de hierro semejando ser ramas de olivo, un balcón sobresale de una fachada descolorida con una puerta que apenas cuelga de sus bisagras.

En el interior, una sala redonda, las ruinas de lo que fue un gran salón de banquetes. Aquí, donde los comerciantes brindaban por su fortuna, solo quedan columnas rotas y un techo que una vez fue un lienzo para los más exquisitos frescos. La Dama observa al grupo de personas sentadas alrededor de una hoguera y, sin decir nada, se sienta con ellos. Entonces, de los bolsillos interiores de la capa, saca varias hogazas de pan de trigo y un paquete que envuelve un queso muy curado. Todavía en silencio, la Dama se lo tiende a las personas que tiene a su lado.

Por esta noche, es lo máximo que puede hacer. Pero, si todo sale según lo previsto, mañana puede que la suerte les ampare.

XIII

En el lienzo de la verdad, los desheredados

El Errante.

BES

Morirse es una mierda.

Es una frase estúpida pero eso no evita que Bes la piense de todos modos.

Es decir: en realidad, lo que Bes piensa es que, por lo menos, en La Corona los funerales son como los dioses mandan. Con plañideras. Las familias sacan sus ropas buenas, las joyas caras. En la antigüedad, los funerales de alguien lo bastante importante acababan con carreras en el circo o con representaciones en los teatros en honor al difunto para así hacerle más llevadero el paso hacia el mundo de los muertos.

En cambio, en el Errante uno se muere... y poco más. No hay grandeza ni joyas ni procesiones, y la gente que llora lo hace gratis.

Justo en este momento, por poner un ejemplo, Bes saca un pañuelo razonablemente limpio de la manga de su camisa —una prenda de hombre que le va grande y que tiene un buen número de parches y remiendos, pero que es lo más elegante que tiene— y se lo tiende a una mujer que llora a lágrima viva.

—Gracias —suspira la mujer con la vista vuelta hacia la veintena de cuerpos amortajados y perfumados que reposan sobre una plataforma de madera allí, entre el único y apaleado templo del Errante y el muelle. Quién sabe de dónde han sacado las pocas flores que reposan sobre los cuerpos, porque en el barrio no crece nada de un color rojo tan hermoso.

Bes asiente con expresión compasiva mientras echa una ojeada hacia el otro extremo de los muelles. Se ha reunido una multitud. Se cuentan por centenares, quizás incluso varios miles, y eso teniendo en cuenta que muchos se habrán quedado en sus casuchas por miedo a represalias. Y los que no se han acercado al muelle para el funeral han traído ofrendas de pan, vino y uvas secas para los difuntos, e incienso y plantas aromáticas para los vivos. A su alrededor, Bes incluso reconoce al viejo Emperador, levantando su bastón de empuñadura dorada y con un sombrero de ala ancha, distinto al que lleva siempre, que vayan a saber los dioses de dónde lo ha sacado.

La vista, sin embargo —porque no puede evitarlo, porque lleva días dándole vueltas—, se le vuelve a ir a la montaña de cadáveres amortajados.

Uno de ellos es precisamente el hermano de la mujer a la que acaba de darle el pañuelo. Es el mismo que la noche del ataque demostró un poder y un Arte tan poderosos que bordeaban lo imposible. Bes no lo habría creído si no fuera porque lo vio con sus propios ojos cuando el hombre estuvo a punto de mandarles al otro barrio.

No, claro que Bes no se ha colocado al lado de la mujer por casualidad.

«¿Qué haces, Bes?», le signa Sátor apoyado en una grotesca *bucca* que, quizá contagiada por el ambiente sombrío, permanece en silencio.

Justo en ese instante, la mujer al lado de Bes se inclina sollozando todavía más, y ella le pone un brazo alrededor de los hombros.

«Nada», signa rápidamente. Ahora ya no es solo Sátor, sino también el resto de los Hijos, al otro lado del corrillo formado por los asistentes al funeral, quienes la observan, seguramente preguntándose —y con razón— qué hace que no está allí con ellos, sino con una desconocida.

Pero Bes tiene sus razones y se las contaría con mucho gusto si, en ese preciso instante, una melodía no comenzara a llenar este pequeño rincón del Errante. Eso sí que lo tienen los funerales de los pobres, desheredados e infames, piensa Bes en ese momento: la mejor música. En este caso, es una mandolina solitaria. Quizás estaba planeado de antemano o, quizás, el músico que toca una melodía triste y lenta sea un vecino como tantos más, horrorizado con lo que ocurrió pocas noches atrás en el barrio.

A medida que se hace el silencio y la música crece, un anciano se acerca renqueando a los cuerpos tendidos en la barcaza. Había sido un alto sacerdote en La Ciudad Alta antes de que malas decisiones y peores compañías hicieran que terminara en el Errante con todos ellos. El anciano, al que todos llaman Córax aunque seguramente no sea su nombre verdadero, tiende a inventarse las plegarias y, cuando no está en el templo, mata el tiempo mendigando una copa en las tabernas de peor reputación del barrio. Sin embargo, es lo único que tienen, y con él tendrá que bastar.

A decir verdad, el anciano cumple bien con su papel. Quizá recordando tiempos mejores, habla con voz alta y melodiosa. Da gracias al Demiurgo por la vida, y ruega a los siete dioses de los difuntos que acompañen a los nuevos viajeros hasta sus dominios.

En cuanto acaba, Córax hace una seña a la multitud expectante. Alguien, desde el fondo, se acerca llevando en las manos un candil encendido.

Los muertos de Lydos son enterrados en la isla de Morithra, pero en el Errante, del mismo modo en que el único sacerdote es un borracho, tampoco tienen tierra para enterrar a sus muertos; pero a los dioses, piensa Bes, poco debe importarles que tengan que quemarlos si de verdad son tan misericordiosos como los pintan.

—¡Que vuestro viaje sea corto y a salvo! —exclama entonces Córax mientras se inclina con el candil encendido hacia la plataforma donde están los cuerpos. La madera y las mortajas empapadas en aceites aromáticos prenden enseguida, las llamas comienzan su danza voraz mientras el músico reemprende su melodía, igual de triste, igual de hermosa, pero...

Algo ha cambiado en el aire. Y no es el hedor a carne quemada —porque Bes, para su desgracia, ha asistido a muchos funerales en el Errante y siempre se ha preguntado por qué nadie menciona ese horrible detalle—. No, el cambio es sutil e intangible. Las notas de la mandolina son un poco más duras y secas, igual que lo es la voz que grita:

—¡Asesinos!

—¡Malditos! —corea otra.

Bes no tarda en descubrir el origen de esta rabia que comienza a extenderse por la gente como si de repente hubiera subido la marea. Se trata de un grupo de vígiles que han tenido la brillante idea de acercarse en este momento. Quizá, piensa Bes apretando los dientes, con la intención de provocar un altercado durante los funerales. Serían bien capaces.

—¡Fuera! —chilla una mujer, hecha un mar de lágrimas a pocos pasos de ella—. ¡Dejadnos llorar a nuestros muertos en paz!

Pronto, todos los sonidos quedan ahogados por el griterío de la gente. Ya nadie hace caso a los muertos, que siguen ardiendo en su pira, ni escuchan al viejo Córax que, levantando los brazos al aire, continúa sus plegarias. La rabia crece de un modo que Bes no ha visto nunca en el barrio, donde la gente tiene la costumbre de bajar la cabeza ante las afrentas. ¿Qué ha cambiado? ¿Qué es distinto esta vez? Ha sido el ataque, resuelve rápidamente. El ataque, inesperado, cruel y del que todavía nadie entiende el motivo, lo ha cambiado todo.

Entonces, sin previo aviso, la plataforma que sostiene la pira se hunde en la laguna con un borboteo. En los rostros de la gente, la rabia se transforma en una tristeza sin límites y los gritos se aquietan mientras los vígiles pasan de largo, impasibles. Poco después, la gente comienza a marcharse y por lo visto los Hijos también, porque Sátor y los demás le están haciendo señas para que vaya con ellos.

«Dadme un minuto», signa ella. Al fin y al cabo, todavía no ha llevado a cabo la que era su intención. Es decir: acercarse a la mujer, la que todavía tiene su pañuelo fuertemente agarrado entre las manos.

«Patras era un buen hombre», signa con expresión solemne. Tampoco es casualidad que Bes conozca el nombre del pobre desgraciado. Ya se encargó de preguntarlo aquella noche cuando, acabado el ataque, cuando en el Errante solo quedaba lamerse las heridas y contar a los muertos, Bes regresó al lugar de la explosión.

Tenía que confirmar lo que ya le había parecido ver mientras el tal Patras estaba vivo: que pese a que el hombre estaba usando algún tipo de Arte, no tenía la marca de tejedor en las manos. Y estaba en lo cierto. Cuando Bes se acercó a examinar el cadáver, que tenía los ojos abiertos en el mismo rictus sorprendido que había mostrado cuando se desplomó frente a los vígiles, no le encontró tatuaje alguno.

Sin embargo, descubrió una marca en su brazo derecho, como una herida reciente, roja y de aspecto doloroso, como si algo afilado se le hubiera clavado en la piel. No quiso darle importancia, pero lo cierto es que no puede quitárselo de la cabeza. Mucho menos ahora, cuando la mujer se le echa a llorar encima del hombro y ella se lo permite.

—Lo siento —musita la mujer, que hace amago de devolverle el pañuelo a Bes aunque ella lo rechaza con un gesto.

«No sabía que era un tejedor».

Esas palabras parecen despertar a la mujer, que de pronto da un paso atrás.

—No lo era. —Bes no la cree. No puede hacerlo. Ella estaba delante cuando el hombre murió y la mujer lo sabe. Por eso, imagina Bes, al final claudica—: ¿Qué quieres? ¿Quién te envía?

«Todos vimos lo que hizo».

Bes y muchos más vieron cómo el tal Patras usaba el Arte. Ella vio cómo se le escapaba el poder por todos los poros de la piel aunque fuera imposible: el tal Patras era un hombre pobre y la Bendición es solo para los descendientes de Lydon y de sus más fieles, es decir: para los habitantes de La Corona, no para un pobre albañil como Patras Voreo.

—Déjame. Márchate.

«Yo solo quiero...». La mujer la mira con tanta desesperación que a medio formular su frase encoge los dedos, se da unos golpecitos pensativos en los nudillos y añade: «Lamento su pérdida».

—Yo también.

Aquella desdichada pronto se pierde entre la multitud y allí se queda Bes, con la terrible sensación de que la mujer no le ha mentido pero que, al mismo tiempo, tampoco le ha contado toda la verdad.

Hedera

Una vez...

Hay cosas que no se olvidan nunca, y Hedera nunca olvidará la primera vez que escuchó el nombre de El Caído. Lo pronunció su madre con los labios apretados y una expresión de profundísimo cansancio en los ojos oscuros.

«Acabarás en El Caído», le dijo antes de girarse para seguir cuidando parsimoniosamente de sus plantas. En aquel rincón

sombrío del jardín, junto al estanque, las reinas eran las came-
lias, los rosales trepadores, y un parterre salpicado de azucenas
de río tan blancas como el mármol más puro. Tenían sirvientes
para cuidar del jardín de la villa, pero Livia, su madre, decía
que atender las plantas era lo que mejor la ayudaba a calmar
los nervios.

Para Hedera, aquellas palabras y la reprimenda que las había
precedido fueron la más tremenda de las injusticias. Trece años
tendría, catorce a lo sumo. Como siempre, sus correrías con Tulio
la habían llevado demasiado lejos. Más concretamente, hasta la
casa de un respetable vecino que vivía al final de la calle.

«Ha sido solo una broma», trató de decirle a su madre. «Ha
sido Tulio el que me ha retado a entrar en casa de Helión y
cambiar la hora de todos esos relojes que colecciona. Que, en
realidad, ¿cuántos relojes de pared necesita realmente una persona norm…»; pero su madre no paraba de repetir el nombre
de El Caído como una letanía mientras meneaba la cabeza.

Y resulta que, aunque con unos pocos años de retraso, tenía razón y Hedera ha acabado en este lugar abandonado por
los dioses.

Durante un tiempo hubo cuatro colosos protegiendo las
aguas de la laguna de Lydos. Cuatro estatuas gigantescas en
cuya construcción habían perecido docenas y docenas de orfebres, aunque valió la pena. Con su formidable fuerza, con sus
escudos y espadas, habían detenido flotas enteras de invasores.
Sus ojos, llenos del fuego de la vida, habían servido de faros
para los mercaderes. Ahora, el coloso del norte está completamente hundido en las aguas de la bahía. El del este, dicen las
leyendas que hace más de un siglo decidió que la ciudad ya no
era digna de su protección y se marchó. El del sur, fiel, todavía
vigila el puerto de Lydos y su gran mercado.

Cuando el Don que le dotaba de vida se extinguió, el
que quedaba permaneció patéticamente tumbado, y de él ya

solo asoman la cabeza, los hombros y parte del abdomen. Allí, en el interior de los restos de ese gigante vencido, han ido creciendo las celdas de la cárcel, como lapas en el casco de un barco. Un lugar de historia oscura y terrible en el que olvidar a aquellos que Lydos decide como demasiado indeseables, incluso, para el Errante. Los pocos guardias que hay, tan mal pagados y tan asqueados que también parecen presos, solo aparecen para repartir comida y llevarse a los heridos o, más a menudo, a los muertos a tierra firme.

Hedera se agarra a los barrotes que la separan del exterior. Sus primeros días en El Caído los ha pasado encerrada en una celda infecta y fría pero hoy, sea por misericordia o por recordarle la libertad que ha perdido, la han dejado salir al patio junto al resto de presos.

Es un castigo, decide al fin mientras apoya la frente en los barrotes húmedos y observa las aguas de la laguna. Una sutil tortura, tenerlos aquí hacinados cuando les rodea un mundo tan gigantesco.

—Niña. Oye, niña… —Hedera sabe que se dirigen a ella y, precisamente por eso, se esfuerza por no levantar la mirada. Se llama Límax y es uno de los que, como ella, están dando el paseo de rigor por el patio, que ocupa todo el hombro abierto del coloso—. Niña, oye, ¿qué ocurre? ¿Por qué no sonríes un poco?

—Sonriendo estás más bonita —dice otra voz, mucho más dulce de un modo que a Hedera se le erizan los cabellos cortos de la nuca. Es dulce la voz, sí, pero el tipo de dulzor de la miel que se usa para atrapar moscas incautas. Es otro hombre, de rostro imposiblemente hermoso, pero a Hedera no le engaña. Hay algo en él, algo animal y cruel que le revuelve el estómago.

—Ya basta.

Cuando interviene la tercera voz, las otras se callan de inmediato. Incluso parece que el resto de los que están paseando con ellos se aquieten también. La voz de Andras, Hedera lo sabe bien, suele tener ese efecto en las personas.

—Yo solo… —comienza a protestar Límax hasta que se detiene cuando su compañero le da un codazo y ambos se alejan bajo la mirada de Andras.

Él también ha acabado aquí, junto a, como poco, una docena de vecinos del Errante. Andras, el infalible. Andras, el que siempre tiene un plan preparado, qué irónico. El líder de los Hijos se le acerca un paso. Quiere ser un gesto tranquilizador. Un «te cubro las espaldas» o un «¿estás bien?». Hedera solo abre la boca y luego la cierra, con una batalla dentro del pecho. Por un lado, está enfadada. Más: furiosa, con una rabia como magma en las venas por todo lo que ha ocurrido, por la injusticia de su situación, por que Andras fuera incapaz de trazar un plan para que ella pudiera escapar y porque ha acabado en este agujero, más sola y asustada que nunca.

Por el otro lado, Andras ha acabado en este miserable lugar, entre paredes de bronce llenas de hollín y garabatos hechos por presos largamente olvidados, por su culpa.

Lo peor, piensa Hedera, *lo peor de todo es que él ni siquiera parece enfadado.*

—Gracias —susurra al fin. Su conversación debería haber acabado aquí si, como siempre, Hedera hubiera dejado que su orgullo y su cabezonería la dominaran, pero esta vez es distinto. Y, quizá porque el orgullo de poco le ha servido o porque está cansada de mantener la cabeza alta, añade—: Oye.

Andras se detiene y un segundo después se le acerca. A Hedera no se le ha pasado por alto que camina como un héroe o un rey, como si todo lo que le rodea fuera suyo.

—Dime.

—Mira… —susurra Hedera muerta de vergüenza cuando se da cuenta de que Andras lleva varios segundos esperando a que hable y ella se ha quedado mirándolo fijamente—. Lo siento. Todo esto —musita con más brusquedad de lo que pretendía. Mostrarse vulnerable nunca ha sido su especialidad.

Se aparta un paso esperando a que Andras sea magnánimo y responda con un asentimiento de cabeza para acabar con su miseria. En cambio, se pone cómodo, entrelaza las manos en la coronilla, y casi podría decirse que sonríe.

—¿Es tu primera vez?

Hedera arquea una ceja.

—¿En un agujero infecto como este? Sí. ¿La tuya? —No le sorprende en absoluto que Andras menee la cabeza—. ¿Se está tan bien aquí que te dieron ganas de presentarte voluntario o cómo funciona esto? —Es consciente de que las palabras le han salido como cuchillas, pero hay costumbres difíciles de abandonar. Sin embargo, Andras no debe de haberse ofendido, a juzgar por la carcajada que se le escapa.

—Me han encerrado antes, pero hasta ahora no había sido lo bastante importante como para que me trajeran aquí. Este es un honor nuevo. —A Hedera, quizá por pura simpatía, se le escapa media risa amarga. *Honor.* En el poco tiempo que lleva aquí ha tenido la desagradable oportunidad de conocer al tipo de gente que acaba en esta cárcel de pesadilla: criminales de la peor calaña como Límax. Asesinos y cosas peores. Los mismos que ahora caminan por el patio o se reúnen en pequeños corrillos lo más lejos posible de los guardias.

—Con los simples calabozos, en cambio, soy un experto. —Debe de ver la pregunta en los ojos de Hedera porque añade—: A La Corona no suele gustarle la gente que dice verdades. No te sientas culpable por lo que ocurrió en el Errante. Si realmente hubieran querido ir en tu búsqueda sin causar ningún daño, lo habrían hecho.

—Ah, gracias. Que no me sienta culpable. No lo había pensado.

Andras sacude la cabeza. En unos pocos pasos se acerca a los barrotes que les separan de la laguna, y apoya la mano sobre el metal rugoso.

—Estás enfadada, ¿verdad?

—No sabes nada de mí —responde mientras Hedera comienza a arrepentirse de haber iniciado esta conversación, porque Andras tiene razón. Si pudiese, gritaría. De frustración, de rabia, aunque Andras se equivoca en una cosa: no está enfadada por haber acabado en El Caído, o por las insinuaciones y las burlas de gente de la calaña de Límax. Ni siquiera está enfadada porque la hayan acusado de un asesinato que no ha cometido. No. Su rabia empezó a consumirla antes, mucho antes, antes incluso de que se convirtiera en tejedora.

—Yo también estuve enfadado. —Como puede, Andras se acomoda contra la pared cóncava del patio. Hedera no está segura, pero le parece un gesto estudiado, consciente—. Un tiempo.

Hedera cambia de postura. Se incorpora. Qué sabrá Andras. Qué sabrá Andras de ella, de su vida, de la rabia, de las traiciones de ida y vuelta, de la soledad. Del miedo. Qué sabrá Andras para creerse con derecho a darle lecciones de nada. Ella no forma parte de los Hijos. No lo ha sido y no va a serlo nunca.

—Y ¿qué? ¿Luego te iluminaste? ¿Encontraste tu propósito en la vida?

Por qué pregunta si ya sabía que Andras haría una mueca antes de responder:

—Sí.

Una cosa hay que reconocer: en El Caído, la comida es infecta y la compañía muy mejorable, pero ¿la acústica? La acústica es una maravilla, porque la carcajada que suelta Hedera hace que el guardia más alejado de donde están, el que vigila sobre la cabeza del coloso, vuelva la vista hacia ellos.

—Y ahora vas a decirme que yo podría seguir el mismo camino. Encontrar un propósito…

—Desde luego que no. —Cómo está odiando Hedera el tono sereno, tranquilo, de Andras. No puede entenderlo. No. Distinto. No *quiere* entenderlo. También odia, casi con la misma pasión, que la sola presencia de Andras parezca apaciguarla por mucho que ella se resista—. No es mi lugar decirte esas cosas. Como ya hablamos, la decisión es enteramente tuya.

—¿Me ofreces una causa? ¿Aquí? ¿A mí?

—¿*Quieres* una causa, Hedera?

—No —dice tras mucho pensarlo—. Y, para la próxima vez, no necesito que me defiendas.

No quiere mirarle a esos ojos tan claros porque sabe que se sentirá todavía peor, así que Hedera vuelve la mirada a los barrotes y al horizonte más allá. Ni siquiera se gira cuando escucha un revuelo. Los vígiles han entrado en el patio, fieros y distantes, para llevarse a los presos. Es hora de cenar.

—No lo hago porque lo necesites —susurra Andras mientras se aleja—. Lo hago porque es lo correcto.

BES

Hay personas a las que les gustan los misterios, los rompecabezas y cosas así. No a Bes. A Bes, que por norma general es una persona simple —que no estúpida. Solo un estúpido pensaría eso—, le gustan las cosas sencillas. Le gusta pensar en línea recta y encontrar las soluciones a sus problemas con facilidad. Sin embargo, por desgracia para ella, últimamente tiene más enigmas en el plato que los que se puede comer.

El paradero del dichoso Cícero Aristeón, por ejemplo, ese viejo Theokratés de Lydos. No tiene nada. Ni una pista. Cero. Por lo que tanto ella como los Hijos saben, si el viejo no se tiró por el acantilado como cuentan las historias, desde luego debió hacer lo que haría cualquier persona medio inteligente: largarse de Lydos con viento fresco.

Justo antes de que se llevaran a Andras, este le recordó, mediante su lengua de signos, que lo encontraran. Y Bes sospecha que, si se tomó el tiempo para hacerlo, es que buscar al antiguo Theokratés debería ser una prioridad.

Segundo misterio: ¿por qué el Senado acusó a Hedera de ser una agente de Vetia? A Hedera y, claro, a medio Errante. Hace cien años que hay paz y, para ser sinceros, por mucho que en La Corona se llenen la boca con el poder y la gloria de Lydos, Bes no tiene claro cuál de las dos ciudades ganaría ahora si se enfrentaran. Podrían estar simplemente equivocados pero, claro, Andras siempre dice —y Bes está de acuerdo con él— que el Senado de Lydos no hace nunca nada al azar.

También dice que, haga lo que haga el Senado, los humildes sufren, y en eso Bes también coincide con él.

Tercer misterio, piensa mientras mira a su alrededor. De la pira funeraria no quedan más que cenizas y unos pocos pétalos de ese rojo imposible flotando en el agua. La mayoría de la gente, incluidos los Hijos, se han marchado hace tiempo. Bes no sabe por qué se ha quedado a limpiar de desperdicios la zona de los muelles y a repartir entre los más necesitados el pan que los vecinos han traído como ofrenda, aunque tiene la fuerte sospecha de que lo está haciendo para no pensar demasiado.

Pero no le ha servido de nada.

Al final, deja escapar un suspiro. No se rinde, pero bien tiene que descansar un poco y comer algo. Además, está anocheciendo. A estas horas el bullicio de las tabernas, las casas de juegos y de los corrales de peleas de gallos debería ser omnipresente, pero desde el ataque, los vecinos han decidido continuar el duelo dentro de sus casas y poca gente se ha acercado desde la isla.

El único lugar donde Bes encuentra un poco de vida es, precisamente, en el Buen Padre.

Gritos, de hecho. Cada vez más ensordecedores. Bes se preocuparía si no fuera porque enseguida reconoce la voz de Ludo —seguro que está usando su Arte— por encima de todas las demás. Y Ludo es... bueno, lo primero que hay que dejar claro es que Bes quiere a Ludo como a un hermano, pero como hermano suyo que prácticamente es, hay que reconocer que es un poco... «dramático» no sería la palabra. «Pasional», quizá. Ludo siempre lleva las emociones a flor de piel, igual que a veces se pone todas esas campanillas y cascabeles, las buenas y, para desgracia de los oídos del resto de Hijos, también las malas.

—¡¿Y se puede saber qué demonios estamos haciendo aquí, sentados y esperando como idiotas?! —grita el tejetrino y luego escucha—: ¡No! ¡Que se tranquilice tu madre!

Bes deja escapar un suspiro mientras sube por la última pasarela, la que conduce a la cubierta del barco. Las dos grandes puertas del vestíbulo están abiertas, dejando entrever las columnas de madera pintada y las bestias de yeso que lo decoran y, todavía más allá, a los pies del escenario, los Hijos. A la derecha, Ludo, con Boro y Rufio sujetándolo por los brazos cuidándose de no quedar frente a él, como si fuera el león más pequeño del mundo. A la izquierda, Sátor, con todos los demás parapetados tras su imponente figura. Crujiéndose esos nudillos que lleva repletos de anillos, Sátor da un paso adelante con una sonrisa burlona:

—¿Y qué hacemos, Ludo? ¿Te llevamos allí para que les cantes una serenata a los guardias y, compadecidos por tu talento, nos saquen a Andras en volandas?

No solo ha puesto Bes un pie en el patio de butacas donde están reunidos, sino que se ha colocado prácticamente en el medio y signa:

«Tranquilidad, chicos».

Como si sus propias palabras supieran el destino que les espera, se disuelven en el aire tan rápido como han aparecido.

Tenía que ocurrir tarde o temprano. Ludo tiene muchas virtudes, pero la paciencia no es una de ellas y la contención, Bes diría que tampoco, y desde que los vígiles se llevaron a Andras, el tejetrino se ha pasado los días por el Buen Padre como un ejército listo para marchar a la guerra. Ni siquiera ha ido hoy al funeral.

—Teniendo en cuenta que el único que podría lanzarles fuego resulta que hoy prefiere jugar al pacifista, ¿por qué no?

«¿Podríais dejar de gritaros?», signa Bes, en vano. Bes odia los gritos. Una de las principales razones para odiarlos es que, claro, ella no puede corresponder con la misma moneda. La segunda es que cuando hay gritos, hay mal humor, y, cuando hay mal humor, a Bes le entra dolor de cabeza.

Elina, que se ha acercado a Ludo, rodeada de todas esas burbujas de agua y jabón que siempre la siguen y que logran alcanzar colores inimaginables, le pone una mano en el hombro.

—Ludo, todos estamos preocupados...

Ágil como una pantera, Ludo se gira para quitarse la mano del hombro.

Bes, que aunque jamás lo reconozca, también tiene la cabeza tan dura como sus dos amigos, insiste:

«Chicos, realmente...».

—¡Claro que sí! —jadea Ludo. Entonces, toma aire con fuerza, Bes se da cuenta de que ahora viene el huracán—: Apuesto a que ni podéis dormir de la preocupación. ¡Cobardes! No os merecéis a Andras. ¡Ninguno! ¡No merecéis que os salvara, que os acogiera en el Buen Padre! ¡No os lo merecéis!

Ese ha sido un golpe bajo, incluso para Ludo. Porque lo que ha insinuado Ludo es que cualquiera de los Hijos sería capaz de olvidar lo que Andras ha hecho por ellos.

Como Bes esperaba, el teatro flotante se llena todavía de más gritos. Y de una llamarada de frustración que escapa por la ventana.

Y Bes lo entiende. Entiende la ferocidad de todos, la de Ludo, la de Sátor, porque todos creen estar haciendo lo correcto. Entiende por qué Ludo ahora se inclina hacia delante y chilla con los ojos llenos de rabia, y por qué Sátor levanta las manos como si se rindiera en un gesto lleno de sarcasmo. Están asustados. Todos llegaron solos, repudiados y rechazados al Buen Padre, aquí encontraron un nuevo hogar, y perder a Andras es, en cierto modo, como quedarse huérfano de nuevo. Pero de veras, de verdad, jurándolo sobre la tumba de Lydon el fundador, que el dolor de cabeza la está matando y odia, *odia* cuando nadie la escucha.

Va a intentarlo por última vez. «Chicos», signa casi interponiéndose entre Sátor y Ludo, que la ignoran completamente.

Bes, por precaución, siempre tiene su honda preparada y ya la sostiene en una mano, y en la otra un pedazo de yeso que quién sabe cuándo se ha desprendido del techo. Con un rápido gesto de muñeca, hace girar el fragmento de yeso y lo lanza hacia arriba, hasta que choca con la vieja lámpara de araña que, en días de función, ilumina el centro de la platea.

Cuando una finísima lluvia de polvo y fragmentos de cera vieja se les caen encima, por lo menos Sátor y Ludo se callan.

«Si continuáis gritando así, vamos a atraer a todos los vígiles del Errante. Y, luego, ¿qué?».

—Si no fuerais una panda de cobardes no tendríamos que gritar. —La frase de Ludo es veneno puro.

—Vuelve a llamarme «cobarde»... —sisea Sátor.

—Co-bar-de... —Ludo paladea cada sílaba sin apartar la vista de los ojos del tejellamas. Incluso sonríe y, al acabar, se pasa la lengua por entre los dientes.

Y, claro, pasa lo que tiene que pasar: que Sátor se echa hacia delante con la intención de pegarle a Ludo un puñetazo en los

290

morros, cosa que no llega a suceder porque Bes se pone en el medio y tanto Sátor como Ludo saben que, si la paciencia de Bes —que aunque es mucha tiene un límite— se acaba, puede que pasen la noche a la intemperie.

Por eso Sátor, después de dar un paso atrás, termina golpeando uno de los asientos de la platea justo antes de girarse hacia Ludo:

—Si Andras hubiera querido que lo sacáramos de El Caído, nos lo habría dicho. Sin embargo, lo que nos pidió fue que buscáramos a Cícero Aristeón, ¡y eso es lo que estamos haciendo!

—Ah, sí —responde Ludo fingiendo que se limpia las uñas contra la camisa que lleva—. Un trabajo estupendo, realmente.

A estas alturas, Elina, que sin lugar a dudas es la que más paciencia tiene de todos los Hijos, debe de estar harta porque Bes nunca la había escuchado hablar en el tono con el que responde:

—Tampoco es que tú hayas movido un dedo, ¿eh, Ludo? Gran esfuerzo el tuyo también.

«Ya basta», signa por fin Bes, todavía en el centro. «Andras siempre nos avisa cuando es momento de actuar».

—Pero ¡¿es que no os entra en la cabeza?! —grita Ludo de nuevo, ahora sobre el escenario—. ¡Está encerrado en El Caído! ¿Cómo se supone que va a contactarnos?

En el silencio que llena el teatro después de los nuevos gritos de Ludo, Bes signa con toda la calma que puede:

«Pensemos. ¿Cuándo nos ha fallado Andras?», mientras signa estas palabras, va girándose para mirarlos a todos, tratando de reprimir, no uno, sino al menos dos suspiros de entre exasperación y frustración. «¿No nos sacó a todos del puerto la primavera pasada?». Se habían colado en los almacenes donde los patricios de la Corona acopiaban toneladas de trigo mientras la gente pasaba hambre y, tras abrir las puertas para que la multitud furiosa se sirviera, llegaron los vígiles y Andras los sacó de allí por una puerta lateral que no conocía ninguno. «¿No salimos indemnes en los disturbios de otoño?». Esa fue buena también. Como era habitual, los ánimos se crisparon tras las carreras del circo, hubo disturbios en las calles alrededor del hipódromo, y ellos estaban allí. Se habría convertido en una ratonera si no fuera porque Andras llegó y comenzó a dar órdenes a diestro y siniestro. La gente le obedeció. «¿Y a ti, Ludo?», continúa Bes a sabiendas de que no debería, de que lo que está a punto de decirle a Ludo va a ser como un bofetón en el orgullo. Se muerde la lengua, pero sus manos vuelan. «¿Te falló Andras cuando trataste de timar a los Alas Doradas jugando a los dados y quisieron romperte las piernas como escarmiento?».

Andras también supo qué hacer entonces.

Solo por cómo mira Ludo a estas últimas palabras que han aparecido entre ambos, Bes sabe que, si no del todo, un poco se ha rendido. Andras no se equivoca. Andras siempre tiene un plan. Y esta vez no tiene por qué ser distinto.

Finalmente, Ludo da un paso atrás. Tiene mirada de animal acorralado, el blanco de los ojos rodeando unas pupilas demasiado oscuras. Sí, ha sido un golpe bajo recordarle a Ludo que Andras le ha sacado las castañas del fuego más de una y más de dos veces, pero también han sido un golpe bajo las palabras de Ludo contra los demás. Ojo por ojo.

—Es inútil razonar con vosotros —escupe al final—. Os dejo con vuestras conciencias, que os sean de buena compañía.

Salta con una pirueta desde el escenario y, desde la puerta, les hace un gesto con el dedo corazón, un gesto que, desde luego, no aprendió de sus tutores privados cuando vivía en La Corona, sino en las tabernas de peor reputación del Errante. Sátor hace amago de seguirle con un rugido, pero Bes se interpone en su camino.

«Deja que se vaya. Que se le enfríe la cabeza en otra parte».

—Se calmará antes si le tiro de cabeza a la laguna —mascula el tejellamas tratando de esquivar a Bes, pero ella vuelve a bloquearle el paso. Sátor está enfadado. Más que eso, ha llegado a ese punto que Bes conoce bien, el punto en que se le ponen las mejillas rojas y las manos se le mueven, ansiosas por usar su Arte, pero ahora lo último que necesitan los Hijos son más conflictos.

«Para, ¿quieres?». Bes mira también a los demás, que poco a poco se han ido acercando los unos a los otros, como buscando calor y apoyo. «Parad todos. Puede que Ludo esté equivocado». Al leer ese «puede», Sátor deja escapar un bufido, pero Bes continúa: «Pero tiene razón en que todavía tenemos que encontrar a Aristeón. Eso es lo que nos pidió Andras y eso es lo que debemos hacer».

—Quizá no te hayas dado cuenta, pero hemos estado un poquito ocupados. Ya sabes, enterrando a los muertos y apagando incendios —le espeta Sátor. Bes sabe que no está *realmente* enfadado con ella, sino con la situación en general, y que esos gritos y esa actitud son su modo de enfriarse, pero lo odia igualmente. Si no lo quisiera tanto, le haría tragarse sus dichosos anillos.

Por el momento, Bes se conforma con pincharle con un dedo ese pecho tan amplio y fuerte que tiene hasta que retrocede un paso.

«No digo *ahora* en este preciso instante», insiste. «Pero tenemos que levantarnos de nuevo, organizarnos y volver a peinar el Errante, Piedeísla, lo que haga falta hasta encontrarlo. Eso es lo que Andras querría...».

—Yo puedo ir —la interrumpe Vix—. Puedo salir ahora mismo, no me importa.

El que faltaba. Bes habitualmente trata de mediar entre Sátor y su hermano cuando este último intenta participar en sus misiones, pero esta vez el chico puede que haya elegido el peor momento, justo cuando Sátor sigue frustrado y nervioso, así que no puede hacer nada para evitar que el tejellamas se vuelva hacia su hermano.

—¡No! ¡Basta! ¿Es que no te entra en la cabeza, Vix? ¡Es peligroso! ¡Ya no estás en La Corona donde no pasa nunca nada! ¿No lo entiendes? No, en realidad, no quieres entenderlo. —Sátor da dos pasos hacia Vix, todo furia contenida y voz de trueno, y ahora Bes sabe, porque conoce a Sátor y sabe lo idiota que se pone cuando pierde los papeles, que va a añadir una estupidez—: Esto es lo que tú quisiste. Ahora no se pueden cambiar las reglas.

Ahí.

Exactamente eso era lo que se estaba temiendo Bes. Una frase que hace que Vix se marche enfadado y que Sátor, pálido, comience a arrepentirse de inmediato, pero es demasiado cabezota para ir tras él y pedirle perdón.

De allí donde están los Hijos, proviene una tosecilla incómoda y luego media risita burlona que, con toda probabilidad, habrá proferido el gracioso de Boro. Es lo único que necesitaba Bes para decidir que no quiere estar aquí en este mismo instante, y que le irá bien tomar el aire o acabará por mandarlos a todos a la porra.

«¿Por qué no vais todos a los camarotes? Ha sido un día muy largo».

Algunos asienten aliviados, como si las palabras de Bes de algún modo les dieran la excusa para poner fin a este día horrible, pero Sátor chasquea la lengua.

—Yo me voy a La Herradura.

«Pásalo bien».

—Desde luego que lo haré.

En cuanto Sátor abandona el barco a zancadas largas y con la cabeza baja murmurando para sí, parece que en el Buen Padre hiciera mucho más frío, pero por lo menos se hace también la tranquilidad. Los Hijos comienzan a desfilar hacia sus camarotes y Bes hacia la salida.

Sí, se repite. Está agotada, pero sabe que si se metiera en la cama no pegaría ojo, así que decide que va a internarse de nuevo en el Errante, volverá a preguntar una y otra vez hasta que alguien le dé una pista sobre dónde encontrar a Cicero Aristeón. Solo hay un pequeño problema: cuando sale del Buen Hijo por la puerta que da a la cubierta principal, Bes ve una figura medio escondida bajo un manto oscuro que, al escucharla llegar, se vuelve hacia ella.

XIV
En susurros y tumultos, buscamos respuestas

Hacia el Mirlo.

LUDO

Ludo es un mentiroso. Es un fraude. Tiene todos los defectos del personaje que suele interpretar en las obras de teatro que a veces representan en el Buen Padre: el joven pícaro, el que provoca los entuertos y siempre acaba deshaciéndolos, pero no tiene ninguna de sus virtudes.

Ludo ha escapado del barco como un ladrón, por la portezuela que queda al fondo de la cocina, y de allí ha saltado a la plataforma siguiente, renqueando, como si las palabras de Bes hubieran sido cuchillos que le han rasgado la piel. Sobre todo porque, aunque no quiera reconocerlo, sabe que su amiga tiene razón. Ludo *sabe* que Andras tiene un plan, que tarde o temprano saldrá de El Caído, pero eso no hace menguar ni el dolor ni la impotencia ni la rabia ni el miedo.

Pierde pie cuando trata de saltar hacia la siguiente plataforma, donde «La Taberna del As» y «La Tramposa» siguen cerradas a cal y canto. Se ha levantado un fuerte viento del oeste que agita al unísono los centenares de veletas en tejados y torreones. Las barcazas del Errante chocan entre sí con una sinfonía de crujidos de madera y del chirriar de los remaches de hierro. Miríadas de esferas luminosas que iluminan barandillas, tejados y torreones, se sacuden violentamente, tan violentamente como cae él, de rodillas sobre la madera hinchada de humedad, clavándose astillas ásperas de sal bajo la piel.

—¡Así los Siete no se los lleven nunca a los campos de luz! —maldice Ludo por lo bajo mientras se incorpora. La voz ronca, la nariz tapada por culpa de un llanto de rabia que no acaba de salir. Por encima de su cabeza escucha un crujido. Su maldición habrá llamado la atención de algún vecino que, asustado, se habrá asomado a mirar por la ventana.

Los Hijos suelen hablar de sus vidas antes de la Bendición. Las villas y los palacios, las sedas, los viajes, los tutores privados y los futuros brillantes. Al fin y al cabo, como siempre se dice, a la miseria le gusta la compañía, y muchas veces el vacío de esa pérdida es más fácil de llenar estando juntos. Y siempre que eso ocurre, cuando comparten historias, Ludo es el que ríe más fuerte, el que tiene más veneno en la voz, el que más reniega de su antigua vida. Para cualquiera que tenga la paciencia suficiente, podría parecer que, para Ludo, haberse convertido en tejedor ha sido lo mejor que le ha pasado en la vida.

Porque, como bien sabe de sí mismo, es un farsante. Y sus bromas y su despreocupación, que siempre parecen salirle tan naturales, son solo parte del personaje.

Es el secreto mejor guardado de Ludo, el tejetrino, el Hijo del Buen Padre, antes Ludo Kairós.

Sería una pena. Quizá no por ti, que acabaría tu miseria, pero sí para todos los demás.

Ludo recuerda esas palabras con tanta claridad que Andras mismo podría estar frente a él, diciéndoselas en voz alta de nuevo.

También recuerda, mientras llega por fin al extremo norte del Errante, dónde y cuándo se las dijo: fue una noche de tormenta prácticamente un año atrás, entre olas monstruosas y relámpagos. Ludo se detiene. El corazón le va a estallar, pero se obliga a observar la isla frente a él, iluminada como siempre por una constelación de luces de colores cálidos, que suavizan el frío del mármol y el oro, y que hacen que la ciudad parezca un lugar más amable de lo que realmente es. No le es difícil localizar un punto en concreto de La Corona, un fragmento familiar de arquitectura. La Villa Kairós, casi en lo más alto de la isla. ¿Estarán sus hermanos dormidos? ¿Estarán celebrando una fiesta, como tantas otras que tienen lugar día sí y día también los días previos al ritual?

Ludo escupe en el agua revuelta de la laguna, mientras murmura otra maldición entre dientes, y continúa moviéndose hacia el norte. Pronto, la música llega a sus oídos. El Errante no está muerto, no todavía. Algo late no muy lejos de allí.

La música proviene de una construcción de maderos viejos y la misma piedra porosa y ligera que conforma los acantilados que bordean la laguna, dos plantas sostenidas con elegantes columnillas de mármol color esmeralda construidas alrededor de un patio en el que crecen los naranjos y los jazmines. No, el Errante no está muerto, solo a la espera de tiempos mejores, y hasta que estos no lleguen, siempre habrá lugares dispuestos a endulzar la espera con jarras de vino rebajado con miel y pasteles de almendra. Lugares como «El Mirlo», que le debe su nombre a la veleta en forma de pájaro cantor que corona la puerta principal. El aroma de los árboles en flor es tan intenso que parece que podría emborracharse con solo respirar y la música, a manos de un pequeño conjunto armado con flautas, címbalos y panderos, lucha por competir en volumen con las conversaciones de las personas que ocupan el jardín.

Cuando Ludo cruza el arco de la entrada, ya tiene la sonrisa de siempre en los labios y la cabeza alta. Las campanillas que lleva cosidas a la camisa que se ha puesto hoy resuenan al son de sus pasos, otra vez convertido en ese personaje que es como su segunda piel. Porque, por mucho que ría, que haga ese gesto con la mano como espantando los malos recuerdos, por mucho que le guiñe el ojo a la gente que pasa y por mucho que de sus labios salgan comentarios jocosos y seductores, lo cierto es que la primera noche que Ludo pasó como tejedor, pensó que un abismo se abría a sus pies.

Y la noche siguiente, cuando regresó como un ladrón a La Corona y durmió acurrucado frente a las puertas cerradas del que había sido su hogar. Pasó los días siguientes suplicando que le recibieran de nuevo. Estaba asustado. Perdido. Juró que viviría como un sirviente, como un esclavo, que bailaría y cantaría para ellos hasta caer extenuado si le permitían regresar.

Solo las amenazas y luego una paliza de su hermano Blasio lograron que regresara lamiéndose las heridas al Errante. Le habían arrebatado su pasado y no veía ningún futuro. Solo el abismo que noche tras noche se abría más grande, más profundo.

HEDERA

Hedera no sabe a quién se le ocurrió construir el gran comedor de la cárcel en el abdomen de El Caído, justo allí donde debería estar su estómago, pero fue una decisión estúpida. Esta parte de la antigua estatua está apenas unos pies por encima del agua, así que el olor a excremento de gaviota y a algas recalentadas por el sol se une al de la comida infame haciendo que se le revuelva el estómago. Aunque, bien mirado, quizás esté hecho a propósito. Una especie de metáfora en la que los presos no son más que pobres víctimas devoradas por el gigante.

—¿No te lo vas a comer? —Levanta la mirada. Tiene al lado a una mujer flaca. Más que flaca, famélica, como si algún mal la estuviera consumiendo por dentro—. El pan —insiste la mujer, que no la está mirando a ella. Ni siquiera mira la rebanada de pan mohoso que Hedera ha apartado a un lado, sino a la mesa donde Andras... *está*.

Solo eso. *Está.*

Andras, con la espalda medio encorvada sobre un plato de caldo con cosas flotando dentro —legumbres y verduras, se supone, aunque tan hervidas y recalentadas que han perdido todo color y textura reconocibles—, y habla con voz tranquila. No usa aspavientos ni artificios, como tantos charlatanes que los domingos por la tarde lanzan sus diatribas desde los soportales del Bajoforo, entre bailarines que cobran la voluntad, mendigos, y abogados de una moneda de cobre la hora. Andras habla de tú a tú y lo más importante, piensa Hedera, también escucha. Así, los bancos a su alrededor están abarrotados y quienes no han podido sentarse en un banco lo hacen directamente sobre las mesas. Incluso los guardias, aunque intenten disimular, parecen estar escuchando desde sus rincones.

Hedera acaba tendiéndole la rebanada de pan a la mujer que, sin darle las gracias, corre a hacerse un hueco entre los demás. Luego, apoya ambas manos en la mesa y respira. Por un momento ha querido ir también entre toda esa gente, como al calor de un fuego en invierno. ¿Qué les estará diciendo? ¿Hablará de destinos? ¿De igualdad y de cambio y otras fantasías? ¿Cómo logra que tengan esas expresiones de algo cercano a la adoración?

Quizá los héroes sean así, piensa repentinamente. Hedera recuerda las historias que le contaba su aya cuando era una niña. Lydon, el fundador, y Ordas, que mató al monstruo marino, y

Araia la arquera, con su horda de mujeres guerreras. Todos ellos exudaban un aura de grandeza que les señalaba para sus colosales gestas. Todos eran valientes y carismáticos y atraían miradas y corazones. Quizás eso sea lo que les diferencia del resto de mortales y lo que les asemeja a los dioses.

Pero ¿de qué serviría acercarse? Hedera no quiere que la salven. No necesita que la salven.

Ni siquiera está segura de si *merece* que la salven.

Hedera siempre ha sido orgullosa. Es más, siempre se ha sentido orgullosa de su orgullo, tan convencida de que la iba a proteger, de que la beneficiaría, de que no la pondría en peligro.

Ahora no está tan segura.

Recuerda esa vez, esa vez concreta en la que su orgullo le hizo trizas el corazón.

Era de noche. En su alcoba, Hedera no podía dormir. Recuerda el sudor pero no que hiciese calor. Como si se le hubieran quedado grabadas en el cuerpo aquellas sensaciones, el cuerpo le reacciona de la misma manera: palpitaciones, la respiración entrecortada. Entonces, un sonido. Piedrecitas contra el cristal de la ventana. Había aprendido a reconocer aquel sonido incluso dormida, y ese sonido que, hasta ese día, había hecho que el corazón le bailara en el pecho con expectación, con anhelo y deseo, aquella noche le bailó, sí, pero lo hizo con angustia, con un sentimiento que ni siquiera ahora es capaz de describir.

Era Tulio, claro. Como había hecho la primera vez que se besaron bajo aquella lluvia de estrellas, como había hecho después tantas otras veces, esperaba a que bajara. Pero aquella noche era distinto. Solo habían pasado unas horas desde que el Theokratés, el propio padre de Tulio, le había negado el derecho a recibir la Bendición y lo había condenado a ser un Hijo Salvo.

Hedera se cubrió con las sábanas. Recuerda que eran blancas y que olían a lavanda porque Domitila, una de las criadas, cada mañana cortaba un ramillete fresco del jardín y lo dejaba bajo su almohada.

Tulio continuó lanzando piedrecitas. Cada vez con más ahínco. Cada vez con más fuerza. Hedera temblaba, incapaz de moverse. No podía. Sencillamente no podía salir como había hecho hasta aquel momento. Su compromiso se había roto. Eso le habían dicho sus padres.

¡Hijo Salvo!, recuerda que gritó su madre nada más volver de la ceremonia. *¡Hijo Salvo!*, repetía su padre dando vueltas por todo el atrio de la Villa Apokros. Ambos repetían aquellas dos palabras sin darse cuenta de que ella misma estaba ahí, con ellos.

Era imposible. *No*, recuerda que dijo su padre cuando Hedera le preguntó por su compromiso con Tulio, ahora que ya no iba a ser el brillante orfebre, heredero de los Zephir. Nunca. Jamás. Ni en sus mejores sueños. Su padre soltó tal retahíla de negativas que Hedera no supo cómo reaccionar salvo asintiendo.

Porque era verdad. Porque ella era Hedera, la primogénita de los Apokros, porque no iba a compartir su futuro con quien se había convertido en poco menos que una sombra en el ocaso, un eco sin voz. Nadie. Tulio se había convertido en nadie.

Recuerda que, finalmente, Tulio lanzó una piedra con tanta fuerza que rompió el cristal de la ventana en mil pedazos. Algunos cayeron sobre la sábana con la que se cubría pero fueron los gritos desesperados de Tulio pidiéndole que bajara con la voz rasgada lo que a Hedera le pareció que realmente se había roto aquella noche.

No bajó. Su orgullo era mucho más fuerte. Se repetía su nombre, se repetía su apellido —sin saber, qué ironía, que a ella los dioses le tenían guardado un futuro mucho más turbio que el de Tulio. Cada noche en la que Tulio gritaba su nombre bajo la ventana, Hedera, escondida bajo aquellas sábanas con olor a lavanda, lloraba.

—Perdida en tus pensamientos, ¿eh? Si necesitas compañía para encontrar el camino, aquí estoy. —La voz de Límax, prácticamente encima de ella, con su aliento apestoso rozándole la nuca, trae de vuelta a Hedera a El Caído. Los recuerdos le han dejado un regusto amargo en las fosas nasales y, al mismo tiempo, un poso de rabia que la hace girarse violentamente para quitarse al hombre de encima, que insiste—: Esta mirada te sienta de maravilla. Me pregunto qué más te sentaría bien. O qué menos.

Es suficiente. Hedera se levanta con los puños apretados. A la luz del atardecer, que entra por una hilera de agujeros redondos trepanados directamente en el torso de bronce de El Caído, tiene un aspecto todavía más desagradable, con esa sonrisa torcida, de labios húmedos, como si siempre tuviera la boca demasiado llena de saliva.

Cuando los sacan al patio, Hedera no tiene más remedio que soportar su presencia, pero aquí, en el comedor, bastante más grande, es libre de marcharse con su mejor cara de desprecio, y eso es precisamente lo que hace mientras el hombre se lleva una cucharada de sopa a esa boca horrible. Sin embargo el movimiento de Hedera inmediatamente pierde su ímpetu. No sabe dónde sentarse.

Sola, otra vez. Una sensación tan familiar y, a la vez, una sensación que le fue tan fácil de olvidar los pocos días que estuvo en el Buen Padre. Límax no es el único que se la queda mirando mientras las voces de los presos resuenan en el abdomen cavernoso de la estatua. Hedera siente que todos lo hacen. El Caído está lleno de miradas hostiles.

De nuevo, la tentación de acercarse a Andras y a los que están a su alrededor parece tirar de ella como si tuviera un hilo finísimo cosido a las costillas. Sabe que nadie es tan bueno, tan recto, ni siquiera los héroes, y que la ayuda siempre tiene un precio, pero Hedera, con una inspiración profunda, por fin se permite reconocer a qué se debe la punzada que se le clavó bajo las costillas el día que los vígiles la arrastraron hasta aquí.

Terror.

Cuando se da cuenta, sonríe. Una sonrisa casi burlona, dirigida contra sí misma.

Cómo no va a estar aterrorizada. Ha perdido su libertad y también sus alas. Las tobilleras fue lo primero que le quitaron cuando la metieron en este lugar espantoso.

Da un paso. Luego dos, que resuenan contra el pecho del coloso caído. Aunque Andras sigue hablando como si nada, Hedera está segura de que la ha visto acercarse. Cuando llega, ha aparecido un sitio libre para ella a su lado.

Y, sí, como Hedera imaginaba, Andras habla de la pobreza que azota Lydos, y de la injusticia de La Corona. Habla de un imperio que muere por su propia avaricia y de futuros brillantes. Andras habla también de esperanza, que es un bien escaso en la cárcel de El Caído. Todo son fantasías. Peor: blasfemias, porque Lydos es lo que es porque los dioses así lo quieren, y, aunque Hedera se arrepiente de haberse acercado, acaba quedándose hasta que un silbido indica que deben regresar a sus celdas.

Antes siquiera de que tenga tiempo a ponerse en pie, escucha a Andras:

—¿Qué te ha parecido?

Se vuelve hacia él y se fija como siempre en esa mirada suya, tan serena y a la vez tan llena de fuerza. Entiende por qué la gente se siente atraída y, aunque le moleste reconocerlo, sabe por qué la atrae a ella: en un mundo como el suyo, que zozobra, lleno de violencia e incertidumbre, los ojos de Andras son como un puerto seguro.

No se lo va a decir, por supuesto que no.

—Bien, supongo —acaba diciendo al tiempo que observa a su alrededor. Observa, de hecho, a los guardias. Cuatro en las esquinas del comedor y cuatro más en un nivel superior que domina todo el espacio. Llevan fusiles simples, no como los ingenios de los vígiles de La Corona, y la cara descubierta. Son malnacidos de los barrios más pobres de Piedeísla, tan pobres como los del Errante pero que, ahí, al menos, con esos fusiles, se sienten por encima de alguien.

—Me alegro —responde Andras al cabo de unos segundos mientras comienza a caminar a su lado—. Creo que hacen falta palabras así en un lugar como este. Palabras de esper…

—¿Esperanza? ¿De veras? —le corta. Los guardias les meten por una puerta lateral que conduce un pasillo estrecho y, este, a través de una breve escalera, hacia las celdas que hay pegadas al cuello del viejo gigante. Hedera cuenta cinco hombres más ahí, apoyados lánguidamente contra las barandillas de metal que flanquean todo el espacio.

—¿No dicen que la esperanza es lo único que se pierde?

Es una broma. Una malísima pero, aun así, Andras la suelta con una sonrisa que Hedera no puede evitar imitar, aunque por motivos distintos: la sonrisa de Andras quiere ser de buen humor, pero la suya tiene un tono ligeramente burlón.

Esperanza, claro.

Ahora mismo, la única esperanza real que tiene Hedera es la de largarse de aquí cuanto antes.

Afortunadamente, piensa Hedera mientras observa todo su alrededor, en cuanto logre desentrañar el laberinto que hay en el interior del coloso, no tendrá que volver a escuchar nada tan ridículo. Escapará de El Caído y, si no, morirá en el intento.

LUDO

—¿Ludo? ¿A qué has venido? ¿Qué haces aquí? —le pregunta uno de los camareros en cuanto ha aparecido en el patio. Es un joven atractivo, alto y de facciones como talladas a cincel. Todos los que trabajan en este lugar lo son porque Merula, la dueña, se ha asegurado de ello.

—Buscar problemas, Macco. ¿Acaso no es lo que hago siempre? —responde rápidamente, la cabeza ladeada, y, sabe que Macco sabrá apreciarlo, dejando que sus párpados caigan ligeramente en un gesto pícaro.

—Ni siquiera sé por qué pregunto. —Se escucha una risotada de fondo entre la música y el chocar de las jarras. En El Mirlo, la miseria del Errante se queda fuera, esperando en la puerta.

—Por si algún día te digo la verdad, querido —responde él. Macco lleva una bandeja de madera hasta los topes y Ludo está seguro de que, si le roba uno de los vasos, no le va a importar. Sin embargo, para su desgracia, está equivocado y el camarero le esquiva con un movimiento rápido.

—La bebida se paga.

—¿Cuándo no lo he hecho? —pregunta, pero Macco ya se está alejando.

La respuesta le llega desde el fondo del patio, allí donde las matas de jazmín son más frondosas y el aroma más embriagador. Apoyada en un largo mostrador está Merula, la dueña del local. Con su cabello negro recogido en una complicada corona de trenzas y rizos, atrae casi todas las miradas y le hace a Ludo el tipo de gestos que uno reservaría para los niños traviesos.

—Se paga con monedas, no con cantos y bailes —dice Merula en tono de advertencia.

—Pero, apreciada Merula, parece que no me conocieras. Parece que sea la primera vez que cruzo las puertas de El Mirlo

—comienza Ludo. El suyo es un acto arriesgado; se acerca a Merula, y apoya grácilmente ambas manos en el mostrador de madera. La expresión de la mujer, aunque no quiera, se parece a algo que podría ser una sonrisa. En el fondo, sabe Ludo, tiene el corazón más blando que un buñuelo de nata—. Parece que has olvidado que nadie canta y baila como yo.

Entonces, de un salto, Ludo se sube al mostrador acompañado del tintineo de sus campanillas. En la mano ya tiene un vaso de vino que luego Merula jurará no haberle dado voluntariamente, y las miradas se vuelven hacia él, incluidas las de los músicos. Los conoce, no es la primera vez que ha bailado y cantado con ellos, así que no le sorprende que, de repente, emprendan una melodía rápida. Una danza que parece poner el corazón al galope y calientes las entrañas.

Es un reto, y a Ludo le encantan los retos. Mientras un segundo vaso de vino aparece en sus manos, gira y junto a los faldones de su levita, el fajín rojo que lleva describe un círculo a su alrededor. Las campanillas cosidas a los bajos de su ropa resuenan en armonía. Entonces, Ludo da otro salto y aterriza junto a los músicos, una mano sobre el mostrador, donde deja su segundo vaso. La otra ya está en el aire, describiendo un elegante arco. Detrás de él escucha a alguien aplaudiendo y que las conversaciones se aquietan.

Se siente vivo. Ludo se deja llevar por la música, gira sobre las puntas de los pies mientras da palmas y, entonces, entona la melodía. Estrofa tras estrofa. Ludo siempre ha tenido una memoria prodigiosa para la música y, con su Arte, no solo una voz acorde, sino todas las que quiera entonar. Pronto lo acompañan silbidos, algún grito de admiración. Merula, que no es estúpida y sabe que los clientes entretenidos son clientes que beben, le hace llegar un tercer vaso, y esta vez con vino del bueno, el que la mujer guarda para los invitados más ricos. Cuando da un trago, a Ludo le quema en la garganta.

Por fin, mientras el patio de los naranjos gira a su alrededor, ve a los vígiles. No llevan sus máscaras porque están de descanso mientras que el resto de los de su calaña pasean por el Errante asustando a las viejas. Se supone que no debería ser capaz de identificarlos, pero esos no engañan a nadie. Están reclinados en una serie de bancos bajos llenos de cojines y parecen ocupar más espacio del que deberían, gritan más fuerte, beben con más ganas, y parecen no tenerle miedo a nada.

Gira de nuevo. Esta vez, con los ojos entrecerrados. El aroma a azahar lo llena todo. Mientras se mueve, las campanillas y cascabeles cosidos a la ropa le golpean la piel y crean una percusión hipnótica contra su cuerpo. La tela roja de su fajín, las luces de la taberna, el público… todos giran a su alrededor como si fueran estrellas y él fuera el centro de su propio universo.

A veces no sucede nunca. A veces, solo dura un instante. Otras, como ahora, la sensación de plenitud que siente Ludo cuando canta, cuando baila, cuando es el centro de todas las miradas, logra que se sienta fuerte, capaz de todo, lejos de ese abismo en lo que creía que se convertiría su vida.

Porque cuando lo expulsaron de La Corona por haberse convertido en tejedor, su vida se convirtió en un precipicio a sus pies. Estaba solo, asustado, hambriento. Y un día Ludo decidió que, puesto que el abismo le seguía allá donde fuera, no le quedaba más remedio que saltar. Regresó una vez más a la casa de sus hermanos y recibió un último desprecio. Mientras aquella noche el cielo se cubría de nubes y un viento salvaje comenzaba a azotar la isla, fue hacia las rocas a los pies del gran acantilado que corta Lydos por el norte.

A día de hoy, todavía no sabe qué hacía Andras allí. Era una de esas noches en las que el aire se llena de espuma de mar en suspensión y luz de relámpagos, y las calles se quedan vacías. Quizá se acercó allí porque no era la primera vez que aquellas rocas veían a algún desgraciado lanzarse a las aguas de la laguna. Quizá fue casualidad, pero fuera por la razón que fuere, cuando Ludo se puso en pie sobre las rocas resbaladizas y aullaba su desesperación en la tormenta, Andras apareció a su lado.

«Sería una pena. Quizá no por ti, que acabaría tu miseria, pero sí para todos los demás», vuelve a recordar Ludo entre giro y giro. Se lo dijo con una sonrisa y con una mano tendida hacia él que parecía sostener entre los dedos toda la esperanza del mundo.

Ludo saltó de todos modos. El abismo se había hecho demasiado grande y el futuro demasiado pequeño. Un instante después, todo era agua furiosa contra su piel, contra sus ojos, sus oídos, su pecho. Recuerda el frío y que, antes de cerrar los ojos, pensó que aquella sensación helada no era por el agua, sino por la muerte inminente.

Cuando los abrió, esperaba encontrar los rostros de los siete dioses de los muertos, pero solo vio a Andras dándole un bofetón para que despertara. Y fue así como Ludo no murió aquella noche y como, poco a poco, fue llenando ese abismo quizá no con ganas de vivir, pero sí con otras cosas: risas, amantes, música, baile, belleza, desprecio por su familia que lo abandonó, y sobre todo, agradecimiento por el hombre que lo salvó.

Por eso está haciendo esto ahora. Por eso ha ido a El Mirlo esta noche. Por eso baila entre naranjos, por eso ha discutido con Sátor y el resto de los Hijos y, por eso, también lo haría tantas veces como fuesen necesarias, porque no le importa que Andras tenga un plan. Podría tener decenas, pero eso no cambia que el abismo a los pies de Ludo, ahora que Andras no está, se haya vuelto a abrir poco a poco y que se sienta caer.

También por todo eso, justo en el momento oportuno, cuando Macco, el pobre camarero, pasa al lado de los vígiles, Ludo le da un manotazo que le hace perder el equilibrio.

—¡Mira por dónde vas, imbécil!

Todos los vígiles se levantan a la vez mientras una decena de jarras y de vasos de barro se hacen añicos contra las baldosas azuladas dejando una mancha como de sangre en el suelo.

—Oh, perdón, perdón, qué torpe soy.

Ludo interrumpe su danza y se acerca. Parece como si fuera a inclinarse para limpiar el estropicio, pero cuando ya está agachado, golpea a uno de los vígiles en las costillas, y luego en las piernas, hasta que cae de bruces sobre la mancha de vino. Escucha a Merula gritar. También los pasos apresurados de los camareros, pero está todo en marcha ya. El resto de vígiles le rodea. Son cuatro, pero no importa porque esto es precisamente lo que Ludo ha venido a buscar esta noche a El Mirlo.

—Se me ocurre que, seguramente, cuando estáis de servicio, os obligan a llevar las máscaras para que nadie vea lo feísimos que sois —les dice con una sonrisa. Al principio, ninguno reacciona. De hecho, el vígil que ha caído sobre el vino sigue ahí, a medio levantarse, sobre el suelo. Lo que hacen los cuatro es abrir mucho los ojos—. Debe de ser por eso, sí. ¿O quizá sois vígiles porque sois feos? ¿E inútiles? —En ese momento, la sonrisa de Ludo se ensancha. Sí. Todo lo que está haciendo, todo lo que está diciendo no responde más que a un guion que él mismo se ha preparado en la cabeza. Solo espera que logre el efecto deseado. Se acerca a uno de ellos, se inclina y, como si el vígil fuera un caballo en alguna feria, Ludo le levanta la barbilla con un dedo, como si le asqueara—. De cerca sois peores, ¿eh? Además de borrachos.

El primer golpe, Ludo lo esquiva. El segundo y el tercero, también. Los vígiles son rápidos pero él lo es más, con sus pies de bailarín. El cuarto golpe, que viene del más alto y fuerte, solo le toca de refilón. Ludo no ha dejado de sonreír. Gira de nuevo y, en el último momento, golpea con el canto de la mano al último de los vígiles. Un golpe flojo, hecho más para humillar que para lastimar. Entonces, aprieta los dientes, hace como si trastabillara y cae con una rodilla hincada en el suelo. Los vígiles no pierden el tiempo. Se le lanzan encima entre insultos y maldiciones. Uno le agarra por los brazos, otro le inmoviliza el torso.

Mientras el patio de los naranjos se llena de gritos, la paliza que le propinan es de las que dejará marca en su cuerpo. Una ceja partida, un labio hinchado, pero Ludo no cede y, al contrario de lo que ha visto hacer en los meses que lleva en el Errante, al contrario de lo que dicen las leyes no escritas, vuelve a atacar. Vuelve a burlarse.

—Vaya, ¿tanta fama para que luego no sepáis ni dar una paliza?

Es el vígil al que ha tirado al suelo el que, por fin, le derriba. Pero Ludo no cede en sus insultos mientras espera, con todo lo que tiene, que a cada ofensa, a cada burla, a cada humillación, esté más cerca de El Caído y, por tanto, de Andras.

Bes

Resulta que, al final, Bes no ha salido a dar esa vuelta para despejar las ideas y para buscar a Cícero Aristeón. ¿Se siente mal? Desde luego. No mentía al decirles a los Hijos que debían perseverar en su búsqueda. Lo que ha ocurrido es que esa figura que la esperaba en la puerta del Buen Padre le ha contado algo... interesante.

Bueno, piensa Bes mientras se frota los ojos, *«interesante» no es la palabra. «Inquietante». «Inquietante» se acerca más.* Bes atraviesa el vestíbulo del teatro y luego se interna por una de las puertecillas a un lateral, medio escondida entre drapeados mohosos. Camina rápido por el laberinto que forman las entrañas del Buen Padre, tiene ganas de llegar a su camarote y echarse sobre el colchón, porque Bes siempre ha pensado que es mejor consultar con la almohada las cosas complicadas.

Sin embargo, a mitad del pasillo, se detiene al ver una figura solitaria en la cocina.

—¿Por qué no estás dormida ya? —pregunta Sátor cuando la ve aparecer.

«¿Y tú?».

—Yo soy imbécil.

Y ahí está, en los ojos claros de Sátor, una disculpa muda. Es un imbécil, se ha comportado como tal y lleva desde entonces regodeándose en su propia miseria.

Podría echarle un sermón o podría decirle que no le perdona, pero sería mentira. Así que, al final, menea la cabeza para zanjar el asunto y va a sentarse a la mesa.

«Traigo novedades, no sé si son buenas».

Sátor se yergue. Tiene entre los dedos una llamita con la que está jugueteando y que le perfila las facciones de un modo singular: parece que todo él sea del color del fuego, el pelo, la piel, los ojos. Oro y llamas, como las estatuas de los dioses dentro de los templos.

«Alguien se ha acercado a hablar conmigo. Hace un rato, después de que Ludo se marchara». Sátor gruñe, pero no sabe si es porque Bes ha omitido deliberadamente que el tejellamas se ha largado también hecho una furia o porque, teniendo en cuenta cómo está el ambiente en el barrio y lo que ha pasado con Hedera y Andras, quizá no sea el momento de confiar en gente extraña que se acerca al Buen Padre.

«Una mujer», añade entonces. «La hermana de ese tipo, Patras, el que prácticamente nos borró del mapa. Estaba muy asustada, Sátor, me ha dicho que...».

—¿Qué? —pregunta Sátor, impaciente. Cuando lo hace, el resplandor de la llamita con la que todavía sigue jugueteando se vuelve más intenso durante unos segundos.

«Me ha mencionado a la Dama».

—¿La Dama? ¿Así, tal cual? ¿Por la que nos preguntaron en Los Durmientes hace unos días?

Bes asiente mientras recuerda la miseria de aquel islote abandonado a su suerte, el hambre y el miedo en la gente que medraba entre sus ruinas, y cómo se les iluminaba la mirada al hablar de esa misteriosa Dama.

«La mujer ha venido muy asustada. Pensando que yo sabría algo. Pero eso me ha dicho». Las palabras de Bes van formándose delante de ella como un torrente, casi sin pausa, dejándolas escapar mientras signa apresuradamente, tal cual le bulle la maraña de pensamientos en la cabeza. «Que su hermano, ese albañil al que vimos hacer trizas a más de la mitad de un regimiento de vígiles y también a su familia y a todos los que estaban con él, regresó a casa un día hablando sin parar de esa Dama, que le había ofrecido una salida, que le había ofrecido riquezas, y qué sé yo. Y que, luego, desapareció durante unos días. Cuando regresó, estaba cambiado».

—Cambiado, ¿cómo?

«Podía controlar el Arte».

—Eso es imp... —comienza Sátor, levantando las cejas.

«No llames imposible a lo que vimos con nuestros propios ojos».

—Iba a decir que eso era un señor cambio, sí —acaba rectificando él, nervioso.

«No solo eso», se apresura a añadir Bes mientras nota cómo se le hace un nudo apretado en el estómago. «Me ha dicho que su hermano no es el único. Que ha habido más, pero es imposible, ¿verdad? Lo habríamos sabido. Si alguien se estuviera llevando a nuestra gente...».

—No son nuestra gente —la corrige Sátor sin apenas permitir que todas las palabras se dibujen en el aire. Para Bes, las palabras de Sátor son como una puñalada, como un bofetón. Y ella, que nunca se altera y nunca se enfada, o casi nunca, signa a toda velocidad:

«Lo son mucho más que los aristócratas de La Corona. Lo son porque vivimos en el Errante y porque, de momento, no nos han echado de aquí como malditos».

Una vez dicha la frase, Bes da un suspiro. Uno largo que permite que esa furia con la que ha signado vaya diluyéndose. Porque Sátor no puede evitar pensar así igual que piensan así muchos de los tejedores del Errante e incluso algunos de los Hijos del Buen Padre, por desgracia. Algunos, como Sátor, todavía se aferran a la idea de que, de algún modo, siguen perteneciendo a La Corona y que su posición en el Errante no es más que un desgraciado accidente o una broma pesada.

—Tenemos mayores problemas que una misteriosa dama llevándose a los habitantes del Errante, Bes.

«Tenemos otros problemas, pero no sé si son mayores que este, Sátor».

—No voy a discutir otra vez contigo.

Bes tuerce el gesto e, inmediatamente, se gira para que Sátor no la vea hacerlo. Todavía de espaldas, signa:

«Mejor, porque yo no soy nadie para dar órdenes aquí».

Porque es verdad. Desde que se llevaron a Andras a El Caído, quizá porque está en su naturaleza o porque los demás la han colocado en esa posición, Bes no deja de sentir el cargante peso de la responsabilidad. Como si todo fuera a tambalearse si ella no liderara. Pero, en realidad, puede que sea solo ella misma, dándose aires de grandeza o, probablemente, tratando de suplir la falta que le hace Andras mientras.

Sin poder evitar que se le inunden los ojos de lágrimas, Bes se gira y, al verla así, Sátor frunce los labios y le aprieta la mano.

No es mucho, pero para ella es suficiente. Sabe que es lo más cerca que va a estar de disculparse.

Después, en medio de ese silencio que se hace entre ambos, Sátor juguetea con la llama entre los dedos y a ella le parece escuchar un ruido en la alacena. Pero deben de ser las olas de la laguna, meciendo el barco.

VIX

Todo el mundo sabe que escuchar conversaciones ajenas es de mala educación.

Vix supone que escucharlas escondido en la alacena es todavía peor. Pero si alguien tiene que culparse, piensa Vix, es Sátor. No él. Sátor, con sus broncas y sus órdenes y su mal carácter.

Sátor, que le trata como a un niño.

Sátor, que siempre le está prohibiendo cosas aunque Vix ya no sea un niño ni sea idiota, y está harto, harto, harto, *harto* de sentirse al margen de todo. Y Vix ve cosas. Se siente como la mosca en la pared: tan ignorado por todo el mundo que ni se dan cuenta de su presencia y, claro, terminan dejando escapar susurros y secretos delante de él. Y cuando no lo hacen, entonces Vix…

… entonces Vix hace cosas como acurrucarse en la alacena. No le queda más remedio.

—Es tarde —dice su hermano. Luego, un silencio indica que Bes está respondiendo. Y luego otro, mucho más pesado e incómodo, indica que su hermano no sabe qué responder.

Vix musita una maldición cuando escucha a su hermano y a Bes levantándose y luego otra, casi audible, cuando intenta hacerlo él y un millar de agujas se le clavan en las piernas. Se le han dormido. *Uy, si Sátor le viera*, piensa Vix. Cómo se pondría.

Comenzaría a gritar y se pondría tan rojo como solo sabe hacerlo él, como si tuviera un volcán dentro.

Pero ni Bes ni Sátor le ven. Se ha tapado la boca con la mano para que no le escuchen ni respirar y, entonces, espera a que el sonido de sus pisadas se pierda en las entrañas del Buen Padre.

Entonces, sale.

¿Qué es lo que han dicho? ¿De qué estaban hablando? Sátor ha mencionado algo sobre una Dama. Gente que desaparece. Otro secreto que a Vix le está vetado. Pero como ha dicho antes: está harto, harto, harto de ser un niño, una carga, un estorbo y, por eso, sube a la cubierta del Buen Padre, salta al muelle y comienza a atravesar el barrio, que esta noche parece una animal agazapado y listo para huir.

Verás, piensa. *Verás*. Habrá un día en que Vix se les adelante en una de esas misiones que siempre les encarga Andras, y entonces…

Ser hermano de Sátor —Sátor Dionaros, aunque ya nadie le llame así— siempre ha sido una bendición, pero también la más terrible de las maldiciones. Allí donde Sátor era fuerte, Vix nació enfermizo, menudo y tímido. Nunca despertó el interés de sus padres, demasiado orgullosos de su hermano mayor y demasiado ocupados con sus rencillas políticas y sus puestos en la administración de la Academia de Lydos. En cambio, Sátor siempre estuvo allí para él. Le enseñó a leer y a escribir antes de que lo hiciera ese preceptor que mandaron sus padres, le enseñó a jugar, a trepar y a luchar.

Pero un mal día, Sátor no regresó a casa. Vix tuvo que enterarse por las habladurías de los sirvientes de que no había logrado superar la Bendición, de que se había convertido en un tejedor y no en el orfebre que todos presagiaban. Fueron días oscuros y tristes en los que, de repente, Vix se convirtió en el objeto de todas las miradas y en el recipiente de todas las esperanzas de esos padres que le habían ignorado durante los primeros diez años de su vida.

Pero Vix no era capaz de llenar ese hueco en forma de Sátor que había quedado en la villa de los Dionaros, y la frustración de sus padres pronto se convirtió en desdén. En rabia. En rechazo.

Por eso, un día, reuniendo todo el valor que no tenía, Vix escapó. Tardó tres días en encontrar a Sátor aquí, en el Errante, y, cuando lo hizo, le pidió entre lágrimas que le dejara quedarse con él.

¿Se arrepiente de haberlo hecho?

A veces.

Se arrepiente cuando Sátor le recuerda que no es tan fuerte como él, que no tuvo el valor de enfrentarse a lo que pudiera pasar en la Bendición. También se arrepiente cuando Sátor le ordena que se haga a un lado para no ponerse en peligro. Pero Vix es fuerte. O lo sería si su hermano le diera una oportunidad, pero no lo hace. Nunca lo hace.

Aunque algún día..., se repite Vix. La noche es fría pero el cuerpo le arde.

Se detiene un instante en la Plaza del Ancla para tomar aire y se da cuenta de lo vacía que está. No recuerda una noche en el tiempo que lleva en el Errante en que la haya visto así, sin vendedores ofreciendo telas y artesanías, sin gente sentada en sillas de mimbre frente a sus casas. Esta noche, las lonas de los puestos solo ondean suavemente en la brisa.

Vix levanta el mentón como ha visto que siempre lo hace Sátor, como si no hubiera en el mundo nadie tan fuerte, tan feroz como él.

Avanza hacia la derecha, hacia el Puente de los Quejidos, que se llama así porque los tablones de madera que lo forman están tan mal colocados que siempre crujen y algún día, seguramente, a más de uno dará un susto si se derrumba. Pero Vix no presta atención a esas cosas, ni siquiera es consciente de hacia dónde va. Porque no va a ninguna parte. Está, simplemente, *no estando en el Buen Padre*. Y solo. Ambas cosas son mucho para él.

Al cruzar el puente, la voz de Sátor, de pronto, resuena en su cabeza con la palabra «cuidado», pero Vix la ignora dando un paso firme, aun cuando ve una sombra agitarse al final de una callejuela oscura y maloliente. Cuando Vix era pequeño, a Sátor le gustaba asustarle con historias de hombres del saco que se llevan a los niños traviesos, y en esas historias los monstruos siempre moran en lugares como este.

Pero Vix no ha visto un monstruo, sino una mujer. Está lejos y lleva un vestido vaporoso y pasado de moda, con una capa de color púrpura ceñida al cuello. Parece una visión. Es demasiado etérea, demasiado distinta al resto de habitantes del Errante. Cuando Vix quiere darse cuenta, la mujer ya ha reemprendido su paso y él comienza a correr detrás, de sombra en sombra, y de esquina en esquina.

¿Quién es?

Vix se detiene jadeando. La mujer continúa a unas calles de distancia. Se mueve de forma peculiar, como si sus pies no llegaran a tocar el suelo. Vix va detrás de ella hasta que la mujer se para frente a la puerta de un edificio nuevo. Bueno, un edificio que no estaba ahí cuando Vix llegó al Errante. Grandes vigas de madera, alguna vez parte de la quilla de barcos robustos, sostienen el balcón. En ese balcón, también adornado con redes y cuerdas de los barcos, se da cuenta Vix, hay gente que Vix no conoce.

La mujer mira hacia arriba y los saluda con la mano. ¿Qué hace? ¿Ha venido a ayudar? La madre de Vix hacía algo similar: paseaba por los barrios pobres del Bajoforo —aunque ninguno tan pobre como el Errante— regalando comida, ropa usada y algunas monedas. Pero la mujer solo se ha detenido frente al balcón y, ante su gesto, la gente que estaba en él de pronto se ha metido hacia el interior de la casa.

Sin saber por qué, como si lo que estuviera haciendo fuera aun peor que escuchar a escondidas las conversaciones de Bes con su hermano, Vix contiene la respiración y se da cuenta de una cosa: la hermosura de la mujer no es natural. Un destello plateado, que habrá escapado de algún farol, hace que brille la máscara que le cubre el rostro.

Entonces, la mujer extiende la mano en su dirección.

LUDO

Ludo tiene una orquesta dentro de la cabeza. Percusión, vientos, cuerdas, una multitud armada con los instrumentos más ruidosos y desagradables le retumban entre oreja y oreja. Quizá sean los restos de su Arte que le corren por las venas, aunque lo más probable es que sea una secuela de la paliza que ha recibido.

Le cuesta abrir los ojos. Ha estado inconsciente, aunque no sabe por cuánto tiempo, y el cuerpo también le duele. Las costillas, los brazos, el orgullo, pero no le importa. Ludo ha hecho cosas mucho más peligrosas, infinitamente más estúpidas, por peores razones, y si su actuación ha funcionado, entonces…, entonces…

Huele a jazmín. Huele a azahar y a resina de sándalo. Todavía con los párpados cerrados, inspira profundamente y, cuando exhala el aire, le sale en forma de sollozo, porque eso significa que sigue en El Mirlo, que los vígiles que lo han apaleado no se lo han llevado a El Caído. Significa que continúa en el patio de los naranjos, y no en la cárcel para, por fin, ayudar a Andras a escapar con el que sea el plan que tenga.

—Se ha despertado —escucha, aunque la voz parezca provenir a pies de distancia. Un instante después, una mano bienintencionada se le posa sobre el hombro, pero Ludo, en un arrebato de frustración, se debate salvajemente.

Por qué. Por qué, por qué, por qué. Todo el mundo sabe que los vígiles detienen primero y preguntan después, pero allí está él, tirado sobre el pavimento de terracota de El Mirlo. A medida que la vista se le define, ve copas y jarras sobre las mesas, y los cojines de terciopelo rojo de los triclinios arrugados y desordenados, pero ningún cliente. ¿Qué hora es? ¿Cuánto tiempo ha pasado? Detrás de él, la voz de Merula suena como un tajo de espada.

—Apartadlo de mi vista. Fuera. No quiero verlo más. —Mientras la mujer da las órdenes, dos pares de manos sujetan a Ludo y esta vez no le valen las palabras melosas ni las sonrisas. El mundo se vuelve del revés cuando los camareros, a las órdenes de Merula, lo lanzan sin miramientos al exterior, entre el polvo y un lecho de hojas secas de glicina.

Se queda así, bocabajo en el suelo, sin fuerzas ni ganas para levantarse. El sol despunta en el horizonte y eso quiere decir que Andras lleva un día más en El Caído y que ni él ni ninguno de los Hijos están haciendo nada para evitarlo.

Pero no se va a rendir, decide Ludo mientras apoya ambas palmas sobre el suelo para incorporarse. Levanta la vista y los primeros rayos de sol se reflejan contra las cúpulas curvadas y teñidas en tonos terracota que le recuerdan al caparazón de las tortugas.

Un día más. Pero también un día menos.

Ludo no se rinde. Nunca lo hace y esta vez no va a ser menos. Ludo no va a rendirse porque ya se lo dijo Andras, una vez, «sería una pena. Quizá no por ti, que acabaría tu miseria, pero sí para todos los demás». Y, entre todos esos «demás», también está Andras.

No, se dice mientras se sacude el polvo de la ropa. Todavía está a tiempo de hacer algo. Todavía puede. Y, mientras camina de vuelta hacia el Buen Padre, su cerebro ya está trabajando en un nuevo plan.

XV

Pero la noche es larga
y las cadenas aprietan

Villa Zephir.

TULIO

Culpa. Cosa curiosa, la culpa. Aparece de pronto como un golpe de viento que corta la piel hasta convertirse en un eco imposible de ignorar. En la penumbra de su alcoba, Tulio yace inmóvil, su cuerpo apenas cubierto por las sábanas desordenadas. La luz de la luna se cuela por entre las cortinas, trazando líneas plateadas sobre la curva tensa de su hombro mientras una fina capa de sudor frío le envuelve la piel.

De noche y a solas, Tulio no puede engañarse.

El recuerdo de lo que sucedió hace unos días en el Errante lo golpea con una fuerza brutal. Estuvo allí, vio el caos, el miedo, la desesperación. Desde entonces, le han asolado las pesadillas. Trata de convencerse, como ha hecho desde que descubrió a Hedera junto al cadáver ensangrentado de su padre: que ha hecho lo correcto, que no podía dejar escapar a una asesina.

Se incorpora sobre la cama y el aire en la habitación parece espesarse. Tulio se remueve, su piel erizada por una sensación que va más allá del frío, pero la culpa no le abandona, se le enrosca en el estómago como una serpiente inyectando su veneno poco a poco.

¿Cómo iba a saber él lo que su acusación iba a provocar? ¿Cómo iba a saber él que el asesinato de su padre formaba parte de un plan de conquista por parte de Vetia? ¿Cómo iba a saber él que el Emperador iba a ordenar que los vígiles atacaran al Errante y a todos los que allí viven?

Tulio cierra los ojos intentando apartar las imágenes de la destrucción, pero no puede. Contrae los músculos.

Se levanta y descorre las cortinas. A través de la ventana abierta, el viento que se ha desatado esta noche en Lydos le eriza la piel desnuda mientras apoya el codo contra el marco de la ventana. Ahí fuera, las calzadas de La Corona están tranquilas. Probablemente los patricios, los sacerdotes y sacerdotisas, los senadores, el Emperador y todo su séquito, incluso su madre… todo el mundo estará durmiendo sereno. No. Serenos, no. Satisfechos.

Pero la mayoría no estuvo en el Errante. La mayoría no vio el terror en los ojos de aquella gente cuya única desgracia es el haber nacido en la familia equivocada o que los dioses les hayan maldecido con el Arte del tejedor.

¿Ha sido por su culpa? Si él no le hubiera hablado a su madre de las sospechas que tenía acerca de Hedera, ¿habría podido evitarlo? ¿Y si, con su silencio, hubiera podido impedir las muertes de tantos inocentes? Se pasa una mano por el cabello revuelto. Delante de todos, el Emperador dijo que Hedera y el resto de conspiradores serían castigados y él lo vitoreó igual que todos los demás. Y también quiso estar allí. En primera fila, durante el ataque, porque era su retribución, su venganza.

Pero no esperaba ser testigo de todo aquello, de ese… dolor.

Ni de las palabras que le lanzó Hedera, justo antes de que los vígiles se la llevaran a El Caído.

Eso —aunque no quiere reconocerlo ni se permite hacerlo— es lo que más le atormenta. Porque ¿y si se ha equivocado con ella? ¿Y si Hedera ha estado diciendo siempre la verdad? La cabeza de Tulio es incapaz de detenerse, siente un cosquilleo desde las plantas de los pies a las yemas de los dedos. Impotencia. También, cómo no, culpa, esa culpa que todavía no sabe —o no quiere saber— de dónde ha salido pero que no le deja dormir.

Tiene que moverse antes de que la duda se haga más fuerte dentro de él. Se cubre el cuerpo desnudo con una simple túnica de seda y camina por la villa a oscuras, indeciso. Quizás en los jardines con el aire fresco y la inmensidad del horizonte que se ve desde allí se empequeñezcan sus cavilaciones o, incluso, por qué no, podría dejarlo todo como ya planeó una vez y embarcar en su querido *Viento de Plata* para que la laguna se llevase sus problemas.

Tulio, entonces, se detiene. Ha escuchado un ruido a su izquierda, donde se encuentran los aposentos de Caletia de Zephir. Su madre, pues, está despierta, y una idea alocada, estúpida, se le instala en la mente.

—¿Madre? —tantea.

Caletia nunca ha sido una madre amorosa. La crianza de Tulio estuvo primero en manos de nodrizas y luego de una colección vastísima de preceptores y tutores. Pero en ocasiones… en ocasiones contadas, esa madre distante se le acercaba, le daba un abrazo o un beso en la coronilla y le prometía que todo iría bien. Una vez, estando Tulio tan enfermo que creían que iba a morir, Caletia se pasó toda la noche a su lado y Tulio se quedó dormido con la cabeza en su regazo. Tendría seis, quizá siete años, y el recuerdo de ese momento todavía permanece vívido dentro de su cabeza como un pequeño milagro.

El cariño de una madre, algo que incluso los más humildes tienen en abundancia y que en La Corona es un bien tan escaso.

No, Tulio ya no es un niño. No va a pedir que su madre lo meza y lo consuele pero... pero quizá... quizá Caletia pueda decirle que ha hecho bien. Tal vez así Tulio no se sienta tan perdido, tan al borde de un abismo.

—Madre —repite Tulio en un susurro mientras cruza el atrio de la villa, acariciando sin pensarlo la estatua en forma de delfín que lo decora, y acaba deteniéndose frente a una puerta de un azul profundo. Detrás están los dominios de su madre, su dormitorio, despacho, biblioteca y una pequeña sala donde recibe a sus invitados—. ¿Duermes?

Debería estar haciéndolo. No hay ningún sirviente a la vista, y su madre se moriría antes de permitirles descansar a los criados mientras ella está despierta. Sin embargo, Tulio escucha un golpe seco.

Abre la puerta con el corazón en la garganta. ¿Y si es un ataque? ¿Y si encuentra en los aposentos de su madre otra figura con las manos manchadas de sangre? Tulio se interna en las estancias privadas de Caletia de Zephir, sus pasos descalzos apenas hacen ruido mientras cruza un pequeño recibidor y se acerca al dormitorio.

Vacío.

La colcha de seda sobre la cama de su madre no tiene ni una arruga.

A Caletia tampoco la encuentra leyendo en el pequeño sofá exquisitamente tapizado que hay en un rincón de la biblioteca. La sala de reuniones también está desierta. Cuando Tulio entra, las aves marinas que decoran el mosaico del techo dejan escapar un puñado de graznidos burlones.

—¿Hola? —pregunta tentativamente mientras da unos pocos pasos más. Entonces, se detiene al escuchar un débil sonido y baja la mirada. El sonido lo ha producido él al golpear algo metálico con la punta del pie.

Es un grupo de pequeñas esquirlas, agujas de metal oscuro, pero no de ningún material que él conozca. Mientras las recoge del suelo, Tulio mira a su alrededor, preguntándose de dónde habrán salido esas minúsculas agujas.

No importa. Lo único que le interesa ahora mismo es que Caletia de Zephir no se encuentra en la villa. Quizá haya asistido a alguna fiesta y haya decidido no contárselo para no arriesgarse a que Tulio quisiera acompañarla, o quizás está en una de esas interminables reuniones con el Senado que Tulio aborrece tanto.

Mientras Tulio acaba de atravesar la salita y sale a los jardines a través de una puerta acristalada, se siente estúpido.

Dioses, por lo que sabe de su madre, puede que esté ahora mismo en la cama con un amante.

Estúpido, estúpido, se repite mientras camina junto a un muro cubierto de jazmines. Luego se sienta en un banco de piedra que da a las aguas de la laguna.

Estúpido.

No tendría que haber dudado de lo que hizo. Al contrario, se dice, tendría que sentirse orgulloso. Cumplió con su deber, descubrió la traición de Hedera y... y...

¿A quién pretende engañar?

La duda va a estar siempre ahí. Es mejor que vaya acostumbrándose.

Como todo dolor, se dice mientras le sorprende un nuevo amanecer, *también pasará*.

ENNIO

Vientos de guerra. Ya no son solo las *buccas* las que los alimentan inventando ataques en Piedeísla, en Platara o Guardamar, sino que esos vientos soplan por todo Lydos, de villa a villa, de barrio a barrio, de conversación a conversación, y Ennio siente que no puede escapar de ellos.

Difícil para él, en cualquier caso, perteneciendo a los Orykto de Lydos. Las armas, la defensa de la isla... la guerra, al fin y al cabo, ha sido el negocio de su familia durante generaciones. Pero ¿cuándo fue?, se pregunta Ennio, ¿cuándo ocurrió que, al escuchar esa palabra, «guerra», a Ennio dejó de hinchársele el pecho de orgullo para sentir una dentellada en la garganta?

—Pueden marcharse —dice el maestro Balbo, un hombre de barba larga, como los filósofos de la antigüedad, desde la tarima. Incluso el anciano, que a Ennio le ha parecido siempre un hombre amante de la paz, no se ha molestado por que, a instancias de los estudiantes que ocupaban los bancos del aula, la lección sobre urbanismo de hoy se hubiera convertido en un debate acalorado sobre esa guerra, esa en venganza por la alianza entre Vetia y los tejedores para asesinar al Theokratés.

Cuando se han puesto a hablar del ataque —ellos no lo han llamado «ataque», sino «justo castigo»— al Errante, Ennio ha tenido que morderse la lengua para no maldecirlos a todos.

—Por los laureles de los héroes, están todos locos —murmura Ennio a media voz, mientras la sala, que tiene la forma y también la acústica de un pequeño teatro, se llena de voces y del sonido de papeles y libros siendo guardados chapuceramente. Se arrepiente enseguida, claro, hasta el punto de buscar con la mirada la estatua de Nislene, diosa de la educación, que preside esta y todas las aulas de la Academia, por si se hubiera ofendido. Para su alivio, la estatua sigue siendo solo eso: una estatua de ojos pintados, pero aun así Ennio se apresura a salir por la puerta.

Pero esos malditos vientos soplan también en el exterior. El aula da a un pequeño patio porticado en cuyo centro se levanta una fuentecilla en forma de fauno rodeada por parterres de lirios.

«¿Será pronto?», escucha mientras pasa al lado de un grupo que cuchichea. «Es una oportunidad para demostrar lo que valemos», dice una segunda voz, arrogante y llena de desprecio. Al volver la vista, a Ennio no le sorprende ver a Blasio Kairós con el mentón levantado: «Cuando vean llegar nuestras quimeras y los otros ingenios van a darse la vuelta y saldrán corriendo, como los perros cobardes que son».

Ennio querría taparse los oídos y a punto está de hacerlo, pero Blasio ya le ha visto:

—¡Oye, Ennio! ¿Tienes noticias? ¿Qué dice tu familia?

Su familia. Ennio hace tiempo que dejó de escuchar a su familia. Los quiere, claro, pero desde el día en que descubrió aquella alacena escondida en su dormitorio, desde que comenzó a usar su Don dando vida a ingenios prohibidos, se abrió entre él y su familia una brecha que ya nunca ha podido cruzar.

—Si se da la ocasión, estaremos preparados —responde sin acercarse, más porque tiene que decir algo que porque realmente haya pensado en sus palabras.

—¡Desde luego que lo estaremos!

Blasio y su corrillo estallan en carcajadas impacientes. Ennio echa a caminar en dirección opuesta. Quiere llegar a su casa, esperar a que se haga de noche y meterse en su taller clandestino. Quiere respirar por fin. Cuando se da cuenta, ha atravesado el patio y ha llegado al Claustro Artefice donde, inmediatamente, las fosas nasales se le llenan del olor a metal y fuego que emana de las forjas donde él y el resto de orfebres de la Academia ponen en práctica su Don. Aunque no es eso lo que hace que el corazón de Ennio palpite con más fuerza, sino las estatuas de los leones durmientes. Cuatro leones, uno por cada esquina. El primero, en mármol blanco, reposa la cabeza sobre las patas cruzadas. El segundo, de granito, está acurrucado, con la cola enrollada y su rostro girado en un semblante de tranquilidad. El tercer león, de bronce resplandeciente, yace de lado con una pata estirada, y el más pequeño, tallado en piedra arenisca, se estira por completo en una pose de abandono sereno. Sobre ese león, a horcajadas, está Tulio.

—Tienes cara de haber visto a un muerto —le dice.

Años atrás, la criatura le habría dado un zarpazo, pero los leones, ingenios los cuatro, encargados de salvaguardar las enseñanzas de la Academia, una noche adoptaron aquellas poses y nunca más volvieron a despertar.

—¿Qué haces aquí? —le pregunta cuando se pone a su altura, haciendo caso omiso a su comentario—. Pensaba que ya habrías corrido a pedir tu ingreso permanente en el cuerpo de vígiles.

En ocasiones, cuando a Ennio se le escapa una palabra más brusca que otra, o cuando le da una reprimenda a alguien —normalmente a Tulio, por meterle en líos— se arrepiente enseguida. Esta vez, no. Esta vez, Ennio ha permitido que el veneno fluyera libre en sus palabras. Tulio también estaba allí. Se puso la máscara y tomó la espada y el fusil. Tulio, que es su único amigo, hizo algo horrible y Ennio no sabe cómo perdonarlo.

Por eso se marcha dejando atrás a un sorprendidísimo Tulio. Mientras da los primeros pasos avanza temiéndose la reacción de su amigo. Durante el ataque pudo comprobar en su propia piel hasta dónde era capaz de arder esa rabia que Tulio siempre guarda dentro y no quiere que se repita. Sin embargo, lo único que hace Tulio es ponerse a su altura y caminar con él en silencio hasta unas escaleras que bajan desde un lateral del claustro, una serie de peldaños de piedra cruda y desgastada tallados directamente en la roca.

Mientras descienden, Ennio mira a Tulio de reojo. El cabello lo lleva más desordenado que de costumbre y su forma de caminar es distinta, tiene los hombros hundidos, las manos en los bolsillos de la casaca. A Ennio le gustaría preguntarle muchas cosas: qué siente tras haber acusado a Hedera de asesinato, si podrá perdonarla algún día… Hacerlo, sin embargo, implicaría que Tulio pudiera hacerle preguntas de vuelta. Preguntas que, Ennio se da cuenta, preferiría no tener que responder.

Ennio no querría tener secretos con Tulio. Aunque los tiene, claro. Jamás le ha contado a nadie lo de su alacena. Salvo lo que le dejó caer a Ludo la noche que se conocieron, claro. Ludo —no lo ha visto desde el ataque. ¿Estará bien? ¿Le devolvería la libélula sin leer el mensaje si se atreviera a hacerlo? Porque él mismo formó parte de las patrullas, vio la destrucción. ¿Podría perdonarlo Ludo si se lo contara?—. Ahora que lo piensa, tampoco le ha hablado a Tulio de él. Pero ¿qué pensaría Tulio? Un orfebre no puede confraternizar con un tejedor. Ni siquiera lo puede hacer Tulio pese a ser Hijo Salvo. Ambos son ciudadanos de La Corona y, como tales, tienen que regirse por las leyes, costumbres y tradiciones.

Pero es que a Ennio le gustaría… le gustaría… lo cierto es que no sabe qué le gustaría contarle a Tulio pero puede que si comienza a poner en palabras toda esa madeja enrollada que tiene en el pecho y en la cabeza, a lo mejor… A punto está de soltar un gemido de frustración cuando Tulio se le adelanta. Prácticamente sin cambiar de postura, sin sacar las manos de los bolsillos, Tulio suspira y le da una patada a una piedrecita que, aunque en origen era despreocupada, ha resultado bastante más agresiva.

Así que Ennio se rinde:

—¿Estás bien?

La reacción de Tulio, que es estallar en carcajadas y darle un manotazo en la espalda antes de agarrarle por los hombros y atraerlo contra sí para abrazarlo con fuerza, es la última que esperaba.

—Eres demasiado buena persona, amigo mío.

—O un cobarde —replica él amargamente. Tulio lo suelta lentamente y, entonces, baja un escalón para mirarlo de frente, ya que siempre ha sido casi una cabeza más alta que él. Ahora que Ennio lo tiene tan cerca, las ojeras se le aprecian mucho mejor. Y la piel, normalmente tostada por efecto del casi constante sol de Lydos, tiene un tono triste, pálido, como adormecido. A Ennio no le queda más remedio que insistir—: No es por tu padre, ¿verdad?

De nuevo, Tulio se echa a reír mientras se pasa la mano por la nuca.

—Por mi padre nos dimos una fiesta, ¿recuerdas? —le responde él manteniendo la sonrisa.

Que si la recuerda, piensa Ennio tratando de que, precisamente esos recuerdos no acaben colorándole las mejillas. Entonces, va a volver a preguntar. Aunque no hayan hablado nunca de ella, no al menos desde… que sucedió aquello, Ennio sospecha que…

—¿Es por Hedera? —le pregunta finalmente sin permitirse apenas pausas entre las palabras.

A esa altura, las escaleras zigzaguean ligeramente, forzándolos a ajustar su trayectoria. Ennio puede oír el crujir de las hojas secas bajo sus pasos. El distante clamor de las fraguas de los orfebres, allá arriba, en el Claustro Artefice, se va desvaneciendo. De vez en cuando, una brisa ligera que sube desde la laguna trae consigo el aroma de los cipreses y la tierra húmeda. Las escaleras se estrechan un poco y, delante de él, Tulio acelera el paso.

—No es… —dice, aunque Ennio se da cuenta de que ambas palabras le han salido estranguladas—. No es solo por ella. Es… ¿y si dice la verdad, Ennio? ¿Y si me he dejado llevar por la rabia y por… la venganza y la he mandado ahí, a El Caído? A ella y a todos los demás. Tú también estabas ahí. Tú también viste lo que pasó, cómo…

La escalera desemboca en el último de los patios que conforman la Academia. Aquí, como en todos los anteriores, hay pequeños grupos de estudiantes con sus ropas de color blanco inmaculado, igual que las suyas. La mayoría gira la cabeza al ver pasar a Tulio, que como Hijo Salvo no debería estar ahí, pero a su amigo no parece importarle y, si lo hace, lo disimula con gran maestría.

Cuando por fin cruzan el bosque de columnas altas como árboles viejos del atrio de entrada, Tulio lo mira como esperando una respuesta a la ristra de preguntas que ha lanzado. A Ennio le gustaría poder dársela.

Sin embargo, en lugar de eso, lo que hace es detenerse en seco y, contra su voluntad, permitir que la piel de las mejillas le comience a arder cuando susurra en voz muy baja:

—¿Ludo?

LUDO

Oh. Oh, piensa Ludo cuando Ennio, con los ojos llenos de preocupación se le acerca y le pone esas manos suyas de orfebre, cálidas y fuertes, sobre los hombros, sobre los brazos, en el cuello, como para comprobar que está entero.

Luego, también dentro de su cabeza se repite ese *Oh. Oh,* al darse cuenta de que la persona que está con Ennio es, precisamente, el idiota de Tulio Zephir, con la boca tan abierta que Ludo espera encarecidamente que alguna mosca que pase por allí se le meta dentro.

—Ludo. Ludo —insiste Ennio mientras se acerca a él y Ludo comprueba, no sin cierto placer, que Tulio los mira como si tuviera delante un fantasma—. ¿Qué haces aquí? ¿Estás bien? Yo… lo siento tanto, Ludo, pensé… pensé que… no sabía si te había ocurrido algo la noche del ataque, si estarías herido, o…

Ay, su niño dorado. Estaba preocupado por él.

Quizás otro dudara en usar el desasosiego de Ennio para sus propios fines, pero Ludo, cuya brújula moral ya es bastante laxa la mayoría de las veces, necesita algo de Ennio con urgencia, y va a usar todas sus armas para conseguirlo.

—Estoy… —Ladea un poco la cabeza. El ojo morado que le regalaron los vígiles en El Mirlo le ayuda a tener un aspecto todavía más apaleado. Como guinda, Ludo dirige una mirada llena de temor hacia Tulio que, muy amablemente, se aparta unos pasos para darles intimidad—. Fue horrible, Ennio, horrible. Estoy vivo de milagro, ¿sabes?

Es casi tierno que Ennio adelante con vacilación la mano hacia su cara. Demasiado tierno hasta el punto en que Ludo siente una punzada de ligera, ligerísima culpabilidad, que se va tan rápido como ha llegado.

—Es peligroso que estés aquí, Ludo. La gente no para de hablar de guerra, de cómo los tejedores del Errante son unos traidores, quizá…

Es un buen momento, cree Ludo, para sujetar a Ennio por la muñeca.

—Tienes razón —concede en voz baja mientras tira de él, muy poco, muy suave, lo justo como para asegurarse de que Ennio vaya detrás—. En realidad, si me he arriesgado a venir es porque… —Ludo se gira. Hace una mueca que pretende fingir dolor y, tras esta pausa que le ha parecido suficiente, Ludo pronuncia las palabras que ha venido a decir—: Porque te necesito, Ennio.

—¿Qué…?

Ennio da un paso atolondrado cuando Ludo vuelve a tirar de él. También vuelve la cabeza hacia Tulio. Nunca le gustó. Se lo dijo a Hedera numerosas veces, pero ella estaba tan cegada de amor que no veía más allá, y ahora Ludo siente un pequeño y mezquino placer en la boca del estómago cuando le dice:

—Solo será un momento. Un momentín de nada y luego te lo devuelvo. —Al hacerlo, trata de que el desprecio no se le refleje en la mirada. Él es uno de los grandes culpables de que Andras y Hedera estén en El Caído, está más que seguro.

—Mi amigo… —comienza Ennio.

—Es mejor que hablemos en otra parte —le insiste Ludo—. No te ofendas —dice mirando a Tulio Zephir, que, dioses benditos, fue el prometido de Hedera y ahora lo tiene delante—. Solo es que de veras necesito hablar con Ennio. Es una emergencia.

Tulio Zephir levanta ambas manos y Ludo le sonríe satisfecho aunque lo que quiera sea darle una patada. Pero no cree que eso le ayudaría a obtener lo que pretende de Ennio.

—Ofensa, ninguna —responde Tulio, que trata de disimular el recelo en su voz fallando estrepitosamente, pero a Ludo le importa menos que nada Tulio Zephir. Ya fracasó la noche anterior, cuando su plan no es que se torciera, es que acabó con él molido a palos y vetado de El Mirlo durante los meses siguientes por orden expresa de Merula. No va a permitirse volver a fallar.

Sin previo aviso, Ludo vuelve a tirar de Ennio y este le obedece. Como un torbellino, lo lleva por las calles empinadas de La Corona aunque, para él, ahora mismo, tanto las calzadas como las terrazas de arenisca y los jardines cuidados sean solo el decorado de su escena personal.

Sin que Ludo llegue a saber cómo ha ocurrido, igual que esa noche en la que le salvó (más o menos) la vida, se escabullen sin soltarse las manos. Primero, pasan por un camino entre dos villas, una especie de túnel cubierto por buganvilias gigantescas. Luego, una escalera angosta, encajada en la ladera de la colina, les lleva a una callejuela que zigzaguea colina abajo.

Al detenerse al final del camino, en el rostro de Ludo vuelve a dibujarse una sonrisa mientras le susurra a Ennio, muy cerca del oído:

—No hay parte de Lydos en que puedas fiarte de que no haya cerca una *bucca* poniendo la oreja… —En esta última palabra, Ludo deja escapar el aliento cálido hacia el oído de Ennio justo antes de separarse y de fingir que no se ha acercado tanto—. Pero esta mañana me han prometido que guardarán nuestros secretos —remata con un guiño cómplice y una sonrisa que no promete nada bueno.

Por supuesto que, cuando le ha susurrado al oído, Ennio se ha tensado. Y, ahora, al separarse, se muerde levemente el labio inferior, quizá sin darse cuenta. Por supuesto, Ennio evita y a la vez busca su mirada.

—¿A dónde vamos? —pregunta Ennio. Ludo está seguro de que ha intentado reprimir un jadeo.

—A un lugar tranquilo.

—Entonces, déjame guiarte. Conozco uno perfecto.

HEDERA

—No sirven para nada.

Cuatro palabras, solo cuatro palabras pero, dioses, cuánto espacio han ocupado dentro de su cabeza durante las últimas horas hasta que, por fin, cuando los guardias les han ordenado volver a sus celdas después del tiempo libre en el patio, ha podido acercarse a Andras y las ha dicho en voz alta. Esas cuatro palabras. Eso, o Andras le lee la mente, porque al instante se pone a su altura y le pregunta:

—¿Qué es lo que no sirve para nada?

—Las sombras —susurra—. No sé si quiero un propósito, una misión o lo que sea que me ofreciste el otro día, pero no tendría sentido. No soy nadie y mi Arte tampoco. Las sombras son inútiles. Te recomiendo que busques a otra a la que reclutar.

Ya fue lo bastante malo despertar en aquella sala fría tras la Bendición y descubrir que el dios la había rechazado. Por unos instantes le quedó un atisbo de esperanza. Había tejedores poderosos, como Sátor. Y, si no eran poderosos, por lo menos eran útiles: tejebrumas y tejelluvias que trabajan en las grandes cisternas recolectando agua para la ciudad, tejesencias que, en el ejército, para los soldados heridos, suponían la diferencia entre la vida y la muerte, pero ¿sombras?

—Te equivocas, Hedera.

Hedera se tensa visiblemente, su postura erguida adquiere una rigidez claramente defensiva. Aprieta la mandíbula mientras en su cara aparecen líneas firmes de desagrado. A su orgullo nunca le ha sentado bien que le dijeran que se equivocaba, pero que lo diga Andras, con esa mirada clara, tan convencido, tan tranquilo a pesar de todo, le remueve las entrañas.

Camino todavía de su celda, Hedera le observa. En la penumbra de los pasillos del coloso, Andras asiente lentamente, con esa sonrisa de la que ha escuchado hablar a Ludo, a Bes y al resto de los Hijos del Buen Padre, que parece capaz de mover montañas, de cambiar el mundo y de romper cadenas.

—Demuéstralo —resuelve ella entonces mientras extiende las manos. Tiene los pulgares entrelazados y busca la poca luz que se cuela por entre los agujeros que hay en la carcasa de la estatua para proyectar un pájaro contra las paredes mugrientas.

—En realidad, la única que puedes sacarte de tu error eres tú misma —dice él. Hedera va a protestar, pero Andras continúa—: Pero puedo contarte algo. Puedo... preguntarte. ¿En qué se diferencia un tejedor de un orfebre? —Hedera abre la boca. Antes de que pueda responder, lo hace Andras—. Se diferencia en lo que te han dicho toda tu vida. Lo sé. Que los orfebres son los elegidos del Demiurgo, porque su Don les permite dar vida. Una vida verdadera, que permanece. En cambio, el Arte de los tejedores es corrupto. Es una burla a este regalo, como los demás dioses que se burlaron de Lydon en su momento de necesidad, porque no permanece.

El pájaro de sombras aletea, nervioso. Hedera lo siente palpitar, como si se tratara de una extensión de su propio cuerpo. Ya conoce la historia, no necesita que Andras se la cuente de nuevo.

—Pero ¿por qué deberíamos creerlos, Hedera? —La voz de Andras gana en intensidad, tiene fuego bajo las palabras—. Se ponen a los dioses en la boca cuando claman que los tejedores son una aberración, y que el orden del mundo, que unos sean ricos y otros pobres, es inamovible. Pero no creo que sea cierto —continúa él. Sin que Hedera se haya dado cuenta, se ha inclinado hacia ella y, de repente, tanta cercanía hace que un escalofrío le recorra el espinazo—. Las leyendas son... solo eso, leyendas. Creo, sí, que hace siglos alguien llegó a esta isla buscando refugio, y creo que de un modo o de otro todos recibieron un don... pero también creo que orfebres y tejedores no eran distintos en un principio, y que la avaricia, siempre la avaricia de esta ciudad lo estropeó todo. Porque los orfebres servían para la batalla y para la conquista, y los tejedores no. Unos son capaces de moldear el bronce, el oro o la madera. Los otros moldean la brisa marina, el aroma de las flores, pero son igual de importantes del mismo modo que, cuando nuestros antepasados llegaron a esta isla no había reyes, ni sacerdotes, ni pobres ni ricos. Ellos, que huían de la guerra y de la miseria, pensaron en construir algo nuevo y distinto, pero les hemos traicionado.

—Eso que dices es una blasfemia. Peor: es traición —protesta Hedera, aunque ese es el tipo de palabras por el que hay siempre una multitud como un enjambre alrededor de Andras. Guardias incluidos—. Aunque eres libre de pensar lo que quieras. No voy a ser yo quien te diga que aquí dentro no nos merezcamos un poco de consuelo.

Andras hace caso omiso a sus palabras. Mientras caminan en dirección a las celdas, Andras vuelve a sonreír. Esa sonrisa que Hedera le ha visto ya demasiadas veces, aquí, en el Errante, en el Buen Padre.

—No eres la primera tejesombras de Lydos, ¿sabes? Es un Arte poco común pero, desde luego, los ha habido antes que tú, y las crónicas… las crónicas dicen, Hedera, que el Arte de los tuyos servía para mucho más que para entretener a los niños. Porque ¿no son tus sombras un reflejo de todas las cosas que hay en el mundo? ¿Una ilusión de vida?

El pájaro de sombras aletea de nuevo y Hedera juraría que siente entre las manos el latido de un corazón diminuto, frágil. Esta noción, de repente, la sobresalta. ¿Ha estado siempre con ella este aliento de vida? ¿Es eso? ¿Vida? ¿O simplemente manipula las sombras como Sátor lo hace con el fuego, o Ludo con su propia voz? Sacude la cabeza, resistiéndose a creer nada de lo que está diciendo Andras. No le ha demostrado nada. Solo palabras y más palabras. Y está claro a dónde le han llevado las palabras hasta el momento: a pudrirse, como ella, en las entrañas de un coloso muerto.

A un gesto suyo, el pájaro por fin se libera y se aleja volando.

—No me has demostrado nada. Solo es un cuento.

Hedera no quiere juegos, no quiere enigmas, no quiere promesas y, cuando llega a su celda, se arrebuja en su camastro mientras, a su alrededor, en esas otras celdas individuales que rodean la suya como panales en una colmena, los presos charlan o lloran de rabia. Hedera fija la vista en el poco de sol, rojizo, que se cuela por entre las rendijas oxidadas del techo y se pone a pensar —porque no puede ni quiere hacer otra cosa— en su plan de escape.

LUDO

—Sé de un lugar —dice Ennio. Luego lo ve dudar un instante. Es fácil darse cuenta, piensa él, no tiene mérito. Porque hay algo que es siempre transparente en Ennio, algo muy poco común entre los residentes de La Corona. Ennio adelanta la mano y luego la echa hacia atrás justo antes de llevar la vista hacia el suelo.

Se queda así unos segundos que a Ludo, impaciente por naturaleza, le parecen horas, hasta que, de pronto, la apariencia siempre mansa de Ennio parece transformarse en algo distinto, más audaz, más fiero y seguro. Y no es que a Ludo le hayan flaqueado las piernas ni nada parecido, porque esas cosas a él no le suceden. Al revés, sí, pero ¿a él? Nunca. Por los laureles del Emperador que no. Aun así, cuando Ennio por fin se decide y tira de él, le hace girar por una callejuela todavía más estrecha y luego, sorpresa, lo hace escabullirse por un hueco entre dos muros y le obliga a avanzar medio encorvado por lo que parecen las bóvedas abandonadas de una antigua villa, hasta que se detienen. Deja escapar un grito de admiración:

—Por todos los dioses.

Ludo pensaba que conocía todos los rincones ocultos y maravillosos de La Corona, pero no.

—¿Qué te parece? —pregunta Ennio, satisfecho. Está relumbrante en su uniforme de la Academia, con esa casaca blanca que ensalza la firmeza de sus hombros, no porque Ludo se esté fijando, sino porque es demasiado obvio—. Descubrí este sitio hace tiempo —continúa Ennio—. Esta parte de La Corona es como un rompecabezas, las villas más nuevas se han ido construyendo por encima de los restos de las más antiguas y a veces quedan... cosas como esta.

Una terraza de apenas diez pasos de anchura, que el tiempo y el abandono han cubierto con una gigantesca enredadera. Un lugar oculto a la vista de todos. Por tres de sus lados, la terraza queda rodeada por muros modernos, pero el cuarto... el cuarto se abre a un cielo azul de apariencia infinita.

—Es... —Otra cosa que jamás le ocurre a Ludo es quedarse sin palabras. Al contrario: lo difícil es hacer que el tejetrino se calle. Por lo que Ludo termina por sentarse en el borde roto de la terraza, con los pies colgando en el vacío, sin acabar la frase.

Un segundo después, Ennio va a sentarse a su lado con tan mala o buena fortuna que uno de esos rizos tan graciosos que tiene sobre la frente se escapa de su sitio y Ludo, pobre de él, no tiene más remedio que colocárselo.

Si Ennio no fuera Ennio, Ludo interrumpiría el silencio que se ha hecho entre ambos cuando, al colocarle el rizo, han quedado mirándose. Diría algo así como «¿para qué me has traído aquí?».

Para su sorpresa, es Ennio quien lo interrumpe:

—¿Para qué me necesitas? ¿Es importante? He pensado que lo era, para que te hayas atravesado toda La Corona.

—Dime: ¿acostumbras a traer aquí a todas tus... conquistas?

Por mucho que lo intente, Ludo no puede dejar de ser Ludo.

Por supuesto que Ennio se ruboriza.

—No, no es eso. No traigo a... a nadie. Bueno, quizá. Pero solo a gente... *significativa.*

A Ludo le han llamado muchas cosas. La mayoría a gritos y acompañadas de amenazas. Eso sí: nunca le habían llamado «significativo». *Significativo*, repite Ludo internamente. Tendría que reírse. *Significativo*. No se ríe, sin embargo, por mucho que la palabra le resulte pomposa. Sino que hace lo único que puede hacer: continuar con su juego.

—¿Así que soy… *significativo*? —le pregunta arqueando una ceja y con una sonrisa de medio lado.

—Sí. Quiero decir, no exactamente. Es solo que…

El rubor de Ennio alcanza dimensiones magmáticas y a Ludo podría darle lástima, pero resulta que no se la da y, por eso, le interrumpe:

—No, no, sigue. Me gusta este juego en el que soy importante.

Quizá se haya envalentonado demasiado porque Ennio, apabullado, se aparta.

—¿Están todos bien en el Errante? —pregunta Ennio finalmente. La voz, se da cuenta Ludo, le ha salido rasposa. Incluso ha carraspeado antes de preguntarle—. Tu gente, quiero decir.

Y aquí es donde Ludo, tejetrino, la estrella más brillante de los Hijos del Buen Padre, debe poner a funcionar todo su talento. Por Andras.

Primero da un largo suspiro. Nota cómo se le están empañando los ojos. A él, claro. No a Ennio. Es fácil, pero Ludo no espera que lo sea *tanto*. Y, por fin, cuando habla, logra producir una voz como un quejido —fruto de su Arte, claro—. Pero las trampas no están prohibidas:

—Me temo que no. Y por eso te necesito.

—Pero ¿qué puedo hacer yo? Ni siquiera he salido de la Academia y…

Ludo sorprende a Ennio agarrándole las manos. Donde antes todo su cuerpo era puro dolor y amargura, ahora lo ha transformado en anhelo, mientras aprieta los dedos de Ennio y levanta la cabeza para mirarlo de nuevo a los ojos.

—Es algo que solo puedes hacer tú —le dice remarcando cada palabra para que Ennio sea capaz de comprender su magnitud. Suavemente, le suelta las manos, como si creyera que ese gesto desesperado hubiera sido abusar de su confianza.

—¿Yo?

—Necesito... Necesito...

Ludo baja los ojos lo justo como para apartarlos de los de Ennio. Ladea levemente la cabeza, de nuevo hacia ese cielo que se confunde con la laguna. No sabe si Ennio le está mirando pero, por si acaso, hace que sus labios tiemblen levemente.

—¿Qué necesitas? —pregunta Ennio finalmente en un susurro, contagiado del tono de Ludo.

Sin mirarlo aún, Ludo le pregunta:

—¿Podrías prestarme tu libélula? —deja la pregunta en suspense. Se permite pestañear lentamente, como si estuviera conteniéndose las lágrimas. Por fin, transcurridos unos segundos, vuelve a mirarlo—. Es cuestión de vida o muerte.

—Pero... está prohibida. Es un ingenio prohibido. Lo he creado fuera de la Academia y no podemos... no nos dejan... Si alguien la ve...

—Es muy importante. Por favor. Necesito... Necesito contactar con alguien.

—Yo...

Ya está. Ludo está seguro. Por cómo lo mira, con ojos muy abiertos pero, al mismo tiempo, con una mirada que, en realidad, es toda compasión. Ha traspasado sus defensas. Los hombros de Ennio, hasta hace unos momentos erguidos bajo la tela dura de ese uniforme de la Academia que lleva, se han relajado. Incluso ha logrado hacer que Ennio se inclinase en su dirección. Están cerca, muy cerca. Lo justo para susurrar:

—No tengas miedo, Ennio. Confía en mí.

Como le sucede siempre que termina una actuación, a Ludo le palpita con fuerza el corazón y le pitan los oídos. Es ansia, es impaciencia, es... pura expectación. Porque cuando baja el telón llega el momento de los aplausos y a Ludo no hay nada que le guste más.

Esta vez no hay aplausos sino algo incluso mejor: Ennio se lleva la mano hacia el interior de su jubón blanco y saca la libélula de oro y cristal. La libélula, al verse libre de su encierro, hace vibrar sus alas como si estuviera contenta justo antes de que Ennio le tome de las manos, se las abra y se la coloque suavemente sobre las palmas.

—Toma —dice.

Ludo aprieta la libélula contra sí, pero no la mira porque... no sabe por qué. Quizá porque no puede apartar los ojos de Ennio. Ya lo sabe, son bonitos. Pero tienen algo. No sabe qué. Es solo... Es su mirada. Que es esperanza y quizá todo lo bueno y lo bonito que debería haber en el mundo.

Aunque le parece que tiene que luchar contra sí mismo para hacerlo, por fin Ludo baja la vista un momento para guardarse la libélula en una de las dobleces del fajín que lleva. Cuando la levanta, esa mirada en los ojos de Ennio sigue ahí. Pero no está sola. La acompañan esa mandíbula firme, su piel tostada y con matices dorados por el sol, y su ligera, ligerísima, sombra de barba oscura.

Ni siquiera es consciente de estar haciéndolo pero, como una flor que se inclina buscando la luz, Ludo eleva el mentón y se encuentra con Ennio, muy cerca y con los labios entreabiertos. Seguramente todo suceda en un segundo, pero hay ocasiones en la cabeza de Ludo en las que todo ocurre demasiado rápido. Otras, demasiado lento. Esta es una de las últimas, en las que es consciente de cada detalle. De que Ennio tiene agrietado el labio inferior. Un poco más cerca. Tiene una peca un poco más grande, justo en el ángulo de la mandíbula, que podría ser un lunar.

Todavía más cerca. El aliento de Ennio lleva un aroma cálido a canela. Tan cerca que sus respiraciones se confunden. Ya le es inevitable besarlo.

Al principio quiere ser un beso lento, tranquilo. De agradecimiento, quizá, intenta justificarse Ludo. Uno que corona toda la actuación que ha estado haciendo. Pronto, sin embargo, Ludo deja de pensar.

Los labios de Ennio se encogen ante la presión que hacen los suyos, pero enseguida le corresponden. Ludo adelanta la mano y la apoya contra su pecho Después, con la mano que tiene libre, le acaricia la mandíbula, algo áspera al tacto. Ennio se estremece en cuanto le posa los dedos sobre la piel y, para sorpresa de Ludo, lo aprieta fuerte contra sí respondiendo a su beso con un hambre de siglos, un apetito que le obliga a dejar escapar un gemido contra los labios de Ennio.

Y se quedaría así. Besándolo. No le importa cuánto más. Porque todo su cuerpo, cada poro de su piel, cada uno de sus sentidos le pide, le *urge*, que se deshaga en ese beso. Pero la cabeza de Ludo nunca se calla, siempre está manteniendo varias conversaciones a la vez, y ahora le pregunta qué está haciendo. Si no está llevando la pantomima demasiado lejos. Ludo siente la tentación de alejarse. Pero no puede. No puede parar ahora, así que estrecha a Ennio contra sí, su pecho fornido contra el suyo.

También le baila dentro una chispa de culpa —una pequeña, quizá—, pero ha logrado de él lo que necesitaba. Misión cumplida.

Sin embargo ese beso… ese beso en que ahora hay lenguas entrelazadas, una mano que se le ha colado por debajo de la camisa y que le acaricia la espalda, suave. Unos labios que, mansos, le obedecen al mínimo gesto… Ese beso nunca ha estado dentro de los planes de Ludo.

BES

—Vete a tu casa, criatura.

Bes asiente, pero ignora las palabras del hermano Córax, el viejo sacerdote del Errante, mientras apila cajas y más cajas de comida en el fondo del cuartito que se usa en el templo para estos menesteres.

—Bes —insiste el sacerdote, pero ella solo menea la cabeza. Necesitaba salir del Buen Padre. Hay demasiado mal ambiente, tenía demasiadas cosas en la cabeza y Sátor...

No está enfadada con Sátor. Dolida, quizá sí. La otra noche se quedaron discutiendo hasta prácticamente el amanecer. Quería que Bes se olvidara de esa historia de la Dama fantasmagórica que se lleva a la gente por las noches. Sátor le dijo que ya tenían bastantes problemas, demasiadas cosas en las que pensar, y tenía razón, pero, al mismo tiempo...

Bes da un traspié. El contenido de la caja que estaba cargando va a parar al suelo y se da cuenta de que ya no tiene ánimos ni para agacharse a recogerlo. Lleva aquí el día entero. A primera hora de la mañana salió del Buen Padre, necesitaba ocupar la mente y ha acabado en el templo, ayudando al hermano Córax a barrer, a quitar las telarañas del techo y, finalmente, organizar las donaciones de comida. Puede que en el Errante la mayoría de gente sea pobre, pero incluso así, desde los ataques muchos se han acercado al templo para compartir lo poco tienen con los que son todavía más desafortunados, y el sacerdote tiene una pierna mala y reúma en las manos y Bes necesitaba dejar la cabeza en blanco durante unas horas.

Es así de simple. Mantenerse ocupada es lo que mejor le funciona cuando se siente abrumada. Otra gente tiene sus propios rituales. Ione, por ejemplo, cuando se atasca con una de las líneas de texto de una obra nueva, se esconde en la cocina del Buen Padre y se prepara una infusión; Exia suele subirse al palo mayor para llorar sin que nadie la vea y Sátor, porque Sátor es Sátor, prefiere irse a una taberna y perder las pocas monedas que tiene jugando a las cartas.

La madre de Bes, por ejemplo, cantaba. Tenía una voz bonita, aunque ella apenas la recuerde ya. Se sabía de memoria decenas de canciones, himnos religiosos y canciones de cuna, cantos de trabajo y piezas que había escuchado aquí y allá.

No quiere pensar en ella tampoco.

Entonces, Bes da un respingo al sentir la mano del sacerdote sobre el hombro. El anciano se ha colocado a su lado y ella ni siquiera se ha dado cuenta, pero ahora la observa con expresión seria, el labio ligeramente tembloroso. Está borracho, como siempre.

—Por mucho que hagas hoy, seguirá habiendo trabajo mañana si quieres regresar, chiquilla. Estas cajas no se van a mover de aquí —dice señalando al fondo del cuartito y, luego, en un ataque de sinceridad, añade—: Desde luego, yo no voy a hacerlo. Vete a tu casa, así podrás descansar y yo podré ir a calentarme el cuerpo con un vaso de vino. Y que los dioses te bendigan.

Después de eso, Córax la acompaña casi empujándola hasta el exterior del triste edificio al que en el Errante llaman «templo». Nada más hacerlo, Bes se da cuenta de que hay más miradas de reojo y susurros que de costumbre. La gente se ha puesto a hablar de una guerra inminente, los precios de la comida se han multiplicado y los vígiles también. Con el cuello y media cara cubierta por un manto para protegerse del frío, da unos pocos pasos, con la cabeza exactamente igual de embotada que antes, si no más.

Y ahora, ¿qué?, piensa para sí.

Sabe que tendría que volver al Buen Padre, pero se le hace una montaña, así que acaba sentada en el suelo, con la espalda apoyada en la fachada del templo, y la cabeza entre las manos. A pocos pasos de distancia, una grotesca *bucca* habla para quien quiera escucharla:

«*En las calles de La Corona, los rumores vuelan raudos,
de amoríos y secretos, entre susurros y aplausos.
Bajo la luz de la luna, los corazones se enlazan, en bailes
de miradas, donde las pasiones se abrazan*».

«Vamos. Cállate», signa Bes aunque, por supuesto, la *bucca* ni la escucha ni, en el hipotético caso de que pudiera hacerlo, va a callarse.

«*Mas entre juegos y enredos, un eco llega a mis oídos, de un
compromiso inminente, en los linajes más pudientes.
En dos familias de sagrados Dones, a los que guerra y honor les
guían, se anuncia boda y alianza, uniendo porvenir y fortuna*».

Tratando de ignorar los chismorreos de la *bucca*, Bes suelta un gran suspiro y, luego, mira hacia el cielo, que se está cubriendo de nubes oscuras a toda velocidad, como si los dioses se estuvieran preparando para esa guerra de la que todos hablan.

—¿Una moneda? —Bes jamás reconocerá que estaba tan absorta en sus pensamientos que la pregunta, y la persona que se la ha hecho, le han dado un susto de muerte, pero eso no quita que sea verdad—. ¿Uno de cobre, al menos? —insiste la misma voz, mientras le pone una mano roñosa a Bes debajo de las narices. Unido a la mano roñosa hay un brazo cubierto de una casaca todavía más sucia y, finalmente, una cara redonda y barbuda, que la observa con la esperanza de que, por lo menos, esa moneda de cobre sí que le caiga.

El Emperador. No el de verdad, claro. El viejo mendigo y loco que vaga siempre entre los muelles y el Errante.

«Majestad», signa poco a poco, con gestos amplios que dejan ver perfectamente las palabras que se van formando en el aire. No sabe si el anciano sabe leer, pero por si acaso. «Desde luego. Más faltaría».

Bes solo tiene una moneda de cobre, pero el anciano lo toma como si fuera de oro y se lo guarda en algún mugroso bolsillo al fondo de sus calzones mientras se aleja a paso rápido. Normalmente malvive por los alrededores de la Garra con otros mendigos con quienes comparte sus fortunas y sus desgracias, pero esta noche, solo los dioses saben por qué, el mendigo se acerca al puente y comienza a cruzarlo en dirección a la isla.

No debería preocuparle, se dice Bes, que se pasa las manos por entre el cabello corto y rubio. El Emperador parece más viejo que las piedras, y se las ha arreglado para sobrevivir todos estos años. Sin embargo, los ánimos tanto en el Errante como en la isla están caldeados, y un mendigo medio loco es un blanco fácil para cualquier bastardo con ganas de juerga.

Maldición.

«Está anocheciendo, majestad. Es mejor que regreséis al Errante», signa lentamente cuando le da alcance. El hombre se le queda mirando las manos, así que Bes debe asumir que, sí, poco o mucho, sabe leer, pero no se mueve.

Pobre hombre, piensa Bes. Al mismo tiempo, porque Bes es buena persona pero no tiene vocación de santa, decide que sus fosas nasales merecen algo de compasión y se aparta un paso.

«En el Errante estaréis mejor», insiste, pero el mendigo ahora tiene la vista fija en las luces de la isla.

«Majestad, ¿venís?», acomete nuevamente.

El viejo remolonea y ella comienza a ponerse nerviosa. Nunca se le ha dado especialmente bien esperar a los demás. Al final, suspira otra vez. Si los dioses le han puesto al Emperador delante, quizá sea por algo, así que signa con toda la calma que puede:

«Escuchadme, majestad». Por un instante, le parece ver una chispa de lucidez en los ojos acuosos del hombre, así que se apresura a continuar: «¿Habéis visto en alguno de vuestros paseos a una dama por el Errante? Una Dama que se lleva a la gente».

Quizá no sea la pregunta más útil, tampoco la que le solucionará todos los dolores de cabeza, pero es la primera que se le ha ocurrido, de entre todos los temas que le preocupan.

El Emperador, por su parte, con la boca abierta, va leyendo muy lentamente las palabras de Bes, casi haciendo bailar los iris en las cuencas de sus ojos, y luego niega con la cabeza. Bes ya se lo esperaba. «Y otra pregunta, majestad». El Emperador vuelve a mirar fijamente las letras que se van formando en el aire y Bes se envalentona: «¿Sabéis de alguien que se llame Cícero Aristeón?».

El Emperador es un anciano. Antes de acabar como está ahora, loco y miserable, debió de haber ido alguna vez a La Corona a participar de los juegos y las fiestas, como todos los habitantes de Lydos han hecho alguna vez. Y quizá sepa quién es, cosas más raras se han visto. Bes espera unos segundos. El viejo mendigo se ha quedado quieto, murmurando por lo bajo, pero cuando ella se inclina para tratar de escucharlo, el anciano da un paso hacia atrás.

«Os pido disculpas, majestad. No pasa nada. No tendría que haber preguntado. No...».

El anciano retrocede un poco más, negando violentamente con la cabeza, y por mucho que Bes signe palabras de disculpa, no logra que se tranquilice. Al final, el Emperador, con su casaca raída, sus galones y su cabello alborotado, sigue cruzando el Puente de la Garra en dirección a Lydos. Bes solo puede pedirles a los dioses que le protejan, y que tenga algún lugar en el que pasar la noche, porque ella no piensa ir tras él.

ENNIO

Un beso.

Su *primer* beso.

Ennio no sabe cuánto tiempo ha pasado desde que Ludo, dándole las gracias por la libélula una y mil veces, con reverencias y un leve rubor en las mejillas, se marchó dejándolo a él ahí.

Un beso, vuelve a pensar Ennio. *Su primer beso.*

Se lleva inconscientemente los dedos a los labios. Todavía puede notar cómo le palpitan. El mero recuerdo de lo ocurrido hace que un estremecimiento le atraviese de pies a cabeza, una sacudida intensa parecida al golpe vibrante de un tambor.

Un beso.

Su *primer* beso.

Cuando Ennio logra que su cuerpo se calme —o, al menos, tener la capacidad para disimularlo— y que su mente deje de girar una y otra vez alrededor de la imagen de Ludo acercándose a él lentamente y a la piel de la espalda de Ludo —que Ennio se atrevió a acariciar por debajo de la camisa—, y a sus ojos entrecerrados y a… Cuando Ennio logra dejar atrás todas estas sensaciones, sabe que se ha hecho demasiado tarde y que debe regresar.

Poco a poco, asciende el caminito de peldaños recortados en la roca y trata de pensar en una historia que logre apartar esos recuerdos y sensaciones. Todos y todo, le decía siempre su abuela, están hechos de historias. Historias que explican el paso de las estaciones, que cuentan por qué el mundo es mundo, por qué las personas actúan como lo hacen.

La historia que decide contarse Ennio es sobre Lydon, el fundador de la ciudad. Se dice que Lydon, después de llegar con sus seguidores a la isla que llevaría su nombre, se encontraba navegando las aguas de la laguna. Era un día hermoso.

En la antigüedad, piensa Ennio mientras la cuesta se le hace cada vez más difícil, todos los días debían de serlo. Entonces, de las aguas oscuras que rodeaban la isla, emergió una criatura. La abuela de Ennio, con su cara llena de arrugas y el cabello blanco adornado con cuentas de oro, decía que se trataba de un espíritu. Otras versiones sostienen que era una simple mortal, pero de una belleza inimaginable.

En todas las versiones, Lydon se enamoró. Para ganarse el favor de la joven, el héroe fabricó una corona con los materiales más ricos pero ella lo rechazó. Entonces, Lydon decidió forjar una espada. Esta vez, usó los materiales más fuertes que pudo encontrar. Por segunda vez, la muchacha rechazó al héroe.

Desesperado, regresó a su hogar en lo alto de La Corona, pero Lydon era un héroe, y los héroes jamás se rinden. Así que creó un tercer artefacto. Esa vez, empleó un material que ningún otro orfebre usaría jamás: Lydon jugó con sus lágrimas, con la luz de sus ojos y con su propio aliento para crear una caja que, al abrirla, tocaba la melodía más bella que se hubiera escuchado jamás. La historia cuenta que ese fue el primer ingenio, aunque hay otras leyendas que afirman lo mismo, pero esta…

Ennio se detiene. Respira hondo, dejando escapar lentamente el aliento del pecho. Por fin ha llegado a lo más alto de la cuesta. El aire le parece más limpio aquí, más claro. Las elegantes siluetas de las villas vuelven a llenar todo su campo de visión. Con la caída del día, la piedra blanca con la que se construyó Lydos toma un tono dorado que, dentro de poco, será naranja y luego rojo hasta que la noche se lleve los colores definitivamente. Sabe por qué ha estado pensando en el cuento que le contaba su abuela, en la historia de Lydon, su primer ingenio y en cómo la muchacha, agradecida por el regalo, se enamoró de él.

—No tenías por qué esperarme —dice con la voz todavía estrangulada.

Tulio levanta la cabeza. Está sentado justo donde se han separado, en el atrio de entrada de la Academia. Cuando sus miradas se cruzan, se encoge de hombros.

—No me esperan en ninguna parte —dice mientras se levanta. Tiene una sonrisa llena de cautela en los labios y Ennio se da cuenta de que hace mucho tiempo que no le veía sonreír y solo por eso decide que su enfado con Tulio va a quedar zanjado por el momento—. Has tardado… mucho. ¿Tengo que darte la enhorabuena? —pregunta entonces. De repente a Ennio le inunda un mar de vergüenza—. ¿O tengo que pegarme con alguien?

Ennio clama a todos los dioses por que Tulio no se fije en el rubor que, seguramente, debe estar cubriéndole no solo la cara, sino el cuerpo entero. El corazón vuelve a latirle con fuerza y también clama por que Tulio no se lo escuche mientras trata de actuar con la mayor naturalidad que puede.

—No tienes que pegarte con nadie y menos por mí o por mi honor —se apresura a responder para que deje de hacerle preguntas.

Tulio, al parecer, no opina lo mismo.

—Entonces…

—Es solo un amigo.

—Permíteme que te diga, Ennio, que yo soy tu amigo y que jamás me has mirado de ese modo.

Ennio deja escapar un gemido. ¿Tan obvio es? La vergüenza inicia un ascenso efervescente por su garganta, le va a ahogar, más aún cuando Tulio deja escapar una pequeña carcajada. A pesar de todo, dentro de Ennio también nace una corriente de alivio. Por lo menos, Tulio se ríe. Si su familia supiera… si su familia…

De nuevo Ennio piensa en la historia de Lydon y su primer ingenio. Cada vez que se la contaba, su abuela le recordaba que en realidad la leyenda hablaba de los orfebres de Lydos.

De cómo los ingenios no son simples objetos con vida, sino que en cada uno de ellos hay un pequeño fragmento del alma de sus creadores.

Ennio siente en el pecho la ausencia de una de sus criaturas, un vacío en forma de pequeña libélula.

—Me ha... pedido una cosa —dice al fin—. Y yo se la he dado.

Tulio recibe estas palabras con seriedad. Por un segundo, su expresión se endurece, sus labios pierden el color y crispa las manos. Algo de lo que ha dicho Ennio se le ha clavado directo en el corazón, aunque un segundo después vuelve a la normalidad.

—Mantengo mi oferta sobre darle una paliza si hace falta —musita Tulio con una sonrisa que solo logra parecer que bromea a medias. Es una tontería, pero las palabras de su amigo logran que a Ennio se le llene el bajo vientre de una gratitud abrumadora.

—Serás el primero en saberlo, te lo prometo.

No le cuenta lo del beso, sin embargo. Aunque haya una parte de él que esté deseando compartir con su mejor amigo estas nuevas sensaciones que está viviendo, la imagen que todo el mundo tiene de Ennio Orykto le obliga a mantener silencio, a guardar todas esas nuevas sensaciones muy dentro. Y echar la llave.

Por eso, respira hondo y echa a caminar con los puños y los dientes apretados, esperando que Tulio no le mire, no le cuestione, no le pregunte. Por suerte, quizá porque su amigo lo conoce bien o porque, para su propia sorpresa, está siendo un buen actor, lo único que hace Tulio es seguir sus pasos.

De la Academia están ya saliendo, a punto de terminar el día, otros iniciados, discípulos y eruditos camino a casa o a las fiestas y los banquetes que, pese a los vientos de guerra, siguen celebrándose en la ciudad.

Sin embargo, una figura destaca entre la multitud. Su posición, erguida y serena, además de la hebilla dorada del cinturón, con forma de «O», atraen inmediatamente la atención de Ennio. Es Cleón, uno de los criados de Villa Orykto.

—Vuestra madre os reclama, señor —anuncia Cleón con el semblante pétreo en cuanto Ennio se acerca a él.

Nada más escuchar esas palabras, el corazón de Ennio se le sube a la garganta. ¿Se ha enterado su madre? ¿Los ha visto besarse, a Ludo y a él? ¿Le ha puesto algún espía para controlar sus movimientos? Conociendo a su madre, no le extrañaría. Sin embargo, cuando se fija en que Cleón lleva en la mano un fajo de tarjetitas doradas con el emblema de los Orykto, logra tranquilizarse un poco.

—¿Qué es, Cleón? —pregunta.

Sin embargo, a Cleón no le da tiempo a responder porque Tulio es más rápido y le arrebata el fajo de tarjetas. La tinta se mueve y ondula, como si fuera olas de mar. Es tinta de orfebre, sacada de una pluma de cisne negro y de un tintero que no se vacía nunca que fue creación de su tatarabuelo. Una fiesta, esta noche, en la Villa Orykto.

—¿No hay ninguna invitación a mi nombre? —pregunta Tulio barajando las tarjetitas—. Veo que el de mi madre sí que está, pero no encuentro el mío por ninguna parte.

—Tú no necesitas ninguna invitación para asistir a la fiesta —le dice a Tulio.

¿Qué ha sido eso?, se pregunta inmediatamente. ¿A qué viene ese acto de rebeldía que es invitar a Tulio a la fiesta sin el consentimiento de su madre? Pobre Cleón, lo mira como si Ennio hubiera escupido sobre la tumba de sus antepasados, pero él se mantiene firme.

Está harto de todo. La cabeza le regresa al ataque al Errante. Ennio siente que su pecho podría estallar en cualquier momento, sin comprender cómo es posible que su madre esté organizando una fiesta cuando no hace más que escuchar rumores de guerra, al otro lado del Puente de los Susurros.

Bes

A Bes, pasar el día fuera del Buen Padre no le ha servido para aclararse las ideas. Al contrario. Tanto es así que, de repente, le ha entrado la imperiosa necesidad de sentarse junto al fuego en la Vaguería —probablemente, después de la cocina, el sitio que más le gusta a Bes del Buen Padre: una sala dedicada única y exclusivamente al noble arte de vaguear— para sentirse de nuevo en casa y a salvo. La sensación se le hace más acuciante a medida que en su camino a través del Errante se va encontrando casas cerradas a cal y canto, y más vígiles que nunca por las esquinas.

Cuando por fin llega junto al Buen Padre, ve que de una de las múltiples chimeneas del barco escapa un humo blanco que huele a canela y pimienta. Ese aroma significa que ya está Rufio en la cocina haciendo la cena y eso es, definitivamente, motivo de alegría.

Está a punto de cruzar las grandes puertas pintadas de rojo del barco cuando tiene la ocurrencia de mirar hacia arriba y, entonces, maldice.

Ahí está Ludo. De pie, justo en el borde mismo de la cúpula que se levanta encima del escenario. En un instante de verdadero terror, Bes piensa que Ludo tiene la intención de lanzarse al vacío, pero luego se da cuenta de que, en realidad, lo que está haciendo es otear hacia el horizonte. Desde que tuvo esa estúpida pelea con Sátor ha estado más escurridizo que de costumbre y la experiencia le dice que, con esa actitud, es más que probable que esté tramando algo. Y cuando Ludo trama cosas, suele terminar metido en un lío. Además, Bes ya se ha enterado, y no le ha sido muy difícil, de que provocó una pelea con los vígiles en El Mirlo. Sin querer hacerlo pero sabiendo que no tiene más remedio, con un suspiro lleno de amargura, comienza a trepar por la escalerilla que conduce a la cúpula. Justo a tiempo: cuando ya está arriba, se da cuenta de que Ludo está siguiendo algo con la mirada. Algo pequeño. ¿Un pájaro? No. Que ella sepa, los pájaros no son dorados ni vuelan directamente hacia las palmas extendidas de Ludo.

O lo habría hecho si, en el último momento, Bes no se hubiera acercado por la espalda del tejetrino y lo hubiera interceptado.

—¡Eh! ¡¿Se puede saber qué haces?!

Lo primero que sorprende a Bes es el tono con el que le grita Ludo. Más que enfadado. Herido, desesperado. En boca del chico, es un sonido que se le hace extraño. La segunda cosa es que la criatura es una libélula hecha de alambres dorados y de cristales de colores.

«No. ¿Qué estás haciendo tú?», pregunta con la mano que le queda libre.

—¡Dámela!

Quizá, en otra ocasión, al escuchar esa nota de desesperación en la voz de Ludo, Bes se hubiera rendido, pero un examen más atento del ingenio le revela que la criatura tiene una diminuta nota atada a una de sus patas.

«¿Quién te la manda?», pregunta mientras se aleja un paso.

—No es asunto tuyo. Vamos, Bes. Devuélvemela. Por favor... —comienza Ludo, que baja las manos, abatido, y pone una cara de pena tan convincente que casi, casi, habría engañado a Bes si no fuera porque le puede el ansia y, un segundo después, intenta arrebatarle la libélula de nuevo—. ¡Maldición!

De nuevo, Bes siente una ligerísima punzada de culpabilidad, pero a estas alturas la curiosidad es más fuerte que su brújula moral y tira del papelito con cuidado de no dañar a la libélula y lo lee apresuradamente:

«*No necesitamos rescate. Haced lo que os he pedido. Buscad a Cícero Aristeón*».

Quién sabe de dónde ha sacado Ludo ese ingenio, pero el mensaje es inequívocamente de Andras. Bes conoce su caligrafía. Muy propio de Ludo. Aunque Bes le adora, hay que reconocer que a veces es un sucio egoísta que, como es el caso, se ha callado que tiene un modo de contactar con Andras cuando todos los Hijos —incluso ella—, aunque traten de disimularlo, están muertos de preocupación. Así se lo dice, signando furiosa y poniendo mucho énfasis en ese «sucio egoísta». Ludo, en vez de tratar de negarlo, musita:

—Qué más da. Ya has visto su respuesta, no me necesita.

«Me necesita».

Nunca una frase tan corta había tenido tanto significado. Es un secreto a voces entre los Hijos que, aunque todos ellos darían un brazo por Andras, Ludo... lo de Ludo va más allá. Bes no sabe *cuánto* más allá. Meses atrás, en La Herradura, aprovechando que dos vasos de licor de grosellas le habían dejado a Ludo la lengua un poco suelta, Bes le preguntó si estaba enamorado de Andras. No por ser cotilla, sino por genuina preocupación. Ludo le dijo que no y, como se supone que los borrachos y los niños nunca mienten, Bes se lo creyó.

«Ya hemos hablado de...».

De un tirón, por fin Ludo le arranca la libélula, escribe algo en la otra cara del papel, se lo introduce a la libélula entre las patas, la lanza al vuelo y, después, va a sentarse al borde de la cúpula con las piernas colgando sobre la cubierta con la vista fija en la dirección por la que se ha marchado la libélula de nuevo. La está ignorando con tanto énfasis que Bes se marcha.

Cuánto desearía Bes poder murmurar una maldición en voz alta por una vez. Se sentiría muchísimo mejor. Meneando la cabeza, se encamina hacia la entrada del barco. Alguien ha colgado unas cuantas esferas luminosas como las que usan los días de espectáculo, como si así estos días tan oscuros fueran a serlo menos.

—Por fin apareces. Hemos estado a punto de enviar una expedición de rescate.

Allí, en el vestíbulo, está Sátor. Se ha lavado y peinado y, desde donde está, Bes puede sentir el aroma que desprende, a sándalo e incienso.

«¿Vas a salir?».

Es una pregunta estúpida. Por supuesto que va a salir y, conociéndole, hará todo lo posible para regresar con compañía al Buen Padre.

—Hay una camarera en La Herradura esperándome. Me ha pedido que le enseñase el barco— responde él con una sonrisa pícara que Bes se esfuerza en imitar. Es una experta, apenas si se nota el esfuerzo que requiere, y la punzada que le atraviesa el estómago.

«¿Ya la has avisado de que el itinerario acaba en tu camarote?».

La risotada de Sátor resuena por todo el vestíbulo, como si lo corearan las bestias de estuco y madera que decoran la estancia, mientras el chico se acerca a Bes y le pasa un brazo por los hombros.

—No, pero... por cómo me miraba la otra noche, no creo que le importe.

Lo aparta. Parece un gesto jocoso, entre amigos, y Bes menea la cabeza.

Esa misma noche meses atrás, después de que Bes le preguntara a Ludo si estaba enamorado de Andras, el tejetrino contraatacó, con toda la malicia de la que era capaz, y le preguntó si ella estaba enamorada de Sátor.

Bes dijo que no, pero es que Bes no había bebido ni una gota de alcohol aquella noche.

—¿Quieres venir? —añade entonces Sátor. Lo peor es que no lo dice por compromiso, o, los dioses la asistan, por pena. Es que en la cabeza de Sátor el plan es perfecto: ir a La Herradura con su amiga, beber allí mientras le suelta gracias a la camarera y, cuando sea el momento, desaparecer discretamente.

En otra ocasión, Bes incluso habría aceptado. Al fin y al cabo, hace mucho que decidió que era mucho mejor ser amiga de Sátor y aceptar que no sería nada más, que alejarse de él, pero esta noche no se ve con fuerzas.

«Creo que iré a comer lo que haya preparado Rufio y luego saldré otra vez. Iré con cuidado, no te preocupes», añade al ver la cara que pone Sátor.

—¿Esa dichosa Dama tuya?

«No. Necesito estirar las piernas, eso es todo».

Sátor se frota el cabello corto de la nuca con esa mano repleta de anillos, pensativo.

—Oye, puedo...

No, no, no. Bes le da un golpecito en el brazo.

«Ni lo insinúes. No hace falta que me acompañes. Además, ¿qué haríamos con tu camarera? ¿Llevarla con nosotros? Anda. Lárgate».

Por suerte para Bes, en ese momento la voz clara de Rufio llama a los Hijos a cenar y ella le da un empujón suave a Sátor en dirección a la puerta.

«Vamos. Todos hemos tenido una semana horrible, nos merecemos un descanso».

XVI
Ojos que claman bajo las máscaras

En Villa Orykto, propiedad de su familia.

ENNIO

Hay un dicho: «Aunque Lydos arda, La Corona baila».

Da igual que, durante el día, no haya hecho más que escuchar a la gente hablando de guerra —una guerra que parece inminente pero que, en realidad, nadie sabe de dónde ha salido—, que las *buccas* no hayan parado de susurrar, como enloquecidas, chismorreos, denuncias y amenazas por igual, pero La Corona baila. Y queda muy poco para la Bendición del Demiurgo, por lo que las fiestas, las celebraciones y los banquetes —como si nada de lo anterior estuviera sucediendo— siguen celebrándose.

Esta noche, el banquete es en su honor. Siguiendo las instrucciones de Cleón, al llegar a su casa se ha encontrado la villa en plena efervescencia. Los criados corrían por los pasillos, su madre daba órdenes a diestro y siniestro y, en la parte trasera de la casa, había una larga cola de carros descargando comida, decoraciones y maravillas para decorar los jardines. También había una banda de músicos —esta vez, no son tejedores del

Errante sino músicos de La Corona, como si nadie se atreviera a traspasar la Garra— afinando sus instrumentos bajo los cipreses de la entrada.

Ennio daría lo que fuera: su Don como orfebre, un brazo, una pierna, toda su fortuna y la de su familia por estar en cualquier otro lugar, pero no puede. La única libertad que le queda es la de soñar despierto, y eso hace: piensa en unas horas atrás, cuando ha recibido su primer beso, tan suave como si Ludo hubiera tenido labios de seda. Aun así, muy pronto tiene que regresar al presente, cuando recibe una palmada en la espalda.

—¡Eres afortunado! ¡Te ha tocado una chica preciosa, muchacho!

—Sí, desde luego… —balbucea Ennio mientras da un trago de vino que no logra quitarle el sabor de los labios de Ludo.

La persona que le habla, un hombre fornido, de cara roja y tripa prominente, se llama Sulla. Es primo de su padre. Y la chica de la que habla —que en este momento, desde el otro lado del jardín, le dirige una sonrisa petrificada mientras también saluda a amigos y familiares— resulta que es su prometida.

—¡Y qué dote! —exclama el hombre, que trata de darle otra palmada que Ennio esquiva con todo disimulo—. Es la tercera orfebre de su familia, ¿sabías? Están destinados a…

Ennio ha sido el primero en sorprenderse. Es decir: sabía, de una forma más bien vaga, como quien sabe que el sol gira alrededor del mundo, y que a la primavera la sucede el verano, que tarde o temprano su familia le comprometería con una buena chica. Es una cuestión práctica, le dijo una vez su madre: así se ahorraba el engorro de tener que encontrar una por su cuenta y, además, se aseguraban de que la candidata fuera *apropiada* —la palabra *apropiada* siempre la ha pronunciado su madre con una inflexión extraña, como si fuera una amenaza.

Lo que no esperaba era que, al llegar a casa siguiendo a Cleón, Livia, su madre, entrara en sus aposentos como un pequeño huracán llevando un traje de gala, blanco con chaqueta cruzada al pecho y pantalón ceñido a las pantorrillas, lleno de condecoraciones y honores, y le dijera que esta misma noche se iba a celebrar su ceremonia de compromiso.

Ennio sospecha que, en realidad, el compromiso lleva listo desde hace mucho, porque no se organiza una fiesta así —con decenas de invitados, y comida llegada de todos los rincones del continente, con música y bailarines— de un día para el otro, y que el último en enterarse ha sido él.

Cuando Ennio levanta la mirada, resulta que esa chica con la que lo han prometido —y que no es otra que Antine, su compañera en la Academia— lo vuelve a mirar y le dedica otra sonrisa tan o incluso más trémula que la suya. Ennio tiene ligeras sospechas de que quizá a ella tampoco es que la hayan avisado de lo que iba a suceder.

—¿Estás pensando en el futuro brillante que te espera, muchacho?

Ennio se da cuenta no solo de que su pariente ha seguido hablando mientras él tenía la cabeza en la luna, sino que además el viejo Sulla, a juzgar por la sonrisa afilada que le asoma bajo el bigote, se ha dado cuenta.

Ennio primero siente una vergüenza devastadora y abre la boca dispuesto a declarar una disculpa pero, entonces, se fija en el resto de su familia: padre, madre, rodeados de conocidos y aduladores. Madre viste sus mejores galas, un atuendo de gasa blanco y vaporoso, que dejan el protagonismo a las joyas de la familia, delicados ingenios que ayudan a hacer su piel más tersa, su voz más suave y su oído más afilado. Padre, con su uniforme del ejército a rebosar de las condecoraciones que ganaron sus antepasados en guerras que ya casi nadie recuerda. Ennio se fija asimismo en sus hermanos menores, que caminan con la espalda recta y el mentón levantado, vestidos de uniforme también, como si fueran adultos en miniatura en vez de niños que deben jugar y correr.

Ese es el futuro brillante que le espera, se da cuenta entonces. Riquezas y honores. Una villa en lo más alto de La Corona, con jardines, y establos, allí donde la gente mata por un palmo de tierra. Un puesto en el ejército. Ennio, supone, saldrá en los libros de historia como lo han hecho sus antepasados y, sin embargo, le cuesta recordar la última vez que vio a sus padres sonreír o, de hecho, dirigirles una palabra de afecto a él o a sus hermanos. Quizá por todo eso, por lo que ha visto en los últimos días más allá de la Corona y quizá también porque hoy ha recibido su primer beso, Ennio hace una cosa que jamás pensó que sería capaz de hacer: decir lo que piensa.

—Es el futuro que quieren mis padres, no el mío.

Puede que no sea un gran acto de rebeldía, pero Ennio se aleja de su pariente ignorando un «¡Oye! ¿A dónde vas?» mientras le arden las mejillas y siente en la boca del estómago una especie de abismo al abrirse paso por entre la gente que le da palmadas y le felicita. ¿Qué ha hecho? ¿Qué ha dicho? ¿Y si Sulla, el primo de su padre, le cuenta a todo el mundo lo que acaba de decir?

—Perdón. Disculpen… —Ya no es solo su tío el que le llama. Ennio también cree escuchar la voz de su madre, tan severa, y la de su padre, ligeramente borracho como siempre, pero no se detiene.

¿Habrá venido Tulio a la fiesta? Está razonablemente seguro de que, aunque no le hayan invitado, su amigo ha venido, y Tulio, piensa Ennio, seguro que sabrá qué hacer.

Sin embargo, por más que busca, no ve a Tulio por ninguna parte, de modo que Ennio, cada vez más nervioso, se aleja hacia un extremo de los jardines, que cuelgan sobre una gran terraza de piedra que domina todo Lydos. Allí podrá sentarse.

Tomar el aire. En la fiesta, unos pequeños ingenios con forma de flor llevan toda la noche soltando agua perfumada en el ambiente y Ennio cree que le están provocando dolor de cabeza.

Pero ni siquiera cuando llega a la barandilla al final del jardín, encuentra esa calma que cada vez necesita con más urgencia, porque al llegar ya le está esperando otro corro de parientes y amigos, más golpes en la espalda, más felicitaciones. Un camarero de sonrisa radiante le ofrece una copa dorada que Ennio quiere rechazar pero que aun así acaba tomando. Los invitados a la fiesta le han rodeado y escucha a alguno bromear. Que está nervioso. Que es joven. Que su prometida es muy bonita y que debe de estar deseando que llegue la noche de bodas. Ennio, mientras, querría gritar y ni siquiera sabe por qué. Al fin y al cabo, siempre ha sabido que esta sería su vida. Para eso lo han educado y, hasta hace poco, no le parecía un mal futuro.

Vuelve a llevarse las manos a los labios. El mero gesto le provoca una punzada de culpa, y, bajo la culpa, aflora otro sentimiento más salvaje, más cálido, en el bajo vientre. Ludo le ha besado, y no debería pensar en ello a cada momento porque no es *apropiado*, como diría su madre, pero al mismo tiempo es excitante y le hace sentir la cabeza ligera y las rodillas temblorosas.

—Es una buena cosa, eso de la guerra —escucha entonces. Por primera vez en toda la noche, Ennio se fija en las palabras de uno de los invitados a la fiesta. La guerra. Otra vez—. No solo podrás ir a darles su merecido a esos malnacidos de Vetia, muchacho —continúa el invitado. Ennio no lo conoce. No conoce a la mitad de la gente que está en el jardín y, con la otra mitad, se le hace cuesta arriba hablar. Es algo que su madre odia de él. Y, en cambio, cuando ha estado hablando con Ludo en ese lugar escondido de La Corona todo le ha parecido tan fácil…—. Cuando hayamos vencido, ambos regresaréis con honores y con suficiente botín como para cubriros a ti y a Antine de oro y de piedras preciosas.

—¡Ay! ¡Quien fuera joven! —suspira otro. Todos los que rodean a Ennio son hombres mayores, todos con uniformes de estilo militar y viejas condecoraciones. El tipo de gente, sabe Ennio, que habla de la guerra como de la mayor aventura. El tipo de gente que, por ser oficiales, ven las batallas desde la retaguardia mientras, en el frente, delante de ellos, los soldados rasos pierden la vida.

Esta vez Ennio, quién sabe por qué, tampoco calla lo que piensa.

TULIO

—¿Ves este vaso? Procura que esté siempre lleno.

A Tulio le pareció buena idea acudir a la fiesta sin invitación. Le pareció un gesto rebelde. Un bofetón en la cara a todos los que le insultan, le llaman Hijo Salvo con desprecio y susurran chismorreos a su paso, pero… pero…

Pero a Tulio la sonrisa con la que ha cruzado la verja del gran jardín no le ha durado más que unos segundos, y no ha sido por las miradas ni por el mar de espaldas con el que se ha encontrado, aunque cada uno de esos gestos fuera como un desgarro en la piel. No. La razón por la que Tulio ha acabado en las espaciosas bodegas de la villa y ha callado cuantas bocas han protestado por su presencia metiéndoles monedas entre los dientes, la razón por la que golpea su vaso contra la pared para que se lo rellenen de nuevo, impaciente, es…

Es que Tulio no sabía que era una fiesta de compromiso. Por la expresión de Ennio, su amigo tampoco, y algo en el fondo de su mente le recuerda que debería estar con él, apoyándolo, pero no puede.

—Más.

Bebe de un trago el vino que todavía queda al fondo del vaso y golpea de nuevo la pared. Ni siquiera hay una mesa aquí abajo, solo un taburete cojo, lo único que salva a Tulio de la zozobra más absoluta.

Y hay otra cosa, piensa mientras tiene la impresión de que el estómago se le pone del revés. Le están sirviendo un vino que sabe agrio, casi a vinagre. El que uno guardaría para los invitados indeseables o muy borrachos, y él no sabe cuál de los dos es. Otra cosa también le ronda la cabeza. Algo que ha dicho Ennio cuando lo ha visto regresar después de que escapó con el tejetrino de cabello desordenado como si hubiera perdido un pedazo de su propia alma.

«Me ha pedido algo importante. Se lo he dado».

Eso ha dicho. A Tulio, de repente, se le escapa una risotada que hace que los sirvientes que han convertido la bodega en un hormiguero levanten la cabeza hacia él. Incluso ellos le miran con desdén.

«Se lo he dado».

Él también, una vez, regaló algo muy importante. Recuerda el día. Lo recuerda con una claridad pasmosa que contrasta con el modo en que el mundo alrededor de Tulio, por culpa del vino, comienza a combarse y a retorcerse sobre sí mismo.

Recuerda haber bajado los escalones de la cripta de su casa. Su padre a un lado, su madre al otro. Recuerda los pies ligeros, el corazón en un puño. De niño bajaba a aquel lugar lleno de susurros, frío como una tumba, para fantasear con los tesoros que allí se custodiaban, pero aquel día, a un gesto de su padre que hizo con su mano de plata, la cripta se iluminó con una miríada de luces ambarinas. Las sombras se despejaron y comenzó a aparecer el brillo de los ingenios dormidos. Ese día Tulio paseó entre caballos alados, coronas, máscaras, anillos y collares. Vio un pájaro de filamentos dorados y ojos de rubí que cantaba con la voz más dulce, y un arco que jamás fallaba, pero el tesoro que atrajo su atención fue uno muchísimo más discreto. Dos tobilleras de bronce, decoradas con un par de diminutas alas a cada lado, que colgaban indolentes de las ramas de un manzano mecánico que, por Don de los orfebres, daba manzanas doradas.

«Esto», dijo. Ignoró a su madre, que sugería que eligiera alguna de las joyas maravillosas de su colección para regalársela a Hedera por su compromiso. Negó con la cabeza cuando su padre propuso regalarle a su futura esposa una fiera criatura guardiana, un gran lince de colmillos como espadas hecho de perlas y ámbar tallado.

Sabía que la belleza de Hedera no necesitaba adornos y que su fiereza le bastaba como protección. La conocía lo bastante bien como para saber que ella, lo único que anhelaba era libertad. Ser la más rápida. Correr como nadie en La Corona pudiera hacerlo.

Fue tan feliz cuando le regaló aquellas alas, y ahora, mientras recuerda de nuevo las palabras de Ennio, toda esa felicidad se ha convertido en una amargura sin fondo.

—Más —insiste cuando la camarera no le llena el vaso hasta el borde. La muchacha duda. Tendrá su edad, aunque la vida y la pobreza hayan hecho mella en su piel y en el brillo de sus ojos. Ni siquiera parece una sirvienta de la casa, aunque lleve el ancho pantalón y la levita negra cruzada con una hebilla en forma de «O», símbolo de los Orykto, sino alguna desgraciada de Piedeísla que ha venido a servir a los ricos por un puñado de monedas, y que regresará a su miseria cuando acabe la velada. No tiene ninguna culpa y, sin embargo, es la única persona ahora mismo contra la que Tulio puede descargar su rabia—. ¡Más! —De repente, Tulio se ve preso de una furia que le quema por dentro y golpea la vasija de arcilla contra la pared—. ¡Más!

—Quizá ya hayas bebido lo suficiente, hijo.

Ah. Por eso la camarera tenía los ojos abiertos en un gesto aterrorizado. No por él, sino por Caletia, su madre. Dioses en los cielos, si no estuviera tan borracho, seguramente Tulio también estaría muerto de miedo. Caletia parece salida de uno de los grandes cuadros de la pinacoteca de la Academia, una diosa vengativa con los ojos perfilados en kohl negro, el cabello peinado en una corona de apretados bucles alrededor de la cabeza y un vestido de la seda más pura, y de un color azafrán que solo los mejores tejeíris pueden lograr.

Contra todo pronóstico, Tulio se ríe.

—¡Madre! —Se vuelve hacia la camarera, que no ha atinado a marcharse—. Sírvele una copa a ella también. Está claro que la necesit…

¿Se esperaba el bofetón? Tulio no puede decir que no se lo esperara pero, aun así, del susto acaba tirando el contenido de su vaso de barro. Cuando quiere pedirle a la camarera que se lo rellene de nuevo, descubre que ha aprovechado el momento para escapar.

—Me avergüenzas —dice Caletia con voz de galena.

—No eres la única. —Él, por ejemplo, también se avergüenza. O, por lo menos, antes lo hacía. Ahora, cuando Tulio se examina concienzudamente, muchas veces solo encuentra una especie de vacío allá donde, además de la rabia, deberían estar el resto de sus sentimientos—. Sabes cómo me miran, madre. Soy un fraude. No soy nada. —Nada, nada, nada. La palabra hace eco dentro de su cabeza. Nada para la sociedad, nada para sus amigos, como nada fue para Hedera—. La gente tiene raz…

Otro bofetón, en la otra mejilla.

—Levántate. Esa gente de la que hablas no son más que personas ignorantes y asustadas, que no ven más allá de sus propios miedos. ¡Levanta, he dicho! Ve a lavarte la cara, muchacho, serénate y, cuando lo hayas hecho, vas a regresar a la fiesta conmigo. No tienen que olvidar quiénes somos. No vamos a dejarles. Tú…

En la gran bodega debería haber un bullicio infernal, pero Tulio se da cuenta, de repente, de que está en silencio. No se escucha el sonido de los vasos, las copas y los platos rebotando contra las bóvedas de ladrillo, y las conversaciones se han acallado. Lo que hay es un silencio tenso, lleno de curiosidad. Sabe que les están mirando.

La rabia vuelve a tomar el control. Como un animal acorralado, como una mala hierba que se resiste a morir, Tulio la siente brotar del pecho en dirección a su boca.

—¡Déjame! —Se aparta. El vaso cae al suelo y se rompe en mil pedazos. Tulio jadea pero no sabe la razón. Hay algo dentro de su pecho que amenaza con hacerle un agujero, con romperle las costillas como si fueran una jaula y explotar—. ¡Déjame, repito! ¡No sé por qué te empeñas en convertirme en algo que no soy! ¡Márchate y déjame en paz!

Nunca le ha puesto a su madre las manos encima. Por muy fuerte que fuera la discusión, por mucho dolor que Tulio sintiera bajo la piel. Sin embargo, en esta ocasión se levanta, la empuja y Caletia trastabilla.

Tulio podría quedarse. Una parte de él le ordena que vaya hacia su madre, se arrodille y suplique su perdón. Quizá, piensa, su madre por fin lo rodee con los brazos y le diga que todo va a ir bien.

Pero Tulio huye. Atraviesa las bodegas entre toneles de vino añejo, las despensas y los almacenes de la gran villa. La conoce bien, no es la primera vez que baja aquí, aunque siempre lo haya hecho acompañado de Ennio, cuando ha ejercido su mala influencia sobre su amigo para convencerlo de probar los vinos de su padre. Sube al jardín por unos escalones desgastados por el paso de los siglos y llega a una explosión de luces, color, sonidos y olores que lo dejan medio atontado.

Tarda en acostumbrarse a lo que le rodea, tantos estímulos haciéndole mella en ese cerebro medio embotado por el alcohol. Pero, aunque borroso, encuentra a Ennio en la distancia. Está apartado, en un rincón. Y, si los ojos a Tulio no le engañan, lleva en la mano una jarra de vino de la que está bebiendo directamente. *Ver para creer*, piensa Tulio.

Decide acercarse a su amigo y lo logra. Tambaleante, pero lo logra. Ennio levanta la mirada al escucharlo a su lado. Tiene los ojos vidriosos, una ligera capa rosada sobre la nariz y está aferrado con tanta fuerza a esa jarra de cristal tallado que hasta tiene los nudillos blancos. Haciendo un esfuerzo sobrehumano por que las palabras le vayan claras desde el cerebro a la garganta y, de ahí, a sus labios sin que se le trabe —mucho— la lengua, Tulio dice:

—¿Han tenido que prometerte para que, por fin, decidas emborracharte sin mí?

La única respuesta que le da Ennio es una inspiración larga y profunda que apunta a ser el inicio de una frase, pero que se queda simplemente en esa inspiración. Quizá por eso, da otro trago largo de la jarra, se limpia los restos de vino tinto que le caen por la comisura de la boca. Después, casi con miedo, se quita la corona de laurel dorado que lleva alrededor de la cabeza y se frota los bucles rubios.

—Yo… Tulio, no…

Por suerte, Tulio, que tiene mucha más experiencia que Ennio en eso de estar borracho, le agarra de los hombros y, junto a él, observa lo que les rodea. La fiesta es exacta al resto de fiestas y banquetes que se celebran por estas fechas en La Corona, ya sean de compromiso o no. Si acaso, la familia de Ennio se ha preocupado más de lo habitual por que su riqueza y la enorme colección de ingenios que poseen estén bien a la vista. Y, acercándose a toda prisa, están los padres de Ennio. Tulio puede que esté borracho, pero no lo suficiente como para ignorar que nunca les ha gustado. ¿Cómo va a gustarles? ¿Cómo una de las familias más influyentes, poderosas y ricas de La Corona va a permitir que su primogénito sea amigo del primer Hijo Salvo en décadas, alguien condenado al ostracismo, como lo es él?

Solo por el hecho de que, precisamente en esto, en mantenerle como amigo a pesar de todo, sea en lo único en lo que Ennio se haya atrevido a llevarle la contraria a sus padres, Tulio se permite que, por un instante, esa rabia que lo consume constantemente por dentro, quede anegada por algo muy parecido a la gratitud. Y también al amor, un amor fraternal que ni siquiera le dio tiempo a sentir por sus verdaderos hermanos.

Quizá por ese breve instante de calma, aunque sea la calma de un borracho exaltando la amistad, decide que ya está bien y que no va a permitir que la fiesta de compromiso de su amigo quede empañada por su presencia.

—Creo que voy a marcharme… —le susurra.

—No. —Ennio adelanta la mano y le sujeta del hombro con la misma fuerza con la que ha estado agarrando la jarra—. No te vayas, no…

Tulio da un fuerte suspiro. En realidad, Ennio lleva aquí apartado tanto tiempo que, pese a ser uno de los dos protagonistas de la noche, parece no importarle a nadie. Y quizá se arrepienta, pero si su amigo Ennio se lo ha pedido, él no va a ignorarlo. A él, no. Por eso le acerca la boca a la oreja y, susurrando de nuevo, dice:

—No he dicho que no puedas venirte conmigo.

Ennio abre mucho los ojos.

—¿A dónde? —susurra a su vez.

—Ya pensaremos en algo.

BES

El frío y la humedad han decidido hacer acto de presencia esta noche en la laguna convirtiendo al Errante en un laberinto de color blanquecino, pero a Bes no le importa. Con el embozo que usa para taparse la nariz y la boca firmemente abrochado, Bes gira a la izquierda por el pasaje estrecho que queda entre el Buen Padre y la siguiente plataforma flotante. Luego, de nuevo a la derecha cuando llega a la altura de La Ratonera, que parece haber recuperado parte de su antigua vida. Desde dentro le llegan charlas animadas y cantos de borrachos, y Bes, pese a ese frío y esa humedad que esta noche coronan el Errante, se siente, por un momento, más cálida.

Se detiene un segundo para orientarse. Las veletas que coronan los tejados del Errante resaltan por entre la niebla como un pequeño desfile fantástico: el grifo de la torre del reloj, el oso bailarín de la Plaza de los Poetas, sirenas de garras afiladas, dragones y tortugas marinas. ¿Hacia dónde ahora?

Después de cenar habría podido quedarse en el Buen Padre, por qué no. Como le ha dicho ella misma a Sátor, se merecen un descanso, pero Bes recuerda el pavor reflejado en los ojos de la mujer que le habló acerca de la Dama y eso enciende algo dentro de ella. Miedo. Miedo por la gente del barrio y, luego, ira cuando una vieja espina se le clava en la memoria.

Bes se mueve de sombra en sombra, sin prisa, las dudas todavía bailándole en la mente. ¿Quién será esa Dama? ¿Qué querrá? Y, de repente, una nueva pregunta: ¿quién la está siguiendo?

Se acaba de dar cuenta. Pasos ligeros. Lo bastante leves como para que no los haya escuchado hasta ahora, camuflados entre los quejidos de la madera. Justo detrás de ella, acercándose.

Bes entrecierra los ojos. No ganaría nada con ponerse nerviosa. En cambio, sería mucho más beneficioso avanzar un par de pasos rápidos, agacharse bruscamente para tomar una botella rota que hay en un rincón lleno de basura y lanzarla con feroz puntería hacia la figura que tiene justo detrás.

—¡Oye! ¡Cuidado! ¡Que casi me das en la cara!

«Con suerte, te la arreglaría un poco, idiota», signa rápidamente mientras Sátor se frota la frente aunque, a decir verdad, a Bes ya le gusta la cara de Sátor tal y como es. «Me has dado un susto de muerte».

—Parecías muy concentrada y no quería estorbarte.

«¿Dónde está tu camarera?».

—Resulta que hoy tenía trabajo y no podía atenderme como es debido, pero no te creas que me voy a rendir. Es muy simpática —concluye él, acercándose un par de pasos cautelosos, quizá temiéndose que Bes le lance otra cosa.

Por un momento, Bes llega a creerse la expresión inocente de su amigo hasta que de repente estalla un coro de risas muy cerca de ellos acompañado de otra gente que aparece por entre las brumas. Borrachos que cantan una canción desafinada, y un grupo de hombres taciturnos que deben de haber intentado ahogar alguna mala noticia. Las últimas son dos chicas jóvenes. Bes las conoce, dos gemelas que trabajan en una factoría en Piedeísla y que saludan a Sátor con sendos sonrojos y risitas idénticas. Sátor las corresponde lanzando por la boca lo que primero parece un beso al aire pero que luego se torna en una llamarada con forma de pájaro que planea un par de veces sobre ellas antes de deshacerse en chispas.

El codazo que le da Bes a Sátor le duele más a ella que a él.

«Pero ¿no te gustaba la camarera de La Herradura?».

—Hay que ser bien educado —dice él mientras se pasa una mano por el pelo rojo—. Pero bien sabes que tú serás siempre mi chica favorita.

«Ya».

Siempre se lo dice. A veces es algo que a Bes le gusta oír. Otras, como en esta ocasión, no. Bes vuelve la cabeza hacia la periferia del Errante y mueve los pies, nerviosa. Quiere marcharse, pero Sátor le pone una mano en el hombro. Pesa. Bes nota esos dedos de Sátor, cálidos y fuertes, contra la piel.

—Ahora, sin bromas, ¿qué estás haciendo aquí?

Que qué está haciendo. Sátor no la creería si le dijera que, en realidad, no lo sabe. Está siguiendo un instinto. Una corazonada. Al final, decide contarle la verdad. ¿Por qué no? Bes siempre ha creído que, si tiene que congelarse el culo paseando por el Errante en medio de la noche, mucho mejor hacerlo en compañía.

—Ya estaba tardando en aparecer la tozuda.

«¿Tozuda? ¿Yo?», pregunta Bes con una enorme indignación fingida.

—Quedamos en que eso de la Dama era un cuento y que teníamos más problemas de los que preocuparnos.

«Pues este es el que me preocupa hoy a mí».

Lo cierto es que no sabe por qué le han salido esas palabras tan bruscas y se siente mucho peor cuando Sátor, casi inmediatamente, responde:

—Te acompaño.

«¿Y esas pobres chicas?», pregunta ella tratando de aliviar ese sabor amargo que se le ha quedado tras su último comentario. «¿Qué harán sin ti?».

—Sobrevivirán. Además, ya te he dicho que tú eres mi favorita.

Es demasiado rápido. Ni siquiera Bes es capaz de evitar que Sátor le pase un brazo musculoso alrededor de los hombros, o quizás es que Bes no quiera evitarlo. Quizá, con todo lo que está ocurriendo en el Errante, en Lydos, necesita creerse las palabras de Sátor. Por eso Bes permite que Sátor la apriete contra sí y, cuando lo hace, toma aire lentamente por la nariz para empaparse del aroma de su compañero. Humo y sándalo, y algo como flores secas. El olor de Sátor es parecido al del interior quieto de los templos, como una plegaria.

Cuando se separa, Bes aprovecha para cubrirse mejor la cara y, también, el sonrojo de las mejillas.

«Vamos».

Van hombro con hombro. Se desplazan por el laberinto siempre en movimiento del Errante, por pasarelas y pasajes entre construcciones desaliñadas. A medida que se alejan de las tabernas, de los pequeños negocios abiertos día y noche, y de los rincones donde los ancianos se sientan al fresco para contarse chismes, el Errante se convierte en lo que fue en su origen: un lugar abandonado por todos, madera podrida y esquinas oscuras, peleas en los rincones por una moneda de cobre, contrabando y trapicheos.

Damas misteriosas que salen de entre la bruma y se llevan a la gente, en cambio, no encuentran ninguna.

ENNIO

No sabe por qué se ríe. No *debería* reírse, pero de algún modo, en este preciso instante, a Ennio le cuesta recordar que su madre es aterradora cuando se enfada. *Debe de ser por… por las burbujas*, piensa. Burbujas dentro de su cabeza. Es culpa del vino. Sabía que no debía beber tanto y por eso ha decidido vaciar dentro de sí jarra tras jarra de cristal hasta olvidarlo.

—Has… —jadea doblándose sobre sí mismo. Acaba tapándose la boca con la mano, pero eso no logra detener una nueva carcajada, solo la hace más explosiva—. Has visto… ¿lo enfadada que estaba? Se le pone una cara as… —continúa Ennio mientras se esfuerza en hacer una mueca—. *Así*.

—Claro que lo he visto —susurra Tulio frotándose los ojos enrojecidos por su propia borrachera—. Cuando me ha agarrado por la solapa. Pensaba que me iba a comer.

—Lo siento, Tulio —se disculpa Ennio. Antes de arrancar con la siguiente parte de la frase ya se está doblando de la risa—. Pero no eres lo bastante selecto como para ser de su agr... —La mano de Tulio lo agarra en el último momento, cosa que Ennio agradece infinitamente porque están cruzando la laguna a bordo del *Viento de Plata*, el esquife de Tulio, y, si se cayera al agua, quizá no recordase cómo se mantiene uno a flote—. ¿Vamos a tardar mucho? —pregunta frotándose la cara. Cuando Tulio le da dos golpecitos en el hombro, levanta la cabeza y ve las luces. Son de un color distinto a las de la isla principal de Lydos, de un ámbar tan claro que la ciudad, por las noches, parece de oro, o de las del Errante por ejemplo, que siempre parecen ligeramente empañadas.

En Morithra, la luz tiene un color verdoso. Una vez a Ennio le contaron que era por culpa de todos los cuerpos en descomposición y, aunque pensó que le estaban tomando el pelo, jamás llegó a quitarse esta idea de la cabeza. De repente, tiene ganas de vomitar, pero cierra la boca con firmeza porque sospecha que Tulio no apreciaría que ensuciara su barca.

—No te estarás echando atrás, ¿verdad? Aunque podrías hacerlo. Si nos descubren, mañana todas las *buccas* de la ciudad hablarán de nosotros —dice Tulio apoyándose en la proa de la pequeña embarcación.

Ennio parpadea. Puede que sí. Le pareció una gran idea mientras Tulio y él se marchaban de su fiesta de compromiso apoyados el uno contra el otro y les perseguían los gritos tanto de su propia madre como de la de Tulio, que le recordaba a su amigo que era una desgracia para su familia, para sus antepasados y para su difunto padre.

Más aún, le ha parecido una idea brillantísima cuando Tulio ha dicho, mientras se adentraban por las calles primorosamente ordenadas de La Corona, que todo lo que les pasa es culpa de sus antepasados por seguir pesando sobre sus cabezas en vez de simplemente morirse y dejarlos en paz, y luego, tras una pausa que no auguraba nada nuevo, ha añadido: «Vamos. Vayamos a Morithra a decirles qué pensamos de ellos y a mearnos en sus tumbas. Ya lo verás, vamos a sentirnos mejor».

Ahora, Ennio fija mejor la mirada en la isla de Morithra y en sus fantasmagóricas luces.

—No. No me estoy arrepintiendo. —Es mentira, claro. Claro que se arrepiente. No hay que molestar a los muertos, eso todo el mundo lo sabe, y Ennio cree firmemente que, de todos los líos en los que Tulio le ha metido a lo largo de los años de amistad, este puede ser el más gordo, y eso es mucho decir. Pero, al mismo tiempo, sigue tan enfadado, tan triste, y tan asustado por todo lo que está ocurriendo en su vida que, por una noche, Ennio ha decidido que hacer una estupidez de ese calibre quizá sea lo que más necesite. Entonces, añade—: De todos modos, si nos descubren, conociendo a nuestras madres, creo que los chismorreos serán la última de nuestras preocupaciones.

Los dos amigos se miran. Después de las palabras de Ennio se ha hecho un silencio extraño pero, transcurrido un instante, estallan en carcajadas. Una risa estridente que tiene más de desesperación que de alegría, pero que les reconforta de todos modos.

—Todavía estamos a tiempo —susurra Tulio al cabo de un rato, cuando las carcajadas se le extinguen por sí solas—. Podemos darnos la vuelta cuando tú quieras. Diremos que te he obligado.

Quizás en otra ocasión Ennio habría aceptado su oferta. Se encuentra mal. La cabeza le da vueltas y parece que una bestia furiosa ha hecho nido en su estómago, pero cuando busca sus habituales calma y sentido común dentro de él, no encuentra nada.

—No —masculla—. Vamos.

—¿Estás seguro?

—¡Sí, maldita sea! ¡Te estoy diciendo que sí, por todos los dioses y las barbas de los héroes y por todos los templos e ingenios de Lydos! ¡Que sí, Tulio! ¡Que estoy seguro! ¡Que sí!

Ennio tarda un instante en darse cuenta de lo que ha hecho. El tiempo que, de hecho, tarda en recuperar el aire en los pulmones. No quería gritar. O sí quería, pero no a Tulio. A todo lo demás: al mundo, que se ha vuelto loco. A su familia, que le trata como una mercancía para conseguir más poder e influencia de los que ya tienen, y que no necesitan. Quizá necesitaba expulsar toda esa rabia y decepción antes de que le envenenara por dentro.

Ennio está a punto de disculparse por los gritos pero, entonces, Tulio le pone una mano sobre el pecho y él se calla:

—¿Sabes qué, Ennio?

—¿Qué? —pregunta él, ahora en un tono mucho más suave, una vez que ha sacado fuera ese miedo y esa frustración que le estaban consumiendo. La mano de Tulio continúa apoyada en su pecho.

—De todos los ingenios de Lydos, tú eres el más valioso. Gracias.

Ennio querría responderle a su amigo algo igual de profundo e intenso pero, en su lugar, su instinto le hace inclinarse sobre la borda del esquife y, en lugar de palabras sesudas y con sentimiento, lo que sale de su boca es un chorro del vino con el que lleva toda la noche tratando de ahogar sus penas.

TULIO

Morithra es el más lejano de todos los islotes desperdigados por la bahía de Lydos. Apenas si es una lengua de tierra más larga que ancha, de rocas y playas de arena negra que surgen de la laguna justo en el punto en que esta se abre hacia el mar. Aquí, las corrientes son traicioneras, y el aire que proviene de mar abierto parece gemir y lamentarse continuamente. Quizá por eso sus antepasados pensaron que era un buen lugar para enterrar a sus muertos.

Incluso puede que a Tulio le hubiera parecido inteligente siglos atrás, pero no ahora. Ahora, Morithra es un lugar triste y siniestro. Las leyes de Lydos prohíben profanar el sueño de los muertos. Eso significa que los vivos solo pueden poner los pies en la isla cuando acompañan a un difunto a emprender su viaje con los Siete.

—Udal, Bualdin, Kilos, Idon, Uzerin, Kafin y Tution —escucha recitar a Ennio detrás de él, como en una letanía, los nombres de los siete dioses de los difuntos todavía con esa voz de niño pequeño que tiene por la borrachera—. Udal, Bualdin, Kilos, Idon, Uzerin, Kafin y Tution. Udal, Bualdin, Kilos, Idon, Uzerin, Kafin y Tution…

Esas mismas leyes prohíben tocar las tumbas, de modo que las grandes familias como las suyas, los Zephir, los Orykto, los Kairós o —se lamenta Tulio al pensarlo— también los Apokros, terminan cubriendo los viejos mausoleos con tierra importada del continente o bien los amplían, construyendo sobre ellos plantas y más plantas igual que han hecho los Dionaros, cuyo mausoleo es una gran torre de mármol que se levanta muy por encima de los cipreses circundantes.

La gente de Piedeísla, sin embargo, tiene que conformarse con algún rincón libre donde excavar una fosa poco profunda o, si no tienen más remedio, quemar a los suyos y esparcir las cenizas como hacen en el Errante.

En eso piensa precisamente Tulio, en cenizas, mientras él y Ennio avanzan, no sin tambalearse un poco, en dirección al centro de la isla. Ennio continúa pálido después de haber soltado todo el contenido de su estómago por la borda, pero al mismo tiempo tiene una mirada llena de determinación que Tulio observa —no puede negarlo— con un poco de incredulidad.

Es curioso, porque Tulio no suele dudar. Al contrario, Tulio más bien suele afrontar la vida cargando hacia delante con todas sus fuerzas, como esos carneros que guardan el templo de Valorus, el dios de la guerra, con sus pezuñas cubiertas con láminas de bronce bruñido y los cuernos pintados con el rojo de la sangre, pero ahora vacila. Quizá sí que haya cometido un error proponiéndole a su amigo venir a la isla. Sin embargo, Ennio es el primero de los dos en adentrarse por el laberinto de mausoleos medio derruidos y tumbas superpuestas.

Tulio no es idiota. Es perfectamente consciente de que el cambio en su amigo ha coincidido con esa curiosa escapada que ha hecho con el tejetrino, con... Ludo, de entre todas las personas del mundo. Ludo Kairós, el hermano menor del perro de Blasio y, más importante, el mejor amigo de Hedera cuando ambos vivían en La Corona, que nunca quiso hablar con él.

Sin embargo, Tulio no va a juzgar a su amigo Ennio. No piensa ser tan hipócrita. Además, una parte egoísta dentro de él le dice que está bien no ser el único que hace locuras de vez en cuando.

—Es aquí —dice Ennio al cabo de un rato, cuando a Tulio ya le ha entrado el frío en el cuerpo y ha comenzado a odiar con toda su alma las pequeñas esferas de luz verdosa que cuelgan de las puertas de los mausoleos.

Ennio se ha detenido justo en la parte más alta de la isla, porque, incluso muertos, los ricos tienen el privilegio de estar por encima de todos los demás.

—No esperaba menos de los Orykto, ¿sabes? —se le escapa con una sonrisa trémula.

El mausoleo de la familia de Ennio es un edificio circular sostenido por una docena de esbeltas columnas de serpentino verde. En las escaleras de entrada, dos leones, cuyas melenas le recuerdan a Tulio al cabello de Ennio, les observan cautelosos.

Lo que desde luego no espera es que, al dar Ennio un paso, los leones se pongan de pie, el lomo erizado y los dientes de piedra blanca reluciendo a la luz de los faroles.

—¡Dioses benditos!

—Espera, espera… —trata de tranquilizarlo su amigo mientras las bestias bajan de sus pedestales. Viendo cómo se mueven, Tulio entiende por fin el histórico Don de los Orykto. Esos ingenios con forma de león no se mueven como animales, como meros ingenios de piedra que han cobrado vida, no. Se mueven como armas, letales y silenciosas.

—¡No sé si podemos esperar mucho tiempo!

—Un momento…

Es un Don antiguo y muy poderoso el que dio vida a estas criaturas de piedra, y Tulio está seguro de que quien las creó, les dio la orden de que acabaran sin piedad con cualquier intruso. Retrocede un paso y luego otro. De no haberlo hecho, uno de los leones le habría arrancado la pierna de un mordisco.

—¡Ennio! —exclama. Incluso él se sorprende del terror en su propia voz, pero es que la criatura que tiene a la derecha está comenzando a rodearlo para ponerse a su espalda y sabe que, cuando lo haga, saltará sobre él.

—Ya, ya… ¡Ahora! ¡Quietas! ¡Quietas, os digo! ¡Vuestro amo os lo ordena!

Al mismo tiempo, ambas bestias, como obligadas por una fuerza invisible, se detienen con las patas delanteras estiradas y la cabeza baja en una reverencia solemne. Tienen los ojos vueltos hacia Ennio. El orfebre tiene los brazos extendidos y los intrincados relieves de los brazaletes que lleva en ambos brazos brillan con luz tenue.

—¿Estás bien? —pregunta Ennio.

—Te has tomado tu tiempo. —Tulio no quiere que sus palabras suenen tan secas, pero no puede evitarlo. No es muy dado a mostrar su debilidad, ni siquiera delante de Ennio, y el miedo que ha sentido hace unos segundos se ha convertido en vergüenza.

—Lo siento. No sabía que seguían viv…

—Déjalo. No importa —le corta haciendo un esfuerzo para sonar tranquilo de nuevo. Incluso se inclina y, mientras fuerza una sonrisa para Ennio, rasca a una de las criaturas detrás de las orejas. La piedra, cuando la toca, está caliente al tacto.

Cuando, con Ennio a la cabeza, entran en el gran mausoleo, a través de la falsa cúpula del techo la luz de la luna se fragmenta en una miríada de rayos plateados que, amplificados por alguna especie de mecanismo de espejos, va a iluminar cada una de las tumbas.

Cuando Ennio inspira profundamente, el simple ruido se multiplica en un millar de susurros amenazantes. Está claro que alguien diseñó este lugar para que nadie se atreviera a levantar la voz en presencia de los difuntos. Sin embargo, eso no amedrenta a Ennio, que comienza a pasear por la gran sala. Se detiene frente a cada una de las tumbas, grandes sarcófagos de mármol cubiertos con las esculturas que representan a sus dueños sumidos en un plácido sueño. Esculturas tan realistas que Tulio juraría que, de un momento a otro, podrían abrir sus ojos de piedra y levantarse.

Finalmente, Ennio se detiene justo en el centro de la sala circular. Uno de los haces de luz de luna le cae directamente encima, y a Tulio, al verlo, le parece que su amigo también es una de esas estatuas, pero viva, hecha de plata y de marfil.

Ennio abre la boca. Tulio, que se ha apartado hacia un lado, observa con atención. Entonces, su amigo levanta la barbilla, se quita la corona de laureles dorados que lleva, se aparta de la frente un bucle de cabello dorado y luego susurra:

—No os debo nada —comienza con voz trémula, aunque la siguiente frase, y las que la suceden, las dice con un deje de orgullo y de furia y casi de deseo que Tulio no le ha escuchado nunca—. Yo soy yo. Quiero ser yo. *Solo yo.*

Su voz, amplificada por la diabólica acústica del mausoleo, rebota contra las paredes, crece hasta convertirse en un grito pavoroso y luego se extingue dejando un silencio todavía más atronador.

Tulio contiene la respiración casi esperando a que Ennio cumpla esa amenaza que ambos han hecho de soltar sus borracheras en una épica meada contra las tumbas o que, mejor aún, golpee las estatuas de sus antepasados con los puños mientras lanza blasfemias y maldiciones y le sangran los nudillos. Al fin y al cabo, eso es lo que haría él: dejar libre la rabia que tiene dentro como un volcán hasta quedar limpio, vacío de todo salvo de cansancio.

Pero no sucede nada de eso. Ennio, simplemente, da media vuelta.

—Ya.

—¿De veras?

—Sí —susurra su amigo mientras se coloca la corona de laureles dorados de nuevo en la cabeza y se dirige hacia la salida. Por un segundo, Tulio querría insistirle, pero enseguida se da cuenta de su error. Para alguien como Ennio, que jamás se ha desviado del camino marcado, esas pocas palabras que ha susurrado frente a las tumbas de sus antepasados, de repente, le parecen de una importancia suprema.

Aunque en el exterior sopla un aire cálido que proviene de la laguna, Tulio se arrebuja en su capa. Observa en silencio cómo Ennio ordena a las bestias volver a sus pedestales. Su amigo ni siquiera parece borracho ya. Solo más triste y, al mismo tiempo, como si se hubiera deshecho de un gran peso.

—Ahora me toca a mí. No pienses que hemos venido hasta aquí solo por ti —acaba por decir él. A Ennio se le forma una sonrisa en los labios y Tulio esboza su eterna mueca, esa un poco altanera, indolente y rabiosa.

El panteón de su familia no está lejos. Tulio guía su amigo con paso seguro por entre las calles empedradas, donde mausoleos y humildes tumbas luchan como dientes que surgen de una boca podrida por el poco espacio disponible hasta que llegan frente a una pirámide de paredes lisas y pulidas.

De repente, un zarpazo de angustia le hiere el estómago. Ha estado en este lugar demasiadas veces: en los funerales de cada uno de sus hermanos mayores, muertos durante la Bendición. Tras la muerte de Cayo, el último que le quedaba, Tulio volvió a escondidas una noche. Gritó sobre la tumba de su hermano hasta quedarse ronco, hasta vaciar las lágrimas, porque la muerte de Cayo —al que más unido estaba, al que más quería— significaba que la responsabilidad de mantener el honor y el nombre de la familia recaería sobre él. Ese mismo día, sin esperar a que se terminara el luto, así se lo había hecho saber su madre.

Inspira profundamente. Igual que ha hecho él unos minutos antes, Ennio se aparta unos pasos y Tulio se lo agradece con un gesto silencioso del mentón. Abre la boca. Tiene tantas cosas dentro que duda un instante.

Pero es entonces cuando ambos escuchan voces, voces que en ningún caso deberían estar ahí, y, al girar la cabeza en la dirección desde la que provienen, ven las luces.

BES

En este preciso instante, se siente idiota por sonrojarse.

Se aparta cubriéndose mejor la cara, aunque Sátor —Bes lo sabe— jamás se dará cuenta de absolutamente nada. De todos modos, por si acaso, Bes se inclina para dejar una moneda de cobre sobre el altar. No muy lejos de allí, escucha cómo una ola rompe contra los muelles con más fuerza de lo normal, y se pregunta si no será un signo de que, esta vez, los dioses han escuchado.

«Nunca me he metido en un lío del que no supiera librarme».

—¿Y qué me dices de la subasta?

Fue hace más de un año. De una de las *buccas* del Bajoforo, Bes escuchó que en El Mirlo se iba a celebrar una subasta clandestina en la que se iban a sortear ingenios robados. Tiene que reconocerlo, aquel día actuó movida más por la curiosidad de ver qué hacían aquellos ingenios que por tener motivos. Fue, en cualquier caso. Y resultó que tal subasta no era más que una trampa organizada por los vígiles para atrapar a un grupo de ladrones que había estado sembrando el caos en La Corona.

«Yo no tengo la culpa de que las *buccas* solo cuenten chismorreos y mentiras», signa Bes.

—Pero si no llego a disfrazarme de comprador acaudalado, no sales de ahí con vida. —La sonrisa ufana de Sátor logra iluminar incluso el rincón lúgubre en el que se encuentran, pero Bes pronto mira hacia otra parte. Lo mismo hace Sátor. De todas las palabras que ha signado, «mentiras» parece quedarse un poco más que las demás antes de desaparecer como humo.

Es el momento que Sátor escoge para intervenir:

—Quizá todo eso de la Dama no sea más que una mentira, como la subasta aquella. O un cuento de viejas —susurra mientras se estira y cruza los brazos detrás de la nuca. Un poco más allá, coronando un torreón que parece un fino dedo que acusa al cielo de algún gran crimen, una veleta en forma de cangrejo acaba de girar. El viento está cambiando de dirección y, con suerte, piensa Bes, se llevará esta horrible niebla con él.

«Demasiada gente para haberse inventado todos el mismo cuento, Sátor», responde ella. Un segundo después añade: «Hay gente en el Errante convirtiéndose en tejedores, sin pasar por el ritual ni nada. No es un cuento. Los has visto tú mismo».

—¿Y qué quieres que hagamos? Llevamos horas dando vueltas y no hay rastro de esa Dama tuya —responde Sátor cambiando el peso de su corpachón de un pie al otro. Con la siguiente ráfaga de viento, se encoge sobre sí mismo y Bes reprime las ganas de decirle que, si tiene frío, es porque insiste en llevar ese ridículo chaleco suyo e ir descalzo todo el año. Aunque, por otro lado, si Sátor se cubriera más, el mundo entero perdería la oportunidad de ver sus músculos, ¿y qué sería del mundo sin cosas bonitas? Al final, el tejellamas añade—: Vamos, Bes. Esto está muy tranquilo.

«Demasiado».

Es estúpida. ¿Cómo no se ha dado cuenta antes? Tenía demasiadas cosas en la cabeza, estaba tan ocupada buscando misteriosas figuras encapuchadas que no ha visto lo que tenía delante de sus ojos.

O, más bien, lo que no tenía.

Al ver que Sátor levanta las cejas, añade: «¿Tú ves a alguno de los miembros de las Fauces? ¿Nos hemos encontrado con alguno de los Alacranes? ¿Verdad que no?».

Las Fauces, los Alacranes, los Ciervos Coronados, las Sirenas Rojas... en un lugar como el Errante, donde la influencia del Emperador y de sus nobles no llega y donde los vígiles solo vienen en contadas ocasiones, son otras las cosas que intentan llenar el hueco de poder. Cosas como grupos de contrabandistas y matones con ínfulas, cosas como Aquila y los suyos que se han hecho fuertes en sus pequeños rincones del Errante, y no es extraño que de vez en cuando el barrio se sacuda con sus peleas internas. Sin embargo, esta noche todo está demasiado tranquilo.

Para dar más fuerza a lo que dice, Bes señala una pared. Por todas partes se ve la misma marca grabada a cuchilladas: una rudimentaria cabeza de perro con la boca abierta, los colmillos asomando. El símbolo de las Fauces. En condiciones normales, ya tendrían a media docena de miembros de la banda siguiéndolos para que supieran que no son bienvenidos.

—Quizá hayan firmado una tregua y, por una vez, cada uno esté en su casa, tomando un té y no creando problemas —musita Sátor. Las palabras de Bes puede que le hayan calado de algún modo, porque tiene el ceño fruncido y esos bíceps como rocas en tensión.

«Lo sabríamos».

—Estarán haciendo algún trabajo. Quizás una carga grande de mercancías —insiste él, aunque suena poco convencido.

«Entonces, ¿por qué no están haciendo guardia ni los hemos visto antes, cuando hemos pasado por los muelles?».

—Entonces...

«No», signa Bes simplemente.

—Tienes una respuesta para todo.

«Claro. No sé de qué te sorprendes».

Sátor, no obstante, gira en dirección al centro del Errante, desde donde han comenzado juntos su marcha, y a Bes no le queda más remedio que ir detrás. Las zancadas que pega Sátor siempre son demasiado largas. Igual que cuando intenta darle lecciones:

—Mira, Bes, esa misteriosa Dama tuya no aparece por ninguna parte y, no sé tú, pero yo tengo el culo helado.

«Porque no te abrigas lo suficiente», signa ella.

—Y me estoy muriendo de aburrimiento, así que me vuelvo a La Herradura y tú puedes venirte conmigo o no.

«No me escuchas, ¿verdad?».

—Y, por lo menos, nos acostaremos con buen sabor de boca.

Bes suspira. No. Sátor no la escucha. Puede que la crea y que su oferta de ayudarla haya sido sincera, pero Sátor es como uno de esos tiburones que, de vez en cuando, los pescadores sacan del fondo de la laguna: una criatura que debe estar siempre en movimiento para sobrevivir. Quizá sea ese fuego que le arde dentro, que le hace así de impulsivo y cabezota. Sin embargo, al mismo tiempo, Sátor tiene razón en dos cosas: la primera es que ocurra lo que ocurra —y Bes cree que no ocurre nada bueno—, todo está tranquilo a su alrededor. No han visto nada en los almacenes portuarios, y las barcas que han visto amarradas en el muelle estaban vacías, tan vacías como lo está ahora mismo el sitio al que han llegado. La segunda es que, de verdad, hace un frío que pela. La Herradura abre sus puertas siempre que haya por lo menos una persona dispuesta a beber allí, lo que significa que está siempre abierto, habrá un fuego encendido y vino a un precio razonable.

«Vamos», signa, derrotada.

Comienza a darse la vuelta, y luego se detiene porque una ráfaga especialmente fuerte de viento ha sacudido la niebla como una alfombra vieja y la luz de la luna lo ha llenado todo de claridad. Los contornos se definen, las sombras ganan contrastes y Bes suelta un grito silencioso.

HEDERA

Hedera cierra los ojos. Cuenta: «Uno. Dos. Tres». Escucha el rumor de pasos, toses mal disimuladas. Algún gemido. Cuenta veinte segundos más. A lo lejos, escucha gente hablar a voces. Es la barcaza que, cada día a esta hora, trae los suministros a El Caído. Sabe que en media hora aproximadamente, justo antes de que a lo lejos, en Lydos, suenen las campanas del templo de Urn, el dios del tiempo y de los inicios, que marca la medianoche, se habrán marchado.

A solas en su celda, Hedera, poco a poco, respira. Estira las manos hasta tocar un retazo de luz amarillenta y débil que se cuela desde el exterior a través de una rendija en la puerta y va a herir la pared que Hedera tiene al lado.

Uno podría pensar que una cárcel es un lugar caótico. No es cierto. Una cárcel es como una descomunal pieza de relojería. Un ingenio hecho de miseria y sangre. Los guardias tienen sus tareas; los prisioneros, sus rutinas; llegan suministros y salen desperdicios. En un primer momento, estos movimientos parecen aleatorios, pero si uno se fija —y a Hedera se le da bien fijarse en este tipo de cosas—, una comienza a ver patrones. Constantes. Y, a veces, entre las fisuras de este baile macabro entre presos y guardianes, una ventana de oportunidad.

Ahora, escucha una maldición. Luego el tintineo de una moneda que cae contra el suelo metálico. Cuando Hedera deja escapar el aire que mantenía en los pulmones, junta los dedos índice y pulgar y los coloca en el camino de ese furtivo rayo de luz que se cuela en la celda para proyectar una pequeña sombra. Con los dedos ha hecho un par de alas diminutas, quizá las de una polilla, un insecto pequeño y silencioso que, al instante, comienza a aletear. Hedera siente el familiar tirón dentro del pecho, una punzada que le quita el aliento por un instante, y que le hace vacilar.

Horarios. Rutinas. La pequeña polilla de sombras alza el vuelo. A través de esos ojos minúsculos, Hedera ve un mundo extraño, roto en mil fragmentos, como si se tratara de un caleidoscopio, pero le basta. Al final de la galería donde se encuentran las celdas, hay una plataforma y en ella está el refugio de los vígiles, con sus sillas, su comida y un fogón para calentarse y cocinar. Con esos ojos de sombra, ve a los dos guardias: Dimas, joven y flaco, y Cosio, bajo y astuto. También ve el destello de la moneda que acaban de lanzar para decidir cuál de los dos hará la siguiente ronda.

Hedera nota una repentina punzada de dolor en la garganta, el recordatorio perenne de qué les ocurre a los que abusan del Arte, pero fuerza a la polilla a revolotear alrededor de la moneda. Con los ojos de la sombra, ve que la moneda ha caído con la cara del Emperador hacia arriba.

Dimas.

Dimas ha ganado y eso significa que esta noche le toca hacer su ronda por el interior de El Caído mientras que su compañero deberá vigilar el exterior, a merced de los elementos.

Ni siquiera el dolor creciente en la garganta de Hedera puede evitar que la comisura de los labios se le curve hacia arriba. No es una sonrisa, pero sí es algo que se le parece.

Cosio lleva demasiados años en El Caído y es demasiado astuto, pero Dimas quizá…

Con los ojos de la polilla comprueba que ambos vígiles se ponen en marcha. El tiempo ha comenzado a correr.

Hedera hace desaparecer la mariposa con un chasquido de la lengua. El dolor, por suerte, se va con ella, de modo que Hedera logra levantarse sin que le tiemblen las piernas.

Los pasos de Dimas son audibles ya al otro lado del pasillo. Pasos largos y tranquilos, diseñados para anunciar su presencia e infundir miedo. Se detiene. Con la mano plana golpea los laterales de las celdas por las que pasa, un recordatorio de que los presos están en el lado equivocado de la pared.

Hedera se yergue. Dimas se acerca cada vez más. Es una criatura de costumbres, y su paseo nocturno encaja sin disonancia.

Ahora o nunca. Pero tendrá que ser «ahora» porque hace días que Hedera decidió que no pasaría ni un instante más en esta cárcel si ella podía evitarlo.

Dimas ya está frente a su puerta. Hedera respira profundamente.

TULIO

—Deberíamos marcharnos. Quizá podamos regresar a Lydos y avisar a los vígiles… —susurra Ennio. Por fin parece que vuelve a ser él mismo, tan sensato, tan entero como siempre. Para su desgracia, Tulio también es el de siempre, así que hace una mueca mientras responde:

—Son solo tres.

—Y nosotros, dos —se queja Ennio—. Y estamos borrachos.

No les ha costado encontrar el origen de la luz. Apenas a un centenar de pasos de donde se encuentra el mausoleo de sus antepasados, hay un grupo de tumbas medio abandonadas. Todavía se pueden adivinar restos de columnas rotas y estatuas cubiertas de espinos y de una hierba alta y fina de color grisáceo, que es lo único que parece sobrevivir en este lugar muerto. Allí, tres figuras están usando alguna clase de ingenio para arrancar de cuajo las enormes puertas de hierro de una tumba antigua. A Tulio, por un momento, le ha parecido escuchar un alarido triste, como si esos muertos olvidados estuvieran pidiendo una ayuda desesperada.

—Tres contra dos es una buena proporción —insiste él.

—Esto es trabajo de los vígiles, Tulio. Además, tres a dos en nuestra contra no es una buena proporción. La mejor proporción es cuando tú tienes un ejército gigantesco, y el enemigo tiene muchos menos soldados.

—No te preocupes. Esta gentuza, en cuanto nos vea, va a escapar como las ratas que son…

—¿Por qué todo el mundo dice siempre esta tontería? Esta tarde…

No quiere escucharle. Hay momentos para doblegarse a la sensatez de Ennio, pero este no es uno de ellos, porque en cuanto Tulio ha pensado en dar rienda suelta a su rabia, la idea ya le ha sido imposible de ignorar. Su ira ya se ha removido en su interior, como si se pasara la vida agazapada, lista para saltar, y, cada vez que surge una oportunidad, Tulio se siente…

Vivo. Siente que sus sentidos se afilan, que el cuerpo le responde, que ante él se abre un camino. Porque lo contrario es la nada, la nada en la que se convirtió su vida desde que le prohibieron pasar el ritual, desde que Hedera le traicionó. Quizá por eso haga todo lo que hace. Quizá por eso soporta los reproches de su madre, los golpes, las peleas y los castigos. Sin ellos, esa nada que es Tulio sería solo eso… *nada*. De este modo, al menos Tulio siente *algo*.

Aunque Ennio intenta sujetarlo, él se zafa de su agarre y sale de detrás de los escombros tras los que estaban parapetados.

—¡Eh! ¡Eh, vosotros! ¡Deteneos! —Da unos pocos pasos procurando hacer mucho ruido mientras pisa. Los saqueadores de tumbas siguen de espaldas a él, concentrados en la puerta del mausoleo medio derruido. Le ignoran o no le han escuchado todavía. De cualquier modo, esto logra que la rabia de Tulio dé un nuevo salto y que le comience a arañar la garganta, ansiosa por salir—. ¡Eh! —vuelve a chillar esperando a que los saqueadores se den la vuelta y lo miren.

Pero no tienen ojos. O, por lo menos, no tienen ojos humanos. Cuando los saqueadores se dan la vuelta, lo que ve Tulio son tres pares de carbones al rojo. Tarda un instante en darse cuenta de que llevan máscaras, pero en ese tiempo ya ha vacilado.

—¿No me habéis oído? —balbucea e, inmediatamente, se odia por el temblor que ha invadido su propia voz.

Deben de habérselo notado porque de repente escucha un coro de risitas crueles. Tulio se descubre la boca seca mientras los saqueadores, uno a uno, dejan sus candiles y lámparas de aceite en el suelo y se incorporan. Con este cambio de posición, las sombras se alargan proyectándose contra las paredes de los mausoleos abandonados.

Entonces, escucha el inequívoco siseo de tres cuchillos desenvainándose.

—Te hemos oído perfectamente —dice una de las figuras con voz grave. Las otras dos vuelven proferir esas carcajadas chirriantes por culpa de las máscaras que les cubren el rostro. Y hay algo más. Al principio cree que se trata de Ennio, que ha decidido unirse a la pelea, pero cuando gira la cabeza hacia un lado, una nueva luz, y otra, y otra, se encienden entre las ruinas. En un instante en que bajo el pecho de Tulio se mezclan una punzada de miedo y otra de excitación, se da cuenta de que está rodeado, por lo menos, por media docena de figuras más.

—¿Y este quién es? —Una nueva voz resuena por entre las tumbas derruidas.

—No parece un vígil —dice otro. Esta voz es aguda, burlona. El tipo de voz que suena como el rascar de uñas sobre un plato de cerámica. Los escucha moverse, pero está demasiado oscuro como para distinguirlos bien, salvo cuando la luz de las lámparas se refleja en sus armas.

—No *es* un vígil —susurra un tercero—. Mirad la ropa que lleva. Es un niño rico de La Corona.

«Un niño rico de La Corona». A las palabras del saqueador le ha seguido un coro de risas y a Tulio la garganta se le llena de fuego. «Niño rico de La Corona». Quizá lo fue en otra vida, pero, ahora, no. Ahora es un paria, un apestado, alguien a quien evitar y de quien hablar mal entre susurros. Si había alguna remota posibilidad de que se echara atrás, acaba de desaparecer. No le importa estar solo frente a tantos. Su ira es ejército suficiente.

—¡Basta! —acaba por chillar—. ¡Esta es vuestra última oportunidad! ¡Marchaos! ¡Dejad descansar a los muertos!

Está harto. Tulio no quiere esperar más. Ni siquiera le importa no ir armado. Todo en esta noche ha sido un error tras otro. Cuando se ha colado sin invitación en la fiesta de Ennio y solo ha logrado sentirse peor y enfrentarse a su madre, su escapada a la isla y, ahora, esto. Pero qué más da si desde que es Hijo Salvo no hace más que ir de error en error, de fracaso en fracaso. Uno más tampoco va a marcar mucha diferencia.

—Atrapadlo —dice entonces una de las voces escondidas entre las ruinas—. Luego, ya veremos qué hacer con él.

El primer golpe le llega desde la espalda. Aunque se lo esperaba, eso no significa que le duela menos, y da gracias a los dioses por que el que parece el jefe ha dicho «atrapadlo» y no «matadlo» porque, en vez de un puñetazo, habría recibido una cuchillada. Tulio resiste la tentación de voltearse para contraatacar, porque sabe que el siguiente golpe le vendrá desde otro lado.

No son ladrones de tumbas, le da tiempo a pensar mientras el dolor del puñetazo le recorre el cuerpo. Tulio ha estado en demasiadas peleas callejeras como para no reconocer a un *profesional*.

Desde la izquierda, directo a sus costillas, llega ese golpe que ya esperaba. El siguiente, de su flanco contrario, logra esquivarlo y, en el mismo movimiento, aunque sea a ciegas, lanza un puñetazo que por fin logra dar contra su objetivo. Pero Tulio tiene poco tiempo para regodearse: recibe otro golpe en una rodilla que le hace trastabillar y otro en la parte baja de la espalda. Mientras aprieta los dientes, se alegra de que Ennio haya sido más inteligente que él y se haya quedado al margen aunque, al mismo tiempo, habría agradecido un poco de ayuda.

Un último puñetazo hace que se doble sobre sí mismo. La boca se le llena del sabor de la sangre mezclado con ese polvo grisáceo y amargo que parece cubrir todo el cementerio. Un segundo después, mientras cae de rodillas, dos de las figuras le han sujetado por los brazos y una última lo agarra por el pelo y le obliga a echar la cabeza hacia atrás. No sirve de nada que Tulio se resista con todas sus fuerzas ni que grite. Está inmovilizado, indefenso, y se da cuenta de que ha sido estúpido, estúpido, estúpido, estúpido, como siempre.

No va a suplicar.

Escucha pasos tranquilos. De reojo ve una figura que se acerca. Acaba colocándose frente a él, tan cerca que por fin Tulio puede ver las líneas curvas de la máscara que lleva. Es una pieza hermosa que envuelve el rostro de la figura con una precisión exacta, de bordes rígidos y angulares que parecen cortar el aire. Es negra, parece absorber toda la luz de los candiles; pero no es así. Son las aberturas para los ojos, con un patrón de pequeños rubíes y vidrio rojo, las que hacen que la luz parezca desaparecer, porque brillan como ascuas, como una herida abierta.

—Ni siquiera has tenido la decencia de ser *un reto* para nosotros, niño rico.

Esa máscara… se da cuenta de repente Tulio.

Algo pasa por su lado levantando un remolino de polvo negro. A la luz tenue de los candiles, Tulio ve ojos de oro y el centelleo de los dientes de piedra, más rápidos que la muerte misma. Un instante después, una miríada de gotas de un líquido caliente y pegajoso le salpica la cara y las manos cuando uno de los leones que cuidaban el mausoleo de la familia de Ennio le muerde el brazo a uno de los saqueadores.

Las risas burlonas se transforman en alaridos.

Solo son dos, pero las bestias se mueven tan rápido que, mire donde mire, a Tulio le parece ver una zarpa afilada o un hocico cubierto de sangre. Las criaturas saltan, muerden, desgarran todo lo que encuentran a su paso mientras los saqueadores tratan de huir dejando atrás sus armas y sus candiles y también a Tulio, que cae al suelo.

—Vamos, vamos. —Escucha de repente. Ennio está allí. Tiene los ojos desorbitados, está pálido y la voz le tiembla, aunque cuando tira de Tulio con fuerza, lo levanta como si no pesara nada—. Los leones no pueden estar mucho tiempo lejos del mausoleo…

Aunque el cuerpo le duela como si tuviera clavadas millones de espinas, Tulio corre todo lo rápido que es capaz. Aunque hay algo que le duele todavía más, algo que se le ha clavado en el cerebro: las máscaras, sus ojos como ascuas.

Así los describió Hedera cuando le dijo que era inocente, que ella no había matado a su padre, que había sido alguien con una máscara exactamente igual a las que él ha visto esta noche.

Y él no la creyó.

HEDERA

Dimas está en la puerta, y todo se pone en marcha.

Dimas es el más joven de entre los guardias de El Caído. A Dimas, los demás le toman el pelo siempre que pueden. Se ríen de su acento de Maristela, de sus ojos saltones, de ese bigote que tiene, como un ratón muerto bajo la nariz. Hedera lo ha visto con sus ojos y también con los de las sombras durante los días que lleva planeando este preciso instante.

Si la moneda hubiera caído del otro lado y hubiera sido Cosio el encargado de la ronda por las celdas, Hedera habría tenido que seguir esperando.

Porque Cosio no habría caído en su trampa.

Cosio no habría abierto apresuradamente la celda donde está encerrada una tejesombras al no verla dentro. Cosio habría pensado que era un truco. Que la celda aparentemente vacía no lo estaba y que Hedera —como realmente está haciendo— se estaba ocultando bajo una capa de penumbras en la esquina más cercana a la puerta. Pero Dimas, que es el blanco de tantas burlas, de tantos desprecios, es el tipo de persona que en vez de ignorarlos, siente que tiene algo que demostrar.

Por eso, Dimas abre la puerta con tanto ímpetu que queda un paso dentro de la celda.

Se da cuenta demasiado tarde de su error. Hedera ha tenido tiempo de abrir las manos e interponerlas entre la luz que emite el candil que lleva el guardia y las paredes de metal rojizo que les rodean para crear una miríada de sombras sin forma, solo ángulos y tentáculos furiosos que, un instante después, caen sobre Dimas como bestias hambrientas.

Dimas trata de gritar pero no tiene tiempo. Hedera ya se ha lanzado sobre él con los brazos extendidos. Los pesados grilletes que lleva en las manos le golpean el mentón con un horrible golpe seco, y luego le tapa la boca con ambas manos y con toda la fuerza de la que es capaz.

Esperaba que él se defendiera. Hedera no es tan estúpida como para pensar que esta parte de su plan fuera a ser fácil, pero... pero...

Una puñalada de dolor le recorre la mano hasta el codo. En su desesperación, Dimas la ha mordido y ahora es Hedera quien tiene que ahogar un grito, quien vacila un instante crucial.

El guardia la golpea en el pecho, en el estómago. Abre la boca y le sale un sonido estrangulado de la garganta, pero Hedera vuelve a sujetarlo desesperada. Justo a tiempo. Por un instante se miran. Están tan cerca, los ojos de él, saltones, de un azul desvaído, se clavan en los de Hedera, oscuros como sus sombras. Ambos están llenos de rabia y desesperación. A su alrededor —y Hedera no sabe por qué se fija—, todo continúa en silencio. La cárcel parece dormida profundamente, como si esa pelea que está teniendo lugar no fuera más que un sueño.

Ayuda, piensa Hedera. *Ayuda*. Esa palabra que odia pronunciar en voz alta inunda de repente todo su ser. Un reguero de sangre le baja por el brazo, sangre que Dimas tiene alrededor de la boca, todavía tapada. Hedera se mira la herida que el guardia le ha dejado en la palma de la mano y siente un horror repentino.

No va a salir bien.

Ayuda, se repite. Pero no serviría de nada gritar. Esos barrotes creados por algún orfebre cruel impedirían que la escuchasen. Y, aun así, ¿quién iría a socorrerla? No. No puede gritar pero ahora que ha perdido la ventaja de la sorpresa, Dimas es más fuerte que ella. No mucho, pero lo suficiente como para que a la larga sea Hedera la que se dé por vencida.

De repente, las palabras de Andras resuenan entre sus sienes. Que las sombras pueden ser algo más. Que son el reflejo de algo vivo, y como tales…

Cierra los ojos y siente una punzada bajo la piel, como si parte de ella se escapara, pero ya no está a solas en su celda, creando sombras por puro aburrimiento. Ahora, Hedera da rienda suelta a la sensación y le parece que las sombras, los tentáculos, los dedos, las garras… todas las sombras que ha creado toman algo de su interior y se hacen más grandes, más fuertes, y de repente parece como si tuvieran peso y densidad. La punzada de dolor que siempre siente al llamar a su Arte de repente se hace inmensa. Atraviesa todo su ser y parece que quisiera llegar hasta el cielo, pero eso no logra que se detenga y las sombras se enrollan alrededor del cuerpo de Dimas. Sombras hambrientas, en forma de garra y de soga de ahorcado, rodean al vígil y este, poco a poco, muy poco a poco, va quedándose quieto.

Hedera no lo suelta inmediatamente. Necesita que su respiración vuelva a la normalidad, escuchar los ruidos de la cárcel a su alrededor, las toses, los ronquidos, las conversaciones lejanas y, sobre todo, la campana que anuncia que la barcaza de suministros está a punto de partir en dirección a Lydos.

Hedera suelta el cuerpo de Dimas y su cabeza golpea el suelo con un sonido estremecedor. El guardia, sin embargo, no reacciona. Hedera se dice que debe de estar inconsciente, pero otra parte de ella añade: *O muerto.*

No quiere pensarlo, pero la palabra se le cuela entre los pensamientos de todos modos: *muerto.* Quizá ahora sí que sea una asesina.

Aun así, da una profunda inhalación que le duele en el pecho pero que se le aligera al tiempo que una miríada de polillas de sombras la rodean y se esparcen por los pasillos y las rendijas mientras ella sale de la celda sin mirar hacia atrás.

Ya llorará después.

ENNIO

Algo le pasa a Tulio porque han salido indemnes de su aventura pero, aun así, no ha abierto la boca en todo el trayecto de regreso a Lydos.

Tampoco ha dicho nada mientras avanzaban por las callejuelas sinuosas de Piedeísla, Tulio cojeando, con el brazo rodeándose el abdomen y Ennio cabizbajo y pensativo. Tampoco ha dicho nada cuando por fin han cruzado el Puente de los Susurros, rápidos como ladrones, mientras las viejas estatuas giraban la cabeza para observarles con gesto desaprobador.

¿Por qué?, se pregunta mientras, por fin, sus pasos los llevan a La Corona, con sus caminos ordenados y limpios, y las grandes casas iluminadas. Quién sabe. Por vergüenza o porque, igual que Ennio, su amigo tiene la cabeza ocupada con todo lo acontecido en esta locura de noche. La fiesta, su huida, los saqueadores... ¿Y por qué es precisamente hoy el día en que Ennio más necesita que su amigo diga alguna de sus bravuconadas, que esboce su mueca más altanera, le pase un brazo por los hombros y le diga que todo va a salir bien?

Porque, de algún modo, Ennio se siente al borde de un abismo, haciendo equilibrios en el filo de una espada, y cuando caiga, porque sabe que tarde o temprano caerá hacia un lado o hacia el otro, su vida tomará un rumbo definitivo.

—Tulio… —No puede evitarlo. Aunque sepa con seguridad que si Tulio no ha dicho nada es porque no quiere, lo cierto es que acaban de llegar a la villa de su familia, donde se van a separar sus caminos, y esa sensación de Ennio de estar al borde de un abismo crece cada vez más.

—Gracias —susurra Tulio de repente. La voz le sale rápida y cortante, como si llevara mucho tiempo esperando a salir.

Ennio querría preguntarle qué es lo que le agradece exactamente: ¿el haberle salvado la vida gracias a las bestias de su familia? O quizá que, de sus labios, no se haya escapado ningún «te lo dije», aunque Tulio se lo mereciera?

Tulio no le permite hacerle ninguna de esas preguntas, en cualquier caso. Le sujeta del antebrazo con tanta fuerza que le deja cuatro marcas rojas sobre la piel, y se marcha demasiado rápido. Cuando Ennio lo llama, está seguro de que su amigo le ha escuchado. Sin embargo, el eco de sus pasos se pierde rápidamente por la calle.

Y así, solo, con la cabeza girándole a toda velocidad, Ennio Orykto regresa a casa, donde el banquete continúa en todo su apogeo. Aunque la fiesta sea en su honor, lo cierto es que no le necesitan.

«*Aunque Lydos arda, La Corona baila*», vuelve a pensar con una mueca de desagrado mientras se acerca. Qué distintas son las luces, la música, las conversaciones entre carcajadas que escucha cada vez más claras de las que ha visto mientras Tulio y él subían trabajosamente desde los muelles hasta aquí. El Bajoforo parecía un desierto y las callejuelas de Piedeísla, más sucias y más pobres de lo habitual —o quizá sea que Ennio nunca se había detenido a fijarse en ellas—, llenas de sombras furtivas y de espías en las ventanas. Corren vientos de guerra, y la ciudad se agazapa como un animal herido.

Él querría hacer lo mismo, ahora que ha vuelto a su casa, que lo que les ha sucedido a Tulio y a él en Morithra parece solo un mal sueño. Pero no puede hacerlo porque, por mucho que cuando les ha hablado a sus antepasados lo ha hecho en serio, Ennio siente hilos invisibles que tiran de él. Y a lo lejos ve a su madre, en un rincón del jardín, con esa corona —también un ingenio, uno de los más antiguos que posee la familia— que le hace el rostro más brillante, más joven. Y también ve a su padre, a quien otra gente que solo conoce de vista da palmadas en la espalda de regocijo. Ennio suspira y va a ir en su dirección cuando un movimiento a su derecha atrae su atención.

—La próxima vez que te marches, preferiría que me avisaras para poder hacer lo mismo.

Es Antine, sentada en uno de los bancos de piedra que rodean el estanque del jardín. De fondo, a Ennio le parece escuchar el croar de las ranas. Ante sus palabras, Ennio no tiene más remedio que acercarse. Al fin y al cabo, es su prometida. Muy pronto contraerán matrimonio, tendrán hijos, serán la envidia de La Corona y vivirán esa vida que, desde siempre, ha sabido que iba a vivir.

Lo que no debería suceder es que, al acercarse a ella, lo único en lo que piense Ennio sea en ese beso que ha recibido hace unas horas por parte de Ludo, y que todavía le hace sentir burbujas por todo su interior.

Tímidamente, porque Antine le ha girado la cara, Ennio se sienta a su lado y se da cuenta de que, en toda la noche, es la primera vez que habla con ella.

—Hola. —Son las cuatro letras más incómodas que ha tenido que pronunciar alguna vez en su vida—. ¿Cómo…? ¿Estás disfrutando de la fiesta?

Hace unas horas, mientras se preparaban, su madre no ha hecho más que recordarle que Antine es una buena chica. De buena familia, de reputación intachable. Eso le llevó a pensar que Antine sería una versión femenina de sí mismo, llena de mansedumbre y de sentido del deber pero, para su sorpresa, Antine esboza una mueca irónica.

—Me ha tocado aguantar a mí sola los comentarios y las risitas.

—Lo siento…

—No te disculpes —le corta ella inclinándose hacia atrás para mirar las estrellas. Las luces de la fiesta, un sinnúmero de esferas de luz ambarina que cuelga de los árboles primorosamente recortados del jardín, atenúan su brillo, pero no por eso son menos hermosas—. ¿Sabes? Mis padres… tiene cada uno su propia colección de amantes, sus vidas e intereses. Su matrimonio es un contrato, nada más. Y son razonablemente felices.

«Razonablemente». Antine pronuncia la palabra con esperanza, pero Ennio la escucha con terror. Un matrimonio razonablemente bien avenido, aunque sin amor. Una carrera razonablemente prestigiosa en el ejército, fabricando armas que hieren y matan.

Y lo ha intentado. Juraría ante el altar del Demiurgo que cada día de su vida Ennio se ha levantado con la intención de ser el hijo que sus padres esperan, todas las vocecitas discrepantes convenientemente apartadas en un lugar pulcro y tranquilo de su subconsciente.

Es más, podría seguir intentándolo. Sí. Podría ser *razonable* hasta el día en que los dioses fueran misericordiosos y se lo llevaran.

—¿Ennio?

Como si su nombre pronunciado en los labios de Antine proviniera de otro mundo, Ennio agita la cabeza. Se da cuenta de que, pese a todo lo ocurrido en el cementerio, todavía lleva la corona de laureles dorados en la cabeza y se la quita. Después, mira a Antine a los ojos que, por primera vez, le devuelve la mirada.

Antine tiene unos ojos bonitos. Son oscuros, profundos. *Bonitos*, piensa Ennio. Solo eso: bonitos. Pero no son los ojos en los que él quiere reflejarse. No son ojos que vayan a mirarlo con orgullo, con pasión. Y él tampoco podrá mirarla a ella así nunca.

Ojos bonitos, vuelve a pensar Ennio. Después, suelta un suspiro.

Y piensa en música y en libélulas doradas que vienen y van y en un beso que todavía le arde en los labios.

También, sin saber cómo, porque es la primera vez que le sucede, Ennio siente que su mente se desdobla. Que le vienen a la cabeza imágenes de otra vida, otro futuro. Uno incierto y aterrador. Un futuro que le hace arder las entrañas de puro terror, pero también de excitación.

—Antine... —susurra.

Ella sigue mirándolo y Ennio puede que se sonroje, no está seguro, porque le da la sensación de que ella está leyendo absolutamente todos sus deseos y pensamientos. Por eso aparta la vista y los ojos vuelven a posarse en sus padres. Separados. Cada uno por su lado. Parecen felices, pero Ennio jamás se ha preguntado si realmente lo son.

Definitivamente, él no lo es.

A Ennio, esa idea le encoge todavía más el estómago. Porque no quiere esto. No quiere esta fiesta, no quiere hacer infeliz a Antine, no quiere convertirse en sus padres, no quiere dedicarse a la guerra ni a crear armas que matan, no quiere un futuro de sonrisas falsas ni de gestos fríos.

¿Sabe lo que quiere? No, Ennio no lo sabe, pero le gustaría tener la oportunidad de decidirlo.

—Antine —dice con la voz más clara que ha tenido en toda la noche—. Tengo que marcharme. Espero que me perdones.

Entonces, se levanta y, por la puerta de atrás, se marcha con el corazón latiéndole en la garganta más rápido de lo que le ha latido jamás.

HEDERA

Hedera corre por un pasillo oscuro y angosto, flanqueado por las docenas de celdas en las que duermen los presos. Tiene un dolor como una lanza clavado en el pecho, pero eso no la detiene. Se siente… se siente al límite, como si cada una de sus extremidades estuviera atada a uno de los cuatro confines del mundo.

Su visión en este momento es un mosaico en escala de grises. Imágenes fragmentadas y borrosas que forman un gigantesco rompecabezas detrás de sus párpados. Pasillos y rincones y un retazo del mar que les rodea. Ve a Dimas, el guardia más joven, inconsciente allá donde Hedera lo ha dejado. A Cosio patrullando su itinerario marcado. El resto de vígiles, como hacen cada noche, se han acercado al muelle, donde ha atracado la barcaza de suministros para llevar su cargamento diario al interior de la cárcel.

Cuando llega al final del pasillo se encuentra en una encrucijada. A su izquierda, una rampa conduce hacia las celdas del piso superior. A su derecha, una ristra de peldaños crudamente clavados en la piel de la estatua desciende hacia una oscuridad todavía más hambrienta. Cualquier otro habría vacilado. Hedera, en cambio, se lanza hacia el camino de la derecha suplicando a todos los dioses, los grandes, los pequeños, a sus antepasados que llegaron a Lydos desde tierras lejanas, a todo aquel que quiera escucharla, que guíen sus pasos. Dispone de unos minutos hasta que esa fisura en la seguridad de la cárcel se cierre, apenas segundos hasta que los guardias en el muelle vuelvan a sus puestos y quizá milésimas de segundo para que Cosio se dé cuenta de que Dimas no est...

—Dioses de los cielos —se le escapa. Uno de los peldaños ha cedido bajo su peso. Hedera trastabilla, pero sigue avanzando. Más aún, aumenta la velocidad. Baja los peldaños de dos en dos, a saltos. Ese es su secreto. Nunca se lo contó a Tulio, pero esa siempre ha sido la razón por la que ella ganaba en sus carreras: no porque fuera más fuerte, más ágil o más veloz. Lo que hacía que Hedera llegara siempre la primera era que sabía que, en el momento en que se detuviera por culpa de un tropiezo o un mal paso, caería al vacío, así que convertía cada mal paso en un salto hacia delante, siempre hacia delante, como si con un poco más de impulso pudiera echar a volar.

Pronto la escalera da paso a un pasillo que se encorva aferrado al abdomen del coloso. Hedera ve la silueta de un guardia, demasiado lejos como para darse cuenta de su presencia. Ella sigue, a la derecha de nuevo. El aire aquí es más húmedo, el suelo se ha vuelto resbaladizo. Escucha a lo lejos conversaciones animadas, el trajín de algo pesado moviéndose. Los guardias ya están descargando la barcaza. El tiempo se acaba, se acaba, se acaba, pero ella está cerca, solo tiene que...

Se detiene.

Por un instante, su cuerpo todavía hace un movimiento espasmódico hacia delante, pero tiene los pies clavados en el suelo. No ha podido evitarlo aunque sea estúpido. Aunque el pecho le arda de urgencia, Hedera aparta las visiones de las sombras y vuelve a ver con sus propios ojos. Allí está. A través de un roto en la piel de El Caído puede entrever el cielo, la luna y la cabeza del coloso dormido recortada contra el cielo nocturno. Allí tras los ojos de piedra caliza, Hedera sabe que hay una habitación.

Los presos hablan de ella en sus pausas para comer. Susurran en voz baja el nombre de esa estancia medio escondida: es la sala del tesoro, donde se supone que se almacenan todos los objetos de valor confiscados a los reclusos. Muchos creen que es solo una mentira, o una fantasía, pero Hedera la ha visto a través de sus criaturas de sombra. Vio joyas y oro, copas decoradas, montañas y montañas de objetos y, entre todos ellos, sus alas tiradas en un rincón. Los ojos avariciosos de los vígiles solo vieron el humilde bronce, y no el tesoro que tenían delante.

Sacude la cabeza. Ahora que no corre, el cuerpo le duele como si sus músculos, huesos, venas y tendones quisieran ir cada uno por su lado. Es el precio que pagar por su Arte, lo sabe, pero aun así, se asusta. Luego, vuelve a mirar hacia la hermosa cabeza de El Caído, sus facciones plácidas, de gigante amable. No hay tiempo. Tendrá que dejar sus alas en este lugar, pero necesita… necesita…

Necesita unos instantes de duelo, porque abandonar las alas es como dejar atrás una parte de sí misma. Esas alas fueron más que un regalo, fueron una puerta, un medio para dejar de sentirse incompleta en el mundo en el que vivía. Y esas alas también son las culpables de todo lo que le ha ocurrido hasta ahora. Porque cuando fue a su antigua casa y vio una oportunidad para recuperarlas, no pudo evitarlo y, por eso, acabó encontrándose con las manos manchadas de la sangre del padre de Tulio.

Pero es que no podía dejarlas atrás. Eran suyas. Ese regalo de Tulio es lo único que ha sentido verdaderamente suyo desde el momento en que lo tuvo en las manos. Cuando se preparaba para la Bendición, tuvo que dejar sus alas atrás junto al resto de sus posesiones, pero estaba convencida de que las recuperaría. Ahora sabe que ya no ocurrirá.

Ser consciente de que ha perdido para siempre sus alas no hace que duela menos y dar el siguiente paso es como arrancarse una extremidad. El que le sigue duele igual, pero es más fácil. Al poco, Hedera vuelve a ser solo una sombra que avanza veloz mientras el eco de sus pasos se mezcla con el golpeteo sordo de ese laberinto de bronce tallado por manos tan desesperadas como las suyas. Mientras corre, las oquedades en las paredes del coloso guiñan como faros fallidos y Hedera zigzaguea hasta que, de repente, una ráfaga de aire salado le golpea el pecho y le alborota el cabello. No es más que una fisura en el costado del coloso, pero para ella es la línea entre la vida y el abismo.

La luz se filtra a través del hueco, demasiado alto, demasiado estrecho, justo como las posibilidades de Hedera de salir con vida. Al detenerse, Hedera por fin se decide a soltar el aire lentamente para que las docenas de polillas que han sido sus sentidos hasta ahora se desvanezcan a la vez y ella pueda conservar todas sus fuerzas. Percibe esas pequeñas muertes en el pecho como una miríada de agujas para después sentirse completa de nuevo.

Entonces, con la adrenalina como única compañera, Hedera calcula, decide, actúa, salta. Lo hace como acto de fe, con el sabor metálico del miedo en la boca. Y quizás alguno de los dioses esté de su parte, porque logra alcanzar con los dedos el borde frío de la fisura.

Y ahí se queda, suspendida, en un limbo de bronce y brisa marina.

Abajo, la libertad la llama con un susurro sobre las olas traicioneras. Ya llega la barcaza de suministros, solo tiene que avanzar un poco más, solo un último esfuerzo.

Arriba, sin embargo, ve dos pares de ojos que la están mirando.

Reconoce una de las miradas, la ha visto antes. Hace unos días, en el comedor. Es la mujer que se sentó a su lado, la que le pidió pan. Por cómo la mira, con los ojos muy abiertos, llenos de sorpresa, Hedera no cree que vaya a delatarla.

De todos modos, se dice, ya no importa. Lo ha logrado. Un último salto, solo tiene que agarrarse discretamente a la barcaza de suministros y dejar que la lleven de vuelta a Lydos. Podría sonreír incluso, ha sido fácil. Pero Hedera no llega a sonreír y, de repente, entiende por qué ha sido tan fácil. Por qué en El Caído hay pocos guardias, y prácticamente ninguna puerta cerrada.

Todo empieza con una vibración bajo sus pies. En un primer momento parece un terremoto, pero pronto descubre que no, que es un grito primitivo y profundo que crece cada vez más y más, un alarido ensordecedor que nace... que nace...

Es el coloso. No está muerto, o no del todo. La estatua, medio sumergida en la laguna, está gritando con tanta fuerza que Hedera tiene que taparse los oídos con ambas manos.

Arriba, en la celda, la mujer que la estaba mirando menea la cabeza lentamente, como si quisiera disculparse por no haberla avisado.

El coloso grita por ella.

BES

Los dioses bendigan a Ione, que a veces deja en la mesa de la cocina una jarra con una tisana de flores endulzada con miel. Y que bendigan doblemente, piensa Bes, al incauto que se ha olvidado una cesta de pastas de almendra y azahar en la alacena. Sátor y ella, se justifica internamente, las necesitan. Los dos han acabado sentados al final de la larguísima mesa alrededor de la que gira toda la cocina. Sátor, en uno de los bancos, juguetea con uno de sus anillos, el que lleva en el dedo índice de la mano derecha y representa la cabeza de un león en pleno rugido. Bes, sobre la mesa, tamborilea la madera con los dedos.

Lo que han visto... lo que han...

Ha sido justo después de que Sátor propusiera rematar la noche con un trago en La Herradura. En ese momento, un soplo de brisa marina hizo que la niebla se deshiciera en jirones algodonosos y la luna ha asomado por detrás de las nubes blancas. Las veletas del Errante se han iluminado con luz plateada. Hermoso, hasta que ese mismo aire les ha llevado el olor a muerte.

No han tenido que caminar más que unos pasos hasta llegar hasta el final de las plataformas de madera. Resulta que, al igual que las veletas, los cadáveres también reflejan la luz de la luna. Una cosa nueva que ha aprendido Bes hoy. Cadáveres —los ha reconocido por los colores de la ropa y los tatuajes— pertenecientes a miembros de las bandas que, como gaviotas que luchan por un trozo de pescado podrido, tratan de repartirse el Errante. Quienquiera que fuera el responsable debió de pensar que la marea se los llevaría, pero estaba trágicamente equivocado.

Mientras mordisquea una de las pastas, Bes siente el hedor de los cadáveres en la nariz y no se da cuenta de que Vix ha aparecido en la cocina.

—¿Dónde habéis estado? —pregunta sentándose frente a su hermano.

—Donde no te importa —responde Sátor sin mirarlo.

A veces, Sátor es así con Vix. Bes lleva viéndolos interactuar de ese modo tanto tiempo que no le sorprende ni le escandaliza, por muy cortante que a veces Sátor pueda parecer con su hermano pequeño. Es su manera de protegerlo, Bes lo sabe bien, y por eso se calla.

—¡Nunca me decís nada! —se queja Vix dando sendos golpes con las palmas de las manos sobre la mesa—. ¡Estoy harto! ¡Harto!

De nuevo, sin mirarlo, Sátor suelta un bufido que, probablemente, trate de enmascarar esa preocupación que realmente siente por Vix, que va unida a la culpa de que, por él, su hermano escapara de la vida acomodada que podría haber tenido en La Corona. Eso lo sabe Bes simple y llanamente porque una noche, en La Ratonera, estando Sátor demasiado borracho —más borracho que de costumbre, todo hay que decirlo—, se lo confesó. Que era culpa suya que su hermano ahora viviera en el Errante. Que sabía que debía haberlo devuelto a su familia para, por lo menos, darle la oportunidad de convertirse en orfebre si pasaba el ritual. Pero que no podía hacerlo. Simplemente, no podía. Y se sentía sucio, egoísta, por tenerlo consigo aquí, en el Buen Padre.

—Es hora de que los niños estén en la cama —dice Sátor con la voz tan calma que incluso resulta monótona.

—¡Que no soy un niño! —vuelve a quejarse Vix—. ¡Voy a cumplir trece años! ¡Si viviéramos en La Corona a lo mejor ya me habrían prometido! ¡Y tú no me dices nada! ¡No me cuentas nada! ¡Me tenéis aquí como un mono y ya, desde los ataques, no me dejáis ni salir del barco! ¡No es justo! ¡No. Es. Justo!

Sátor, que sabe de tratar a la gente lo mismo que de aritmética u oratoria —es decir, nada o menos que nada—, lo que hace es levantar la voz:

—¡Que te he dicho que te metieras en la cama! ¡Y que si tan mal te trato, ya sabes por dónde queda la villa en La Corona! ¡Si fuiste tan cobarde como para no querer enfrentarte a la Bendición y corriste a buscarme, ¿cómo pretendes que te trate? ¿Eh?

Cuando Vix se marcha con ojos trémulos y húmedos y dando un portazo, Bes no puede evitarlo y signa:

«Recuérdame no tener hijos contigo».

—Recordemos mejor no tener hijos. Punto —responde él con la vista fija en la puerta por la que se ha marchado Vix.

Es tan evidente la culpa sobre los hombros de Sátor que, de nuevo, si la situación fuera otra, Bes quizá soltaría una carcajada. O dos. No lo hace, sin embargo, porque los hombros hundidos de Sátor, su mirada todavía perdida en la puerta y un largo suspiro que dice más que todas las palabras a gritos que acaba de lanzarle a su hermano son suficientes señales como para indicarle que lo que realmente necesita Sátor es un abrazo.

Y abrazarlo tampoco entra dentro de sus planes.

Al cabo de dos suspiros más, Sátor dice:

—Esa gente siempre se está matando entre sí. No es nada que no hayamos visto un millar de veces.

Al principio, a Bes le cuesta entender de qué habla Sátor, como si todo lo que ha pasado con Vix, esa cotidianeidad tan habitual en el Buen Padre, hubiera funcionado como el bálsamo que necesitaba para quitarse de encima los recuerdos de la noche. Las palabras de Sátor, desgraciadamente, la devuelven a la realidad de esos cadáveres que han tenido la desgracia de encontrarse.

«Sí lo es», le responde al cabo de unos segundos. Porque Bes desearía no ver nada igual en lo que le queda de vida. Sátor lo sabe perfectamente aunque trate de convencerse de lo contrario. Es comprensible. Lógico incluso. ¿Qué son los Hijos del Buen Padre sino un grupo de niños, casi, que han encontrado una especie de hogar en un barco-teatro lleno de goteras? Incluso Sátor, con sus llamaradas y su cuerpo de luchador, se lo piensa dos veces antes de involucrarse con las bandas y los grupos. Aun así, insiste:

—¿No te acuerdas? ¿Hace menos de un año, cuando los de Aquila y los Cuervos se pelearon por los almacenes al norte? ¿Cuántos muertos hubo entonces? ¿Eh? —insiste él, el ceño fruncido ligeramente en un gesto contrariado, los labios apretados hasta formar una línea finísima. Cuando Sátor se pone nervioso, hace girar otro anillo, el que lleva en el dedo anular de la mano izquierda y que tiene forma de serpiente enroscada—. Siempre...

«Estos estaban cortados por la mitad, Sátor».

Eran una veintena, o quizá más, flotando tristemente como horribles peces muertos, partidos en dos mediante cortes demasiado limpios de la coronilla al ombligo. Por mucho que Bes lo piensa, no se le ocurre nada que pudiera haber hecho algo similar. Ningún arma convencional, eso para empezar. Quizás un ingenio, si es que existe algún orfebre lo bastante loco como para dar vida a algo así. De lo que no hay duda es de que algo está ocurriendo en el Errante. Algo malo.

«Creo...», signa entonces. Varias preguntas flotan en el aire como polillas desquiciadas. Solo es cuestión de ver cuál sale primero.

—¿Qué hacemos?

Esa es lógica. Se han encontrado un montón de cadáveres horriblemente mutilados en los muelles del Errante, bien tendrán que hacer algo al respecto. Bes cabecea un segundo, la tisana no ha logrado quitarle el mal sabor de boca que tiene desde que regresaron.

«Contarlo».

—¿Por qué?

«Porque son un montón de muertos, Sátor». Y la muerte, sabe Bes, llama a más muerte. Como si no fuera ya una mercancía lo bastante abundante en Lydos. Y porque... porque hay algo... algo que falla. Algo que tiene en el fondo de la mente, como una pequeña espina clavada en la nuca. Algo que no logra discernir todavía, pero que llegará tarde o temprano, está segura.

—Sé lo que estás pensando, y no —añade Sátor con cautela—. No tiene nada que ver con esa Dama que estás buscando.

Cuando termina la frase, Bes se da cuenta de que Sátor ha levantado la cabeza y de que la mira con algo que parece... lástima, pena. Y lo odia. Cómo odia Bes esa mirada aun cuando Sátor sepa qué ocurrió con su familia. O una parte. La parte que ella quiso contarle. La parte de la casa vacía, la del silencio, cuando Bes llamó a los suyos y nadie respondió.

Pero Bes no quiere que nadie sienta lástima por ella. Ni siquiera Sátor, porque es una superviviente. Porque supo hacerle frente a ese pasado, a esa soledad. Porque tomó decisiones —buenas y malas— y porque sigue viva, que es lo que importa.

«Pero...», comienza Bes.

—¿Qué es lo que no tiene que ver con la Dama? —Pero Ludo la interrumpe. Bes levanta la cabeza en la dirección desde la que ha escuchado su voz. Quién sabe cuánto tiempo llevará ahí, lánguidamente apoyado contra el quicio de la puerta y visiblemente borracho—. ¿Qué Dama? ¿Esa es una de las pastas de Rufio? Se va a poner hecho un basilisco cuando se dé cuenta de que os las estáis comiendo vosotros. ¿Me dais una?

Ludo se aparta de la puerta dándose impulso con un golpe de cadera y se sirve un poco de tisana y un pastelillo.

—¿Qué me he perdido? ¿Algún drama nuevo? ¿Jugosos secretos?

Hasta hablando, Ludo parece una de esas obras de teatro que tan de moda se pusieron por el Bajoforo no hace mucho tiempo.

—Parece que tus exploraciones —le interrumpe Sátor mientras, con el dedo, le señala el pómulo— incluyen más peleas de bar que descubrimientos.

—Marcas de guerra, *maaaaarcas* de guerra. —A Bes no se le escapan ni lo que ha alargado la «a» ni esa «erre» mal pronunciada. Ludo lleva hoy el disfraz de borracho perfecto. Mucho más cuando insiste—: Pero, bueno, contadme: ¿de qué estáis hablando? ¿Es un secreto? Podéis contármelo. —Ludo, entonces, se emociona. Parece que se le ilumina el rostro cuando, de un salto, se sube a la mesa y los señala a ambos—. ¿Andáis juntos? ¿Os dais besitos debajo de las escaleras y en lo alto del palo mayor cuando nadie os está mirando?

Si Bes no quisiera tanto a Ludo, ahora mismo lo tiraría por la borda.

No lo hace porque, en fin, ya ha visto demasiada violencia en lo que va de la noche y al final, sin saber si es lo correcto y tras asentirle a Sátor con la cabeza, ambos le cuentan lo que han visto.

Cuando terminan, a Bes prácticamente le duelen ambos brazos de signar tan rápido; Ludo se la queda mirando y, de pronto, pone tal gesto de asco que Bes piensa si no tendrá ella algo en la cara. Pero no. No es ella.

—Cadáveres. Muertos —comienza Ludo mientras tuerce el gesto—. Buen tema para una charla nocturna. Me gustaba más cuando creía que os estabais besando, la verdad. —Se encoge de hombros—. Pero, en fin. Cadáveres. ¿Sabéis qué os digo? —Bes no debería sorprenderse por la verborrea de Ludo cuando está borracho, pero aun así, se sorprende—. A menos que estén sirviendo vino gratis donde sea que descansen los muertos, prefiero que los dramas nos lleguen vivitos y coleando. Además, estamos en el Errante. Últimamente, das una patada y te salen tres cadáveres.

Lo que le faltaba a Bes. Que Ludo dijera eso.

—¡Ahí lo tienes, Bes! —dice Sátor tras una carcajada, señalando hacia Ludo como si fuera la revelación de la noche—: Directo desde la fuente: los niños y los borrachos siempre dicen la verdad. —Sátor hace una pausa y luego baja la voz, como si así Ludo no pudiera escucharlo—: Y Ludo es las dos cosas.

Primero, Ludo le saca la lengua a Sátor pero, después, abre mucho los ojos antes de apoyar los codos sobre la mesa y acercárseles demasiado para el gusto de Bes. Le huele el aliento a melíspero.

—Pero ¿vosotros no estabais en la gran misión de búsqueda? ¿Qué hacéis con una Dama y removiendo cadáveres con lo apestosos que son? —*Apestoso. Tiene gracia*, piensa Bes, teniendo en cuenta el aliento que trae Ludo—. ¿Es que ya habéis encontrado al tal Cícero Aristeón ese? ¿Dónde está? ¿Dónde lo tenéis guardado? —pregunta girando la cabeza hacia ambos lados demasiado rápido incluso para ella, hasta que, de pronto, abre mucho los ojos y también la boca y los señala a ambos con el dedo con incluso más dramatismo que al que los tiene acostumbrados—. O es que... ¿es que Andras *sí* ha contactado con vosotros? ¿Es eso? —De nuevo, Ludo se sube encima de la mesa, esta vez de rodillas, y no agarra a Sátor de las solapas del chaleco porque, incluso borracho, sabe qué cosas es mejor no hacer—. ¿Cómo está? ¿Qué os ha dicho? ¿Por qué a mí no me ha dicho nada?

Ya está. Lo ha confesado sin darse cuenta, razona Bes. Ese énfasis que le ha dado a la palabra *sí* ha implicado claramente que, pese a lo que les dijo, al final Ludo sí que se ha puesto en contacto con Andras. Y, por lo que se ve, sin recibir respuesta.

Y Bes siente que los problemas se le acumulan y que no tiene manos para hacerles frente a todos: Andras y Hedera en El Caído, la Dama, la gente esa por el Errante, manejando el Arte de los tejedores, la infructuosa búsqueda de Cícero Aristeón, el aumento de la presencia de vígiles en el barrio, esa guerra inminente de la que todo el mundo habla, el...

A esa maraña de pensamientos se le suma otro, y el corazón comienza a latirle con fuerza cuando uno de esos frentes que tienen abiertos parece comenzar a cerrarse:

«No había hombres de Aquila», signa.

—¿Aquila? —pregunta Ludo—. ¿Qué tiene que ver Aquila con...?

Bes no le deja terminar porque le pone un dedo delante de los labios mientras signa con la otra mano.

«Entre los cadáveres que hemos visto, Sátor. Ninguno llevaba la máscara de Aquila».

—Se las pueden haber robado —razona Sátor.

«Entonces las preguntas son: ¿por qué? y ¿para qué? No tiene sentido. ¿No te das cuenta? Ni un solo cadáver de la banda de Aquila».

Al silencio que sucede a las palabras de Bes lo interrumpe un golpe encima de sus cabezas, en la cubierta. Bes sabe que no debería salir a ver de qué se trata, pero entre Ludo, borracho, y Sátor, llevándole la contraria constantemente, ese golpe seco sobre sus cabezas es la excusa perfecta para marcharse de la cocina.

Al principio, ninguno de sus amigos va detrás de ella y no es hasta que empieza a subir los escalones que llevan a la cubierta cuando escucha algo.

Podría ser cualquier cosa: una gaviota que se ha dado un golpe y ha caído, por ejemplo, se dice Bes tratando de no pensar en otro tipo de cosas que encierran más peligro.

Cuando por fin abre la puerta que da al exterior, Bes se da cuenta de que prácticamente ha amanecido y de que otra vez se ha pasado una noche en blanco. Sin embargo, no es eso lo que más le llama la atención porque, delante de ella, vestido de oro de la cabeza a los pies y con una corona de laureles dorados alrededor de las sienes, un joven rubio y con una musculatura que podría competir con la de Sátor, pregunta:

—¿Vive aquí Ludo, el tejetrino?

XVII

En sus torres, largas sombras

TULIO
En Villa Zephir.

Tulio ha dormido porque su cuerpo necesitaba sanar, recuperar fuerzas y olvidar las heridas, pero ha sido un sueño inquieto, lleno de ojos como carbones ardiendo. Se ha despertado con la piel cubierta en sudor, la fina sábana de seda enrollada alrededor del cuerpo, como estrangulándole.

La villa está silenciosa. Tulio se pone en pie y abre los enormes ventanales de su alcoba para que la brisa de la mañana, que sube desde la laguna, le acaricie la piel y logre por fin despertar de esa pesadilla de ojos como brasas. Así se queda durante unos minutos, desnudo ante la ventana, quieto para quien le quiera mirar, casi como una estatua, pero el cerebro girándole a más velocidad de la que puede soportar. Finalmente, se mueve y selecciona un chaquetón con manos decididas. Es azul profundo, casi negro bajo la luz de ese amanecer que se percibe a través del ventanal. Los botones, alineados con precisión, forjados en plata y grabados con motivos de serpientes aladas, siente que quizá le dan un cierto aire de la autoridad que necesita. El cinturón que escoge es estrecho, de cuero suave que, junto a las botas, de cuero curtido oscuro, hasta las rodillas y lustradas hasta reflejar la habitación, le hacen aparentar, quizá, más seguridad de la que realmente siente, teniendo en cuenta lo que va a hacer.

Cuando Tulio se ajusta el chaquetón, el cuerpo empieza a pedirle más velocidad, más movimiento, quizá para apartar las imágenes que la pesadilla ha dejado como grabadas a fuego en la parte de atrás de sus retinas.

Esos ojos rojos. Hedera se lo dijo. Esos ojos rojos.

Cruza la villa casi en completo silencio. De nuevo, su madre no está.

—¿Dónde está madre? —le pregunta a Bardo, uno de los criados.

—En el Senado, mi señor. Salió antes de que despuntara el alba.

Tulio no necesita que Bardo le dé más detalles. Su madre es así. Por supuesto que, pese a que su padre haya muerto, ella no piensa ceder ni un ápice de influencia ni de poder. Con la muerte de su padre, además, todas las familias ambiciosas de La Corona —que son muchas, si no todas— estarán saltando como carroñeras para ocupar ese espacio vacío.

No le importa. Casi que prefiere que estén todos presentes en el Senado cuando llegue él.

LUDO

Andras sabría qué hacer. Andras habría puesto a todos los Hijos del Buen Padre en marcha, igual que hizo cuando le presentó a Hedera. Pero es que eso, *precisamente eso*, es lo que mejor sabe hacer Andras, que los rescató a todos y a todos les mostró que el Buen Padre podía ser un hogar, pero Ludo…

Cuando han encontrado a Ennio en la cubierta, el orfebre ha balbuceado algo sobre una prometida y sobre no poder quedarse en La Corona. Luego, claro, ha dicho las palabras mágicas: «No tengo a dónde ir». Y ¿qué podía hacer Ludo? ¿Decirle que no había espacio? No es tan mala persona. Habría sido como echar a la calle a un cachorrito. Además, claro, es un poco por su culpa que Ennio esté ahora aquí.

—¿Quieres más…? Eh… no sé qué es esto.

—Tisana de flores —le ayuda Sátor mirándolos de reojo antes de volverse hacia Bes con voz muy baja. A Ludo le arden los huesos por saber de qué están hablando pero, en lugar de acercarse a ellos, vuelve a empujar la taza en dirección a Ennio.

—Tisana de flores. Te hará bien.

—Sí… Gracias —murmura el orfebre, tan acurrucado bajo la manta que le han puesto sobre los hombros que parece un pajarillo.

Parece que todos los Hijos hubieran acabado en la gran cocina. Bes y Sátor con su discreta discusión en un rincón, las mellizas, Ione, Rufio, casi todos los demás, porque la noticia ha corrido como la pólvora por el barco: han encontrado a un nuevo huérfano y por supuesto que todo el mundo ha bajado a curiosear. Por lo menos han tenido la decencia de dejarle a Ennio un poco de espacio y solo le observan. Eso sí, sin mucho disimulo.

—Bueno. —Rufio en ese momento se pone en pie. Es un chico callado y afable, de un rubio tan pálido que parece blanco y quien suele estar a cargo de la comida aunque no le toque. Ludo considera que es una suerte porque, desde luego, ¿cómo es posible que a alguien le guste cocinar? A él, por supuesto, le resulta inconcebible y, siempre que puede, deja que Rufio se encargue de la comida cuando es su turno—. ¿Quién tiene hambre?

Ante su pregunta, no hay quien no levante la mano. Unos pocos, incluso, se acercan a Rufio para ayudarle. El que sigue sin mover un solo músculo es Ennio, que observa la taza de tisana de flores como si quisiera ahogarse en ella.

—Ennio también comerá algo, ¿verdad? —aventura Ludo.

Casi como si hubiera cometido una gran ofensa, Rufio salta:

—¡Claro que comerá! ¡Más faltaría! Venga, que alguien me traiga unos huevos de la alacena.

—No puedo… no puedo pagároslo —comienza Ennio. Como única respuesta, recibe una gran risotada y, mientras la gran cocina del Buen Padre se llena del caos más absoluto, Ennio se frota los ojos. *Por favor*, piensa Ludo, *que no se eche a llorar*. No porque a Ludo le amedrente el llanto, no. Él mismo conoce bien las lágrimas. Pero es que le daría mucha vergüenza tener que consolar a Ennio delante de todos. Por suerte, Ennio parece recomponerse—: Gracias. Yo… yo… —balbucea—. No sabéis cuánto os lo agradezco.

—Hicieron lo mismo por mí —dice Ione.

«Y por mí», «y por mí», corea la mayoría de los Hijos, y cada vez que esto sucede, Ennio deja escapar un sonido ahogado.

Sentado frente a él en la gran mesa, Ludo se permite unos segundos para observarlo. Aun después de la mala noche que debe de haber pasado, la guapura de Ennio es innegable. *Bueno*, se corrige Ludo, *guapo no es la palabra*. Él, por ejemplo, es guapo, *guapísimo*, y no se parece en nada a Ennio. No. Es algo más. Es… ¿qué es?, se obliga Ludo a descubrir. ¿Qué es? Algo distinto, definitivamente. Algo que, sin quererlo, hace que a Ludo le dé un bote inapropiado el estómago. Si supiera hacerlo, se reprendería. No se pegan botes así, a lo tonto, por nada.

Eso.

Más que guapo. Porque no son esos ojos como el ámbar. Ni esos cabellos ondulados como de oro, ni su mandíbula cuadrada, ni su sombra de barba oscura, ni esos músculos que parecen cincelados en mármol y que, dependiendo de cómo les enfoque la luz, parecen ser capaces de hacerle estallar la ropa lujosa a Ennio si quisieran.

No. Es otra cosa.

Pero Ludo decide que no va a pensar en esa otra cosa.

En realidad, vamos a ver, sigue pensando Ludo, quizá es que Ennio le da pena. Ahí, con esa manta raída que le han prestado y con un par de lágrimas tan gruesas enganchadas a esas pestañas larguísimas que Ludo se queda un momento absorto esperando el momento en que, por fin, caigan. Por si las moscas, agita la cabeza y, finalmente, le da a Ennio un par de golpecitos en el brazo. Luego, como si quemara, aparta la mano.

—No te… no te preocupes. Puedes quedarte a… —Antes de acabar la frase, Ludo se muerde la lengua sorprendido por lo que está a punto de decir. ¿Es así? ¿Va a decirlo? Pues así parece, porque acaba la frase—: Puedes quedarte aquí el tiempo que necesites.

Veamos. No es que Ludo se haya encariñado con Ennio o algo por el estilo. Simplemente, se ve a la legua que necesita un lugar donde caerse muerto y seguro que Andras estará orgulloso de él cuando venga y descubra que ha sido él quien lo ha traído aquí. Sí. Es eso. Así que lo siguiente lo dice con mucha más convicción—: Luego buscamos un camarote y te damos ropa limpia si quieres, algo tendremos que te valga…

—Graci…

—Deja de repetir la dichosa palabra, que la vas a gastar —le corta Ludo. El tono le ha salido un poco seco, y Ennio se ha dado cuenta y ahora baja la mirada, lo que hace a su vez que Ludo se sienta como una persona horrible, pero es que… razona Ludo, es que ya va siendo hora de que Ennio comience a pensar por sí mismo, *a valerse por sí mismo*, así que se muerde la lengua y reprime las ganas de pedirle disculpas o, los dioses no lo quieran, revolverle esos bucles rubios de niño de La

Corona que tiene. Por suerte, Rufio llega con la comida en ese instante: rebanadas de pan con aceite, uvas, pastelillos de miel y sésamo. Es un almuerzo de pobres, nada a lo que Ennio estará acostumbrado, pero que se come con voracidad en cuanto lo tiene frente a él. Después de comer, el orfebre parece recuperar el color de la cara, o quizá sea que los Hijos que se han sentado a su alrededor han comenzado a hacerle preguntas, sobre su vida, sobre gente de La Corona que quizá conozca. Incluso lo escucha reír y, aunque objetivamente Ennio tiene una risa muy bonita, Ludo no se ha fijado en ella ni nada por el estilo.

Cuando parece que la conversación se aquieta en ese sopor cálido que deja el estómago lleno, Bes da un par de golpes con el puño sobre la mesa y signa con la otra mano:

«Escuchad. Ahora que estamos todos, quería preguntaros algo».

—Un momento —interrumpe Sátor—. Todos, no. ¿Dónde está Vix?

TULIO

Ha hecho el camino hasta La Ciudad Alta con el corazón en la garganta, pero ahora se obliga a levantar la cabeza, a hinchar el pecho y a caminar como si el lugar le perteneciera mientras se adentra en el gran edificio desde donde se gobierna Lydos, ignorando a los vígiles y las miradas sorprendidas de los funcionarios cargados de documentos que van de acá para allá.

El Senado se reúne en una gigantesca sala circular a la que se accede a través de dos enormes portones de bronce decorados con escenas de la gloriosa historia de la ciudad. Desde fuera, parece que se necesitaría una docena de hombres para abrirlas, pero cuando Tulio las empuja, se abren con tanta facilidad que la gran entrada que pretendía hacer Tulio se convierte en un ridículo traspié.

Cuando se yergue, con las mejillas rojas por el ridículo, parece que el mundo por fin gire a su velocidad habitual. De repente Tulio es consciente de la gran sala, capaz de albergar a los más de doscientos senadores y personalidades de Lydos como si se tratara de un enorme teatro. Es consciente del gran óculo que, en lo más alto de la cúpula, permite la entrada a los rayos del sol, de la decoración de las paredes, con columnas y falsas ventanas pintadas con paisajes maravillosos. De las miradas de todos, especialmente de la de su madre, que está en pie en el centro.

Tulio ha tenido la mala o la buena suerte de llegar justo en el momento en que Caletia tiene la palabra.

—Tulio. ¿A qué debemos el honor de tu visita? —Por un instante, a Tulio le sorprende la voz de caverna con la que ha escuchado a su madre, reverberando por cada recoveco de la cúpula. Luego, cuando quiere reaccionar, se da cuenta de que Caletia aparta la mirada hacia un punto detrás de él—. Dejadlo.

Cuando Tulio repara en el punto hacia donde mira su madre, descubre a media docena de vígiles con el uniforme de gala, reservado a los miembros de la Guardia Custodia del Senado, a punto de lanzarse contra él. Ni siquiera se ha percatado de que lo estaban persiguiendo. Inconscientemente, Tulio se fija en sus máscaras de acero pulido, en sus facciones hermosas y muertas al mismo tiempo.

La máscara, se recuerda. *Ojos rojos como ascuas.*

—Necesito hablar con el Senado —proclama por fin, dando un paso al frente.

En medio del silencio se escucha una carcajada breve, que no hace más que encender su furia. Es una carcajada reservada para un niño, o un loco. Da otro paso. El primero ha sido dubitativo, pero este ya tiene más firmeza. Tulio levanta el mentón y se detiene en la tarima de madera que queda justo en el centro de la sala.

—Vengo a hablar en defensa de Hedera, tejesombras del Errante. Sé que va a ser juzgada por la muerte de mi padre, Jano Zephir, Theokratés de Lydos. Sé que se han vertido acusaciones contra ella. ¡Que yo mismo las he hecho! —Tulio toma aire permitiendo que la esperanza le llene los pulmones—. Pero vengo a retract... ¿me escucháis? ¿Me escucha alguien?

Una sensación fría le recorre las entrañas. Mientras pronunciaba esas palabras, también han comenzado a hablar entre sí los hombres y mujeres del Senado. En este instante, de hecho, es más alto el murmullo que su propia voz.

—¡Eh! —chilla, dando dos pasos hacia el centro de la tarima—. ¡Escuchad! —Pero nadie lo hace. Ni siquiera vuelven la vista hacia él, como si no existiera. Las voces de los miembros del Senado se alzan altas y claras a su alrededor, le ahogan. Es gente acostumbrada a ignorar aquello que les parece insignificante, pero él insiste—. La noche en que murió mi padre... La noche... Hedera me confesó haber visto máscaras, máscaras con ojos como ascuas, y anoche mismo yo fui atacado por un grupo que portaba máscaras con los mismos ojos. ¡Yo mismo he sido atacado! —dice con más fuerza, esperando que, aunque solo sea para castigarle, el Senado le escuche, pero es en vano. Entonces, desesperado, se vuelve hacia su madre—. Todo ha sido una equivocación. El asesino de mi padre todavía camina por Lydos y la ciudad se precipita hacia una guerra innecesaria, por motivos equivo...

El tirón que le da su madre es rápido y brutal.

—Cállate, muchacho. Cállate de una vez.

—Madre... Madre, cometí un error. ¡Cometí un error! —chilla levantando la mirada hacia las docenas de personas que, aun rodeándolo, le ignoran—. ¡Hedera es inocente!

Pero su madre solo le mira con labios apretados. Tulio contiene el aliento, esperando ver en ellos un poco de compasión, pero es en vano. Caletia hace un gesto rápido hacia los vígiles, que se acercan con paso marcial.

Tulio retrocede. Y lo hace mientras miles de pensamientos giran como un enjambre no solo en su cabeza, sino por todo su ser. Porque jamás pensó que, después de su traición, volvería a sentir esa punzada en el pecho, esa sensación tan fría y cálida a la vez derramándosele por dentro. Se juró que la olvidaría. Se juró que dejaría de amarla. Y ha vivido así, juzgándola y culpándola de todas las desgracias que, desde su traición, le habían sucedido y permitiendo que fuera la rabia lo que, en lugar del amor por Hedera, le llenase por dentro. Rabia, rabia y más rabia. Capa tras capa de rabia tratando de esconder la llama de ese amor que hoy, se da cuenta Tulio, ahora que tiene el futuro de Hedera entre sus manos, arde con tanta fuerza que incluso su rabia —esa rabia que era lo único en lo que creía Tulio— queda eclipsada.

Es el susurro de su madre mientras le dice «Llegas tarde. Ya hay sentencia» es lo que de nuevo le hace renacer la rabia dentro del pecho.

Tulio sigue retrocediendo. Levanta por última vez la cabeza hacia la gran sala y los senadores con sus máscaras, sentados en sus sillas decoradas, continúan ignorándolo. Hablan de la guerra. De las nuevas tierras que obtendrán con la conquista de Vetia, la vecina ciudad traicionera; de la grandeza de Lydos, de la proximidad del ritual de la Bendición… y Tulio se da cuenta.

No importa ya si Hedera es o no culpable.

La ciudad, como sus ingenios, se muere, la gente habla y está intranquila. ¿Y qué mejor modo de hacer que los buenos ciudadanos de Lydos apoyen a sus gobernantes que una nueva y gloriosa guerra? Hedera tan solo es una excusa.

Y él mismo se la ha servido en bandeja.

HEDERA

Cuando era pequeña, Hedera una vez se cayó. De ese momento solo recuerda a Tulio inclinado sobre ella muerto de preocupación, y también recuerda un dolor sordo, infinito. Aun así, se levantó, porque quedarse tendida e indefensa no era opción.

Ahora, tanto tiempo después, Hedera trata de hacer lo mismo.

Levanta, se ordena. «Vamos».

Pero, esta vez, el dolor la vence.

Todo sucedió tan rápido. Cuando el coloso gritó dando la voz de alarma los guardias llegaron inmediatamente, como si de hecho ya estuvieran esperando para actuar, y la golpearon con una fuerza que a Hedera casi le roba el sentido. Pero luego vino lo peor, cuando la arrastraron medio inconsciente por los pasillos y las galerías de El Caído, entre los gritos de los demás presos. Algunos eran de rabia, pero la mayoría de burla, por haberse creído más lista que los demás.

La lanzaron sobre el mismo jergón raído en el que sigue tumbada ahora, y la dejaron en esta celda sin ventanas para que la oscuridad la atormentara del mismo modo que el dolor.

Es ahí donde se equivocaron: la oscuridad ya no asusta a Hedera.

Quizá no pueda incorporarse, pero puede extender las manos y flexionar los dedos contra el finísimo haz de luz que se filtra por entre una de las grietas de las paredes cóncavas. Un pájaro. Un perro. Un pez. Un caballo. Sus gestos son seguros y precisos. Es fácil. En realidad, su Arte es poco más que un juego de niños. Es tan ridículo, tan inútil y lo ha odiado con tantas fuerzas que aquí, a solas, no puede evitar que las palabras de Andras la desconcierten.

«El Arte de los tuyos sirve para mucho más que para entretener a los niños».

Pájaro. Perro. Araña, repite mentalmente al tiempo que mueve las manos. En la oscuridad, aparta el dolor de su mente y aparta también el mundo que queda tras la puerta de la celda. Trata de, poco a poco, acompasar su respiración al movimiento de sus manos.

Inhala. *Ciervo.* Exhala. *León.* Inhala. *Serpiente.* Exhala. *Rata.* Inhala...

Se detiene. Las manos crispadas en un gesto de sorpresa.

Lo ha sentido. Un tirón, como si tuviera un hilo finísimo atado a las costillas, y, de repente, las sombras se le antojan como algo más sólido, más presente. *Buey. Cangrejo. Gato.* De pronto, Hedera cree sentir también cómo, incluso apartándose de ese fino haz de luz, sin nada que le permita proyectar sus sombras, estas están ahí junto a ella, esperando sus órdenes.

—Dioses... —exhala al final de una respiración y se sorprende al descubrir una pizca de miedo bajo el esternón. ¿Qué ha sido eso? ¿De dónde ha salido ese apetito de crecer, de arrancar la puerta de la celda y arrasar con todo a su paso? ¿De sí misma? ¿Han sido las sombras, pensando por sí solas? Baja las manos, ordenando a las sombras que se disipen.

Justo a tiempo: tras la puerta escucha pasos y, luego, una llave que gira en el cerrojo.

La puerta se abre brevemente, dejando apenas una rendija por la que ve un par de ojos muy azules, llenos de recelo.

—Fuera —dice una voz. Antes de reconocer a su dueño, reconoce el veneno que hay en ella. Es la voz de Dimas, el guardia al que dejó inconsciente mientras trataba de escapar. Hedera no sabe si alegrarse por no haberlo matado al final o asustarse por que siga vivo. Porque por supuesto que ha venido él. Y lo ha hecho para cobrarse su venganza: dando un brutal empujón a la puerta y, después de propinarle una patada en el estómago, agarrándola por el cuello del vestido para obligarla a levantarse—. ¡Fuera!

Aunque se tambalea, Dimas sigue vengándose y la empuja cada vez que pierde pie hasta llegar a la puerta, donde la luz la ciega por completo unos segundos. Aun así, Dimas no tiene piedad y la empuja hacia fuera con tanta fuerza que Hedera trastabilla y va a dar con sus huesos primero contra la pared del pasillo y a continuación contra el suelo. Allí permanece unos segundos, las palmas de las manos ardiendo tras haber parado el golpe, los dientes apretados no solo por el dolor que ha estallado como una flor volcánica tras sus ojos, sino también por la rabia, por el orgullo herido. Quizá por eso, antes de que el guardia se acerque de nuevo, Hedera ya se ha puesto en pie, tozuda.

—¿A dónde me llevas? —logra preguntar mientras atraviesa pasillo tras pasillo, labrados en ese bronce hueco del que una vez fuera un gran ingenio.

—Tienes visita —responde simplemente el vígil.

Visita. ¿De quién? ¿Para qué? Hedera se siente desfallecer. Con otro empujón, el guarda la dirige hacia una escalera estrecha y empinada que trepa por la mejilla del coloso y se adentra en la escultura a través de un gran roto cerca de la sien. Es irónico. Ahí está la sala donde esperan sus alas, abandonadas, y también un espacio donde los presos pueden reunirse con sus familiares o amigos. O quizá con sus abogados, siempre que puedan permitirse uno.

¿Quién quiere visitarla?, vuelve a preguntarse Hedera. ¿Para qué? Por un instante, la parte de sí misma que todavía es, para su vergüenza, esa muchacha de La Corona con los ojos llenos de futuro, espera que sean su madre o su padre, que vienen a salvarla.

Pero, no, no es ninguno de ellos.

—Hedera…

Su nombre. Esa voz…

No debería…, piensa Hedera en un instante fugaz. No debería sentirse así y, a pesar de todo, así se siente, como si de golpe una catarata de aguas cálidas la hubiera inundado por dentro. Porque es Tulio. Es Tulio quien ha venido a visitarla. Tulio. Quien no quiso escucharla. Quien la acusó de haber matado a su padre. Es Tulio. Tulio. El culpable de que ahora esté ella aquí. Y no debería sentir eso tan cálido dentro del pecho. No debería, no. Pero es como si sus extremidades no quisieran responder a ninguna de las órdenes de su cerebro. Sus piernas solo desean correr en su dirección. Su pecho, sus hombros, sus brazos… todo su cuerpo lo único que desea es sentir de nuevo los brazos atléticos y definidos de Tulio estrechándola contra su cuerpo.

—Tulio… —Es lo único que puede hacer: pronunciar su nombre con voz rasgada, con tantas órdenes y deseos inconexos.

Y su corazón… No se ha dado cuenta de la velocidad a la que está latiendo su corazón hasta ahora, como si él también lo único que deseara fuera saltar en dirección a Tulio.

—Estás herida… —susurra él, sin moverse. O quizá sin atreverse a hacerlo. La mira fijamente, con esos ojos oscuros en los que ella, hace tanto tiempo, se veía reflejada tal cual era. El cabello lo tiene como siempre, desobediente por más que él se afane en colocárselo, pero un poco más largo por delante. La cara… la cara la tiene distinta. Es la misma, claro. Tulio es Tulio. Pero quizás a Hedera le parezca mayor, más serio, con esa sombra de barba que le asoma por la mandíbula y por encima de los labios y una cicatriz en el pómulo que parece antigua pero que, desde luego, no tenía antes. Y todo él parece más alto, sus hombros más amplios. Y esa mirada… Hedera vuelve a mirarle a los ojos. Cuánto necesitaba Hedera que, por un momento, aquí, en esta cochiquera que es El Caído, donde hay de todo menos piedad, de pronto alguien la mirara no solo como lo que es —un ser humano— sino como quien es: Hedera Apokros—. ¿Te han…? —comienza a preguntar Tulio con voz trémula mientras adelanta la mano—. ¿Te han hecho daño?

Es con esa pregunta y con ese movimiento que hace Tulio cuando, por fin, el cuerpo de Hedera obedece a su instinto. Que no es correr a sus brazos sino caminar hacia atrás hasta que da contra la pared con su cuerpo dolorido, que aúlla todavía más alto. La respiración se le entrecorta, aprieta los dientes, traga saliva. *¿Dónde está la puerta?*, se pregunta. *¿Dónde está la maldita puerta?* Necesita salir de ahí, necesita que Tulio se aleje.

—Sácame de aquí —le ordena a Dimas, el guardia que la ha traído a rastras—. No quiero verlo.

Sin embargo, Dimas debe de notarle la desesperación en la voz porque lo que hace es empujarla con tanta fuerza hacia el centro de la sala que Hedera pierde pie y cae de rodillas.

—¡¿Qué haces?! —pregunta entonces Tulio. Con su voz. Esa voz…—. No te atrevas a…

—Es una reclusa. Que suplique —se mofa el guardia.

—Déjanos —ordena entonces Tulio—. Vete. Cierra la puerta y déjanos solos.

Hedera, todavía a cuatro patas en el suelo, las palmas de las manos ardiéndole por los raspones y con las rodillas probablemente sangrando porque nota algo húmedo, es incapaz de levantar la cabeza, pero el silencio que se hace en la sala es tan pesado que hasta ella, sin mirar, puede darse cuenta de que, incluso en El Caído, los miembros de La Corona tienen mucho más poder que cualquier otro, porque Dimas, el guardia, obedece en silencio. Se marcha y cierra la puerta tras de sí.

Justo en ese instante Tulio corre en su dirección y se arrodilla para ayudarla a levantarse.

—¡No! —logra articular—. ¡No me toques! ¡No!

Mientras Tulio se queda parado, ella se levanta y comienza a moverse alrededor de la sala como una bestia enjaulada —quizá porque eso es lo que es—. La habitación tiene cuatro grandes ventanales con gruesos barrotes. A través de ellos, Hedera ve la laguna de ese azul casi negro, y también la isla de Lydos, a lo lejos. Le llega el olor a sal, a aire puro, tan distintos al hedor a miseria y humanidad confinada de El Caído. Si tan solo pudiera atravesar los barrotes, si pudiera saltar…

—Hedera, por favor… —susurra Tulio con la cabeza gacha, sin levantarse.

Al escucharlo, el cuerpo de Hedera por fin se aquieta, pero no su corazón, que continúa latiendo sin control dentro de su pecho. ¿Qué le ocurre?, se pregunta. ¿Por qué está sintiendo lo que está sintiendo?, sigue preguntándose Hedera, que ahora se queda tan inmóvil como lo está Tulio, solo que al otro extremo de la sala. Es tan confuso, tan contradictorio… porque odia a Tulio con todas sus fuerzas. Por su culpa está ahí. Por su culpa la han apresado, maltratado. Si la hubiera creído. Si, por un instante, en esos encontronazos que tuvieron la hubiera escuchado…

—¿Qué quieres? ¿Qué haces aquí? ¿Has venido a reírte? ¿A comprobar con tus propios ojos lo que me has hecho? —dice ella, esta vez con la voz afilada de ese orgullo que se está esforzando por sacar a flote, por que cubra todo su ser.

Al escucharla, Tulio se incorpora pero no levanta la cabeza, continúa mirando al suelo, donde ella misma ha caído tras el empujón de Dimas tan solo hace unos instantes.

—Yo…

—¿No estás contento con tu venganza? Mírame, Tulio. Mírame. —La voz de Hedera es puro veneno mientras extiende las manos ensangrentadas hacia Tulio—. ¿Es que no te es suficiente? ¿Tanto me odias? Mírame, Tulio. —Pero el chico no levanta la cabeza. Parece incluso aterrado, avergonzado. Y Hedera no puede soportarlo. Simplemente no puede. No es justo. Si Tulio ha venido a verla a El Caído, entonces que sea valiente y que lo haga—. ¡Que me mires, te digo! —comienza a chillar—. ¡¡Mírame!! ¿No estás satisfecho? ¡¡Mírame!!

Por fin Tulio levanta la cabeza, pero lo que ve Hedera no le hace sentir mejor. No quiere que el muchacho continúe con la mirada perdida, como prefiriendo mirar a cualquier parte excepto a ella misma, ni que sus hombros, que al entrar en la sala le parecieron más anchos, ahora estén hundidos. No. Eso no es lo que quiere Hedera. Porque eso indica pena, lástima, compasión. Hedera no quiere ninguna de esas cosas. Mucho menos si vienen de Tulio, que una vez fue capaz de volar tan alto como ella.

—Hedera, por favor…

Que no le hable así, por todos los dioses, los de arriba y los de abajo, los de los cielos, los de las aguas, los de la tierra y los del mundo de los muertos. Que deje de hablar así, como si aún la amara.

—Ya me has visto —sentencia, bajando por fin las manos—. Ya has comprobado el resultado de tu venganza. Ya estamos en paz.

Hedera no puede evitar, sin embargo, que estas últimas palabras le sepan a hiel en el paladar, mucho menos cuando, por fin, Tulio levanta la cabeza y la mira. Por un instante, Hedera se refleja en sus ojos no como se ve ahora mismo, sino como fue: aquella muchacha que siempre le ganaba en las carreras, que se reía de él cada vez que lo hacía, que lo besaba a hurtadillas, entre las sombras del jardín, y que no podía evitar acariciarle la piel del pecho y de la espalda bajo la ropa.

—No he venido a eso, Hedera.

—¿A qué has venido entonces?

A pesar de la pregunta, Hedera no se mueve y, de hecho, casi inconscientemente le señala la puerta a Tulio para que se marche. No puede. No puede verlo, no quiere hacerlo tampoco. No quiere que él ni nadie la vean así.

—A advertirte —dice él tras una pausa. Después, el resto de palabras le salen como en una estampida, a trompicones, sonando como una orquesta desafinada imposible de ignorar que, además, hace daño a los oídos—. Me equivoqué, Hedera. Me equivoqué. Debí haberte creído. Ahora lo sé. No eres la asesina de mi padre y ahora, por mi culpa, estás aquí en El Caído y… y… —Tulio se detiene unos instantes y Hedera no sabe si es para tomar aire o quizá para llorar—. Y ya hay sentencia, Hedera. Sin juicio. Para ti y para todos a los que apresamos en el Errante. —La voz de Tulio se rompe. Y avanza un paso en su dirección. Luego, otro. Con las manos adelantadas, buscando las suyas como hacía antes, cuando eran inocentes y se amaban—. ¿Qué puedo hacer, Hedera? ¿Cómo te saco de aquí? Dímelo y lo haré.

Hedera no sabe qué esperaba pero, quizá, al menos un juicio. Un lugar donde defenderse. Pero, claro, eso era demasiado esperar de la gente poderosa de La Corona, que ya se deshizo de ella una vez y que, por supuesto, no iba a dudar en hacer lo mismo una segunda.

—Vete —dice.

—Hedera…

—Que te vayas, Tulio. No quiero tu compasión. No quiero tu…

—Dime qué hago. ¿Cómo puedo sacarte de aquí?

—Fuera.

—Por favor…

—Ahora no vengas a expiar tus culpas. Cada vez que mires hacia El Caído desde la isla, no lo olvides: eres tú quien me ha traído aquí —escupe ella—. Me has sentenciado tú.

—No, Hedera…

Pero Hedera ya no le escucha, no quiere ni puede hacerlo. Así que le empuja con todas sus fuerzas y cuando Tulio está fuera de la sala, en ese pasillo por el que el guardia la ha traído a rastras, Hedera cierra con un portazo.

XVIII

Que los yunques del poder callen en la noche

En el Errante.

BES

Esto no va a acabar bien, piensa Bes.

Nada, nada bien.

—¡No puede haberse esfumado, malditos sean los huesos de los Héroes!

Pero sí que puede. Vix no estaba en el Buen Padre a pesar de que los Hijos al completo y un orfebre de lo más confundido han examinado cada rincón del barco varias veces, y tampoco parece estar por el Errante. Han llamado a todas las puertas que han podido, han hablado con cualquiera que tuviera ojos y oídos, y han pasado por todos los pasajes y recovecos mientras una sensación cada vez más ominosa, de desastre inminente, se iba apoderando poco a poco del pecho de Bes.

No han descansado, no han comido, y hace horas que Bes tiene la sensación de ir dando bandazos sin rumbo mientras el Errante parece estar cobrando el aliento que ahora a ellos les falta, como si, olvidado el ataque y las bajas y las muertes y los heridos, el mundo se empeñase en girar a fuerza de costumbre. Las tiendas comienzan a derramar sus mercancías, todo empieza a oler a salazón y a dulces fritos y las risas de los borrachos comienzan a florecer. La gente, concluye Bes, tiene la memoria muy corta.

—Sátor, tienes que tranquilizarte —escucha a Rufio decir a su espalda. Cosa que, en su opinión, es una idea malísima, porque solo consigue que el tejellamas sacuda la cabeza como un toro a punto de embestir.

—No. No… Vix podría estar en cualquier parte, enfadado… enfadado conmigo. —La voz se le rompe en ese momento, convertida en un hilo que queda ahogado por el barullo que les rodea—. Seguramente estará escondido, pero es tan tozudo que no saldrá hasta que lo encontremos nosotros.

—Tozudo, ¿eh? Vaya, vaya… —Por cómo avanza Ludo en dirección a Sátor, Bes siente que, por dentro, le resuenan campanadas de alarma.

«Ludo», signa ella como advertencia tratando de que Sátor no la vea.

Sin embargo, Ludo la ignora. A medida que el sol se iba sumergiendo en la laguna, las luces se han ido encendiendo por todo el Errante y ahora crean sombras duras en el rostro casi siempre angelical del tejetrino.

Más problemas, piensa Bes.

—Como bien acabas de decir —continúa Ludo, situándose justo frente a Sátor. ¿Es que quiere que le dé un puñetazo, quizá? Si no se lo da él, puede que se lo dé ella—, tal vez Vix no quiera que lo encontremos. Pero tú sigues emperrado en que sigamos corriendo como idiotas. —Dicho esto, Ludo se gira con una de esas piruetas que tan bien le quedan en el escenario pero que tan fuera de lugar parecen ahora y les habla a los demás: a Rufio, a Ione, a las mellizas. También a Ennio, el orfebre que, con cara confusa, lleva todo el día pegado a Ludo. Llegando desde uno u otro punto, prácticamente todos los Hijos del Buen Padre excepto Vix, claro, han acabado en la misma plazoleta, teñida ya del naranja y dorado del atardecer—. No sé vosotros, pero yo tengo el culo helado y estoy muerto de hambre. —Repitiendo la pirueta, vuelve a girarse hacia Sátor. A Bes nunca le habían molestado, pero ahora querría arrancarle esas campanillas que Ludo suele coserse a las mangas de sus camisas y a los pantalones que no hacen más que tintinear a cada mínimo gesto que hace—. De todos modos, si te soy sincero, Sátor, no me extraña que el chiquillo se haya marchado, siempre lo estás tratando a gritos.

«LUDO», signa de nuevo a escondidas Bes, esta vez con las mayúsculas más grandes que ha podido crear. Pero sabe que es tarde y que ya ha perdido porque las palabras de Ludo se reflejan en las miradas del resto de los Hijos. Maldición.

—Nadie os ha pedido que vinierais.

«¿Cómo no íbamos a acompañarte?», signa inmediatamente Bes. Porque, además, es cierto. Puede que los Hijos se peleen y que tengan sus desavenencias, pero lo hacen porque son familia. Son la única familia que les queda. Bes se acerca a Sátor, porque su dolor parece como si se derramara por todas partes pero especialmente clavándose en las tripas de Bes, aunque cuando trata de ponerle la mano sobre el hombro, el tejellamas se aparta bruscamente. Y no quiere reconocerlo, porque tampoco es el momento, pero aun así siente ese gesto como un bofetón. Bes se vuelve hacia Ludo, que con esa bocaza suya lo ha provocado todo.

«Tú puedes marcharte si quieres, Ludo», signa furiosa. Esa punzada que le ha provocado el rechazo de Sátor es más insistente de lo que pensaba. Después, porque Bes ha perdido la paciencia, se acerca a él y, empujón tras empujón, logra apartarlo lo suficiente de todos para preguntarle: «¿Se puede saber qué te pasa?».

¿Es que no tiene ni un poco de vergüenza ni de empatía? No, no las tiene, porque Ludo solo esboza media sonrisa altiva mientras se gira hacia el orfebre de ojos tiernos que tiene detrás y le da un golpecito en el hombro. *Pobre chico*, piensa Bes de repente. *Pobre, pobre, pobre*.

—Sátor debería aprender que no es quien para darle órdenes a nadie. Ya está bien. ¿No se supone que tenemos cosas *importantísimas* y *urgentísimas* que hacer, como encontrar al tal Cícero ese? —Sin poder hacer nada por evitarlo, Bes aprieta los labios y como le ha ocurrido tantas veces últimamente, desearía poder gritar hasta desgañitarse. Esto no es más que otra de las niñerías de Ludo, todavía resentido por la pelea que tuvo con Sátor noches atrás. Ludo debe de ver algo en su gesto que le asusta, porque da un paso atrás y levanta las manos—. ¡Pero si no lo digo yo! ¡Son exactamente las palabras de Sátor!

«Sabes perfectamente que si tú necesitaras ayuda, que si cualquiera de vosotros la necesitara…», añade Bes, consciente de que probablemente el resto de los Hijos les estén mirando, «Sátor sería el primero en ofrecerse voluntario».

Por el rabillo del ojo, Bes comprueba que, al menos, los demás tienen la vergüenza de bajar la cabeza, porque Sátor puede ser muchas cosas: tozudo, bravucón, y puede tener un carácter tan volátil como ese fuego que le sale de las entrañas, pero lo que acaba de decir ella es tan cierto como que el agua moja: cuando alguien necesita ayuda en el Buen Padre, Sátor siempre es el primero en acudir.

—Bueno, todos sabemos que tú no es que seas muy objetiva…

Ese ha sido un golpe bajo. Demasiado bajo incluso para los estándares de Ludo. Y duele. Ludo sabe perfectamente que a Sátor lo que le pierde son las muchachas bonitas, y Bes no cree haber sido bendecida por los dioses en este aspecto.

En los pocos segundos que Bes trata de usar para darle a Ludo un golpe tan bajo como el que él le ha dado a ella, de pronto, una gran llamarada se recorta en el cielo de color púrpura haciendo que decenas de cabezas se vuelvan hacia los muelles.

Sátor se ha marchado. ¿Cómo no iba a marcharse mientras ellos perdían el tiempo discutiendo? Y lo peor de todo es que una parte de Bes —una parte minúscula, pero una parte al fin y al cabo— agradece que lo haya hecho porque así no tiene que preocuparse por que Sátor haya escuchado ese malicioso comentario de Ludo sobre sus sentimientos, pero la mayor parte de Bes, la que tiene la cabeza bien asentada sobre los hombros, suelta una maldición.

«Se ha vuelto loco».

—Bueno, ya decía yo que…

«Cállate, Ludo. Cállate. Cállate. Cállate».

Una nueva llamarada se recorta contra el cielo y, en esta ocasión, Bes distingue claramente que proviene de los muelles. Por entre el mar de gente, todavía pueden ver las líneas elegantes del Puente de la Garra, aferrado al Errante como un amo avaricioso. De inmediato, Bes sabe qué ha ocurrido. Sabe qué se le ha pasado a Sátor por la cabeza: que si Vix no está en el Errante, bien podría estar en Lydos. ¿Por qué no?

Y debe de haber corrido hacia allá, dispuesto a cruzar el puente. Cualquier otro día, en cualquier otra ocasión, quizá no hubiera tenido grandes problemas para hacerlo, pero la Bendición está cada día más cerca, en la isla se hará la presentación de los nuevos candidatos a orfebre y continuarán los juegos, las celebraciones, los banquetes y los desfiles y procesiones por toda la ciudad.

Sin comprobar quién está yendo detrás de ella, mientras piensa en todas estas cosas, Bes corre en dirección a las llamaradas.

Así que, no. No es el mejor momento para que un tejellamas grande como un buey, nervioso y enfadado, trate de cruzar al otro lado, al de la gente de bien.

Una nueva llamarada rasga el aire y, por alguna jugarreta del destino, en este momento la multitud se abre lo suficiente para que Bes logre ver lo que está ocurriendo: efectivamente, frente a la entrada del puente, están Sátor y tres vígiles bloqueándole el paso, aunque en unos pocos segundos van a ser más, muchos más, y a su amigo ni siquiera parece importarle.

Ya lo decía Bes, ya, que esto iba a acabar mal.

HEDERA

Tras la visita de Tulio, a Hedera no la han devuelto a ese agujero oscuro en el que lleva encerrada desde que intentó escaparse. En su lugar, un par de guardias la han lanzado sin miramientos a una pequeña habitación con ventanas ubicada en uno de los extremos de la única mano del coloso que no está sumergida, de modo que le da la impresión de estar flotando por encima de la laguna.

Está anocheciendo y, al mirar por la ventana, Hedera se da cuenta de que El Caído parece prendido en llamas cuando lo tocan los últimos rayos de sol del día, rayos que, al entrar por la ventana, hacen que su cuerpo proyecte sombras sinuosas por todas las paredes de la pequeña habitación, como en una sucesión de Hederas sin rostro ni nombre.

—Te han sentenciado —le dice a una de sus sombras.

Como si fuera un ente ajeno a su propio cuerpo, la sombra levanta la cabeza en un gesto orgulloso que a Hedera le resulta de lo más inapropiado pero, al mismo tiempo, de lo más familiar.

Ella la imita aunque, enseguida, en cuanto recuerda lo que le ha dicho Tulio —que no va a haber juicio, que ya hay sentencia, que todo el mundo en Lydos la cree culpable del asesinato del Theokratés—, baja la cabeza. Está furiosa. Porque si Hedera fuese culpable, si realmente hubiese matado al Theokratés, habría aceptado su destino con la cabeza bien alta, sabiendo que al jugar a ese juego tan peligroso, había perdido. Pero da la casualidad de que Hedera es inocente.

En ese instante, quizá porque pensar en su inocencia le recuerda que Tulio ha venido —tarde— a decirle que cree en ella, una nueva sombra se forma contra la pared que tiene enfrente.

No es la suya, porque no le aparecen los rizos desmadejados y, aunque las sombras sean traicioneras y no sepan a veces cuáles son los tamaños ni las proporciones, es definitivamente más alta que ella. Y de hombros más anchos. La sombra se pone de perfil y le aparece la silueta de una nariz aristocrática dibujada en negro contra la pared. Hedera se mira las manos porque no sabe qué está ocurriendo. Por qué en la pared ha aparecido la sombra de Tulio en lugar de la suya.

—No me creíste —le dice—. No me creíste cuando te dije que yo no era ninguna asesina. No me creíste, Tulio, no me creíste, no me creíste, no me creíste…

Hedera cae al suelo de rodillas y se cubre la cara con las manos mientras, por fin —porque quizá lleva demasiado tiempo aguantándoselas—, se le escapan las lágrimas en un llanto que le aprieta la garganta a la vez que le hace sentirse un poco más libre.

En la pared, la sombra de Tulio parece inclinarse en su dirección y ella se aparta las manos de la cara aunque no se levanta. No tiene fuerzas y le enfada que Tulio haya venido a verla, que se haya ofrecido a ayudarla. Pero, al mismo tiempo… Él cree que ella le traicionó. Todos los planes, toda esa vida que tenían por delante… Él sigue creyendo que ella los arruinó. Y hoy podría habérselo dicho por fin. Podría haberle dicho que no lo abandonó. Que en realidad…

Pero ya es tarde.

Igual que aquella vez, Tulio no le ha dejado explicarse. Simplemente ha pensado lo peor de ella. Como si no la conociera, como si…

Dos veces lo ha hecho.

Dos veces no la ha creído.

Y Hedera se pregunta: si esto es así, realmente ¿quién ha traicionado a quién? ¿Tulio a Hedera? ¿Hedera a Tulio?

Pero es demasiado tarde.

Hedera se levanta y toma aire.

—Te quería, ¿lo sabes? —le dice a la sombra de Tulio—. De verdad te quería. —La sombra de Tulio se encoge de hombros y parece dar una patada a una piedrecita invisible. La ignora, como si no la estuviera escuchando—. Escúchame. Mírame. ¿Me oyes? Te quería, Tulio. Te quería y quería ese futuro para nosotros. El de poder y gloria y Dones e ingenios. Pero también el otro. Ese que soñamos. Pero no te voy a pedir perdón. —Hedera, sin saber cómo porque se sabe sin fuerzas, se incorpora. Aprieta los puños—. Y tampoco voy a perdonarte. Por no haberme creído, Tulio. Por haber dudado de mi palabra. Eres la persona que mejor me conoce… No. La *única* que me conoce. La única persona a la que se lo he permitido. Y aun así, aun así… —Hedera no quiere llorar aunque sepa que no es el verdadero Tulio al que tiene delante, que es solo una sombra, pero la garganta se le retuerce en cualquier caso, ahogándole la voz—. Aun así sigues dudando de mí. Me da igual que ahora te arrepientas. Pensaste que te había abandonado. Pensaste que había matado a tu padre. —Poco a poco, pese a esa garganta atenazada, Hedera va levantando la voz sin darse cuenta, todo el dolor, todo el enfado, el orgullo, la decepción y el miedo escapándosele a borbotones—. ¿Por qué has venido? ¡¿Por qué?!

Pero la sombra no responde a sus acusaciones ni tampoco a sus preguntas porque cuando finalmente se pone el sol y la habitación queda en penumbras, desaparece y Hedera llega a una conclusión: no quiere que la condenen más. No quiere más sentencias ni más traiciones. Pero, para lograrlo, va a necesitar ayuda.

Estira las manos. Cruje los nudillos. Respira hondo. Ha hecho esto muchas veces, ¿verdad? Un juego de niños. Hedera junta los pulgares, extiende las manos y aprovecha el último hilo de la luz del atardecer que se está colando desde el exterior. Aunque apenas logre verlo, sabe que un pájaro de sombras se ha proyectado contra la pared. Sí, un pájaro servirá. Mientras agita los dedos lentamente como si aleteara, trata de darle forma dentro de la cabeza. Las alas, el pico, las patas, la voz.

Ha creado muchas veces sus sombras para ver, para vigilar. Pero para hablar... eso, nunca. Nunca se ha atrevido a tanto. De algún modo, dotarlas de voz era regalarles más vida de la que estaba dispuesta a ceder. Un pájaro cantor, pequeño y discreto. Inspira, espira. Piensa en la oscuridad total de la celda en la que ha estado confinada, en cómo las sombras le parecieron más vivas, más alertas.

Con una última exhalación, Hedera le regala al pájaro una pizca de vida prestada y este comienza a aletear por sí solo. Primero torpemente, como un volantón recién caído del nido, pero, segundos después, la criatura de sombras va a posarse sobre su hombro. Mientras la luz plateada de la luna comienza a inundar la habitación y cambian los colores a su alrededor, Hedera le susurra unas pocas palabras al pájaro de sombra y este escapa, veloz, por la ventana.

BES

«Sátor, maldita sea».

442

No sabe cómo ha llegado hasta él si había una muralla de personas entre los dos. Suerte o desesperación o los dioses, que han decidido concederle este pequeño deseo antes de que todo se tuerza.

«¡Sátor!». Esta vez, el tejellamas no ha podido ignorarla. No después del empujón que ella misma le ha dado con todas sus fuerzas. Ahora le duele la mano.

—Bes, yo... —balbucea Sátor.

Hay muchas cosas que, Bes supone, se le deben de estar pasando a Sátor por la cabeza para completar su frase. «Yo no quería» es una buena candidata, por ejemplo. «No creí que se me fuera a ir tanto de las manos» también es una opción posible. Incluso podría disculparse, si en esa cabezota hubiera espacio para algo que no fuera esa tozudez suya. Al final no le da tiempo a decir nada, porque una repentina riada de gente les obliga a agarrarse el uno del otro para no caer.

«Sátor, maldita sea», musita Bes para sí, porque los brazos de Sátor la están rodeando y, aparte de no poder signar, se le ha subido un color rojo volcánico a las mejillas que ella decide pensar que es por la ira y no por otra cosa.

No. Veamos. ¿A quién pretende engañar? No importa que por unos instantes reciban los golpes y empellones de la gente desesperada por escapar y tampoco que escuchen una explosión —un fusil, seguramente— que proviene de la entrada de la Garra, donde un pelotón entero de vígiles se está preparando para solo los dioses saben qué. Lo que provoca ese rubor incendiario en las mejillas de Bes son los brazos de Sátor apretándola contra su pecho, el calor que desprende, y ese olor que siempre le acompaña: incienso y especias. Bes se siente de lo más estúpida.

—¿Estás bien? ¿Te has hecho daño? —Sátor la suelta poco a poco, cuando parece que los embates de la multitud se hacen más soportables. Todavía están muy cerca, casi nariz con nariz. Tanto, que visto lo que se les viene encima, podría besarlo, o quizá darle un puñetazo, no sabe qué tiene más ganas de hacer en este momento.

«No», signa en respuesta a ambas preguntas en cuanto Sátor le deja libres los brazos.

A su alrededor la gente continúa corriendo y empujándose, pero por lo menos ahora puede respirar. No es la primera de estas situaciones en las que se encuentran, y no cree que sea la última, pero Bes no puede evitar que, en cualquier momento, algo vaya a fallar. Quizá sea que echa de menos a Andras más de lo que ha estado dispuesta a admitir.

Para paliar esa sensación agorera, vuelve su atención hacia Sátor y las ganas de darle un puñetazo regresan, porque todo lo que está pasando es por su culpa. No tendría que haberse acercado a los vígiles, eso es lo primero. Tampoco debería haberles gritado cuando no le han dejado cruzar el puente y, desde luego, *desde lueguísimo*, no tendría que haber usado su Arte para el fuego cuando los vígiles han tratado de apartarlo.

Cuando han querido darse cuenta, estaban llegando vígiles tanto de Lydos como desde otros puntos del Errante, y la gente, en vez de poder marcharse tranquilamente, se ha encontrado atrapada entre dos frentes.

Todo, todo, todo: culpa de Sátor.

Bes no le da un puñetazo aunque querría. Por el contrario, la mano se le queda suspendida a media altura mientras gira la cabeza en busca del origen de un sonido horrible, como un chirriar de cadenas, como un rechinar de dientes descomunal, que de repente parece llenarlo todo. Ella no es la única; Sátor también se ha detenido, sus ojos castaños parecen ascuas a la luz del día que agoniza. A medida que ese ruido se acrecienta, cada vez más cabezas se vuelven en dirección a la Garra con expresiones de sorpresa y de terror.

—¡Héroes gloriosos! —exclama Boro a su lado. Ione, Mira, Elina... incluso Ludo, con el pobre orfebre, Ennio, a rastras y todos los demás han terminado junto a ella y Sátor, reunidos en el mismo punto. Al fin y al cabo, aunque sea una frase manida, Andras siempre dice que la unión hace la fuerza.

—¿Qué es esa *cosa?* —pregunta Ludo en voz alta, que es lo que todos están preguntándose. Como hacen todos los demás, incluso ella, ha clavado los ojos en una especie de criatura que se tambalea por encima de la Garra. Es una amalgama de extremidades cercenadas, manos de bronce, patas y pies de madera pulida, alas y engranajes de hierro. Es algo que parece vivo y muerto al mismo tiempo. En la parte superior, una cabeza hermosísima, que hasta hace poco debía decorar el jardín de alguna villa, observa a todo el mundo con expresión enloquecida.

—Es una quimera —jadea Ennio, el orfebre. Por lo menos tiene la decencia de sentirse avergonzado—. Se crea... con ingenios. Ingenios que ya no tienen utilidad práctica, los que están a punto de morir, cosas así. Los unimos a otros en la forja de la Academia. —A cada palabra que añade, Bes comprueba cómo el rubor va apoderándose del rostro del orfebre hasta que unas pecas, invisibles hasta ese momento, se le marcan por encima del puente de la nariz—. Les damos una nueva vida y un nuevo propósito, pero... pero... se supone que son para la guerra. ¡Son armas de guerra! Esto es... esto es...

Es casi una blasfemia, piensa Bes que lleva la mirada de Ennio hacia ese esperpento terrorífico hecho de ingenios, la... quimera, y vuelta hacia Ennio, cuyo rubor es cada vez más intenso. Y Bes ya no sabe si es de vergüenza o de rabia porque también tiene los puños apretados y las piernas abiertas, en posición de combate. Ella, se da cuenta, tiene la misma posición y supone que quizá por esa razón alguna mente privilegiada de La Corona o del Senado debe de haber pensado que la gente pobre y desesperada del Errante es suficiente amenaza como para lanzarles esa monstruosidad encima.

445

—Tenemos que marcharnos —le susurra Sátor con voz ronca.

«No», signa ella. No pueden marcharse porque, aunque todo lo hayan originado Sátor y su desesperación, de algún modo siente que también es responsabilidad suya y de todos los demás. A su alrededor, de todas las callejuelas y rincones que desembocan en la explanada de los muelles, donde la Garra se hunde en los maderos del Errante, cada vez están llegando más vígiles, cubiertos con sus máscaras plateadas de expresión vacía. El sol del atardecer se refleja en ellas con tanta intensidad que parecen de fuego. Sin embargo, hay algo peor que le llama la atención a Bes: la gente ya no se esfuerza por escapar. Han dejado de correr.

Sí, no tienen dónde ir, eso es cierto. Pero esa gente que les rodea... A muchos los conoce por lo menos de vista. Son esa gente humilde que va del Errante a Piedeísla, al Bajoforo, incluso a La Corona, para trabajar, o pequeños comerciantes o buhoneros y artistas y saltimbanquis, como ellos.

Sí, ve caras conocidas y no corren ni huyen ni han entrado en pánico, como suele pasar en estas ocasiones. Al contrario, tienen la cabeza levantada. Recuerda entonces una frase que Andras siempre dice: «Todo acaba. Todo comienza».

—¡Vamos! ¡Esto va a ser peor que la última vez! —chilla Boros.

No.

Bes agita la cabeza aunque Boros tenga razón. Porque Bes ha recordado una conversación con Andras. Estaban los dos, solos, en la Vaguería, en una de esas escasas noches de invierno en Lydos en las que hay que encender la chimenea. No sabe cuándo fue ni de qué estaban hablando exactamente. Pero le han venido unas palabras que le dijo: que el mordisco más peligroso de una víbora es el que da justo antes de morir y tiene la impresión de que precisamente es eso lo que está presenciando.

Lo que Bes todavía no logra adivinar es quién está encarnando a la víbora que dará el último mordisco: si los vígiles y los que les dan las órdenes o esa pobre gente, incluidos los Hijos, que llevaban sus vidas como podían en ese barrio que, de pronto, se le hace más alejado que nunca del resto de la isla.

Bes no puede darle más vueltas a nada porque, de repente, la marea que encarna la multitud vuelve a empujarles, pero ahora lo hacen en dirección contraria mientras, a su alrededor, aumentan las cabezas levantadas, las miradas de resentimiento. Algo sale volando por entre la muchedumbre en ese momento. Un pedazo de madera o de piedra, arrancado del suelo con manos desnudas, que va a caer sobre los vígiles del puente. El griterío cambia en ese momento: del terror a la rabia.

«Tenemos que quedarnos. ¿No es lo que se supone que debemos hacer?», signa mientras mira a Sátor. No quiere decirle que, en parte, lo que está sucediendo es culpa suya pero, de todos modos, no le hace falta hacerlo para que su amigo se yerga mientras agita la cabeza a ambos lados como para desperezarse. Luego, estira las manos, haciendo entrechocar sus anillos. Bueno. Ya son dos que están de acuerdo. Ahora, Bes mira a los demás.

«Va a morir gente», es lo único que les dice.

Ese ingenio monstruoso, la quimera, casi ha llegado hasta el final del puente. Debajo de ella, Bes nota cómo los cimientos de madera del Errante comienzan a crujir y a balancearse por culpa del peso, pero la gente sigue en pie sin retroceder. Al contrario, una nueva lluvia de cascotes cae sobre los vígiles que, perplejos, se miran.

—Yo... —escucha. Apenas si es una voz. Es un susurro que tiene cualidad de ser valiente y al mismo tiempo sonar aterrorizado—. Voy a ayudaros.

Un segundo después, Ludo deja escapar un gemido, porque el que acaba de hablar no es otro que Ennio, el orfebre. Cuando el tejetrino menea la cabeza, Bes sabe que es su forma de decir que él también, pero, ¿y los demás? Ahí siguen. Han formado un círculo cerrado, ellos contra el mundo entero.

—Es lo que haría Andras —resume Ludo adornando lo que dice con un movimiento fluido y refinado que acentúa cada palabra con una gracia casi coreográfica.

Y Bes, por primera vez en días, ve a los Hijos como lo que son: un pequeño ejército formado por huérfanos intentando forjarse una nueva vida y que creen en un futuro que está por llegar.

—Vale. Fabuloso. Pero ¿qué hacemos? —pregunta Sátor.

Sátor siempre tiene que acabar rompiendo la épica de los momentos, se queja Bes por dentro. Aunque, la verdad sea dicha, la que ha hecho Sátor es una pregunta bastante acertada.

ENNIO

No está sucediendo, piensa Ennio. No está sucediendo y lo que están viendo sus ojos es mentira. Una alucinación colectiva. ¿A quién pretende engañar?, se pregunta Ennio al mismo tiempo. No. Todo lo que ven sus ojos, el temblor que siente en el suelo, ese olor a óxido y podredumbre... nada de eso puede tratarse de una alucinación. Es tan real como lo es él mismo, tan real como esa manzana que se ha tomado en el Buen Padre esa misma mañana, aunque parezca que haga un siglo de aquello.

Y lo peor de todo es que no le sorprende en absoluto. En La Corona siempre se habla de la gente que vive en el Errante con desdén. Se habla de ellos como si no fueran personas o incluso como si fueran menos que eso.

Y, por eso, la quimera. Porque ahora el Errante es el enemigo.

¿Y él, entonces, qué es?

Han trazado un plan. El germen de un plan, mejor dicho. Tampoco han tenido tiempo para más. La mitad de los Hijos ya ha comenzado a moverse hacia el fondo de la explanada, donde acaban los muelles y comienza el laberinto del Errante para

448

deshacerse de los vígiles que están impidiendo que la gente escape. Ennio no sabe cómo lo harán. Los vígiles —él lo sabe porque, pese a todo, es un Orykto y el combate y la guerra han formado parte de su vida desde que tiene recuerdos— están preparados para la lucha, pero Ione, Etim, Calpernia y unos cuantos más se han marchado hacia allá de todos modos, escabulléndose por entre la multitud que grita y se empuja. Y ellos…

Ennio levanta la mirada con aprensión.

A ellos les ha tocado la quimera.

Hace un año, el maestro Midas le propuso participar en su construcción. No de esta, supone Ennio, sino de otra. Él se negó. No lo hizo así, con esas palabras, con un «no» rotundo que hiciera arquear las cejas. Fue más sutil. Solo dijo que se sentía más cómodo en su lugar en la forja, con ingenios pequeños.

Una mentira, claro. Una más de cientos.

Cuando esa cosa ya ha llegado al final del puente, su cuerpo es un hervidero de extremidades desparejadas que se sacuden y chirrían al alcanzar el suelo del Errante. Al instante, la multitud da varios pasos atrás. Él, también.

—¿Qué pasa? ¿Te ha entrado arena en los calzones, niño bonito? —escucha que le dice Ludo—. Ahora no puedes echarte atrás.

—No te burles —le dice Ennio girando la cabeza para mirarlo. Al mismo tiempo, se yergue porque le ha dado una vergüenza horrible que Ludo haya sido testigo de ese instante de cobardía. Pero es que no es para menos. Porque, sí, Ennio puede pasarse los días en la forja de la Academia, entre el fuego y las armas, pero es la primera vez que ve una quimera. Y es más terrible de lo que imaginaba. Por eso añade—: Esto es serio.

—La seriedad es para los aburridos —le susurra Ludo al oído con una voz cálida y vibrante, un suave ronroneo que, al instante, le eriza la piel y que le hace sentir ridículo porque, a fin de cuentas, La seriedad siempre ha sido su armadura y ahora, en la presencia de Ludo, esa armadura se siente demasiado pesada. A Ludo parecen no importarle los miles de pensamientos y de sensaciones que le provocan sus labios rozándole la oreja cuando continúa—: Nosotros, los Hijos del Buen Padre, bailamos sobre la cuerda floja de la vida, nos reímos en la cara del peligro. ¿Podrás hacerlo, Ennio? ¿Puedes detener a esa cosa? Yo apuesto por que sí.

Pero Ennio no sabe la respuesta porque no está seguro, pero, al mismo tiempo, si alguien puede hacerlo es él. O alguien como él, en cualquier caso, un orfebre. Pero resulta que los orfebres no van a esta hora al Errante. Los burdeles y las tabernas suelen estar cerrados.

Así que Ennio solo asiente.

En ese momento, una llamarada se escapa de las manos de Sátor y la gente a su alrededor se aparta. Bes, de repente, ha desaparecido de donde estaba hasta hace un instante y Ludo cierra los ojos. Tiene una expresión llena de paz, Ennio no sabe cómo lo logra. Es la misma expresión que le ha visto cuando baila, cuando canta. Entonces, mueve ligeramente los labios y como un murmullo, Ennio escucha:

—*Abrid paso. Abrid paso. Huid. Corred hacia el interior del Errante.*

Es un simple susurro, pero Ennio lo nota en las orejas como si fuera un secreto. Y no parece ser el único porque algunos obedecen y echan a correr en dirección contraria a la quimera.

Otra llamarada de Sátor se suma como advertencia al susurro de Ludo y logra que otro grupo dé la vuelta. *¿Cómo es posible que el pelirrojo tenga tanto poder?*, piensa Ennio mientras lo mira. *¿Cómo puede ser tan fuerte?* No es como siempre ha escuchado que son los tejedores. Ambos están llenos de poder, de vida.

Con el camino despejado, logran avanzar hacia la quimera y, cuanto más se acercan, más nervioso se pone Ennio. Porque

¿y si no es capaz? ¿Y si no logra detenerla? Las múltiples fauces de la quimera se abren, un rugido metálico que eriza la piel. Levanta uno de los brazos de bronce que debió de pertenecer a alguna estatua y avanza chirriando como una puerta oxidada, con ese movimiento como de insecto, como de carroñero. Es por las propias partes que la componen, se da cuenta Ennio: todas mantienen algo de vida, algo de su antigua voluntad, y todas tiran y empujan en direcciones distintas.

Tres pasos. La quimera se acerca imparable y al tiempo que Ennio siente el calor del metal en su rostro, el hedor a aceite rancio y óxido, siente un fuego en su interior que solo puede entenderlo como rabia, enfado, decepción, todo a la vez. Y son unos sentimientos tan inesperados que la propia sorpresa lo impulsa hacia delante. Porque esa quimera… esa quimera está mal. *Es* el mal. Es todo lo que no debe ser un ingenio. No es lo que cuentan las leyendas. Los ingenios son para la vida y esto es para la muerte.

Dos pasos. El ejército de patas dispares de la quimera golpea la tierra, arañando los adoquines. Ahora que la tiene más cerca, Ennio se da cuenta de que la cabeza es la de Taone, diosa del deber y la justicia. No puede parecerle más irónico. La cabeza de la diosa gira y Ennio ve su reflejo en el mármol de las cuencas de sus ojos vacíos.

—¡Agáchate! ¡Agáchate! —le grita Ludo mientras le empuja hacia abajo.

De entre las extremidades contrahechas de la quimera, aparecen las bocas oscuras de las armas de fuego. Ennio, contra el suelo, aprieta los ojos pero igualmente le deslumbra un fogonazo. Después, escucha gritos de dolor. Uno de esos gritos ha salido de la garganta del mismo Ennio cuando un mar de gotas de sangre le ha salpicado la cara. Ennio abre los ojos, el sabor de la sangre en los labios, justo cuando una mujer delante de él se desploma con el pecho destrozado.

—Esto está siendo una idea malísima. Malísima, malísima, malísima… —se queja Ludo, pero Ennio ya no le escucha.

Un paso. La quimera alza una garra de bronce, lista para caer encima de un grupo de gente echada bocabajo en el suelo, como ellos. La garra se hunde en la superficie del puente y deja una grieta profunda donde antes había personas como él.

Entonces, Ennio se pone en pie e inspira hondo. Cuando se marchó de casa dejó allí todos sus ingenios. No podía traérselos. Dejó los brazaletes de su familia que ha llevado puestos casi desde que nació. También dejó la armadura de su abuelo, que siempre estuvo destinada a protegerlo. Pero sí que se llevó algo. Algo que solo era suyo.

De una bolsa que lleva en el bolsillo, Ennio saca una miríada de esas pequeñas criaturas que ha creado a escondidas en su alacena: libélulas de cristal, grillos, mariposas, polillas, escarabajos. Inspira hondo. Docenas de pequeños ojos, llenos de inteligencia prestada, le miran. Con su exhalación, los manda hacia delante y los ingenios se lanzan contra los vígiles que custodian la quimera como un enjambre furioso. Caen uno, dos, tres. Otros se sacuden las criaturas a manotazos y Ennio se siente morir un poco cada vez que destruyen una de sus creaciones. A pesar de todo, logra avanzar otro poco más, el eco de sus pasos mezclándose con el caos que lo rodea.

Un nuevo chirrido metálico le hace girarse hacia la quimera que también parece fijarse en él. No puede seguir dudando. Así que por fin se acerca y, con una inspiración profunda, Ennio extiende sus manos temblorosas sobre la superficie vibrante de la quimera y al instante siente el calor abrasador que emana de su estructura metálica. Es un calor que trasciende lo físico y que a Ennio le punza no sabe si en el cerebro o en el corazón, pero que le hace capaz de sentir la furia y el resentimiento acumulados en su ser. No le resta mucha vida pero la que le queda a ese ser de metal y memoria bulle de rabia.

Y hay algo en la quimera ahora que la está tocando. Es metal, sí. Pero también memoria. Y tristeza. Por eso Ennio odia con cada fibra de su ser lo que está a punto de hacer. La idea de quitar vida con su Don, incluso a algo tan distorsionado y doloroso como la quimera, le corroe el alma con una intensidad que lo abruma, incluso aunque con ello vaya a salvar otras vidas.

Quizá sea por eso por lo que Ennio falla.

Porque, en realidad, no quiere matarla. Por desgracia para Ennio, la quimera no tiene ningún reparo en lanzarle un zarpazo brutal que lo manda hacia atrás.

La sangre, caliente y real, le mancha la piel y, confundido, se toca la frente con dedos manchados. Es suya. Perplejo, le parece escuchar un grito de Ludo, pero poco puede hacer cuando se da cuenta de que la quimera, implacable, sigue avanzando. Su cabeza, una representación en mármol de la diosa Taone, brama como un monstruo de leyenda mientras la gente, ahora sí, corre en dirección al barrio para ponerse a salvo. Ennio, Ludo y los demás hacen lo mismo.

Hasta que los ve.

Es un grupo de mendigos que se ha mantenido oculto hasta ahora, como si todo lo que ha estado sucediendo no fuera con ellos. Deben de dormir ahí mismo, resguardados a los pies del puente. El sabor metálico del terror inunda la boca de Ennio. Si la quimera sigue adelante, si continúa su camino, esos mendigos… esos mendigos…

—Por todos los dioses. —gime. Ante sus ojos aterrorizados, los mendigos salen de su escondrijo, pero el puente ya se está resquebrajando bajo los empellones de la quimera y no les va a dar tiempo a recorrerlo hasta donde han llegado Ludo, el resto de los Hijos y él. Y Ennio lo cree inevitable: el puente terminará cediendo y los mendigos se precipitarán a la laguna.

Sin embargo, uno de los mendigos se detiene. Es un anciano con un jubón que en algún momento debió de ser púrpura y que lleva un sombrero de ala ancha. El anciano levanta la mano en la que sostiene un bastón con empuñadura dorada y, con la otra, se agarra a uno de los grandes remaches de hierro del puente. Y hace algo que Ennio jamás creyó que vería. Por la cara que ponen los demás, los Hijos del Buen Padre, tampoco.

Sucede en cuestión de segundos.

De las diferentes piezas del puente nace una criatura humanoide con una boca grande que aúlla. Su cuerpo, forjado a partir de vigas y pilares, es una armadura maciza de hierro negro. La criatura vuelve a rugir y la quimera, entonces, retrocede con cautela.

Con un movimiento rápido, la criatura lanza un puñetazo directo a la cabeza de la quimera. El impacto hace temblar la estructura del puente mientras la cabeza de mármol de la quimera se desintegra en un millar de fragmentos.

No puede ser, piensa Ennio. No puede ser porque eso que acaba de crear el mendigo, esa criatura forjada con trozos del puente, solo puede ser fruto del Don. Ese mendigo es un orfebre. Es alguien como él. *Es un orfebre, un orfebre como él, aunque mucho, muchísimo más poderoso…* se repite Ennio.

Bes

El Emperador.

Maldita sea.

¡El Emperador!

Bes parpadea un par de veces, incapaz de creer lo que acaban de ver sus ojos. Es el Emperador. Siempre ha sido él. *Él*. Ese mendigo, ese anciano medio loco que lleva toda la vida formando parte del escenario del Errante es un orfebre. *No*. Es el orfebre que los Hijos llevan buscando semanas. El Emperador es Cícero Aristeón.

Bes intenta avanzar entre la marea de gente a la que trataba de dirigir hacia el interior del pobre templo del Errante. Ni siquiera los vígiles se atreverían a atacar ahí. ¿Cómo pueden haber estado tan ciegos? Y ahora ¿qué van a hacer? ¿Ha sido ella la única en darse cuenta de quién es?

No. La respuesta es fácil. Solo tiene que fijarse en las caras del resto de Hijos: sorpresa. Más que sorpresa, incluso.

Sería estupendo que eso fuera lo único de lo que tuviera que preocuparse, pero tras el golpe que ha dejado a la quimera fuera de juego, las vigas del puente gimen bajo el peso, ahora muerto, de ambos ingenios. El metal cruje y se dobla, amenazando con romperse en cualquier momento.

«¡Hay que sacarlo de aquí!», signa a los demás. Pero, por supuesto, no la han visto. Está demasiado lejos, todo está cubierto por una nube densa de polvo y hay demasiado caos. Tendrá que ocuparse ella misma de sacar al Emperador... no: a Cícero Aristeón, del puente, no sea que acabe cediendo.

Bes se pega a la pared desconchada del templo y trata de avanzar un poco más, pero se detiene. El Errante acaba de dar una sacudida tan violenta que no solo ella ha estado a punto de caer, sino que algunas personas en la multitud sí que lo han hecho.

Tiene que apresurarse. La *bucca* en la fachada del templo aúlla de dolor cuando Bes se agarra a sus mejillas grotescas para darse impulso, pero ella la ignora. Avanza sorprendentemente rápido, como solo puede hacerlo alguien a quien no le da miedo usar los codos, los pies o incluso, si los necesita, los dientes para abrirse paso. A su vez, mientras el aire sigue llenándose de polvo, el puente tiembla. Sus vigas de hierro se doblan como si fueran ramas de sauce y las piedras se agrietan como cáscaras de huevo. Y el suelo del Errante se inclina, haciendo que Bes pierda pie.

Por suerte, cuando logra ponerse en pie de nuevo, reconoce justo delante de ella la figura que es Sátor, pese a llevar el chaleco verde esmeralda, su preferido, chamuscado. Ahí está, tan poderoso e imponente como siempre. En un momento de debilidad, mientras por fin recupera el equilibrio sobre esas tablas oscilantes en las que se ha convertido el suelo de la explanada, se permite que el pecho le duela por lo mucho que se alegra de que esté bien. Y se alegra todavía más al comprobar que su amigo ha tenido la misma idea que ella y que tiene consigo al Emperador, a Cícero Aristeón. Ileso, pero con expresión ida otra vez. Como siempre.

«Sátor», signa cuando llega a su altura porque en realidad no puede darle un abrazo.

—Sí. Sí. Nos largamos de aquí. —Sátor se gira hacia ella, la agarra de las muñecas, y parece como si las manos le quemasen—. Eso es lo que quieres decir, ¿verdad?

Pero Bes no está segura. Mientras la luz anaranjada del atardecer va dando paso a una blancura lechosa que lo va tiñendo todo, Bes siente como si su cuerpo tirara de su voluntad en dos direcciones opuestas.

«No lo sé», signa finalmente.

—Vaya. —La voz de Ludo prácticamente la sobresalta. Y no llega solo, con él vienen también los demás, y también el orfebre, Ennio, que los ha salvado pero que, al mismo tiempo, ha estado a punto de destrozar el puente—. ¿No se supone que siempre sabes lo que hay que hacer?

—No es el momento, Lud... —intenta ayudarla Ione, siempre llena de calma. Pero Ludo la ignora y da un paso adelante.

—Por esta vez, hemos salvado el culo —dice con pomposidad. Observándolo, Bes lo que siente es cansancio y ¿por qué no? Ganas de estrangularlo—. Por un golpe de suerte —continúa él, ajeno a las miradas de exasperación que le está lanzando también el resto de Hijos—. Una suerte a la altura de mi talento, todo sea dicho. Y no pienso tentar a esa misma suerte ni a los dioses una segunda vez. Está claro —concluye mientras, con el brazo, dibuja una línea hacia el Buen Padre—. Nos largamos.

Sin embargo, Elina la tejelluvia, con esa voz tan dulce que a Bes siempre le parece de nata, sugiere, temblorosa:

—Quizá... quizá debiéramos quedarnos... No es solo nuestra seguridad lo que está en juego, es todo el Errante. La gente necesita nuestra ayuda.

Por el rabillo del ojo, Bes alcanza a ver el otro extremo del puente, donde los vígiles se alinean en formación cerrada. A su lado, Sátor tensa los puños y Bes de pronto siente un manto demasiado pesado sobre los hombros. Inspira y, entonces, signa.

«Andras nos diría que hiciéramos lo correcto», signa con insistencia a pesar de que siente el corazón como un tambor en el pecho. «Pero ¿qué es lo correcto?».

Ludo parece, una vez más, tener la respuesta porque, con un gesto que a Bes, quizá, le resulta demasiado brusco, la atrae contra sí.

—Vamos, Bes, entre tú y yo, quedarnos solo alargaría nuestros problemas, que seguirían siendo los mismos. —Al hablar, su cabeza se inclina hacia un lado mientras entrecierra los ojos buscando su complicidad antes de añadir—: No me ha convencido nunca lo de convertir mi trasero en blanco de los vígiles. Y, sinceramente, ¿a quién mejor que a nuestro *Emperador* podemos instruir en el fino arte de mantener el pellejo intacto?

«Y si...», signa ella. Pero las palabras aparecen en el aire con menos brillo del habitual.

—A veces, la mayor valentía está en elegir nuestras batallas —continúa Ludo sin soltarla—. Y esta no parece que vayamos a ganarla.

—Acompáñenos, majestad —dice Sátor, como si asumiera cuál es la decisión que van a tomar.

Pero Bes está segura de que eso no es precisamente lo que desea Sátor. Y, a decir verdad, ella tampoco.

HEDERA

Pasaron cinco días con sus respectivas noches antes de que Hedera, por fin, ante la insistencia de Tulio, lanzando piedras contra su ventana, se decidiera a bajar de su alcoba y enfrentarlo.

Hedera, en ese cuarto oscuro de El Caído, donde siente que las sombras son mucho más densas y profundas de lo que jamás las ha sentido, no sabe por qué, de entre todos sus recuerdos, son precisamente los de esa noche los que la asaltan.

Ni siquiera se vistió, ni se adornó el cabello, como acostumbraba a hacer cada vez que Tulio la buscaba. Y no fue porque no corriera hacia la cajonera para buscar una tiara o uno de sus vestidos. Simplemente, al abrir el cajón, se convenció de que, si Tulio la veía así, tal como era, quizá cejase en sus intentos. La decisión ya estaba tomada, aunque no la hubiera tomado ella. Sus padres habían tardado pocas horas desde que Tulio fuera nombrado Hijo Salvo en cancelar el compromiso y en prohibirle todo contacto con él.

«Una vergüenza», repetía su madre.

Solo se echó un manto blanco por encima y se calzó sus tobilleras para que el salto desde la ventana hasta el jardín fuera, como lo había sido desde que Tulio se las regaló, ese baile sedoso contra el viento hasta que sus pies rozaban la hierba húmeda del suelo. Recuerda que pensó que ojalá Tulio no le exigiera devolvérselas. A fin de cuentas eran su regalo de compromiso y lo había roto. Pero fue un pensamiento fugaz que solo duró lo que tardó en flotar, con las alitas de sus tobilleras agitándose frenéticamente, desde su ventana hasta el jardín.

Allí, con el rostro desencajado y cubierto de sombras y claroscuros por la luz de la luna a través de los olivos, se lo encontró.

—Has bajado —fue la manera en la que la saludó.

—Sí —respondió ella sin atreverse a mirarlo a los ojos.

Hedera recuerda, mientras se acurruca en uno de los rincones de esa sala y se abraza las rodillas, que, en realidad, su impulso al aterrizar fue correr a abrazarlo. Porque eso era lo que había hecho siempre, pero sobre todo porque eso era lo que le estaba pidiendo cada fibra de su piel, lo que le estaba pidiendo el corazón acelerado en el pecho, lo que le pedían los labios, las manos, los dedos.

No lo hizo, sin embargo. Solo levantó la cabeza, tragó saliva.

—Gracias —musitó él dando un paso atrás, como si comprendiera la distancia que estaba poniendo ella.

—No hay de qué —respondió Hedera, fría, sin moverse pero luchando contra su cuerpo para no correr y estrechar el de Tulio entre sus brazos.

Entonces, Tulio echó a caminar. Hedera supo inmediatamente hacia dónde: hacia la terraza desde la que habían visto aquella lluvia de estrellas, donde se habían besado por primera vez. Un estremecimiento igual que el que le recorrió la espalda aquella noche le recorre la espalda a Hedera mientras recuerda lo que sucedió después.

No sabe cuánto tiempo estuvieron en silencio. El uno al lado del otro, sin mirarse, aferrados a la barandilla de mármol. Pero Hedera hoy juraría que podrían haber sido horas, días incluso, aunque en realidad sepa que quizá solo fueron un par de minutos. Simplemente, la necesidad de tocar a Tulio, de besarlo, de acariciarlo y no poder hacerlo dejaba tal peso dentro de su pecho que el tiempo parecía correr lento.

Finalmente, Tulio giró la cabeza y la miró.

La luna estaba llena y, bajo aquella luz lechosa, Hedera le vio los ojos rojos. Había llorado. Tulio también tenía los nudillos llenos de cortes, magulladuras y restos de sangre. Solo llevaba puesto un jubón de terciopelo azul por encima del pecho desnudo, como si se hubiera vestido en una decisión precipitada, y la luz de la luna le resaltaba las líneas de los tendones del cuello, de las clavículas. Hedera tuvo que apretar los puños para prohibirse acariciarlas.

No sabía qué hacer ni qué decir. No quería preguntarse a sí misma por el motivo por el que en realidad había bajado al jardín. E hizo el amago de irse, hasta se dio la vuelta. Si alguien de su familia los descubría…

Nada más girarse, la mano de Tulio se aferró a la suya para impedirle dar otro paso.

—Vámonos —le escuchó susurrar. Ella se quedó inmóvil, incapaz de procesar aquella palabra—. Vámonos —repitió él, un poco más alto—. Vámonos, Hedera, vámonos. Huyamos de aquí. Lejos. Veamos el mundo, tú y yo. Solos tú y yo. Hedera y Tulio. Tulio y Hedera. Nada más.

Lo primero que hizo Hedera fue tirar. Los dedos de Tulio, contra los suyos, le estaban quemando la piel. Pero Tulio no la dejó. La apretó con más fuerza. Pero ella debía irse, debía huir de aquella terraza y de aquel jardín porque sabía, estaba segura, de que si se quedaba un momento más, aquellas palabras que a trompicones había pronunciado Tulio terminarían no solo clavándosele en el cerebro sino también inundándole el pecho y el corazón.

—Déjame, Tulio. Déjame —siseó Hedera, volviendo a tirar.

—¿Tú me quieres, Hedera? ¿Me amas? Respóndeme, por favor. Respóndeme.

La pregunta la dejó helada. Incapaz de seguir tirando. Porque de algún modo sabía que era a eso a lo que había venido

Tulio. Y lo más fácil, lo más conveniente habría sido decirle que no. Que no lo amaba. Que nunca lo había hecho. Que la suya no había sido más que la relación de compromiso que habían establecido sus padres y que ya se había acabado.

La duda, ese instante en que ante la pregunta le tembló el cuerpo entero y dejó de tirar, fue lo que la delató.

Porque lo amaba. Claro que lo amaba. Como había amado Lydon a Menosina, como Hedera no había imaginado nunca que se podía amar. De raíz. Con el cuerpo, con la mente, con la garganta, con la voz. Con sudor y escalofríos a la vez por toda la piel.

Tragó saliva.

—Sí —respondió en un susurro.

Y esa fue su perdición.

Porque si aquella noche le hubiera mentido a Tulio, si no hubieran hecho aquellos planes, si no se hubieran besado hasta el amanecer... Si Hedera no hubiera desafiado a su familia, quizás el Demiurgo la habría Bendecido durante el ritual y, entonces, no se encontraría ahora ahí, en la cárcel de El Caído, acusada de un asesinato del que es inocente, con la sentencia fatal helándole los huesos y las lágrimas corriéndole por las mejillas.

XIX

Donde la lealtad y la traición se confunden

En el Errante.

BES

No ha podido evitarlo. Bes no ha podido porque, camino del Buen Padre, con todos los Hijos rodeando al Emperador, a Cícero Aristeón, como si fuera el tesoro más preciado del mundo, de pronto Sátor se ha quedado quieto como si se hubiera transformado en una estatua, los pies fijos al suelo, la mirada clavada en un punto más allá, en otra dirección.

Era Vix.

Por lo menos, eso es lo que ha dicho: que había visto a Vix, aunque ni ella ni el resto de los Hijos hayan visto nada entre la multitud. Entonces, les ha dicho que se fueran ellos, que protegieran al Emperador, que cumplieran las órdenes de Andras, pero que lo que él tenía que hacer era buscar a su hermano.

Y eso es lo que no ha podido evitar Bes. No que Sátor fuera detrás de Vix, o de lo que fuera que hubiera visto, no. Lo que Bes no ha podido evitar es acompañarlo.

—Tendrías que haberte marchado con los demás —dice Sátor, trayéndola de vuelta a la realidad.

Aunque Sátor tenga razón, Bes signa:

«No».

—No estoy seguro de haberlo visto.

«No me importa».

Sí le importa. No quiere estar aquí. El ruido de los altercados se ha ido aquietando a medida que se introducían en el Errante, pero eso no quiere decir que hayan acabado. Al contrario de cuando los vígiles atacaron el Errante por primera vez, esta vez las calles están atestadas de una multitud silenciosa, expectante. Varias calles atrás se han encontrado con Lía, la lavandera, y con sus cinco hijas frente a la casucha que les sirve de hogar y, justo ahora, mientras avanzan, acaban de cruzarse con todos los trabajadores de La Herradura. Está Funus, el calvo propietario, con sus bigotes de morsa, y Alepo, su compañero, pero esta vez sin su sonrisa risueña, y también las camareras, que no han podido evitar dedicarle a Sátor una mirada lánguida.

—Solo es que... si era Vix... si...

«Sátor».

Lo odia. No a él. Bes podría odiar a Sátor tanto como podría convertirse en una mariposa y echar a volar. Lo que odia es verlo así; la cabeza baja, la voz llena de duda. Culpable. Se siente culpable por ella, por haber hecho que le acompañase en esta persecución de un fantasma cuando debería estar en el Buen Padre con los demás, por si hay que luchar o defenderse, como la última vez, pero ¿qué iba a hacer Bes? ¿Decirle que no a Sátor?

«Ya basta», insiste mientras le da el codazo más fuerte que puede sin lastimarse el codo. «Idiota».

—Idiota, tú.

«Mira quién hab....». La frase de Bes queda inacabada sobre sus cabezas. Y Bes, enseguida, vuelve a signar: «Mira».

—No me lo he imaginado, ¿verdad? —pregunta Sátor mientras incrementa la velocidad de sus pasos.

Ha sido solo un momento. Al final de la calle por la que caminan, el uno muy pegado al otro, entre las miradas frías de los habitantes del Errante, les ha parecido ver un destello metálico. Una máscara. ¿Es una máscara? ¿Otra cosa? No importa, porque junto a la persona que la llevaba, claramente han visto un destello rojo como el amanecer. Y ahora Bes está casi segura de que eso tan rojo era el cabello de Vix y ambos se han echado hacia delante, como siempre, al unísono. Bes y Sátor, Sátor y Bes, el uno grande y poderoso, la otra rápida y escurridiza. Se mueven por entre la multitud silente, por entre gente que está colgando luces y guirnaldas, quizá para hacer del Errante un lugar más cálido, o para demostrar esta noche ya no tienen miedo.

—Allí.

Otro destello esquivo les lleva a cruzar La Ratonera, la plaza porticada que es el corazón del barrio, y a meterse por uno de los pasajes laterales que salen de la plaza. Y de nuevo el destello. Y Sátor y Bes aumentan la marcha. Y ya están más cerca, tanto que esta vez están casi seguros de que, sí, se trata de Vix, que no va solo. A su lado, va una figura cubierta por una túnica y un velo blancos. Su rostro es una máscara de plata, decorada con una delicada filigrana. Se mueve como deben de moverse los espíritus, sin que este mundo parezca tocarlos. Es la Dama. Esa Dama de la que todo el mundo habla. Y, mientras caminan, más y más gente se une a ellos como en una siniestra procesión y Sátor y Bes corren, pero la Dama y sus seguidores parecen ir siempre más rápido, hasta que de pronto Bes se da cuenta de que han llegado prácticamente a la zona norte del barrio, donde apenas hay gente, solo silencio.

Bes tiene el tiempo justo de estirar un brazo y de atrapar el chaleco de Sátor antes de que este se lance hacia delante.

—Déjame.

Porque Bes sabe que Sátor ya ha esperado bastante, que va a agarrar a su hermano, zarandearlo, llevárselo de allí y meterlo bajo siete llaves en cualquier camarote del Buen Padre. Pero... Pero...

«Espera», signa ella.

Porque ahora que por fin la ha encontrado tiene que saber qué hace, qué ocurre, por qué esa gente tan pobre le pregunta por ella, por qué esos rumores de que esa dama se lleva a la gente y la devuelve cambiada.

«Solo un momento», insiste Bes mientras la Dama y todos aquellos que la siguen avanzan poco a poco en dirección a los destartalados muelles que contrabandistas y traficantes usan para hacer sus negocios a espaldas de los vígiles.

—¡No! —brama él, soltándose de su agarre como quien se quita un bichito de la ropa.

Y Bes no sabe si Sátor debería haberle hecho caso para que siguieran escondidos o si es culpa suya por haberle pedido el minuto, pero al levantarse para buscar a Vix es cuando se dan cuenta de que no están solos. Y de que probablemente no lo hayan estado desde que llegaron a esta parte del Errante.

—Vaya, vaya... ¿A quién tenemos aquí?

Bes no necesita girarse para saber quién ha pronunciado esas palabras, por la voz aguda y vagamente nasal. Es Aquila.

Y no está solo. Como siempre, Turo y Dídimo le acompañan, esta vez cubriéndose las caras con sendas máscaras. Pero no son iguales a la máscara que lleva la Dama. Las de Turo y Dídimo llevan engarzados dos rubíes que refulgen como ascuas en el lugar donde deberían estar los ojos.

TULIO

Vámonos, Hedera, vámonos. Huyamos de aquí. Lejos. Veamos el mundo, tú y yo. Hedera y Tulio. Tulio y Hedera. Nada más.

Aquella noche, hace ya tanto tiempo, Tulio tenía esperanza. La ira todavía no le había consumido y, aunque se sabía un paria, peor que un tejedor, peor que sus hermanos muertos, sabía que Hedera lo amaba. Que lo que ellos habían vivido, aunque hubiera empezado como una alianza para ganar en riqueza y poder... Lo que ellos habían vivido no tenía nada que ver con Lydos.

Poco tenían que ver sus besos —a veces tiernos, en ocasiones tan hambrientos que Tulio temía que Hedera terminara haciéndole sangre en los labios— con los juegos de La Corona. Poco tenía que ver la piel de Hedera —tan oscura, salada a veces, cuando Tulio le recorría la espalda con los labios, posando besos sin orden, solo por el placer y el deseo de darlos, por sentir vibrar el cuerpo de Hedera debajo del suyo, por escuchar su respiración entrecortada—, con las alianzas, los pactos y los secretos de La Ciudad Alta y del Senado.

Cuando Tulio y Hedera estaban solos, el mundo se reducía a ellos dos.

Por eso, a pesar de las lágrimas, del odio a su padre, de la vergüenza y el deshonor, Tulio había ido a Villa Apokros. Sabía que, tarde o temprano, Hedera cedería y hablaría con él.

Cinco noches tardó en convencerla. Y habrían sido diez, quince, veinte, si hubiera dependido de él.

Vámonos, Hedera, vámonos. Huyamos de aquí. Lejos. Veamos el mundo, tú y yo. Solos tú y yo. Hedera y Tulio. Tulio y Hedera. Nada más.

Fue una decisión rápida. Un plan improvisado.

En dos días, al amanecer, se encontrarían en la costa norte de la isla, en la Ensenada de los Olvidados, una pequeña bahía protegida entre acantilados, donde él habría atracado previamente el *Viento de Plata*. Allí, protegidos por Aurenar y Seleno, los patrones de los juramentos y los secretos, en las ruinas de su templo, se verían por fin y, quién sabe hacia dónde les llevaría el viento. Quizás a Vetia. Quizás a Thalassia o Navarópolis. O mucho más allá, hacia dentro de aquel vasto continente que rodeaba la laguna de Lydos y del que tan poco conocían.

A Tulio nada le importaba salvo que solo fueran Hedera y él.

Al día siguiente lo preparó todo. Atracó el *Viento de Plata* en la costa norte y dejó una ofrenda de pan, olivas y queso a los dioses, en el pequeño templo en ruinas enclavado en la Ensenada de los Olvidados.

Solo le quedaba esperar.

Esperar como espera ahora, caminando sin rumbo, cuando ha caído la noche y en La Corona —ajena al estruendo que proviene del Errante, del humo que se levanta desde la Garra—, se celebra la Procesión de los Futuros, uno de los rituales antes de la Bendición.

Tulio se detiene un instante, sin poder evitar que su mirada se desvíe hacia las togas adornadas con hilos de plata y oro de los candidatos, hacia sus gestos solemnes, la precisión casi coreografiada de sus pasos. Delante de ellos, todos los orfebres de Lydos portan antorchas doradas creadas por ellos mismos, que colocan en altos pebeteros, ingenios de hace siglos, que lograrán que se mantengan encendidas hasta el fin de la Bendición.

Tulio reconoce a Blasio Kairós, a Antine Tulcis, al heredero de los Commeno y al menor de los hermanos Metaion y a tantos otros, orfebres de su generación. Una centella, entonces, le alumbra por dentro: ¿dónde está Ennio? Pero la pregunta pronto pasa a un segundo plano cuando Tulio reconoce a la figura que avanza con paso rígido encabezando la comitiva: Nikós Thalem, el que fuera la mano derecha de su padre.

No es una sorpresa, desde luego, aunque si hubiera habido más tiempo entre la muerte de su padre y la Bendición, seguramente se habría desatado una feroz guerra entre las grandes familias de Lydos para convertir en Theokratés a uno de los suyos. Verlo así, con las ropas de color púrpura y blanco, abriendo camino a los futuros orfebres: todo lo que fueron los Zephir, y todo lo que no serán ya. El enésimo recordatorio de todo lo que ha ocurrido para que él haya terminado perdiendo a Hedera.

Gira la cabeza en la dirección hacia donde se encuentra El Caído y recuerda, aunque en realidad no haya podido olvidarlo, que en pocas horas conocerá esa sentencia fatal, ese destino al que él mismo la ha empujado.

Bes

Antes de que pueda reaccionar, aparecen otros dos enmascarados, con las mismas máscaras que llevan Turo y Dídimo, y Aquila se ríe.

—¿Qué estás haciendo aquí? —le pregunta Aquila mientras él también se coloca una de esas máscaras de ojos como fuego.

Podrían haberle dicho tantas cosas a Aquila. Excusas o mentiras, y rezar por que él se las tragara, pero Sátor tiene otra idea. El tejellamas respira hondo, hace entrechocar sus anillos frente a su cara. Al exhalar, un borbotón de llamas rojas y amarillas brota de su boca. Después, levanta las manos y esas mismas llamas comienzan a bailar entre sus dedos hasta que, con precisión milimétrica, las lanza contra Aquila y sus secuaces, formando un círculo voraz a su alrededor. Bes sabe que Sátor no los ha matado porque lo que realmente le preocupa es llevarse a Vix.

No tendría que haber hecho esperar a Sátor, maldita sea su curiosidad, se amonesta Bes. Aquila y los suyos no se amedrentarán ante el fuego por mucho tiempo, así que habrá que usar algo más expeditivo.

Las dos bolsas llenas de proyectiles de plomo que emplea con su honda, por ejemplo. En distancias cortas —y cuando no le queda más remedio— puede sujetarlas por el cordel con el que se cierran y hacerlas girar hasta convertirlas en un par de mazas.

Y ahora, definitivamente, *no le queda más remedio.*

Mientras Aquila y sus secuaces siguen ocupados con las llamas de Sátor, ella lanza la primera de sus mazas improvisadas contra la cabeza de Turo, que cae al suelo inconsciente. La segunda, un eco de la primera, golpea justo en la frente de la máscara que se ha puesto Aquila.

«Vamos», signa Bes agitando la cabeza en dirección a donde se encuentran la Dama y Vix.

Corren por los muelles, ahora sí, sin que les importe ser vistos. Y Sátor grita el nombre de Vix una y otra vez como si sus gritos fueran el eco de su propia voz. Pero Vix no le escucha o no quiere escucharlo. Mira inmóvil a la Dama, rodeado de una docena de figuras más. Por algún lugar de su mente, mientras corre, Bes piensa que hay algo en ella, en su serenidad, que la alerta. No es natural.

Cuando por fin llegan al muelle donde se encuentran Vix, la Dama y toda esa otra gente, se percata del bote oculto entre los almacenes portuarios.

Y es cuando Bes recuerda, cuando quizás une todos esos hilos que le han ido llegando con cuentagotas, de unos, de otros, de rumores, de voces desesperadas.

Esa gente que desaparece y que, de pronto, vuelve distinta. Ese albañil que, durante los primeros ataques al Errante, no fue capaz de controlarse y usó el Arte del trueno para acabar no solo con los vígiles sino con su propia familia y que luego cayó inerte y desfigurado. Esos muertos en la laguna. Todos esos pensamientos se entrelazan en la cabeza de Bes, que tiene que detenerse a tomar aire pero que no puede hacerlo porque, de inmediato, Sátor le da un empujón para que levante la cabeza.

—Se los están llevando. Mira.

Es verdad. No los había visto antes; pero además de la docena de personas que rodean a la Dama y a Vix en el muelle, hay por lo menos otra docena que se está subiendo a ese bote escondido. En el bote, más hombres de Aquila, con esas máscaras de ojos rojos como las llamas de Sátor. Y sabe lo que está pensando su amigo. Por eso signa:

«No podemos ir allí sin plan, de frente, no...».

—¿Quieres apostarte algo?

Sátor salta hacia delante, el bramido que lanza junto a las llamas es tan potente que a Bes le da la sensación de que incluso hace temblar el suelo. En ese instante, la máscara que lleva la Dama ya no es plateada, es roja, rojo sangre, y, mientras los hombres de Aquila se preparan para enfrentarse a Sátor, la Dama no se mueve. Tan solo les mira a ellos dos.

—¡Vix! ¡Nos vamos!

Pero Vix no dice nada. Ni siquiera se enfada, o trata de justificarse. Tiene los ojos abiertos, pero no hay nada detrás de ellos.

«¡Sátor! Algo le pasa a Vi...».

No sabe por qué, aunque quiere mirar a Sátor, los ojos se le van a la Dama, a su máscara, y deja de signar. Cuando la Dama por fin se dirige a ella y le comienza a hablar, Bes olvida todo lo demás y solo le queda en el cuerpo una sensación de calma, de bendición. Una paz tan inmensa como absoluta.

LUDO

Ludo tiene un problema. No. Bueno, a ver: *un problema* sí que tiene. Pero es uno entre... uno entre... Ludo cree haber perdido la capacidad de contar.

Ludo tiene muchos, muchísimos problemas.

Andras todavía preso en El Caído es el primero, por supuesto. Que el Errante, ya de noche, siga alerta con un millar de lucecitas encendidas por los tejados y las cornisas, con sus habitantes esperando un ataque que puede o no llevarse a cabo, es el segundo. Que hayan escondido al Emperador, el mismísimo Cícero Aristeón, es quizás el tercero. Y no quiere pensar en los idiotas de Sátor y Bes porque, entonces, ese problema se desmembraría en otros problemas que, a su vez, generarían soluciones nefastas que, al mismo tiempo, serían nuevos problemas y…

Mejor para.

Mejor se centra.

Y lo hace en el problema que tiene delante. Bueno, concretamente al lado, hombro con hombro —¡y qué hombros!—. Es decir: el problema rubio y de ojos tristes que está con él en el pequeño balcón de su camarote.

—Lo siento.

Ennio tiene una voz bonita, como de barítono, con un timbre lleno, resonante.

Ludo mejor sigue centrándose.

Porque fijarse en la voz, en esos ojos color miel, en los hombros —¡y qué hombros!— de Ennio puede convertirse en el problema… el problema… ¿el problema número ciento cincuenta y seis? Más o menos.

Ennio vuelve a la carga:

—Lo siento tanto…

—Deja de disculparte.

—Es que… no lo entiendo. No entiendo cómo ha podido llegar a ocurrir algo así. ¿Cómo no lo ven? ¿Cómo no ven que todos somos parte de Lydos? ¿Por qué nadie ve las injusticias? ¿Cómo os pueden tratar como a un enemigo? Yo… de veras…

—Si vuelves a pedirme disculpas una vez más, Ennio, voy a tirarte por la borda. Y el agua no está precisamente limpia. Ahora, estate quieto.

—Pero…

—Pero, *pero, pero, pero…*

Ludo hace uso del Arte para lograr que su voz suene exactamente igual a la del orfebre, cosa que por fin logra que Ennio apriete los labios como si Ludo le hubiera pedido que probara limones. Hecho el silencio, ahora puede centrarse en limpiarle esa herida tan fea que el niño dorado se ha hecho en el brazo.

Aunque centrarse no sea lo mismo que concentrarse, claro.

Sabía que iba a arrepentirse cuando, al llegar al Buen Padre, se llevó a Ennio a su camarote para limpiarle la herida y le pidió que se quitara la camisa.

Bueno, arrepentirse… lo que se dice arrepentirse…

Arrepentimiento no es lo que ha sentido Ludo cuando Ennio, obediente, se ha quedado desnudo de cintura para arriba, con ese torso como esculpido en mármol, y esos hombros —¡qué hombros!— tan anchos como el mundo entero.

Ya está Ludo otra vez desconcentrándose. Si es que no aprende.

Ahora, sí, por fin, moja con cuidado un paño de lino en uno de esos ungüentos que prepara Ione. El brazo de Ennio se tensa sutilmente en el simple gesto de ofrecérselo para que lo limpie y, aunque Ludo odia con todas sus fuerzas la visión de la sangre, termina pasándole el paño por la herida.

Cuando el paño acaba demasiado sucio, Ludo toma otro limpio y repite la operación. Así, una y otra vez y, ahora que Ennio ha dejado de disculparse, el ruido que proviene del Buen Padre se escucha mejor. Hay voces que llegan desde la cocina, donde probablemente Rufio, Ione y Arista, como él mismo les ha ordenado, estén con el Emperador.

Eso es lo que hacen los Hijos cuando un nuevo descarriado llega al barco, ¿no? Alimentarlo. Lo hicieron con él y esa misma mañana lo han hecho también con Ennio.

De repente, escucha una carcajada. Probablemente haya entrado algún Hijo en la cocina y haya hecho un chiste o una broma. Ojalá que quien haya hecho el chiste —seguro que ha sido Boro. Tiene un humor retorcido y maravilloso— se acerque a su camarote y se lo cuente, porque la verdad es que lo necesita.

—Ya estoy acabando —murmura empapando un último paño de lino en el ungüento. Huele a vino, y a miel y a salvia. También tiene un ligero aroma a resina. Lo cierto es que Ludo no sabe qué es lo que emplea Ione para hacer sus bálsamos e infusiones. Pero sabe que funcionan. Él mismo, en más ocasiones de las que le gustaría reconocer, ha podido comprobarlo—. Ahora te pongo una venda limpia, ¿de acuerdo?

Ennio no dice nada. Solo aprieta la mandíbula y pone en tensión ese bíceps prominente que tiene.

Ludo suspira.

Porque Ennio, cada vez lo tiene más claro, le parece hecho de una pasta especial. Una mejor que la mayoría de gente —mejor que la suya, desde luego—, y sabe que, si calla, es porque él se lo ha pedido y Ennio, simplemente, está obedeciendo.

Suspira de nuevo. No se le dan bien estas cosas, pero va a intentarlo.

—Ennio —dice apartando la vista un instante, llevándola hacia esas lucecitas que titilan por Piedeísla—. No es culpa tuya. Nada de lo que está ocurriendo es culpa tuya —comienza. Cualquiera diría que se le ha pegado algo de esa empatía y de ese tono con el que habla Andras, aunque en realidad a Ludo a menudo le cuesta atender a algo que no sea su propia voz. A pesar de todo, intenta que sus palabras recuerden mínimamente a las que Andras usa con él—. Esta ciudad ha funcionado así desde el momento en que Lydon puso los pies en esa roca miserable de ahí delante y decidió que era un buen lugar para vivir. Y para que unos sean ricos, otros tienen que ser miserables. Es así. Así de tonto y así de fácil. Nos han contado siempre que lo decidieron los dioses, pero… pero… ¿y si no? ¿Y si solo fuera nuestra avaricia? Al fin y al cabo, nadie ha visto nunca a un dios. Solo tenemos sus estatuas en los templos. Y, en cambio, la avaricia se puede encontrar en cualquier parte y nunca se esconde.

—Sí lo es. —Ennio duda. Baja un poco la cabeza y se le forma sobre las mejillas y el puente de la nariz un rubor que, enseguida, adquiere forma de pecas anteriormente invisibles—. Yo… yo estaba allí, ¿sabes?

—Aquí. Allí. Allí. Aquí. ¿Estás seguro de que solo tienes una herida en el brazo y no te has dado un golpe en la cabeza? No me estoy enterando de nada —le dice Ludo con la venda limpia en la mano, pero sin moverse.

—Allí, Ludo. Cuando apresaron a Hedera y a vuestro líder. Era él, ¿verdad? Ese del que siempre hablas. Y no hice nada. *Nada*. No me verías, porque llevaba puesta la máscara de los vígiles, pero dejé que se los llevaran, y os dejé allí, rodeados de tantos muertos. Claro que es culpa mía.

Por un momento, Ludo deja de prestarle atención a Ennio, a sus brazos, a sus músculos, a la herida. También parece que desaparezca el Errante y que, incluso, se acallen las voces, las risas y los gritos que le llegan desde las cocinas del Buen Padre.

—¿Y habrías sido incapaz de impedirlo? No, ¿verdad? Entonces, niño bonito, deja de lamentarte. Este no es el lugar para hacerlo. Mira… —Ludo exhala una bocanada de aire que no ha sido consciente de inspirar. Y luego parpadea, porque desde luego que lo último que esperaba era estar contándole esto a Ennio—. Este lugar, este barco… logra que todo el que lo pisa pueda comenzar de nuevo. Desde cero. Es lo que Andras nos dijo a todos cuando nos salvó, y es lo que te diría a ti si estuviera con nosotros. —Con un sentimiento de urgencia que no sabe de dónde le ha nacido, Ludo se levanta, se pone a juguetear con la venda que todavía no le ha puesto a Ennio, que sigue mirándolo con esos ojos del color del ámbar, como si Ludo fuera lo único que existe en el universo. Que no va a engañarse: ha sido esa mirada lo que le ha hecho ponerse en pie, nervioso. Sin embargo, ahora que ha empezado hablar, también siente que no puede dejar de hacerlo—: Aquí todos somos lo que queremos ser y nuestras faltas o nuestros problemas se quedan en esa otra vida antes del Buen Padre.

Y ya está, piensa Ludo. Se ha quedado sin aliento, se ha quedado sin palabras. Y para recuperarlas, qué bien le vendría un buen trago de aguardiente de mirtilo o de melíspero. Lo que encuentra, sin embargo, son esos ojos ambarinos de Ennio, rodeados de esas pestañas tan largas, llenos de tristeza.

—Pero…

—Ya te he dicho que nada de lo que ha pasado es…

—Digas lo que digas, sí que lo es —barbotea Ennio justo antes de un torrente de palabras.

Palabras sobre la guerra, palabras sobre la fealdad que elegía no ver cuando se asomaba a los jardines de la villa de su familia, sobre sus remordimientos, palabras que rápidamente se convierten no ya en disculpas, sino en anhelos, en una esperanza tímida pero feroz, y en una tristeza infinita.

A Ludo, los chicos tristes le hacen temblar las piernas y hacer tonterías.

Tonterías como acercarse a él y, en lugar de colocarle la venda en el brazo, como lleva intentando desde hace un buen rato, acariciárselo con la yema de los dedos. Ennio tiene piel de contradicción, como una roca de terciopelo. Y de la caricia del brazo, Ludo pasa a acariciarle la clavícula, los hombros, la quijada algo áspera. Que pase a acariciarle los labios es solo un paso lógico. Y que de acariciárselos con los dedos pase a hacerlo con sus propios labios es simplemente el paso siguiente.

Lo que Ludo no espera es que ese beso suave le produzca una descarga por todo el cuerpo como un recordatorio palpable de esa vida vibrante que fluye bajo la piel de ambos.

Tanto el beso como la descarga son dos problemas más, añadidos a los que ya tiene.

XX

Palabras que vuelan por encima del miedo

El Caído.

HEDERA

Cuando Hedera abre los ojos, piensa en poesía. Recuerda que, hace años, uno de los muchos pedagogos que pasaron por Villa Apokros quiso que cada día aprendiera un poema distinto. Uno de ellos hablaba de los amaneceres de Lydos, del color cambiante del azul oscuro al violeta, al rojo, al naranja, al zafiro más claro y limpio, de cómo el mar es un espejo, y de cómo la ciudad es una joya que emerge entre las aguas.

El pobre pedagogo —Lecto, se llamaba. Un hombrecito flaco y nervioso que se deshacía en reverencias en cuanto veía aparecer a sus padres— le hizo leer el poema y a Hedera le pareció tan horrible y anticuado que fue incapaz de contener la risa.

Es curioso. Ahora, tras incorporarse del rincón en el que, insomne, ha pasado la noche y mirar por la ventana, esa poesía que, a pesar de todo no ha olvidado, no le puede parecer menos cierta.

Es un amanecer hermoso.

—¡Arriba! —El grito resuena al mismo tiempo que alguien golpea la puerta con saña—. ¡Arriba! ¡Es la hora!

Apenas si le dan tiempo a limpiarse la cara en la bacina que hay en un rincón de la celda y, desde luego, no le dan otra ropa con la que vestirse que no sea la misma que lleva puesta desde hace ya no sabe cuántos días. También le aprisionan las muñecas con grilletes.

Cuando por fin se abre la puerta de esa habitación donde ha pasado la noche, Hedera sale con la cabeza alta a pesar de que su ropa está arrugada y manchada de sangre seca. Al mismo tiempo, ignorando la mirada de los guardias, Hedera escucha cómo se abren varias celdas más. Mientras el sol asoma por detrás de la cabeza del coloso llenando el aire helado del amanecer con destellos de bronce, una docena de personas van a reunirse con ella.

Todos tienen la misma mirada: miedo, desesperación, nostalgia. Todos, claro, menos uno. Andras avanza como lo haría un rey entre sus súbditos. Incluso los grilletes parecen favorecerle. Cuando acaba por detenerse a su lado, Hedera siente una punzada en el bajo vientre, sobre todo cuando Andras se lleva suavemente el índice a los labios, acompañando el gesto de una mirada intensa que no le ha visto nunca. Después, gira la cabeza hacia el frente, como si la ignorara, antes de susurrar:

—Recibí tu mensaje. El pájaro de sombras fue… un mensajero interesante. —Hedera va a contestar, pero él vuelve a llevarse el dedo a los labios para que no diga nada—. No pierdas la esperanza. —Andras, sonriendo con suavidad, se inclina hacia ella, bajando todavía más la voz—. Solo necesito que confíes en mí un poco más.

Hedera no puede evitarlo y susurra:

—Pero ¿qué? ¿Cómo?

Antes de que los guardias comiencen a empujarlos y los separen, Andras tiene tiempo de susurrar:

—El primer paso es creer posible el cambio. Todo acaba —añade entonces—. Y todo comienza.

Tras un breve paseo por las oquedades de El Caído, llegan al pequeño embarcadero de la cárcel, donde les está esperando un bote. Sin bajar la cabeza, porque toda la concentración de Hedera está puesta en no permitir que le afecte el roce de los grilletes en las muñecas, ni las salpicaduras del agua cuando lentamente cruzan la bahía, ni los alaridos del hombre que ha caído de rodillas a su lado, rezándoles a los dioses para que le ayuden. Lo único que, de hecho, Hedera no logra ignorar del todo es la mirada de Andras, tan tranquila, tan segura de sí misma. Se le clava en la piel como un molesto mosquito.

Y cuando el bote atraca en los muelles junto al Bajoforo, el que deja escapar un «que los dioses nos amparen» no es ninguno de los presos, sino uno de los guardias que les ha acompañado.

Hedera no es consciente de por qué lo ha dicho hasta que no sale del bote y, de pronto, se da cuenta de lo que tiene a su alrededor. Hay demasiada gente, un mar inmenso de rostros y de cuerpos se apiña por toda la explanada desde el pedestal donde se alza la estatua de Lydon hasta los pórticos que cierran el mercado por su lado norte. Cree que jamás había visto tan lleno el Bajoforo, ni siquiera durante las celebraciones de la Bendición, ni cuando el joven Emperador fue coronado años antes. En cuanto ella y el resto de los reos ponen pie en el muelle, la multitud al completo parece sufrir un espasmo. Se mueve hacia delante como una criatura gigantesca que empuja y se retrae entre gritos, y solo la presencia de los vígiles parece contenerla lo suficiente como para que a Hedera y a todos los demás los guíen hacia el otro extremo de la plaza.

Junto al gran arco que abre la Vía Sacra, la calle que asciende en un penoso zigzag desde Piedeísla a La Ciudad Alta, han construido una tarima de maderas y de telas de color azul y amarillo que está protegida por varias docenas de vígiles más.

Quizá sea que Hedera nunca les ha prestado demasiada atención a los edificios del Bajoforo, con tantos puestos y *buccas* y mercaderes gritando sus precios a los cuatro vientos; pero se da cuenta por primera vez en la vida de que no han construido ahí la tarima por casualidad, sino porque está a la sombra de una estatua que representa a Equitara, diosa de la justicia, de mármol blanco coloreado, erguida y majestuosa, que corona su cabeza con un aro de oro pulido.

Detrás de la estatua está el templo a la diosa, que hoy, pese a su humilde construcción en caliza, le parece el edificio más ominoso del mundo. Más aún cuando de él sale el Supremo Justiciar, que detiene sus pasos justo en la tarima. Hedera lo recuerda de las fiestas en su casa. Por mucho que se jacte de tener una de las villas más opulentas de La Corona y de formar parte del Senado, por lo que comentaban sus padres, Hedera sabe que no es más que un borracho empedernido al que su madre siempre tenía que vigilar para que no se tomara demasiadas confianzas con las sirvientas.

No quiere darle el placer de verla vacilar.

Y lo intenta. Procura mantenerse firme mientras el Supremo Justiciar enumera los crímenes de los que les acusan. Para ella: alta traición, conspiración, el asesinato de Jano Zephir, Theokratés de Lydos. Para los demás, Andras incluido, que no ha perdido su expresión serena en ningún momento, sedición, la provocación y dirección de disturbios violentos, la agitación de las masas y la ruptura del orden público.

Si Tulio no la hubiera visitado en El Caído, si no le hubiera dicho que el Senado ya había decidido su destino, por la pompa y el boato del Supremo Justiciar, con su túnica de lino blanco, larga y fluida, y la sobrevesta de seda azul profundo bordada con hilos de oro, Hedera casi se creería que esta ceremonia es real y no una farsa.

A pesar de todo, cuando el hombre pregunta en voz alta si alguno de los presentes quiere hablar en favor de los reos y nadie interviene, aunque a Hedera no se le escapa que muchas cabezas se han vuelto hacia los vígiles que rodean todo el recinto, el estómago se le aprieta todavía más. Porque es un silencio extraño, antinatural incluso. El tipo de silencio que, a Hedera le da la sensación, hacen miles de personas cerrando la boca con mucha fuerza.

De golpe y sin advertencia, la plaza entera retumba. Del templo a Equitara, en procesión, aparecen sacerdotes, balanzarios y espadines, mientras se escuchan trompas y timbales sonando como si sus rugidos atronadores fueran una pieza más de ese castigo que les han impuesto, sobre todo cuando se mezcla con el griterío de la gente, que va en aumento.

El Supremo Justiciar levanta ambas manos y, tras un último retumbar de los timbales, la plaza entera del Bajoforo vuelve a quedar envuelta en ese silencio extraño, tenso, de un enjambre de abejas que no quiere ser molestado.

Va a dictar su sentencia.

Hedera no quiere pero el corazón le late con tanta fuerza que hasta cree perder el aliento por unos segundos. Para contrarrestarlo, levanta todavía más la cabeza.

El Supremo Justiciar comienza a hablar y en realidad da igual lo mucho que haya erguido el cuello, porque al escucharlo las piernas le flaquean de golpe como si fueran de nata y Hedera se siente caer por un abismo.

ENNIO

Si Ennio pudiera... si pudiera forjar un ingenio maravilloso, algo propio de las leyendas, para detener el tiempo, Ennio... nio...

… Ennio elegiría este preciso instante solo por cómo la luz del amanecer que entra a través del balcón incide sobre la sonrisa de Ludo mientras duerme.

Es una sonrisa plácida que no es ni una barrera ni una máscara de burla. Al contrario. La ligera curva de los labios de Ludo dibuja un gesto tan feliz, tan hermoso, tan real, que Ennio apenas si se atreve a moverse por miedo a despertarlo.

Así pues, lo mira.

Ludo está tendido a su lado, con una sábana blanca enrollada alrededor del cuerpo desnudo. Allí donde la luz le toca la piel, los claroscuros le recuerdan a una delicada estatua tallada en la madera más noble, sobre todo al incidir en los huesos prominentes de su cadera y en las dos líneas que forman una uve al final de su abdomen. Pero mientras las estatuas son frías al tacto, la piel de Ludo contra la luz parece como de una seda finísima, y es igual de suave. Ennio lo sabe porque la noche anterior… la noche anterior…

Ennio cierra los ojos de repente. Ludo y él han dormido juntos en esta misma cama. Y no solo han dormido. Primero, se besaron. O mejor dicho, Ludo lo besó a él. Y Ennio solo supo reaccionar, como ya había hecho la primera vez.

Después, Ludo se disculpó, bajó la cabeza y le pidió perdón. Pero quizás Ennio no lo escuchó o no quiso escucharlo, porque en ese momento, cree —y recordarlo le da una vergüenza terrible— que el que se lanzó a besarlo fue él. Y mientras que el de Ludo había sido un beso suave y delicado, Ennio lo besó con un hambre voraz que no sabía que tenía dentro y que, quizá hasta ese momento, no había sabido nunca cómo calmar.

Ennio lo besó mientras le desabrochaba la camisa con necesidad, con urgencia. Luego sus manos le recorrieron el torso, tan distinto al suyo. Ludo correspondió a sus caricias, los dedos finos del tejetrino, acariciándole zonas que Ennio no sabía ni que existían, haciéndole sentir cosas que Ennio, jamás, ni en mil vidas, habría pensado que se podían sentir. Pero Ennio siempre ha aprendido rápido, por lo que al tiempo que Ludo recorría su cuerpo con los dedos y los labios, él también le exploraba cada centímetro, le acariciaba la forma de los huesos y de los músculos bajo la piel, besaba las arrugas traviesas que Ludo tiene a ambos lados de los ojos. Y así siguieron ambos: besándose y besándose más y acariciándose también otras partes de sus cuerpos, más abajo, que a Ennio jamás le habían acariciado y Ennio fue… feliz.

Durante las horas que pasaron conociéndose en ese camarote en penumbras todo estaba bien y todo era posible y Ennio se sintió libre, completamente libre, quizá por primera vez en su vida.

Libre.

Sin embargo, de pronto, al pensar en todo eso mientras Ludo duerme plácidamente, a Ennio le atraviesa una flecha el pecho, una de dudas y remordimiento.

Lo que han hecho está… no mal. Nada tan hermoso como lo que ha ocurrido entre los dos puede ser malo, pero aun así, una vergüenza de sabor agrio se instala de golpe en su paladar. Una vergüenza como una vocecita insistente que le recuerda que, por mucho que haya huido, tarde o temprano tendrá que regresar a La Corona. Al fin y al cabo, debe casarse, debe traer hijos al mundo para la gloria de Lydos. El destino de su nación es mucho más grande e importante que Ennio Orykto.

Sin embargo, de pronto esas frases que lleva repitiéndose a sí mismo desde que tiene memoria —desde que fue consciente de quién era él y quién debía ser— suenan huecas y no logran convencerlo del todo.

Abre los ojos de repente, mientras le viene a la cabeza la expresión de Antine, su prometida, la noche en que huyó, cuando le propuso que su matrimonio fuera una farsa en la que cada uno tuviera su vida y también sus amantes. ¿Podría vivir así? En una mentira no para los demás, sino para sí mismo.

Con todo el cuidado del mundo, Ennio acerca las yemas de los dedos a la mano de Ludo, que le reposa indolente sobre el pecho, y se detiene en cuanto nota el calor que desprende.

Ludo no puede haberse dado cuenta. Es imposible que ese gesto de Ennio, tan mínimo y delicado, le haya despertado. Pero el tejetrino deja escapar un ronroneo y luego esconde la cabeza bajo la almohada. Un segundo después, una voz soñolienta se escapa desde debajo del cojín.

—¿Qué haces despierto? —Los dioses guarden a Ennio de confesarle a Ludo que le estaba mirando porque se moriría de la vergüenza. Pero, para su desgracia, Ludo añade—: ¡Espera! ¿Estabas espiándome?

Tras decir eso, Ludo se estira con languidez felina, levantando los brazos por encima de la cabeza, entrelazando los dedos y extendiéndolos hasta el techo. Las pestañas de Ludo, largas y oscuras, se le entrecierran ligeramente mientras se le escapa un bostezo. La expresión de su rostro es de puro contento y abandono. El tipo de gesto que Ennio jamás se permitiría poner en público. Y solo mirarlo, a esa presencia de Ludo que parece llenar todo el espacio, tan natural y desinhibida, como si Ennio no estuviera ahí, a su lado, le provoca una admiración que le seca la boca.

—Buenos días —dice Ludo finalmente—. Me muero de hambre. ¿Y tú?

Ennio está a punto de responder que él también, pero cuando Ludo se pone a gatear sobre la cama en su dirección, de pronto entiende que el tejetrino se está refiriendo a otro tipo de apetito. Cosa que le queda confirmada cuando Ludo adelanta las manos y le acaricia suavemente la nuca, enredando sus dedos largos en esos rizos rebeldes que a Ennio le crecen justo ahí.

Por un momento, Ennio se queda helado, con esa conciencia extraña y llena de remordimientos que le ha traído el amanecer. Al mismo tiempo, un pensamiento fugaz, casi inconsciente, también se le cruza por el cerebro, tratando de abrirse paso a través de las descargas que le despierta el contacto de las yemas de los dedos de Ludo contra la piel. Porque en esa mirada que Ludo le ha lanzado al echarse a gatear, Ennio no se ha visto reflejado, lo que le ha hecho dolorosamente consciente de que Ludo no le mira a él de la misma manera en la que Ennio lo hace.

Pero el pensamiento sucumbe ante el camino de besos que Ludo le va dejando por el cuello. Ennio se siente caer y caer y caer a la vez que se le va despertando en el bajo vientre un calor que amenaza con extendérsele por el resto del cuerpo.

De pronto, se abre de golpe la puerta del camarote.

Ludo, enseguida, se yergue:

—¿Es que no puede haber ni un poco de intimidad en este barc…?

No termina la frase.

—¿Lo has escuchado, Ludo? —Ennio se gira mientras trata de cubrirse con la sábana, avergonzado al darse cuenta de su desnudez. Aunque pronto eso pierde importancia cuando el chico que ha entrado en el camarote como una exhalación, Rufio, cree que se llama, proclama—: Ya hay sentencia.

Hedera

Muerte.

Pena de muerte para ella, por traición, conspiración, asesinato.

485

Pena de muerte para Andras. Sedición. Desórdenes públicos. Impiedad.

Muerte también para la docena de desgraciados que, como ellos, fueron capturados aquella noche en el Errante.

Hedera no quiere morir, y menos así, repudiada, acusada falsamente, sola y odiada. Sin embargo, poco importa lo que Hedera quiera. En una triste procesión, los condenados y sus verdugos suben las escalinatas ajardinadas de la Vía Sacra y luego cruzan el Puente de los Susurros hacia La Ciudad Alta, donde les espera el Salto de los Dioses.

Durante todo el trayecto, Hedera ha llevado alto el mentón, la vista hacia delante, pero ahora, nada más llegar y detenerse, clava la vista en el templo del Demiurgo, en las elegantes columnas de la fachada, rematadas por capiteles de oro, y en la escultura del dios que preside todo el edificio, que representa a un hombre de larga barba con la mano en los labios, de donde sale su Don, su aliento de vida, con una expresión serena y amenazante al mismo tiempo.

Si mantiene la vista hacia delante no le quedará más opción que seguir; si mantiene la vista hacia arriba, no se caerá. Cuando Tulio y ella…

Tulio. De nuevo Tulio en su cabeza, como si nunca lo hubiera dejado marchar. Hedera sacude la cabeza. Tulio no merece que sus últimos pensamientos sean para él. Hedera se detiene un instante y, aunque ha sido un momento brevísimo, el vígil que tiene detrás le da un brutal empujón.

—¡No te detengas, escoria!

El golpe es tan brutal que Hedera trastabilla en dirección contraria. En este preciso instante, las rodillas eligen fallarle y cae hacia la multitud ruidosa que se apiña a los lados de una escalinata. Hedera cierra los ojos y espera lo peor. No sería la primera vez que un condenado a muerte recibe su castigo antes de llegar al Salto de los Dioses si los ciudadanos de Lydos deciden tomarse la justicia por su cuenta. ¿Por qué no deberían hacerlo? Han escuchado las acusaciones, todos piensan que ella ha asesinado al Theokratés, que es una traidora, una enemiga de la ciudad…

Pero cuando Hedera cae, asustada, media docena de manos se extienden hacia ella y la ayudan a levantarse.

Y repara en algo que, hasta ese momento, solo ha sido una parte más del conjunto. Hedera repara en los gritos.

Los hay de odio, sí. Odio, miedo, gritos que claman justicia, pero hay otros llenos de indignación no contra los condenados, sino por ellos. Gritos que claman contra esa guerra en ciernes que les han impuesto los senadores desde su distante palacio.

Ahora entiende la presencia de los espadines del templo de Equitara y de los vígiles y también entiende las miradas nerviosas que el Supremo Justiciar ha estado lanzando a un lado y a otro desde que empezaran su triste ascenso desde el Bajoforo.

Sería bonito que, de algún modo, cambiaran las tornas y quien terminara en la cima del Salto de los Dioses fuera el borracho del Supremo Justiciar, empujado por toda esa gente. Pero Hedera sabe que eso no sucederá nunca. Y eso le enciende una rabia sorda y roja en el interior. Ellos son más. Pero no hacen nada. Y Hedera sabe que no van a hacerlo.

Al final, es Andras quien la ayuda a recuperar el equilibrio y a seguir su camino. Y, entonces, Hedera reconoce caras, gestos. Son gente que ha visto a veces, cuando ha ido al Errante. Gente que también ha visto en los barrios más pobres de Piedeísla. Gente que se inclina para, al menos, tocarle a Andras el borde de la ropa. De fondo, de pronto Hedera escucha esa enigmática frase que usa Andras: «Todo acaba. Todo comienza». No sabe quién lo ha dicho pero, definitivamente, ha sido una voz que ha salido de entre toda esa maraña de murmullos y gente que los acompaña.

¿Y si hubiera salida?, piensa esperanzada de repente, mientras mira a Andras.

—¿Vas a hacer algo? —susurra—. ¿Tienes un plan? Bes dijo una vez que no haces nada sin uno. —«Y este sería el momento ideal para darle la razón», quiere añadir, pero Andras agita ligeramente la cabeza. Hedera no sabe si es una negativa o si es un gesto que le quiere decir otra cosa. Por eso insiste—: ¿Lo tienes?

Andras, con esa mirada plácida suya, sin perder paso, sin cambiar el ritmo, tan solo susurra:

—No necesitamos ningún plan cuando tenemos algo más poderoso.

Hedera no necesita hacerle más preguntas. Por todas las conversaciones que han tenido en El Caído, sabe perfectamente a qué se refiere: a ella, a su Arte, a sus sombras.

—Pero… —se queja sin permitir, al menos por esta vez, que el orgullo le disfrace la desesperación.

—Espera. Solo eso. Espera.

Y porque hay costumbres que son difíciles de perder, Hedera murmura por lo bajo:

—Como si tuviéramos tiempo.

LUDO

—Vete. —Tras la orden de Ludo, solo silencio. Por eso repite—: Vete.

Pero es más que silencio. Ennio no habla pero tampoco se mueve de su esquina del camarote, y Ludo sopesa por un instante si lanzarle un cojín o una de sus botas, que atisba a los pies de la cama, el mismo sitio donde la noche anterior se las apañó para quitárselas mientras tenía las manos ocupadas acariciando la piel del orfebre. No es nada por lo que Ludo merezca aplausos, solo cuestión de práctica.

Muerte. Sentencia de muerte.

Si le lanza algo —un cojín. Las botas. Cualquier cosa—, Ludo se sentirá mejor. Al menos podrá descargar la fracción de la fracción de la fracción más minúscula del dolor que le está rompiendo por dentro.

Muerte. Sentencia de muerte.

Pero después ¿qué?

¿Qué hará con el resto de esa congoja?

Muerte. Sentencia de muerte.

Porque van a matarlo. Van a matar a Andras. Van a hacerle saltar por ese maldito acantilado y él no ha podido ni puede hacer nada. Ni siquiera le queda tiempo de correr hacia La Ciudad Alta para despedirlo como ha hecho el resto de los Hijos mientras él… mientras él…

Ludo tiene la buena o la mala costumbre, según se mire, de perdonarse casi todo.

Hoy no es uno de esos días.

Él estaba con Ennio, en ese camarote que se convirtió por una noche en el único lugar que importaba en el mundo mientras fuera se decidía la sentencia de Andras: lo van a empujar por el Salto de los Dioses hasta que pierda pie y caiga contra las rocas a centenares de pies de distancia y los Hijos del Buen Padre —y él mismo, Ludo— se quedarán huérfanos otra vez. Sin rumbo. Sin metas. Sin esperanza. Van a matar a Andras y será como si alguien apagara el sol, como si a Ludo le arrebataran el suelo bajo los pies.

—¡¡Déjame!! —termina chillando—. ¡¡Fuera!! —Se mueve por el camarote como una bestia enjaulada recogiendo prenda a prenda la ropa que él mismo le quitó a Ennio la noche anterior—. ¡¡¿Qué haces todavía aquí?!! ¡¡Lárgate!! ¡¡Fuera!! —grita mientras le lanza cada una de esas prendas—. ¡¡Déjame!! —repite otra vez, aunque ahora permitiendo que su Arte tome el control. Su grito tiene parte de rugido, parte de campanada, de

489

tormenta y de vendaval. Ludo no acostumbra a cuestionar el porqué de sus emociones, pero un pensamiento fugaz se le cuela por entre los gritos: esa rabia, ese lamento y esa ira, en realidad no son por culpa de Ennio, que sigue inmóvil y desnudo en un rincón, con los brazos cruzados, la mandíbula apretada y una expresión dolida pero, al mismo tiempo, resuelta a no moverse. La ira de Ludo va contra todo lo demás: contra Andras por dejarse capturar, contra la maldita ciudad de Lydos por arrebatárselo, y contra sí mismo, por no haber sido capaz de hacer nada, nada, nada, absolutamente nada. Ni siquiera llorar. Pero da igual, porque vuelve a la carga—: ¡Que me dejes, te digo! ¡Lárgate! ¡No te quiero ver! ¡Vete! ¿Me oyes? ¡Vete! ¡Vete! ¡Vete!

Ennio, sin embargo, no se marcha. Se mueve, sí, pero en dirección opuesta a la puerta y en los segundos que Ludo se toma para recuperar el aliento, Ennio termina por acercarse a él. Lo hace despacio, como quien no quiere asustar a un cervatillo o a un pájaro, y, entonces, lo abraza. No. Es más que un abrazo: Ennio prácticamente lo envuelve con toda la piel caliente de su cuerpo todavía desnudo.

Ludo forcejea, se retuerce tempestuoso, desbocado. No puede. No quiere que lo abrace Ennio. El mero tacto de su piel contra la de Ennio le arde, le agita. No lo merece. No merece nada. Le ha fallado a Andras y su angustia es tan grande, tan oscura, tan desesperada que Ludo no sabe hacer otra cosa más que hervir por liberarse. Pero Ennio es roca, columna. Su piel es tan cálida, tan firme, y su agarre, tan fuerte, que ese huracán de congoja y rabia y desesperanza que es Ludo comienza a apaciguarse. Ráfagas que primero llegan con la intensidad de un vendaval pero que, poco a poco, sin que Ennio lo suelte un segundo, acaban siendo apenas una brisa ligera.

Y con la brisa, con la calma, llega la lluvia y Ludo vuelve a estallar pero esta vez en un llanto desconsolado. Las lágrimas le corren por las mejillas mojando el pecho de Ennio, y, ahora que ha empezado, Ludo no puede parar —mientras piensa que eso no es lo que hace él, al menos no el Ludo que todos conocen, el que ha construido cuidadosamente desde que puso un pie en el Buen Padre—, pero por fin se deja abrazar por Ennio, por sus brazos cálidos, su silencio pétreo.

Y no se separa. No sabe cómo hacerlo porque piensa que si Ennio lo suelta, si por un instante se deshace de ese abrazo, el suelo volverá a combarse bajo sus pies y de nuevo el mundo volverá a tambalearse y, entonces, ya sí que será demasiado tarde.

No cuenta Ludo con que, al final, sea un zumbido el que lo aparte. El que también haga que Ennio se suelte. Porque no es un zumbido cualquiera, es el de una libélula de filigranas de oro y alas finísimas de cristal que, de pronto, entra a través de la abertura que da al balcón y vuela hasta posarse en el poste del cabecero.

Ennio, al instante, adelanta la mano en dirección al pequeño ingenio pero Ludo es más rápido y pese a que le tiemblan las manos y lo hace con dificultad, logra desenrollar el pequeño papelito que ha traído la libélula consigo.

Por fin Ludo despliega el diminuto retazo de papel, donde apenas puede leer las palabras escritas.

«Camarote. Espejo. Ven».

Es la caligrafía de Andras y antes incluso de saber qué significan esas palabras, Ludo se viste con lo primero que encuentra y abre la puerta.

«Camarote».

Se refiere al de Andras, está seguro. Andras le está pidiendo que vaya a su camarote y, por eso, sin fijarse en si Ennio le está siguiendo o no, corre por los pasillos y escaleras del Buen Padre hasta llegar al castillo de popa del barco, donde Andras tiene sus dominios. Ludo abre la puerta dando un empujón tan fuerte que se lastima las manos, pero le da igual. Se encuentra más allá del dolor. Más allá de cualquier pensamiento o sensación.

Entonces, se acerca al fondo del camarote.

«Espejo».

Hay un espejo de cuerpo entero, algo impensable en el resto del barco. Los Hijos suelen bromear con Andras acerca del dichoso espejo, diciéndole que es algo demasiado lujoso y extravagante para alguien que se llena constantemente la boca con discursos de igualdad. Sin embargo, ahora Ludo lo observa con otros ojos. ¿Por qué le ha hecho venir Andras aquí? ¿Por qué? ¿Por qué?

Observa detenidamente el marco de madera tallada, una maravilla que representa olas del mar enfurecidas entre las que emergen serpientes marinas, hipocampos, tritones y ninfas junto a figuras femeninas que simbolizan los vientos del mundo. Se observa también a sí mismo, sus ojos desorbitados, el pelo revuelto, la piel apagada. También observa el reflejo de Ennio, que llega en ese momento.

El espejo le muestra a un Ennio de ojos tristes, que no conserva nada del ímpetu con el que le besaba la noche anterior pero que sigue conservando esa cualidad de roca con la que le estaba abrazando hace unos pocos minutos. Ludo no quiere fijarse en esa mirada de pesar pero lo hace aunque aparta el pensamiento como quien aparta a un insecto y vuelve a centrar toda su atención en el espejo.

Pasa impaciente los dedos por los exquisitos relieves del marco, por el cristal que comienza a oxidarse, creando ondas irisadas en la superficie. Lo agita pero no se mueve. ¿Qué quiere Andras? ¿Qué le está pidiendo? ¿Qué tiene de especial ese maldito espejo? La fuerza de estas preguntas en su cabeza comienza a robarle el aliento. No lo encuentra, no lo sabe…

—Aquí. —Todo el aire de los pulmones se le escapa cuando la mano de Ennio sujeta la suya y la dirige hacia uno de los laterales del marco. Entre las olas y las criaturas de expresión fiera, se distingue el relieve de algo que no debería estar ahí: una corona de laureles, el símbolo de los orfebres.

Quizá sean imaginaciones suyas pero cuando Ludo pasa los dedos por encima de las hojas talladas, le parecen calientes al tacto. Lo que ya es imposible que sea un producto de su imaginación es que, de repente, el espejo se deslice hasta permitirle ver lo que hay al otro lado.

Es una pequeña habitación. Tan pequeña que apenas si cabe una persona, llena de engranajes conectados a un gran orbe de cristal que ocupa casi todo el espacio.

Ludo da un paso y luego se detiene, justo cuando el orbe emite un fogonazo de luz rojiza y, segundos después, otro. Y otro. Y otro. El brillo viene y va e ilumina la sala con su resplandor rojo a latidos perezosos.

—Es… —balbucea Ennio, todavía en la boca del espejo.

Es un corazón. El gigantesco corazón del Buen Padre.

Hedera

Sopla un viento fuerte y frío cuando llegan a la explanada en la que se levantan los templos. Es también un viento cruel porque huele a mar y a promesas de libertad.

La Ciudad Alta, en la cima de La Corona, ocupa el cráter del viejo volcán dormido que dio forma a la isla. Aquí está el alma de Lydos. Aquí nació. Aquí, cuenta la leyenda que el héroe Lydon recibió sus Dones de manos del propio Demiurgo. Aquí se construyeron las primeras casas, las primeras calles. Justo frente a ellos está el templo del dios creador, hecho de mármol y metales preciosos que van a hundirse en la roca volcánica del cráter.

En el otro extremo de la explanada, se levanta también el palacio del Emperador. Desde el gran mirador que domina toda la fachada, una figura dorada observa en silencio. Y justo ahí, por supuesto, en una terraza más alta que las demás, los miembros del Senado con sus máscaras y los aristócratas, magistrados, oficiales del ejército, todo el que es alguien en La Corona. Hedera no quiere mirar pero lo hace. ¿Estará su familia ahí? ¿Habrán venido a ser testigos de su desgracia? No, por supuesto que no. ¿Por qué deberían? Hedera ya no es nada para ellos salvo una vergüenza. Sin embargo, de repente le parece ver entre la gente un rostro conocido. El de una madre. Cuando, con el corazón desbocado, da un paso en esa dirección, ya ha desaparecido.

—Mírala —le escucha decir a uno de los vígiles de la comitiva—. Tan seria. Tan solemne.

—Sí —ríe el que va detrás—. Casi parece que va camino de un banquete.

Al escucharlos, Hedera es consciente de no haber perdido nunca —ni siquiera cuando malvivía en Piedeísla, ni siquiera ahora, camino de la muerte— su escudo orgulloso, su cabeza alta, su caminar erguido.

Pero es ver que a su lado camina Andras, con esa presencia suya, al mismo tiempo calmada y dominante, cuando siente que su orgullo se resquebraja por primera vez y se acerca a él.

—Andras… —le susurra—. Si ha habido un momento para poner en práctica ese plan tuyo, creo que lo dejamos atrás hace quince minutos…

Andras no se gira para mirarla, sus ojos fijos en lo que tienen delante, aunque Hedera sabe que sus palabras son solo para ella:

—Todavía no hemos llegado al final —dice.

Hedera sabe a qué se refiere con «el final»: el afloramiento rocoso *al final* de la calzada de mármol por la que caminan, un espolón de piedra que surge por detrás del templo del Demiurgo.

El Salto de los Dioses.

—Por favor… —susurra de nuevo antes de añadir—: No hay… No tenemos… —La voz, esta vez, le sale estrangulada.

Pero Andras solo repite:

—Aún no hemos llegado al final.

—¡Míralos! —ríe uno de los vígiles de nuevo—. ¿Tramando una escapada? Lamento deciros que no os queda mucho margen.

La carcajada que suelta el vígil y las que dejan escapar los que van con él se le clavan a Hedera en el cerebro y en el pecho y en las manos y en las piernas.

—No estoy lista… —musita no sabe si para sí o para Andras. Los ojos, no puede evitarlo, se le empañan—. No quiero morir.

—No es el final —musita al mismo tiempo Andras—. No hemos llegado al final.

En ese momento, una figura se separa del grueso de senadores y aristócratas. Camina como si flotara, con una solemnidad que acalla poco a poco los murmullos de la explanada. Las masas que les han seguido desde el Bajoforo y que cierran su triste comitiva, también los que esperan a la sombra de los templos y de las estatuas, bajan la voz hasta que es solo un arrullo seco que acaba por confundirse con el golpear de las olas contra las rocas y el acantilado.

Es la madre de Tulio.

Caletia de Zephir acaba deteniéndose delante de ellos. Las miles de perlas cosidas a su vestido parecen un manto de espuma de mar que brilla bajo el sol. Hedera no espera de ella ni una mirada, ninguna simpatía.

Cuando Caletia levanta los brazos, Hedera siente el torrente más crudo, frío y espeso de terror que ha sentido en la vida.

—Es la hora. —La voz de Caletia resuena por la explanada como un trueno. Debe de estar usando algún ingenio o el Arte de algún tejetrino al servicio de La Corona para que su voz resuene así: fuerte, omnipotente. No le teme a la multitud. Al contrario, se vuelve hacia ellos con los brazos extendidos—. Mi esposo, vuestro Theokratés, la voz que nos une a todos con los dioses, murió a manos de *esta* indeseable… —dice mirándola fijamente durante un segundo—. De *estos* indeseables. Y a mí se me ha concedido el honor de estar presente durante su ejecución. Ellos nos arrebataron el lazo con nuestro dios y, ahora, aquí, en esta roca donde en días señalados hacemos sacrificios en honor a la divinidad, hoy el sacrificio será esta escoria. No solo como castigo. Sino para que el Demiurgo sea consciente de que nuestras almas siempre bailan a su son.

Cuando Caletia deja de hablar y baja los brazos, primero solo se escucha el silencio, el ulular del viento. No es hasta que pasan unos pocos segundos cuando, de pronto, la muchedumbre estalla en gritos enfrentados. Vítores y lamentos, júbilo y rabia. Cuando Caletia les hace un gesto a los vígiles y a los espadines del templo de Equitara que los han escoltado desde el Bajoforo para que continúen la marcha, Hedera tiene un último brote de ilusión cuando vuelve a escuchar la proclama de Andras: «Todo acaba, todo comienza», pero que acaba simplemente en una algarabía indignada. Hedera abre la boca, sabe que tiene un grito ahí, atrapado en ese nudo que tiene en la garganta, pero no llega a salir.

Tras la orden de Caletia, el primer vígil la golpea, y el impacto contra su cuerpo es tan demoledor que la termina derribando contra el suelo de grandes losas pulidas. El siguiente golpea a Andras, que se dobla sobre sí mismo y cae a su lado. El gentío protesta en un murmullo sordo que, de nuevo, solo se queda ahí. Hedera levanta la cabeza cuando siente que Andras la sostiene entre sus brazos. No sabe por qué lo hace, si por darle consuelo o para apaciguar su propio miedo, pero, sea como fuere, ese cuerpo cálido acunando el suyo hace que por fin se le escape ese grito que tenía atrapado en la garganta.

Es un grito árido y doloroso, lleno de rabia. Contra todos, contra sí misma, contra el Senado, contra esa multitud demasiado asustada, contra Andras, tan seguro de sí mismo pero que no ha sabido enfrentarse hoy a nadie sin su coro de seguidores.

—Eres un mentiroso. *Mentiroso*. Farsante —le sisea, todavía sintiendo el cuerpo de Andras muy cerca del suyo y la garganta quebrada. Los ojos demasiado abiertos, la boca seca. Los vígiles y los espadines se inclinan en su dirección y Hedera sabe lo que eso significa.

Ella será el primer sacrificio.

La primera en acatar la sentencia.

La primera en precipitarse desde el Salto de los Dioses.

Cuando un vígil intenta agarrarla por el brazo, Hedera, en un gesto desesperado, se lo quita de encima. Se suma otro al que, inconscientemente, da una patada.

Y Hedera grita otra vez, todo su orgullo hecho trizas, toda esa dignidad con la que ha fingido cubrirse todo este tiempo, perdida ya. Qué más da. La muerte no es digna, nunca puede serlo. La muerte es llanto, es miedo, es desesperación.

Son dos vígiles y dos espadines de Equitara los que, al final, logran contenerla. A empujones la ponen en pie mientras ella le lanza una última mirada a Andras, al que también han levantado. Andras la mira a ella. Y mueve los labios en una palabra silenciosa: «esperanza».

La furia de Hedera, enredada con el terror, la hace volver a rebatirse. No sabe contra quién o contra qué.

¿Esperanza? ¿Esperanza en qué? ¿En su Arte que no sirve para nada aunque Andras no haya parado de decirle lo contrario? ¿En sí misma?

¿Cómo puede ser ella la esperanza de nadie si ni siquiera es capaz de salvarse a sí misma? Si se la están llevando a rastras. Si en pocos minutos la harán saltar...

Mientras los vígiles la empujan, un repentino soplo de viento hace ondear el vestido que le dieron al entrar en El Caído como una gran vela de barco y le suelta las horquillas con las que se sujeta el pelo, dejando que sus rizos bailen feroces. Por un instante que sabe que será brevísimo, casi se siente libre.

El mundo desde aquí es inmenso. Muy por debajo ve las olas golpear contra las rocas. Más allá, las plácidas aguas de la laguna, las lejanas costas que rodean Lydos. El sol brilla indolente, cálido en un cielo sin nubes, y la belleza de todo lo que la rodea casi podría quitarle el aliento.

Y en medio de toda esa belleza, entre el griterío de la gente y de los vígiles y espadines y de ese viento ensordecedor, Hedera escucha dos sonidos que pensaba que jamás volvería a escuchar.

El primero es un sonido vibrante, casi musical. El batir de sus alas. Hedera lleva la vista abajo y allí están: sus tobilleras. Se las arrebataron los guardias al encerrarla en El Caído y no sabe cómo, de nuevo, vuelve a tenerlas puestas. Lleva un instante la cabeza hacia atrás. Andras la está mirando. Ha sido él. Se las ha colocado él cuando ambos han caído al suelo. Quién sabe cómo las habrá conseguido. Pero Hedera recuerda..., recuerda que en El Caído, además de los presos, a veces también lo escuchaban los guardias. Pero ¿qué puede hacer con ellas? Sus alas en los tobillos no detendrán su caída. Nadie puede hacerlo ya.

Lo segundo que escucha Hedera es su propio nombre en el grito desesperado de una voz que ama y que odia al mismo tiempo.

TULIO

—¡¡Hedera!!

A Tulio le duele el cuerpo, le duele el corazón. Ha tenido que correr. No quería verlo. *No podía verlo*. Hedera. Hedera. Pero ha escuchado las habladurías de las *buccas*, los rumores y murmullos de los sirvientes, de la gente en cada esquina.

Muerte.

Hedera ha sido condenada a muerte.

Tulio ha sido incapaz de creérselo. Y aunque no quería, *no podía*, tenía que comprobarlo con sus propios ojos.

Ha arremetido fiero por la Vía Sacra, jadeando con desesperación hasta llegar a La Ciudad Alta.

—¡¡¡Hedera!!!

Las personas en su camino, los vígiles con sus armas…, todo es un obstáculo ridículo que aparta como uno apartaría briznas de hierba. Más arriba, su madre, con los brazos en alto. También el Senado en pleno, los mismos que ignoraron sus ruegos. Todos, todos, todos van a matar a una inocente. No. *A más*. A toda esa cohorte que sigue a Hedera. Y él estuvo en el Errante. Formó parte de los disturbios. Tulio sabe qué ocurrió y no es justo. Nada lo es.

—¡¡¡Hedera!!!

Sus gritos están atrayendo la atención. De la gente de a pie, de los vígiles, de los habitantes de La Corona, allá donde está el palacio del Emperador. Mientras corre y grita y jadea y su corazón amenaza con estallarle en el pecho le miran y murmuran, pero a Tulio le da igual porque solo tiene ojos para Hedera. Hedera con el cabello alborotado por el viento, Hedera con un vestido gris y sucio. Pero *su* Hedera. Son sus ojos, sus labios, sus manos. Hedera, sola, un poco más adelante, un poco más adelante, en lo que parece la cima del mundo.

Hedera se gira. Lo ve. Mueve los labios. Murmura una palabra demasiado baja como para escucharla, pero Tulio sabe que ha pronunciado su nombre.

—¡Hedera! ¡Esperad! ¡Esperad! —suplica.

Media docena de vígiles se interponen en su camino, pero ni los mismísimos dioses lograrían detenerlo ahora. Pasa al lado de los condenados, a quienes están arrastrando hacia el acantilado a la fuerza, y de los vígiles de expresión vacía. Los últimos pasos, trepando por el peñón rocoso, los siente como si estuviera escalando una montaña y, cuando llega hasta Hedera y la abraza y la aprieta contra sí, ambos a merced de ese viento ensordecedor como una bestia invisible que ruge sin parar amenazando con llevárselo todo, a Tulio le fallan las piernas como si, al lograr por fin su objetivo, las fuerzas le hubieran abandonado.

Hedera no le deja caer. Lo sujeta contra su cuerpo cálido y familiar. Aferrado a Hedera, Tulio se queda aturdido un instante por todo el espacio, por el continente a lo lejos y el sol arriba y la muerte a sus pies. Pero que así sea, piensa. Que así sea la muerte, si están el uno junto al otro.

—Hedera… —balbucea. La cabeza se le llena de palabras, de ira por odiarla y por amarla, de un sinfín de emociones que no sabe sacarse del pecho—. Demasiado tiempo, demasiado.

Aquel día, el día en que Hedera y él acordaron marcharse de Lydos para siempre, Tulio llegó a la Ensenada de los Olvidados antes de despuntar el alba. Era una madrugada cálida, de principios de verano, las olas rompían rítmicamente y las ruinas del templo a Aurenar y Seleno parecían dormir tranquilas envueltas en la luz azulada previa a la salida del sol.

No acudió solo. Aunque lo había conocido apenas unos meses atrás, en aquel día fatídico en que su padre le había negado la corona de laureles, el paso por la Bendición y llegar a ser orfebre, Ennio se había convertido en su único amigo y confidente, en la única persona que había permanecido a su lado. Y lo necesitaba.

Porque Ennio iba a ser el Lazo. Antes de partir en el *Viento de Plata* hacia el continente, Hedera y él contraerían matrimonio ante aquellos dioses olvidados, justo a la sombra de su templo, donde el mar se encontraba con la tierra. Ennio portaba un pergamino en blanco en el que iba a registrar el juramento que ante aquellos dioses se harían Tulio y Hedera. Tulio, por su parte, llevaba una corona de hojas de olivo por la paz, en la que se intercalaban lavanda por la protección, romero por la memoria y jazmín por la belleza. Ambos, Hedera y él, se la intercambiarían y, después de eso, la dejarían allí como ofrenda a los dioses.

Apareció el primer rayo de sol por el este. Después, el segundo. Luego, el tercero. Poco a poco, aquella ensenada fue pasando del azul apagado al púrpura y al rosa y al naranja y al amarillo, aquellos rayos y aquella luz reflejándose en el mármol de aquel templo olvidado y marchito.

El sol alcanzó lo más alto del cielo cuando Tulio ya había perdido la cuenta del tiempo que llevaba esperando. El sol siguió su camino y, cuando amenazó con esconderse de nuevo, Tulio lanzó al suelo su ofrenda y regresó a la ciudad sin mirar atrás.

Como su padre, como las que se decían sus amistades, como toda la sociedad de Lydos al completo, Hedera también lo había abandonado. No, peor. Hedera lo había traicionado.

Y ese fue el momento en que Tulio permitió que aquella rabia que llevaba tanto tiempo amenazando con consumirle desde dentro por fin tomara el control.

Pero ahora no importa. Ahora, por fin, solo están ellos. Ahora se abrazan, ahora se miran.

No pasa mucho tiempo antes de que los vígiles se lancen sobre ellos. Él se mantiene firme, abrazado a Hedera como si fueran uno.

Escucha gritar a su madre, los jadeos entre el público. Pero todo queda acallado por entre el ulular de ese viento furioso. Los vígiles les apuntan con sus fusiles. Hedera forcejea. Grita. Dice que Tulio no tiene la culpa. Que él es inocente. Pero Tulio no la escucha, no la suelta, no va a hacerlo.

Cuando por fin los vígiles pierden la paciencia y los empujan, ambos caen por el acantilado y Tulio abraza a Hedera todavía con más ímpetu.

HEDERA

Caen.

Caen a una velocidad vertiginosa y, al mismo tiempo, parece que todo se hubiera detenido. El viento. El mar. El sol. Antes de apretar los ojos, Hedera ve sus siluetas, la suya y la de Tulio, recortadas contra la piedra blanca del acantilado, dos amantes por fin reunidos.

Cierra los ojos y se aferra a Tulio con todas sus fuerzas. Pronto habrá acabado todo, y es un consuelo y al mismo tiempo una desgracia, porque hay tantas cosas que querría decirle, ahora que ya no tiene nada que perder, que el orgullo no la ciega, ahora que, irónicamente, es libre por fin.

Recuerda, como un relámpago en su memoria, el día en que Tulio y ella abandonarían Lydos para siempre. Se puso un sencillo vestido a juego con un manto blanco de seda y lino fino, sin adornos ni decoraciones para pasar desapercibida. Bajó silenciosa las escaleras de la villa, en su cabeza únicamente Tulio en la Ensenada de los Olvidados, esperándola. El *Viento de Plata* dispuesto a llevarlos lejos, más allá de Lydos, más allá de la bahía, del continente, no le importaba.

Cuando puso la mano sobre el pomo de la puerta justo antes de escapar, fue cuando su madre la descubrió. Hedera no quiere recordar o quizá ya ha olvidado los gritos, las amenazas, los zarandeos. La encerraron en un sótano sin ventanas ni aire puro. Cuando por fin le permitieron salir, ya la habían comprometido con Blasio, el hermano de Ludo, faltaban apenas semanas para su Bendición y Tulio, *su Tulio*, la odiaba con tanta fuerza que a ella no le quedó más remedio que levantar la cabeza y cubrirse de todo el orgullo que pudo acumular para que el dolor no le traspasara el pecho.

No volvió a hablar con él hasta la noche del asesinato del Theokratés.

Ahora Hedera abre los ojos. Los brazos de Tulio siguen rodeándola como si de este modo pudiera protegerla en la caída. Tan cálidos, tan fuertes y tan añorados.

Qué cruel el destino que cuando por fin Hedera está donde debería, donde siempre ha querido estar, en brazos de Tulio, sea el momento de su muerte. «Todo acaba». Esas palabras tan simples resuenan furiosas en su cabeza. Todo acaba porque viven en un mundo cruel, porque así lo han decidido otros, y la injusticia de lo ocurrido se enciende dentro de ella como un volcán.

Si Andras tuviera razón… si la tuviera…

A sus pies, de nuevo ese ruido musical, vibrante.

Sus tobilleras.

Sus tobilleras aladas, el regalo de Tulio. Puede notar cómo aletean furiosas, pero no es suficiente, sus tobilleras no tienen la fuerza necesaria como para detener el destino que les aguarda, cada vez más y más y más y más cerca. Pero en El Caído Andras le dijo que su poder era más grande de lo que pensaba, que ella… Qué absurdo le sonaba y, al mismo tiempo, ahora, cuánto desearía Hedera creer en esas palabras.

Sus sombras, la de ella y la de Tulio, recortadas contra el acantilado, le parecen más nítidas que nada que haya visto antes bajo el sol glorioso de la mañana.

Y Hedera ya no tiene nada que perder.

Nada.

Inspira.

Piensa en sus días en El Caído, en todas esas veces en las que, al crear todas aquellas criaturas de sombras, pájaros, insectos, perros, lobos…, se detenía cada vez que el cuerpo y la mente y el corazón y las propias sombras le pedían ir más allá. Cuando sentía en aquellas siluetas oscuras algo parecido a la vida, una vida prohibida, salvaje, incontrolable. Una vida que ahora necesita que surja con toda la fuerza de la que es capaz, que se desborde de sí misma.

Ayudadme.

Hedera deja escapar todo el aire.

Ayudadme.

El cuerpo le arde. Le duele. Tiene fuego en las venas como si su cuerpo quisiera volverse del revés, como si la vida se le escapara por todos los poros de la piel.

Salvadnos. Y luego rectifica, sintiendo la fuerza del abrazo de Tulio: *salvadlo.*

Entonces, algo ocurre. Lo impensable. Lo imposible. Hedera siente una sacudida brutal por todo el cuerpo y la mañana, que es tan brillante, imposiblemente limpia, se vuelve noche en un segundo al tiempo que ese par de sombras que son ella y Tulio abrazados contra el acantilado blanco se envuelven en un abrazo oscuro. Aferrado a ella, Tulio deja escapar un gemido.

Caen. El mundo es un borrón y vuelve a suplicar: *salvadlo.*

Un instante después, ese aleteo familiar de sus tobilleras lo envuelve todo y las sombras dejan de ser un mero manto para convertirse en un par de alas enormes, majestuosas, oscuras como la tinta.

Cuando Hedera vuelve a mirar hacia sus siluetas recortadas contra el acantilado se da cuenta de que ya no caen. Ya no caen sino que vuelan. Hacia arriba. Hacia arriba. Hacia el cielo, los dos todavía fundidos en ese abrazo.

—¡Hedera! ¡¿Qué.?! —comienza Tulio porque el viento se lleva el resto de sus palabras.

Arriba.

Las alas baten con la fuerza de un vendaval, vivas, a su completo servicio, y el llanto de Hedera se convierte en un grito de júbilo, porque vuelan, porque surcan el aire. Con solo un pensamiento, las alas de sombra giran y Tulio y Hedera hacen un tirabuzón vertiginoso.

Son libres.

Es una libertad auténtica. Es una libertad tan llena que parece que el pecho vaya a explotarle.

Así, con una carcajada, ve caer al resto de los reos por el borde del acantilado.

Hedera no sabe de dónde le surgen esa furia, esa ira, esa rabia. Quizá salgan también de Tulio, que la abraza y que mientras están volando la mira como si lo que tuviera delante fuera la más bella de las apariciones. Quizá porque no es solo la suya, sino también la de Tulio, Hedera siente su furia más ardiente, más poderosa, más capaz, indomable y devastadora. Esta vez sí contra todos los que han visto sin hacer nada, contra los de los murmullos indignados, contra los senadores, contra la madre de Tulio, los habitantes de La Corona, los sacerdotes, los vígiles.

Salvadlos también a ellos. Salvadlos a todos.

Nadie va a morir esta mañana en el Salto de los Dioses.

A Hedera le arde el cuerpo de dolor, pero las sombras responden. De la piedra blanca del acantilado surgen primero borrones negros, manchas oscuras que se desprenden como tinta en agua. Rápidamente se alargan, se estiran y toman forma: alas emplumadas, picos afilados, aves majestuosas en pleno vuelo.

Son sombras. Sus sombras.

Hedera se siente morir y vivir al mismo tiempo, pero no se detiene. No ahora. Al contrario, permite que ese dolor la empuje cada vez más. Exhala una nueva bocanada de aire que parece querer arrancarle las entrañas y los pájaros de sombras recogen a todos los que caen hasta que se convierten en una bandada de gorriones, golondrinas, jilgueros y cuervos que planean sobre el vacío.

Hedera y Tulio llegan de nuevo al borde del acantilado y lo rebasan, y allí están los miembros del Senado de Lydos, el Emperador, Caletia y la multitud que de repente estalla en gritos asombrados al verlos transformados en una Victoria alada que ha vencido a la muerte.

De pronto lo entiende. Cuando ya está al límite de sus fuerzas, cuando no sabe si podrá mantener por mucho tiempo este vuelo desesperado, entre los gritos y vítores maravillados de los habitantes de Lydos, Hedera entiende por fin esa palabra que le susurró Andras: «esperanza».

Pero hay algo más, de pronto un nuevo sonido se suma al de los gritos y al ulular del viento. Una sucesión de campanillas de cristal tañendo al unísono, como el trino de esa bandada de pájaros de sombra que ahora les aúpan: es el batir de unas alas todavía más grandes que las suyas.

Del otro lado del acantilado, de repente emerge una forma descomunal.

Hedera, cegada por el dolor y por la euforia, necesita unos instantes para ser consciente de que no es uno de sus pájaros de sombras sino… otra cosa. Sí, tiene cabeza de pájaro y forma de pájaro. Pero no es un pájaro sino un mascarón de proa. Es un barco con cabeza de pájaro y con alas hechas de madera y de telas, que formaban parte de la cúpula que cubría el escenario y que ahora se han desplegado, majestuosas. Es el Buen Padre con Ludo al timón.

—¡Aquí! ¡Aquí! ¡Maldita sea! ¡Aquí!

Hedera solo piensa: *vamos,* y todos los pájaros vuelan al unísono y con frenesí hacia el Buen Padre.

El golpe contra la cubierta es brutal aunque no logra deshacer el abrazo de Hedera y Tulio. Segundos después, mientras el Buen Padre vira por encima de las cabezas de una multitud asombrada, de los templos, del palacio del Emperador, de Lydos entero, y comienza a alejarse de la isla y de su crueldad, caen junto a ellos el resto de cuerpos, todavía envueltos en sombras pero a salvo.

Mi amor. Mi luz.

Estoy vivo.

Los demás...

Saltaron sobre nosotros un amanecer, cuando nos disponíamos a acampar. Soldados de Vetia. No fue un encuentro fortuito, sino una emboscada. Quién sabe cuánto tiempo llevaban siguiéndonos. ~~Velio. ¿Recuerdas a Velio? Su risa era la música que todas las fiestas deberían tener.~~ Se desangró en mis brazos. Soma, Febo y Galba se quedaron atrás para que unos pocos pudiéramos escapar.

Solo quedamos tres. Fulvia Donna, nuestra líder, uno de los geólogos y yo.

Mi amor, querida mía... seguimos atravesando esas montañas traicioneras. No pudimos hacer otra cosa sino honrar el sacrificio de nuestros compañeros.

Te escribo estas líneas, apresuradas y llenas de dolor, ahora que tras días de penosa travesía parece que hemos llegado a nuestro destino.

Es un agujero. Una mina inmensa, como una herida en las montañas. Una boca negra. Decenas de soldados lo guardan, y centenares de obreros extraen toneladas de rocas cada día. Todavía desconozco cuál es el objetivo de esta misión que nos ha traído hasta aquí, a los confines del continente, pero el geólogo dice que si existe, lo encontraremos en este lugar.

Si los dioses quieren que esta vez muera yo también, quiero que sepas que mi amor no lo hará.

Tu Argo, siempre.

PARTE
TERCERA

XXI

Cicatrices de batallas, de días envueltos en sombra

En un camarote del Buen Padre.

HEDERA

El despertar de Hedera no se parece a los de los cuentos, el teatro o las leyendas, en los que la heroína abre los ojos lentamente y se estira en un gesto lánguido mientras se ordenan sus pensamientos y el mundo vuelve a su sitio. El despertar de Hedera es abrupto y violento, un despertar que viene acompañado de un grito, de ojos que se le abren de golpe, de un corazón que late furioso.

Y ni aun así perturba el sueño de Tulio.

—Tu amigo está bien —escucha entonces. Es una voz suave que conoce. Una de los Hijos del Buen Padre. Ione.

Hedera se lleva las manos a la cara y toma aire. *Ione*, piensa. El día en que Ludo la trajo al Buen Padre fue ella quien le puso sobre la mesa un plato lleno de comida y le advirtió con una mirada amable pero firme que más le valía acabárselo todo. Se frota los ojos. Ha soñado con vientos atronadores, con un vértigo infinito clavado en las entrañas y con la muerte, una muerte tan cercana, tan cierta, que cree que esas imágenes la perseguirán toda su vida.

Hedera se gira con ese terror de pesadilla en la garganta, apretando la sábana entre los dedos y con un sabor acre en el velo del paladar.

Tulio.

Pero Tulio duerme plácido. A su lado. En la misma cama.

No lo ha soñado. Eso también es real. Pero ¿cuánto llevan durmiendo? ¿Cómo llegaron al camarote? ¿Cuánto ha pasado desde que cayeron sobre la cubierta del Buen Padre? ¿Logró salvarlos a todos? Esas y todas las preguntas del mundo se le acumulan a Hedera en la garganta mientras vuelve la cabeza hacia Ione y ella le responde, en realidad, a la primera de todas, como si pudiera leerle el pensamiento.

—No tiene nada roto. No le pasa nada. Solo está descansando.

Ione le tiende un vaso humeante. Huele a flores y a miel.

—Gracias. —Hedera no es consciente de cuánta sed tenía hasta que no se lleva la tisana caliente a los labios. Está segura de que Ione le ha puesto unas gotas —o un chorro, quizá— de algo que sabe sospechosamente a melíspero. Pero no le importa. A medida que el calor de la tisana —y del melíspero, ahora está segura— le va recorriendo el cuerpo, la vista se le vuelve a ir irremediablemente a Tulio.

Tulio.

Por fin puede observarlo sin gritos, sin persecuciones, sin odio en la mirada. Tiene el cabello más corto aunque con esa textura sedosa y desordenada de siempre, la piel más curtida y las ojeras más marcadas. Ha crecido, no solo en altura, sino también en volumen. La musculatura se le marca bajo las sábanas, Tulio es pura fibra y nervio, y las manos…

En las manos tiene cicatrices, cicatrices nuevas en los nudillos y en la piel suave del dorso. Hedera da un nuevo trago a la tisana mientras recuerda los chismorreos que, de vez en cuando, escuchaba de las *buccas* de Lydos —«*el hijo del* Theokratés *ha vuelto a meterse en líos*». «*Tulio Zephir, hijo del* Theokratés, *ha estado involucrado en una pelea otra vez*»—. De pronto a Hedera le gustaría acariciar esa mano, pasar la yema de los dedos por esas cicatrices, pero no quiere despertar a Tulio —Tulio, que quiso salvarla y, cuando no pudo hacerlo, quiso morir con ella—. Hedera no quiere despertarlo por si, cuando él abra de nuevo los ojos, vuelve a verle el odio en la mirada.

—Dejo que descanses un poco más —dice entonces Ione haciendo que Hedera dé un respingo y casi se vierta la tisana encima. Prácticamente se había olvidado de su presencia.

—No —responde ella cortante—. Prefiero… —Hedera vuelve a perder la vista en el cuerpo de Tulio enredado entre unas sábanas viejas pero de un blanco resplandeciente. Alguien le ha quitado la aparatosa ropa de La Corona y se la ha cambiado por unas calzas de lino. A ella también le han quitado la ropa andrajosa de El Caído y se la han cambiado por un vestido limpio que huele a lavanda y a azahar y a jabón y le han puesto vendajes en las heridas. Quienes les han cuidado, imagina, son los mismos que les han colocado a los dos en uno de los camarotes del Buen Padre, en una gran cama cubierta con un dosel de seda rojo, como si fuera la alcoba de dos recién casados—. Tengo que tomar el aire.

La cama de dos recién casados.

El pensamiento la aturde y la enfurece a partes iguales, y quiere creer que se trata de una casualidad y no de una broma pesada —de Ludo, seguro—, por lo que termina poniéndose en pie. El cuerpo le arde como si la estuvieran acuchillando, pero aparta el dolor a un lado hasta que sus movimientos se vuelven firmes y solo le queda una mueca tensa en los labios.

En dos pasos agónicos ha cruzado el camarote y abre la puerta sin evitar un último vistazo hacia atrás. A Ione, a quien le agradece sus cuidados con la mirada, y a Tulio, que duerme ajeno a todo.

Sintiéndose una cobarde, avanza con paso incierto y tembloroso por las entrañas del Buen Padre. A cada poco, tiene que apoyarse en las paredes de madera para mantener el equilibrio pero ella avanza, tozuda, guiándose más por instinto que por el murmullo distante de risas y conversaciones hasta que, de pronto, una ráfaga de aire fresco y salado le acaricia el rostro. Sube unos escalones empinados y, por fin, llega a cubierta, donde un sol, tímido aún, le da una bienvenida con rayos cálidos.

La calma, sin embargo, dura poco. Lo que tarda en darse cuenta de que lo que ella creía el cómodo y acostumbrado bamboleo del Buen Padre anclado a las aguas de la laguna y del Errante en realidad… en realidad…

Un golpe de aire más fuerte de lo que esperaba amenaza con lanzarla contra el suelo, pero logra contrarrestarlo agarrándose a la baranda de las escaleras.

Están volando.

No es que lo haya olvidado —¿quién podría hacerlo?—, pero si no lo estuviera viendo ahora, pensaría que todavía está soñando.

Están volando, piensa de nuevo tratando de recuperar el equilibrio, mientras esa idea tan absurda —un barco en forma de grulla que surca los aires. Un ingenio como los que solo se encuentran ya en cuentos y leyendas, un tesoro, un milagro— va abriéndose paso dentro de su cabeza. El Buen Padre está volando y, ante ella, se extiende un mar de nubes hasta donde le alcanza la vista. A lo lejos, el horizonte se funde en un abrazo entre cielo y cumbres montañosas mientras una brisa juguetona le enreda el cabello rizado y le trae risas y cantos y restos de conversaciones.

—¡Por fin!

Esa voz, con un tono tan distinto al que la ha escuchado hasta ahora pero, a la vez, tan familiar, se abre paso entre el murmullo del viento y la brisa.

Es Andras, que dice palabras que Hedera no llega a comprender o que quizá no llega a escuchar y que la agarra por los hombros, la mira a los ojos. Su cabello rubio y liso flotando como si tuviera vida propia, sus ojos azules muy abiertos, brillantes, como si sonrieran del mismo modo en que su boca lo está haciendo. Hedera solo es capaz de escuchar palabras sueltas. «Grande, tan grande…». «¿Ves, Hedera? ¿Ves?». «Extraordinario…». «Tú. Lo has hecho tú…».

Hasta que Andras no la lleva al castillo de popa, Hedera no es consciente de los vítores, de los cantos, de las sonrisas y gestos. Están todos, cree. Los Hijos del Buen Padre. Y también los presos que, junto a ella, hace… hace ¿cuánto exactamente? Da igual, quizá ya no importa, fueron condenados a muerte. Ese viejo al que Hedera misma ayudó a caminar de vez en cuando en El Caído, con su bastón, apoyado en un mástil, canturrea una canción silenciosa y sonríe con su boca desdentada.

—Es por ti —le susurra Andras—. Estamos vivos gracias a ti.

Y no lo dice, pero Hedera capta en sus palabras un sutil pero silencioso «como yo ya sabía» que no sabe cómo la hace sentir, aunque no importa porque ahí está Ludo, detrás de ella, llevando el timón, y el corazón se le alegra. Canta, pero con una voz que no es la suya, con su Arte, una voz que parece tener mil años y ser testigo de millones de historias:

> *Por los cielos, el Buen Padre sin pudor*
> *cruza nubes como besos robados con fervor.*
> *¡Vuela alto, vuela lejos! Ni las nubes nos alcanzan,*
> *con Ludo al timón, el placer es nuestra lanza.*

Hedera sonríe y piensa que quizá sea fruto de su encierro en El Caído, de haber estado a punto de perder la vida, pero lo ha echado de menos. Realmente lo ha echado de menos, a este Ludo y al otro, al que fue su amigo en La Corona tanto tiempo atrás. Y quizás esté desesperada cuando lo que le pide el cuerpo es correr a abrazarlo.

Por suerte, Ludo le quita las ganas. Un poquito, al menos.

—Mirad quién ha decidido unirse a nosotros: los *Pájaros del Buen Padre*.

—Por más que insistas, no vamos a cambiar de nombre, Ludo —replica Rufio.

—Hedera, ¿te has fijado? —le pregunta Ludo con un brillo de felicidad en la mirada—. Sin mi destreza al timón, poco podríamos haber hecho para salvaros. ¿No me merezco ni un poquito de agradecimiento? ¿Eh? ¿Por los viejos y nuevos tiempos?

—Haciendo cuentas, creo que te hemos agradecido llegar a tiempo alrededor de un centenar de veces ya, Ludo —responde Andras jocoso. A lo que Ludo le asegura que con un par de veces más serán suficientes. Casi al instante Elina, la tejelluvia, y Boro, el chico que es siempre tan gracioso, también se meten en la discusión y, entre risas, pronto el resto de los Hijos quiere aportar su grano de arena.

Son tantas las conversaciones a su alrededor que Hedera tiene que sujetarse a un cabo, la cabeza dándole vueltas. Entonces, alguien, tímidamente, le da un golpecito en la espalda.

—¿Hedera? ¿Eres Hedera?

Cuando se gira, a punto está de caerse al suelo, esta vez de verdad. Es Ennio. Ennio Orykto, el amigo de Tulio. Ese Ennio Orykto además de un orfebre de La Corona. Si todo lo que está pasando en este momento ya le parece imposible, la presencia de Ennio no lo mejora.

—Y tú eres Ennio —responde como puede, el resto de las voces a su alrededor convertidas en un eco remoto.

¿Qué hace aquí, en el Buen Padre? ¿Está con los Hijos? Abre la boca, porque siente la garganta llena de preguntas, pero no acaba de salirle ninguna. Primero, porque Ennio habla antes:

—¿Está… está bien Tulio?

Segundo, porque a Ennio entonces se le escapa una mirada hacia Ludo, fugaz y llena de anhelo. El tejetrino, sin embargo, parece más concentrado —y eso, en Ludo, lo de la concentración, ya es un logro— en su papel al timón.

Oh, piensa Hedera. *Pobre chico.* La mirada de Ennio, franca y transparente, lo dice todo.

Como ella sospechaba, puede que Ludo parezca completamente atento al timón, pero no es así porque insiste:

—¡Eso! ¡Eso! —machaca Ludo desde el timón—. ¿Dónde está ese… prometido tuyo eternamente enfadado?

En momentos como este, a lo mejor a Hedera le darían ganas de lanzar a Ludo por la borda. Aunque se contiene. Sobre todo porque Ennio persiste:

—¿Está bien? ¿Necesita que yo…?

Bajo el cielo claro, Ennio mira a Hedera.

—Está bien —susurra. En ese momento, una nueva carcajada proveniente del grupo de los Hijos le hace volver la cabeza. Andras la está mirando. Le tiende una mano invitándola a acercarse de nuevo, quizá para recibir más agradecimientos, más vítores y aplausos. Ella duda un instante, pero al final acepta su oferta no sin antes volverse hacia Ennio—: Está dormido.

TULIO

No es cierto.

No es cierto lo que ha dicho esa muchacha de voz suave en el camarote. Tulio no estaba inconsciente. En realidad, Tulio ha despertado hace horas. Abrió los ojos y allí estaba Hedera. Allí estaban los dos, abrazados todavía, enredados el uno con el otro. Alguien había dejado abierta la ventana del camarote, desde donde se adivinaban un cielo lejano y una luna heroica abriéndose paso por el firmamento, y Tulio decidió volver a cerrar los ojos.

Porque no quería estar despierto. Tulio no quería volver a la realidad porque era la primera vez en mucho tiempo que esa ira y esa rabia que constantemente le arden dentro estaban superadas por una paz que él no sabía que podía existir. Quería volver a dormirse porque no quería que lo deslumbrase la verdad a la luz del día. Cuando abriera los ojos, Tulio sabía que ya no sería ni siquiera un Hijo Salvo. Sería algo peor: un traidor, un renegado.

Sin embargo, en cuanto ha notado que el peso de Hedera desaparecía de la cama, se ha dado cuenta de que no podía seguir con esa farsa e, ignorando a la chica de voz suave que le insistía que descansara, ha salido al exterior, hacia esa luz deslumbrante de un sol que brilla distinto, feroz. Muy lejos, en ese cielo limpio, una bandada de gavilanes les observan con atención.

Está en un barco. Y cree que es *ese* barco. El que recuerda como en sueños, que surcaba los cielos por encima del Salto de los Dioses mientras le envolvían las sombras de Hedera en su abrazo. Bajo los pies descalzos de Tulio cruje la madera de la cubierta y, a su alrededor, zumban y ronronean lo que cree que son engranajes. Por encima de todos los ruidos, incluso por encima de ese constante soplido del viento, a Tulio le da la sensación de estar escuchando incluso el latido de un corazón. *Está vivo*, piensa Tulio. *Este barco está vivo, se mueve perezosamente, de vez en cuando batiendo sus descomunales alas de madera y telas pintadas.*

Cuando su propio corazón se calma, Tulio no le presta atención al paisaje imposible que hay a su alrededor, tampoco se fija en la figura conocida que tiene delante —Ennio. Su amigo Ennio. Qué hace aquí, metido en esto—, tampoco en la que lleva el timón —que es Ludo. El pequeño Ludo que ya no es tan pequeño y que sonríe como si el mundo al completo fuera suyo.

Tulio solo tiene ojos para Hedera, con sus rizos negros, desmadejados, bailando al compás de ese viento que les acompaña. Hedera, que le salvó la vida.

Entonces, se da cuenta de la persona que la acompaña, inclinado en su dirección, los labios cerca de su oído, una mano rodeándole la muñeca. Tulio se queda helado. Una parte de sí mismo queriendo correr en su dirección y arrancar esa mano que está atreviéndose a rozar la piel de Hedera, mientras una sensación agria, como una llamarada intensa, le recorre las venas. La otra parte solo observa. Se da cuenta de cómo Hedera tiene la cabeza baja, de que un ligero rubor se le está extendiendo por las mejillas, que abre y cierra la mano.

—No has acabado aquí, Hedera —escucha que le dice mientras la mira, una mezcla de respeto y desafío en la mirada. ¿Quién es?, se pregunta Tulio. ¿Quién es ese joven a quien todo el mundo en el castillo de popa parece mirar con reverencia?—. Al contrario —añade acercándose todavía un poco más—. Ahora es cuando realmente has empezado a volar, estoy seguro.

Hedera vuelve a bajar la cabeza y Tulio se da cuenta de hacia dónde lleva la mirada: hacia las tobilleras que él mismo le regaló hace ya tanto tiempo, que aletean con armonía musical. Hedera levanta la cabeza:

—Si he podido hacerlo. Si, según tú, puedo volar es porque, no sé cómo, me devolviste las tobilleras. Así que supongo que yo también te debo un «gracias».

El joven, alto y espigado, con el cabello rubio atado en una coleta baja y el rostro anguloso y elegante, coloca la otra mano encima de la de Hedera y ríe.

—A veces, perderlo todo es la única manera de encontrar lo que realmente importa. —Sin poder evitarlo, sintiendo que la sangre le hierve, Tulio carraspea. El joven que habla con Hedera, como si nada, se separa de ella e inclina el torso, haciendo un gesto elegante con las manos mientras dice—: Os dejo solos.

Tulio no se mueve hasta que Hedera camina en su dirección, le toma del brazo y tira de él.

ENNIO

—¿De qué estarán hablando?

¿Lo ha preguntado en voz alta?

Sí, lo ha preguntado en voz alta y a Ennio de repente se le calientan las mejillas. Fisgonear está mal.

—Eso es fácil —responde Ludo detrás de él, al timón—. «Oh, Hedera, cariño, amor mío, sol de mis noches de insomnio, luna de mis días soleados, te he echado *tanto* de menos». «Oh, Tulio, Tulio, Tulio, ladrón de mi corazón, inspiración para los suspiros de mi alma…». —Ennio sabe que Ludo está usando su Arte para que su voz suene exactamente igual a las de Tulio y Hedera pero, aun así, no puede evitar soltar una carcajada. Ennio se gira y apoya los codos en la balaustrada para no mirar hacia la cúpula en el centro del barco donde han ido a sentarse Tulio y Hedera. Al hacerlo, termina fijando la vista en Ludo, al que el viento le alborota el cabello, salvaje y libre. La mente le vira de nuevo —no ha dejado de hacerlo desde hace días, como si ese fuera el único sitio al que quisiera ir— a la noche que pasaron juntos en el camarote, a las caricias, a los besos, a…

Las mejillas. Otra vez las mejillas coloreadas y ardiendo.

Ennio agita la cabeza y le pregunta:

—¿Cómo eran? —De algún modo tiene que quitarse de encima ese calor que le ha nacido dentro. Tulio le ha contado a remiendos y retazos, entre copa y copa, entre pelea y pelea, su historia con Hedera. La parte oficial, al menos: su amistad, su compromiso, las fiestas, los banquetes, las carreras... Él mismo fue testigo del día de la traición, el día que Hedera no se presentó y abandonó a Tulio. Pero ¿cómo eran? Eso, Ennio no lo sabe y Tulio jamás se lo ha contado.

—¿Que cómo eran? —repite Ludo sin perder de vista el timón. Por un instante, se le va esa sonrisa ufana que ha llevado puesta desde que el barco arrancó a volar y se le oscurece el semblante. Luego, como si todo eso hubiera sido un espejismo, ríe—: Ellos decían que eran el destino el uno del otro, pero a mí siempre me pareció que más bien eran un volcán. Un volcán en constante erupción.

Ennio, en lugar de reír, suspira. La palabra «destino» se le cuela en la cabeza y de pronto ocupa todo el espacio. ¿Cree él en el destino? ¿En ese Destino con mayúsculas de las historias y las leyendas de los héroes y los dioses? ¿Creerá Ludo? Es posible que no lo haga, claro, porque todo lo que conoce de Ludo indica que se toma todos los aspectos de la vida con esa misma risa ligera, con esa misma mirada traviesa. «Destino» es una palabra con demasiado peso.

Quizás esa punzada que le ha atravesado el estómago y que ahora se le está extendiendo no tenga nada que ver con Ludo, piensa. Puede ser por otra cosa. ¿Cuánto tiempo lleva sin dormir, por ejemplo? Ennio está cansado. No. Más que cansado: exhausto.

Porque, sí, Ludo y él encontraron el corazón del ingenio, pero ese fue solo el principio. Apenas latía, sus pulsaciones tan débiles como el aleteo de una mariposa. Si finalmente logró emprender el vuelo, si ahora el Buen Padre palpita con fuerza y bate las alas, es porque Ennio necesitó de toda su energía y de toda su habilidad como orfebre para regalarle al barco esa parte de vida que le faltaba.

Quiere preguntarle a Ludo si cree en ese Destino con mayúsculas, qué significó para él la noche que pasaron juntos, qué ocurre realmente entre ambos. Pero no se atreve. Porque ¿y si le dice algo que no quiere escuchar? O, peor todavía: ¿y si le dice algo que *sí* quiere escuchar? ¿Qué haría entonces?

Por eso Ennio calla y permite que la brisa le enfríe la cara mientras Ludo, detrás de él, sigue riéndose. Delante de él, en lo más alto de la cúpula, Tulio y Hedera apenas se han movido.

Y Ennio querría quedarse así, medio adormecido por el vaivén del barco, por la risa de Ludo, por ese olor a mar y a sal y a algo que no es capaz de identificar pero que, en cuanto inspira, le llena los pulmones como pocas cosas han sido capaces de llenárselos antes de hoy.

Pero escucha unos pasos y se da la vuelta.

Es Andras, el famoso Andras. Ludo no ha parado de hablar de él, de sus gestas, de sus ideas, de sus aventuras. Ludo habla del líder de los Hijos como quien habla de los héroes de la antigüedad y ahora, cuando Andras se detiene a su lado, lo observa con la misma adoración. Su mirada, siempre dispersa, siempre pendiente de mil millones de cosas a la vez, ahora es toda para Andras cuando el tejetrino se inclina para escuchar algo que Andras le susurra al oído.

Ennio le parece de pronto tener frente a sí a un Ludo distinto: vulnerable, franco, sin artificio.

De nuevo esa punzada.

Una punzada en el estómago que es como mil agujas clavándosele a la vez.

Y se le seca la boca y el corazón le da un vuelco y tiene que volver a girarse porque comprende.

Ennio comprende.

Pero la comprensión no hace que duela menos.

Mira hacia el frente, de nuevo hacia la cúpula del Buen Padre. Tulio y Hedera siguen sin moverse, parecen dos estatuas más que dos personas.

HEDERA

Sería bonito decir que, aquí, en lo que parece la cima del mundo, a lomos de un gigantesco pájaro de madera, Hedera y Tulio han abierto sus corazones, se han dicho todas las palabras que han callado estos años, han sanado heridas y recuperado lo que han perdido, pero sería mentira.

Aquí arriba, con el viento meciéndoles el cabello, trayendo aromas a mar y salitre y —Hedera juraría— también a flores: romero, lavanda, jazmín, donde el aire es tan puro y se confunden el cielo con el mar, lo que han hecho Hedera y Tulio ha sido callar. El uno junto al otro, sentados muy cerca pero no lo bastante como para tocarse.

No sabe el tiempo que llevan así, ella jugueteando nerviosa con las alas de sus tobilleras, que aletean como si compartieran su nerviosismo y Tulio… Hedera gira la cabeza un segundo hacia él, pero la aparta inmediatamente, al darse cuenta de que él también la estaba mirando.

Ante ella, ese horizonte imposible, y de repente piensa: *¿Soy libre?* Hedera siente, por primera vez en su vida, que no tiene un camino marcado, que puede ir donde quiera, que ya no hay normas ni protocolos ni leyes a las que aferrarse. *¿Soy libre?*, se repite. *¿Esto es sentirse libre?* Esos pensamientos la devuelven irremediablemente a Tulio a su lado, tan silencioso como ella. ¿Podría sentirse libre sin perdonarlo, sin que él la perdonara?

Mientras continúa deslizando los dedos por el bronce y las alas de sus tobilleras, de repente nota un calor suave contra la mano. Otra piel tocando la suya. A Hedera se le acelera el corazón y resuena en sus oídos con la fuerza de una tormenta lejana.

Es la mano de Tulio, cálida y firme y ligeramente áspera por las cicatrices y las peleas, que cuenta historias que Hedera desconoce pero que trata de leer con el roce titubeante de su propia mano.

A su lado, Tulio apenas se mueve, pero desplaza levemente los dedos en dirección a los suyos. Esa simple caricia le despierta un torbellino de zozobra. Querría apartarse pero no lo hace. Mira a Tulio, que tiene la vista puesta en el horizonte, hermético y serio. Querría preguntarle qué significa ese gesto, si es consciente de que, ahora mismo, como no pasaba hace años, como no pensaba que fuese a volver a pasar, sus dedos se están rozando. ¿Están ahí por casualidad o porque Tulio es demasiado orgulloso, demasiado tozudo como para dar el primer paso y prefiere que sea ella quien ceda? ¿Es eso?, piensa Hedera. ¿Ceder? ¿Si ahora decidiera sujetar la mano de Tulio estaría perdiendo esa batalla en la que se han enfrentado estos últimos años?

Odia pensar así, como si Tulio fuera el enemigo. Mientras el corazón continúa acelerándosele Hedera decide que está harta de pensar en esos términos y, con decisión pero con un gesto lento, envuelve la mano de Tulio entre las suyas. Explora los contornos de sus nudillos y desliza los dedos por su palma, mapeando cada dureza, cada cicatriz.

Tulio suspira, Hedera nota cómo su cuerpo se rinde y, por fin, levanta la vista, encontrándose con la de Tulio, que sostiene su mirada. Hay una pregunta en sus ojos, cree Hedera, ¿están listos? ¿Están listos para dejar atrás todo lo que se han hecho?

—No esperes disculpas, no... Yo tampoco las espero de ti. Las... —¿Por qué duda? ¿Por qué vacila? Hedera se siente inútil, estúpida, pero toma aire y se corrige—: Pero esto… —Levanta la mano, entrelazada con la de Tulio—. Debería significar algo, ¿no?

—¿Olvidar? ¿Hablas de eso? —pregunta él de forma tentativa.

—Pero no sé cómo se parte de cero…

—Siempre quieres tomarte la revancha —ríe Tulio como si en lugar de años sin hablarse, volvieran a ser esos niños que se besaban en el jardín. A Hedera los recuerdos se le van a esas carreras, a esos juegos en los que se probaban el uno al otro constantemente.

—Era mucho más divertido cuando te enfadabas.

—¡Porque a mí me gustaba cumplir las reglas! —se indigna Tulio aunque a punto de echarse a reír. Entonces, calla durante unos segundos y lo siguiente lo dice quizá más para sí que para ella—: Las reglas… —Hedera se da cuenta de que no han dejado de mirarse a los ojos—. Quizá ese ha sido nuestro error: cumplirlas.

—¿Qué cambiarías?

La pregunta se le escapa por la garganta pero no está segura de querer saber la respuesta. Tulio respira hondo, quizá buscando las palabras. Después, encoge los hombros.

—Todo y nada. Pero me da igual. ¿No estamos aquí?

—Estar a punto de morir, enfrentarnos al Senado, al Emperador, a las leyes, a tu madre, a La Corona y a los dioses… —Hedera encoge los hombros sin soltarle la mano a Tulio. No puede. No quiere—. ¿Un día más en las vidas de Hedera y Tulio?

—Desafiar lo imposible siempre ha sido nuestro pasatiempo favorito.

Y ahí está. Ahí está en ese mismo instante: ese gesto que hace Tulio cuando sonríe, el de entrecerrar un poco los ojos, el de apretar las cejas. Hedera nunca ha sido más consciente que ahora de todo lo que lo ha echado de menos.

—Es cierto —responde ella, jocosa—. ¿Quién se lanza desde el Salto de los Dioses por voluntad propia? Estás loco.

Tulio responde con una sonrisa torcida, sus ojos no se apartan de los de Hedera, unos ojos de voluntad férrea, inquebrantable e indómita, y, de repente, para Hedera, es demasiado. Las heridas siguen abiertas y los sentimientos demasiado a flor de piel. Necesita respirar, alejarse por un instante del tumulto que tiene dentro, así que vuelve la cabeza hacia el castillo de popa.

Allí está Ludo, aferrado al timón del Buen Padre. Y Andras, que le habla al oído.

—¿Quién es? —escucha que dice Tulio. Aunque no lo esté mirando, sabe que no sonríe.

—¿Quién? —pregunta ella.

—El que se cree el líder. ¿Andras, se llama?

—Es que *es* el líder… —se descubre defendiéndolo Hedera. Ella misma parpadea, sorprendida, por lo secas que han sonado sus palabras. Y no es solo que ha escuchado a los Hijos hablar de Andras hasta la saciedad, sino algo más profundo, un sentimiento que de repente nota aferrado en los huesos—. Gracias a él estamos vivos.

Fidelidad. Hedera se da cuenta de que en el fondo sigue sin ser libre. Tiene una deuda con Andras, con los Hijos, con el Errante.

—No. Gracias a tu Arte. A tus sombras —la corrige Tulio.

—No sabes… No… —Hedera suelta la mano de Tulio y se pone en pie, ahora mirando a Andras con plena conciencia. Pero es que Tulio no sabe… No tiene derecho… A Tulio no lo apresaron los vígiles, no lo humillaron, no lo trataron como escoria, no lo encerraron en El Caído, no lo han llamado «asesino, asesino, asesino…», no lo han hecho desfilar bajo pena de muerte, no… No. Tulio no sabe nada. No tiene derecho a juzgar a Andras. Si ella fue capaz de expandir sus alas, de llamar a las sombras fue porque…—. Si lo hice, si logré salvarnos —continúa tajante, siendo muy consciente de lo afilado de sus palabras y de lo que pretende con ellas—, fue porque Andras creyó en mí, *confió en mí*.

Y ahí está el reproche. Ahí, la rabia.

Tulio se pone en pie como ella. Hedera sabe que ha entendido lo que ha querido decirle con sus últimas palabras. Su gesto le parece roto, dolido. Y una parte pequeña y mezquina de ella se alegra por ese dolor, porque así quizá Tulio pueda llegar a entender el suyo.

El chico se le acerca, cabeza erguida, mandíbula apretada, puños cerrados. Pero ella no cede un paso, levanta la cabeza también y de pronto están cerca, muy cerca, más cerca de lo que han estado en años. Hedera ve cómo Tulio tensa cada músculo, pero ella se mantiene firme aunque no sepa muy bien cuánto va a poder aguantar así, con ese gesto, sin que le fallen las piernas mientras palpita el poco espacio entre los dos. El aire vibra cargado, eléctrico. Y ambos se inclinan, casi tocándose, el mundo reteniendo su aliento.

Pero Tulio, de repente con los ojos muy abiertos y los puños apretados, da media vuelta.

Ella no se mueve mientras observa cómo Tulio se aleja en dirección a Ennio. Hedera se queda ahí, de pie sobre la cúpula sobre el teatro, el viento haciéndole danzar los rizos, la cabeza alta, el cuerpo erguido.

El horizonte, delante de ella, tan hermoso como confuso.

LUDO

Si alguien pretende arrancarle del timón del Buen Padre, tendrá que hacerlo cuando sus propias manos estén frías y muertas.

Excepto para comer. Y para dormir, claro.

Y cuando se canse, desde luego, pero ese momento no ha llegado aún. Ni siquiera cuando ese sol que les ha bañado durante todo el día ha ido a ocultarse tras el horizonte, dando paso a una noche tan llena de estrellas que parece que un cuenco lleno de perlas se hubiera derramado por el firmamento.

Ludo sabe que no es la persona más constante del mundo. Ni tampoco pretende serlo pero, sí, ahora mismo está decidido a no despegarse nunca, jamás en la vida, ni por todo el oro del mundo, del timón del Buen Padre.

Lo supo en cuanto agarró el timón por primera vez, después de que Ennio... ¿Dónde está?, se pregunta, hace horas que no lo ve. Cree que se ha marchado con Tulio, pero Tulio... ¿Tulio no debería estar con Hedera? Sí. Deberían estar, cómo decirlo, recuperando el tiempo perdido en algún camarote, a poder ser uno espacioso y sin vecinos.

Ay, Tulio.

Lo último que esperaba cuando, con su habilidosa presteza al timón, los salvó a todos de caer a las aguas de la laguna, era que Tulio estuviera ahí, con Hedera, abrazados como tortolitos a punto de morir. *Qué bonito*, piensa. Si tuviera ganas, les haría una canción. Todo ha salido bien, así que tiene ganas de cantar, y va a hacerlo cuando se da cuenta de que al dejar vagar los pensamientos el barco ha dado un giro un poquito —un poquito de nada— más cerrado de lo recomendable y también se ha inclinado un poquito demasiado. Seguramente la mitad de los Hijos estarán mareados como sopas allí en la cubierta inferior. A estas horas, ya deben estar en la cocina preparados para la cena, pero él no tiene hambre.

—¡Lo siento! —grita para quien quiera escucharle.

¿Dónde estaba? ¿Dónde estaba?, se pregunta mientras recupera el control.

Ah, sí.

Ennio.

Nunca habría tenido que ir más allá del coqueteo con él —nunca habría tenido *ni siquiera que coquetear* con él, pero quizás eso fuera pedirle demasiado a Ludo—, y sabe que lo que hizo está mal pero estaba asustado, muy asustado. Y triste, y lleno de desesperación.

Con el viento jugueteando con su cabello, gira el timón y el Buen Padre hace un viraje audaz. Las velas se inflan y resuenan pomposas como si se estuvieran riendo. Por un instante, el Buen Padre realmente parece más un pájaro que una construcción de madera y metal.

—¡A volar! —grita Ludo.

¿Dónde estaba? Es que es tan divertido llevar el timón, sentirse en control…

Ennio. Ennio y Andras.

Ahora que ha pasado todo, que han descubierto que el Buen Padre es un ingenio, uno de esos que hacía años, quizá siglos, que no se veían en Lydos, todo encaja perfectamente: Andras necesitaba a un orfebre para revivir al Buen Padre.

Y Ennio lo revivió. Vaya si lo revivió.

Bañado por el tenue resplandor del corazón en aquella salita escondida tras el camarote de Andras, Ludo vio el rostro de Ennio concentrado, sus rasgos tensos. Tras una inhalación profunda, extendió la mano y la colocó sobre aquel corazón gigante, su piel —Ludo sabe que no fue así pero fue la impresión que le dio— casi fundiéndose con el metal.

Y, luego, algo invisible.

Sintió… ¿qué sintió Ludo? ¿Cómo se puede expresar con palabras lo que no se ve pero *se siente*?

Fue como si la propia vida de Ennio estuviera fluyendo directa hacia el corazón del Buen Padre. Y, de pronto, el latido. Aquel poderoso latido. Antes de eso, los latidos del corazón eran lentos, casi enfermizos.

Pero ese primer latido después de que Ennio empleara su Don... Ludo jamás podrá olvidarlo.

Era vida. Vida en estado puro, desnuda y franca y única y radical.

Aunque Ludo sabe que sus ojos le engañaron, por un instante le pareció que Ennio envejecía años, mientras la fatiga le dibujaba surcos de agotamiento en el rostro. Después del segundo latido, cuando Ennio, jadeante, separó la mano y se desplomó, su cara volvía a ser la de siempre. Pero todo a su alrededor había cambiado, la vida... la vida del Buen Padre los rodeaba por completo.

Después de aquello, cree que Ennio no ha vuelto a ser él mismo, como si necesitase años de sueño, pero... pero... él no le obligó a nada, se dice. Ennio lo hizo porque quiso, así que sentir remordimientos no tiene ningún sentido.

Con una chispa de malicia en los ojos, inclina el timón y el barco se eleva en una espiral vertiginosa. El aire silba mientras las nubes se enroscan a su alrededor como bufandas juguetonas.

—¿Quién dijo que los barcos no pueden bailar?

En ese momento, cuando el Buen Padre regresa a su rumbo tranquilo, lo ve.

Es un puntito nada más, como si una estrella menor hubiera caído en desgracia y ahora flotase, sola y desamparada, sobre las aguas de la laguna.

—Ya les veo —susurra.

Entonces, inspira y, al exhalar, mueve ligeramente las manos delante de la boca.

Su Arte no solo le permite imitar cualquier sonido, cualquier voz. Ese no es más que un truco de salón, un divertimento que hace que los ricos de La Corona se mueran por aplaudir. Si le pone empeño, como ahora, Ludo puede hacer por ejemplo que esas tres palabras —«ya les veo»— viajen furtivas a través del barco hasta llegar al castillo de popa.

Allí, donde late el corazón mecánico del Buen Padre, está el camarote de Andras. Ludo aguanta la respiración unos segundos esperando a que el mensaje llegue a su destino. Entonces, debajo de él, siente cómo el corazón del Buen Padre late con más brío, y a su alrededor se extiende una luz entre rosada y blanquecina que, Ludo sabe, está emitiendo el propio corazón.

Es la señal de Andras. Ha recibido su mensaje y está dando la orden de actuar.

HEDERA

Durante sus días en El Caído, Hedera pensó muchas veces en la cocina del Buen Padre, en esa mesa de madera larga, barnizada una y mil veces y, aun así, llena de rayones y manchas, con una esquina más que rota, pero capaz de acoger a tanta gente. La misma mesa a la que está sentada ahora. Ha bajado a cenar aunque apenas tuviera hambre, simplemente por la compañía pero, ahora, duda.

Aquí están los Hijos, charlando animadamente, aunque echa de menos a Bes, Sátor y Vix —ha preguntado por ellos. Nadie ha sabido decirle dónde están, solo que Vix desapareció y que Sátor y Bes están buscándolo—. También están las personas a las que salvó de morir en el acantilado, que de vez en cuando le lanzan miradas de miedo y agradecimiento a partes iguales. En un rincón de la cocina, junto a los gigantescos fogones de hierro llenos de cazuelas y sartenes, un anciano de aspecto tronado, el mendigo del Errante al que todos llaman Emperador, sorbe sopa de un cuenco.

También ha preguntado por él, pero lo único que los Hijos han sabido decirle es un críptico «es importante».

Finalmente, allí también están Ennio y Tulio, a uno de los extremos.

Tulio, enfrascado en una conversación con su amigo, no la mira. Mejor. Mejor eso que el gesto de rencor que le ha lanzado antes, cuando la ha dejado sola sobre la cúpula del Buen Padre.

—Come algo, por favor —le dice Ione de repente, que ha ido a sentarse a su lado—. Te va a venir bien.

Delante de ella hay un verdadero festín: quesos y un generoso plato de higos y dátiles, con rodajas de melón y sandía y racimos de uvas y montoncitos de almendras tostadas. En otra fuente, un gran pescado blanco, marinado en aceite de oliva, limón, romero y tomillo.

—Rufio se ha superado esta vez —añade Mira, la tejeíris, que lleva un vestido que cambia de color con cada uno de sus movimientos y se ha apoderado del sitio en el banco justo frente a ella—. Se ofenderá si no pruebas nada. Dice que nunca había cocinado para una heroína.

Una heroína. Hedera no es nada de eso, no quiere serlo. Se da cuenta, en realidad, de que hace demasiado tiempo que no sabe exactamente quién ni qué es.

A pesar de todo, se inclina hacia delante para tomar una pizca del pescado con sus propias manos. La piel cruje, la carne todavía está caliente y se le deshace en la boca. Tras el primer bocado, Hedera se descubre tomando otro, y otro. Prueba de todos los platos, sorprendida por el apetito descomunal que de repente se ha apoderado de ella, y así es como rodeada por los gritos, charlas, canturreos, peleas y bromas de los Hijos del Buen Padre a su alrededor, por primera vez en mucho tiempo, quizá por primera vez en la vida, en esa cocina, en ese barco, alrededor de esa gente que la ha acogido sin pedirle nada, Hedera siente por fin que pertenece a *algo*, que forma parte de *algo* y que ese *algo* la trasciende, que es mayor que ella misma.

Entonces, el Buen Padre da una violenta sacudida.

—¡Ludo, maldita sea! —chilla Boro, que acaba de llegar a la cocina.

—No, si será capaz de hundir un barco que *vuela*— se queja Rufio mientras el Buen Padre vuelve a virar violentamente unas pocas veces más hasta que, sin previo aviso, comienza a descender.

Los Hijos se miran sumidos en un silencio tan repentino como irreal y, entonces, salen todos en dirección a la cubierta del barco. Hedera les sigue. Cuando llegan al exterior, ella se da cuenta de que el Buen Padre apenas está a unas pocas brazas de la superficie del mar y se acerca, con aleteos perezosos, a una lucecita titilante frente a ellos.

Un bote.

A cubierta también llegan Ennio y Tulio, que sigue sin mirarla, y también se acercan Arista y Mira, que ayudan al mendigo, el Emperador, a caminar.

El último es Andras. Pone los pies en cubierta justo en el momento en que Ludo, con un grito de júbilo, hace que el barco finalmente se pose en el agua al lado del misterioso bote. Desde el Buen Padre les lanzan una escalera de cuerda y, poco después, tres personas suben al barco-teatro.

Cuando el primero de ellos, un joven de cara delgada con la piel curtida —un pescador quizá, o uno de los obreros de las factorías de Piedeísla—, se acerca a Andras, este le hace un gesto para que no solo le hable a él. Andras quiere que hable para todos. Y lo que dice le pone la piel de gallina:

—Hay caos en La Corona.

A su lado se coloca una mujer con ropas más elegantes —Hedera juraría haberla visto en el Bajoforo, tras el mostrador de una tienda de telas—, que levanta la voz, ansiosa:

—Los vígiles están desbordados —proclama; luego hace una pausa y Hedera juraría que la está mirando a ella—. Desde lo ocurrido en el Salto de los Dioses, Lydos está en caos. Ha habido revueltas en Vistamar, el Cenizal, Terracalma. También en los muelles y en las fábricas. Cuando hemos subido al bote, una multitud estaba intentando arrancar la Garra y el Senado ha tenido que enviar, no ya a los vígiles, sino a un regimiento completo del ejército para evitarlo.

Al escuchar a la mujer, a Hedera le llegan a la cabeza los recuerdos de aquella marea silenciosa que ocupó la ciudad el día de su ejecución. ¿Es cierto lo que están contando?, se pregunta. ¿Lo que han hecho ha sido tan grande?

Hedera observa a Andras. Le brilla la mirada y le parece más alto, más poderoso y decidido que nunca. Cuando la mujer termina de hablar, les mira a todos ellos con tanta intensidad que Hedera no sabe si es porque está demasiado cansada o porque lo que siente es real, como si Andras emitiera un brillo propio, particular.

—¿Y la Bendición? ¿El ritual? —pregunta entonces. Su voz, en medio del silencio que se ha hecho en la cubierta del Buen Padre, parece retumbar como un trueno.

—El nuevo Theokratés ha salido al balcón del palacio del Emperador. La Bendición se va a celebrar mañana como pide la tradición —dice el tercero de los recién llegados, un hombre mayor que va vestido con una túnica larga y fluida hasta los tobillos y que cubre con un manto oscuro con capucha, probablemente para ocultar su rostro. Es un sacerdote de alguno de los templos de La Ciudad Alta. No hace falta verle la cara para adivinarlo: con fijarse en sus gestos pausados, en la cadencia y colocación de su voz como si estuviera acostumbrado a hablar ante multitudes, basta—. El Theokratés sabe que Lydos no puede permitirse cancelarlo y quedarse sin orfebres.

—Entonces… —anuncia Andras, hablando para los tres que han llegado del bote, pero también para todos los demás. Hedera no sabe por qué, durante más tiempo que el que les dedica a los otros, se la queda mirando a ella—. Es nuestro momento. Por fin ha llegado la hora.

—Acércate, Theokratés —dice de repente. Hace que el anciano se acerque. El Emperador. Cícero Aristeón. El difamado Theokratés. La historia la conocen todos. ¿Qué está haciendo Andras? ¿Qué plan? ¿Qué es esto? Andras se yergue—. Es hora de cambiar las cosas. —Otra vez como en El Caído. La voz de Andras es hipnótica. Cuando habla, parece que todo fuera posible—. Es hora de hacer que Lydos despierte. ¿Quién lo quiere hacer despertar conmigo?

La pregunta desata un caos de voces que, de distintas maneras, le dicen que sí, que están con él. Por supuesto, la que se escucha más alta, más vibrante, es la de Ludo. Cuando cesa el caos, para sorpresa de Hedera, Tulio da un paso adelante.

—Yo también. —No lo entiende. ¿Tulio? ¿Se ha ofrecido voluntario? ¿Por qué? Da un paso, pero Andras se ha acercado a ella, y Hedera querría seguir a Tulio, que está desapareciendo por la trampilla que lleva a las cubiertas inferiores.

—Te necesito también a ti, Hedera. Si tú no aceptas, nada podemos hacer.

Todos la miran. Los Hijos, los tres que han subido en el bote. Andras. Andras que tenía razón. Andras que le ha dado la libertad. Andras que quiere cambiar las cosas. Andras que, Bes y Ludo lo dicen, siempre tiene un plan, una salida, un objetivo, y ahora la necesita.

ENNIO

Tulio ha aceptado.

Hedera ha aceptado.

Y Ludo, claro. Que Ludo fuera el primero en dar un paso adelante no ha sido ninguna sorpresa.

Todos, todos se han sumado a… ¿a qué? Andras no ha contado nada, no les ha dado ningún objetivo, pero aun así sus palabras parecían llenarlo todo.

Esperanza, piensa Ennio de repente. Eso es lo que da, eso es lo que ofrece. Sus palabras, hablen de lo que hablen, en el fondo están llenas de esperanza.

Ennio, sin embargo, se ha quedado en la cubierta. El Buen Padre sigue posado en el agua, las majestuosas alas de nuevo plegadas sobre la cúpula sobre el teatro. Quieto, como si él también esperara la respuesta de Ennio, porque él no ha levantado la voz cuando Andras pidió el apoyo de todos. Al contrario, se ha quedado un paso por detrás de los demás, un fantasma, un cobarde.

Un amago de tormenta ha transformado una noche que prometía ser clara. Ya no parece haber ni una estrella en el cielo y a Ennio le da la impresión de que esas nubes que atraviesan se deshacen como jirones de una tela espesa pero, al mismo tiempo, demasiado frágil.

¿Qué va a hacer? ¿Qué puede hacer él? ¿Será capaz de hacerlo? ¿De traicionar todo lo que ha creído? ¿Todo lo que, hasta este día, le han dicho que era lo bueno, lo normal, lo correcto?

No sabe.

Aferrado a la borda del Buen Padre, Ennio busca alguna señal de los dioses, busca también dentro de sí, por si acaso —como en esas leyendas sobre los héroes de la antigüedad que le contaba su abuela— la respuesta a sus preguntas está más cerca de lo que espera.

Y quizá sí que esté ahí, pero en un lugar en el que Ennio no quiere buscar. En una voz que no viene de su cabeza sino, cree, de su corazón.

¿No se marchó de La Corona y abandonó a su familia por eso?

No. La respuesta es que no.

Lo hizo porque no se veía capaz de vivir una mentira.

Pero ¿y si todo eso que les ha contado Andras…? ¿Y si todo eso para lo que les ha pedido ayuda pudiera solucionar todos sus problemas? ¿Será capaz?, se pregunta Ennio de nuevo. *¿Será capaz de traicionar todo lo que ha sido su mundo?*

Le gustaría responder que sí. Que Ennio, orfebre de la división de forja y armería, primogénito de los Orykto, es capaz de hacerlo. Que es valiente.

Pero la verdad es que no lo sabe. Si es valiente.

Porque Ennio no se cree valiente. En realidad, cree que es un cobarde.

¿No es cobardía haber abandonado a su familia, haber dejado sola a Antine, haberles dado la espalda a los planes, las metas, los sueños que había para él? ¿No es eso ser un cobarde? ¿No ser capaz de cumplir con su deber hacia Lydos, cueste lo que cueste?

Los dioses le perdonen. Porque además de cobarde, también es débil.

Es débil porque, pese a su resistencia, esa voz que le sale del corazón y que es peligrosamente parecida a la suya está consiguiendo romper todas sus excusas.

Porque quizá… Quizá sea cierto lo que ha dicho Andras. Que todo acaba, pero que también todo comienza. Y en ese nuevo comienzo, en ese nuevo Lydos que les ha dibujado Andras… ¿no podría haber un lugar para él en ese nuevo Lydos? Un lugar sin culpa, sin expectativas, sin cargas que pesan en la espalda.

Quizá merezca la pena, se dice mientras se levanta un viento húmedo con olor a lluvia que trae consigo un millar de gotas que le azotan el rostro y que desaparece tan rápido como se ha levantado.

Antes de bajar por las estrechas escaleras que llevan a la cubierta inferior, Ennio ya se ha decidido, permitiendo que esa voz le empape por completo, le cierre los ojos, le convenza para saltar.

¿Y si ese futuro es lo que lleva toda la vida buscando sin saberlo?

Al final de las escaleras, Ennio mira hacia ambos lados del pasillo. De pronto se ha dado cuenta de que no tiene a dónde ir. Hasta ahora ha compartido camarote con Ludo pero hay algo… una nueva punzada en el estómago al recordar la manera en que Ludo se inclina hacia Andras cada vez que hablan, hay algo que… que… Hay…

Hay luz al final del pasillo. Se escapa a través de una puerta entreabierta. Los Hijos la llaman «la Vaguería», una salita con paredes revestidas de madera y una chimenea de mármol. Esparcidas por la sala, hay mesitas de todas las formas y tamaños, algunas con marcas donde copas, vasos y tazas han dejado su recuerdo. Alrededor de la chimenea, tantos sillones, banquetas y cojines que parece que los hayan metido a presión. Pero a Ennio le gusta. En el poco tiempo que lleva en el Buen Padre, ha descubierto cierta predilección por esa sala, donde la charla siempre es amigable incluso aunque no quieras participar de ella. Y tiene frío. Ese viento lleno de humedad que se ha levantado le ha helado hasta los huesos y, de pronto, sentarse frente a esa chimenea siempre encendida se le hace mucho más atractivo que regresar —quién lo diría— al camarote de Ludo.

Lo que no espera es que, al llegar al final del pasillo, a través de la puerta entreabierta de la Vaguería, lo que escuche sea su nombre.

— … Ennio…

En la voz de Ludo.

Fisgonear está mal.

Pero, entonces, escucha a Ludo claramente:

—¿Y no te sientes un poquito, *un poquitín* orgulloso de mí? —La voz de Ludo suena hambrienta, ansiosa—. Venga, dímelo.

Un poquito, al menos. O mucho, claro. Si yo ya sé que soy el más capaz de los Hijos…

—Mi jilguero burlón, Ludo, cada pieza tiene un papel. Todos somos importantes.

Es la voz de Andras.

Aunque trata de convencerse para hacer lo contrario, Ennio se asoma a través de la puerta tratando de no hacer ruido.

Andras está sentado en el sillón que queda frente a la chimenea, de un terciopelo tan desgastado que parece a punto de deshacerse. A su lado, lánguidamente recostado sobre un montón de cojines, Ludo lo mira.

—¿Y no cuenta que yo haya hecho un poquito, *un poquitito*, más? —insiste Ludo, sus manos dibujando arcos en el aire. Luego se inclina y, aunque baja la voz, Ennio le escucha—: Pero yo te he traído a un orfebre. Te lo he puesto en bandeja como me pediste. *Eso* cuenta un *poco* más.

—La gratitud no se mide en palabras, sino en confianza —responde Andras con una sonrisa amable después de darle un trago a la taza humeante que sostiene entre las manos.

Pero Ennio lo escucha como si estuviera lejos, como bajo el agua, las palabras de Ludo todavía resonando como punzadas en su cabeza. «Yo te he traído a un orfebre». «Como me pediste». Un desgarro. Ennio siente un desgarro que le recorre la piel.

—Solo dime que estás orgulloso. *Por favor* —insiste Ludo, ahora arrodillándose. Ennio contiene un suspiro con sabor a lágrimas cuando añade—: He hecho… He hecho cosas que ni te imaginas para retener a Ennio en el Buen Padre.

Las palabras le atraviesan como una puñalada en el estómago y el dolor es inmediato.

—Querido Ludo, hay más estrellas de las que podemos ver a simple vista y tu lealtad brilla igual que ellas. —Ludo sonríe, aunque se le borra la sonrisa en cuanto Andras pregunta—: ¿Y Sátor y Bes? ¿Alguna noticia?

A Ludo los ojos se le entrecierran ligeramente y se le arruga la frente.

—Nada. Pero no te preocupes. Esos dos pueden contra un ejército de vígiles con una mano atada a la espalda. —Ludo vuelve a mirar a los ojos de Andras. Y en esa mirada, Ennio descubre su propia caída, su propio deseo—. Pero, bueno, lo importante es que ya tenemos lo que necesitábamos, ¿no? El Buen Padre ha quedado listo para volar gracias al orfebre que yo, *y solo yo*, te he encontrado.

Ennio echa a correr por el pasillo mientras busca un sitio lo suficientemente apartado para que nadie le escuche llorar.

HEDERA

Tulio no logra esconderse de ella durante mucho tiempo.

Lo encuentra cabizbajo en el teatro en penumbras del Buen Padre, sentado sobre el escenario, con las piernas hacia el patio de butacas. Esta noche no hay luces, no hay nadie en la puerta dando la bienvenida, no hay música ni esferas de colores. Solo silencio.

Avanza lentamente en su dirección, contagiada por esa especie de solemnidad que produce un teatro vacío y a oscuras. Después, se impulsa con las alas de sus tobilleras para que las tablas del escenario no crujan a su paso. Las cortinas cuelgan inertes, la escasa luz que entra a través de las ventanas parece un velo que apenas deja entrever los contornos de las butacas, del montón de disfraces desechados en un rincón. Se detiene a unos pasos de Tulio, que mira hacia arriba, hacia la cúpula de madera contra la que repiquetea la lluvia.

No está furiosa, se da cuenta Hedera. Ni siquiera enfadada. Solo… solo confusa, quizá. Porque todo ha pasado tan

542

rápido que no puede creer que tenga a Tulio ahí, tan cerca, como si todo lo que ha sucedido entre ambos no fuera más que un mal sueño. Con un nuevo aleteo de sus tobilleras, flota ligera hasta sentarse a su lado. La única señal de que Tulio se ha percatado de su presencia es un leve movimiento que hace sobre las tablas, para permitir que ella se acomode mejor.

Por unos minutos se quedan en silencio. A su lado, Tulio dibuja una sutil interrogación al aire con la espalda curvada, aunque sigue manteniendo la cabeza erguida, casi desafiante. Al contraluz, a Hedera le llama la atención una cicatriz que no le había visto nunca.

Es ella quien, por fin, se decide a romper el silencio:

—¿Por qué lo has hecho?

Esa es la primera pregunta que se le viene a la cabeza. Tulio ha sido de los primeros en ofrecerse voluntario ante Andras. Ni ella ni Tulio ni ninguno de los Hijos sabe realmente qué pretende, solo que lo que ha planeado para el día siguiente es «algo grande, algo que va a devolverles la esperanza a Lydos y a su gente». Hedera no entiende qué es lo que ha llevado a Tulio a dar un paso al frente cuando ella misma —ahora y hace unos momentos, en la cubierta, cuando ha decidido seguir a Andras— siente las dudas invadirle todo el cuerpo como olas inquietas.

—¿Y por qué no? —responde él mientras se pone en pie.

Alto. Magnético. Hedera lo observa mientras Tulio camina en círculos por el escenario. Tiene una forma de capturar la luz, incluso en la oscuridad, que le hace imposible desviar la mirada. No es solo su altura, también es esa presencia suya, imponente como la del líder que siempre debió ser. De vez en cuando se detiene y la mira de un modo que traslada a Hedera a otros tiempos, a unos en los que a ella le parecía que el simple hecho de estar juntos parecía calmar esa tempestad que Tulio siempre lleva dentro.

—Suena excitante —añade con una sonrisa amarga—. Es… una salida. Un propósito. Un cambio.

Porque eso es lo que les ha prometido Andras. Cambio. Justicia. Y Hedera lo comprende todo. Tulio ya no tiene nada. Es… lo que le dijeron sus padres que era: nadie. Tulio ya no es nadie. Además, Andras tiene ese poder…, esa capacidad de iluminar solo con palabras. Ella misma lo comprobó durante su estancia en El Caído, que incluso los guardias se detenían a escucharlo cuando hablaba de esperanza.

Aun así, sus dudas siguen revoloteándole por el estómago y por el corazón. *¿Es tan fácil?*, se pregunta. Un cambio. Porque a ella lo que le parece es un abismo. ¿Cómo pueden sanarse las heridas de Lydos con una simple acción?

—Yo… —Hedera querría hablarle de sus miedos, de las dudas, de esa soledad que lleva calándole los huesos desde que se convirtió en tejesombras, pero todas las palabras se le atragantan y, al final, es Tulio quien habla.

—He visto cómo te mira ese tal Andras.

No es consciente, pero Hedera arruga el entrecejo. ¿Celos? ¿Es eso lo que le carcome? De pronto esa calma que le ha parecido ver en Tulio ha desaparecido, dando lugar de nuevo a esa ira, a esa furia roja con la que se enfrenta al mundo.

Pero ella no es el mundo. Ella es Hedera.

Se pone en pie.

—¿Y cómo me mira? —le pregunta desafiante.

Los relámpagos de una tormenta lejana iluminan brevemente el escenario, lo justo como para delinear la silueta de Tulio y hacer que su sombra quede distorsionada sobre las tablas cuando se gira en su dirección.

—Quiero decir… —murmura él con los dientes apretados, pero ella le corta, tan furiosa como lo está Tulio.

—¿Qué? —insiste ella alzando el mentón, las mariposas de duda que le revoloteaban por dentro de pronto ahogadas por un nudo tenso en el estómago, por un ardor que le atraviesa la nuca hasta explotarle en la cabeza. *Somos tan parecidos...*, piensa fugazmente. Aunque lo que incendie el interior de cada uno sea tan distinto—. ¿Qué crees? ¿Que podría...? —La idea se le atraganta—. ¿Que podría amar a alguien que no fueras...?

Tulio se gira para mirarla y, cuando lo hace, a Hedera le parece que, por un segundo, su fuego se apaga. Pero solo para volver a encenderse con más intensidad.

—¡Te mira como si solo tú pudieras salvarlo! —responde él—. ¡Todos lo hacen! ¡Como si fueras la respuesta a todos sus anhelos!

Sigue mirándola. No aparta la cabeza ni ella tampoco. Odia ese fuego en sus gestos y en su voz porque lo vuelve peligrosamente hermoso. Odia la tensión que se le dibuja en la mandíbula, en todo su cuerpo, que parece vibrar como si reflejara esa tormenta a lo lejos, que de vez en cuando ilumina el teatro.

—¿Y eso te molesta? —Hedera lo rodea. No sabe qué hacer con las manos, con los brazos. Por un momento los cruza. Luego los deja caer. Solo sabe que, incluso habiendo caído abrazados desde el Salto de los Dioses, incluso habiendo dormido juntos en ese camarote que les han preparado, hacía demasiado que no lo sentía tan cerca.

Porque ese es Tulio. Sin disfraces ni artificios. Tulio, que baja la cabeza.

—No me salvaste a mí.

Sus manos, normalmente tan seguras y firmes, se crispan y se relajan como las cuerdas tensas de un instrumento, listas para romperse bajo la presión en cualquier instante.

Hedera piensa en la caída desde el acantilado, en su abrazo. ¿Cómo puede decir que no lo salvó? ¿Cómo se atreve? Ella aprieta los puños también, dando un paso hacia delante, pero él continúa antes de que pueda hablar.

—No —insiste Tulio, deteniéndose por primera vez desde que ambos se han levantado. Su mirada se fija en algún punto invisible en las paredes del teatro y, por un momento, parece envolverlo la misma calma con la que se lo ha encontrado al llegar—. Cuando... cuando lo perdí todo. Cuando más te necesitaba. Me abandonaste. —Tulio se gira para mirarla, los ojos medio escondidos bajo ese cabello rebelde. Su mirada es toda furia cuando en un par de zancadas se coloca frente a ella. La respiración se le ha entrecortado, tiene tensas las venas del cuello y aprieta los puños cuando grita—: ¡Me mentiste! ¡Me abandonaste! —En el estrecho espacio que ha quedado entre los dos, la tensión de Tulio es una presión en el aire que Hedera puede sentir rozándole la piel. Sus ojos brillan con una intensidad feroz. Un Tulio que ella reconoce, el fuego y la ira hechos persona, pero también el Tulio cuya humanidad resuena con la suya—. ¡Me dejaste allí, en la Ensenada de los Olvidados! Horas y horas esperando. ¡No apareciste, Hedera! Era entonces cuando necesitaba que me salvaras. No ahora. No allá, en el Salto de los Dioses. No me habría importado estrellarme contra las rocas, porque hace mucho que ya no tengo nada por lo que vivir.

Tulio termina de hablar en un jadeo. El temblor se apodera de sus manos. Su pecho se eleva y desciende con rapidez. El contorno de su figura se hace más evidente, como si el simple acto de respirar alimentara sus emociones.

Ella lo mira a los ojos. La misma rabia, la misma pasión, el mismo fuego encendiéndosele por dentro como una llama que responde al desafío, como siempre ha sido. Y también grita. Da un paso en dirección a Tulio hasta que ya no queda más distancia entre los dos.

—¡Me encerraron! —contraataca ella—. ¡Me encerraron durante días y cuando por fin me dejaron salir no quisiste escucharme! ¡Ya me odiabas demasiado como para querer hacerlo! ¿Qué crees? ¿Que no lo habría dado todo por estar allí en ese amanecer contigo? No querías hablarme, no querías verme, no querías escuchar, Tulio. Nunca escuchas. Si me hubieras amado tanto…

—¡No te equivoques: te amo! ¡Todavía te amo!

—¡No! ¡Te puede más tu honor!

—¡Y a ti te puede más tu maldito orgullo!

El aire vibra con electricidad mientras ambos quedan jadeantes después de los gritos, de las verdades. A pesar de la escasa distancia que los separa, Hedera la siente insuficientemente amplia y desproporcionadamente pequeña. El pecho de Tulio sube y baja con respiraciones que intentan calmarlo pero que lo traicionan. Ella las siente como un hilo tirante que los ata el uno al otro, mucho más cuando Tulio, con voz pequeña, ambos prácticamente frente con frente, susurra:

—Nos veía convertidos en leyenda, ¿sabes? Nosotros contra el mundo. Capaces de derribar montañas, de enfrentar tempestades. Cruzando continentes, traspasando el tiempo. Épico. —Tulio levanta la cabeza, la mira fijamente y Hedera descubre su reflejo en sus ojos oscuros. Es incapaz de moverse. Va a suspirar, pero el suspiro se le queda a medio camino cuando Tulio le toma la mano y lo que comienza como un agarre firme se transforma en una caricia temblorosa que traza un sendero desde su muñeca hasta el antebrazo—. Nunca se me ocurrió pensar que el mayor obstáculo para el nosotros éramos tú y yo…

Hedera querría separarse. O debería, mejor dicho, pero no quiere. Mucho menos cuando la mano de Tulio asciende por su cuello con delicadeza hasta posarse en su mejilla con una intimidad que Hedera creía perdida para siempre.

Épico. Ha dicho Tulio. *Una leyenda.*

Cierra los ojos. Se permite reposar la cara contra la palma caliente de Tulio. Despacio, casi como si tuviera miedo, los dedos de él se enredan con los rizos desordenados de ella. Es sanador. No solo la caricia, no solo permitirse descansar en ese instante. También todo lo demás, incluso los gritos, los reproches, las verdades. Y no quiere irse de allí. No quiere que su reflejo abandone esos ojos. No quiere que la miren de otro modo que no sea ese.

Quizá por eso se inclina hacia delante. Quizá para marcar los ojos de Tulio con su imagen, se inclina en su dirección todavía más. Quizá porque Tulio entreabre los labios ella le imita. La realidad es que lo besa porque lleva demasiado tiempo anhelando hacerlo.

Y como todo entre ellos esa noche, en ese teatro vacío que hoy no necesita público, lo que comienza tentativo, sus labios suavemente acariciando los de Tulio como una mariposa posándose sobre un lirio en primavera, solo necesita de una nueva mirada entre ambos para que se prenda el fuego y que la mano de Tulio se le crispe contra el rostro con un deseo reprimido de años. Ese mismo incendio que inflama sus pechos de ira, de orgullo, ahora lo siente como cera derretida por todo su ser. Y Hedera se pone de puntillas. Y Tulio le toma la cara con ambas manos. Y lo besa. Y la besa. Y ella le cruza las manos tras la espalda para atraerlo contra sí. Y Hedera se ahoga, se ahoga porque no le es suficiente ese beso que apenas siente como un soplo de aliento. Se ahoga porque se siente tan llena que no sabe qué hacer con todo eso que está sintiendo.

Tulio la busca con desesperación, sus dedos y sus labios ardiéndole indómitos contra la piel, Los cuerpos de ambos giran, ruedan, se empujan en una dirección, en otra, se tambalean sobre las tablas de ese escenario sin permitir que acabe el beso. Separarse no es opción.

Como puede, Hedera le saca a Tulio la camisa por la cabeza. Las manos le exploran la piel, los dedos le recorren las cicatrices, la espalda de Tulio se arquea, gime contra sus labios, pero el beso no acaba, ni siquiera cuando la inercia de sus cuerpos los lleva hasta el telón de terciopelo, donde ambos caen de rodillas, fundidos en un abrazo que quiere negar la distancia, el tiempo perdido. Tulio le desabrocha la blusa con una urgencia que roza la desesperación. Jadea y le recorre las clavículas a besos. Las manos se le vuelven a perder por entre sus rizos.

Épico, ha dicho Tulio. Hedera piensa en una explosión, en una erupción volcánica. Se buscan, se tocan, todo es demasiado poco ahora mismo. Hedera busca más. Necesita más. Ni siquiera su cabeza que, indómita como toda ella, se pregunta qué pasará al día siguiente, hace que se separe. No puede. No quiere. Tulio y Hedera. Hedera y Tulio han pasado demasiado tiempo separados. Esta noche es de ambos. Lo quiere. Lo ama. Y él a ella también. Hedera no necesita que Tulio se lo diga con palabras. Lo está haciendo con todo su cuerpo, que busca el suyo con la misma urgencia y necesidad con la que ella le busca a él. Y si el mundo tiene que acabarse así, con ellos dos piel con piel en ese teatro a oscuras, que lo haga.

Bes

—Voy a echarla abajo.

«Te romperás los puños», quiere signar Bes, pero como tiene las manos encadenadas a la espalda, lo de mover los brazos no es algo que pueda estar entre sus planes inmediatos.

—Y cuando la haya echado abajo, nos llevamos a Vix de aquí y nos largamos.

Y, luego, como te habrás roto los puños, seguirás golpeando la puerta con esa cabezota tuya y te la romperías también. Esto ni

siquiera hace el intento de signarlo, pero lo piensa con tantas ganas que ojalá Sátor pudiera leerle el pensamiento.

Porque, claro, Sátor acaba golpeando la puerta —ni con los puños ni con la cabeza, con todo el cuerpo, porque tiene las manos tan encadenadas como ella— y esta no mueve ni un gozne. ¿Lo peor? Lo peor es que, si ya de por sí están en una habitación minúscula en la que un calor pegajoso parece traspasar las paredes de piedra, en cuanto Sátor hace una tercera intentona, furioso como un toro a la carga, y esta sigue sin ceder, el calor de la habitación aumenta.

Ni se te ocurra usar tu Arte aquí. Ya hace suficiente calor.

—Si tan solo pudiera usar mi Arte... —ruge Sátor con voz ronca de tanto gritar—. Pero los muy malditos me han robado los anillos.

Es cierto, los anillos de Sátor. Sus dichosos anillos. Si salen de esta, estará quejándose por eso hasta el fin de los tiempos, piensa Bes mientras retuerce y gira las muñecas intentando hallar un ángulo de escape, aunque ya sospechaba que no funcionaría. No es la primera vez que lo intenta.

—Si tan solo lograra generar una chispa de algún modo...

Mientras tanto, la frustración le crece en el pecho y en el estómago, como un puñetazo que le corta la respiración —el calor que hace ahí dentro no ayuda—. Quiere llorar, pero de rabia. Porque ya perdió la voz una vez y fue Andras el que se la devolvió, con esos brazaletes dorados, ligeros, ingenios que le rodean las muñecas y que permiten que las palabras se formen en el aire con solo signarlas.

Había olvidado qué se sentía: la presión en el pecho, el nudo en la garganta, el enjambre en la cabeza... de tener todos esos pensamientos —uno detrás de otro, uno detrás de otro—, y no poder expresarlos. Si pudiera, Bes gritaría.

Vuelve a agitarse para ver si de una vez logra arrancarse las cadenas, pero la distrae Sátor que, los dioses sabrán cómo, suelta una llamarada tremenda que ilumina la habitación en rojo durante unos segundos. Las cadenas, claro. Son de hierro, y al golpearlas contra la roca de la celda, ha logrado crear una chispa lo suficientemente potente como para convertirla en fuego. Si los pensamientos se le acumulan a Bes, no hablemos ya de los problemas como no logre apaciguar a Sátor. Como puede, Bes se quita un zapato y se lo lanza a la cabeza.

El zapato lo golpea en el centro de la coronilla. Al menos, Bes no ha perdido su puntería.

No es la primera vez que han vivido la misma escena. Bes ha perdido la cuenta de cuántas veces la han repetido, con mínimas variaciones: Sátor se pone nervioso y quiere echar la puerta abajo y ella se las ha ido apañando para evitar males mayores, como salir ardiendo, por ejemplo.

Algo ocurrió en el Errante cuando se acercaron a la Dama. Pero no sabe qué, tiene los recuerdos revueltos, difusos en la memoria. Pero es consciente de que tanto ella como Sátor la siguieron, mansos como corderitos, y se montaron en aquella barca donde no había más que silencio roto por el chapoteo de los remos. Algo dentro de Bes, sin embargo, gritaba hasta desgañitarse. Pero no podía moverse, ni siquiera pensar, mientras les conducían hacia los acantilados de Lydos donde una discreta oquedad oculta —uno de los muchos túneles abiertos por la lava en tiempos inmemoriales y que cruzan toda la isla de extremo a extremo— les esperaba.

Desde que lleva encerrada en esa habitación, Bes ha tenido mucho tiempo para pensar en lo que sucedió. Y cree que podría ser su voz, que la Dama podría tener un Arte parecido al de Ludo. O quizá la máscara que llevaba, tan hermosa, tan brillante. Bes recuerda los ojos como esmeraldas y es un recuerdo recurrente, constante. La máscara. Tiene mucho más sentido lo de la máscara que lo del Arte, pero Bes nunca ha sido de las que dejan una teoría a medias. Por si acaso.

Al menos, suspira, estaban juntos.

Aunque si Sátor vuelve a sugerir que quiere echar la puerta abajo a cabezazos, Bes pedirá una celda para ella sola.

Sátor se levanta otra vez, va y viene por la reducida celda. Murmura. Suelta maldiciones y cabezazos al aire, y más de tres o cuatro patadas a la puerta y a las paredes. ¿Y qué puede hacer Bes cuando lo entiende? Claro que lo entiende. Su propia frustración, su propia rabia resuenan con la de Sátor; pero mientras Sátor exterioriza todo su sufrimiento en cada paso, ella lo guarda, lo comprime en su interior como una tormenta silenciosa. Quizá por eso siempre han formado tan buen equipo —lo de hoy, lo de que les hayan atrapado y encerrado y encadenado es *una* excepción. Una maldita, repugnante e inconveniente excepción. Pero solo *una*—, porque Sátor es un volcán en erupción a cada paso y ella, un abismo que consume la furia en su oscuridad.

—Lo siento —susurra Sátor, de repente agachado delante de ella, colocándole de nuevo el zapato.

Si Bes tuviera libres las manos, quizá hoy, en lugar de hacerle una broma jocosa, le acariciaría esa cabeza roja que tiene como si fuera un perrito. Se limita con encogerse de hombros y sonreír.

Suspira, eso también lo hace.

Ojalá supiera cuánto llevan encerrados. O por qué están encerrados aquí. O, ya puestos, dónde es *aquí*. Bajo tierra, seguro. Antes de meterles por ese agujero a los pies del acantilado les taparon los ojos, pero no hay ventanas en la celda y el aire es húmedo y pegajoso, aire de caverna, de bodega. De tumba.

—Debiste haberte ido con los demás. —Esta conversación también la han tenido ya, pero como ella no puede responder, supone que para Sátor no cuenta—. Porque todo esto es culpa mía —continúa con la voz más ronca que Bes le ha escuchado nunca—. Si yo no me hubiera empeñado en seguir a Vix y tú no hubieras...

Bes hace un gesto con la cabeza que quiere ser de rechazo, pero también de hartura.

Porque no quiere. Es que, sencillamente, no quiere escucharlo más. Porque si lo hace sabe que acabará enfadada —con Sátor, consigo misma, con Vix, con Aquila, con esa Dama misteriosa, con el mundo—, y de veras Bes no quiere enfadarse. Pero una parte de su estómago —cosa curiosa, de su estómago, no de su cabeza— lo hace. Claro que lo hace. Porque ¿cómo no puede haberse dado cuenta Sátor, a estas alturas? Porque ella siempre ha estado ahí, siempre a su lado, siempre Bes y Sátor, Sátor y Bes. Por un lado de la balanza, su fidelidad a Andras, su fe ciega en él y, en el otro, Sátor.

Jamás pensó que el plato de Sátor fuera a pesar más que el de Andras. Pero aquí están. Donde sea que esté *aquí*.

—Si tú pudieras...

No.

No lo signa, pero lo piensa. Lo piensa con la cabeza, con la mirada, con la boca apretada, con los hombros inclinados hacia delante y negando con la cabeza, que es lo único que puede hacer.

Porque no.

No, no y mil veces no.

Sátor le está pidiendo que use su Arte pero, al mismo tiempo, sabe perfectamente que no puede hacerlo. En realidad, es el único que lo sabe, el único además de Andras que conoce toda la verdad, y no las excusas que pone cuando los Hijos inquieren sobre sus habilidades y eso, si cabe, le enfurece más.

No.

Espera que la manera en que agita la cabeza y aprieta los carrillos sea suficiente para que Sátor la entienda.

—Si hubiera alguna posibilidad de salir de aquí, Bes... —continúa él, tozudo. Más que tozudo. Sátor, con su pelo rojo, siempre se ha visto a sí mismo como un gran león, pero no. Sátor es como un toro que antes trata de derribar un problema a cornadas que buscar una solución—. Si solo existiera una posibilidad de salir de aquí y fuera usando tu Arte, sería egoísta. No...

¿Egoísta? ¿Egoísta yo?, el torrente de palabras y pensamientos en su cabeza es ya imparable y sabe que Sátor no puede escucharla y que, probablemente, de poder signar o incluso hablar, no se lo diría nunca, pero lleva demasiado encerrada en esa celda y demasiado tiempo sintiéndose así, como para que ahora Sátor le pida... Sátor le pida... *Pero ¿no te das cuenta de por qué te elegí a ti? ¿Por qué me fui contigo en lugar de con los demás? Si tú... si tú... Se te llena la boca, Sátor, se te llena la boca diciendo que soy tu chica favorita, que pegarías por mí, que matarías por mí... pero luego metes cada semana en tu camarote a una chica distinta y a mí me dejas ahí, fuera. ¿Qué soy, eh? ¿Qué soy? Tu amigote, ¿verdad? Tu socia de borrachera, tu compañera de aventuras, tu conciencia, tu aliada, pero no... pero no...*

Un ruido.

A Bes le gustaría seguir gritándole a Sátor por dentro, porque la verdad es que no lo ha hecho nunca y le estaba sentando bien. Pero de pronto escuchan movimiento tras la puerta. Pasos. El siseo de capas y telas. Más pasos. Sin que tengan que mirarse siquiera, Sátor y Bes se ponen en pie, se apoyan contra la pared. Quizá tengan las manos atadas pero —y en esta ocasión Bes tendrá que darle la razón a Sátor— tienen duras las cabezas y si hay que embestir, lo harán.

Pero lo que ocurre es que, desde una rejilla que se abre en la parte inferior de la puerta, les lanzan mendrugos, un trozo de queso seco y unas naranjas que están a punto de pasar a mejor vida.

Bes se lanza sobre ellas aunque Sátor se queda de pie y la mira como si estuviera loca.

—¿Qué haces? —le pregunta.

«¿Comer?», querría responder ella.

Porque es lo lógico, por todos los dioses, porque ninguno de los dos sabe cuándo volverán a comer. O si volverán a hacerlo.

Y, de nuevo, un ruido tras la puerta. Esta vez, al eco de los pasos se le suma el susurro de unas telas que se arrastran por el suelo.

—¿Quiénes son? —escucha. Es una voz femenina. Es la Dama.

—Son dos tejedores. —Es Aquila. Es Aquila. Aquí abajo, hablando con la Dama. Reconocería esa voz extrañamente aguda hasta en el fin del mundo.

Sátor, cómo no, de nuevo quiere embestir la puerta, arrancarla de sus goznes, echarla abajo, lo que sea, pero Bes espera que le entienda la mirada que le lanza, el fruncir del ceño, el inclinar la cabeza en dirección a la puerta mientras aprieta los labios. Porque Bes quiere escuchar.

—Ya les daremos uso. Mañana, durante la Bendición, sácalos de ahí y tráemelos —responde la Dama.

Bes ya no puede escuchar mucho más.

XXII

La sombra de lo que somos

Camino de Lydos.

HEDERA

Regresan a Lydos antes del amanecer, como ladrones, pero ¿acaso no es lo que son?

—Ahí está.

La voz de Tulio le hace estremecer. Apenas puede creerse lo que, hace pocas horas, ha pasado entre ellos. Al mismo tiempo, la mano de Tulio, que comienza acariciándole el hombro con suavidad pero que después le baja lentamente por la espalda, casi podría hacerla gritar.

—¿Dónde? No… —logra articular. Le falta el aliento y necesita de toda su concentración para añadir—: Ahora lo veo.

Cortando la bruma, a medida que el Buen Padre se va acercando a la isla, lo único que parece haber en el mundo es la imponente silueta del único coloso que queda en pie. Hedera siente un escalofrío, porque recuerda los cuentos, recuerda las leyendas. Aquel coloso de expresión feroz tenía una voz de trueno capaz de llamar a las defensas de Lydos cuando era necesario; también tenía brazos como torres capaces de repeler diez barcos enemigos de un golpe. Tenía también una antorcha, el faro más imponente del mundo. Pero ahora el coloso no habla, no grita, no mueve los brazos ni las piernas. Lo único que revela la poca vida que aún conserva son sus ojos de madreperla, que se agitan y oscilan en sus cuencas como locos cuando el Buen Padre pasa por delante de ellos.

Y, por fin, Lydos, la eterna. La ciudad se despliega bajo el Buen Padre como un tapiz de luces y sombras, con las calles de Piedeísla entrelazándose en un laberinto dorado, que serpentea entre distritos. A Hedera le da la impresión de que respiran o de que, quizá, hoy, a pocas horas de la Bendición, contienen el aliento, no está segura. La vista se le escapa hacia La Corona, hacia sus villas y jardines construidos sobre grandes contrafuertes, y La Ciudad Alta. Mientras, el Errante…, al contrario de lo que parece desde abajo y durante el día, a esta hora da la impresión de ser una joya flotante, sus luces reflejándose en la laguna, siempre vivo, siempre en constante caos.

De repente el barco da una sacudida que arranca un bufido de sorpresa a todos los que se han reunido en la cubierta. Ludo, al timón, deja escapar una maldición apagada mientras endereza la nave.

—Tranquilo, amigo, tranquilo… —escuchan que susurra, como si el Buen Padre fuera una bestia viva—. Poco a poco…

Y el Buen Padre desciende suavemente. Hedera le da la mano a Tulio, no sabe por qué, quizá porque lo necesita. Quizá porque, se da cuenta, el lugar hacia el que se dirigen es esa ensenada arrinconada y oculta que, por un instante, lo supuso todo para ellos dos: la Ensenada de los Olvidados. El barco se posa con delicadeza entre los acantilados, sus velas parecen susurrar canciones al replegarse de nuevo sobre la cúpula del teatro.

Lo siguiente que sucede es un caos ordenado y silencioso. Andras, que durante todo el descenso ha permanecido inmóvil al lado del mascarón de proa, se pone en marcha. En cuestión de minutos, los Hijos sacan de las entrañas del barco disfraces, túnicas, capas largas que todos se van poniendo y que les cubren la cabeza. La que se pone Hedera es una prenda antigua, pasada de moda. No hay nadie en Lydos que lleve algo así, pero Hedera recuerda que su madre tenía una parecida, hecha en hilo de seda, suave como un beso, con una miríada de perlas diminutas cosidas en los bordes con forma de enredadera. Quién sabe qué habrá ocurrido con ella. De pequeña, solo soñaba con ponérsela.

A Tulio, en cambio, le tienden un uniforme de vígil. Hedera lo ve dudar, con la máscara en una mano, el fusil en la otra, y remordimientos en la mirada.

—Puedes quedarte si… —comienza a decir Andras, que va de unos a otros, supervisando los preparativos y que, al darse cuenta de la vacilación de Tulio, se acerca a ellos también, pero Tulio sacude la cabeza.

—No. Está decidido. Lo haré.

Tulio cumple su palabra. Acaba de colocarse el uniforme, y se cubre la cara con la máscara al tiempo que el resto de los Hijos ultiman los preparativos.

—Todo saldrá bien —dice entonces Andras—. Todo acaba.

—Todo comienza —responden los Hijos al unísono. Justo en ese momento, como si Andras lo hubiera elegido a propósito, el amanecer asoma, perezoso, en la lejanía. La tormenta de la noche ha dado paso a un cielo cruzado de nubes largas y muy blancas que se encienden con los primeros rayos de sol.

Mientras Andras les hace un gesto a todos para ponerse en marcha, una última persona emerge de las cubiertas inferiores. Ennio. Tiene un aspecto deprimente, la piel pálida, el cabello enmarañado, pero también tiene la mandíbula apretada en un gesto de determinación cuando se acerca a los demás y dice:

—Yo también. Yo también voy.

A Hedera no se le escapa que, en ningún momento, Ennio se ha vuelto para mirar a Ludo, como no dejaba de hacerlo el día anterior.

Poco a poco, la comitiva que ha bajado del Buen Padre asciende con Andras y el anciano Emperador encabezando el grupo. El resto de los Hijos va detrás, como si todos formaran parte de una de las cientos de procesiones solemnes que, en cuanto amanezca, hoy, día de la Bendición, tendrán lugar por todas las calles de Lydos.

BES

Los hombres de Aquila entran en la celda como una tempestad y el hecho de que Bes y Sátor ya supieran que iban a hacerlo —Bes todavía tiene la voz de la Dama, tan suave, clavada en los oídos— no hace que les tome menos por sorpresa.

—¡Arriba! ¡Vamos!

Son cuatro. Los conoce. Los ha visto moverse por el Errante como lo hacen los perdonavidas: caminando a zancadas anchas, la espalda erguida. No está mal. A lo mejor hasta piensan que ella y Sátor son peligrosos. Porque les han mandado a cuatro matones y ellos solo son dos. Quien se consuela, razona Bes, es porque no quiere.

La realidad, quizá, sea un poco distinta, porque los cuatro matones los han sorprendido acurrucados el uno junto a la otra en un rincón de la celda. En medio de la noche, Sátor se le ha acercado y le ha preguntado si podía estar con ella, porque hacía frío. Era mentira, en la celda hacía demasiado calor, un calor pegajoso y opresivo. Pero ante su pregunta, ella asintió con un gesto y Sátor acomodó la cabeza contra su estómago y se quedó así, dormido. Bes, en realidad, seguía enfadada. Con él, claro. Con todos, por supuesto. Pero especialmente consigo misma porque, si lleva dos días metida en esta celda apestosa es porque decidió ir detrás de Sátor en lugar de cumplir con las instrucciones de Andras. Y eso no es lo peor, eso no es lo que más le hace enfadar. Lo que realmente le ha impedido pegar ojo es que sabe que, de repetirse la situación, volvería a hacerlo, volvería a ir detrás de Sátor.

Es idiota, no puede evitarlo.

Cuando los ojos de Bes se acostumbran a la luz que entra desde el exterior, lo primero en lo que se fija es en que los matones no van armados. Una se da cuenta de esas cosas si lleva el suficiente tiempo viviendo en el Errante. Lo primero que piensa Bes, con media sonrisa en los labios es: *No pueden ser tan idiotas*. Lo segundo que piensa es: *NO pueden ser tan idiotas*.

Porque los tipos de Aquila no es que destaquen por su intelecto y gran cultura, y acercarse desarmados a ellos dos, con quienes ya han tenido más de una y más de dos y más de tres escaramuzas, eso no lo harían sin motivo. Una sensación de peligro inminente la invade. Querría advertirle a Sátor con un gesto, una mirada, porque no sabe si él también se ha dado cuenta, pero es tarde.

Cuando uno de los matones sujeta a Sátor y lo levanta, este se rebate con todas las fuerzas que tiene, demasiado desesperado, y furioso, y cansado de toda esta situación como para prestar atención a esos pequeños detalles que Bes sí ha visto. Y, claro, como Sátor es Sátor, el matón acaba chocando contra la pared. Ojalá pudiera soltar una maldición tan grande que el mundo entero tuviera que contener el aliento, sorprendido. Pero tiene que conformarse con apretar los dientes, con arquear la espalda. Le duelen todas las articulaciones, cada músculo de su cuerpo protesta, pero ella lo ignora todo, ignora el dolor e ignora las ganas de llorar, mientras trata de pasar las manos que tiene atadas a la espalda por debajo de las piernas.

El dolor es tan grande que ahora recuerda por qué decidió dejar de intentarlo.

Pero no importa, se dice Bes, ella es una superviviente y siempre lo ha sido, así que sigue insistiendo hasta que, por fin, lo logra.

Algo es algo, pero Bes sigue sin quitarse de la cabeza ese detalle: no llevan armas. No las llevan y, por lo tanto, algo esconden.

Tampoco tiene tiempo de darle muchas más vueltas porque, tras un grito atronador que retumba incluso en esa minúscula celda como si en realidad estuvieran debajo de una gran cúpula, Sátor se abalanza contra el segundo de los matones.

No le da tiempo a llegar, sin embargo.

Bes lo conoce. Lo llaman Isco, y lo ha visto de vez en cuando, molestando a las chicas en La Herradura y en El Mirlo y también apostando a las cartas con gente de tan mala calaña que ni Sátor se atreve a acercarse a ellos. Es un idiota, en opinión de Bes: poco cerebro y mucha crueldad, como la mayoría de secuaces de Aquila.

Lo que hace que, cuando levanta las manos y, de repente, un tremendo vendaval los lanza a ella y a Sátor contra la pared, sea, cuanto menos, sorprendente. Sobre todo porque, aunque todavía está aturdida por el golpe, Bes se da cuenta de que el matón tiene las manos completamente limpias. No tiene una marca, ni mucho menos el tatuaje que los reconoce como tejedores, y tampoco ningún ingenio.

El segundo vendaval los levanta hasta el techo de la celda y, después, los deja caer entre carcajadas crueles, momento en que a Bes le llega el dolor, lacerante, terrible, pero no es de la caída. Bes tarda un segundo en descubrir que proviene de una miríada de cortes finísimos que el viento le ha hecho en la piel de la cara y de los brazos.

—Os lo dije —brama Isco—. ¡Os dije que estos dos querrían luchar!

Las heridas comienzan a sangrar instantes después. Sátor está cubierto de sangre, le corre por la frente, por los ojos. Está aturdido y de repente Bes recuerda aquellos cadáveres que encontraron mutilados en el muelle. Y recuerda al pobre albañil, el que acabó con los vígiles y con su propia familia.

No es el momento, pero de buena gana agarraría a Sátor por los hombros para decirle:

«¿Ves? ¿Te das cuenta? ¿Ves? ¿Ves como yo tenía razón? ¿Es que no lo ves?».

Definitivamente es una pena estar atada y estar en peligro de muerte. El desahogo le vendría bien.

Cuando los otros dos matones los comienzan a arrastrar hacia la salida, el primero, el que les ha atacado con ese vendaval extraño y perturbador, de pronto grita, se sujeta el brazo con fuerza y Bes se da cuenta de su palidez de tumba, de sus ojeras, del rictus de dolor que se le marca por todo el rostro.

—Eres un idiota —le dice el que la lleva a ella—. No tendrías que haberte prestado voluntario.

—Tú también lo habrías hecho —dice el matón, sin aliento apenas, pero con una sonrisa delirante en los labios—. Si supieras qué se siente con este poder...

El pasillo hacia el que les arrastran no les da mucha más información. Tampoco tiene ventanas, solo puertas exactas a las suyas. Sátor la mira, con ojos suplicantes. Y Bes sabe que le está pidiendo, otra vez, que use su Arte. Bes se prometió una vez que jamás lo haría. Pero quizá... quizá tenga que romper su promesa.

LUDO

Ludo recuerda el año anterior, cómo lo sermonearon sus hermanos, cómo los criados lo vistieron y lo prepararon para la Bendición. Se sentía igual que uno de esos becerros que a veces había visto lanzar desde el Salto de los Dioses. No dijo nada. En realidad, ahora que lo piensa, Ludo nunca decía nada. Ni a sus hermanos, ni a sus preceptores, ni a sus criados ni a nadie. Solo a Hedera.

Se dejó llevar. No estaba más asustado de lo normal, porque si hay algo que Ludo recuerda de su vida en La Corona quizá sea eso: el miedo, el terror. El miedo a la soledad, a desobedecer a sus hermanos, aquel terror que le subía desde el estómago y que le helaba los huesos cada vez que escuchaba a Blasio llegar a la villa y él tenía que esconderse, no fuera que aquel día la tomara con él.

Qué distinto se siente hoy Ludo, un año después. Qué distinto bajo ese manto blanco que se ha puesto, qué alto se siente, qué erguido camina, qué ganas tiene de que todo explote.

Y es cierto. Como es habitual, Andras no les ha contado su plan. Solo qué quiere que suceda, qué quiere conseguir. Pero a Ludo ya le va bien, ya le gusta cómo suena. Porque, dentro de él, aunque no se lo haya contado a nadie, también suena a rebelión.

Suena, cree, a una venganza que, como ese vino que reposa durante años en barricas de roble, al probarlo te llena la boca de capas complejas y matices profundos.

Ludo quiere vengarse. De sus hermanos, los primeros. Pero también de los demás, del Theokratés, de todos los sacerdotes, del preceptor que le azotaba con una fusta cuando tartamudeaba al recitar la lista de diosas y dioses de Lydos, de Oderís, Tuitene, Equitara, Fidón, Procela… —ahora sí que sabe recitarlos del tirón—, del Demiurgo. De Lydon, de los héroes, de todos los orfebres de ahora, de antes, de antes de antes. De todos los que en algún momento decidieron que el mundo debía ser así: injusto.

Y todo eso a Ludo le sabe también a esperanza. Una esperanza que es como miel en su paladar, pan recién horneado. Un beso en los labios.

Un beso…

Sin poder evitarlo, lleva la vista hacia Ennio, que camina delante de él. Anoche lo esperó en el camarote. Tenían tiempo antes de que Andras diera la señal de aterrizar. Pero no se presentó y hoy tampoco le ha dicho nada. Simplemente se ha puesto el uniforme que le han pasado y, aunque él ha tratado de… no sabe, guiñarle un ojo, lanzarle un beso al aire, mostrarle una sonrisa, Ennio se ha limitado a ponerse la máscara y ha echado a caminar hacia La Ciudad Alta con todos los demás.

Da igual, piensa Ludo. *No importa.*

Hoy es un día grande. Es el día *más* grande.

Y es por Andras. Ha sido Andras el que los ha convocado a todos, el que los ha unido, incluso a Hedera, incluso al hosco de Tulio, también a Ennio. Andras y solo Andras le ha llenado el corazón de un eco profundo, cálido, constante, y Ludo está seguro de no ser el único que se siente así. Y sonríe. Ludo sonríe porque ya despunta el sol y ya están prácticamente ahí, donde deben, en La Ciudad Alta.

Esperanza, piensa Ludo. *Esperanza*, se repite.

Es lo último que les ha dicho Andras antes de subir por el empinado camino de rocas desde la Ensenada de los Olvidados hasta La Corona. Desde ahí, como una de las cientos de procesiones y comitivas que desfilarán por las calles de Lydos durante ese día, están subiendo por la Vía Sacra y Ludo se esfuerza —esta vez sí, esta vez quiere lograrlo— por que su pensamiento no vire, por que los colores, el movimiento, la gente, los nervios, la inquietud, el entusiasmo no desvíen su atención.

Y se centra en eso: en la esperanza. En esas últimas palabras de Andras.

«Estamos a punto de cambiarlo todo», ha dicho. «Nuestro tiempo oscuro y lleno de injusticia acabará hoy. Y no será por casualidad. Sino porque seremos nosotros, solo nosotros, unidos, los que hagamos realidad el cambio. Pero os lo digo claro, os lo repito: necesito que confiéis en mí, sin dudas. *Todo acaba. Todo comienza.* Confiad en que, cuando llegue el momento, os diré exactamente qué hacer. Confiad en mí una vez más. Juntos demostraremos que nuestra esperanza es más que un susurro. Nuestra esperanza, *la esperanza*, es el grito que va a cambiarlo todo».

A medida que se acercan a La Ciudad Alta, moverse es más difícil. Cada vez más ríos de gente van llegando desde todos los puntos de Lydos, pero cuentan con ello. De hecho, de lo poco que saben del plan de Andras, precisamente esa es su ventaja. Por eso, mientras van en paralelo a un grupo que, sube desde Piedeisla, a una seña de Andras, Boro y Calpernia se internan entre el mar de gente que compone el grupo. Unos pasos más adelante, Ione, Elina y Rufio, rápidos y discretos, se unen a otro grupo que camina en dirección contraria.

El problema, piensa Ludo, quizá no sea la gente sino los vígiles. Los hay en cada esquina, en cada cuesta, en cada encrucijada. Esperan con los fusiles colgados del hombro, sus máscaras imposiblemente frías.

Cuando prácticamente han llegado a lo más alto de la colina, Arista y Philos también se separan del grupo principal. Luego es el turno de Fennec, Etim y Exia. Y de los demás. Solo queda él mismo, vestido igual que Hedera, Andras y el viejo Emperador, con esas túnicas largas, blancas y lujosas pero pasadas de moda, que les cubren por completo. Ennio y Tulio, sin embargo, van vestidos de vígiles. Hasta él mismo se sorprende por que hubiera uniformes de vígiles en el Buen Padre, pero recuerda que… ¿puede haber sido hace unos meses? ¿No se lo encargó Andras a Bes? ¿No le pidió que le consiguiera uniformes y no se adentraron Bes y Sátor en una de las termas de Terracalma mientras los vígiles se estaban dando un baño y salieron de ahí con un montón de prendas y luego, al día siguiente, se murieron de la risa al imaginarse a los vígiles desnudos y sin sus máscaras? Sí, cree que sí.

Mejor se centra. Que va a ser su turno.

Aunque no lo hace. Porque el recuerdo se los ha traído de vuelta. A Bes y a Sátor y a Vix. Qué cara van a poner cuando se enteren de que se han perdido *todo esto*, sea lo que fuere lo que vaya a ocurrir.

TULIO

Delante de él, emerge el palacio del Emperador, los templos dedicados a los dioses. A través del velo azul de la máscara de vígil, todo es más frío, más distante. Parece que brille menos el sol, que los mosaicos a sus pies se agitan como si caminara sobre las aguas del mar.

Nunca, ni en sus sueños más locos, Tulio podría haberse imaginado asistir así al día de la Bendición: con la cabeza alta, el cuerpo erguido entre una multitud creciente y ruidosa. Bandas de palomas blancas surcan un cielo cuyo azul solo se ve manchado por el humo de los pebeteros encendidos, que llenan el aire de incienso y ámbar.

Por primera vez en años, esa ira, esa rabia que ha marcado cada hora de su existencia, ese fuego rojo, vibrante, oscuro y profundo ruge con menor intensidad. Sigue ahí, dentro de él, latente, una llamarada que Tulio sabe que podría encenderse a la menor provocación. Pero, hoy, lo acompaña algo más, algo brillante que se filtra a través de las grietas de su resentimiento.

Esperanza, pero no por Andras, ni por esas palabras que pronunció en la cubierta del Buen Padre, sino por él mismo, por el Hijo Salvo que perdió el destino, el honor, y las ganas de vivir.

Y por Hedera, su Hedera.

Está delante de él, con ese vestido blanco, la cabeza cubierta con un fino manto. Se mueve por entre la gente con serenidad y elegancia mientras el griterío a su alrededor aumenta hasta niveles casi insoportables. La gente lanza cánticos y plegarias con más fervor del acostumbrado, porque todo el mundo sabe que hoy, en este día tan especial, el Demiurgo escucha con más atención.

Hoy, el día en que Lydos va a darle la bienvenida a la nueva generación de orfebres, a los que seguirán manteniéndola grande, poderosa y eterna, es el día en que toda la ciudad es uno. De todos los rincones llegan ríos de gente. Desde el Errante, centenares cruzan la Garra y atraviesan el Bajoforo y Piedeisla, llevan banderas, ropas de todos los colores. Los lados de la Vía Sacra están llenos de vendedores de comida, de figuras de héroes y camafeos pintados con la cara del Emperador, de corredores de apuestas que se juegan cuántos jóvenes de La Corona sobrevivirán al ritual. En el puerto, decenas de barcos provenientes de lugares lejanos traen viajeros y peregrinos que quieren ser testigos del milagro del Demiurgo.

Milagro. Esa es otra palabra que se repite Tulio en silencio. Los dos días anteriores han estado llenos de ellos. Su caída al abismo y su salvación, el abrazo de Hedera, sus besos durante la noche, entre sábanas blancas y susurros llenos de ternura.

Es entonces cuando la música irrumpe con fuerza, un torrente que inunda La Ciudad Alta como un río que se desborda y que hace que las múltiples procesiones que los acompañan se detengan como atrapadas en un instante eterno. Las trompas alzan su voz profunda al tiempo que los tambores, con su latido constante y primigenio como la vida misma, baten con un retumbar que sacude el aire y que hace vibrar el suelo. La multitud a su alrededor ondea y fluye. Tulio se deja llevar por la gente, por esa música que parece provenir de todas partes y que los eleva, los transporta, envolviéndolos a todos.

Es la señal. El ritual va a dar comienzo.

Los candidatos, vestidos de blanco, con sus coronas doradas relucientes al sol, suben los escalones del templo del Demiurgo. También se abren las puertas del palacio del Emperador. La música se aquieta, el suelo deja de retumbar de golpe y a Tulio le da la sensación de que el aire de pronto queda cargado con algo que debería ser silencio pero que no lo es. Como una quietud viva que zumba con el eco de la última nota, que todavía resuena en la piedra y en la piel.

El Emperador, entonces, atraviesa las puertas de su palacio camino al templo del Demiurgo, donde le esperan los candidatos. Pero a Tulio le resulta una figura extraña, porque con su máscara y su coraza de oro, debería ser grandiosa, pero tan rodeado de guardias y vígiles, en realidad le parece pequeño, débil y asustado. Y lo mismo le sucede al mirar a los que van detrás de él: los senadores, la curia al completo, el nuevo Theokratés.

En ese momento, Andras levanta el brazo izquierdo y lo extiende hacia delante con el puño cerrado en un movimiento suave pero firme. Parece un gesto de respeto, de reverencia y pleitesía ante el Emperador y su comitiva.

Pero cuando Tulio se da cuenta de que ese mismo gesto se repite delante de él. Y luego a su derecha. Y entonces más allá. Y de que todo el que lo repite lleva las mismas túnicas y capuchas que han sacado del barco, Tulio cae en la cuenta. No es un gesto cualquiera. Es una señal.

En ese instante, el cielo se oscurece como si al sol lo hubieran devorado nubes repentinas.

Pero no son nubes, descubre Tulio cuando levanta la cabeza.

Es el Buen Padre, que surca el cielo de Lydos. Su sombra se proyecta grandiosa sobre La Ciudad Alta, el leve batir de sus alas resonando como si fueran las palabras del propio Andras cuando les habló de la esperanza.

HEDERA

Cuando era niña, su madre solía contarle una historia. Era un cuento acerca de un joven temerario que, un día, robó el carruaje con el que Aurión, el dios del sol, trasladaba el astro por todo el firmamento. El joven se dio cuenta demasiado tarde de que el carruaje era ingobernable, así que comenzó a surcar los cielos en una loca carrera. Cuando los ocho corceles que tiraban del carro se alejaban demasiado de la tierra, esta quedaba sumida en un invierno gélido, y cuando se acercaban más de la cuenta, lo quemaban todo a su paso.

La madre de Hedera jamás suavizaba el final del cuento. Le contaba a ella y a sus hermanas, con todo lujo de detalles, cómo finalmente una bandada de grifos atacó y despedazó al joven en el aire, dejando caer sus restos mortales sobre la tierra, una muerte bien merecida por su atrevimiento.

Hoy, debajo de esa sombra que ha cubierto el sol por completo y que no es otra que la sombra del Buen Padre, Hedera tiene la extraña sensación de que el cuento ha tomado más sentido que nunca. Que lo que están a punto de hacer es una osadía, una afrenta. Y que, como al joven de aquella historia, quizá les espere un futuro breve y doloroso.

Dirige la mirada hacia la muchedumbre que la rodea. Todas las personas, con la vista puesta en el cielo, siguen asombradas el vuelo del Buen Padre. Los primeros gritos rasgan el silencio que se había hecho tras la música. Más allá, a la sombra de los pórticos del templo del Demiurgo, en el espacio reservado para los patricios de La Corona, todo es nerviosa quietud. Sabe que su madre estará allí, llevando sus mejores galas, igual que el resto de su familia, para recibir a su hija mayor —ella, no. Ella ya no existe— tras la Bendición. ¿Se habrá acordado su madre también del cuento?

—Vamos —les susurra Andras—. Es el momento.

A su alrededor se extiende un mar de cuerpos y de cabezas que bulle y se agita cada vez que intentan dar un paso adelante. La muchedumbre los empuja hacia atrás, como un mar en tempestad, pero Andras, con su habitual serenidad, les guía. A veces avanzan. Otras se detienen. A Hedera cada paso le parece una batalla. De pronto, una ayuda inesperada —primero Ione, más allá Boro, luego Elina. Los Hijos se han colocado de tal manera que con sus capas blancas y sus túnicas son como faros que les guían en la buena dirección—. Hedera no sabe a dónde se dirigen. Tiene sus sospechas, claro. No han venido aquí, hoy, el día de la Bendición, por pura casualidad. Pero no entiende, no sabe si…

—¿Y cómo vamos a entrar en el templo? —Al final es Ennio el que pone sus propias dudas en palabras. A través de la máscara de vígil, su voz suena fría, metálica—. No creo que vayan a ponernos alfombras. Es un ritual… Es… Es sagrado. Sacrilegio.

Ludo, que Hedera no sabe de dónde ha aparecido, como si por un instante hubiera sido engullido por el enorme estómago de la multitud, trata de adelantarse, casi bailando entre los cuerpos como una brisa que se divierte enredando las hojas caídas.

—Tengo mis… trucos —dice levantando la cara con la clara intención de que le vean sonreír ufano, como si lo que estuvieran haciendo fuera lo más fácil del mundo.

Si Hedera no tuviese la sensación de que le falta el aire en los pulmones entre tanta gente, a lo mejor ella misma se ofrecería para apretarle la garganta y asfixiarlo con sus propias manos.

—Claro, porque tus trucos siempre acaban bien… —murmura Ennio.

En ese momento Andras hace otra señal. Delante de ellos se ha abierto un pasillo entre la gente, pero cuando Hedera va a dar el siguiente paso, la masa entera se contrae y la empuja obligándola a retroceder. El cuerpo se le tensa, de pronto sintiéndose sola entre el zumbido y el murmullo de esas miles de voces que no callan. Un codazo. Alguien le pisa los pies. Probablemente sea solo un segundo de pánico, aunque a ella se le haga eterno. De pronto ha perdido a los demás, no sabe dónde están y se queda quieta, inmóvil en ese vaivén que no deja de mecerla.

—Vamos, vamos, Hedera.

La mano que le ofrece Tulio, a la que ella se aferra, es como llenar de aire los pulmones. Y, así, de la mano de Tulio, los ojos fijos en el suelo, cuando Hedera vuelve a levantar la cabeza, se da cuenta de que han llegado a un espacio en la explanada donde el aire fluye libre y el tumulto queda amortiguado.

—Ya falta poco —susurra Andras, que no ha soltado al Emperador en ningún momento. Pero cuando van a avanzar, el viejo se niega. Quiere dar marcha atrás. Balbucea. Amenaza con volver a perderse entre la concurrencia.

—No… no puedo… los dioses… los dioses…

Pero Andras se inclina delante de él, lo mira a los ojos. Hedera cree que no lo ha visto hablar nunca con tanto sosiego, tanta calma:

—Solo un poco más —le susurra—. Un poco más. Piensa en Irena, ¿recuerdas qué día es hoy? ¿Recuerdas por dónde salió? ¿Por dónde la sacaste?

TULIO

Han llegado por fin a lo que parece un callejón. Nada extraño salvo que ha sido el viejo Cícero Aristeón, ese antiguo Theokratés, el que les ha guiado. Algo de lo que le ha dicho Andras, que solo él parece haber entendido, le ha devuelto una pequeña luz de cordura a los ojos. Han bajado por una escalerilla escarpada, cortada en la misma roca viva de la colina, tan alejada de la explanada principal, que Tulio no sabía ni que existía. Parece un lugar antiguo, como si todas las generaciones que han ido construyendo y ampliando y otra vez construyendo sobre la explanada de los templos de La Ciudad Alta hubieran olvidado este rincón.

—Es el camino antiguo... —escucha susurrar a Ennio mientras sortea los toscos peldaños de roca volcánica, mezclados con pequeños fragmentos de mármol, de trozos irregulares de yeso y cal.

Y Tulio tiene que darle la razón. Por aquí es por donde debían pasar los desfiles, las comitivas y los rituales mucho, mucho tiempo atrás. Delante de él, una rampa va directa a uno de los laterales del templo del Demiurgo, oculta por toda la vegetación salvaje que se aferra a la roca con tenacidad.

—Vuestro turno —les dice Andras a Ennio y a él cuando están a punto de girar por la rampa, casi en la propia fachada del templo.

Tulio ahora lo entiende. Por eso Ennio y él son los únicos que han ido vestidos como vígiles, no solo para pasar desapercibidos entre toda la multitud o para —si era necesario— hacer uso de la fuerza bruta con total impunidad. Hay algo más. Y tras la máscara Tulio sonríe mientras ese pensamiento que le zumba en el cerebro desde que escuchó a Andras el día anterior, sobre la cubierta del barco volador, se vuelve un poco más insistente: tiene una meta, un objetivo, un rol.

Tras una inspiración profunda, una que le permite erguirse todavía más, levantar la cabeza, caminar con brío para que las botas resuenen contra el suelo, baja unas escalerillas. Ennio le sigue. Al girar la esquina, ven la puerta.

Tallada en la misma roca viva de la colina y marcada por una erosión de siglos, parece robusta y maciza. Aunque los grabados están desgastados, muestran claramente ramas de olivo, olas de mar. El umbral está flanqueado por estatuas de rostros serenos y ojos vacíos —*ingenios muertos*, piensa Tulio— y, en el centro, un gran anillo de metal que sirve de aldaba. Delante de la puerta, guardándola, dos vígiles.

Pero cuando va a dar el primer paso, Ennio le agarra de la coraza y susurra:

—¿Estás seguro de que es buena idea? ¿Estamos… estamos haciendo lo correcto?

Su voz, incluso distorsionada a través la máscara, Tulio la conoce bien. Es la misma que pone Ennio cada vez que él le sugiere un plan, una escapada, bajar a la bodega de Villa Orykto a beberse los mejores vinos, o visitar los alrededores del estadio por la noche, donde aurigas, prestidigitadores y saltimbanquis ceden el espacio a timadores de medio pelo, mesas de apuestas y brujos y adivinos que por un módico precio prometen leerte el destino en las estrellas o, incluso, decirte sin ningún atisbo de duda quién será el próximo ganador de las carreras de cuadrigas. La misma voz, tras la muerte de su padre, cuando le propuso irse a celebrar al Errante. Tulio ha lidiado más de mil veces con ella.

—¿Desde cuándo es una mala idea disfrazarse de vígiles, cruzar La Ciudad Alta con un grupo de tejedores y colarse en el templo del Demiurgo, durante el ritual de la Bendición? —susurra él—. Como si fuese yo el que te lleva siempre por el mal camino…

Querría reír pero no puede, sería salirse del papel; aunque, al menos, sabe que sus palabras han calmado a Ennio, que relaja la espalda y así, hombro con hombro, se encaminan hacia la puerta.

—Traemos órdenes.

Las palabras, se da cuenta Tulio, le han salido con el mismo tono de voz, la misma cadencia y la misma autoridad que su madre usa con él.

—¿Qué está pasando? —pregunta uno de los vígiles, inclinándose hacia delante. Cómo disfrutaría Tulio sabiendo quién se oculta tras la máscara—. Hemos visto el barco. Hay gritos.

—Bueno, nosotros… eh…

Es justo reconocer que Ennio hace el intento, pero Tulio le pone una mano en el pecho y se adelanta un paso.

—Se necesita ayuda arriba, en la explanada. Hemos venido a avisaros. —De nuevo esa voz. Es su madre, la voz de su madre…

—Nuestros… superiores no nos han dicho nada.

—Oh, claro, porque estar plantados aquí, en esta gloriosa misión, vigilando una puerta que ni el polvo quiere cruzar, es mucho más importante que prestar ayuda real. —Tulio se cruza de brazos y mira a Ennio—. ¿Qué piensas, teniente? ¿Se lo tomarán bien los Orykto? Seguro que les fascinará escuchar que un par de vígiles de La Corona prefirieron la gloria de custodiar unos tablones en lugar de ayudar… ¿Qué piensas? ¿Nos vamos?

—Sí… Eh… Yo creo que… creo que… Creo que el senador Sila Orykto, que es quien nos ha dado la orden de ir a buscar refuerzos estará encanta… *encantadísimo*.

Aunque sí que parece que Ennio en el poco tiempo que ha pasado entre tejedores, ha descubierto lo útil que, de vez en cuando, resulta la mentira.

—Espera… ¿El senador Orykto?

—Sí… —balbucea Ennio mientras, de repente, comienza a tironear del cuello de su coraza. Atado a una cadena de oro, Ennio lleva un pesado anillo de bronce con el sello de su familia. No significa nada. Tulio tiene media docena en un cajón en Villa Zephir, que usa para firmar documentos y cartas, pero los vígiles no tienen por qué saberlo cuando Ennio añade—: Nos ha dado su sello personal para atestiguar que sus órdenes provienen de él y, por lo tanto, del Senado.

—Exactamente —responde Tulio, dejando que a la voz se le sume un deje de superioridad e impaciencia—. Así que ¿qué va a ser? ¿La obediencia o un pedazo de madera que ni siquiera cruje?

Cuando los vígiles, todavía a regañadientes, giran la esquina en dirección a donde se esconden Andras, Ludo y Hedera con el viejo Theokratés, escuchan dos golpes secos. El que hacen dos cuerpos al caer inconscientes al suelo.

Vía libre.

HEDERA

—La puerta del Theokratés —anuncia Andras cuando llegan a ella después de haber lanzado a los pies de los vígiles una botella que, al romperse, ha dejado escapar una nube de gas de color oscuro. Veneno quizá, o puede que Rufio o Ione, cuyos Artes radican en las esencias y los olores, hayan tenido algo que ver. Andras, está claro, tiene más recursos de los que imaginaba—. ¿Tu padre nunca te habló de ella?

Hedera, por un momento, al ver cómo Tulio niega con la cabeza, podría sonreír. Como si a Tulio, o a ella, o a Ennio… En realidad, a cualquiera. A los patricios de La Corona, a sus hijos, a los futuros orfebres… nadie les cuenta nada. Lo único para lo que les preparan ese día es para recibir la Bendición del Demiurgo con limpieza de alma y corazón. La pompa, el boato, los lujos, los cuentos, las historias, las leyendas, las tradiciones… todo eso, claro que lo saben. Porque, desde que nacen, su vida en realidad no es más que una espera constante hasta ese día.

Pero ¿el resto? ¿Lo que ocurre después?

Al final…, Hedera concluye, al final eso siempre es un misterio.

Tan misterioso como el hecho de que Andras sí que sepa que aquí hay una puerta, escondida, alejada de todo el tumulto.

Pero no importa, porque Andras, como si esa portezuela de aspecto milenario fuera en realidad la entrada de su casa, tira de la gran aldaba metálica y abre.

En cuanto Hedera atraviesa el umbral y se adentra en el templo, el cambio es inmediato: del calor húmedo del exterior a un frescor casi tangible bajo una bóveda excavada en roca que se interna hacia las entrañas del viejo volcán de Lydos. El aire aquí dentro parece destilado a través de los siglos, cargado con un silencio de reverencia que absorbe los ruidos del exterior. Mientras los ojos se le acostumbran a la penumbra, iluminada por un mar de lámparas de aceite, el eco de sus propios pasos, amortiguados sobre el suelo de mármol, le resuena en los oídos.

«La puerta del Theokratés», acaba de decir Andras. Hedera supone que se trata de un acceso secundario a las entrañas del templo, uno discreto y rápido, en oposición a la gran puerta principal, tan aparatosa y expuesta a la vista de todos.

Al fondo del vestíbulo, el gran portal: la frontera entre el mundo de los humanos y los dominios del Demiurgo.

Ese mismo día pero un año atrás, la presencia del Theokratés delante de aquellas hojas doradas que se extendían desde el suelo hasta el techo le pareció un prodigio, una manifestación casi milagrosa dado que, apenas minutos antes, lo habían visto junto a ellos ante la fachada del templo. Hoy, Hedera comprende que todo era un truco, una ilusión cuidadosamente orquestada y que el Theokratés entró por la misma puerta que ellos acaban de traspasar, directa hacia ese mismo vestíbulo.

Ahora, sin embargo, ante el portal del Demiurgo, no hay nadie esperándolos salvo la fuente, claro. La recuerda. Allí está, a la derecha de la puerta. El agua brota de una cabeza tan toscamente tallada que parece mucho más antigua que el resto del templo. Es Luminaris, el dios del sueño, de la buena muerte y de las pesadillas. Un año atrás, el Theokratés les dio a beber de esa agua en un cuenco de alabastro y les dijo que estaban a punto de adentrarse en el verdadero corazón de Lydos, donde se manifiesta el Demiurgo para decidir qué candidatos son dignos de ser orfebres y cuáles no.

El agua tenía un sabor ferroso y amargo pero Hedera se la bebió de un trago. Después de eso, el mundo comenzó a volverse difuso.

—Vamos —susurra Andras—. Es aquí.

Incluso ahora Hedera no puede evitar volver a sentirse muy pequeña ante la construcción. El marco del portal, forjado en oro puro, brilla con una intensidad que no sabe de dónde procede. Refleja la luz e ilumina el vestíbulo con un fulgor cálido. Y sus hojas, de oro y bronce, meticulosamente talladas con relieves que cuentan la historia del primer encuentro entre Lydon y el Demiurgo, tan ricos que parece que se movieran, que estuvieran vivos.

Pero, claro: lo están.

Mientras observa, anonadada, cómo las figuras del relieve vuelven recelosas la vista hacia ellos, como actores que espían al público durante una representación, de repente, las hojas doradas de la puerta parecen fundirse con la roca del volcán, bloqueando el portal por completo.

Un ingenio. No podía ser de otro modo.

—Ven, Cícero —susurra Andras. Su voz se amplifica una y otra vez contra las paredes de piedra ennegrecida por siglos de humo de velas y pebeteros—. Si eres tan amable.

Y Hedera vuelve a recordar.

Aquel día, hace un año, fue el padre de Tulio el que, sin tocarlas, con una orden, con un gesto, casi con su mera presencia, abrió aquellas puertas. Para eso también se necesita al Theokratés, por eso se dice que es el único capaz de hablar con la voz de los dioses. Porque, sin Theokratés, nadie puede atravesar el portal.

Ludo parece haber llegado a la misma conclusión que ella:

—Así que era por esto… —dice para sí pero lo suficientemente alto como para que todos se den cuenta de lo listo que es—. Para esto llevas meses dándonos la lata con encontrar a Aristeón, Andras. —Entonces, se ríe. Y Hedera no está segura de si Ludo está usando su Arte o no, porque siente como si sus carcajadas subieran hacia lo alto del templo, hacia la cúpula y también en su dirección rozándole la piel del rostro, como murciélagos—. Siempre tan listo, nuestro amado líder.

Sin embargo, cuando Andras conduce al viejo mendigo frente a las grandes hojas doradas, los héroes de la antigüedad que están grabados allí lo miran con la misma desconfianza con la que les miran a los demás.

El Emperador, que en otra vida fue Cícero Aristeón, ese Theokratés caído en desgracia, murmura cosas sin sentido mientras la mira a ella, a los ojos, suplicante. Los mira a todos con los brazos extendidos. También a Tulio, a Ennio, a Ludo.

—Venga, majestad… —se adelanta Ludo, poniéndole la mano sobre los hombros—. Si haces lo que te pide Andras, te doy… te doy… tres monedas. ¡Tres monedas de oro! Suena bien, ¿eh?

—No es él quien va a abrir la puerta —responde Andras. Por una vez, los nervios parecen traicionarlo y la voz le sale quebrada—. Convoca a tus sombras, Hedera. Puedes hacerlo. El viejo que tenemos delante ya no es el Theokratés, no es más que una burla de lo que fue, algo corrompido por el tiempo y la locura. No es quien debe ser. Pero tú… tú puedes traerlo de vuelta. Si no al verdadero Cícero, tú puedes devolvernos la sombra de lo que fue.

El primer pensamiento de Hedera es que es imposible.

¿Qué es lo que quiere Andras? ¿Una sombra con vida propia? ¿Una que salve los años de decadencia del viejo Aristeón?

«¿No es la luz la ausencia de oscuridad?», a la cabeza le viene esa pregunta que le hizo Andras, durante sus días en El Caído, mientras trataba de convencerla de que el Arte de sus sombras iba mucho más allá de lo que ella creía. ¿Estaba ya pensando en este momento? ¿A eso se debía su presencia? «¿Y no necesitas tú, precisamente, de ambas para llamar a tu Arte? ¿Y no da vida la luz? ¿Y no la quita la oscuridad? ¿No son tus sombras un reflejo de todas las cosas que hay en el mundo?».

Pero… no puede ser. Lo que le pide Andras es sencillamente imposible.

Aunque también le parecía imposible salvar la vida al caer del Salto de los Dioses y allí está ella. Allí están todos.

El segundo pensamiento de Hedera es… es más bien una pregunta: ¿quiere hacerlo?

El día en que Andras la acogió en el Buen Padre, el día en que se conocieron y luego, después, en los días que compartieron en El Caído, Andras siempre le repitió que jamás iba a pedirle nada que no quisiera hacer.

Por eso, Hedera se repite ahora la pregunta: ¿quiere hacerlo?

Si ahora mismo diera media vuelta, ¿qué sucedería? Mientras se hace todas estas preguntas, se da cuenta de estar rozando los nudillos contra los de Tulio, tan cerca de ella…

Tulio no tiene lugar en Lydos, igual que no lo tiene ella. Luego mira a Ennio, acurrucado en un rincón. Se ha quitado la máscara de vígil como si le ardiera en la cara. No parece el Ennio que ha conocido, de lejos, acompañando a Tulio, como si durante sus días como orfebre en La Corona hubiera llevado una máscara no muy diferente a la que lleva ahora. Lo

579

recuerda el día anterior, mirando a Ludo. Esa mirada, mezcla de anhelo y dolor. Ennio sí que tiene un lugar en Lydos. Pero no lo quiere. ¿No tiene derecho a rechazarlo? Luego piensa en Bes, en Sátor, en el pequeño Vix, en los Hijos del Buen Padre, en los vecinos del Errante, que han aprendido a vivir al margen de todo eso. También en Ludo, el dulce Ludo que luego se transformó en el que ahora tiene delante, el que se mueve por el mundo como si este girara a su alrededor, que la mira mientras se muerde el labio inferior con expectación.

Finalmente, lleva la vista hacia el viejo Cícero. A él también le ha fallado Lydos. Al Theokratés le arrebataron su casa, su familia, todo su futuro, y lo borraron de la historia por no ser capaz de dotar de nuevos orfebres a la ciudad.

Y es aquí, delante de ese pobre viejo solo y desamparado, encogido en un rincón, cuando Hedera se da cuenta de que jamás ha odiado a La Corona y a todo lo que representa —su crueldad, su decrepitud, su indolencia— más que ahora.

¿Quiere hacerlo?, vuelve a preguntarse. Pero ya no hace falta que se responda.

XXIII

En el corazón oculto, las verdades se tejen en silencio

Debajo de Lydos, la eterna.

Bes

Quizá hoy sea el día, piensa Bes mientras los matones de Aquila la arrastran por un pasillo.

Quizá hoy sea el día que Bes ha temido y que ha tratado de olvidar al mismo tiempo.

Sátor está malherido. Mucho más que ella. La sangre le mana por los cortes de las mejillas y de los brazos. A medida que a él también lo arrastran deja un reguero rojo oscuro en el suelo. A ella la sujetan dos. A él, cuatro.

Sátor se lo pidió la noche anterior. Bueno, no con esas palabras, claro. O quizá ni con palabras. Está tan dolorida, tan cansada y asustada que Bes no sabe si puede fiarse de los recuerdos. Aun así, por muy bruto que sea Sátor, por mucho que ese fuego que tiene en su interior le guíe más que su cerebro, jamás la habría puesto en esa tesitura. Pero, sí, lo hizo. Y ella se enfadó con él. ¿Cómo no iba a hacerlo? Solo él y Andras saben su secreto, conocen su Arte.

Pero, en realidad, ¿qué habría hecho ella sabiendo que podría haber conservado a su familia? ¿No lo habría hecho? ¿No habría intentado salvarlos por todos los medios posibles? ¿No habría usado su Arte?

Y Vix es su familia tanto como lo es Sátor, como lo son Andras, Ludo, Boro, Ione, Elina... todos los Hijos del Buen Padre.

Por eso lo sabe: quizá sea hoy el día.

Siempre ha sido una superviviente. En eso Bes no le ha mentido a nadie. Tampoco ha mentido al contarles sus orígenes, cómo llegó al Errante, su historia, no en el fondo por lo menos. Esa parte la conocen todos los Hijos, en mayor o menor medida: que un día, la familia de Bes desapareció, que eso la volvió fuerte, práctica, rápida.

Cuando alguna vez ha contado esa parte de la historia, los Hijos —y también Sátor, Sátor que ahora trastabilla cuando intenta devolver el golpe que le ha dado uno de los matones de Aquila; Sátor, que la observa con la vista herida y llena de súplica— seguro que se imaginaban a Bes llegando a una de esas grandes villas de La Corona y encontrándose con inmensas salas vacías y a sus padres muertos, seguro que por alguna de esas venganzas, traiciones y rencillas que luego cuentan las *buccas*.

Pero no fue un gran salón lo que Bes se encontró vacío, sino una casucha de maderos llevados por la corriente, de adobe y unas pocas tejas robadas. Una casucha al borde mismo del Errante, en su parte más pobre, más salvaje. Encontró la casucha con manchas de sangre en las paredes y con los pocos muebles rotos a golpes.

Tenía trece o catorce o quince años. Sus padres, los dioses los bendigan, nunca fueron buenos con cosas como leer, escribir o llevar las cuentas. Eso sí, le habían enseñado a sacarse las castañas del fuego. A pescar y a luchar, a robar y a parecer desamparada cuando fuera necesario, fiera y fuerte cuando la situación lo requiriese.

Bes sobrevivió porque no le quedó otra opción, y habría seguido haciéndolo, quién sabe. Quizá, con el tiempo, habría encontrado trabajo en alguna de las tabernas del Errante, en El Mirlo, o en La Herradura, o en el Cuerno Dorado. Quizá podría haberse hecho aprendiz en alguno de los talleres del Bajoforo, quién sabe. Siempre ha sido hábil con las manos.

Pero tomó otro camino.

La madre de Bes —menuda como ella, pero con el gesto más amable y el corazón más bondadoso— era una creyente devota. Creía en todo: en la generosidad del Emperador, en la voluntad de los dioses, en que los orfebres eran un regalo y en que Lydos era el paraíso en la Tierra aunque se ganara la vida lavando la ropa sucia de los patricios de La Corona.

Cada año, el día de la Bendición, su madre la obligaba a levantarse muy temprano, antes incluso de que saliera el sol, para subir trabajosamente hasta La Ciudad Alta y estar en primera fila para ver de cerca a los nuevos candidatos.

Aquel año, el año en que todo cambió para ella y en el que su destino tomó el rumbo que debía —o que no debía—, en honor a su madre decidió hacer lo mismo: subió penosamente por las calles dormidas de La Corona, siempre con la vista puesta en el templo del Demiurgo allá arriba, iluminado por una miríada de esferas luminiscentes, una serie de ingenios que, de la noche a la mañana, dejaron de existir. Ese día amaneció con el cielo cubierto de nubes negras, como si se presagiara un gran desastre. Cuando apareció por unos instantes un sol tímido que apenas calentaba, ya estaba cayendo un terrible diluvio.

Siglos atrás, toda La Ciudad Alta se habría cubierto de sedas e ingenios para proteger al público de la lluvia, pero aquel día en el que el agua caía sin clemencia del cielo, había congregadas bajo los pórticos de los templos apenas unos centenares de asistentes. Otros tantos se arrimaban con desesperación a los edificios colindantes por si así se mojaban menos. La mayoría, claro, los más pobres de entre los pobres. Irónicamente, los grandes patricios de Lydos se habían quedado en sus villas o, como mucho, observaban a resguardo desde sus carruajes e ingenios.

Muchas veces, para justificar lo que había hecho, Bes se dice que quizá fueron los dioses —esos dioses en los que tanto creía su madre— quienes habían enviado aquella lluvia inmisericorde.

Sin la lluvia, la explanada habría estado llena de gente, miles de ojos atentos al ritual.

Sin la lluvia, los vígiles no habrían estado empapados y con ganas de acabar. Seguramente, de haber brillado el sol, los vígiles no habrían dejado que las pocas personas presentes se acercaran tanto a los candidatos. No habrían permitido que ella, empujada quién sabe si por la desesperación o por la envidia, cruzara la línea que la separaba de la gente normal, la gente pobre, y se fuera a mezclar con la comitiva de candidatos de aquel año.

La lluvia también hizo que las ropas de los aspirantes, tan blancas y radiantes otros años, quedaran tan arrugadas y grisáceas como la que llevaba la propia Bes.

Habría tenido que detenerse, pero cuando se abrieron las grandes puertas del templo, las cruzó junto a los elegidos.

—Cuidado con la cabeza —le dice el matón que la está arrastrando, mientras atraviesan una oquedad. Incluso le coloca una mano en la coronilla para asegurarse de que no se golpee. La ironía de todo hace que sonría, y que la sangre de los cortes que ya ha comenzado a secarse le tire de las mejillas.

El gesto dura poco. Sátor vuelve a trastabillar. Lo mueven a empujones crueles delante de ella mientras a Bes la invade una oleada de furia tan grande, tan potente, que los ojos se le van a los secuaces de Aquila que los están arrastrando e imagina que se libera, que los ahoga con las cadenas que le aprietan las manos, pero no hace nada porque, si Bes ha sobrevivido a tantas cosas, es porque sabe perfectamente a qué puede enfrentarse y a qué no.

Ahora está en la parte del no. Sobre todo cuando, de repente, los matones la empujan a un espacio amplio, donde los rumores, gritos, llantos, súplicas y voces entremezcladas le indican que sus ojos no la engañan y que, en ese espacio, hay más gente. Rápido, rápido, Bes mueve la cabeza, lleva la mirada a un lugar, a otro, aquí, allí, más allá. Y, sí, por fin. En un rincón encuentra a Vix. Algo es algo.

Todo el lugar está iluminado por lámparas de aceite que le dan a la estancia una tonalidad roja que a Bes le recuerda a esa misma sangre seca de los cortes en sus mejillas. A su alrededor, se extienden jaulas metálicas que van del suelo al techo, desde donde la observan decenas de ojos, ojos tristes, desesperados, medio adormecidos. Al fondo, entre penumbras, se adivinan celdas como la suya.

Recuerda entonces, al mirar esos ojos, esas caras enfermas, desnutridas, tras los barrotes aquella vez, en Los Durmientes, cuando una mujer más que enferma le preguntó por la Dama. Y recuerda a la hermana del albañil, al contarle que su hermano se había ido con la Dama, y que había vuelto cambiado. Y que no era el único.

Y vuelve a pensar en su encuentro con la Dama. En la manera que tenía de caminar, como si flotara, como si estuviera no solo por encima de ellos, sino por encima de todo, incluso de los dioses. Y en la máscara. Hermosa, distante, el rostro de una diosa entre mortales. En la frente, un único diamante grande, claro y cortado en forma de lágrima contrastaba contra la oscuridad del metal.

Toda esa gente...

Desde el fondo de la estancia, le llega un olor que no solo le inunda las fosas nasales, sino que parece penetrarle hasta el tuétano. El olor de la muerte, de la carne. Aparta la vista enseguida, pero sabe que no podrá olvidar ni aunque viva cien años el montón de brazos desmembrados, abiertos en canal, pestilentes y sanguinolentos, amputados como si nunca hubieran tenido dueño.

Brazos cercenados. Eso es nuevo.

Si lo que pretende Sátor es escapar de aquí con Vix, ella —lo acaba de decidir— piensa hacerlo llevándose consigo a toda esa pobre gente.

Mientras continúan arrastrándola, Bes se percata de que ha estado en lo cierto todo el tiempo: están bajo tierra. El aire, cargado de humedad, se le adhiere a la piel como un manto pegajoso y el calor brota del suelo. Y todo eso a Bes le recuerda... a Bes le recuerda...

Bes recuerda que el día en que, sin ser nadie, tan solo una pobre desamparada del Errante, se infiltró en la comitiva de candidatos a recibir la Bendición del Demiurgo, iba temblando. Lo que estaba haciendo era una ofensa, una blasfemia.

Más incluso: un terrible crimen.

Pero si retrocedía, quién sabe a lo que se enfrentaría. En el mejor de los casos, quizás a una muerte lenta y brutal. Quizás el castigo de los dioses fuera más misericordioso que el de los humanos.

Tras lo que le parecieron horas en las que se mantuvo con la cabeza gacha, los ojos fijos en sus pies para no dar un mal paso y, así, no llamar la atención, la comitiva llegó a una caverna. Bes recordó a su madre, que le contaba que, en los orígenes de Lydos, antes de la construcción de los grandes templos y palacios y villas de La Corona, sus habitantes se adentraban en las cuevas de la isla para buscar a los dioses.

Como de la nada, entonces, apareció él.

El Theokratés, alto y terrible. Nunca lo había visto de tan cerca. A todos les dieron a beber de un mismo cuenco de alabastro tan delicado que las paredes de la vasija dejaban traspasar la luz.

El Theokratés ni siquiera la miró a los ojos cuando a ella le llegó su turno. Ni se dio cuenta de que aquella joven empapada, que no era más que piel y huesos, no pertenecía a aquel lugar.

Después de aquello, Bes no recuerda nada más, salvo el frío y el miedo y que atravesaron una última puerta.

HEDERA

Lo primero que hace Hedera es desabrocharse el manto blanco que lleva. Hace demasiado calor en el templo. O quizá sea solo ella, que se siente arder, casi a punto de explotar. Como una serpiente deshaciéndose de su piel, el manto se le desliza por los hombros y cae al suelo. Hedera da un paso que lo deja atrás.

Ha dicho que sí. Que quiere hacerlo, que va a hacerlo.

Andras, incluso, se lo ha vuelto a preguntar:

—¿Estás segura, Hedera?

Sin palabras pero con un asentimiento, Hedera le ha respondido.

Pero una cosa es querer y la otra… Otra cosa es *poder*.

—Em… Emperador, majestad. —Al escuchar cómo lo llama, el viejo Cícero Aristeón levanta la vista en su dirección—. No temáis, majestad. Estáis entre amigos.

El viejo parece escucharla. Al menos, cuando la mira, parece como si las pupilas la enfocaran a ella, en lugar de dilatarse y contraerse sin sentido.

—Hay poco tiempo… —susurra Ludo, al que han mandado a un extremo del vestíbulo, hacia el lugar desde el que tiene que llegar la comitiva de los candidatos. Tulio y Ennio, por el contrario, han vuelto al pasillo por el que han accedido ellos, el que va a tomar el Theokratés—. Escucho pasos. Están lejos, pero ya vienen.

¿Cuánto tardaron?, se pregunta Hedera. ¿Cuánto tardaron ella y Ludo y todos los demás el año anterior en recorrer aquel pasillo que zigzagueaba desde la entrada principal hasta llegar ahí, prácticamente al corazón del volcán? A ella le pareció que había transcurrido una eternidad, pero es probable que el recuerdo no sea más que fruto de su impaciencia.

Hedera siente la cabeza ligera, no sabe si de miedo, de expectación, de angustia. No le vale de nada pensarlo, así que centra toda su atención en el anciano que tiene delante y de repente siente una oleada abrumadora de compasión.

Pobre hombre, que una vez fue uno de los más poderosos de Lydos y, por tanto, del mundo entero, pero que acabó perdiéndolo todo. Pobre Cícero Aristeón, que se convirtió en un mendigo y un loco, con su sombrero y su bastón de empuñadura plateada, creyéndose algo que no es y que nunca fue, vagabundeando por el Errante de sol a sol. Por todo eso, cuando Hedera le toma de la mano, intenta que la caricia sea cálida, suave.

Entonces, toma aire. Llena sus pulmones todo lo que puede, sin dejar de mirar al anciano a los ojos. Rodeada de esos arcos y de esas columnas, de la pared de roca viva, Hedera se siente diminuta. El mendigo la observa con ojos desorbitados, con una mezcla de miedo y súplica. Ella susurra palabras tiernas, pero lo hace tan bajo que ni ella misma se escucha.

Y trata de concentrarse. No en ese viejo Theokratés de Lydos caído en desgracia, sino en la sombra de Cícero Aristeón que la luz que se derrama desde las ventanas proyecta contra una de las paredes del vestíbulo, rugosa y áspera, excavada directamente en la roca del volcán. Atrás, allá atrás, la sombra se extiende y alcanza casi el doble de la altura del Emperador. Sus brazos, cercanos a una columna que sostiene cuatro antorchas, una por cada cara, parecen exageradamente largos, como si al pobre anciano lo estuvieran tirando de las extremidades en todas las direcciones. La sombra de sus piernas, sin embargo, es como un haz de filamentos delgados que se expanden por la pared y a lo largo del suelo hasta llegar adonde están ellos.

Hedera vuelve a tomar aire.

Nunca ha intentado controlar a una sombra que no hubiera creado ella, ya fuera la de un pájaro, la de un perro, la de las alas de sus tobilleras. Y lo que siente Hedera al inhalar profundamente, al tratar de comprender qué es lo que tiene dentro de sí para ser capaz de dar vida a algo tan etéreo e inmaterial es... resistencia.

La sombra se rebate como un animal herido.

Hedera exhala. Por un instante, pierde el control, si es que acaso lo ha tenido en algún momento. Tiene ganas de llorar pero no sabe si es por la frustración o por la rabia. O quizá... quizá por esa pizca de dolor. Sí. Ese pequeño pellizco doloroso pero brillante al mismo tiempo que siente en la parte izquierda de su pecho, justo donde tiene el corazón, cada vez que usa su Arte.

¿Cómo lo logró?, se pregunta con los dientes apretados. ¿Cómo hizo para crear aquellas alas que les salvaron a todos en el acantilado?

Vuelve a intentarlo. Vuelve a concentrarse en esa pared donde se proyecta la sombra deforme de Cícero Aristeón, que ahora se inclina hacia delante en un ángulo agudo, siguiendo la dirección de los haces de luz que entran por las ventanas talladas en la roca.

¿Qué es realmente una sombra?, se pregunta. Una imitación. Un reverso. Vida que no es realmente vida. La sombra del anciano se sacude y esa pequeña punzada de dolor se le dispara a través del brazo y se extiende por todo su cuerpo en oleadas de calor abrasador. Hedera persiste, sus manos temblorosas pero firmes, guiando la sombra, ordenándole en silencio lo que tiene que hacer.

Pero la figura oscura, deforme, fragmentada de pronto en uno y mil pedazos, se agita, se retuerce tratando de escapar a su control.

El anciano grita, un alarido desgarrador que se pierde en la vastedad del vestíbulo. A Hedera se le atraganta el aliento en el pecho y no se cae únicamente porque Tulio —¿cuándo ha aparecido? ¿Cómo? ¿Dónde?— está allí para sujetarla.

—Hedera, espera. Te estás…

—Puedo hacerlo… —murmura ella entre dientes. El dolor ya se le ha extendido por todo el cuerpo, un dolor al rojo, como un cuchillo abriéndose paso bajo la piel.

Inhala de nuevo. Retiene el aire en los pulmones mientras aprieta la mano del anciano con fuerza. La otra, la que tiene libre, la extiende hacia esa sombra esquiva y deforme proyectada en la pared.

Recuerda las palabras que, antes de empezar, ha dicho Andras: que el anciano que tienen delante no es quien debe ser, sino una sombra de lo que fue.

Una sombra. De lo que fue.

Y Hedera piensa en el padre de Tulio, el único Theokratés que ha conocido. Jano Zephir fue un hombre regio y solemne que caminaba con una gravedad que parecía alterar el aire, cada paso medido y firme. Recuerda su voz, que no solo llenaba cualquier espacio en el que se encontraba, sino que traía consigo una resonancia que obligaba a escuchar, a prestar atención, como si las palabras por sí mismas modelaran la realidad. Y sus gestos siempre tan medidos y tan fuertes al mismo tiempo.

Y, entonces, delante de ella, delante de todos, la sombra del viejo Emperador deja de retorcerse, alza los hombros, yergue la cabeza. Ya no es la sombra de un viejo loco. Es la sombra de un joven Theokratés. Del joven Cícero Aristeón.

Y ya casi está, piensa Hedera. *Está cerca.*

Cierra los ojos. Vuelve a tomar aire. Así es como dota de vida a sus sombras, con un soplo, con una pequeña exhalación, con ese aliento que es suyo pero que les regala. Pero esta sombra es distinta, y Hedera comprende por qué: esta sombra no es suya. Tiene un propietario. Tiene… tiene…, a Hedera no le gusta ni pensar en esa palabra, pero le llega clara al cerebro. Esta sombra ya tiene un alma y una voluntad, y ella tiene que arrebatársela para imponer la suya.

—Lo siento… —se descubre susurrando.

Entonces, hace un movimiento amplio con las manos y la sombra, al instante, la imita.

Pero todavía no ha terminado.

Otro giro de muñeca y la sombra vuelve a retorcerse. A Hedera le queman las manos, se le clava en la piel cada filamento del tatuaje con forma de telaraña que la marca como tejedora. Pero la sombra va tomando entidad, va tomando volumen, ya no es una figura recortada contra la pared de roca sino que, con un último tirón y un gemido de dolor, de pronto la sombra está ahí, al lado de ella.

Escucha a Tulio jadear por la sorpresa, a Ludo chasquear la lengua. Ennio, lo sabe, ha murmurado una plegaria, como si no se creyera que, ahora mismo, a su lado, hay una figura como hecha a base de jirones de niebla, que se arremolinan de forma hipnótica, con ojos vacíos que miran sin ver.

LUDO

Lo ha logrado. Hedera lo ha logrado.

Ahí está, ante sus ojos, esa sombra etérea y distante, pero que no se proyecta contra la pared, que no necesita de un cuerpo real ni de ninguna fuente de luz, solo del Arte de Hedera. Y, claro, como Ludo es Ludo y no puede dejar de serlo, extiende el brazo hacia la sombra del joven Cícero Aristeón.

—¡Ludo! —lo reprende Hedera con un gesto de dolor—. No la… No la toques.

—Es tu turno, Ludo —dice Andras.

Es verdad. Le toca. En cuanto Andras les ha dicho a todos que no era el viejo Emperador sino la sombra del joven Cícero Aristeón la que iba a abrirles el portal, Ludo ha adivinado cuál iba a ser su papel. Sonríe mientras se vuelve, no hacia la sombra sino hacia el viejo Emperador.

—Necesito que me digáis unas palabras, alteza —le pide con voz melosa. El anciano aparta un instante la mirada de esa sombra suya para clavar sus ojos acuosos en él. Si va a hacer lo que Ludo le va a pedir, será a duras penas—. Tenéis que pedirles a las puertas que se abran —insiste Ludo.

No lo hace, claro. El anciano apenas es capaz de pronunciar palabras sueltas entre pausas guturales. Algunas, Ludo las capta o las interpreta, no pasa nada. Porque no son las palabras lo que necesita Ludo del viejo Emperador.

Lo que necesita es su voz, que Ludo deja que le llene la cabeza. Es difícil, claro, porque la cabeza de Ludo siempre está llena de ruido, de conversaciones, de música, de poemas y de canciones.

Pero esto es importante. Esto va en serio. Se lo ha pedido Andras. Y, además, solo puede hacerlo él.

Primero, inspira. Retiene el aire en los pulmones y va exhalando lentamente mientras fuerza al resto de pensamientos, de conversaciones, de voces —incluida la suya— a que se vayan.

Con una nueva inspiración, recuerda la voz cascada del viejo, su gravedad rasgada, su tono tambaleante, la cadencia entrecortada de sus palabras, y entonces la despoja de los achaques de la edad y de los armónicos de locura, le da fuerza y autoridad. Luego, con esa única voz en la cabeza, mira hacia la sombra que ha creado Hedera.

La sombra de Cícero Aristeón, el Theokratés y no el mendigo, como un títere unido a Hedera a través de hilos invisibles, se erige imponente, parece dominar todo el vestíbulo. Solo es un ente oscuro que parece absorber toda la luz a su alrededor transformándola en remolinos de niebla negra, pero, a pesar de eso, Ludo puede sentirlo como una presencia voluminosa y sólida que, a un gesto de Hedera, camina hasta colocarse frente a las puertas. Levanta los brazos.

Ahora.

Ludo abre la boca pero la voz no se proyecta desde su garganta sino que, con un pequeño gesto con los dedos en los labios que le produce, ahí donde tiene el corazón, un pinchazo tan intenso y doloroso como breve, parece que fuera la propia sombra la que estuviera hablando:

—Por el poder que me confiere el Demiurgo, ceded ante mi voluntad. ¡Abríos!

Ludo no sabe si es la fórmula correcta, si son las palabras adecuadas, pero de la sombra ha surgido una voz llena, precisa, rebosante de poder y confianza que resuena por todo el vestíbulo como un eco.

Y la atmósfera se tensa con anticipación justo antes de que un susurro rompa el aire.

Pero no es un susurro sino las puertas, que sisean mientras las dos hojas se van separando suavemente. Después, cuando se arrastran contra el mosaico del suelo, a Ludo le recuerdan a un trueno, a una tormenta que retumba por todo el vestíbulo hasta que, por fin, delante de ellos, se abre un pasillo como una boca negra.

—¿Quiénes son los mejores? —pregunta Ludo, ufano—. No, en serio. ¿Quiénes lo son? ¿Quiénes lo han logrado?

Es un fastidio que todos estén tan sorprendidos que ninguno le responda, la verdad.

ENNIO

—¿Quienes lo han logrado?

Ellos. Lo han logrado ellos, los dioses se los lleven a todos —incluido a él— por su atrevimiento. Y son ellos —también él— los que cruzan las grandes hojas de madera y metal, adentrándose donde solo los candidatos al ritual, el Theokratés y sus ayudantes pueden hacerlo.

A cada paso que da, cada vez que el eco de sus botas repercute por los confines de esos pasillos tallados en el propio Lydos y que descienden en espirales cerradas, Ennio se siente desfallecer.

Ennio siempre ha escuchado atento —aunque no siempre las haya obedecido— las normas, lecciones y advertencias que, sobre ser orfebre, le han dado en la Academia: la vida es finita, limitada. La suya, la del cielo, la de la tierra, la de la laguna, la del mar y la de todos los seres que, bajo el agua, los habitan. Es finita la vida de las personas, los animales, los árboles, las flores o los insectos —algunos, incluso, tienen una vida tan breve que apenas dura lo que dura un día—. Y es finita la vida de los ingenios, a esos a los que los orfebres como él dotan de vida.

A costa de la suya propia.

Por eso las normas, las leyes, la prohibición de crear ingenios fuera de la Academia. Porque, si la vida es finita y también la de los orfebres, ¿qué pasaría si llegara un momento en que no quedaran orfebres en Lydos?

Tulio encabeza la comitiva. Ha tomado una de las lámparas de aceite del vestíbulo y va alumbrándoles. Detrás de él, Hedera junto a su sombrío Theokratés y, a continuación, Andras sujeta al Aristeón real por el brazo para que no se caiga. El anciano, desde que Hedera ha hecho aparecer esa sombra maldita, parece más muerto que vivo.

Ludo y él cierran el pequeño grupo que desciende y desciende y desciende sin detenerse. Ya ha perdido la cuenta del tiempo que llevan por esos pasillos excavados en la roca del volcán, que se abren como venas en un cuerpo gigantesco y dormido.

—Tú, que tienes mejor memoria que yo, ¿cuándo llegamos? —pregunta Ludo—. Supongo que el año pasado estaba demasiado nervioso y no me acuerdo, pero estoy empezando a aburrirme de esta caminata y eso es mucho decir, teniendo en cuenta… bueno, teniendo en cuenta…, no sé, el número de transgresiones y sacrilegios que estamos cometiendo. Creía que iba a ser más divertido, la verdad.

Ennio tarda un par de segundos en comprender que le está hablando a él, segundos en los que da un traspié. Parpadea y trata de abrir los ojos lo máximo que puede porque resulta que ve borroso. Tarda otro par de segundos en darse cuenta de que no se ha caído al suelo porque Ludo, delante de él, ha sido lo suficientemente rápido como para sostenerlo.

—¿Te encuentras bien? —le pregunta.

Sin pretenderlo, casi por inercia o necesidad, mira a Ludo a los ojos. Se pierde de pronto en ellos. Parecen más oscuros y profundos de lo que los recuerda, como si escondieran algo al fondo.

No sabe por qué se resiste, pero a pesar de ese agotamiento que le cae sobre los hombros y sobre la espalda como una losa, Ennio se suelta y trata de erguirse mientras un dolor punzante —el mismo dolor que sintió la noche anterior, cuando escuchó a Ludo hablar con Andras, el mismo que el propio Ennio dejó fluir mientras lloraba desconsolado escondido en un rincón del Buen Padre— le atraviesa el pecho como una descarga.

—Estoy bien —responde secamente justo antes de reemprender la marcha—. No nos quedemos atrás, vamos.

—Niño dorado… —canturrea Ludo, burlón—. Niño bonito… ¿no te estarás echando atrás *ahora*, verdad?

«Niño dorado, niño bonito». Las mismas palabras con las que lo nombraba la noche en que se conocieron. Las mismas que pronunciaba contra sus labios cuando Ennio, piel contra piel, lo besaba desesperado en su camarote del Buen Padre. ¿Cómo pudo amarlas antes y odiarlas tanto ahora?

—Basta —le espeta con un nudo en la garganta—. Basta, ¿quieres? Deja de llamarme esas cosas.

—¿Y cómo quieres que te llame? —Ennio duda de repente, la cabeza le da vueltas. No sabe cómo quiere que le llame Ludo pero, en un ataque de lucidez, sí que sabe cómo su propia familia va a llamarlo a partir de ahora: traidor. Traidor. Traidor.

Ennio cae de rodillas al suelo. ¿Cuánto hace que no duerme? ¿Cuánto tiempo desde que, primero el dolor tras darle la vida al Buen Padre, y luego el dolor de saberse solo un muñeco sujeto a los caprichos de Ludo, no le dejan descansar?

—¡Ennio!

El grito de Ludo parece llegarle desde otro mundo. Ennio solo escucha el rumor de su sangre en los oídos, cada músculo y cada hueso de su cuerpo quejándose amargamente.

—Ludo, llévatelo de aquí.

Ennio ni siquiera se da cuenta de que Andras se ha acercado a ellos. Cuando le pone una mano en la sien está helada al tacto o, quizá, el que arde por dentro es él.

—¿Y el gran final? ¿Voy a perdérmelo por tener que hacer de niñera?

Hacer de niñera. Ennio aprieta los labios, la boca se le ha llenado de un sabor amargo. Entonces nota un movimiento brusco a su lado. Andras acaba de sujetar a Ludo por el cuello de esa túnica que lleva, tan blanca y pura.

—No te lo estoy pidiendo, jilguero burlón. —Desde ese lugar en el que está Ennio, a caballo entre la consciencia y la inconsciencia, la voz de Andras suena más dura de lo que debería. Más fiera, más autoritaria a pesar de que habla en susurros—. Todo esto es demasiado importante, llévate a tu juguete de aquí, nos está haciendo perder un tiempo valioso. —Quizá solo sean unos segundos, pero en ese silencio que, de pronto, se hace en Ludo, Ennio siente que el tiempo se estira, que los latidos de su corazón marcan un compás demasiado lento. Finalmente, Ludo le coloca el brazo alrededor del torso para ayudarlo a levantarse.

—Vamos, héroe. —Aunque le susurra al oído, a Ennio la voz de Ludo le llega desde lejos, muy lejos—. Que tú y yo nos batimos en retirada. —Después, se vuelve hacia los demás—. Si alguien pregunta, Ennio y yo estamos en una misión secreta. Tan secreta que ni la sabemos nosotros, ¿de acuerdo?

Ennio es apenas consciente pero, aunque sepa que todo, todo, *todo* ha sido una mentira, en ese abrazo, en la ternura, en el cuidado con el que lo sostiene Ludo mientras ambos ascienden de vuelta a la superficie, lo que siente Ennio es muy parecido a estar en casa.

HEDERA

Solo son cuatro los que llegan al final de su periplo por las entrañas de la isla: Andras y el Emperador, Tulio y ella. Y la sombra, claro. Cómo olvidarla. Hedera la siente a su lado como una herida abierta, como si una miríada de hilos invisibles la conectaran a esa figura de porte orgulloso y poco a poco la estuvieran drenando de sangre, de vida y de aliento. Sin embargo, no se atreve a disiparla. Todavía no.

Hedera escucha que Tulio murmura unas palabras por lo bajo. Casi sin pensarlo, le da la mano, entrelaza los dedos con los suyos porque es la primera vez desde que se adentraron en el templo que le ve mostrar algo que no sea arrojo. Conoce esas palabras, cualquiera que haya pasado su infancia en La Corona las conoce. A ella se las enseñó una sirvienta tan dulce como anciana que le hizo de aya cuando su madre perdió el interés por cuidarla.

—*Dioses del alba y el ocaso, guardad mi paso, templad mi abrazo. En vuestro manto, mi refugio, mi lazo* —repite ella detrás de él.

Han llegado a una caverna descomunal, sumida en el mismo calor pegajoso, la misma humedad que les ha ido acompañando durante el descenso y que ha dejado un limo verde oscuro, casi negro, en las paredes. Del techo, como colmillos, cuelga un bosque de estalactitas, sobre un suelo salpicado de afloramientos rocosos.

No hay oro ni joyas ni columnas de mármol. La única decoración que hace pensar que este espacio no es completamente virgen es una tosca representación del Demiurgo, con su larga barba, sentado en un trono de piedra. Al igual que la representación de Luminaris en la fuente no se parece en nada a las elegantes estatuas que se ven en Lydos. Quizás esa tosca escultura la talló Lydon con sus propias manos, quién sabe. En las palmas abiertas y desgastadas de las manos sostiene dos fuegos encendidos. En la derecha, el símbolo de la vida que les dio a todos. En la izquierda, el del Don que regala a los orfebres. No es un ingenio, sino una simple escultura desgastada por el paso de los siglos.

Y ya no hay más. No hay más puertas. No hay más pasadizos. Este es el lugar maravilloso del que hablan los cuentos, las oraciones, las leyendas. «El corazón de Lydos», dijo el Theokratés antes de darles de beber de la fuente, allí donde los hombres se encuentran con el mismísimo Demiurgo, allí en las entrañas de la tierra, listo para entregarles su Don si los consideraba dignos.

Pero en esta sala no hay nada de eso. No está el dios con su voz de trueno ni encuentran fabulosas riquezas.

Solo esta gruta. Hedera se siente desfallecer pero, al mismo tiempo, con un suspiro y un gesto de la mano por fin disipa esa sombra que sentía en el pecho como una rémora. Si no hay ningún dios, tampoco necesitan a su Theokratés.

—¿Qué es esto? —pregunta Tulio señalando hacia donde miran los ojos de la estatua, donde parece que en algún momento alguien despejó un espacio circular, alisando y puliendo el suelo resbaladizo y recortando esos colmillos blancos que surgen del techo.

Justo en el centro, hay algo que parece que no debería estar ahí: un espolón de roca negra, afilado y retorcido no por el paso del tiempo, sino por millares de pequeñas muescas, como si un paciente escultor le hubiera ido arrancando fragmentos diminutos de la superficie. No se parece en absoluto a la roca volcánica de la isla, tan suave y llena de porosidades. Esa roca negra es de un material más duro y pesado, lleno de pequeños destellos irisados que brillan a la luz de un pebetero de bronce en el que arde un fuego con olor a sándalo e incienso.

De la mano de Tulio, se acerca a la roca, pero Andras se les adelanta, dejando atrás al verdadero Cícero, que se ha quedado inmóvil, los ojos demasiado abiertos y la boca atrapada en una mueca de horror. A los pies del pebetero hay una pequeña caja de madera. Dentro de la caja, un cincel y un martillo.

—Lo sabía… —susurra Andras—. Lo sabía. Siempre lo he sabido. Aquí está. Esto es. Este es el corazón de Lydos. El lugar donde el poder de orfebres y tejedores converge… o se divide. ¡Eso es! —Andras ha ido levantando la voz, camina por la sala y Hedera, de pronto, se asusta, sin soltar la mano de Tulio, se aprieta contra él, a su espalda—. ¡Aquí está la verdad secreta de Lydos! ¡Este es el verdadero rostro del Demiurgo! —Vuelve a bajar la voz—. Lo sabía… lo sabía…

Andras no hace más que caminar por esa gruta, alrededor de la roca. Hedera no sabe si habla para sí, si lo hace para ellos. Su voz suena a veces ahogada, a veces rebota contra las paredes. Ella lo sigue con la mirada, la cabeza llena de preguntas.

Porque no entiende… no entiende. ¿Dónde está el dios? ¿Y el Demiurgo? ¿Qué es todo esto?

Pero todas esas preguntas pasan a un segundo plano cuando el fuego al lado de esa roca negra alumbra a Andras y proyecta su silueta contra las paredes de la gruta. Por un instante Hedera se sobresalta, convencida de que es la sombra del joven Cícero Aristeón, que ella misma ha disipado apenas hace minutos pero que se ha materializado de nuevo por voluntad propia.

Aunque no es así, a pesar de que esta sombra sea prácticamente idéntica a la que ella ha creado.

Lo siguiente se le escapa de la garganta.

—¿Qué es lo que sabes? ¿Quién eres?

ANDRAS

—¿Que quién soy? —Dándose cuenta de lo que ha descubierto Hedera, posa también los ojos sobre su propia sombra y deja escapar una carcajada tan repentina, tan fuera de lugar, que retumba por todo el recinto—. Tienes razón, amiga mía. El parecido es incuestionable. —Está en la línea dura de los ojos, en la mandíbula elegante, en la nariz recta y afilada. Y, ahora, también con el verdadero Cícero sumándose al grupo, a pesar de sus ojos locos y cansados, de sus mejillas caídas, no ha tenido que tomarse más que un par de segundos para darse cuenta. Quizá no esperaba que el resto lo hiciera también. Pero, en definitiva, ya no importa. Andras se acerca a su sombra, la examina y sonríe. No se da cuenta o no quiere hacerlo pero los claroscuros en la caverna hacen que esa sonrisa, que querría ser nostálgica, parezca una mueca de crueldad—. Me preguntas quién soy y la respuesta es *nadie*. No soy *nadie*. —Y no está mintiendo. *No es nadie*. No, según las normas y tradiciones de

Lydos—. Un huérfano del Errante, igual que tú, Hedera. Pero, en realidad... —añade mirando a Tulio, porque una parte de él espera que le comprenda. Tulio, abandonado por todos, rechazado, ignorado, olvidado... tan rabioso y tan enfadado con todo y con todos que a Andras solo le ha hecho falta encender una llamita cerca de él para que todo su fuego se esparciera—. La pregunta, querida Hedera, en realidad es otra. La pregunta es: ¿quién habría podido llegar a ser?

Su historia comenzó con un llanto desesperado como el de todos los niños al nacer, aunque luego las pobres mujeres que asistieron en el parto dijeran que aquel niño lloraba con una rabia y una fuerza inusuales, como si desde el vientre de su madre ya supiera que su lugar en el mundo le había sido arrebatado. Nació en Alcazara, una ciudad famosa por sus minas de plata, a días de camino de la costa más cercana a Lydos —Lydos, la grande. Lydos, la magnífica. La ciudad de las maravillas y los ingenios. La ciudad eterna—, en los establos mugrientos de una posada, entre caballos y cabras, porque era eso o hacerlo en la calle, debajo de una tormenta.

—Tú lo sabes, Hedera —continúa—. Conoces el desamparo, el miedo, no tener nada que llevarte a la boca y, aun así, ser incapaz de dormir por miedo a que llegue cualquiera y te raje la garganta para robarte lo poco que tienes. Lo sabes. Lo has vivido. Y así fueron los primeros años de mi vida: de pueblo en pueblo y de ciudad en ciudad. Fortunia, Lapirinto, Thespia, Baracina... ¿Sabéis que nos desprecian?

No. «Desprecio» no es la palabra. «Odio». El mundo odia a Lydos del mismo modo en que Lydos odia al resto del mundo. Lydos, la cruel, la llaman en Thalassia. Lydos, la implacable. Por tanta barbarie, por tantas guerras, por tanta sangre y tantas lágrimas.

Se da un instante para respirar mientras se fija en sus caras. Tulio y Hedera le miran con perplejidad, desconfianza. No les culpa. No era su intención contarles todo esto. Esta historia… esta historia, por mucha verdad que encierre, al final no es más que otro cuento.

—Todo el mundo conoce la historia de Cícero Aristeón. —Como si al escuchar ese nombre supiera que le pertenece, el hombre se agita—. El legendario Theokratés, el orfebre más poderoso desde hacía generaciones, la esperanza de todo un pueblo. El que le devolvió la vida al Puente de los Susurros. El que logró mantener en pie al último de los colosos. Pero también… también el Theokratés que ofició la Bendición de su única hija. El que se volvió loco cuando el Demiurgo se la arrebató. El que, sin poder soportarlo, se lanzó a la laguna desde los acantilados. Pobre, pobre, *pobre* Cícero Aristeón…

Se da unos segundos. Pasea alrededor del viejo. Lo observa con cuidado. No les queda mucho tiempo. En cualquier momento llegarán los candidatos a la Bendición.

—Pero ya sabéis que Aristeón, aunque sí que se volvió loco, nunca llegó a lanzarse desde los acantilados. Era demasiado cobarde, así que prefirió que Lydos creyera que su hija, *Irena*, había muerto con tal de no admitir que, en realidad, se había convertido en tejedora. Sí. Qué sorpresa, ¿verdad? Que los cuentos que os han contado desde niños al final no resulten ser del todo ciertos. Porque, efectivamente, su hija, Irena, *mi madre*, salió viva de este templo, pero convertida en un secreto. Fue eso y no la tristeza lo que acabó por volverlo loco. La vergüenza de haberle dado a Lydos una hija demasiado débil, demasiado indigna. Antes de que nadie la viera, la sacó por la misma puerta por la que nosotros hemos entrado hoy y la envió lejos, sin nombre, sin ayuda, para que muriera sola y sin futuro. —El viejo vuelve a agitarse como si reconociera la verdad de sus palabras y, como fulminado por un rayo, cae de rodillas. Andras lo observa con una frialdad que no parece tener fin. No tiene derecho a lamentarse ahora—. Pero prosperamos.

Su madre murió, sí. Pero no cuando esperaba Cícero Aristeón que, pocas horas después de haber llorado su supuesta muerte delante de todo Lydos, la sacó a escondidas del templo del Demiurgo y la embarcó en una goleta rumbo al continente. Su madre murió muchos años más tarde, de algo tan mundano como la simple enfermedad.

Antes de eso, su madre sobrevivió y luego se enamoró, como ocurre tantas veces, de un hombre que también acabaría abandonándola pero que, al mismo tiempo, le regaló lo más valioso que jamás pensó llegar a tener: un hijo.

Esos primeros años los recuerda arropados con las historias que su madre le contaba sobre una isla lejana en el centro de una laguna, capaz de dar a luz a las más grandes maravillas pero también a los más horribles secretos.

—Y resultó que lo que yo siempre había creído meros cuentos, fantasías que contarle a un niño cuando tiene demasiado miedo para dormir, no lo eran. Porque mi madre me hablaba de Lydos. Lydos, la magna. Lydos, la eterna. Me contaba los secretos que su propio padre le había contado a ella, tan seguro y convencido como estaba Cícero Aristeón, el orgulloso Cícero Aristeón, de que ella iba a sucederle como Theokratés cuando el Demiurgo la convirtiera en orfebre. Mi madre siempre lo supo todo: la puerta secreta por la que hemos entrado hoy, el portal que solo se abre ante el Theokratés, pero ante cualquier Theokratés; sabía de los pasillos de roca viva que hemos atravesado, de la fuente de Luminaris. Todo salvo lo que hemos descubierto hoy aquí, en este recinto, en esta sala, en el verdadero corazón de Lydos. Lydos, la oscura.

Pasa la mano por los restos de ese espolón. Es lo único que no le contó su madre: qué había ahí, al final de las salas, las estaciones del ritual y los pasillos, en el centro de todo. Esa roca de brillo y sombra que parece viva y que está caliente al tacto.

Un grito ensordecedor le obliga a girarse. El viejo parece haber despertado de su trance y se acerca a él con pasos tambaleantes.

—¡No lo toques! —De esa boca desdentada se le escapan pequeñas gotas de saliva en todas direcciones—. ¡No lo toques! ¡Sacrílego! ¡Criminal!

Tulio da un paso y Hedera, tan ágil con sus tobilleras aladas, también, pero ni así son lo bastante veloces como para evitar que Aristeón se abalance contra él. No le hace daño. No puede hacérselo, tan débil, tan viejo, tan enfermo como está. Los dedos con los que le rodea el cuello son frágiles como ramitas secas y, además, solo llegan a tocarle un segundo.

Un instante después, Cícero Aristeón deja escapar un estertor y se lleva hacia su propio cuello las mismas manos con las que ha intentado estrangularlo.

Es irónico, piensa Andras. Cuando el afamado Theokratés, cuando el poderoso Cícero Aristeón envió a su única hija, su madre, a su forzado exilio. A Irena, su madre, le dio tiempo a llevarse consigo unos pocos ingenios. Sus favoritos siempre han sido los brazales gemelos, que se enroscan a las muñecas de su portador como las víboras a las que representan, tan delicados con sus escamas de esmalte y sus ojos de ónice verde. *Es irónico*, se repite mientras el pobre, pobre, *pobre* Cícero se desploma. Es irónico que sea una de esas serpientes, tantas generaciones formando parte del tesoro de ingenios de los Aristeón, la que, enroscándosele alrededor del cuello, le haya quitado la vida.

—Lo has… —balbucea Hedera mientras la pequeña serpiente regresa a su lugar, alrededor de su muñeca derecha.

—Lo he matado —completa él, sin pizca de placer en la voz—. Antes de que me matara él a mí.

No es cierto, claro, pero no puede permitirse perder la confianza de Hedera y de Tulio ahora. Los necesita, quizá más incluso de lo que necesita al resto de los Hijos. Por lo que finge sentir un mínimo de remordimiento por ese cadáver que ha quedado a sus pies, y se inclina para cerrarle los ojos con una plegaria. Cuando vuelve a levantar la vista, pone toda su fuerza, toda su pasión en esas palabras que ahora son tan importantes.

—Hedera, me has preguntado quién soy yo. Y la respuesta es siempre la misma: soy Andras, el Andras que conocéis, aunque también el Andras que podría haber sido si este hombre… —No es su abuelo, nunca lo ha sido por mucho que compartan la misma sangre—. Si ese hombre no hubiera renegado de mi madre del mismo modo que… —Los mira. Mira fijamente a Tulio y a Hedera. Parecen asustados, pero no han dicho nada cuando ha matado al viejo delante de ellos. Quizás odien todo lo que era el viejo y todo lo que representa tanto como él—. ¿Qué podríais haber sido si La Corona no hubiera renegado de vosotros? ¿Qué podríais haber llegado a ser? ¿Seríais los mismos, quizá? ¿El mismo Tulio, la misma Hedera que ahora se dan de la mano? ¿Habríais podido llegar a ser los que una vez soñasteis?

Es la verdad. Él no miente. Y ambos lo saben. Tienen que saberlo. Porque la crueldad, el sufrimiento, el abandono y la soledad dejan marca. Quizá piensen que él odia Lydos. Y sería una conclusión lógica después de todo lo que ha hecho, después de todo lo que les ha dicho. Pero estarían equivocados. Porque él no odia Lydos. En realidad la compadece como compadecía a su propia madre cuando le hablaba de sus maravillas, de su gente y de la vida que había tenido antes de que su padre la repudiara. Lydos, tan grande, tan orgullosa y, al mismo tiempo, tan ciega.

Querría acabar su historia. Contarles que, si de él hubiera dependido, jamás habría puesto un pie en esta isla cruel y despiadada. Su madre y él habían logrado construir un hogar en Lunora, en lo más profundo del continente. Llevaban una vida placentera y confortable.

Pero fue su madre quien le obligó a prometer que volvería. Todavía la recuerda, no había visto jamás a alguien tan frágil pero, al mismo tiempo, tan fuerte en su lecho de muerte. Antes del último estertor, su madre le hizo jurar que regresaría a Lydos y que reclamaría todo lo que podría haber sido suyo.

Pero él no desea eso.

Él desea, en realidad, todo lo contrario.

Lo supo en el momento en que lo tuvo ante sus ojos. El Buen Padre. Tenía otro nombre y otro aspecto. Era una ruina, maderos a medio podrir en un muelle de Marinarae. Un hombre de mirada estúpida pretendía venderlo por partes, para quemar o para aprovechar las maderas, ignorando el tesoro que aún latía, aunque débil, bajo el casco de la nave. Le pagó una miseria y el vendedor se rio pensando que estaba haciendo un gran negocio.

Cuando lo arregló, cuando le dio el aspecto que tiene ahora y eligió su nuevo nombre, supo que lo convertiría en un futuro posible, en un hogar para que los que eran como él encontraran refugio.

—Sé que debéis estar confusos. Y no os culpo si también estáis furiosos —continúa. La voz se le hace áspera. Querría habérselo contado a todos en su momento, cuando tuviera algo más que ofrecerles, pero el destino ha querido que todo se precipitara cuando logró que Ludo le trajera a Hedera para abrir la puerta, cuando le consiguió a un orfebre para revivir su barco, y cuando los Hijos del Buen Padre encontraron al pobre, pobre, *pobre* Cícero Aristeón—. Pero mis intenciones son sinceras. Lydos se está muriendo. Su destino es como el de tantos otros: convertirse en recuerdos, en una mera fachada, en un adorno. Lydos llegará a su fin por no entender… Por no saber. Pero quiero que sepáis… Quiero…

Él no miente nunca. Quizás omita información por el bien de quienes le están escuchando, pero no es lo mismo.

—Es un engaño. —Incluso él se sorprende por lo inmensa que suena la voz de Tulio en la sala. Tan inmensa como su rabia, ahora blanca, del mismo blanco que sus puños apretados. Da un paso al frente—. Es esto lo que nos quieres hacer ver, ¿cierto? Para esto nos has traído aquí. —Y hay algo más dentro de Tulio. Algo más profundo que su rabia, porque su respiración se ha agitado, se ha hecho más rápida—. Porque aquí no hay ningún dios. Es todo... Todo es una invención, un cuento.

—Sí —responde él, tajante.

Sea lo que fuere lo que otorgue el Don a los orfebres y el Arte a los tejedores no son los dioses. ¿Por qué deberían? A los dioses no les importan los humanos. Sin embargo, a los poderosos de Lydos, esos que se dicen descendientes de Lydon y sus héroes, los mismos que han gobernado la isla desde que el mundo es mundo... A los poderosos sí que les importa. Es lo que *más* les importa. ¿Acaso no eligen solo de entre los suyos a quienes pueden pasar el ritual? ¿Acaso, si no les eres útil, si no eres un orfebre, no te expulsan de la ciudad?

XXIV

Por tejidos de penumbra, cada hilo se entrecruza

En lo más profundo del templo.

TULIO

Hay algo. Un pensamiento. Es algo que se le escapa. Que está ahí pero que se le desliza como intentar retener humo entre los dedos.

La roca, ese espolón de un negro profundo, que surge como una garra afilada, una cicatriz en el centro mismo de la sala en la que están. No ha podido dejar de mirarla mientras les hablaba Andras —Andras, que ha matado al anciano como si se tratara de una alimaña. Ha sido en defensa propia, sí, pero…—, mientras les contaba esa verdad. *La roca*, piensa Tulio. Hay algo en ella, algo que también está en su cabeza, pero que, por mucho que busque, no sabe encontrar.

No tiene tiempo ni para pensarlo. Apenas Andras hace una pausa para tomar aliento, el eco de pasos distantes les pone en alerta. Acaban de descubrir que todo es una farsa y, como si esos dioses que ahora Tulio duda que existan quisieran burlarse de ellos, llegan los candidatos a la Bendición.

Entre él y Andras arrastran a Aristeón hacia lo más alejado y oscuro de la caverna. No pesa nada, como si el muerto fuera solo un cascarón vacío. Luego ellos se refugian tras una acumulación de rocas que debieron desprenderse siglos atrás del techo mientras Hedera los oculta con su Arte. Al abrirse la puerta, Tulio capta el fulgor de las lámparas que portan cuatro orfebres a los que conoce porque son los mismos que formaban el círculo más íntimo de su padre, ahora bajo el mando del renovado Theokratés.

Detrás van los candidatos. Caminan en silencio, con los ojos abiertos pero sin ver nada. A Tulio ya no le engañan y, por el gemido apagado de Hedera al verlos, a ella tampoco. No es más que otro truco, otra farsa.

Los candidatos no pasan por ningún trance místico, como cuentan las historias y las leyendas y las oraciones y los ritos.

Es el agua. Uno de los ayudantes del Theokratés todavía lleva el cuenco de alabastro en las manos y lo deja frente a la estatua del Demiurgo. El agua de la fuente de Luminaris, seguramente mezclada con una pizca de *atropa*, el fruto de las enredaderas que crecen y suben prácticamente por todas las villas de La Corona. Recuerda a su aya machacar sus bayas y disolver su jugo en agua, cuando lloraba demasiado y su madre se quejaba porque desobedecía sus órdenes.

Querría reír, pero se conforma con arrugar los labios en una mueca torcida.

Hedera, entonces, se incorpora, la vista fija en los candidatos, y tiene que tirar de ella para que se agache.

—Cuidado. Nos van a ver —susurra.

Pero Hedera no responde, la vista fija más adelante.

—Lo vais a comprobar —susurra Andras, acercando su cabeza a las suyas. Tulio, al sentir su cercanía, se encoge con desagrado. *Ha matado al anciano*, se recuerda. ¿Hay alguna causa, justa o no, que justifique algo así?—. Vamos a ser testigos. Ahora por fin veremos que siempre ha sido así, que tenía razón. Que he hecho bien. *He hecho bien...* —Sus palabras, sin embargo, se pierden ante la magnitud con que escuchan la voz del Theokratés.

—La caja, por favor —ordena a uno de sus acompañantes.

El Theokratés, con solemnidad, extrae de la caja el cincel y el martillo. Ambos se los ofrece a la estatua del Demiurgo y después se gira. Por un instante, Tulio contiene la respiración. Cree que los ha visto, pero no. Tan solo se encamina hacia la roca negra.

Delante de la roca se arrodilla y, mientras de su garganta surge un cántico que parece hilarse en el aire con una gravedad que reverbera por toda la gruta, comienza a tallar la roca con el martillo y el cincel al ritmo persistente y profundo de su canto. A Tulio le parecen hipnóticos sus gestos precisos, como si ese canto mismo, en lugar de esas herramientas desgastadas, estuviera horadando el espolón de roca.

Sin moverse el orfebre que sostiene la caja, como si no quisiera que le escucharan pero, al mismo tiempo, levantando la voz por encima del canto del Theokratés, dice:

—La roca se acaba… ¿Qué haremos cuando no quede más?

—No es lugar para dudas —le responde cortante otra de las acompañantes, que se ha colocado a uno de los extremos de la roca. Tulio sabe quién es, orfebre y senadora, una de las más poderosas de La Corona. Ha estado incontables veces en Villa Zephir, pero jamás le ha dirigido la palabra, como si fuera invisible.

El orfebre que ha hablado primero niega con la cabeza y deja escapar un suspiro antes de insistir:

—Apenas queda para diez generaciones más.

—¿Y si son todos tejedores este año? —El tercer orfebre que, hasta ese momento observaba a los candidatos como un militar pasando revista, se gira—. Cada generación trae menos orfebres.

El Theokratés, de golpe, interrumpe su canto.

—Callaos. No traigáis malos presagios.

—Pero acordaos de la generación perdida…

La generación perdida. Otra de las desgracias que, como historias de miedo, corren por Lydos, aunque mucho más reciente que la del triste Aristeón. Cuatro años atrás, murieron todos los candidatos —entre ellos, uno de sus hermanos— y durante treinta días se celebraron sacrificios y rituales para aplacar la ira del Demiurgo que, sin duda, había castigado a aquellos muchachos por algún pecado inconfesable. Una mentira más.

—Estamos buscando soluciones… —insiste el Theokratés—. Pronto… pronto quizá tengamos noticias. Pero, ahora, silencio.

De pronto, Hedera se tensa. Tulio la mira. Tiene el gesto descompuesto, la mandíbula apretada y, todavía, la vista al frente. Entonces, cae en la cuenta. Ahí está, entre esos candidatos de mirada apagada, de voluntad dócil, su hermana: Vinea.

Dos gotas de agua, aunque Vinea parece más inocente, más niña, por mucho que Hedera y ella se lleven solo un año. Lleva la túnica blanca y sencilla de los candidatos, en contraste con su piel negra. El cabello lo lleva recogido, se da cuenta Tulio, como lo tenía Hedera el año anterior, en una corona de rizos sobre la frente, sujeta con una diadema de hojas doradas que se mueven como mecidas por el viento. Es como ver lo que ocurrió justo ahora hace un año con la única diferencia de que fue su padre quien, después de haber tallado la roca, se acercó a los candidatos.

—Venid —ordena el Theokratés con voz seca mientras uno de sus ayudantes levanta una bandeja de latón en la que lleva lo que sea que el Theokratés ha extraído de la roca—. Aquí, en este instante, os halláis en el umbral de la Bendición.

Durante un momento piensa en Ennio y se alegra de que no esté aquí. Tulio, porque lo quiere y lo conoce bien, sabe que parte de esa debilidad que ha terminado con él casi perdiendo el sentido es porque todavía quiere creer en ese milagro que es el Don de los orfebres. Porque, en realidad, sin ese Don, sin la obligación que conlleva, al final la vida de su amigo no ha sido más que otra mentira. Una como la que a él le dejó lleno de ira. Como la que desterró a Hedera.

Hedera.

Acaba de dar un respingo y, aunque Tulio le sujeta los brazos, está a punto de saltar. Es por Vinea. Su hermana es la primera en acercarse al Theokratés. A Tulio no le hace falta haber estado allí el año anterior para saber que Hedera probablemente había hecho exactamente lo mismo: dar un paso adelante, aún drogada, ansiosa por demostrar su valía.

Tulio contiene la respiración. Porque —si va a ocurrir algo, si va a llegar el Demiurgo, si va a aparecer ante ellos como un terremoto, como un milagro o como un viento huracanado y secreto— el momento es ahora.

Pero no aparece ningún dios, no estalla ningún trueno, no se mueve el suelo bajo sus pies.

El Theokratés, simplemente, toma algo de la bandeja de latón que sostiene su ayudante. Es… Tulio tiene que agudizar la vista para verlo bien. Es una esquirla, una pequeña aguja extraída de esa roca negra. Brilla. No se ha dado cuenta hasta ahora, pero no es la luz del fuego lo que hacía brillar esa piedra negra como una cicatriz en el suelo, no. La roca brillaba por sí misma pero, al mismo tiempo, parecía absorber toda la luz a su alrededor.

Entonces, otro de los ayudantes toma el brazo de Vinea, lo gira para que deje a la vista la muñeca. Sin ceremonia, sin pompa, el Theokratés clava la aguja de piedra negra en el brazo de la hermana de Hedera hasta que se la introduce por completo y, entonces, Vinea grita. Grita como si en lugar de una aguja le hubieran clavado mil. Da otro grito. Abre los ojos tanto que parecen querer escaparse de sus cuencas.

Y entonces cae, muerta o inconsciente, es imposible saberlo.

HEDERA

A Hedera le da igual que Tulio le esté abrazando. Le da igual que le susurre palabras de aliento al oído porque la que ha soltado ese chillido que ha traspasado el aire es su hermana. *Su hermana.* Puede que no se llevaran bien. Es una tradición familiar como tantas otras, supone: las hermanas y los hermanos Apokros comienzan a competir por el amor y la atención de sus padres en el momento en que aprenden a caminar, pero eso no… eso no les da *derecho* a hacer lo que le están haciendo.

—Son las esquirlas… —susurra Andras a su lado—. Os clavan esas esquirlas de roca negra en el brazo. *Eso* es lo que os da el poder. No hay dios, no hay elegidos. Una simple roca.

—Pero ¿cómo es posible? —murmura Tulio, que no la ha soltado todavía. Cómo la conoce.

—Me da igual —logra susurrar Hedera entre dientes con la rabia escapándosele por cada poro de la piel—. Me da igual. Es mi hermana.

Tiene que comprobar que Vinea sigue viva. Porque ahora que sabe que no hay dignos ni elegidos, ni dioses ni bendiciones…

Cree que podría perdonarla por haberle dado la espalda como el resto. Ella, al fin y al cabo, también habría actuado igual. Lo hizo incluso consigo misma: se sintió tan indigna que no se creyó capaz ni de merecer compañía.

No va a permitir que su hermana pase por eso.

En ese momento, el Theokratés clava un fragmento de piedra negra en el brazo del siguiente candidato, que cae en silencio, como fulminado. Los acompañantes del sacerdote se miran, nerviosos y Hedera nota de repente cómo Tulio ya no la sujeta.

Perfecto.

Porque se va a levantar. Hedera se va a mostrar ante esos farsantes y acabará con todos ellos. Lo va a hacer por su hermana, por sí misma, por Tulio, por todos los Hijos del Buen Padre, que la acogieron sin pedir nada a cambio. Lo va a hacer por Andras, incluso por el viejo loco de Cícero Aristeón que, aun sabiendo la verdad, fue incapaz de enfrentarla.

Pero no lo hace.

No es ella quien revela su presencia, quien grita como si la rabia fuera voz, fuera desgarro.

Es Tulio.

Tulio, que se lanza hacia delante. Tulio, que corre hacia el Theokratés y sus orfebres. Tulio, que agarra al Theokratés del colgante dorado que lleva en el cuello.

—¡Tulio! —grita ella, como si ese grito llevara atascado en su garganta más de una eternidad.

Pero Tulio no escucha. Tira del colgante del Theokratés hasta que logra que el hombre se incline en su dirección, hasta que le hace caer. Sus ayudantes se asustan, se agitan, gritan, se mueven, pero Tulio los ignora y arrastra al Theokratés por el suelo rugoso de la caverna haciendo que sus mantos y su túnica se rasguen, que le sangren las piernas, las rodillas. Está fuera de sí y Hedera podría asustarse pero no lo hace. Porque ella siente dentro la misma rabia, la misma desesperación.

Por fin, cuando Tulio arrastra al Theokratés hasta la roca, pregunta:

—¿Fue por esto? —A la luz oscilante de las llamas, el rostro del Theokratés se muestra realmente como es: el de un viejo cubierto de arrugas, colmado de horror. Tulio insiste, tirando de él hasta que su cara queda delante de la roca y de la caja con el cincel y el martillo—. ¿Fue por esto? ¿Por esto murieron mis hermanos? ¿Por esto lleva muriendo tanta gente tanto tiempo? Dime: ¿lo sabía mi padre? —Ante el silencio del Theokratés, Tulio insiste—: ¿Lo sabía mi padre?

El Theokratés por fin lo mira. Solo balbucea palabras inconexas, pero le hace entender que sí. Que su padre lo sabía. Asiente una y otra vez.

—¡Los vígiles! —gritan los demás tratando de escapar de la caverna—. ¡Hay que llamar a los vígiles!

Al verlos, Hedera salta hacia delante dejando atrás el cansancio y el dolor en el brazo —*el brazo*, piensa. El mismo lugar donde el Theokratés le ha clavado el metal a su hermana—, extiende los dedos hacia la luz, dispuesta a crear sombras de los horrores más imaginables, tentáculos y monstruos del abismo fruto de sus manos y su rabia, pero no llega a tiempo.

Algo pasa a toda velocidad por su lado emitiendo un frenético siseo. Se trata de tres serpientes de metal esmaltado y ojos verdosos, que alcanzan a los ayudantes del Theokratés sin apenas esfuerzo y se deslizan por sus piernas para hacerlos caer.

Cuando están ya en el suelo, estas mismas serpientes se deslizan por sus torsos hasta quedárseles enroscadas en el cuellos. Los tres orfebres sufren el mismo destino que Cícero Aristeón. Hedera desea que nadie derrame una sola lágrima por ellos.

—¡Rápido! —urge Andras—. ¡Ya sí que se nos acaba el tiempo!

—¡Dímelo! —insiste Tulio ante un Theokratés aterrorizado—. ¡Confiésalo, bastardo! ¿También lo sabía mi madre? —Con la otra mano, Tulio le muestra una de las esquirlas de roca negra que han caído al suelo—. ¡Dímelo! ¡Me lo debes, saco de mentiras! ¿Lo sabe mi madre? ¡¿Lo sabe?!

BES

La Dama les espera.

Los pies se le detienen con una fuerza que no sabe que le quedaba en el cuerpo, trata de retroceder aun cuando los matones de Aquila la sujetan con una fuerza brutal.

No quiere estar aquí. No quiere que la Dama le hable porque ya sabe lo que ocurrirá: es esa máscara. De algún modo —es un ingenio, malditos los orfebres y toda su estirpe— es capaz de anular la voluntad de los que la miran.

Pero la Dama se quita la máscara, da un suspiro y los mira a ella y a Sátor con firmeza. Bes, entonces, la reconoce. La última vez que la vio gritaba de dolor por su marido muerto. Caletia de Zephir, la viuda del Theokratés.

Las manos le duelen por las ataduras y por las ganas de hablar. Qué quieren, qué van a hacerles. Bes no le tiene miedo a nada, porque nada puede asustarla más que los años que pasó sola, sin sus compañeros, sin su refugio en el Buen Padre, pero hoy debe de ser distinto porque sí que se asusta de esa figura que está de pie, delante de ella. El rostro que ha aparecido al quitarse la máscara es todavía más frío, aunque esté hecho de carne y hueso, con una mirada como el filo de una espada.

Quizás ese sea otro castigo que le han mandado los dioses por haber profanado aquella vez el templo, por haberse hecho pasar por quien no debía.

Aquel día, cuando despertó junto al resto de candidatos —los que habían sobrevivido y los que no—, al abrir los ojos, lo primero que vio fueron los cuerpos de los muertos ya amortajados y adecentados para entregárselos a sus familias. Todo el mundo sabe que el Demiurgo elige entre los más nobles, entre los dignos sucesores de Lydon y de sus héroes, los que habitan La Corona. Pero eso no quiere decir que todos ellos tengan la pureza suficiente y, por eso, algunos mueren. Una muerte con honor, reconoce todo el mundo. Pero, para Bes, la muerte es solo eso: muerte.

A su alrededor, el resto de candidatos, los que sí habían sobrevivido como ella, empezaba también a despertar. No había rastro del Theokratés ni de sus acompañantes. Pero sí que había un tejetinta, que Bes no sabía cuándo había llegado, que estaba marcándolos a todos con su nuevo destino, ya fuera con las hojas doradas de laurel en las sienes o con la telaraña del tejedor en las manos. Doce nuevos orfebres habían nacido ese día. Y también cuatro tejedores, incluyéndola a ella.

Lo segundo que vio fue a un chico. Se llamaba Cayo, le dijo. Tenía el cabello castaño pero, aun así, en sus recuerdos, Bes piensa que se daba un aire a Sátor.

Sátor, que ahora trastabilla mientras los matones lo lanzan a los pies de la Dama, que les observa en silencio.

El chico, Cayo, que era alto y fuerte y que tenía un rostro sereno, el tipo de rostro de quien ha llevado una vida regalada, además de decirle su nombre, le sonrió. Bes supo enseguida que no se trataba de una sonrisa de felicidad sino de calma. Aquel chico la estaba sonriendo para tranquilizarla porque tanto ella como él tenían las manos marcadas con la telaraña de los tejedores.

—Podría ser peor —susurró Cayo—. Podríamos estar muertos. ¿Qué crees que podrás tejer tú?

En aquel momento, Bes quiso reír. Contra todo pronóstico, había sobrevivido a la Bendición a pesar de haber cometido el peor de los sacrilegios, el peor de los pecados. Estaba viva. Y ser una tejedora no era mucho peor que ser *nadie*, que ser una rata abandonada que sobrevive como puede entre la desdicha más mísera de la ciudad.

Pero cuando abrió la boca para responder...

—Traédmelos —ordena en ese momento la Dama.

LUDO

Es un fastidio que Andras nunca, nunca, nunca, *nunca* cuente sus planes. Nunca. Y es también un poco irritante, ahora que lo piensa. Siempre le da la sensación de ir a ciegas por todas partes, sin saber qué es lo que se espera de él.

Que Ludo no se queja. Pero a veces… a veces le gustaría saber qué pretende su líder. Y mucho más hoy, ¿no? Que hoy es, quizá, ese día del que siempre les ha hablado. El día en que Andras va a devolverle la igualdad a Lydos, el día en que va a darle las alas de la libertad.

Pero…

Pero nada.

Le toca esperar.

—¿Qué hacemos? —le pregunta a Ione.

Ione no responde.

—¿Qué hacéis? ¿Qué hacemos? —le pregunta también a Boro, a Elina, a Rufio, a Calpernia, a todos los Hijos del Buen Padre que, como Ennio y como él, han acabado en la explanada donde están los templos de La Ciudad Alta, junto a unos olivos y una higuera centenaria cuyo tronco se retuerce con nudos gruesos y profundos.

Ludo se sube a esa higuera y escudriña la explanada buscando… buscando alguna señal, alguna… alguna… algo. *Algo.* Pero lo único que se despliega ante él es un mar de cabezas que se mueve en oleadas de color, como un tapiz que se extiende hasta los pies del templo del Demiurgo. Los destellos dorados de capiteles lejanos compiten con el resplandor del mármol y de la cúpula dorada del edificio del Senado que domina el horizonte, y el calor lo envuelve todo, mientras el murmullo de la multitud se entrelaza con risas y cánticos distantes. Nada más. Está empezando a impacientarse.

Bueno, se ha impacientado hace un buen rato.

Respira hondo.

Al menos, se consuela, están debajo de la sombra fresca de la higuera. Los higos ya están maduros y le ha tendido un par a Ennio que, desde que han llegado a duras penas a la explanada, se ha sentado sobre el césped, ha apoyado la espalda contra la higuera y apenas ha abierto la boca.

Le ha aceptado los higos, eso sí. Y se los ha comido como si hiciera una eternidad que no probaba bocado. Ludo no puede evitar una sonrisa traviesa al recordar cómo Ennio atacaba los higos como si fueran un tesoro, el dulce botín rindiéndose contra sus dientes y liberando un reguero de jugo que, si a Ennio no le importaba que le corriera por la mandíbula y por la barbilla, a él menos.

—¿Mejor? —le pregunta, colocándose delante de él.

Ennio levanta la cabeza, pero no lo mira. Así, bañado por la luz del sol que se cuela por entre las hojas de higuera, a Ludo le parece más que nunca ese «niño dorado» de La Corona. Su contorno se dibuja y brilla igual que las estatuas que decoran los rincones de la Vía Sacra.

—Creo… Creo que sí —responde—. Ahí dentro, era como si… como si me estuviera desvaneciendo, ¿sabes? Sin dejar rastro.

Vale. De acuerdo. Este es un momento serio, piensa Ludo. Pero, a pesar de eso, se agacha y, con un gesto suave, limpia una mancha de un rojo encendido que se le ha quedado a Ennio en la comisura de los labios.

—Pues se te ha quedado un rastro aquí…

No espera que Ennio se aparte como un animal herido.

—¿Qué haces?

—Solo intentaba… —Ennio se mesa el pelo y a Ludo le parece la viva imagen de alguien a quien se le acaba de caer el mundo encima.

—Déjame, ¿quieres?

619

Ludo se queda inmóvil, la negativa de Ennio golpeándolo con la fuerza de un vendaval. Por un instante, el mundo parece girar un poco más lento.

—¿Puedo sentarme?

Cuando aceptó su naturaleza como tejetrino y, a partir de ahí, aceptó sin fisuras quién era él, se prometió que nunca volvería a pedirle permiso a nadie.

Pero ahora lo acaba de hacer, se sorprende. No sabe ni por qué se ha molestado, porque Ennio responde:

—No.

Ludo se sienta de todas maneras.

En otra ocasión o con cualquier otro, se habría marchado, pero hoy Ludo se queda.

Son esos ojos tristes que tiene hoy Ennio, se dice. Maldita debilidad suya por los chicos de mirada triste. Como el chico aquel… ¿cómo se llamaba? No lo recuerda. Pero tenía una mirada tristísima en unos ojos del azul turquesa de la laguna. Construía pájaros de madera sin Arte ni Don y le regaló una golondrina. Uy. También aquel camarero de El Mirlo —que luego desapareció o al que ignoró, tampoco lo recuerda muy bien Ludo—. O aquel panadero fornido. ¿Dónde estaba su panadería? Ah, sí. En el Bajoforo. Y el flautista. ¿Qué era? Un extranjero. De… de Maristela, sí. Enamoramientos brillantes y explosivos, de ráfagas e inmediatos olvidos, de besos furtivos y algo más en callejones oscuros del Errante, en posadas y burdeles y, en contadas ocasiones, en su camarote del Buen Padre.

—¿Qué ocurre, niño de oro? —le pregunta cuando se da cuenta de que lleva un rato perdido en sus recuerdos y que se ha sentado al lado de Ennio por el mero placer de desobedecer—. ¿Te arrepientes de haber dejado atrás tus laureles para haberte unido a nosotros, los desahuciados?

Quizás esa negativa de Ennio le haya afectado más de lo que esperaba. Ludo no está acostumbrado a negativas. Quizá, de ahí, esas preguntas tan cargadas como un arma. Mejor ataca primero sin mirar y luego, si acaso, pues pide disculpas.

—Quizá sea que nunca he querido esos laureles —responde Ennio sin mirarlo, tras un silencio que ha llenado con una larga espiración—. Ni vivir así, como viven en La Corona, con engaños y traiciones y mentiras y… —Ennio baja la cabeza, vuelve a mesarse el cabello para levantar de nuevo los ojos, ahora sí, mirándolo a él—. A lo mejor estaba buscando algo… algo real. —Baja la voz, como si estuviera hablando consigo mismo—. Y pensaba que lo había encontrado.

—¿Y? —susurra Ludo, contagiado por el tono de Ennio.

Por fin, Ennio lo mira. Esos ojos que a él siempre le han parecido de oro, perfectos para un niño de La Corona, casi como ojos de miel, de pronto le parecen más oscuros, más profundos que nunca. Sobre todo cuando Ennio se levanta y, tras hacer amago de marcharse, se da la vuelta para mirarlo y, de pronto, las palabras parecen salir de él como un torrente:

—¡Me has usado, Ludo! ¡Te escuché hablar con Andras la otra noche! ¡Me has utilizado! Todo… todo ha sido un juego para ti, ¿verdad? Un medio para llegar al fin. Eso es lo que soy, ¿no? Los besos, las caricias, el… —Ennio traga saliva y parece estar a punto de llorar, pero al final no lo hace, sino que continúa—: ¡Todo mentira! ¡Mentiras como las de mis padres, como las de La Corona! ¿Y sabes qué es lo peor, Ludo? ¿Sabes qué es lo peor? Que no habría hecho falta. *No te habrían hecho falta.* —La última frase Ennio la pronuncia con un siseo de serpiente—. Creo en lo que estáis haciendo. Yo también quiero lo mismo: verdad. Si solo me lo hubieras dicho, si no te hubieras aprovechado, si no hubieras mentido… —Ennio se gira, da un paso en dirección contraria, pero Ludo lo retiene. Lo agarra del brazo, incapaz de procesar todavía ninguna de sus palabras—. Déjame solo, por favor —le ruega—. Déjame. Márchate.

Bes

—Traédmelos —insiste la Dama.

Bes vuelve a hacer barrera con los pies, tratando de que los matones que la sujetan no la acerquen a esa figura que, sin máscara, sigue asustándola tanto como con ella, pero es inútil. Con la Dama abriendo camino, se los llevan a un rincón más apartado de... de ese sótano que es además como una gruta, lejos de las miradas de esos otros desgraciados que también están aquí encerrados.

Allí, no es ninguna sorpresa, está Aquila. El único que faltaba entre todo este horror.

—Qué bajo has caído... —escucha a su lado. Es Sátor que, a pesar de estar cubierto de sangre de la cabeza a los pies, atado y sujeto por cuatro matones, ha sido capaz de levantar la mirada—. Qué bajo has caído, Aquila —insiste aunque a cada palabra Sátor también emita un estertor doloroso—. Secuestrando mujeres y niños y poniéndote a los pies... a los pies de *eso*. —Mirando a la Dama, Sátor escupe una flema sangrienta y Bes no sabe si lo ha hecho para darle efecto a sus palabras o porque la tenía ahí, atascada. Pero le da igual, porque por esas palabras que eran las que ella tenía en la cabeza y por esa fuerza que le intuye debajo de tantas heridas, y porque Sátor sigue ahí, a su lado, Bes lo quiere todavía más.

Aquila se ríe enseñando sus dientes de oro.

—Pensaba que antes tenía poder. —Su carcajada resuena por todo el sótano—. Pero estaba equivocado, niñato. El poder es otra cosa muy distinta y la Dama nos lo ha dado. Además de un buen montón de oro, claro. No somos idiotas.

—Que me los traigáis aquí, a la luz, os repito —insiste la Dama, Caletia de Zephir. Su mirada cortante parece amedrentar a los matones que la obedecen y pese a la resistencia —poca, apenas les quedan fuerzas— que ponen Sátor y Bes, finalmente quedan ante ella. La luz de las lámparas de aceite se refleja en charcos de sangre en el suelo, en las paredes y en algunos de los rostros y cuerpos, con vida y sin vida, que les rodean. A Bes le dan ganas de vomitar.

Las náuseas aumentan cuando la Dama, Caletia, la toma de la barbilla como si Bes y Sátor fueran una simple mercancía, trozos de carne de los que se exponen en el mercado, a la vista de todos, y que se llenan de moscas cuando pasan ahí más tiempo del debido. Lo odia.

—Estos dos... ¿qué son?

—Tejedores, su eminencia —responde Aquila.

—Nunca lo hemos intentado con tejedores... —responde la Dama casi con desdén.

Entonces, el aire se tensa vibrante de conmoción. La Dama, inmutable, aparta la mirada para orientarla en dirección a una figura menuda que corre intentando esquivar a los hombres de Aquila.

—¡Sátor! ¡Sátor! —Es Vix. Bes no cree haberle visto nunca tan asustado, tan pequeño. Alrededor de las muñecas todavía conserva los restos de las ataduras de las que se ha liberado—. ¡Sátor!

—¡Vix!

La voz de su hermano parece ser lo único que vuelve a darle fuerzas a Sátor, que se rebate justo antes de que Aquila le dé un golpe en la cabeza que no parece suficiente porque Sátor vuelve a intentar levantarse.

La Dama eleva el brazo derecho en dirección a Aquila. Con el izquierdo señala a Vix. Sus dedos se cierran en el aire, como si así pudiera capturar las lealtades. Pero así es como debe hacerlo. *Quizá ni siquiera necesita la máscara*, piensa Bes cuando los matones y Aquila mismo la obedecen y atrapan a Vix... Quizás a la Dama nunca le haya hecho falta porque los poderosos de La Corona no necesitan más que la ilusión de autoridad, un mero gesto para que los que están a su alrededor, hambrientos y temerosos, se plieguen a su voluntad.

—¡Soltadme! ¡Soltadme! —grita Vix cuando Aquila y sus matones lo llevan hacia donde están. *Bastardos*, piensa Bes. *Vix no es más que un niño. Un niño. Y lo traen como si fuera un becerro a punto de ser sacrificado*—. ¡Sátor! ¡Perdóname, Sátor!

—¿Son hermanos? —pregunta la Dama mirándolos a los dos, a Sátor y a Vix, su parecido más que incuestionable. Aquila asiente—. Tampoco hemos tratado nunca con hermanos —añade la Dama—. Traédmelos aquí. Traédmelos a los dos.

Mientras lo arrastran, Sátor vuelve a mirarla. Sabe qué le está pidiendo.

Pero Bes no quiere. No puede. Será peor. Será mucho peor.

Ese día, hace años, nada más despertar del ritual, quiso responderle a aquel chico, Cayo, que con su sonrisa había logrado que su mundo fuera un poco más hermoso.

«¿Qué crees que podrás tejer tú?».

Sin embargo, en cuanto abrió la boca, de sus labios no salieron palabras, sino un chillido escalofriante, un alarido inhumano, caótico, un torrente, una avalancha de ruido que al brotar le ardía en la garganta, que le quemaba la piel, los huesos.

No entendía qué estaba ocurriendo. Trató de taparse la boca con las manos, pero el sonido seguía brotando incontrolable.

El chico que había sonreído tampoco comprendía por qué, de repente, le estaban cayendo lágrimas rojas por la cara. Fue una chica, probablemente la chica más hermosa que había visto Bes en su vida, con el cabello tan claro que se confundía con la marca de orfebre que tenía en las sienes, la que se dio cuenta. Gritó y la señaló con el dedo mientras de sus ojos también brotaban lágrimas de sangre, justo antes de derrumbarse para no volver a levantarse jamás.

Cayeron todos, uno tras otro, mientras aquel sonido seguía emergiendo incontrolable y terrible desde la garganta de Bes. Se mezclaba con un lamento que era suyo y con la certeza de que aquella cosa tan terrorífica con que la había dotado el Demiurgo no era un Don ni un Arte.

Ella no era nadie. Una huérfana sin futuro, una rata sin el pasado honorable de los que nacen dignos de la Bendición y, por eso, el Demiurgo y el resto de los dioses —esos dioses a quienes su madre había venerado con fervor— la habían maldecido, convirtiéndola en una asesina.

Quién sabe cuánto tiempo estuvo Bes encerrada en aquella gruta rodeada de muertos. A ella le pareció una eternidad, aunque tal vez apenas fueran unos minutos. Al final, alguien debió de imaginar que algo había ocurrido. Al escuchar ruido en el exterior, Bes se escondió, y cuando la persona que entró se marchó en busca de ayuda, ella aprovechó para escaparse sin mirar atrás.

Sátor no lo sabe. Nadie lo sabe. La llaman «la generación perdida». Hubo funerales solemnes y sacrificios en honor al Demiurgo para que perdonara a la ciudad, por haberle ofrecido candidatos indignos, pero fue culpa suya. Solo suya.

Sátor vuelve a mirarla con algo más que súplica en los ojos, porque no la entiende. No le culpa, porque Bes lo único que le ha contado —por vergüenza, quizá— es que su voz puede hacer daño, nada más.

Pero Vix empieza a gritar con desesperación. Ahora lo sujetan entre dos, que se han puesto sus máscaras con ojos de rubíes tan rojos que se confunden con la sangre que mancha las paredes y el suelo. Lo mantienen inmóvil, los brazos extendidos y el cuello hacia atrás como se hace con los animales antes de sacrificarlos para gloria de los dioses.

La Dama se le acerca aunque un rugido detiene un instante sus pasos.

—¡Dejadlo! —brama Sátor—. ¡Por el Demiurgo y por todos los dioses! ¡Por Tuitene, Equitara y los Siete! ¡Soltadlo, por favor, soltadlo! ¡Hacédmelo a mí! ¡Hacédmelo a mí! ¡Hacedme a mí lo que vayáis a hacerle a él!

Pero la Dama lo ignora. Se acerca a Vix y lo examina como haría alguien que va a comprarse un caballo.

—Quizá haya un componente sanguíneo —murmura para sí—. Quizá los miembros de las grandes familias, los verdaderos descendientes de Lydon, tengan más oportunidades de sobrevivir.

Sobrevivir.

Bes recuerda al pobre albañil que murió delante de ellos durante los ataques al Errante, llevándose consigo incluso a su propia familia. Recuerda los cadáveres que ella y Sátor encontraron mutilados en la laguna. Mira a toda esa pobre gente, encerrada en jaulas, en celdas como en las que los han tenido encerrados a ellos dos.

—El fortachón que se retuerce es un tejellamas, su excelencia —dice Aquila, demasiado efusivo, casi sediento—. La otra... la otra no lo sabemos. Es una simple rata.

—Al ser hermanos... ¿compartirán el Arte? ¿Será el pequeño también un tejellamas? —se pregunta la Dama mientras, de una bolsa de cuero que lleva colgada al cinturón saca algo. Una esquirla de una roca o de un metal negro que parece que se lleve toda la luz a su alrededor—. ¿Y si por fin encuentro a alguien digno del Don? Ambos pertenecéis a la estirpe de los Dionaros, ¿verdad? Ese cabello rojo es incuestionable.

Sin anunciarlo, le clava a Vix la esquirla en la cara interior del brazo, justo donde son más visibles las venas.

Y Vix grita. Vix se retuerce. Chilla tanto y tan alto y tan desesperado que Bes no comprende cómo la Dama puede quedarse simplemente ahí, observándolo impasible.

Y Bes...

HEDERA

El siguiente en morir ha sido el Theokratés que, cuando se ha girado para ver qué estaba ocurriendo, se ha encontrado con el filo de un puñal cercenándole la garganta.

—Lo lamento… Lo lamento… —susurra Andras mientras limpia la hoja del cuchillo con el borde de su túnica blanca—. Siento haber sido tan expeditivo. Pero no merecían menos. Ellos también forman parte de este sistema que nos esclaviza a todos.

Tulio observa la figura caída del Theokratés. Hedera lo ve, ahí en el suelo, y recuerda la noche en que otro Theokratés murió ensangrentado cerca de ella: era el padre de Tulio. Pero ninguno de los dos llevaba la voz de ningún dios, no eran más que hombres, y a pesar del poder que ostentaban la muerte ha terminado alcanzándolos a los dos, como les ocurre a todos.

La muerte, recuerda de nuevo Hedera, con un latido del corazón más fuerte que el resto, desacompasado e intenso mientras echa a correr hacia el lugar donde se ha desplomado su hermana.

¿Está muerta? ¿Ha muerto? ¿Ha muerto?

Con el corazón encogido, Hedera se inclina para recoger el cuerpo de Vinea. Sus brazos, temblorosos pero decididos, envuelven a su hermana en un abrazo. *Está cálida. Está cálida*, piensa. Pero aun así, Vinea no se mueve. Hedera la toma del brazo. Ahí es donde el Theokratés le ha clavado la esquirla y justo ahí, en el punto donde el Theokratés se la ha introducido bajo la piel, Vinea tiene una marca diminuta, como un punto de tinta que arde bajo los dedos de Hedera. Recuerda que a ella le ocurrió lo mismo, que se pasó días y noches febriles con aquel ardor por todo el brazo. Recuerda al padre de Tulio, entre brumas, antes de sacarlos del templo, decirles que aquello era una seña de la caricia del dios, que a todos los candidatos los había acariciado ahí para saber si eran dignos o no de su Bendición.

Otra mentira. Otra mentira sobre otra mentira sobre otra mentira sobre otra mentira.

—Vinea... —susurra Hedera, dejando a su hermana de nuevo en el suelo, con toda la suavidad de la que es capaz. Orfebre o tejedora, ya está marcada para siempre, pero...

Se vuelve hacia Andras y Tulio.

Si puede evitarlo, no va a permitir que su hermana viva en un mundo tan cruel como el que ella encontró al salir del templo.

—Vamos fuera. Contemos la verdad.

Andras asiente y aunque desde que han descubierto quién es en realidad —el nieto de Aristeón. Y un asesino—, Hedera no ha dejado de sentir en el estómago un cosquilleo incómodo, una presión de advertencia, simplemente sabe que no podrá hacerlo sola.

Qué ironía, se dice por dentro, más una sensación que un pensamiento. Qué ironía que al final realmente lo necesite, que también necesite a Tulio, a Ludo, al pobre Ennio, a todos los Hijos del Buen Padre. Ella, que pensaba hace un año que su único destino sería la soledad más oscura y absoluta.

Mira a Tulio, pero él tiene la vista fija en el cadáver del Theokratés y, luego, la vuelve hacia esa roca negra y oscura. Tiene en la palma de la mano todas las esquirlas que con el cincel y el martillo han extraído de ahí.

—Mi madre... Mi madre también lo sabe —le susurra—. Las vi una vez. En sus aposentos. Una vez. Estas... cosas. Estas esquirlas. Mi madre... mi madre conoce este secreto y algo hace, algo está haciendo porque apenas pasa las noches en casa. Pero escucho ruidos, ¿sabes? Y... te juro que le dije que había descubierto que tú no habías sido la asesina de mi padre. Lo de las máscaras de ojos rojos. No... No supe entenderlo entonces, pero fue justo ahí, cuando le dije lo de las máscaras, cuando ella te condenó, cuando ordenó ante el Senado que... que... —Tulio, entonces, se acerca a ella. Traga saliva. La toma de las manos. Nunca antes lo había visto así, con esa súplica tan desesperada. Bajo la luz mortecina de la gruta, que oscila, se retuerce y reverbera, el rostro de Tulio le parece un territorio inexplorado, marcado por líneas y sombras que ella desconoce pero que, aun así, necesita conocer, acariciar. Y su cabello, caótico y suave, que enmarca su frente, ahora pensativa. Y los ojos de Tulio, esos ojos oscuros y profundos en los que por fin ella es capaz de reflejarse. Sonríe cuando la vista se le va a la nariz de Tulio, que ella no recuerda así, con el puente algo desviado, seguro que por una de esas peleas en las que se mete. Y la boca, suplicante pero silenciosa. Esos labios perfilados con precisión, suaves. Hedera recuerda la calidez de sus labios, la pasión que le yace bajo la piel, los besos que por fin se dieron la noche anterior, en el Buen Padre, como si fuera la primera vez que lo hacían y sintiéndolos también como la última—. Hedera... —susurra Tulio, trayéndola a la realidad—. No puedo... no puedo enfrentarme a mi madre. No sin ti, al menos. Por favor, Hedera, acompáñame.

Pero Hedera mira a Andras. Cierra los ojos.

Tulio o Andras.

Es Hedera. Hedera Apokros —se dice, añadiéndole el apellido a su nombre por primera vez en un año—, tejesombras, huérfana del Errante pero Hija del Buen Padre pese a su resistencia.

Traga saliva.

El amor o el deber.

Las alas de sus tobilleras se agitan como si ellas también sintieran su propia expectación.

El amor o su orgullo.

—Vamos —le dice a Andras—. Todo Lydos debe saber la verdad.

Gana el orgullo.

TULIO

Tulio está acostumbrado a la traición.

Debería estarlo, al menos. Desde hace años no ha conocido otra cosa.

Hedera ha elegido. No hay vuelta atrás.

Cabizbajo pero con un ardor en el estómago muy similar a esa rabia que lo habita, Tulio asciende por los mismos corredores de roca, lúgubres, angostos y primigenios, por los que debió caminar su padre tantas veces, en dirección a esa puerta medio escondida por la que han accedido al templo.

Su padre.

Tulio odia a su padre. Eso no ha cambiado.

Tulio lo odia con una intensidad que siente fuera de sí, fuera incluso del mundo. Hoy, si cabe, todavía más. Porque, si decidió salvarlo a él, ¿por qué sacrificó al resto de sus hermanos? ¿Por qué, sabiendo la mentira que aquella gruta encerraba, permitió que esas esquirlas de roca clavándose en su piel les arrebataran la vida?

Aldo, su hermano mayor, el de la sonrisa contagiosa. Eris y Tulcis, los gemelos. Orio, que entró al templo con una mueca aterrorizada, como si ya supiera lo que le deparaba el destino. Cayo, su favorito. Aldo, Eris, Tulcis, Orio, Cayo. Mientras cruza por fin la puerta y sale a un día limpio y cálido, Tulio recita el nombre de sus hermanos muertos.

No, muertos no. Asesinados, asesinados por su propio padre Jano Zephir el Theokratés, que les introdujo aquella esquirla bajo la piel aun sabiendo que no había ningún dios, ninguna

Bendición, ningún Don. Aun sabiendo lo que podría pasarles. *Asesino. Asesino. Asesino*, se repite Tulio también durante su ascenso.

Asesino... repite Tulio por última vez, casi sin aliento, cuando llega al borde de la explanada.

Asesino...

Y Asesina también su madre. Porque él mismo las vio, aquella noche en la que se coló en sus aposentos buscando su calor y su consuelo. Esas mismas agujas de roca negra y brillante. No les dio importancia pero ahora es consciente de que su madre conoce la existencia de la roca negra, de la mentira, y eso la convierte en cómplice de todo. Ella también permitió que sus hijos murieran.

Desde el rincón al que ha llegado, Tulio fija la vista en los pórticos donde se refugian del sol inclemente los nobles de La Corona. Pero solo ve un mar de cabezas, de sedas de todos los colores. Trata de hacer memoria. Lo que ha ocurrido antes de esa gruta en el templo, el acceso secreto, el Buen Padre surcando el cielo por encima de los templos de La Ciudad Alta... todo es un borrón en su cabeza pero Tulio está seguro. Si Caletia de Zephir hubiera estado en los pórticos, él la habría visto. Y no porque hubiera hecho un esfuerzo por hacerlo, sino porque ella misma se habría encargado de ser vista, de ser reconocida. Habría llevado sus joyas más brillantes, sus vestidos más lujosos. Probablemente se las hubiera ingeniado para encabezar la comitiva, al lado del Emperador, como viuda de Jano Zephir, el Theokratés asesinado.

No. Su madre no ha acudido hoy a La Ciudad Alta.

Tulio, entonces, siente un pálpito, una corazonada, y corre por el borde de la explanada, esquivando a fieles, ciudadanos y vígiles. Corre cuesta abajo por la Vía Sacra, atraviesa arcos, salta parterres de flores, esquiva columnas y fuentes como cuando lo hacían Hedera y él hace años, hasta llegar a la entrada de Villa Zephir.

Con los puños apretados, Tulio atraviesa el umbral de la villa y sus pasos, solitarios, resuenan en el patio central, avanza con cautela por debajo de la arquería del jardín interior, donde el murmullo solitario de las fuentes es lo único que llena el aire. Cruza la sala principal, avanza por el comedor, y cuando se detiene delante de las puertas que dan a los aposentos de su madre es por fin plenamente consciente del silencio. No hay nadie hoy en Villa Zephir. Pero ya es tarde para detenerse y, de un empujón, abre las puertas.

Como esperaba, su madre no está en sus aposentos tampoco. Y la cama, una vez más, está sin deshacer. ¿Cuánto tiempo? ¿Cuántas noches lleva su madre sin pasarlas en casa?

Lo único que parece tener vida en esa habitación es ese altar en un rincón, donde ahora hay lámparas encendidas alrededor de una ofrenda de pan y miel.

¿Y su madre? ¿Dónde está su madre?

Tulio vuelve a tomar aire. Esta vez porque sí que lo necesita, como si hubiera recorrido toda la villa conteniendo la respiración.

¿Dónde está? ¡Demonios! ¿Dónde está?

La pregunta, de todos modos, se le queda encajada en el cerebro y en la garganta cuando, de repente, escucha un grito que desgarra el silencio, que le resuena por todas las entrañas, como si le clavaran puñales tras los ojos.

Incapaz de sostenerse ante tanto dolor, Tulio cae al suelo, se tapa los oídos. Entre los ecos que ese grito deja en su cabeza, trata de encontrarle algún sentido. Pero no puede, el dolor es tan intenso que lo único capaz de hacer es arrastrarse hacia uno de los paneles de madera al fondo de la habitación. De él escapa una brisa húmeda y caliente y también, ahora se da cuenta, ese sonido infernal.

BES

Y Bes grita.

Ella no quería.

Pero grita.

La muerte se le escapa por la garganta. Puede sentirla ahí, en las notas guturales de ese alarido horrible, en los agudos estridentes, en esos chirridos de arpía.

¿Qué más puede hacer si la Dama le ha clavado esa cosa a Vix? Si Vix entonces ha dejado escapar un chillido de horror que helaba la sangre.

¿Qué más podía hacer, y que los dioses la perdonen, si Sátor, con un rugido de furia, se ha liberado de sus captores no para luchar, sino para recoger el cuerpo de Vix que, preso de unas violentas convulsiones, ha acabado en el suelo?

Y cuando Sátor lo acunaba como ha hecho tantas veces, el cuerpo de Vix ha estallado en llamas. Un torrente de fuego rojo y virulento que ha envuelto a los dos hermanos. Entre gemidos, Vix se retorcía en los brazos de Sátor, que se negaba a soltarlo a pesar de que su incendio se inflamaba cada vez más.

De pronto, tan súbitas como han aparecido, se han extinguido las llamas y el cuerpo de Vix ha dejado de moverse, los ojos completamente abiertos con una expresión a caballo entre el dolor y el miedo y la cabeza en un ángulo antinatural.

Cuando Sátor se ha hecho consciente de la muerte de su hermano pequeño en sus brazos y ha comenzado a sollozar con desesperación, el mundo de Bes se ha partido en dos.

Y Bes ha empezado a gritar. De dolor, de rabia, de tristeza, de angustia, de miedo. No podía callar frente tanto horror.

Pero ahora no puede parar.

El primero en caer es Dídimo, el matón que la sujeta. Luego se desploman a la vez los cuatro que retenían a Sátor. No les ve las lágrimas de sangre porque llevan puestas esas máscaras de ojos como ascuas, pero sabe que están ahí. Aquila se retuerce en el suelo al mismo tiempo que Caletia de Zephir retrocede hasta dar con la espalda contra la pared. El vestido largo y sedoso que lleva comienza a mancharse de carmesí. Le chilla algo a Bes. Que pare, quizá. O que tenga piedad, pero ella no puede escucharla. No hay más en su mundo que este chillido feroz que se le está escapando por la garganta.

No quiere mirar a Sátor, pero sabe que sus lágrimas de dolor también son rojas.

Basta, se dice. *Basta*. Pero Vix ha muerto entre los brazos de Sátor y su agonía ha sido tan terrible que parecía que su dolor también la atravesaba a ella. *Basta*, pero el pecho le arde como si estuviera a punto de estallar, tan lleno de horror que no sabe cuánto tardará en vaciarlo.

Cuando Turo se le acerca, cuchillo en mano, cae a pocos pasos de ella. Segundos después, es Aquila quien logra levantarse. Sostiene una pistola dorada con la que la apunta, pero las manos le tiemblan violentamente mientras los ojos se le van cubriendo de una pátina roja.

Ya has matado a Turo y a Dídimo. Y a otros más, se dice Bes. *Si sigues así, también vas a matar a Aquila, al resto de idiotas que están a su cargo y a esta Dama cruel, pero vas a matar también a estos pobres inocentes a los que han secuestrado. Te vas a matar a ti. Vas a matar a Sátor. A Sátor. A Sátor.*

Sátor.

Recuerda una vez. Fue en la cocina del Buen Padre. Sátor, como siempre, estaba jugueteando con una llamita, haciéndola saltar de anillo en anillo, de dedo en dedo. Ella le preguntó qué sentía al usar su Arte, y él le contó que, para él, las llamas no eran muy distintas a un pedazo de arcilla, listo para ser manipulado a su antojo.

¿Es así como funciona? ¿Cómo va a saberlo Bes si salvo aquella vez nada más despertar en el templo nunca más ha usado su Arte —su maldición, su castigo— hasta ahora?

Pero tiene que parar, por lo que más quiere.

Detrás de ella, escucha caer otro cuerpo. Y toda Bes tiembla. Toda Bes aúlla por dentro y por fuera mientras su angustia crece y crece y crece, la desborda, la devora.

Eso es. Estaba tan asustada ese día, cuando despertó tras la Bendición... Sentía un miedo descomunal. Miedo con peso y masa dentro de su cuerpo. Miedo. Terror. Horror. ¿Es eso? ¿Ese es su Arte? ¿Su maldición?

Piensa, Bes. Piensa rápido, se impone tratando de que la voz de sus pensamientos traspase la cuchillada del grito.

¿Cómo se doma el horror?

Con esperanza, como cuando Andras le devolvió la voz con esas finas cadenas que lleva alrededor de las muñecas, que logran que sus gestos se conviertan en palabras escritas en el aire.

Con paciencia y cariño, como cuando cosió con sus propias manos esa colcha que hay sobre su cama en el Buen Padre, hecha de retales y recuerdos, y de un fragmento de un viejo delantal de su madre que todavía huele al jabón que usaba para lavar la ropa de los ricos para los que trabajaba.

Con amor, como el que siente por los Hijos, por Ione, Rufio y Arista, por el idiota de Boro, por Ludo aunque la mitad de las veces quiera lanzarlo por la borda. Por Andras, que la salvó a ella, que los salvó a todos. Por Sátor, que la quiere a ella también con una ferocidad sin límites, aunque sea de un modo que no es el que ella desearía.

El grito de Bes se quiebra. Es solo un instante, lleno de paz y de silencio por fin.

En ese momento fugaz, Bes tiene tiempo de abrir los ojos y buscar a Sátor. Allí está, rodeando a Vix con su cuerpo. Inconsciente, tiene que estar inconsciente, se repite Bes, tiene que...

—Maldita seas. Maldita seas tú, niña, tu estirpe, y tus huesos, niña estúpida.

También ve a Aquila de rodillas, rodeado de sus hombres, que agonizan o que ya han muerto. Con una mano, se sostiene precariamente y, con la otra, sujeta una pistola. La empuñadura tiene forma de cabeza de dragón y, de la boca abierta del animal, surge un cañón largo y estrecho.

De nuevo, el horror hecho sonido pugna por salir de la garganta de Bes, pero Aquila es más rápido y lo primero que rompe el silencio no es su grito, sino un disparo.

Bes se derrumba en el suelo. Un dolor explosivo, inconmensurable, que le toma el hombro por la fuerza. La voz se le va, la garganta se le cierra.

—Mátala. —Es la Dama—. Deshazte de ella ahora mismo —le escucha decir mientras, tambaleante, se le acerca. De los ojos le gotea sangre tan oscura que parece negra. El mismo color que ha teñido los bajos de su vestido sedoso.

—Con mucho gusto —gruñe Aquila.

Le duele. Le duele tanto el hombro. Tiene medio cuerpo entumecido, como si se le hubieran caído encima las brasas de un enorme fuego. Pero quizá sea mejor así, piensa. El grito sigue ahí, al acecho, y no sabe si Sátor —si no está muerto ya. No. No lo está. *No puede estarlo*— podría sobrevivir a ese horror de su garganta una segunda vez. No quiere pensar en qué ocurriría con el resto de inocentes encerrados en este pozo.

Aquila se incorpora y la apunta con la pistola. Su cabeza de dragón abre los ojos, negros y brillantes. De la nariz de la bestia escapa un humo negro que apesta a pólvora.

Bes cierra los ojos justo antes de que un segundo disparo rasgue el aire de la caverna.

Los abre para ver como Aquila cae al suelo con la mano de la pistola destrozada.

Detrás de ella, Bes escucha una voz que dice:

—Ya basta, madre.

ENNIO

Ludo no se ha marchado.

Por otro lado, él tampoco lo ha hecho. No tiene a dónde ir. Es irónico: traicionó a su familia porque estaba harto de fingir ser el hijo perfecto, el orfebre perfecto, el ciudadano perfecto y resulta que en el Buen Padre, ese hogar seguro del que hablaba siempre Ludo, han hecho algo peor que mentirle. Le han usado. Andras lo ha llamado «juguete» en el templo. Le han manipulado y ahora no tiene nada.

Así que ahí siguen los dos, a la sombra de la higuera, cada uno esforzándose por no mirar al otro. Ennio, porque sabe que, si vuelve los ojos hacia Ludo, puede que acabe arrepintiéndose de todo lo que le ha dicho, y Ludo…

Ludo, como siempre, es un misterio. ¿Sentirá un mínimo de remordimiento? —y Ennio piensa, con el rubor en las mejillas, si acaso Ludo sintió *algo* mientras le besaba, mientras le desnudaba lentamente esa noche en su camarote, mientras…—. ¿Estará sentado con esa mirada suya, con el mentón ligeramente alzado y expresión altiva?

Ya ni siquiera está enfadado. Ni siquiera sabe hacer bien algo tan sencillo como eso. No, Ennio se siente… vacío. Agotado. Entumecido.

Un grito más alto que los demás le hace volver la vista hacia la multitud desplegada alrededor del templo del Demiurgo. El Theokratés debería haber salido acompañando a los nuevos orfebres hace un buen rato. Es un mal presagio, otro castigo del Demiurgo, seguro que murmuran muchos. Incluso desde la distancia puede adivinar una tensión creciente, por cómo se mueve la gente, por cómo algunos hablan y otros callan. Ennio no debe de ser el único porque, por todas partes, se adivinan los destellos plateados de las máscaras de los vígiles tomando posiciones estratégicas alrededor de la explanada por si la tensión termina por desbordarse.

Se incorpora de repente, incluso antes de saber hacia dónde va. Lo único que tiene claro es que debe alejarse. ¿Por qué no debería? Al fin y al cabo, Ludo ya consiguió de él todo lo que quiso —y más. De nuevo, el corazón y la cabeza le viran hacia los besos, las caricias. Y ese recuerdo que creía tan tierno se vuelve terriblemente doloroso. Otra cicatriz más bajo la piel, junto a todas las demás—. Piensa de repente si debería despedirse al menos del resto de los Hijos del Buen Padre, también refugiados allí, donde están ellos dos. Sin embargo, decide no hacerlo. Por lo que Ennio sabe, ellos también le engañaron. ¿Se reían a escondidas cuando lo veían danzar al son que marcaba Ludo? Tampoco el Buen Padre ha resultado ser un lugar para él. No para un orfebre, ni siquiera uno lleno de dudas, preguntas y miedo como Ennio.

—¿A dónde vas? —Maldito sea. Malditos sean los ojos de Ludo que, de repente, le miran entristecidos. Maldita su voz como de terciopelo, aunque ahora parezca rasgado—. ¡Ennio!

Una parte de Ennio suspira por que la mano que Ludo alarga hacia él vuelva a tocarle, pero aun así lo aparta de un manotazo. Avanza con los puños apretados por el estrecho pasaje tallado en roca y que escapa de ese promontorio medio escondido en el que se han refugiado. No quiere mirar atrás, hacia la higuera ante la que Ludo se ha quedado de pie con la mirada herida. Tampoco hacia los Hijos, que observan sin intervenir porque Ennio sabe que es débil y cobarde y que, al mínimo gesto por su parte, acabaría por quedarse.

Es que ese dolor… Ese dolor en el pecho, Ennio no lo había sentido nunca y no sabe qué hacer con él. Aprieta el paso. La escalera cortada en la roca pronto da lugar a un camino serpenteante que conduce a la explanada.

—¡Ennio, espera! —La voz de Ludo suena tan herida, tan sincera… que Ennio tiene que recordarse que, precisamente, a eso se dedica Ludo, en eso consiste su Arte: en jugar con su propia voz. Es un virtuoso, un artista; pero, también, un encantador de serpientes cruel que cuando grita angustiado «¡Ennio!» por última vez no es más que humo y espejos.

—¿Ennio? —Escucha de nuevo aunque esta vez no en la voz de Ludo, sino delante de él—. ¿Ennio Orykto?

Cuando levanta la vista, encuentra a una pareja de vígiles. Una patrulla.

Sus máscaras de hierro pulido reflejan el brillo del sol del mediodía y lo ciegan por un instante. Da un paso atrás. Al abrir de nuevo los ojos, el mundo se llena de pequeñas luces que danzan y parpadean como estrellas.

—Soy… —¿Y si mintiera? El pensamiento, tan salvaje y repentino, le marea. Se negó a sí mismo durante tanto tiempo que sus propios bordes se desdibujaron y, después de eso, también negó todo lo que era y todo lo que representaba. ¿Por qué no mentir? Pero se da cuenta de que si no es Ennio Orykto, no sabe quién más podría ser—. Soy yo.

—Vuestra familia os está buscando, señor —le informa el otro vígil, que observa sin disimulo el disfraz de vígil, sin máscara, que Ennio lleva puesto.

—Tenéis que acompañarnos.

No parece una sugerencia, pero ¿y qué? Quizás esta sea su única salida. Sus padres le recibirán con los brazos abiertos y fingirán que no ha pasado nada siempre que les prometa comportarse en adelante. Nada. Una locura de juventud, un pequeño acto de rebeldía propio de la edad. A la cabeza, de pronto, se le viene Tulio —¿dónde estará? ¿Seguirá dentro del templo con Andras y Hedera?— y le gustaría tener su arrojo y su determinación sin fisuras.

Tulio no acompañaría a los vígiles y él, decide, tampoco.

—No. —Es solo una palabra. Una sílaba. Dos letras. Pero a medida que la pronuncia, Ennio cree que es la palabra más pesada del mundo—. No —repite y, al hacerlo, siente que le regresa el aire, que sus miembros recuperan la voluntad, que recobra parte de las fuerzas perdidas tras haber revivido el corazón del Buen Padre—. Que me busquen —añade—. Soy un orfebre de La Corona y, por tanto, libre de ir donde me plazca.

No sabe si es exactamente así porque nunca se lo ha planteado pero ha sonado bien en su cabeza. Está a punto de girarse cuando un sonido seco, metálico, le indica que los vígiles le están apuntando con sus fusiles.

—Se os acusa de traición, sedición. Habéis sido visto a bordo del barco volador. La ciudad entera ha sido testigo. Pero vuestra familia, si venís con nosotros...

Observa a los vígiles. ¿Quiénes se esconden tras sus máscaras? ¿Los conoce? ¿Le conocen a él?

—No —dice otra vez. En esta ocasión, la palabra deja un regusto dulce en su paladar.

—No querréis añadir a vuestros crímenes el de desobediencia grave a la autoridad, señor.

—¿No le habéis escuchado, par de inútiles? —oye entonces Ennio a su espalda—. Ha dicho que no.

Es Ludo.

—Ludo... —comienza él, pero, claro, Ludo es Ludo y no escucha. Sobre todo cuando lo que suena es su propia voz.

—Míralos. En parejitas, ¿verdad? Porque solo en números sois valientes. Los distinguidos vígiles de La Corona, defensores del orden, la justicia, y ¿qué más era? ¡Ah, sí! El bienestar del pueblo. —Sucede en un instante. Un instante en el que Ennio parpadea perplejo cuando Ludo se vuelve, se agacha y, con un movimiento teatral, se levanta la capa y presenta su trasero en una reverencia burlona—. Admiren, caballeros, porque aquí tengo yo mi propia pareja: dos gloriosas nalgas que, estoy seguro, eclipsan esas caras tan feas que escondéis tras esas máscaras.

«¿Qué parte de esta gran escena no estás entendiendo, niño dorado? ¡No te estoy invitando a mirarme el culo! ¡Corre! ¡Vamos, esfúmate! ¡Muévete!».

La voz de Ludo le llega desde un punto que Ennio no sabe localizar y abre la boca, quizá para preguntarle cómo lo ha hecho, hasta que se da cuenta, claro, de que ha usado su Arte. Luego vuelve a abrirla, pero esta vez en un grito.

Porque uno de los vígiles echa a correr hacia Ludo y, a pesar de la agilidad de bailarín del tejetrino, logra derribarlo.

No, piensa Ennio. *Ludo se ha dejado derribar.*

Ludo es un farsante, un actor con máscara como las de los vígiles aunque la suya sea mucho más elaborada. Ya en el suelo, se echa a reír como un loco, señala a los vígiles con un dedo. Ennio, inmóvil, vuelve a escuchar en su cabeza «¡Es hora de volar, niño de La Corona. Ennio, Ennio bonito! ¡Que escapes, te digo!».

La última risotada de Ludo se quiebra cuando el vígil que lo ha derribado presiona el cañón del fusil contra su pecho, obligándolo a permanecer inmóvil.

—Ah, tenemos aquí a un alborotador. Además de llevar un tatuaje de telaraña. —El vígil, que con él ha usado palabras quedas y tranquilas, es todo desprecio, todo crueldad, al referirse a Ludo. Con un movimiento seco, aprieta más el cañón contra Ludo—. Será otro traidor, como todos los de su calaña.

—No tienes ni idea de lo traidor que soy, figura —sisea Ludo, su risa convertida en veneno.

El otro vígil se ríe. Ennio ya ha escuchado antes esas risas entre vígiles. Son las carcajadas que compartían mientras golpeaban a los vecinos del Errante, mientras incendiaban casas, arrastraban a los demasiado ancianos, empujaban a los niños. Y ahora, una carcajada como esas acompaña a la patada que, de pronto, el vígil que retiene a Ludo le da en el estómago.

—¡Ludo! —grita Ennio, que trata de dar un paso en su dirección y se encuentra con el cañón de un fusil en su camino.

—Ni se te ocurra, Orykto.

«Por la otra dirección, niño bonito. Vamos. No es tan difícil...».

Esa voz de Ludo que no sabe de dónde proviene se quiebra al mismo tiempo que el vígil que lo sujeta le propina otra patada de rabia roja contra el estómago. El impacto resuena con el eco sordo del cuero contra la carne y Ennio grita al ver a Ludo rodar por el suelo levantando polvo y grava.

Tiene que marcharse. Ahora. Si, como le han dicho los vígiles, La Corona lo considera un traidor, su esperanza de vida es más que limitada, pero en vez de hacerlo, solo puede mirar horrorizado la sangre en los pómulos de Ludo, que mancha esa sonrisa traviesa que no le ha abandonado ni siquiera ahora.

«Vete, idiota. Después de mi presteza al timón del Buen Padre, si te condenan por traidor, ya se asegurarán de que nadie te salve de estrellarte contra las rocas del acantilado».

Pero Ennio responde de nuevo:

—No.

Puede que Ludo sea un bailarín y se mueva como tal. En cambio, a Ennio le prepararon para ser un soldado.

Da un paso hacia un lado. Disparar a un orfebre, sea o no un traidor, sigue siendo algo muy serio, así que Ennio emplea el instante de duda del vígil para cargar contra él con todas sus fuerzas. Algo cruje con el golpe, seguramente su propio hombro, aunque se miente a sí mismo diciéndose que ha sido la coraza. Como practicaba diligentemente en las lecciones de lucha de la Academia, sujeta a su contrincante por el brazo y se lo retuerce hasta que lo hace caer de rodillas. Respira. El pecho le arde de una euforia extraña.

Quizá sea esto lo que ha sido siempre. Un traidor. Solo que al principio al único al que Ennio traicionaba era a sí mismo y ahora por fin está comenzando a remediarlo.

—¿Ya está? ¿Eso es todo lo que tienes? Menuda decepción —sisea Ludo ante otra patada que Ennio escucha perfectamente. Vuelve la cabeza a toda velocidad. Ludo ya no se ríe. Sigue teniendo un tono desafiante en la voz, aunque esta le suene áspera y desesperada. El vígil que se estaba enfrentando a él lo tiene sujeto por la pechera de la túnica y lo está obligando a arrodillarse frente a él.

Esa carcajada cruel, la de siempre, la de los que se saben impunes y poderosos, lo llena todo por un instante que a Ennio se le hace eterno.

—Lo último que querría sería decepcionarte, invertido del Errante —susurra el vígil entre dientes.

Ludo seguramente no haya visto el destello del acero en la mano del vígil, pero Ennio sí. Ennio ve con claridad y ojos llenos de horror el puñal de hoja curva con el que el vígil primero hace un tajo en horizontal que cruza el rostro de Ludo de lado a lado. La siguiente puñalada, más certera, más rabiosa va a clavársele en el abdomen.

No. No. No. No.

Es tan fácil dejar inconsciente al vígil contra el que se estaba enfrentando… no tiene ni que pensar, solo dejarse ir.

Las primeras gotas de sangre de Ludo caen al suelo a la vez que Ennio se abalanza contra el vígil que lo acaba de apuñalar y lo golpea. Con los puños. Con los pies. Con la cabeza. Qué más da, una y otra vez, una y otra vez porque Ludo está tirado en el suelo y no se mueve, no se mueve. El vígil cae de rodillas. La cara cubierta de sangre, la máscara quebrada y deforme. Ya no se ríe. Ya no. Ennio contiene la respiración y aprieta los puños y también los dientes y no sabe si está llorando, gimiendo o gritando por dentro cuando levanta el puño, el vígil se cubre aterrorizado la cara con las manos y él susurra:

—Lárgate. —Luego grita—: ¡Qué te largues, escoria!

El vígil no tarda en marcharse de allí, arrastrándose como puede, pero Ennio ya no lo mira, solo tiene ojos para Ludo, tumbado bocarriba en el suelo.

La sangre de Ludo es roja, piensa. Y es un pensamiento absurdo. Pero, en ese momento, es el único que tiene.

TULIO

No sabe quién es el tipo al que acaba de disparar, pero poco le importa. Iba armado y además estaba a punto de disparar a esa chica maniatada, con eso le basta.

Ahora, con este pequeño problema solucionado y, aprovechando que por fin ese grito ensordecedor se ha detenido, hace lo que de verdad quiere hacer: apuntar a quien realmente ha venido a buscar con el fusil de vígil que le han dado los Hijos del Buen Padre.

—Ya basta, madre —le ordena controlando a duras penas el horror en su voz.

«Horror». Esa es la palabra. En su camino hasta aquí, ha tropezado con visiones que poblarán sus pesadillas lo que sea que le quede de vida. Cadáveres. Una macabra colección, listos y dispuestos para ser lanzados a la laguna, donde los tritones y las serpientes marinas terminarán borrando cualquier rastro de su existencia. Sangre en los suelos y en las paredes. Brazos sin dueño. Abiertos desde la muñeca hasta el codo, rezumando sangre seca, con manos y dedos como garras.

También ha visto gente viva. Si acaso a esas sombras de personas podría considerarlas vida. Rostros pálidos iluminados por luces tenues, que a su paso adelantaban los brazos a través de barrotes pidiendo ayuda o suplicando clemencia.

Y al final de ese descenso a los reinos de los Siete, Caletia de Zephir.

—¿Qué es todo esto, madre? —le pregunta sin dejar de apuntarla con el fusil—. ¿Qué has hecho?

¿Esperaba quizá que su madre se deshiciera en un mar de lágrimas y confesara quién sabe qué crímenes? No. Pero tampoco esperaba que levantara orgullosa la cabeza.

—Salvarte, hijo mío.

Tiene ganas de vomitar. Salvación, dice, pero están rodeados de muerte. Mientras da un paso, la chica de las manos atadas comienza a arrastrarse como puede hacia dos de los cuerpos tendidos: uno, menudo, un niño seguramente, no se mueve. El otrirrojo y cubierto de heridas, apenas lo hace. Tulio querría ayudarla, pero entonces su madre hace amago de acercarse y él vuelve a enderezar el fusil.

—¡No te muevas! —chilla. La voz sale demasiado aguda. Aterrada—. ¿Esta es tu idea de salvación?

Caletia no se detiene.

—Salvarte, Tulio. Salvarnos a todos. Tu padre era un ingenuo. Él, pensando que te perdonaba la vida, te condenó al ostracismo y convirtió nuestra casa en el hazmerreír de La Corona. No tenía derecho a hacerlo. —Ya está prácticamente a su lado. Es una visión de pesadilla, Caletia de Zephir con un vestido que le ha visto muchas veces, que es blanco, sedoso, pero que a base de arrastrarlo ha ido tiñéndose poco a poco, desde los bajos hasta la cintura, del rojo de la sangre. Acerca una mano hacia Tulio, pero él retrocede. Con la otra mano, sujeta una máscara plateada. Tulio la recuerda de entre las muchas que ha visto en Villa Zephir—. Voy a lograrlo. Voy a refinar el proceso, controlarlo… solo es cuestión de tiempo y, entonces, podremos reclamar el lugar que te corresponde en La Corona, *hijo*.

Hijo.

Lo ha llamado *hijo*. Muchas veces, Tulio ha escuchado cómo su madre lo llamaba así, pero en casi todas las ocasiones, la palabra en sus labios sonaba a insulto, a decepción, a arrepentimiento.

Nunca la ha pronunciado con esa dulzura. ¿Qué le está prometiendo? ¿El poder de los orfebres? ¿La gloria y el honor? ¿Y a costa de qué? ¿De cuánto dolor?

—También sabías que la Bendición era una farsa.

Caletia se yergue orgullosa. Lo sabe, claro que lo sabe. ¿Y quién más? ¿El Senado? ¿Los líderes de las grandes casas de Lydos? ¿Son cómplices todos ellos?

—¿No me escuchas, muchacho? Pronto ya no importará. —Tulio lleva la mirada de nuevo hacia los cuerpos, los de los muertos y los de los vivos. La chica maniatada ha llegado hasta el pelirrojo y ambos comparten un llanto silencioso, desgarrador—. Necesitaba entender el ritual. No podía arriesgarme a perder a mi último hijo. Necesitaba comprender… qué te hace orfebre, qué tejedor, qué es lo que te mata. No podía permitir que tú también murieras, *querido*.

Querido.

Contra todo pronóstico Tulio deja escapar una de esas carcajadas que tanto le han acompañado estos últimos años. Un desgarro áspero y lleno de dolor.

—¿Lo escucharon alguna vez mis hermanos? ¿Les dijiste a ellos que los amabas antes de enviarlos a la muerte? —Esa rabia. Esa ira que siempre ha sentido desnuda, viva en su estómago, de pronto Tulio siente que ha encontrado un objetivo—. ¿Ellos no te importaban, madre?

Y ahí está, de repente, la furia de Caletia de Zephir igualando la suya.

—¡No te atrevas! ¡No te atrevas a pronunciar esas palabras en mi presencia, ingrato! —La mano de Caletia se echa hacia atrás. ¿Cuántos bofetones ha recibido Tulio por parte de su madre sin jamás atreverse a detenerlos? Esta vez, Tulio le sujeta la muñeca justo antes de que Caletia lo golpee.

Mientras la rabia enciende los ojos de su madre, un rugido grave llena el sótano. El hombre al que Tulio ha disparado al llegar se retuerce, herido pero vivo. El hombre, apretando la mano ensangrentada por el tiro de Tulio, trata de incorporarse como puede. A sus pies está la pistola con forma de dragón, tan destrozada como su mano, y también…

¿Cómo no la ha visto al llegar? ¿Cómo no se ha dado cuenta?

Otra máscara. No es como la que sostiene su madre en la mano, una delicada obra de arte. Esta tiene las facciones duras, casi grotescamente exageradas, y ojos rojos como ascuas.

Es la misma máscara que llevaban los saqueadores de tumbas que vio con Ennio en la isla de Morithra. Que no saqueaban tumbas, sino algo que han llevado los orfebres desde que el mundo es mundo. Buscaban esas esquirlas entre los cadáveres de La Corona. Buscaban los restos de esa roca negra del templo para lo que sea que esté haciendo su madre con ellas. Esa máscara de ojos rojos como ascuas. Es la misma que llevan muchos de los cadáveres esparcidos por esa estancia de pesadilla.

La misma que vio Hedera la noche en que su padre fue asesinado.

Tulio se siente desmayar. Sus dedos se clavan con más fuerza alrededor de la muñeca de su madre y esta grita. Tulio cree que es la primera vez en su vida que escucha en voz de su madre algo parecido al miedo.

—¡Fuiste tú! ¿Qué hizo padre para merecer la muerte? ¿Encontró este lugar? ¿Descubrió tu locura?

Puede imaginarse a su padre bajando por los mismos pasillos anegados de sangre y cuerpos, su expresión mutando de la incredulidad al horror a cada paso. ¿Descubrió como él, por casualidad, la entrada al pasaje secreto, o Jano Zephir ya sospechaba que su esposa era un monstruo?

—Todo lo he hecho por ti, Tulio —insiste Caletia. Parece tan desvalida ahora, pero Tulio sabe que es todo fachada—. No me dejó otra opción. Tu padre, con su honorable integridad, habría destruido todo lo que he construido por ti. ¿Qué otra salida tenía?

—Permitiste que Hedera cargara con la culpa... —Tulio solloza. Y no le gusta haberlo hecho, haber mostrado esa... no, no es una debilidad. El amor no lo es. Pero es un sentimiento y su madre no entiende de eso. Quizá, por eso, grita—: ¡¡Te aprovechaste de mí!! ¡¡De mi rabia!! ¡¡De mi dolor!! ¡¡Te puse a Hedera en bandeja!! ¡¡Yo mismo la acusé y tú, sabiendo que la amaba... —no, se corrige inmediatamente Tulio—. Sabiendo que *la amo*, decidiste que merecía morir!! ¡Que merecía morir para que tú quedaras impune!

Prácticamente a sus pies, el tipo al que ha disparado logra levantarse. Es más grande de lo que le ha parecido en un principio y Tulio sabe que ya se habría lanzado contra él si no fuera porque está sujetando a su madre, que le hace de escudo.

Por poco tiempo.

Caletia hace un movimiento brusco. Tulio cree que intenta liberarse de su agarre, pero en realidad está tratando de ponerse la máscara plateada que sostiene en la mano.

—No dejes que se la ponga —dice una voz rota, tan débil que Tulio apenas logra entenderla. Es el chico pelirrojo. A pesar de estar gravemente herido hay algo en él que hace que Tulio sienta una punzada en la boca del estómago. Odio. Algo candente, salvaje—. Es así como ha engañado a la gente para traerla hasta este lugar.

A su madre siempre le han gustado las máscaras. Herencia familiar, supone. Todos los antepasados de Caletia de Zephir se han dedicado a crear ingenios con forma de máscaras. Máscaras que otorgan el don de la oratoria. Máscaras capaces de amplificar la voz. Máscaras capaces de mejorar los sentidos.

Máscaras hermosas y grotescas. De los orfebres de su familia vienen las máscaras de los vígiles, las de los senadores. Se ha contado siempre, incluso, que descienden de Acrisio, el héroe más cercano a Lydon, el creador de la máscara del Emperador.

Rostros falsos todos, qué ironía. Aunque una capaz de controlar la mente de los que escuchan… Pero por qué no. A Caletia de Zephir nunca le ha importado la voluntad de los demás, si no es para doblegarla.

—Ya lo has escuchado. —Tulio le arranca la máscara plateada de las manos y la lanza tan lejos como puede—. Has perdido, madre. Has perdido y voy a mostrar tu locura ante el Senado y ante toda la ciudad. Voy a…

—No necesito ninguna máscara para hacerte entrar en razón, hijo —murmura ella entonces con los ojos demasiado abiertos, y Tulio se pregunta, de repente, si la locura siempre ha estado ahí, agazapada tras sus pupilas, y él no se ha dado cuenta hasta este momento. Caletia levanta la cabeza—. Aquila puede hacer lo mismo, aunque sus métodos no sean tan amables como los míos…

—Con mucho gusto —ríe el hombre aunque parece que, por dentro, se le estén removiendo las vísceras. Después, agita la mano izquierda.

La sangre del suelo, de las paredes, la sangre todavía húmeda de los cadáveres que los rodean se agita y vibra.

—¿Sabes, chico? —dice—. No sé si lo que me ha dado tu madre es un Arte o un Don. —El tal Aquila levanta el antebrazo y le muestra la marca en la muñeca, la misma que les ha visto a los candidatos al ritual, después de que el Theokratés les clavara la esquirla de roca negra. A Tulio le parece que se le agita por debajo de la piel, como si ahí le corriera más rápida y vertiginosa la sangre o como si tuviera dentro un gusano hambriento—. Pero lo siento aquí. —Aquila se señala el pecho a la altura del corazón—. Que el líquido, cualquier líquido, me obedece. A lo mejor soy un tejelluvia de esos. A lo mejor soy otra cosa, pero observa…

El tipo, Aquila, da un paso y, sin perder a Tulio de vista, mueve otra vez la mano izquierda. Al hacerlo, cada charco, cada mancha de sangre en las paredes se agita, se revuelve y serpentea por las paredes, por el suelo, hasta llegar a sus pies. También lo hace la sangre todavía húmeda de la montaña de cadáveres esparcidos por el sótano.

Un dolor repentino cruza la mejilla de Tulio. Su madre le ha arañado con tanta fuerza que le ha rasgado la piel y él, por el dolor y la sorpresa, ha acabado soltándola.

No importa. Necesita ambas manos para sostener el fusil.

Aquila levanta la cabeza en un gesto firme y, entonces, todos esos brazos, amputados y mutilados, amontonados, inútiles y desmantelados en un rincón, comienzan a agitarse, a mover dedos y manos. El vuelo de esos brazos hacia el cuerpo de Aquila sucede en un parpadeo. Aquila da otro paso en su dirección. Tulio tiene que contener las náuseas.

Dispara. La bala impacta en esa masa de miembros cercenados que rodean a Aquila, mandando trozos de carne por doquier.

—Maldita sea…

Aquila ríe mientras, pegados a su espalda, los brazos amputados que ahora forman parte de su cuerpo se mueven como patas de araña y palpitan a cada carcajada.

Tulio dispara de nuevo. Siente el fusil sisear entre las manos mientras se dispone a preparar un nuevo disparo.

No va a rendirse. Tulio Zephir será un desheredado, será indigno, un Hijo Salvo, un mal ciudadano de La Corona, de Lydos, pero no se rinde nunca. Observa a su madre, que se ha hecho a un lado como si nada de esto fuera con ella y, entonces, dispara de nuevo, apuntando con cuidado a la cabeza del hombre.

Uno de esos horribles miembros cercenados esquiva la bala con un zarpazo.

—Debo reconocer una cosa —sisea Aquila. Su voz ha cambiado, es más gutural, más líquida, como si esa sangre que parece capaz de controlar le estuviera anegando los pulmones—. Eres valiente. Tu padre, a la primera puñalada, se arrodilló pidiendo clemencia.

—Basta. —Otro disparo. Otro. Otro más, pero esa armadura de carne muerta que lleva el matón logra esquivar cada una de las balas—. Basta ya, maldita sea…

Tiene a ese… monstruo prácticamente encima. Tulio se aparta de un salto para esquivar un puñetazo y retrocede apresuradamente para disparar de nuevo. Otro disparo, otra bala perdida. El nauseabundo hedor de los cadáveres en descomposición le llena todos los sentidos. En otro intento, Aquila logra golpearle el pecho. No lo hace solo con la mano izquierda, la que le queda sana, sino que lo hace con todos esos brazos rotos y desmadejados que le obedecen y que se mueven como colas cercenadas de lagartijas.

Lo golpean tan rápido y con tanta fuerza que Tulio cae hacia atrás. Le duele el cuerpo, la cabeza le da vueltas y su malogrado fusil queda fuera de su alcance.

Su instinto es el de cubrirse la cara y la cabeza con las manos, pero no va a darle ese gusto al monstruo. Levanta la cabeza. Exactamente el mismo gesto que ha hecho su madre pocos minutos atrás.

—¿Cuánto desea que lo convenza, mi señora? Cuanto más convencido, menos huesos intactos le quedarán, eso sí —ruge entonces Aquila mientras se inclina en su dirección. Media docena de manos crispadas como garras lo sujetan y lo levantan sin miramientos y comienzan a golpearlo sin piedad. Los brazos, las piernas, el torso. Todo se vuelve rojo. Todo. La piel de Aquila, la viva y la que cubre las extremidades muertas, las paredes, el

techo. Rojo también Tulio. Por fuera, por la sangre que le cho-
rrea, que le mancha la ropa y le cubre el cuerpo. Y por dentro,
por el dolor y la rabia, esa rabia que incluso ahora siente vibrar
como un enjambre enfurecido.

Roja es también la voz que escucha de repente a poca distancia de él. Roja de odio y de dolor y de sangre también.

—Apártate —mascula. Es el chico pelirrojo, el grandullón
que le ha advertido sobre la máscara de su madre y que trata
de ponerse en pie—. Apártate tan pronto y tan lejos como puedas. No te aseguro que vaya a tener las llamas bajo control una
vez que las suelte.

SÁTOR

—Apártate —acaba de decirle al chico peleando contra el monstruo y que, quiera él o no, está perdiendo.

Esto acaba ahora y acabará con fuego.

Una vez en el Buen Padre… una vez jugaron a un juego estúpido. Estaban celebrando algo, quién sabe qué. Quizá un robo
exitoso hecho en nombre de su causa y de la causa de Andras.
Quizás estaban aburridos, que también pasaba. Fuera como
fuere, entre risas, Ludo —por supuesto. Pequeño cotilla— preguntó cuál era su peor defecto. Su mayor y más inconfesable
debilidad. Si los que estaban alrededor de la mesa juzgaban que
la confesión era sincera, beberían un trago de un licor áspero y
de sabor anisado que alguien había rescatado de los confines de
la cocina. Si no, debía beber el confesor.

«Yo sé que diréis que de mí es la falta de humildad», se
apresuró a decir Ludo, «pero no hace falta que nadie me diga
que alguien con mi talento y encanto natural solo despierta
envidias», y apuró su vaso de un trago. Entre carcajadas, todos confesaron la suya. Rufio, su timidez; Boro, su lengua

demasiado larga; Mira, la pereza; Ione les contó que su peor defecto era la gula y, acto seguido, le pidió disculpas a Rufio por haberse terminado el último de los bollos de anís que había preparado aquella misma mañana.

Cuando le llegó el turno a Sátor, lanzó una mirada socarrona y dijo: «Qué voy a deciros. Mi perdición son las chicas bonitas». Todos bebieron una ronda, pero lo cierto es que Sátor no dijo la verdad. Porque, en realidad, su mayor debilidad era el miedo. Un miedo que nació en él exactamente el día en el que lo hizo su hermano Vix. Su madre tuvo un parto largo y doloroso y el bebé nació azul, casi sin fuerzas, y solo un milagro quiso que su padre lo aceptara en la familia en vez de dejarlo a las puertas del templo de los Siete para morir, como se hacía entre las grandes familias cuando pensaban que un recién nacido no parecía lo suficientemente fuerte, lo suficientemente honorable, como para pasar el ritual de la Bendición.

En cuanto permitieron que tomara en brazos al recién nacido, a Sátor le invadió un terror profundo e inquebrantable. ¿Qué sería de aquella criatura tan pequeña que lloraba acurrucada contra su pecho? ¿Qué futuro le esperaba a aquel bebé con la mano enroscada alrededor de su dedo índice? Por aquel entonces, Sátor no sabía lo que era sentir el fuego de su Arte en su interior, pero cree que lo que sintió se le parecía mucho.

Se juró proteger a aquella criatura, aun a costa de su vida.

Y trató de hacerlo mientras se esforzaba también por convertirse en lo que su familia esperaba de él antes de pasar por la Bendición. Después siguió intentándolo, cuando le abrió las puertas del Buen Padre. Pero por más que lo intentara, para Sátor nunca era suficiente. El miedo seguía ahí, aferrado a su garganta.

Y el miedo pronto se transformó en frustración y resentimiento porque Vix no entendía, *no entendía*, que el mundo era un lugar peligroso, y que él no tenía un Arte con el que defenderse ni un cuerpo como el suyo, hecho para luchar. Seguramente, lo único que compartían los dos hermanos, además de ese cabello rojo, rojo fuego, era su cabezonería, y así llegaron las peleas, y los reproches, y ahora… ahora… —Sátor inspira. Espira. Ni siquiera siente el dolor de sus heridas porque el vacío que tiene dentro del pecho es tan profundo que no es capaz de experimentar nada más—, ahora Vix está muerto y Sátor no puede quitarse de la cabeza la idea, desgarradora, de que Vix se fue con los Siete pensando que su hermano lo odiaba.

Inspira otra vez.

—Apártate tan pronto y tan lejos como puedas. No te aseguro que vaya a tener las llamas bajo control una vez que las suelte —dice ahora mientras clava los dedos ensangrentados en el suelo para incorporarse. No se detiene al sentir la mano de Bes sobre el hombro. Nada puede detenerlo.

Sátor golpea las cadenas con las que le han apresado contra el suelo. Una chispa, eso es todo lo que necesita. Algo tan pequeño, tan inocuo. Andras siempre dice que solo basta una chispa para encender un gran fuego. Sátor lo sabe bien.

La chispa en sus manos pronto se convierte en una llamarada. Pese a encontrarse sin fuerzas, levanta las manos encadenadas y las hace bailar en el aire para tejer un torbellino de fuego. Las llamas, hambrientas y salvajes, se elevan hasta el techo de ese sótano en una danza frenética. Son rojas, rojas como la muerte que les rodea, rojas como la sangre de las paredes y del suelo, rojas como el cabello de su hermano, rojas como la ira, rojas, rojas, rojas, y se reflejan por todos lados y pintan sombras en las paredes y en la cara de Bes y en la de ese chico, Tulio Zephir, el hijo mismo de esa Dama cruel y horrible. Se reflejan rojas también en los ojos de Aquila.

Las llamas de Sátor rugen y dejan escapar un fogonazo justo antes de liberarse. El aire chisporrotea y se quiebra cuando, en un estallido, le brota de las manos una cascada de fuego, viva, que al instante devora a Aquila.

El sótano se tiñe de rojo, naranja, amarillo. El rugido del fuego se mezcla con los aullidos de Aquila, una silueta retorcida que se contorsiona. El chico, Tulio, se ha apartado a tiempo y es una suerte porque Sátor no se habría detenido por salvarlo a él. Detrás de Aquila, la Dama intenta retroceder pero Sátor no va a permitirlo y, con un chasquido de dedos, hace que las llamas se extiendan por el suelo como una serpiente hasta llegar a los bajos de su vestido manchado de sangre.

Porque lo han matado. Lo han matado. Han matado a su hermano. Lo han matado. Esos dos monstruos le han arrebatado a Vix y, si Sátor juró protegerlo con su vida, ¿qué le queda ahora? ¿Qué?

El monstruo en que se ha convertido Aquila chilla y ese grotesco abanico de extremidades tejido contra su espalda se desmorona. Los brazos cortados caen al suelo entre espasmos, pero no es suficiente. No es suficiente. Sátor quiere más. Necesita más. Necesita sacarse ese fuego de ira, rabia, tristeza y dolor que le ha crecido dentro. Y mueve las manos agarrotadas en un gesto envolvente. Las llamas se agitan. Que no quede nada. Que no quede nada. Ni las cenizas. Que le consuman a él mismo si es necesario. ¿Y la Dama? Es la responsable de todo. Ella y los de su calaña creen que el mundo les pertenece, que pueden hacer lo que les plazca y no les importa nada, nada, nada más que su propio beneficio. Ahí sigue, detrás del monstruo. Grita pero las llamas gritan más fuerte y nadie la escucha. El fuego se le está extendiendo por el vestido de seda. Sátor quiere verla arder.

Que arda, que se le abrasen el cabello y la carne. Que se queme todo. Que arda. De repente, de la garganta le sale un grito tan desesperado que se escucha incluso por encima del rugir del incendio. Sátor grita y solloza mientras el fuego crece cada vez más intenso. Lo siente a través de su cuerpo como un torrente irrefrenable. ¿Sintió eso Vix mientras moría? ¿Morirá él como les ocurre a los orfebres que abusan de su Don? *Ojalá*, piensa. *Ojalá*. Porque así cumpliría con su juramento.

Aquila cae de rodillas como los monstruos de las leyendas. A Vix le gustaba que le contara historias de los héroes de Lydos, ambos escondidos bajo la gran buganvilia que dominaba el jardín de su casa, y luego lo perseguía con esa espada suya de madera, fingiendo ser Lydon o Alepo, el Vengador.

Sátor aprieta los puños y las llamas se agitan. Más calor. Más fuego. Más llamas. Más. Más. Aquila se desploma. Sus huesos, carbones al rojo. Su piel, solo humo. Ese diente de oro que llevaba colgado del cuello, una simple gota dorada entre cenizas.

Y entonces, como quien sopla una vela, el fuego se extingue y Sátor cae de rodillas al suelo. Vivo pero débil. Vivo, se maldice, pero roto por dentro.

Respira una bocanada de aire áspero. La venganza no le sabe más que a carbón y a hollín. El chico, Zephir, está contra la pared y con los ojos llenos de incredulidad. De Aquila espera que no quede nada para que los Siete ni siquiera puedan guiarle en su viaje hacia los Campos de Luz. Y la Dama, Caletia de Zephir…

Caletia de Zephir no está.

Mientras el cuerpo de Aquila se convertía en una pira, debe de haber huido porque, de un modo u otro, los de su calaña siempre ganan. Esa gente siempre…

—*Sátor*.

Al tiempo que un tirón en el brazo le hace girar la cabeza, ve cómo Bes vocaliza su nombre. No puede signar porque sigue maniatada y Sátor, casi por pura inercia, va a agacharse para que, por fin, Bes pueda expresarse, pero a medio camino se detiene.

No.

No quiere escuchar lo que Bes tenga que decirle porque lo sabe perfectamente. Palabras de consuelo, de ánimo. Quiere compartir con él la tristeza y el dolor.

Pero Sátor no lo quiere. Se aparta incluso aunque se le queje todo el cuerpo del dolor y la agonía de hacerlo.

—Déjame —mascula girando la cabeza. No quiere verla. No puede. Lo siente dentro. Otro fuego. Uno distinto al que ha terminado consumiendo a Aquila. Este... este le duele a él. Le duele al mirar a su alrededor, a los escombros, a las cenizas. Y también le duele al sentir a Bes cerca de él, porque no puede... no puede. Logra levantarse y alejarse unos cuantos pasos pese a que siente el cuerpo a punto de estallar en mil pedazos y, entonces, porque el fuego siempre será fuego y termina por incendiarlo todo, Sátor finalmente se gira hacia Bes—. Es culpa tuya —comienza, la voz un rasguño en la garganta que, poco a poco, aun cuando el dolor sigue ahí, aumenta en intensidad, en volumen, hasta que, por fin, lo rasga por dentro—. Te lo pedí. Te pedí que usaras tu Arte. Te lo supliqué. Pero tú... tú, no... —A duras penas, Bes se pone en pie, vocaliza algo pero Sátor no la mira. No quiere saber qué dice. No. Cuando Bes llega a su altura y trata de apoyar la frente en su pecho, Sátor se aparta—. ¡No me sigas! ¡Déjame! ¡Déjame! —A Sátor lo que acaba de hacer le duele, claro que le duele. Y sabe que a Bes también. Pero su dolor... su dolor no será jamás tan oscuro y profundo como el que siente él—. Podrías haberlo evitado. Podrías haberlo evitado y no lo hiciste. La muerte de Vix... —Sátor, en ese momento, se agacha para recoger el cadáver de su hermano—. ¡Es también culpa tuya! ¡Podrías haberlo evitado y no lo hiciste! Es culpa tuya, ¿me oyes? ¡Culpa tuya!

Tiene que marcharse. Aquí abajo, en las entrañas de la tierra, no encontrará su venganza.

Hedera

Ha ganado el orgullo.

Hedera alza el mentón pero también traga saliva. Andras y ella están a pocos pasos de la salida del templo y, a medida que se acerca, el corazón le late cada vez con más fuerza en el pecho.

Porque, sí, ha ganado el orgullo.

Pero no ese orgullo con el que se ha protegido a sí misma durante tanto tiempo.

Ojalá Tulio lo haya entendido. Ojalá Tulio pueda perdonarla también esta vez.

Tenía que hacerlo, no por ella. Para ella quizá ya sea tarde. Tenía que hacerlo por su hermana, todavía inconsciente en esa cueva donde ha descubierto tantas mentiras. Tenía que hacerlo también por todos los que la acompañaban hoy durante la Bendición. Por los que han muerto después de que el Theokratés les clavara esa esquirla y también por los demás. Por todos los tejedores como ella, vejados y repudiados. También por los orfebres, porque ninguno ha pedido llevar el futuro de la ciudad sobre los hombros.

Da un paso más y, de pronto, se detiene. ¿Quiere hacerlo? ¿Está segura? Quizá si le hubieran ofrecido beber de esta copa hace unos pocos días, la habría rechazado. Habría pensado que la bebida era demasiado amarga.

Pero han pasado demasiadas cosas. Han caído demasiados velos.

No es la misma que salió hace un año de aquel templo, las manos cubiertas de telarañas de tinta, sola, sin ese futuro brillante que le habían prometido. Ahora no es esa Hedera que acababa de darse cuenta de que su vida, tal y como la conocía, había acabado.

Andras, a su lado, la toma de las manos y, mirándola a los ojos, le dice:

—Vamos a darle esperanza al pueblo de Lydos.

Su voz, como un bálsamo, termina de convencerla y, con ese gesto tan familiar: la cabeza alta, el mentón levantado, de la mano de Andras, Hedera por fin sale al exterior, donde la recibe un cielo impoluto que la ciega por un instante.

Cuando por fin se acostumbra a la luz, delante de ella ve a toda la multitud, expectante. A su derecha, los nobles de La Corona. Aunque no quiere, la mirada se le desliza un poco más, hacia donde sabe que siempre se coloca su familia. Y, efectivamente, allí están. Sus padres, sus hermanas y hermanos menores. Llevan sus mejores galas, oro y joyas. Su madre se ha puesto uno de sus más preciados tesoros, un vestido que el orfebre Praxis creó especialmente para ella con seda de araña y gotas de rocío, tan ligero que el mínimo soplo de aire lo hace ondular y cambiar de color. También pasea la vista por el palco del Emperador que, por primera vez, no tiene su habitual gesto indolente sino que la mira a ella, igual que la mira el resto de nobles, el resto de patricios, sacerdotes, senadores y orfebres: con un gesto de horror en la boca y en los ojos al darse cuenta de que quien está saliendo del templo no es el Theokratés seguido de la nueva generación de orfebres de Lydos sino ella.

Ella.

Más allá, detrás de una barrera cada vez más endeble de vígiles, la gente.

Su gente. Ahora lo sabe. Los desheredados. Los que han pasado sus vidas convencidos de que valían menos que los habitantes de La Corona. Los que llevan años, décadas, siglos creyendo que los dioses los habían castigado aun sin haber cometido más falta que nacer ahí abajo, pasado el Puente de los Susurros. Sin haber cometido más falta que nacer pobres.

Ante un murmullo que es más un silencio asombrado, Hedera echa la cabeza hacia atrás. El sol brilla como no cree haberlo visto brillar nunca y sonríe, porque ahora sabe que cuanta más luz haya, más poderosas serán sus sombras.

Suavemente, Andras le suelta la mano. Las yemas de los dedos de ambos al separarse casi en una caricia logran darle el último aliento que necesita. Lo mira por última vez. Como le dijo Tulio, Andras la observa como si entre sus manos estuviera la salvación del mundo, y quizá no sea cierto, pero decide que va a intentarlo.

Hedera vuelve a alzar el mentón. Vuelve a llevar la vista al frente. Hacia ese sol luminoso. Hacia toda su gente, que la mira asombrada al pie del templo.

Inspira.

Hedera extiende los brazos como queriendo acogerlos a todos.

Las alas de sus tobilleras, delicadas y robustas a la vez, vibran de anticipación.

Solo con desear que aparezcan, solo fijando la vista en ese sol tan poderoso, en su luz tan brillante, las alas de sus tobilleras se agitan todavía más rápido.

Espira.

Aún no las ve, pero ya las siente. Primero en el corazón, en ese pellizco doloroso, señal, ahora se da cuenta, de la entrega de su aliento vital. El segundo indicio le llega con un chasquido y un susurro de plumas que se expande. Cada pluma, al rozar la otra, traza armonías de aire y movimiento en una melodía suave. El preludio de lo que está por comenzar.

E igual que aquel día en el Salto de los Dioses, nacen sus alas de sombra, hermosas, vibrantes, poderosas. Aletean. Se agitan. Hedera siente cómo le rozan la piel y le erizan el cabello mientras crecen y se despliegan como una tempestad. Cada una de esas plumas trenzadas en penumbra crece, se contonea. Sus alas vibran como caricias contra la rigidez del mármol y la piedra del templo.

A medida que la oscuridad de sus alas avanza insaciable, la penumbra se vuelve más densa hasta que el templo y todos los que lo rodean se sumergen en un velo negro y palpitante. Vivo. Y la explanada, sumida hasta entonces en el silencio más absoluto, se llena de gritos. Es una melodía nueva, inexplorada. Música de cambio.

Hedera cierra bruscamente los puños. De las alas, surge una miríada de tentáculos que se aferra a las puertas de bronce del templo, las arranca de sus goznes y transforma la entrada en una gran boca tocada por un gesto de sorpresa. *Que entren*, se dice, la punzada en el pecho, a la altura del corazón, cada vez más intensa pero también más placentera. *Que vean con sus propios ojos el engaño. No hay ningún dios, y nunca lo ha habido.*

Todo acaba, piensa. *Y todo comienza.*

XXV

Todo acaba, todo comienza

En el puerto de Lydos.

ARGO

Ha llegado. Ya está aquí.

Ha tenido que subirse de polizón en una fragata que partía de Nikeah, el puerto de Vetia. En Marinare tuvo que sobornar a un pescador para que lo llevara con su bote hasta la cercana isla de Maristela, donde tomó la goleta que por fin lo ha traído a casa, a Lydos.

Él es el único que queda de la expedición secreta que partió hacia Vetia. Tenía que regresar como fuera, para que el secreto por el que tantos buenos hombres y mujeres han perecido no muriera con él.

Cuando el gran coloso le ha dado la bienvenida en el puerto, los ojos se le han llenado de lágrimas y, pese a las fiebres que lo han estado consumiendo la última parte de su viaje, ha sido capaz de saltar al muelle. Ha sentido que los pies le iban incluso más ligeros a medida que se internaba por el Bajoforo, entre colores y aromas por fin familiares, y cruzaba al arco de triunfo que indica el ascenso hacia La Ciudad Alta.

Con el corazón en la garganta, ha subido las primeras escaleras de la Vía Sacra y ha sonreído cuando las estatuas del Puente de los Susurros se han inclinado en su dirección, como si reconocieran lo que es: un salvador, un portador de buenas noticias. Luego, con un último esfuerzo, sus pasos lo han llevado hasta La Corona. *¿Dónde está la gente?*, se pregunta mirando hacia todos lados. ¿Dónde están los patricios con sus ricas vestiduras, y los comerciantes que flanquean cada plaza y callejuela de Lydos? No hay ni pájaros en el cielo. Entonces, escucha un clamor que proviene de lo más alto de la isla. Son centenares de miles de voces que chillan al unísono.

Argo el explorador, a pesar de sus ansias por transmitir su mensaje —fue Fulvia Donna, la jefa de la expedición, la que le contó el secreto y le puso en las manos ensangrentadas los documentos que debía entregar al Senado antes de morir entre sus brazos—, se detiene y observa a su alrededor. Lydos resplandece. Ventanas y balcones están decorados con flores blancas y rojas y banderines de papel de seda, las estatuas han sido bruñidas hasta parecer de oro macizo, y el aire está cargado del aroma dulzón del jazmín.

Hoy es el día. ¿Cómo ha podido olvidarlo? Hoy se lleva a cabo la Bendición y todo el mundo en Lydos se ha reunido en La Ciudad Alta. Allí arriba también estará ella. Ella. Ella, la destinataria de sus cartas. Ella. Saber que lo estaba esperando, que seguía amándolo, es lo único que ha logrado mantenerlo vivo y con fuerzas.

Ya llega. Ya llega por fin.

No importa que tenga la vista borrosa. No importa que le esté consumiendo la fiebre. Las cúpulas y torres de La Ciudad Alta despuntan en el horizonte, sus muros le ofrecen sombra y sosiego. Con las últimas fuerzas que le quedan, Argo sube por una última cuesta bordeada por esbeltos cipreses. Allí está la vida que parece haber desaparecido del resto de la ciudad. Centenares de miles de personas, Lydos entera ocupando todos y cada uno de los rincones de la gran explanada entre gritos de asombro y de esperanza.

Queda tan poco...

¿Qué no daría Argo para poder unirse a las celebraciones? ¿Para encontrarse, por fin, con ella y abrazarla, oler el azahar en su cabello? Pero ya habrá tiempo para eso. Busca con la mirada el edificio del Senado. La cúpula central, sostenida por las efigies de los héroes de la antigüedad, brilla como nunca bajo este sol implacable.

Pero, entonces, una oscuridad viva, apabullante, lo cubre todo. Las exclamaciones de la gente pasan del asombro y luego —*¿Por qué? ¿Qué está ocurriendo?*— a la indignación, a la duda, algunas a la ira.

Por los dioses..., vuelve a decirse Argo, *¿qué es esto?*

Esas sombras lo cubren todo como tinta derramada y el sol con su calor le parece un recuerdo lejano. Cree adivinar dos figuras frente a la entrada del templo del Demiurgo, pero el mundo se gira traicionero cuando da un paso hacia el edificio del Senado mientras jirones de esa oscuridad viscosa y fría que se apodera de Lydos lame la cúpula roja. Pierde el equilibrio, tropieza mientras aparta a manotazos a la gente que, con la cabeza levantada, no quita ojo a las sombras que amenazan con cubrir la explanada entera. Los párpados le pesan.

—¡Cuidado, idiota! —clama una voz mientras Argo se abre paso con las pocas fuerzas que le quedan. La fiebre le pulsa en las sienes, le arde la frente, los labios, tiene llagas en la boca, pero paso a paso, se abre camino entre la gente hasta que, por fin, sus pies tocan los escalones de mármol grisáceo que llevan al edificio. De su cuerpo escapa un gemido cuando cae. La gente lo mira, las máscaras de una docena de vígiles que montan guardia alrededor del edificio se vuelven hacia él —*¿por qué tienen los fusiles preparados? ¿Dónde está la alegría de la Bendición? ¿A qué espera la gente para entonar los cánticos de júbilo y*

lanzar pétalos de rosas al aire?—. Los ojos se le cierran, la cabeza le da vueltas. Las sombras ya no están solo en el exterior, sino que también las siente dentro de él.

—Está en Vetia. Nuestro futuro está allí como dijisteis. Está allí. La hemos encontrado. Está allí. Está… —susurra antes de perder el sentido.

CONTINUARÁ…

Agradecimientos
y Recuerdos

Esta historia y estos personajes nacieron hace muchos años. Tantos que, desde entonces, han pasado por nosotros una pandemia, una boda, alguna despedida muy dolorosa, el recibimiento lleno de amor de una nueva vida, el gato Melón y la gata Piña, otras historias y, bueno, tiempo. Ha pasado tiempo.

Por ese motivo, por el tiempo, lo primero que queremos hacer aquí, en este trocito que siempre nos permitimos, es darle las gracias a A y a J, nuestras parejas, por el tiempo que no les damos, por el tiempo que ellos nos prestan, por el tiempo que les robamos y por todo el tiempo en que nos tienen paciencia. Y por el amor, claro. No es posible explicar que tan generosamente nos regalen su tiempo y la ausencia de este sin toneladas y toneladas de amor. Perdonadnos que nos hayamos puesto un poco cursis pero, como se dice en las redes, «había que decirlo y se dijo».

En realidad, podríamos escribir un tocho tan grande como la novela que acabas de leer o podríamos resumir todo lo que tenemos que decir en una palabra: GRACIAS.

Porque, si hoy estamos aquí, si hoy esta historia ha llegado a tus manos es porque a nuestro alrededor hay tanta gente que nos hace tan afortunados que el agradecimiento se nos escapa hasta por las orejas.

No nos atrevemos a poner nombres porque estamos seguros de que se nos va a olvidar alguno, pero aun así, gracias a nuestras familias, a nuestras amigas, amigos y amigues, a nuestra comunidad de lectoras y lectores —¡cada vez más grande!— y, sin duda, a «las autoritas con traumitas». No concebimos esto del mundo literario sin tener a nuestro alrededor una red salvavidas que entienda nuestras frustraciones, nuestros agobios y nuestras lágrimas. Y tan importante, una red de autoras y autores que nos quieren y a las y los que queremos que entiende y empatiza las alegrías y los éxitos ajenos del mismo modo en que lo hacemos nosotros.

Las autoras y autores que escribimos literatura para jóvenes (y no tan jóvenes) en castellano casi que formamos un género único (escribamos el que escribamos) y, para nosotros, es muy importante reconocer, instar, animar y recordar que formamos parte de una comunidad en la que todas, todos y todes debemos remar en el mismo barco –juntas, juntos y juntes—, porque si no somos Familia, si no formamos Equipo, terminamos siendo una mera motita de polvo entre miles de motitas de polvo.

Gracias a Leo, nuestro editor, por creer en nosotros, por tener tanta paciencia, por cuidarnos tanto y tan bien. Esto, por supuesto, se aplica igualmente a toda la familia y el equipazo del grupo Urano (en esta ocasión, gracias muy especiales a Patricia Mottorouco, nuestra correctora, por el trabajo impecable) y a nuestra familia de IMC Literary Agency.

Gracias, de verdad, a todas, todos y todes.

Y GRACIAS muy en mayúscula, como siempre, también (y en especial) a ti, que una vez más has llegado hasta aquí.

Nos leemos en la próxima historia…

GEO Y FER